Bryan Camp
Der Straßenmagier

Autor
Bryan Camp wuchs in New Orleans auf und studierte auch dort. Seinen ersten Roman »Der Straßenmagier« begann er auf dem Rücksitz des Autos seiner Eltern zu schreiben, während sie vor dem Hurrikan Katrina evakuiert wurden. Er lebt heute immer noch in New Orleans.

BRYAN CAMP

DER STRASSENMAGIER

Die Götter von New Orleans 1

Roman

Deutsch von Wolfgang Thon

blanvalet

Die Originalausgabe erschien 2018 unter dem Titel
»The City of Lost Fortunes (Crescent City 1)«
bei John Joseph Adams/Houghton Mifflin Harcourt, New York.

FSC www.fsc.org MIX Papier aus verantwortungsvollen Quellen FSC® C014496

Klimaneutral* Druckprodukt ClimatePartner.com/14044-1912-1001

Penguin Random House Verlagsgruppe FSC® N001967

1. Auflage 2021

Redaktion: Angela Kuepper
Umschlaggestaltung und -illustration: © Max Meinzold, www.meinzold.de unter Verwendung von Motiven von Shutterstock.com (BublikHaus; f11photo)
Illustrationen: © LaInspiratriz-stock.adobe.com
HK · Herstellung: sam
Satz: Vornehm Mediengestaltung GmbH, München
Druck und Bindung: GGP Media GmbH, Pößneck
Printed in Germany
ISBN 978-3-7341-6269-5

www.blanvalet.de

New Orleans gewidmet, meiner Stadt.
Und Beth Anne, meiner Heimat.

TEIL I

DER MAGIER

KAPITEL EINS

Am Anfang war das Wort. Und die Leere, das Eis im Norden, das Feuer im Süden und die Großen Wasser.

Ein Universum, erschaffen an einem Tag und in einer Nacht oder in Milliarden Jahren, in sieben Tagen oder in einem Zyklus aus Schöpfung und Zerstörung. Man brachte die Wasser dazu zu weichen, damit das Land hervorträte, oder das Land wurde aus den Windungen einer Schlange gebildet oder aus der Hälfte einer erschlagenen Meeresgöttin oder dem Fleisch und den Knochen und dem Schädel eines Giganten oder einem zerbrochenen Ei. Oder eine Insel aus geronnenem Salz tauchte auf, als das Meer von einem Speer aufgewühlt wurde. Oder das Land wurde von einem Wasserkäfer über die Wasseroberfläche gehoben oder von einer Bisamratte oder einer Schildkröte oder von zwei Seetauchern. Wie auch immer die Welt erschaffen worden war, sie wimmelte von Leben, wurde von Wesen bevölkert, die aus einer einzelnen Zelle hervorgegangen waren oder die aus Ton geformt oder aus Holz geschnitzt oder aus einer Venusmuschel befreit worden waren. Sie sind aus den sieben Höhlen ihrer Unterwelt hinaufgewandert oder durch ein Loch im Himmel hinabgestürzt, oder aus der Welt der Insekten gekrochen, die tief darunter liegt. All diese Geschichten, all diese Anfänge sind wahr, und doch enthält keine die absolute Wahrheit. Sie existieren, obgleich paradox, dennoch gleichzeitig. Die Welt ist ein Haus, das aus sich widersprechenden Blaupausen errichtet wurde, weniger eine Geschichte als vielmehr ein Gespräch. Aber es ist keine Welt ohne Komplikationen, ohne Konflikte. Oder ohne Nähte.

Eine dieser Komplikationen war ein Mann namens Jude Dubuisson, ein Mensch aus Fleisch und Blut und gleichzeitig göttlich. Er starrte auf den Jackson Square, auf die breite weiße Fassade der St. Louis Cathedral, auf den flatternden Schwarm fetter Tauben, auf die gezeitengleichen Touristenströme auf den Pflastersteinen, und sah doch nichts davon. Er war taub für seine Umgebung, das ständige Murmeln der Menschenmenge, das Klappern der Hufe auf dem Pflaster und das laute Tuten der Dampforgel des Schiffs, das vom Fluss herüberschallte. Seine Aufmerksamkeit war nach innen gerichtet, auf Gedanken an das alte Leben, das er so sehr zu vergessen versucht hatte. Auf all die Jahre, in denen er zwischen den Welten der Götter und der Menschen gestanden hatte, der Lebenden und der Toten.

Sein ganzes Erwachsenenleben hatte er auf dem Saum zwischen diesen beiden Welten balanciert und beiden Schwierigkeiten gemacht – ein lebendiger, atmender Konflikt mit einem Scheiß-drauf-Grinsen. Allerdings war das vor dem Sturm gewesen. Diese Erinnerungen gehörten einem anderen Mann. In den sechs Jahren seit jenen schicksalhaften Tagen des Jahres 2005 hatte er versucht, das alles hinter sich zu lassen. Hatte versucht, all die unmöglichen Dinge zu verdrängen, von denen er wusste. In den letzten Tagen jedoch war die Vergangenheit wie eine Sturmwolke am Horizont aufgezogen, ein Gewitter, das unaufhörlich grollte, eine Schwermut, die sich einfach nicht zerstreuen ließ.

Die Vergangenheit weigerte sich schlichtweg, tot zu bleiben.

Jemanden wie Jude würden die liberaleren Geister in der Stadt, für die der Ausdruck »Mischling« irgendwie beleidigend klang, heutzutage einen »Kreolen« nennen. Die älteren Leute würden ihn als »rotknochig« bezeichnen, eine undefinierbare Melange aus weißen und afrikanischen Vorfahren, gewürzt mit allen möglichen anderen Zutaten, die es in den Gumbo geschafft hatten. Jude wusste nur, dass er hellbraune Haut hatte, eine weiße Mutter und einen Vater, den er nie kennengelernt hatte. Dem Rest der Welt schien seine Ethnie irgendwie immer wichtiger zu sein als ihm selbst.

Sein Haar war kurz geschoren und sein Bart eher stoppelig als stylish. Er trug eine Jeans und ein langärmeliges Oberhemd, trotz der schwülen Hitze, die sich im Sommer über New Orleans legte. Eine Hitze, die jede Betätigung zu einer Mühsal machte, selbst einen Atemzug. Das feuchte Hemd klebte an seiner Haut, und der Schweiß rann ihm das Kreuz hinunter. Jude wollte sich gerade zerstreut das Gesicht abwischen, mit einem

Stofftaschentuch, das ein Gentleman stets bei sich trug, wie seine Mutter es ihn gelehrt hatte. Aber er hielt inne und wurde aus seiner Selbstbetrachtung gerissen, als er plötzlich den Lederhandschuh bemerkte. Er ließ die Hand wieder auf seinem Schoß verschwinden.

Es achtete jedoch ohnehin niemand auf ihn. Er saß seit dem frühen Morgen an der Ecke direkt gegenüber vom Muriel's, hatte seine Klappstühle und den wackligen Tisch aufgebaut, eine Kreidetafel, eine Geldschachtel und einen zerlesenen Paperback-Atlas ausgelegt, wie an den meisten Tagen. Aber in all den Stunden, die er jetzt auf dem Platz gesessen hatte, hatten nur wenige Leute sich die Mühe gemacht zu fragen, was die Tafel bedeute. Hingesetzt hatte sich keiner. Seine Dienste gehörten im Gegensatz zu den Tarotkartenlegern und den Blaskapellen und den Kunsthändlern nicht zum Klischee des Quarters und blieben folglich unter dem Radar des durchschnittlichen Touristen.

Heute aber passte der Mangel an Kunden zu seiner Stimmung. Es wäre ihm schwergefallen, Interesse an den Problemen irgendwelcher Leute vorzutäuschen, da seine Gedanken unaufhörlich kreisten. Sie rannten in seinem Verstand herum, angespannt und nutzlos wie ein werdender Vater. Oder wie ein Verbrecher, der auf seine Exekution wartete.

Ein junger Straßenkünstler, Jude vergaß immer wieder, ob er Timmy oder Tommy hieß, blieb vor seinem Tisch stehen und warf einen langen Schatten. Jude quittierte diese Störung seiner Gedanken mit einem Stirnrunzeln, obwohl er den Schatten zu schätzen wusste. Das Gesicht des weißen Jungen war mit den verschwitzten Resten einer Clownsbemalung verschmiert, die sich bei seinem offenen Lächeln verzerrte. Er trug ein Golf-Cap und eine Tweedweste ohne Hemd darunter. Die beiden Männer trennten weniger als zehn Jahre, vielleicht gerade fünf, aber in Judes Augen war der andere noch ein Junge.

Jude war mehr an Schweigen als an Sprechen gewöhnt und musste erst einmal seine Stimme suchen, bevor er etwas sagen konnte. »Brauchst du was?«, krächzte er.

»Wollte dich grad dasselbe fragen.« Der Junge setzte sein Cap ab und wischte sich den Schweiß von der Stirn. »Wollte zum Lebensmittelladen um die Ecke.« Er wedelte mit der Mütze in die Richtung des Ladens, bevor er sie wieder aufsetzte.

Jude schüttelte den Kopf. »Trotzdem danke.«

»Nicht dafür«, antwortete der Junge, wandte sich zum Gehen und blickte zurück.

»Kommst du morgen Abend?« Jude zuckte ratlos mit den Schultern. Der Junge hob resigniert die Hände. »Ich habe es dir ja auch erst – wie oft gesagt, zwölfmal? Dass meine Band endlich den Gig bekommen hat? In der Circle Bar?«

»Ach ja, richtig«, erwiderte Jude. Er stellte sich vor, wie er mit einem Haufen Fremder in der winzigen Bar zusammengepfercht wurde. »Ja, ich versuche zu kommen«, log er.

Das Grinsen des Jungen machte diesen noch mal fünf Jahre jünger, und Jude kam sich plötzlich wie eine ältere, zynischere Version seiner selbst vor. Tommy ging zum nächsten Tisch, und die lockere Sohle eines seiner

Schuhe klatschte auf die Straße. Es wirkte irgendwie kläglich.

Jude seufzte und inhalierte die Vielzahl der Gerüche des Quarters: schales Bier, Moschusduft und der feuchte, dunkle Geruch des Flusses. So zu leben wie er war schwer, verborgen in den Nähten zwischen dem Leben, das er gekannt hatte, und diesem neuen Leben, das er wie eine Maske trug. Aber wegen all der Dinge, an die er nicht zu denken versuchte, gehörte Jude genau hierher.

Glaubte er jedenfalls.

Kurz darauf hatte Jude seine ersten und einzigen Kunden an diesem Tag, ein Pärchen von außerhalb. College-Kids, jedenfalls den griechischen Buchstaben auf ihren T-Shirts und den knallgrünen Plastik-Trinkbechern in ihren Händen nach zu urteilen. Sie war ein weißes Mädchen, das stundenlang in der Sonne gelegen hatte, um sich zu bräunen, und er war irgendetwas Westasiatisches, sprach aber mit einem stocklangweiligen amerikanischen Akzent. Jude vermutete, dass die beiden ein Liebespaar waren, so wie der Junge die Hand auf die Schulter des Mädchens legte und sie beide vorstellte, Mandy und Dave. Als machte die Konjunktion aus ihnen eine Einheit. Mandy schien erheblich neugieriger zu sein als ihr Begleiter. Als sie Jude fragte, was sein Schild bedeute, blickte Dave angelegentlich auf die andere Seite des Platzes, als suchte er nach einer Fluchtmöglichkeit.

»Es bedeutet das, was da steht«, erwiderte Jude. »Wenn Sie etwas verloren haben, kann ich Ihnen sagen, wo es ist.«

»Wirklich, echt alles?« Mandy warf einen kurzen Blick auf Dave, ob er auch zuhörte.

»Ja«, antwortete Jude, »wirklich echt alles.« Sie schien den amüsierten Spott in seiner Stimme nicht zu bemerken, aber Dave drehte sich um und warf ihr einen finsteren Blick zu.

»Das ist doch nur ein Schwindel«, erklärte er.

»Ihr erster Versuch ist kostenlos, wenn Sie nicht zufrieden sind«, sagte Jude. »Und zehn Mäuse, wenn doch.«

Daves Miene verfinsterte sich, aber Mandy setzte sich auf einen der Aluminiumstühle vor Jude.

»Komm schon, Schatz, lass es mich zumindest versuchen. Mom bringt mich um, wenn sie erfährt …« Sie warf einen berechnenden Blick in Judes Richtung. »Wenn sie erfährt, was ich verloren habe.« Dave stöhnte ungläubig, warf einen Blick auf sein Handy und verkniff sich gerade noch, mit dem Fuß auf das Pflaster zu klopfen, um seine Ungeduld zu demonstrieren. Sein ganzes Verhalten sagte Jude, dass er schon einmal über den Tisch gezogen worden war.

Aber Jude war kein Abzocker, jedenfalls nicht heute. Er hatte schon immer eine Affinität für verlorene Dinge gehabt. Bereits als Kind hatte er sagen können, dass ein Freund ein Spielzeug unter einem Sofakissen vergessen hatte, oder er hatte eine Nachbarin zu der Stelle geführt, wo ihre Katze in einem hohen Baum festsaß.

Diese Magie war ein Geschenk, das einzige von seinem Vater, den er nie kennengelernt hatte. Als er älter geworden war oder auch mehr Übung gehabt hatte – Jude wusste nicht genau, was von beidem –, war diese

Affinität stärker geworden und hatte sich deutlicher herauskristallisiert. Wenn er mit den Fingerspitzen über ein Haar auf einem Kissen strich, wusste er den Namen des verschollenen Kindes, wusste, dass es fror und, einsam und hungrig, in einem Untergeschoss in Ohio eingesperrt war, obwohl es erst ein paar Tage zuvor aus seinem Zimmer verschwunden war.

Doch je komplizierter der Verlust war, desto kryptischer wurde seine Gabe. Manchmal war es schlicht unmöglich, die Empfindungen und Visionen zu entschlüsseln. Einige Dinge wollten einfach verschwunden bleiben. Häufiger jedoch funktionierte seine Magie. Diese Macht hatte schon immer in seinem innersten Wesen geschlummert und war das Fundament geworden, auf dem er sein Leben errichtet hatte. Er war der Mann gewesen, der Dinge finden konnte.

Dann kam der Hurrikan, und die Nähte rissen.

Sie rissen zwischen einer Regierung und ihren Bürgern, als die Dämme der Regierung, die errichtet worden waren, um sie zu schützen … es nicht taten. Sie teilten sich zwischen den Menschen von New Orleans und ihren Leben, und die Glücklichen von ihnen strandeten wie Pusteblumensamen, die von einem starken Wind davongetragen wurden. Die Fäden, die Gemeinschaften, Familien und Heime zusammengehalten hatten, wurden in diesem Sturm überstrapaziert. Einige fransten aus, andere zerrissen. In der Flut von verlorenen Dingen, die dem folgte, klaffte der Raum in Judes Innerstem, in dem seine Magie lebte, weit auf.

Danach stellte er fest, dass seine Macht eine offene

Wunde geworden war, die nicht heilen wollte. Etwas Fundamentales an seiner Gabe hatte sich geändert, kehrte sich gegen ihn. Davor hatte er sich fokussieren und nach dem Wissen greifen müssen, das seine Magie ihm geben konnte. Danach konnte er es kaum im Zaum halten. Wie viele andere hatte er nach dem Sturm getan, was er konnte, um seine Sinne gegen all die Verluste um ihn herum abzustumpfen. Alkohol, Sex, jede Menge schlechter Entscheidungen. Es funktionierte, aber nur eine Zeit lang. Seine Macht war zu sehr Teil von ihm selbst, um verleugnet zu werden. Schließlich fand er heraus, dass er es schaffte, bei Verstand zu bleiben, gerade so, wenn er nichts und niemanden berührte. Deshalb die Handschuhe. Und wenn er alle paar Tage etwas von seiner Magie rausließ. Sechs Jahre lang hatte er so überlebt, auch wenn er das schwerlich ein Leben nennen konnte. Er hatte sein altes Leben nicht wieder aufgenommen und war unfähig, etwas Neues anzufangen. Jeder Tag war nahezu identisch mit dem davor. Er hatte sich lautlos in die Nähte verkrochen, wie eine verlorene Münze unter ein Sofakissen. Nirgendwo und niemand zu sein war besser, hatte er entschieden, als all diesen Verlust zu spüren.

Jude zog jetzt unter dem Tisch seinen Handschuh aus, und ein stechendes Kribbeln, wie wenn das Blut wieder zirkulierte, lief über seine nackte Haut. Er nahm die schlanke Hand des Mädchens in seine und konzentrierte sich auf den Gegenstand, den sie suchte. Hätte er sie nur einfach berührt, hätte er alles gesehen und gefühlt, was sie in ihrem jungen Leben verloren hatte. Selbst ein anscheinend glückliches und verwöhntes Mädchen wie sie hatte gewiss genug Verluste erlitten, um ihn vollkommen zu überfluten.

»Die Ohrringe Ihrer Mutter liegen in Ihrem Hotelzimmer«, sagte Jude.

Dave stieß ein scharfes, verbittertes Lachen aus. »Gut geraten, Sherlock!«, erklärte er. »Tolle Leistung, zu erkennen, dass wir Touristen sind. Fallen Leute wirklich auf so etwas rein?«

Judes erster Instinkt war es, Dave zu sagen, wie tief in seinen Arsch er sich seine herablassende Haltung schieben konnte, aber er verkniff es sich, um Mandys willen. Sie war ein gutes Kind. Und das war nicht nur ein erster Eindruck; Jude wusste es, spürte es durch ihre Haut. »Nicht in Ihrem Hotel hier in New Orleans.« Er blätterte mit der freien Hand durch den Atlas, schlug die Seite mit Louisiana auf, dann den Stadtplan von Baton Rouge und legte den Finger auf eine Straßenkreuzung, ohne hinzusehen. »Waren Sie irgendwann während der letzten Tage hier?« Mandy keuchte und zog hastig ihre Hand zurück, und Jude unterdrückte ein Lächeln. Er hatte es als Frage formuliert, aber er wusste, dass er richtiglag. Er wusste sogar noch mehr, den Namen des Hotels, die Zimmernummer, dass die beiden sich von einer Protestaktion einer kirchlichen Jugendgruppe vor dem Capitol Building weggeschlichen hatten, um einen sündigen Tag in der Crescent City zu verbringen. Aber wenn er zu spezifisch wurde, das hatte er ebenfalls gelernt, schlug die Haltung der Leute von fasziniert in verängstigt um. Dave zog einen Zehn-Dollar-Schein aus seiner Brieftasche und setzte sich.

»Die nächste Frage kostet zwanzig«, erklärte Jude.

Eine Viertelstunde und fünfzig Dollar später sagte Jude etwas, das zweifelhaft und vage genug war, um Daves Zynismus wieder zu erwecken. Sie verschwanden. Jude hätte sie die ganze Nacht dort halten können und all die kleinen Geheimnisse ihrer kleinen Leben auspacken können, bis sie kein Geld mehr gehabt hätten. Aber das Geld interessierte ihn nicht. Dieses erbärmliche Spiel mit den Touristen diente letztlich nur als Überdruckventil für seine Gabe.

Er war früher einmal so viel mehr gewesen als das hier.

Als er später nach und nach seine Habseligkeiten zusammenpackte, sah er, dass Mandy ihr Telefon vergessen hatte. Es ähnelte mehr einem Kinderspielzeug als einem technischen Gerät. Ein pinkfarbenes Klapphandy, das mit Strass besetzt war. *Wenn sie nur jemanden kennen würde, der verloren gegangene Dinge finden kann,* dachte er und lächelte zum ersten Mal seit Tagen, wie ihm schien. Kaum hatte er es angefasst, vibrierte das Telefon brummend, als hätte seine Berührung es ausgelöst. Jude klappte es erschrocken auf. Eine SMS von einer unbekannten Nummer war eingegangen.

Triff mich in einer Stunde auf einen Drink, stand da. *Der übliche Ort, es ist sehr wichtig. Ich habe etwas für dich.* Während er las, verzeichnete das Handy eine weitere Textnachricht mit einem erneuten Vibrieren. *Gruß Regal.*

Jude wollte gerade eine Antwort tippen, seufzte dann jedoch und klappte das Handy zu. Regal würde ein Nein nicht akzeptieren.

Er hatte eine Stunde Zeit, um nach Uptown zu kommen. Das wäre kein Problem gewesen, wenn er einen Wagen gehabt hätte oder auch nur einen Führerschein. Hatte er aber nicht. Den Gedanken an ein Taxi schob er ebenfalls beiseite. Wenn ihn die Straßenbahn nicht rechtzeitig dorthin brachte, musste Regal eben warten. Oder sie wartete nicht, was auch in Ordnung wäre. Ihn drängte es nicht, sie zu sehen.

Auf dem Weg aus dem Quarter legte er die fünfzig Dollar, die er Mandy und Dave abgenommen hatte, in die umgedrehten Hüte von drei Kids, die an einer Ecke eine Tapdance-Nummer vorführten. Er konnte sich einreden, dass er sich nur aus beruflicher Neugier mit Regal traf, dass er lediglich herausfinden wollte, mittels welcher Magie sie ihn über das Handy einer Fremden gefunden hatte, aber er kannte die Wahrheit. Was an ihm nagte, war die grundsätzliche Frage, warum sie sich überhaupt an ihn gewandt hatte. Was konnte so wichtig sein, dass sie ihn aufspürte? Und was konnte sie für ihn haben, was sie ihm nicht schon vor Jahren gegeben hätte? War das der Grund, warum ihm in letzter Zeit die Vergangenheit ständig im Kopf herumging?

Warum hatte sie sich bei allen Dingen, die in dieser Stadt verloren gegangen waren, die Mühe gemacht, ausgerechnet ihn aufzuspüren?

Das St. Joe's zu betreten glich dem Abstieg in eine Höhle, in der man plötzlich eine Kapelle entdeckte. Die schlagartig kältere Luft prickelte auf Judes Haut, und all seine

Härchen richteten sich auf. Dutzende von Kreuzen hingen von der Decke herunter, und keines war wie das andere. Eines war einfach und aus Holz geschnitzt, ein anderes ein dekoratives Gebilde aus Schmiedeeisen. Der staubige Geruch von jahrealtem Zigarettenrauch und der süße grüne Duft von frisch geschnittenen Minzblättern erfüllten den schmalen Raum, überzogen die zerschrammten Kirchenbänke, die hohe Bar und die Spiegel an den Wänden, die in dem dämmrigen Licht dumpf schimmerten. Hinter dem Poolbillard-Tisch im hinteren Teil des Raumes führte ein dunkler Gang an einer uralten, knirschenden Eismaschine und den Toiletten vorbei auf einen kleinen Innenhof. Aus den Lautsprechern in den hohen Ecken drang ein Song von Rebirth. Scharfe Bläsersätze pulsierten in einem ausgelassenen Beat. Die ganze Front der Bar war einmal verspiegelt gewesen, jetzt aber mit Sperrholz verbarrikadiert. Seit dem Sturm war sie verrammelt.

Jude kniff in der plötzlichen Dunkelheit die Augen zusammen. Er war vor Regal hier eingetroffen. So früh am Nachmittag hielten sich nur drei Gäste in der Bar auf. Ein Vietnamese, der auf einem Touchscreen an der Bar ein Spiel spielte, und eine junge weiße Frau mit blonden Haaren, die mit dem mürrischen Latino hinter dem Tresen redete. Der Barkeeper war damit beschäftigt, die Mojitos zuzubereiten, für die das St. Joe's bekannt war. Seine Augen jedoch hingen an der jungen Frau, und er lächelte schwach. Sie reckte sich, ihr Hemd hob sich und enthüllte das Grübchen, wo ihr Kreuz auf ihre Pobacken traf. Jude unterdrückte eine Aufwallung von Lust. Er wandte den Blick ab und lehnte sich gegen die Bar, versuchte Distanz zu ihnen zu behalten.

Der Mann mit dem Videospiel war um die vierzig, aber von vielen Jahren des Rauchens und Trinkens vorzeitig gealtert. Er starrte mit leerem Blick auf den Bildschirm, fütterte den Automaten mit Dollars und zog an seiner Zigarette, ohne auch nur eine Miene zu verziehen. Judes Fingerspitzen kribbelten. Unmittelbar unter seinem Brustbein durchbohrte ihn etwas Scharfes, wie ein Angelhaken, der plötzlich an einer Schnur gespannt wurde und ihn zu dem Mann zog, zu seinem Gefühl von Verlust. Der Mann nannte sich selbst »Lee«, die zweite Silbe von Willi, nicht wie Bruce Lee. Obwohl seine Eltern ihn William getauft hatten, nach seinem Vater. Lee hasste William senior und wollte nichts mit ihm zu tun haben. Aber er hatte immer das Gefühl, dass er etwas verloren hatte, weil er keinen Vater hatte, den er bewundern konnte.

Jude fluchte lautlos und ballte die Hände zu Fäusten. Manchmal sickerten die Dinge trotz der Handschuhe in ihn herein, vor allem in der Nähe von Fremden. Das war ein Fehler. Er hätte nicht herkommen sollen. Zum Teufel mit Regal und dem, was sie für ihn hatte. Gerade als Jude beschloss zu verschwinden, bemerkte der Barkeeper ihn und schlurfte zu ihm. »Was darf's sein?«, fragte er ihn mit einem kurzen Nicken. Jude bestellte ein Abita und schob sich auf einen Hocker. Dabei hielt er seine behandschuhten Hände außer Sicht unter dem Tresen.

Regal hat Zeit, bis ich mit dem Bier fertig bin, sagte er sich. Im selben Moment öffnete sich die Tür, als hätte sie ihren

Auftritt genauso geplant, und da war sie, eingerahmt von dem erlöschenden Sonnenlicht.

Sie hatte eine neue Frisur. Die seidige kastanienbraune Mähne, an die er sich erinnerte und die ihr bis auf die Schultern gefallen war, war verschwunden. Sie trug die Haare jetzt kurz. Ansonsten hatte sie sich nicht verändert. Ihre tief liegenden Augen waren immer noch von diesem klaren Honigbraun. Das Lächeln auf ihren vollen Lippen schwankte immer noch zwischen amüsiert und spöttisch. Sie war eine zierliche weiße Frau, die sich mit dem Selbstbewusstsein eines mindestens doppelt so großen Menschen und mit der Geschmeidigkeit einer Person, die sich zu behaupten wusste, durch den Raum bewegte.

»Dubuisson«, begrüßte sie ihn. »Ist schon viel zu lange her.« Trotz allem, trotz der schlaflosen Nächte, seines Unbehagens, draußen in der Welt zu sein, dieses Lebens, das wieder mit seinem kollidierte, den Tentakeln des Verlustes, die sich in die Spalten seiner Entschlossenheit drängten, trotz alldem brachte ihre Stimme ihn zum Lächeln. Regal Sloan. Seine Partnerin und engste Freundin in einem Leben, das er hinter sich gelassen hatte. Oder es zumindest versuchte.

»Hey, Queens«, sagte er. Der alte Spitzname kam ihm unerwartet über die Lippen. Sie verzog das Gesicht und wollte etwas sagen, aber der Barkeeper unterbrach sie mit Judes Bier. Regal bestellte sich ebenfalls eins, und sie schwiegen, während sie warteten. Als der Barkeeper zurückkehrte, griff Regal, die immer noch hinter ihm stand, über Judes Schulter nach ihrem Bier. Sie war so nah, dass er ihre Wärme spürte, ihren Atem auf seinem Hals fühlte. Jude zwang sich, nicht zurückzuzucken, als sie in seinen persönlichen Raum eindrang. Er wusste, dass sie nicht wirklich flirtete, sondern versuchte, ihm Unbehagen zu bereiten, ihn zu verunsichern. Sie faltete eine Serviette halb und zog mit ihrer Fingerspitze eine Zwei und eine Null darüber. Dann schob sie dem Barkeeper die Serviette zu, der sie, ohne zu fragen, als Zahlungsmittel akzeptierte.

»Behalte das Wechselgeld, Schätzchen«, sagte sie.

Jude trank einen Schluck Abita und genoss die prickelnde Schärfe auf seiner Zunge. *Dieselbe alte Regal,* dachte er und merkte erst, dass er es laut ausgesprochen hatte, als sie lachte.

»Wenn ich mich recht erinnere«, sagte sie, »hast du mir diesen speziellen Trick beigebracht.«

»Ich habe dir alle Tricks beigebracht, die du draufhast, Grünschnabel.«

»Lässt in deinem hohen Alter dein Gedächtnis nach?« Sie nahm ihre beiden Gläser. »Reden wir hinten weiter.«

Jude nahm einen Zwanziger aus der Tasche und legte ihn auf die andere Seite des Tresens zwischen zwei Flaschen, wo der Barkeeper ihn später finden würde. Dann folgte er ihr. Das Unbehagen in seiner Magengrube brodelte wie Wasser, das gleich überkochen würde. Als er an der Blondine auf der anderen Seite der Bar vorbeiging, deren Daumen über die Tasten ihres Handys tanzten, erfüllte der metallische Geschmack von Blut seinen Mund. *Großartig,* dachte er. *Einfach großartig.*

Der nächste Raum schien zu einer völlig anderen Bar

zu gehören. Terrassentische waren auf dem blanken Betonboden arrangiert, und darüber waren bunte Papierlaternen gespannt. Sie raschelten in der schwachen Brise, die der große Ventilator in der Ecke erzeugte. Er rührte die stickige Luft eher um, als dass er Linderung von der Hitze spendete. Regal stellte Judes Bier vor ihn hin und schlürfte den Schaum von ihrem eigenen. Er fragte sich, ob sie seine Handschuhe schon gesehen hatte und ob er das Glas mit nackten Fingern berühren könnte. Er war sich nicht sicher, ob er einen Handschuh unter dem Tisch ausziehen konnte, ohne dass sie es bemerkte.

»Also.« Regal leckte sich die Lippen ab. »Hast du deinen Mist auf die Reihe gekriegt, oder versteckst du dich immer noch vor dem Sturm?«

Man konnte Regal unverblümt oder taktlos nennen. Einige hatten auch rüdere Ausdrücke dafür. Einmal hatte eine Hausfrau mittleren Alters sie vor ihren beiden minderjährigen Töchtern als »großmäulige Fotze« tituliert. Jude wusste, wie sorgfältig Regal ihre bissigen Bemerkungen auswählte. Damit überrumpelte sie die Leute. Dieselbe Hausfrau hatte das jungfräuliche Menstruationsblut ihrer ältesten Tochter an eine Voodoo-Frau verkauft.

Trotzdem schmerzte es Jude, dass sie so auf seine Schwachstelle eindrosch, als wäre er irgendein Wichser, der ihr bei ihrem Job im Weg war. Und es machte ihn auch etwas wütend. Hauptsächlich jedoch bewies es ihm, dass sie mehr im Sinn hatte als einen Drink mit einem alten Freund.

»Dieser Kerl wird die Hölle erleben, wenn in seiner

Abrechnung zwanzig Mäuse fehlen«, sagte er. »Ich habe diesen Trick nur benutzt, um die Arschlöcher zu bestrafen, die es verdient haben. Schwer arbeitende Barkeeper, die versuchen, Geld für ihre Miete zusammenzukratzen, passen da nicht ins System.« Er bemühte sich, ruhig zu sprechen. Es würde ihn nicht weiterbringen, wenn er jetzt die Kontrolle verlöre. Sein Temperament war noch etwas – jedenfalls hatte das Judes Mutter immer behauptet –, das er von seinem verschwundenen Vater geerbt hatte.

Sie grinste ihn genauso an wie vorhin den Barkeeper, nur schien das Grinsen diesmal beleidigend gemeint zu sein. »Du bist wirklich ein richtiger Sonnenschein, weißt du das?«

»Erstens.« Jude zählte es an den Fingern ab. »Ich weiß, dass die Blondine da draußen schon sehr bald tot sein wird, ausgesaugt von dem Vampir, der sie verhext hat. Zweitens hast du Magie an dir versteckt – so, wie es sich anfühlt, eine Waffe, irgendetwas Scharfes und Ekliges. Drittens? Es gibt eine Veränderung, etwas, das selbst den Big Boss erschüttert. Und viertens, du spielst auf Zeit. So viel weiß ich.«

Sie wandte den Kopf in die Richtung, aus der sie gekommen waren, und kniff die Augen zusammen, als könnte sie durch die Wand blicken. »Quält dich das?«

»Was, das Mädchen? Natürlich tut es das.«

Sie schüttelte den Kopf. »Eigentlich wollte ich wissen, ob es dich quält, dass du die ganze Zeit so ein aufgeblasener Klugscheißer bist. Aber gut, reden wir über das Mädchen. Ich wette, du willst sie retten, stimmt's? Ihr den Tag versüßen?« Sie grunzte angewidert. »Nicht jede Frau ist ohne ihren großen, starken Beschützer verloren, weißt du? Dein Heldenkomplex wird dich noch eines Tages tief in die Scheiße reiten, Freundchen.«

»Danke für den Tipp«, sagte er und trank einen Schluck Bier. »Dein Timing könnte allerdings besser sein.« Das Gespräch lief nicht so, wie er es sich erhofft hatte. Regal wirkte angespannt, fast unsicher. Sie verspottete ihn, weil er das Mädchen retten wollte, aber sie starrte immer noch in ihre Richtung.

»Woher weißt du das alles?«, erkundigte sie sich.

»Weil ich der Sohn meines lieben alten Daddys bin, wer auch immer er war«, erwiderte er. »Einige Dinge weiß ich einfach.« Das war natürlich Blödsinn. Die Vampirwarnung durch den Blutgeschmack war nur ein Überbleibsel, ein unbeabsichtigter Nebeneffekt eines Schutzzaubers, den er vor Jahren gewirkt hatte. Alles andere, was er gesagt hatte, waren Vermutungen und raffinierte Spekulationen gewesen. Seine Zunge hatte sich schneller bewegt als sein Hirn und gehofft, einen Glückstreffer zu landen. Regal wusste etwas über seinen Vater; ihr einzureden, dass er einen Haufen Zeug wusste, von dem er eigentlich keinen blassen Schimmer hatte und das er auch gar nicht wissen konnte, war also kein allzu großes Risiko.

Sag den Leuten, du bist der uneheliche Bastard eines Gottes, und man nimmt dir ab, dass du zu so ziemlich allem fähig bist.

»Also, hör auf mit dem Vorspiel«, forderte Jude sie auf. Er beugte sich vor, und der Stuhl knarrte unter seinem

Gewicht. »Mourning hat dich geschickt, um mich dazu zu bringen, wieder zurückzukehren, stimmt's?«

»Nein.«

Jude hob eine Braue. »Also bist du einfach auf die Idee gekommen, du könntest deinen alten Kumpel Jude nach sechs Jahren mal besuchen und ein paar Bierchen mit ihm zischen?«

»Okay, ja, Mourning hat mich geschickt.« Sie biss sich auf die Lippen, sichtlich verunsichert. »Aber es ist nicht so, wie du denkst.«

»Scheiß auf Mourning.« Jude spürte, wie er die Beherrschung verlor, wie Ärger und Magie drohten, sich zu befreien, Form anzunehmen in Gestalt von Feuer und Sturm. Er hätte nicht herkommen sollen. Das war das Letzte, was er brauchte.

»Es ist nicht, was du denkst«, wiederholte sie. Regal schob zwei Finger in ihre Gesäßtasche und förderte einen Umschlag zutage, der mit rotem Wachs versiegelt war. Das Papier wirkte alt und dick, wie Pergament. Sie sah auf, dann zuckten ihre Augen zur Seite, unfähig, seinen Blick zu erwidern. »Du bist angepisst, ich hab's kapiert. Ich wollte damit nichts zu tun haben, aber du weißt ja, wie es ist. Wenn Mourning etwas will, bittet er einen nicht gerade darum. Aber diese Nachricht ist nicht von Mourning. Ich wurde nur angeheuert, dich zu finden und sie dir auszuhändigen.«

Jude wollte erwidern, dass es ihn nicht interessierte. Dass er nichts damit zu tun haben wollte, sondern nur nach Hause gehen und trinken wollte, bis er all die unmöglichen Dinge vergaß, von denen er wusste. Dinge, die zu seinem anderen Leben gehört hatten, wie zum Beispiel Magier, die etwas aus der Dunkelheit heraufbeschwören und es zwingen konnten, ihnen zu gehorchen, oder Hoodoo-Frauen, die gegen ein Honorar Flüche wirkten und dann die doppelte Summe für das Gegenmittel verlangten. Oder Monster, die am helllichten Tag herumspazierten und so taten, als wären sie Menschen, und in der Nacht jagten. Oder Kreaturen, die nur teilweise menschlich waren oder gar nicht. Wesen, die selbst die Götter aufgegeben hatten. Doch statt irgendetwas davon zu sagen, gewann seine Neugier Oberhand.

»Dieser Umschlag tickt doch wohl nicht, oder?«

Sie lachte, aber es war ein wenig überzeugendes, fast schon verzweifeltes Lachen. Sie sagte nichts weiter, sondern hielt ihm nur den Umschlag hin, der ein bisschen zitterte, als er ihn nicht nahm.

»Wer hat ihn geschickt?«, wollte er wissen.

»Keine Ahnung. Ich weiß nur, dass ich dir das hier geben soll.« Sie schob das handgeschöpfte Bütten schließlich über den Tisch. »Und ich soll dir sagen, dass ein Gefallen eingefordert wird.«

Jude fluchte leise. Er schuldete vielen Leuten so einiges, mehr, als er je zurückzahlen konnte. Aber nur einer von ihnen würde seine Schuld einen Gefallen nennen: Dodge Renaud, der Gott des Glücks von New Orleans. Und richtig, als er den Umschlag nahm, sah er das verschlungene *R* in dem roten Siegelwachs.

Einfach verflucht perfekt!, dachte Jude. Er wollte einen Schluck Bier trinken, stattdessen leerte er das Glas mit einem Zug, ohne sich darüber Gedanken zu machen, ob

Regal seine Handschuhe sah oder nicht. Zu seiner Überraschung stellte er fest, dass seine Hände nicht zitterten.

Sechs Jahre. Das war eine ordentliche Zeitspanne für normale menschliche Probleme, um Kater auszukurieren, die Begegnung mit ehemaligen Freundinnen zu vermeiden und um so zu tun, als wäre man mit der miesen Bezahlung für einen beschissenen Job zufrieden. Sechs lange Jahre, ohne nach der Pfeife von Göttern zu tanzen, ohne den ganzen Mist, den das mit sich brachte. Sechs Jahre lang war er abgetaucht, hatte sich mucksmäuschenstill verhalten und sich in der Naht eines langweiligen Lebens versteckt, bis er sich selbst eingeredet hatte, er sei vollkommen verschwunden, sodass er sich für den Rest seines Lebens nur mit armseligen Problemen herumschlagen musste. Er hätte es besser wissen sollen.

Sechs Jahre verstrichen in einem Wimpernschlag, wenn man ewig lebte.

KAPITEL ZWEI

Der Umschlag enthielt genau die Art von einfacher, kryptischer Nachricht, die Jude immer von dem Gott des Glücks erhalten hatte: eine skizzierte Karte vom Rand des benachbarten Garden Districts, vor allem die neun Straßen, die nach den Musen der griechischen Mythologie benannt waren. Nur fanden sich auf der Karte anstelle der Namen die Symbole der jeweiligen Domäne der Muse – eine Schriftrolle, eine tragische Maske, eine komische Maske, eine Flöte und ein hellrotes »X« inmitten eines Blocks, zwischen Klio und Kalliope. Das verriet ihm die Adresse, und ein Polaroid-Foto der Uhr auf dem mittleren Turm der St. Louis Cathedral zeigte ihm die Zeit: Mitternacht.

Was Judes weitere Fragen anging, das Wer, Was und Warum, so würde er erst dann mehr herausfinden, wenn er dort auftauchte. So war Dodge.

Aber wegen der Erwähnung seiner Schuld machte Jude nun einen Umweg über seine Wohnung, nachdem er ein Bombardement von Regals mit Obszönitäten gespickten Fragen ausgesessen und sie nach einem strategischen Rückzug im St. Joe's zurückgelassen hatte. Dort holte er den Beutel, den Dodge ihm vor so langer Zeit übergeben hatte. Spiralen und Winkel von Schutzzaubern waren in das ausgebleichte braune Leder geritzt, und die zwölf Fächer im Beutel waren prall mit Magie gefüllt, sowohl mächtiger als auch belangloser Magie. Amulette, Gris-Gris-Beutel zum Bannen von Flüchen, Phiolen mit milchiger Flüssigkeit und Steine mit uralten eingeritzten Schriftzeichen. Gott allein mochte wissen, was noch darin war, da der Beutel bereits voll gewesen war, als Jude ihn von Dodge bekommen hatte. Damals hatte er geglaubt, der Inhalt des Beutels sei es wert, einem Gott einen Gefallen zu schulden. Er hatte die Kontrolle über sein eigenes Schicksal gewollt, die ihm dieser Beutel seiner Meinung nach gewährte. Jetzt war seine einzige Hoffnung, dass Dodge den Beutel zurücknehmen würde, zusammen mit dem Kram, den Jude noch hineingestopft hatte, während er in seinem Besitz gewesen war, und die Sache damit erledigt wäre.

Was Pläne anging, war dieser ziemlich mies. Macht hatte immer einen Preis, und das Kleingedruckte schloss niemals eine großzügige Rückgabevereinbarung ein. Aber mehr hatte er nicht.

Nachdem Jude zwanzig Minuten rund um den Garden District gelaufen war und die primitive Karte zurate gezogen hatte, wartete er schließlich an einem Punkt, wo sonst niemand stehen bleiben würde – auf einem kaputten Stück Bürgersteig direkt an einem Zaun, der mit dicken Kletterpflanzen überwuchert war. Auf der anderen Seite des Zaunes erhob sich ein Müllberg aus Matratzenfedern und zerbrochenen Stühlen, die die scharfen Heckflossen und geschwungenen Linien einer alten Autokarosserie unter sich begruben. Der Müll und die Schlingpflanzen verbargen fast das verfallene Gebäude, das im Hintergrund lauerte. Es war ein Einfamilienhaus, wie die meisten alten Häuser in diesem Teil der Stadt, und gerade mal ein Zimmer breit, aber dafür erstreckte es sich mehrere Zimmer weit in die Tiefe. Ein typisches Shotgun House. Die Veranda führte zum Wohnzimmer, von dort zum Schlafzimmer, zur Küche und dann wieder ins Freie. Dieses Haus jedoch war mehr eine Ruine als ein Gebäude.

Nachdem Jude einen kurzen Blick in den Hof geworfen hatte, summte die Straßenlaterne über ihm wie eine riesige Hornisse und erlosch, sodass alles in Dunkelheit getaucht war. Jude ging auf den Zaun zu, und das Prickeln auf seiner Haut sagte ihm, dass er gerade die Schwelle eines Schutzzaubers übertreten hatte. Die Luft flirrte, und wo sich vor einem Moment noch ein durchgängiger Maschendraht befunden hatte, öffnete sich jetzt ein verrostetes schmiedeeisernes Tor. Jude bewunderte die Machart des Zaubers. Er ähnelte dem Schleier, den er über seine eigene Wohnung gezogen hatte, aber während Judes Magie einfach nur das Gebäude vor der Aufmerksamkeit der Öffentlichkeit verbarg, stieß dieser Zauber die Leute aktiv zurück. Jeder zufällige Passant würde auf die andere Straßenseite wechseln, um diesen Ort zu meiden, ohne seine Reaktion überhaupt wahrzunehmen. Selbst mit einer Einladung war er schwer zu finden gewesen.

Als Jude den Hof betrat, bewegte sich etwas in den Schatten. Es war schnell und niedrig und stürmte mit gefletschten Zähnen und wildem Gebell auf ihn zu.

Jude sagte ein Wort in einer Sprache, deren Namen er nicht kannte, und der Hund klappte die Schnauze zu. Dann legte er sich flach auf den Boden und grub sein Maul in den Dreck, jaulte einmal kurz und seufzte dann tief und ruhig. Er war ein großer, struppiger Mischling mit den hohen, spitzen Ohren eines Deutschen Schäferhunds. Jude grinste und schüttelte den Kopf. Jeder, der genug Macht hatte, um Dodges Magie zu durchschauen, wäre mit dem Hund genauso leicht fertiggeworden wie er. Falls es sich überhaupt um einen Hund handelte.

Denn zusätzlich zu allem anderen war Dodge ja auch noch ein Flachwichser.

Jude kniete sich hin, kraulte das Tier zwischen den Ohren und hoffte, dass es nicht sauer war. Trotz der Handschuhe spürte er ein tiefes Gefühl von Verlust bei der Kreatur, deshalb zog er die Hand zurück, bevor er Einzelheiten wahrnehmen konnte. Dies war ganz eindeutig kein Hund.

Jude stand auf und trat auf die verrottete Veranda. Er zögerte nur kurz, bevor er nach dem Türknauf griff. Der drehte sich, aber die Tür ging nicht auf, weil das Holz von der Feuchtigkeit aufgequollen war und im Rahmen klemmte. Jude stemmte die Schulter dagegen und stolperte mitsamt der Tür in einen dunklen, vollgestopften Raum voller Spinnweben und dem muffigen Gestank von Schimmel, der in der Nase kitzelte. Hier hatte die Entropie bereits lange gewirkt, sie hatte die Rigipsplatten bröckeln lassen, die Ziegelsteine freigelegt und eine etliche Jahre alte Schicht aus Dreck und Staub geschaffen. Jude stand in einem langen Flur und konnte kaum den Umriss der Tür am anderen Ende erkennen. Als er sie erreichte, bemühte er sich, die herumhuschenden Kreaturen zwischen dem Müll auf dem Boden zu ignorieren. Ihm fiel auf, dass die Tür erst kürzlich mit knallroter Farbe gestrichen worden war. Er zog sie auf, und sein Puls donnerte in seinen Ohren. Licht fiel in den Flur, und Jude hörte das Geräusch von Karten, die gemischt wurden, das Klirren von Eis in Gläsern. Er roch Tabakrauch und ein schwaches Aroma von Zimt.

Die Wände waren mit einer verblassten Blumentapete beklebt, die sich an den Kanten aufrollte. Die Luft in dem fensterlosen Raum war stickig und schwer und verqualmt. An der Wand zeigte eine Uhr in der Form einer Katze die Zeit an. Die hervorstehenden Augen und der gekrümmte Schwanz bewegten sich synchron. Durch das breite, zähnefletschende Grinsen wirkte die Bewegung noch unheimlicher.

In der Mitte des Raumes baumelte eine Glühbirne über dem grünen Filz eines Pokertisches. Dodge saß auf der gegenüberliegenden Seite, fett, kahlköpfig und wie immer grinsend. Sein mit Bräunungsspray behandeltes weißes Gesicht war von zu vielen Drinks gerötet. Er sah von Kopf bis Fuß aus wie der New-Orleans-Glücksgott. Seine funkelnden Augen hatten die knallig grüne Farbe von frisch gedruckten Hundert-Dollar-Scheinen, und sein Grinsen war fluoreszierend hell.

Wider besseres Wissen betrat Jude den Raum. Die Tür schloss sich hinter ihm, ohne dass jemand sie berührt hätte. Er betrachtete die Spieler, während Dodge das nächste Blatt austeilte. Ein fetter Mann mit langen dürren

Fingern und einer Haut in der dunkelvioletten Farbe einer Leiche. Ein Engel, mit Schwingen, so weich und weiß wie Puderzucker, und Augen, so ausdruckslos und kalt wie gefrorene Milch. Eine schwarze Frau mittleren Alters, die einen Strohhut keck schräg auf dem Kopf trug und eine Pfeife zwischen den Zähnen hielt. Und ein braunhäutiger menschlicher Körper mit einem Vogelkopf, dessen Schnabel gekrümmt war wie die Klinge einer Sichel.

Trotz alledem flößten Jude die Karten, die noch mit dem Bild nach unten auf dem Filz lagen, die meiste Angst ein. Sie lagen vor dem letzten freien Stuhl am Tisch.

Der, wie es schien, auf ihn wartete.

Jude ließ sich auf den freien Stuhl fallen, ohne die Karten vor sich zu berühren. Immerhin hatte er die Wahl. Er konnte weglaufen, betteln oder verlangen zu erfahren, was hier los war. Keine dieser Alternativen wirkte in irgendeiner Hinsicht lohnend. Mit *einem* Gott kam er gerade noch klar. Das hieß, vielleicht, und wahrscheinlich nicht mal das. Wäre nur Dodge hier gewesen, hätte er sich jedenfalls vormachen können, er hätte eine Chance. Aber ein ganzes Zimmer voller Götter?

»Am Arsch« beschrieb es nicht einmal annähernd.

Was auch immer Dodge geplant hatte, würde sich genauso abspielen, wie der Gott des Glücks es beabsichtigt hatte. Dennoch fühlte Jude sich sonderbarerweise ruhig. Ihm wurde klar, dass in der Kapitulation ein gewisser Friede lag.

Er sah sich am Tisch um, musterte die unmenschlichen Augen der Unsterblichen, die ihn betrachteten. Wartend. Erwartungsvoll. Sie lauerten auf seine Reaktion wie fünf Katzen auf eine Maus. Würde er kuschen? Irgendeine höfliche Grabrede murmeln? Sich betend zu Boden werfen?

Scheiß drauf!

»Wen muss man hier anbeten, um einen Drink zu bekommen?«

Gelächter lief um den Tisch. Ein dröhnender Bass vom Gott des Glücks, ein kehliges Kichern von der Frau mit der Pfeife, ein trockenes Rasseln von dem Vogelkopf-Gott. Der leichenhäutige Gott gab ein hohes, zischendes Klappern von sich wie ein Motor in seinen letzten Zügen. Genauso enervierend war das Schweigen des Engels.

Dodge förderte aus dem Nichts eine Flasche zutage und goss etwas daraus in seine Handfläche. Dann deutete er mit einer »Hier, bitte«-Bewegung in Judes Richtung. Der trank einen Schluck aus dem Glas, das in seiner Hand aufgetaucht war. Cola-Rum und ein Hauch Limone, genau das, was er bestellt hätte, wenn man ihn gefragt hätte. Die anderen Götter hatten ihre Getränke bereits neben sich stehen, wie Jude mit einem kurzen Blick registrierte. *Wie lange sie wohl auf mich gewartet haben?*

»Hat noch jemand einen letzten Wunsch?« Dodges tiefe Stimme klang außerordentlich liebenswürdig. Er warf den Spielern der Reihe nach einen scharfen, gerissenen Blick zu. »Prächtig«, verkündete er, als niemand antwortete. »Fangen wir an.«

Er legte den Stapel auf den Filz und nahm sein eigenes Blatt hoch. Routiniert fächerte er es auf und steckte die Karten um, während er weiterredete. »Heute Abend spielen wir Schicksal. Nichts Wildes, alles offen. Reichtum sticht Unheil. Nebenwetten sind bindend, also stimmt sie vor dem nächsten Blatt ab. Der Letzte kassiert alles. Hohe und niedrige Blinds variieren bei jeder Hand, je nach Dealer.« Er nickte dem Gott zu seiner Linken zu, dem mit der Leichenhaut. »Scarpelli, du bietest als Erster.«

Scarpelli senkte bestätigend den Kopf und fletschte die Zähne, was wohl ein Lächeln sein sollte. Seine gelben Schneidezähne waren lang und scharf. Jude trank noch einen Schluck, um den plötzlichen Blutgeschmack aus seinem Mund zu spülen. *Ein Vampir. Es wird immer besser.* Die knochigen Finger nahmen ein paar Brocken von einem Stapel, der in Judes Augen wie zerbrochenes China-Porzellan aussah, und warfen sie auf die Mitte des Tisches. Auf jede Scherbe war ein einzelnes stilisiertes Bild geätzt. Sie klickten aneinander, wie Würfel, bis sie schließlich zur Ruhe kamen. Es waren Zähne, das sah Jude jetzt. Menschliche Zähne.

Er war dran.

Die Aufmerksamkeit sämtlicher Gottheiten in dem Zimmer richtete sich auf Jude, so unfehlbar und unerbittlich wie die Strömung des Mississippi. Er hatte ebenfalls einen Haufen vor sich liegen, Münzen, groß und bunt und mit verschiedensten Motiven geprägt: Mardi-Gras-Dublonen aus Aluminium. Jude tat das Einzige, was er tun konnte – er schob seine Karten in die Mitte des Tisches. Dodges Worte über das Spiel hatten ihm klargemacht, dass er nicht annähernd genug davon verstand, um mitzuspielen. »Ich steige aus.« Angesichts der göttlichen Blicke, die auf ihm ruhten, wirkte die ganze Welt etwas gepresst, wie der letzte Atemzug, den ein Sterbender aus seiner Lunge drückt. Nach gefühlt mehreren Stunden nahmen sie endlich ihre scharfen Blicke von ihm.

»Du hast wirklich Eier, Kleiner.« Dodge lachte und paffte an seiner Zigarre. »Du wirfst nicht mal einen Blick in dein Blatt?«

Jude zuckte mit einer Achsel und bemühte sich, den Anschein zu erwecken, er wüsste genau, was er tat. Er trank noch einen Schluck Cuba Libre, einen tiefen Schluck, der ihm süß und heiß die Kehle hinunterlief und sich wie eine brennende Blüte in seinem Magen öffnete. Sie spielten eine Art von Poker, was bedeutete, dass Jude nur zwei Runden Zeit hatte, um herauszufinden, wie der Hase lief, bevor er ein bisschen Fleisch ins Spiel werfen musste. Er bedauerte die Metapher in dem Moment, in dem sie ihm einfiel. Denn bei diesem Spiel könnte das tatsächlich wahr werden.

Dodge räusperte sich. »Du bist dran, Flattermann«, sagte er und grinste über das ganze Gesicht. »Aber du stehst ja drüber, ist es nicht so?« Der Engel runzelte die Stirn, und der Vampir lachte. Es klang, als kratzten rostige Nägel über Judes Haut. Der Engel schob seine Karten einen Zentimeter weit in die Mitte des Tisches und schaffte es, dabei hochmütig auszusehen.

»Flattermann hat die Flatter!« Scarpellis hohe Stimme zitterte, und er lachte über seinen eigenen Witz.

»Warum könnt ihr einfach nie richtig spielen?«, sagte die Frau neben dem Engel. Sie hatte einen starken karibischen Akzent und redete in einem melodischen Singsang.

»Was kümmert dich das?« Scarpellis Stimme blieb leise, aber er kaschierte seinen drohenden Ton nicht. »Glaubst du, dass diese reinen Hände sich jemals für dich schmutzig machen würden, Pops?«

Jude warf einen Blick auf die Frau neben dem Engel, und anstelle der Menschenfrau von vorhin sah er jetzt den Gott, der sie benutzt hatte – einen schlanken, runzligen alten Mann mit tiefen Lachfalten in seiner ockerfarbenen Haut. *Pops,* dachte er. *Wie in Papa Legba, dem Loa zwischen der göttlichen und menschlichen Welt? Er muss es sein. Was wäre das für eine Party ohne ein bisschen Voodoo?*

»Ich habe den Eindruck, dass wir alle Dreck an den Händen haben, stimmt's?« Legba grinste um die Pfeife in seinem Mund herum. Jude blinzelte und sah wieder die Frau. Sie tauschte zwei Karten, schien zu mögen, was sie sah, und legte einen kleinen Lederbeutel zwischen Scarpellis Zähne-Einsatz.

Den letzten Gott erkannte Jude, so wie jeder New Orleaner es getan hätte, von dem Mardi-Gras-Umzug, der seinen Namen und sein Bild benutzte: Thoth, der altägyptische Gott der Schriftgelehrten. Er trug ein Jazzfestival-T-Shirt, dessen weiter Halsausschnitt zeigte, wo sein dünner gefiederter Ibis-Hals in menschliche Haut überging. Er hielt die Karten verdeckt in seinen dicken, fleischigen Händen, und seine Vogelaugen zuckten hinter einer runden Brille hin und her. Er stieg auch aus.

Dodge warf seine Karten ebenfalls auf den Tisch, nachdem Thoth seine hingelegt hatte. »Ich gebe mir selbst immer nur Dreck.« Er lachte.

Als die Götter sich ihr jeweiliges Blatt zeigten, hob Jude sein Glas an die Lippen. Es überraschte ihn, dass er es hielt und dass es frisch gefüllt war. Sein Gesicht war heiß und taub. Wie viel hatte er bereits getrunken? Ein verdammt cleverer Trick. Er reckte sich und schob das Glas eine Armlänge von sich weg, sodass er es nicht einfach nehmen konnte, ohne es zu wollen. Es würde schon mit wachem Geist schwierig genug werden, dieses Spiel zu überleben.

Er betrachtete die Karten, die über den Tisch glitten, und verstand die Regeln des Spiels nur sehr vage. Sie benutzten Tarotkarten. Schwerter und Stäbe statt Pik und Kreuz, Münzen und Kelche statt Karo und Herz. Die Bilder, das hatte er von den Kartenlegern im Quarter gelernt, waren männlich und weiblich; die jeweilige Farbe stand für eines der vier Elemente. Der Rest war ihm zu hoch. Er hatte nie genug aufgepasst, um herauszufinden, was die anderen Karten bedeuteten und welche Kombinationen ein gutes oder ein schlechtes Schicksal darstellten.

Legba gewann die erste Hand, der Vampir die zweite, und Jude stieg immer wieder aus und fand immer wieder sein Glas in der Hand. Die Karten wurden zum dritten Mal verteilt, und erneut richteten die Götter ihre Blicke auf Jude. Ihre Aufmerksamkeit drückte mit dem Gewicht von tonnenweise Erde auf ihn.

Sein Einsatz.

Jude verteilte die Dublonen in einem Fächer vor sich. Er war sicher, dass sie mehr als nur Geld repräsentierten. Die Götter spielten immer um die höchsten Einsätze. Jede Dublone, die er berührte, schickte trotz seiner Handschuhe einen Impuls durch seine Fingerspitzen, wie das Knistern statischer Elektrizität. Er hatte immer noch keine Ahnung, was die Karten bedeuteten, und wusste nicht einmal, worum er eigentlich spielte. *Scheiß drauf,* dachte er. *Dodge hat die Karten wahrscheinlich ohnehin gezinkt.*

Er entschied sich für die Münze mit einem stilisierten Herzen und warf sie in die Mitte des Tisches.

»Bin dabei«, sagte er. Dann lachten die Götter, alle. Über ihn.

Scham und der Verdacht, dass er nicht mehr so nüchtern war, wie er glaubte, brannten wie Eiswasser in seinen Adern. Dodge rollte die Zigarre zwischen den Fingerspitzen und starrte auf die glühende Spitze. Er war der einzige Gott, der nicht lachte.

»Dein Einsatz ist zu niedrig, Zuckerschnecke.« Scarpellis höhnische Stimme klang sadistisch. »Ein Herz. Was wollen wir mit einem gebrochenen kleinen Ding wie dem da?« Sein Blick aus blutunterlaufenen Augen richtete sich von Jude auf Dodge, und nach einem kurzen Moment schnalzte er mit der Zunge. »Wenn du es ihm nicht sagst, übernehme ich das mit größtem Vergnügen.«

Dodge antwortete, ohne von der eindringlichen Musterung seiner Zigarre hochzublicken. »Ein zu kleiner Einsatz bedeutet, dass du die Entscheidung verwirkt hast. Das ist die Regel.«

Der Vampir kicherte, dunkel und drohend. Dann spreizte er die dürren Finger über die Haut seines dunklen, fleckigen Gesichts, eine unheimliche Parodie eines Spiegels. »Ich will dein Blut, natürlich. Bis auf den letzten Tropfen.« Eine Dublone mit einem roten Tropfen stellte sich auf die Seite und rollte neben die, die Jude auf den Tisch geworfen hatte.

Dodge sagte etwas, das wie »Hey« klang, nur kürzer, fast wie ein lautes Ausatmen, und der Engel schloss nachdenklich die Augen. Als seine Lippen sich bewegten, klangen seine Worte für Jude so, als hätte er sie selbst ausgesprochen, ein Schrei, der durch eine leere Kathedrale hallte. »Der Herr verlangt seinen Glauben«, sagte der Engel. Eine weitere Münze von Judes Stapel machte sich auf ihre wacklige Reise über den Tisch zu den beiden ersten.

Jude warf einen Blick auf die Karten, die er verdeckt auf den Tisch gelegt hatte. Etwas in ihm wollte lachen. Die ganze Sache war einfach zu surreal. Alles hier hing von einer Pokerrunde ab, deren Regeln nicht den geringsten Sinn machten. Es musste ein Witz sein. Er konnte nur leider nicht herausfinden, ob er das Publikum war oder die Pointe.

»Ich nehme seine Stimme«, sagte Legba. Jude sah wieder den Loa und nicht die Frau, in die er gefahren war. Sein freundliches Lächeln war jetzt verzerrt und gierig. Und noch eine Münze.

Thoth richtete den Blick eines glasigen Vogelauges auf Jude und stieß einen möwenartigen Schrei aus. Es schien keine Rolle zu spielen, dass Jude nicht wusste, was Thoth verlangte, weil der Tisch es wusste. Judes letzte Münze rollte davon.

Dodge spielte nachdenklich mit seinen Karten und starrte ins Nichts. Der Augenblick zog sich hin, und Jude war plötzlich nicht mehr nach Lachen zumute. Seine Gliedmaßen waren wie betäubt und bleischwer, seine Lunge wollte keine Luft aufnehmen, so als atmete er durch einen Strohhalm. Schweiß drang ihm aus jeder Pore. Er konnte es nicht mehr ertragen, die Götter anzusehen, ihre Zähne und ihre Augen waren viel zu hell, während etwas Dunkles, Ekliges durch die Schatten glitt. Vielleicht waren es auch die Schatten selbst, die sich bewegten und in denen etwas lauerte, dem er sich nicht stellen konnte.

»Ich will sehen«, erklärte Dodge schließlich. Einer nach dem anderen legten die Götter ihre Einsätze auf den Stapel mit Münzen. Sie begruben ihn förmlich mit ihren eigenen Einsätzen, mit Zähnen, Federn, Papierfetzen und Schlangenschuppen. Es fühlte sich an, als öffnete sich in Judes Bauch ein Loch. Natürlich wollten sie spielen. Er hatte jetzt sein Fleisch ins Spiel gebracht, und alle wollten einen Happen kosten.

Legba legte seine Karten auf den Tisch. Es war eine unsinnige Pokerhand aus gemischten Farben und Tarotsymbolen. Die anderen Götter folgten seinem Beispiel unter beifälligem Gemurmel oder enttäuschtem Seufzen. Einige der Bilder kamen Jude vertraut vor, Gesichter von Leuten, die er schon einmal gesehen hatte. Der Kassierer in dem Laden, wo er seine Lebensmittel kaufte, ein ehemaliger Profisportler, der jetzt Gebrauchtwagen verkaufte, der örtliche Meteorologe, der nach dem Sturm gebrochen war. Dodge drehte seine Karten eine nach der anderen um: die Königin der Münzen, die Königin der Schwerter, die Hohepriesterin, die Königin der Stäbe und die Königin der Kelche – und jede Einzelne von ihnen trug Regal Sloans Gesichtszüge.

Der Vampir gab einen angewiderten Laut von sich und warf seine Karten in die Mitte des Tisches, ohne sie umzudrehen. Seine Reaktion und das selbstgefällige Grinsen des Gottes des Wohlstands ließen Jude vermuten, dass diese Hand unabhängig von Regals Schicksal für Dodge den Sieg bedeutete.

Jude fuhr mit dem Daumen über den Rand einer seiner Karten. Er hatte sie immer noch nicht angesehen. Welche Rolle spielte das auch? Es war nur wichtig, was ihm als Nächstes widerfahren würde. Und er bezweifelte, dass es so einfach sein würde wie die Rückzahlung einer Schuld. Was auch immer diese Karten zeigten, sie würden sein Schicksal entscheiden. Die Götter hatten jeder etwas von ihm verlangt. Wenn sie den Topf teilten, mussten sie ihn zerreißen. Das beste Szenario war, dass nur eine dieser Gottheiten ihn besitzen würde, und zwar mit Haut und Haaren.

Jude beugte sich vor, nahm seine Karten hoch und ergriff sein Glas. »Wie es in dem Song so schön heißt«, murmelte er, »›Trink einen Schluck Gift, bevor du stirbst.‹« Er leerte das Glas in einem einzigen brennenden Schluck, seufzte in einer Mischung aus Vergnügen und Schmerz und deckte, mit einem Zwinkern in Dodges Richtung, seine Karten auf. Einen Moment traute er seinen Augen nicht.

Die Karten waren blank.

Der Engel zischte wie eine Katze, die man in die Ecke gedrängt hatte, Legba fluchte in einer Sprache, die er nicht kannte, und der Vampir lachte und lachte und lachte. Jude hatte keine Ahnung, was diese Karten bedeuteten, aber was auch immer es war, es waren die Karten eines toten Mannes.

Er stand auf und taumelte, Furcht und Schnaps raubten ihm das Gleichgewicht. Er riss seinen Beutel von der Rückenlehne des Stuhls und stieß ihn dabei um. Fast wäre er ihm auf den Boden gefolgt. Die Götter beobachteten ihn einfach nur und warteten. Er wich langsam zurück und griff hinter sich nach der Tür. Sie hatten sich immer noch nicht bewegt. Er fand den Knauf und drehte ihn, spürte, wie sich die Tür in seinem Rücken öffnete, und dann stürzte er. Der Boden schien aus der Welt zu fallen.

Er fiel und fiel in schwankende, vollkommene Dunkelheit, in einen Schatten, der ihn ganz und gar verschlang.

Sein Bewusstsein und das Licht kehrten unvermittelt zurück. Jude hatte sich in seine schweißnassen Laken verwickelt, seine Muskeln schmerzten, und er atmete schnell und keuchend. Sein Herz hämmerte, er versuchte ruhiger zu werden, versuchte sich einzureden, dass es nur ein Albtraum gewesen sei, obwohl er wusste, dass er sich belog. Schließlich lag er da und beobachtete die langsamen Umdrehungen des Deckenventilators, während das Morgengrauen den Raum um ihn herum Stück für Stück erhellte. Er dachte an Dodge und Regal und Mourning, an die Nähte, wo die Welten kollidierten. Er lag dort und versuchte das Unmögliche von der Realität zu trennen. Das Treffen mit Regal in der Bar, das Kartenspiel, die Einsätze, die jeder der Götter von ihm verlangt hatte, gingen ihm im Kopf herum. Vergeblich versuchte er sich einzureden, dass alles nur ein schlechter Traum gewesen war.

Er blieb dort liegen, bis sein Telefon so lange klingelte, dass er schon aus Notwehr rangehen musste. Regal war dran. Dodge war ermordet worden.

KAPITEL DREI

Nephilim – so heißen die gigantengleichen Kinder der himmlischen Söhne Gottes und der irdischen Töchter der Menschen. Die Folgen der Lust eines Vampirs auf eine menschliche Frau nennen wir Dhampir. Das uralte Ägypten hatte den Baumeister Imhotep aufzuweisen, den Sohn einer Sterblichen und des Schöpfergottes Ptah. Indien konnte Arjuna aufweisen, den Sohn der menschlichen Königin Kunti und Indras, des Himmelsgottes, der über Blitz und Donner befahl. Die Waliser hatten Cú Chulainn, den Hund des Culann. Und es gab Phaeton, der den Streitwagen seines Vaters Helios zerstörte. Gilgamesh, der die Mauern um Uruk errichtete. Theseus und der Minotaurus kämpften im Labyrinth; der eine wurde vom Meer gezeugt, und der andere war von der Sonne herabgestiegen. Es sind Helden und Monstren, Produkte von Lust oder Zufall, Gnade oder Schicksal. Sie alle sind Halbgötter – die Macht einer Gottheit, gefangen in dem zerbrechlichen Leben eines Sterblichen. Immer sind sie größer als jene um sie herum und immer schwächer als das, was sie werden könnten.

Selbst nach einer langen heißen Dusche und einem halben Becher Kaffee stolperte Jude immer noch im Griff eines schrecklichen Katers durch seine Wohnung. Ein Kater, der ihn hätte beten lassen, wenn nicht der einzige Gott, mit dem er einigermaßen auf Du und Du stand, gerade gestorben wäre. Während er sich Jeans, ein verschlissenes Saints-T-Shirt und ein Sakko aus einem Trödelladen anzog, wurde ihm klar, dass er keinerlei Erinnerung daran hatte, wie er in der Nacht zuvor nach Hause gekommen war. Zwischen der Flucht aus Dodges Spielzimmer und dem Aufwachen in seinem eigenen Bett war nichts als ein leerer Raum. Genauso blank wie die Karten, die er aufgedeckt hatte. Was für eine Bestimmung sollte er mit leeren Karten erfüllen? Bedeuteten sie grenzenloses Potenzial oder gar keine Zukunft? War es eine Siegerhand oder ein Verliererblatt? Und wo sollte er ansetzen, um das herauszubekommen?

Mourning könnte es wissen.

Fetzen stiegen aus dem Dunkel hoch, wie einzelne Bilder, die aus einem Film geschnitten worden waren. Vampire. Karten, Dublonen. Engel, ein Voodoo-Loa und Götter. Und alle waren gierig. Jude begann ernsthaft über die vielen Vorteile vom Weg des Feiglings nachzudenken – die entschlossene und lebensrettende Flucht.

Er könnte ein paar Sachen einpacken, den nächsten Geldautomaten verhexen, dass er ihm sein gesamtes Bargeld ausspuckte, und einfach verschwinden. Scheiß auf Dodge, Scheiß auf Regal und Scheiß auf Mourning, Scheiß auf diese ganze verlorene, zerstörte Stadt. Er sollte den Bann brechen, den New Orleans noch über ihn hatte, und verduften, etwas, das er schon vor sechs Jahren hätte tun sollen, als alles sich rapide verschlechtert hatte. Er war einmal weggegangen, und er hätte einfach weitergehen sollen. Er hätte rennen sollen. Er hätte es schaffen können. Aber heute war nicht vor sechs Jahren. Wenn man angesichts eines Mordes flüchtete, des Mordes an einem Gott, würde das auf jede nur erdenkliche Art in den Augen aller möglichen Leute verdammt falsch aussehen.

Er fand den magischen Beutel unter seiner zerknitterten Kleidung von der Nacht zuvor und machte sich daran, den Inhalt zu durchwühlen, auf der Suche nach einem Mittel gegen seinen Kater oder einem Fluchtplan, je nachdem, auf welche Magie seine Finger zuerst stießen. Im nächsten Moment kündigte das Summen des hübschen pinken Handys, das Mandy, der Touristin, gehörte, eine neue Textnachricht an. Er kannte ihren Inhalt, noch bevor er sie las. Regal parkte unten auf der Straße und wartete auf ihn.

Er könnte irgendwo in die Karibik flüchten. Blaues Wasser und heißer weißer Sand. Rum und einheimische Mädchen und eine gemächliche, lange Talfahrt ins Vergessen. *Geh nach Zihuatanejo,* sagte er sich. *Wie Andy Dufresne in* Die Verurteilten. Allerdings war nicht einmal ein verlassener Strand mitten im Nichts weit genug weg, um Mourning zu entkommen. Auf dieser Seite des Grabes konnte sich Jude nirgends vor ihm verstecken.

Vielleicht nicht einmal auf der anderen Seite.

Regal sagte nichts, als Jude sich auf den Beifahrersitz schob, und wartete kaum, bis er die Tür geschlossen hatte, bevor sie Gas gab und stadteinwärts fuhr. Er suchte nach einer wirklich cleveren Bemerkung, aber er brauchte einfach noch ein paar Stunden Schlaf, bevor er irgendetwas auch nur halbwegs Geistreiches von sich geben konnte. Regal schien ebenfalls nicht in sonderlich gesprächiger Stimmung zu sein. Sie kaute an einem Daumennagel und fluchte über jede noch so kleine Verzögerung im Straßenverkehr.

Jude blickte aus dem Fenster und beschirmte mit der Hand seine Augen wegen des grellen Sonnenlichts. Währenddessen versuchte er sich daran zu erinnern, was passiert war, nachdem er diese leeren Karten aufgedeckt hatte. Die Erinnerungslücke machte ihn wahnsinnig.

Regal bog von der Canal Street auf die North Peters ab und fuhr rechts ran. Nachdem sie geparkt hatte, stieß sie die Autotür auf und sprang in einer flüssigen Bewegung aus dem Wagen. Sie vibrierte förmlich vor nervöser Energie. Jude folgte ihr nach draußen in die Backofenhitze und den Verkehrslärm.

Vor ihnen erhoben sich die zweiunddreißig Stockwerke des Canal Place, einem ziemlich eleganten Einkaufszentrum aus Beton und Glas, mit einem Kino über mehrere Stockwerke und einem luxuriösen Hotel weiter oben. Und es befand sich hier noch etwas, von dem fast niemand etwas wusste, nicht einmal jene, die auf der übernatürlichen Seite der Straße schlenderten. Etwas Altes und Gerissenes, etwas, das die Gestalt eines Mannes hatte und sich Mr. Mourning nannte. Jude hatte so eine Ahnung, wer und vor allem was Mourning sein mochte, aber diesen Gedanken würde er niemals jemandem anvertrauen.

So nah am Mississippi glaubte Jude den schweren, brackigen Geruch des Flusses in dem heißen Sommerwind zu riechen. Ein Spaziergang von ein paar Minuten würde ihn wieder zum Square bringen, zu der St. Louis Cathedral, zu Jackson auf seinem sich aufbäumenden Pferd, zu den spitzen Türmen, den schlafenden Tauben und den Touristenmassen. Er stellte sich vor, wie er sich dort versteckte, Zuflucht suchte und sich fragte, ob irgendein Boden wohl heilig genug wäre, um ihn schützen zu können.

Regal führte Jude stirnrunzelnd die Stufen zu den Glastüren hinauf und weiter in das kühle Innere des Einkaufszentrums. Alles an diesem Platz atmete Wohlstand. Der Marmor der Böden wurde von den riesigen Säulen aufgenommen, glänzendes Messing und strahlende Reflexionen umgaben sie. Gedämpfte Gespräche wie in der Kirche. Die kühle Luft, die Stille, der Geruch nach Putzmitteln und Lufterfrischer – Jude fühlte sich in dieser Umgebung primitiv und schmutzig.

Vielleicht war es auch nur der Kater.

Er wischte sich mit dem Ärmel die Stirn ab und ging zu den Aufzügen, die in einer Ecke versteckt waren. Die Türen öffneten sich, als er näher kam.

Regal stellte einen Fuß in die Tür, damit sie sich nicht schloss. »Hier.« Sie hielt ihm ein kleines Medaillon von der Größe eines Vierteldollars hin. Auf einer Seite war die Prägung einer stilisierten Sonnenmonstranz zu sehen, was ihn an die Dublonen erinnerte, die er in der Nacht zuvor als Poker-Chips benutzt hatte. Das Metall fühlte sich kühl und glatt in seinen Fingern an. »Du weißt, wie es funktioniert?«

»Ja«, antwortete Jude. Er drückte das Medaillon in eine Aussparung neben den anderen Knöpfen auf dem Paneel. Alle Zahlen leuchteten auf, als es einrastete.

Regal schien etwas sagen zu wollen, überlegte es sich dann jedoch anders. »Viel Glück und alles Gute«, wünschte sie nur.

»Du kennst mich. Besser glücklich als gut.«

Regal trat zurück und lächelte zum ersten Mal an diesem Morgen, bevor sie ihm beide Stinkefinger zeigte. Die Türen schlossen sich mit einem leisen Klingeln.

Jude spreizte die Beine und wappnete sich. Er war einmal im Jazzland auf einer Achterbahn gewesen; sie hatte sich so angefühlt wie der Aufzug zu Mournings Büro. Ein langsamer, schrittweiser Aufstieg und dann ein plötzlicher und Übelkeit erregender Sturz, dem eine etwa eine Minute lange Bewegung folgte, die den Eindruck eines Jo-Jos erzeugte. In dem Vergnügungspark war man wenigstens angeschnallt. Diesmal gelang es ihm immerhin, auf den Beinen zu bleiben. Wieder ertönte eine leise Glocke, und die Kabine kam ruckartig zum Stehen. Er zog das Medaillon mit der Sonnenmonstranz aus der Aussparung und ließ es in seinen Beutel fallen. Seine Ohren knackten, und die Türen öffneten sich mit einem knirschenden, uralten Rumpeln.

Das Wartezimmer dahinter glich einem Anachronismus, angefangen von dem dicken braunen Teppich, den holzgetäfelten Wänden und dem zitronigen Geruch von Holzpolitur in der Luft. Auf dem Schreibtisch stapelten sich Antiquitäten: ein Telefon mit Wählscheibe, eine Schreibtischlampe mit einem hellgrünen Glasschirm, eine gigantische Schreibmaschine. Auf der Milchglasscheibe der Tür in der gegenüberliegenden Wand standen die Worte »Akquisitionen und Beteiligungen«. Jude überkam der Impuls, an sich herunterzublicken, um sich zu überzeugen, dass er nicht das Schwarz-Weiß eines alten Film Noir trug.

Selbst die Tweedweste und der Gehrock des kleinen Mannes hinter dem Schreibtisch schienen der Vergangenheit entrissen worden zu sein. Er tippte ungerührt weiter auf der Schreibmaschine, vollkommen in seine Aufgabe versunken. Das Einzige, was noch sonderbarer war als die bizarre Antiquität des ganzen Zimmers, waren die segmentierten, geschwungenen Widderhörner auf der Stirn des Sekretärs. Sie wuchsen dick aus seiner Stirn heraus und verdünnten sich zu einer Spitze über seinem schütteren Haar.

Als Jude aus dem Aufzug trat, schlossen sich die Türen hinter ihm und verschwanden. Mournings Büro glich Dodges Kartenzimmer – wie viele andere Orte in der Stadt waren der Eingang und der Ausgang nicht identisch. Jude stellte fest, dass er sich leichter in seiner alten Rolle zurechtfand, als er erwartet hatte. Er nahm Dinge wie verschwindende Türen und Männer mit Widderhörnern als selbstverständlich hin. Als wäre Magie mit ihren Implikationen eine verschlissene, gemütliche Jeans, locker und vertraut.

Der Gehörnte war ebenso festes Inventar des Wartezimmers wie der Teppich und die Buchstaben auf dem Milchglas. Durch einen perspektivischen Trick wirkte er auf den ersten Blick gar nicht so klein. Alles um ihn herum, sein Schreibtisch, die Lampe, selbst die Pflanze im Blumenkübel hinter ihm waren entsprechend seiner Größe zusammengeschrumpft. In Wirklichkeit reichte der Sekretär Jude nur bis zur Hüfte. Da Jude niemals seinen Namen erfahren hatte und er nur einen einzigen Gesichtsausdruck zu haben schien, hatte Jude Mournings Sekretär im Stillen Knurrbock getauft.

Jude wartete einen Moment und räusperte sich. Knurrbock drehte sich bei dem Geräusch herum, schien Jude zu erkennen und verzog das Gesicht erwartungsgemäß zu einer missbilligenden Grimasse. Er nickte zu der Bank ihm gegenüber, eine knappe, abfällige Geste, und setzte dann sein langsames, unregelmäßiges Tippen fort. Jude setzte sich, und seine Knie knackten, als er sich auf die unbequeme Bank niederließ. Er wurde alt oder war zumindest nicht mehr in Form. Eine der Gefahren der Sterblichkeit.

Jude wartete mit wachsender Ungeduld, während Knurrbock ein Blatt aus der Maschine zog und ein neues einlegte. Er brauchte eine volle Minute, bis er mit dessen Position zufrieden war, und machte sich dann wieder an die Arbeit. Er würdigte Jude keines Blickes. Dessen Nerven waren angespannt und schienen bei jedem zögernden Tippen der Schreibmaschine angeschlagen zu werden. Angesichts der Art von Leuten, die Mourning aufsuchten – für gewöhnlich mächtige und gefährliche Kreaturen –, überraschte es Jude, dass man Knurrbock nicht schon längst den Stock aus dem Hintern gerissen hatte, weil er die falsche Gottheit gereizt hatte. Er holte tief Luft und versuchte, seinen Ärger zu zügeln.

»Ich möchte zu Mourning.«

Das Tippen hörte auf. Knurrbock faltete die Hände über der Tastatur und richtete seine feuchten, wässrigen Augen auf Jude. »Verstehe. Und Sie werden erwartet?«, fragte er. Er sprach langsam, und seine Wortmelodie machte aus dem Satz eine rhetorische Frage, als hätte er es mit einem Einfaltspinsel zu tun, der gerade etwas ganz besonders Dummes von sich gegeben hatte.

»Werde ich«, erwiderte Jude. »Er hat nach mir geschickt.«

Knurrbock nickte und fuhr mit einem Finger über einen gelben Notizblock rechts von ihm. »Name?«, fragte er.

Vorname Friss *Nachname* Scheiße, dachte Jude, beschränkte sich aber darauf, seinen richtigen Namen zu nennen. Knurrbock schnalzte mit der Zunge und blätterte eine Seite um.

»Ich habe keine Termine unter diesem Namen eingetragen. Sind Sie sicher, dass Sie hier richtig sind?« Ohne auf eine Antwort zu warten, legte er seine stummeligen behaarten Hände wieder auf die Schreibmaschine.

Jude biss die Zähne zusammen und schluckte seinen Ärger herunter. Er hätte mit einem Finger das fettige Haar dieses Arschlochs in Brand setzen können. Oder mit einem Wort diese verschnörkelten Hörner wachsen lassen können, bis Knurrbocks dürrer Hals unter dem Gewicht gebrochen wäre.

Der Inhalt seines magischen Beutels war zumeist wohlwollend, bestand aus Tränken und Amuletten und Schutzzaubern, aber er war sicher, dass er eine Waffe darin finden würde, wenn er nur lange genug suchte.

Er hatte einen Donnerkeil in petto, der von Knurrbock nur den winzigen Fleck einer Erinnerung zurücklassen würde.

Die Magie brannte in Judes Eingeweiden und flehte ihn an, sie freizulassen. Er könnte es tun, das war ganz einfach. Stattdessen holte er erneut Luft und zwang sich, ruhig zu bleiben, vor allem, weil er einen klaren Kopf brauchte, wenn er in das nächste Zimmer ging. Aber auch, weil er wusste, dass sein Ärger hauptsächlich seiner Frustration über den Mord an Dodge geschuldet war, die sich unbedingt Luft machen wollte.

Vor allem beherrschte er sich jedoch, weil ebenso leicht, wie er Knurrbocks mieses, erbärmliches Leben auslöschen konnte, Mourning das seine ausknipsen könnte.

»Er hat nach mir geschickt«, wiederholte Jude. »Vielleicht solltest du ihn fragen?«

»Mr. Mourning zieht es vor, nicht unterbrochen zu werden.«

Unglaublich. Jude wollte noch etwas sagen, aber in dem Moment summte das Telefon auf Knurrbocks Schreibtisch leise. Der Sekretär bedeutete Jude mit einem Finger mit einem sehr scharfen Nagel, ruhig zu sein und nahm den Hörer ab. »Ja, Sir«, sagte er in die Muschel. »Ich glaube schon, Sir.« Er nahm den Hörer vom Ohr. »Mr. Dubistdumm?«

Jude schaffte es gerade noch, dem Köder des provozierend falsch ausgesprochenen Namens zu widerstehen. »Ja.«

»Ja, Sir, er ist eingetroffen. Ja, sofort, Sir.« Er legte den

Hörer auf und richtete seinen leidenden Blick auf Jude. »Mr. Mourning schätzt keine Säumigkeit. Er empfängt Sie sofort.« Judes Ärger wurde von dem Drang zu lachen vertrieben. Knurrbocks Verachtung war so grenzenlos, dass sie jegliche Verärgerung überstieg und in den Bereich der Erhabenheit vordrang.

Auf dem Weg zur Tür wackelte Jude mit dem Finger und murmelte einen Fluch. Sobald er wirkte, würde Knurrbocks Schreibmaschine nichts als vulgäre Obszönitäten tippen, ganz gleich, welche Tasten er drückte, und zwar etwa eine Stunde lang. Es war kindisch, klar, aber auch ein bisschen gerechtfertigt. Diese kleine Anwendung von Magie fühlte sich besser an, als Jude lieb war, gerade so, als kratzte er eine juckende Stelle oder dehnte einen müden Muskel. Seine Fähigkeit war nicht eingerostet, sondern sofort wieder da. Es fühlte sich natürlich an, richtig, wie ein Athlet, der seinen Flow gefunden hatte.

Oder ein Alkoholiker, der wieder zur Flasche griff.

Jude öffnete die Tür und trat in Mournings Büro. Angesichts des strahlenden Lichts, das durch die zimmerhohen Fenster fiel, kniff er die Augen zusammen. Dabei bemühte er sich, ruhig weiterzuatmen, obwohl ihn Mournings Gegenwart wie immer nervös machte. Der Mann strahlte einfach zu stark. Das Sonnenlicht schien sich um ihn herum zu brechen, wie ein Prisma, es schillerte grell, und alles verschwand vor Judes Augen. Dann, als wäre ein Schalter umgelegt worden, wurde es gedimmt, und er konnte wieder etwas erkennen. Nur das Strahlen von Mournings blauen Augen war nicht gedämpft worden. Im Gegenteil, sie leuchteten heller denn je. Jude konnte den Blick nur einen kurzen Moment ertragen – diese Augen waren zu scharf und zu wissend.

Mournings Haut hatte die Farbe von gebrannter Umbra, wie von einer Patina aus alter Bronze überzogen. Sein dunkles Haar war lang und hinter die Ohren zurückgestrichen, und seine Wangen waren Tag und Nacht so glatt, als wäre er gerade aus dem Barbierstuhl aufgestanden. Mourning tippte mit zwei Fingern gegen seine vollen Lippen und schien hinter seiner Hand zu lächeln. Es hatte Gerüchte gegeben, als Jude noch für ihn gearbeitet hatte, Gerüchte über dieses blendende Strahlen, diese überwältigende Präsenz. Einige behaupteten, Mourning verpasse sich einen Feenglanz, wenn Leute in sein Zimmer traten – eine Magie, die ihn wunderschön und mächtig machen sollte. Andere hielten ihn für Apollo oder Ra oder für irgendeinen anderen verkleideten Sonnengott. Natürlich wurden diese Gerüchte nur hinter vorgehaltener Hand getuschelt. Jude glaubte, dass die Wahrheit erheblich komplizierter und düsterer war, hatte seine Gedanken jedoch immer für sich behalten. Das Einzige, in dem sich alle einig waren, die ihn je erlebt hatten, war, dass Mournings Schönheit das Schimmern auf der Schneide eines ungeheuer scharfen Messers sei.

Er saß an einem vollkommen aus Glas bestehenden Schreibtisch, der sein ätherisches Erscheinungsbild noch verstärkte. Er war leer bis auf ein Namensschild. Darauf stand einfach nur: S. MOURNING, MANAGEMENT. Seine silberne Uhr blitzte, als er Jude mit einer Handbewegung bedeutete, sich in einen der schwarzen Ledersessel zu setzen. Abgesehen von Mourning selbst war das Auffallendste an dem Raum seine Uniformität. Alles war entweder transparent, schwarz oder weiß. Der Boden wies ein Karomuster aus Schwarz und Grau auf, und in das Namensschild aus dunklem Walnussholz waren helle Buchstaben eingepresst. Auf einem kleinen Couchtisch aus geschnitztem Elfenbein und Glas zwischen den Sesseln stand ein Porzellanbecher, von dem eine Dampfwolke aufstieg. Jude setzte sich, nahm den Becher und inhalierte den Duft von Zichorienkaffee, dankbar für einen Anflug von Normalität in dem Zimmer. Mourning selbst trug einen schwarzen Anzug, der glänzte wie frischer Teer, und eine Krawatte von der Farbe gebleichter Knochen. Und er hatte immer noch dieses beunruhigende Lächeln im Gesicht.

Jude versuchte, etwas zu sagen, aber seine Kehle war zu trocken, also trank er einen Schluck Kaffee. Mourning faltete die Hände vor seinen Lippen und wartete.

»Sie wollten mich sehen?« Endlich hatte Jude seine Stimme wiedergefunden.

»Ja, Mr. Dubuisson«, erwiderte Mourning. »Das wollte ich allerdings. Man könnte sogar sagen, Sie zu sehen ist für mich von größter Bedeutung.« Seine Stimme war leise und angenehm, fast ein Schnurren, und jeder Zischlaut war ein fauchendes Lispeln, das Jude fast hypnotisierte. Es kroch in seine Gedanken und erschwerte es ihm, sich zu konzentrieren, wie das weiße Rauschen im Fernsehen. Zuerst hielt es sich im Hintergrund, doch dann wurde es lauter und lauter. Sein Herz schlug so schnell, dass er Angst hatte, es könne bersten.

Er sagte nichts. Mourning blickte in einen schwarzen

Aktenordner auf seinem Schreibtisch, der vor einem Moment nicht da gewesen war. Er hatte weder einen Befehl gegeben noch irgendwelches Gewese darum gemacht, sondern nur Magie benutzt, und zwar mit der unaufgeregten, fast natürlichen Leichtigkeit eines Gottes. Jude stellte seinen Kaffeebecher ab, weil er sicher war, dass seine zitternden Hände ihn jeden Moment im Stich lassen und den Kaffee überall verteilen würden.

Mourning sprach, ohne von dem Ordner aufzublicken. »Hier steht, dass Sie in letzter Zeit jede Verwicklung in Angelegenheiten vermieden haben, die unter die Schirmherrschaft dieses Büros fallen, jedenfalls soweit wir feststellen konnten.« Hinter ihm ragte das Geschäftsviertel von New Orleans glänzend in den wolkenlosen, leeren Himmel. Die Sommerhitze hatte alles Blau aus der Luft gebleicht.

»Ja, das stimmt.«

Mourning hob den Kopf und legte ihn auf die Seite wie ein neugieriger Vogel. Sein Lächeln erlosch. »In welcher Hinsicht? Wir liegen richtig mit der Auffassung, dass Sie sich zurückgezogen haben, oder wir liegen richtig damit, an der Wahrheit dieser Annahme zu zweifeln?«

»Also …« Verdammt. Diese Fragen hatten nicht den richtigen Unterton, fand Jude. Er unterdrückte den Impuls zu zappeln und blieb trotz seines Unbehagens ruhig sitzen. »Ich bin untergetaucht«, brachte er schließlich heraus. »Habe seit sechs Jahren keine Magie benutzt.«

Mourning hob einen Zeigefinger. »Abgesehen von gerade eben, als Sie die Underwood-Schreibmaschine meines Geschäftspartners geschändet haben.«

Jude antwortete nach einer kleinen Pause. »Richtig.«

»Wären Sie so freundlich, Ihre Begründung dafür auszuführen?«

Jude konnte die Worte nicht daran hindern, aus seinem Mund zu sprudeln. »Weil Ihr Sekretär ein penetranter kleiner Wichser ist, der es verdient hat.«

Mourning lächelte. Seine Zähne blitzten so strahlend weiß, dass sie Brandblasen hätten erzeugen können. »Er hat in der Tat die Neigung, seine Rolle als Wächter mit unangemessener Hingabe zu interpretieren«, sagte er. »Meine Nachfrage allerdings bezog sich auf Ihre Gründe für Ihren vollständigen Rückzug aus unserem Zirkel.«

Jude dachte an die Zahlen und die vielen, auf Türen gesprühten »X«, an Wasserflecken an den Wänden, höher als sein Kopf, und daran, wie die Stadt um all das Verlorene geweint hatte. »Ich hatte einfach nicht mehr den Mumm dazu«, antwortete er.

»Ah.« Mourning spitzte die Lippen und nickte. »Tatsächlich. Für ein Individuum mit Ihren besonderen Gelüsten muss diese Umgebung in letzter Zeit ziemlich … grauenvoll gewesen sein. Richtig?«

Jude stimmte zu und wartete darauf, dass die Axt fiel.

»Trotzdem.«

Da kam es. Obwohl er den Schlag erwartet hatte, zuckte er darunter zusammen.

Mourning beugte sich vor, und das Leder seines Stuhls knarzte. »Als mein ehemaliger Mitarbeiter sind Sie sich zweifellos bewusst, dass ich einen gewissen Stolz über meine Kenntnis von allen Vorgängen um mich herum empfinde. Vom Wer, Was, Wo, Wann und Warum, genauer gesagt. Ich weiß Folgendes. Letzte Nacht haben Sie sich an einem spekulativen Unternehmen beteiligt, mit einigen ziemlich mächtigen Widersachern. Das Ergebnis ist sowohl bedeutsam als auch – für wenigstens einen der Teilnehmer – höchst unglücklich, richtig?«

Jude nickte und schwieg. Er war sich sicher, dass er alles nur schlimmer machen würde, sobald er den Mund aufmachte.

»Also werden Sie mir verzeihen, wenn ich etwas verwirrt bin, weil die derzeitigen Ereignisse sich nicht mit der Schilderung dieser Neutralität decken, auf der Sie bestehen.«

Jude wollte schon nicken, erstarrte aber, als er begriff, was genau Mourning andeutete. Er öffnete den Mund und schloss ihn wieder. Es existierten zwei Männer in Judes Kopf. Der eine war der Jude, der sich sechs Jahre lang versteckt hatte, der mit hektischen Worten, die sich vor Panik fast überschlugen, darum bettelte, Mourning sämtliche Informationen zu geben, nach denen er fragte, sämtlichen Forderungen zuzustimmen, die er erhob, um so schnell und heil wie möglich aus diesem Raum zu verschwinden. Der andere war der alte Jude, der nicht einmal wusste, wie er sich verbeugen sollte, selbst wenn er es gewollt hätte, der schon aus Prinzip jeglicher Autorität ins Auge spuckte, manchmal auch einfach nur zum Spaß. Dieser Jude wollte Mourning ausführlich beschreiben, wohin er sich seine Andeutungen, seine Einschüchterungen und sein eloquentes Gelaber stecken konnte. Während des zugegeben kurzen Kampfes der beiden um Judes Stimme ergriff Mourning wieder das Wort.

»Für gewöhnlich, Mr. Dubuisson, ist das der Punkt, an dem Sie versuchen, meine Missverständnisse aufzuklären, bevor mein Verdacht sich zu, nennen wir es, Motivationen verhärtet.«

Hier und heute unter Mournings strahlendem Blick gewann der gebrochene Jude.

Die Worte strömten wie ein Sturzbach aus seinem Mund, wie Regenwasser durch eine löchrige Dachrinne. Versicherungen, dass ihn Dodges Ruf vollkommen überrascht hatte, eine Liste der Teilnehmer des Spiels und ihrer Interaktionen, seine Verwirrung darüber, dass seine Karten blank gewesen waren, eine Beschreibung, wie er aus dem Spielzimmer geflüchtet und in seinem Bett aufgewacht war. Mourning hörte sich das alles schweigend an. Seine einzige Reaktion bestand darin, mit den Fingern an seine Lippen zu tippen.

Als Jude fertig war, erfüllte ihn die peinliche Überzeugung, dass er angefangen hatte zu plappern. Seine Kehle war trocken. Er trank einen Schluck von seinem Kaffee, der mittlerweile lauwarm war, und hoffte, dass er Mourning geliefert hatte, wonach er verlangte.

Nach einem Schweigen, das sich von beklommen zu höchst unbehaglich hinzog, sprach Mourning. »Eine höchst eigentümliche Wendung der Ereignisse«, sagte er. »Ich muss zugeben, dass ich ein ungewöhnliches Maß an Neugier empfinde, was den Grund Ihrer Aufnahme in einen so mächtigen Zirkel angeht. Vielleicht ist die Verbindung in Ihrer Herkunft zu finden?«

Mournings Worte vertrieben Judes Angst. Er hatte sich selbst gefragt, warum er zu dem Spiel eingeladen worden war, hatte diese Möglichkeit jedoch nicht in Betracht gezogen. Seine Gedanken überschlugen sich. War das der Grund gewesen, warum Dodge sich bereit gezeigt hatte, ihm diesen Beutel zu geben? Hatte er endlich seinen Vater gefunden, nur um ihn sofort wieder zu verlieren?

Noch bevor Jude Mourning dazu bringen konnte weiterzureden, warf der einen Blick auf seine Armbanduhr, deren Zifferblatt auf der Innenseite seines Handgelenks saß, und seufzte.

»Also kurz und bündig«, sagte er und legte die Hand auf den Schreibtisch. Sie landete auf einem kleinen Stapel Aktenordner, der einfach so erschienen war. Er blätterte sie zerstreut durch, während er sprach. Jude hatte den Eindruck, dass er längst mit einer anderen Angelegenheit beschäftigt war. »Mr. Dubuisson, während Ihrer früheren Beschäftigung bei uns haben Sie gewisse Ermittlungen durchgeführt, stimmt das? Wären Sie so freundlich, Ihre offenkundig passenden Fähigkeiten in ähnlicher Weise diesem Problem zu widmen?«

Jude begriff, was der strahlende Gott von ihm verlangte, und unterdrückte einen Anflug von Panik. Wenn jemand in dieser Stadt wusste, wo man nach dem Mörder eines Gottes suchen musste, dann war dieser Jemand Mourning – das zumindest hatte er sich eingeredet. Und jetzt übergab er Jude den Auftrag, als wäre es immer noch sein Job, als wären der Hurrikan und die letzten sechs Jahre nicht passiert. Aber Jude war nicht mehr dieser Mann.

»Nein«, sagte er, »das kann ich nicht.«

Mourning redete weiter, als hätte er Jude nicht gehört, und einen kurzen, schrecklichen Moment lang befürchtete Jude, dass er sich wiederholen müsste. Doch dann brach Mourning mitten im Satz ab.

»Ich bitte um Verzeihung, aber vielleicht haben Sie mich falsch verstanden.« Die Augen, die plötzlich so dunkelblau waren, dass sie ans Violette grenzten, bohrten sich in Judes und beraubten ihn der Sprache. »Bitte glauben Sie nicht, dass eine höfliche Formulierung keine Forderung ausdrücken könnte, Mr. Dubuisson. Sie waren einer der letzten Menschen, der den Gott des Glücks dieser Stadt lebendig gesehen hat. Sie entscheiden sich entweder dafür, bei dieser Ermittlung zu helfen, oder aber Sie machen sich zu ihrem möglichen Ziel. Ich rate zu einer sorgfältigen Abwägung dieser beiden Möglichkeiten.«

Jude unterdrückte die klugscheißerische Erwiderung, die ihm auf der Zunge lag. Nicht hier, nicht bei Mourning.

»Ich möchte helfen«, sagte Jude. »Wirklich. Aber in Wahrheit übersteigt diese … Ermittlung meine Möglichkeiten bei Weitem. Wonach auch immer Sie suchen, Mr. Mourning, es hat einen Gott getötet. Ich befinde mich so weit unten auf dem Totempfahl, dass ich mir sogar von Ihrem Sekretär da draußen Frechheiten gefallen lassen muss. Ich meine damit nicht, dass ich es nicht tun würde. Ich lehne ab, weil ich es nicht tun kann, so ungern ich das auch zugebe. Aber es gefällt mir wirklich, zu atmen und einen Herzschlag zu haben, und ich würde gerne beides so lange wie möglich behalten.«

Etwas flog über Mournings Gesicht, ein Ausdruck, den Jude noch nie an ihm gesehen hatte. Die Lippen zuckten, und diese unirdischen Augen weiteten sich kurz. Nach einem Moment erkannte Jude, dass sein Gegenüber überrascht war.

»Wie enttäuschend«, sagte Mourning. Er schloss den Aktenordner auf seinem Schreibtisch und schüttelte den Kopf. »Ich muss zugeben, dass Ihr Mangel an Ehrgeiz mich nicht beeindruckt, Mr. Dubuisson, und ebenso verachte ich die Entschlossenheit, mit der Sie sich an Ihre Mittelmäßigkeit klammern. Aber seien Sie versichert, dass mein Angebot nur kurzfristig Gültigkeit behält. Danach werden Sie in die Kategorien ›Zeuge‹ und ›Verdächtiger‹ einsortiert werden, statt den erheblich wünschenswerteren Status ›Verbündeter‹ genießen zu können.« Er drehte sein Handgelenk erneut, um die Uhrzeit abzulesen. »Ich habe jedoch im Augenblick weder die Zeit noch die Neigung, Ihre Kooperation zu erzwingen. Wenn Sie also so freundlich wären, ich habe eine andere Verpflichtung.«

Damit entließ er Jude, der aufstand. Ihm schwindelte, als ihm das Blut in den Kopf schoss. Er nahm seinen Beutel, schwang ihn über die Schulter und murmelte eine Verabschiedung. Mourning nickte und winkte ihn hinaus, während er sich bereits anderen Dokumenten auf seinem Schreibtisch widmete.

Erst nachdem Jude Mournings Büro verlassen hatte, er Regal mit dem Telefon der Touristin die Nachricht geschickt hatte, dass sein Treffen vorbei sei, er auf die Straße getreten war und in der Toilette einer Bar im Quarter stand, erst da merkte er, dass er den ganzen Morgen kein einziges Zupfen auch nur einer einzigen verlorenen Sache gespürt hatte.

Und das, obwohl er sogar seine Handschuhe zu Hause vergessen hatte.

KAPITEL VIER

Jude saß an einem leeren Tisch im Clover Leaf Grill und starrte in die Kaffeetasse in seinen Händen. Der heiße, starke Geruch von Schinkenspeck und Sirup mischte sich mit dem Gestank von Bleiche. Es war laut. In der Luft lagen das Klirren und Platschen von gewaschenem Geschirr, das Zischen und Knistern und Klappern in dem offenen Grill, das jammernde Schmachten eines Achtziger-Jahre-Hits aus der Jukebox, das Murmeln und Lachen von Gesprächen, gelegentliche Ausrufe und Essensbestellungen. Wie bei den meisten Diners, die rund um die Uhr geöffnet hatten, waren alle Lichter angeschaltet, was vielleicht irgendwelchen triefäugigen Leuten etwas brachte, die unter Schlaflosigkeit litten, oder die Säufer aufmuntern sollte, die Bar endlich zu verlassen.

Jude hatte diesen Ort immer schon gemocht. Seine Schlampigkeit, seine offenkundige Missachtung von gesundem Essen, seine vulgäre, witzige Speisekarte. Dieses Diner existierte wie Jude selbst ebenfalls in den Nähten und hockte an der Ecke Bourbon und Dumaine, wo die Touristenfallen und die Bars für die College-Kinder, die Schwulenclubs und die ruhige Wohngegend des Quarters kollidierten.

Die Gäste passten zur vielschichtigen Lage. Heute saßen rotwangige Zwanzigjährige auf den Hockern und schlürften Milchshakes neben Frauen mittleren Alters, die versuchten, ihre zerrupften Federboas aus ihren Spiegeleiern mit Maisgrütze herauszuhalten, während zwei muskulöse Männer leise Freundlichkeiten mit einem Mann austauschten, der angesichts seiner verschlissenen Jeans und seines ungepflegten Bartes vielleicht obdachlos war. Jeder von ihnen befand sich auf einem anderen Level von Nüchternheit und Gier.

All das umgab Jude, und doch stellte er zum ersten Mal seit langer Zeit zu seiner Überraschung und zu seinem Entzücken fest, dass er vollkommen taub war. Er saß mit einem schwachsinnigen Grinsen im Gesicht da und blickte auf den angeschlagenen Porzellanbecher in seinen Händen.

In seinen bloßen Händen.

Ohne Handschuhe, die seine Magie blockierten, sollte er eigentlich Bilder von dem Kellner empfangen, der ihm den Becher gebracht hatte, von der Person, die ihn gespült hatte, oder von dem Dutzend Gäste, die ihn in jener Nacht und am Tag zuvor benutzt hatten. Er sollte ihre wütenden Worte kennen, die sie bedauerten, die Entscheidungen, die sie gerne zurücknehmen würden, all die Dinge, die sie im Sturm verloren hatten. Er sollte in einem Brunnen ersaufen, der so schwarz und bitter war wie der Kaffee im Becher.

Stattdessen fühlte sich zum ersten Mal seit Jahren sein Kopf völlig klar und ganz an und leer bis auf seine eigenen Gedanken. Er hatte Teile von sich selbst in diesem Kartenspiel verspielt. Seine Leidenschaft, sein Blut, seine Hingabe. Er wusste nicht, welcher Teil seine Magie repräsentierte, wusste nicht, welcher Gott ihm die Fähigkeit weggeschnappt hatte, verlorene Dinge aufzuspüren, aber es war die einzige Erklärung, die ihm logisch erschien. Ihn zu diesem Spiel einzuladen, war nicht nur eine Falle gewesen.

Es war ein Raub.

Regal klopfte mit ihren Knöcheln auf den Tisch. »Juhu, irgendjemand zu Hause?« Sie sang die Wörter förmlich. Jude blinzelte und blickte hoch. Sie grinste ihn schief an und schob sich auf den Hocker ihm gegenüber. »Jesus, ich muss deinen Namen mindestens zehn Mal gesagt haben. Alles okay?«

»Mir geht es gut. Richtig gut.«

Sie betrachtete ihn einen Moment forschend. »Weißt du was? Du siehst auch so aus. Vor ein paar Stunden hast du noch wie ein Arschloch mit einem Bandscheibenvorfall gewirkt. Hat Mourning deinen Kater kuriert?«

Jude drehte seinen Becher auf der Untertasse und überlegte, wie viel er ihr sagen sollte. Wahrscheinlich würde Mourning Regal auf Dodges Killer ansetzen, jetzt, da Jude den Job abgelehnt hatte. Sie hatte ein Recht zu wissen, was da auf sie zukam.

Bevor er ihr antworten konnte, blieb ein Kellner am Tisch stehen und nahm ihre Bestellung auf. Regal wollte Brot mit Soße, eine doppelte Portion Röstis und einen

Vanille-Milchshake. Jude nahm ein Club-Sandwich und bestellte noch mehr Kaffee. Nachdem der Kellner die Einzelheiten geklärt – Butter oder Fett, Pommes frites oder Kroketten – und er jede Frage mit »Schätzchen« und »Süße« untermalt hatte, verschwand er, und Regal richtete ihre Aufmerksamkeit wieder auf Jude. Nach einem Blick auf seine Hände sah sie ihn an.

»Heute ohne unheimliche Mysophobier-Handschuhe?«

»Ich brauche sie nicht mehr.« Dann begriff er, dass er ihr erklären musste, was das bedeutete, und beschloss, ihr einfach alles zu erzählen. »Wie viel weißt du darüber, was ich kann?«

Regal griff über den Tisch, nahm Judes Kaffeebecher und trank einen Schluck, während sie ihn über den Rand beobachtete. »Du findest Sachen, stimmt's? Alles, was du dafür brauchst, ist … Oh. Du musst sie berühren. Kapiere.«

»Richtig. Seit dem Sturm ist das außer Kontrolle geraten. Ich weiß nicht, ob es etwas damit zu tun hatte, wie viel ich verloren habe, oder ob es an mir lag oder woran auch immer. Aber ich habe einfach *alles* gefühlt. Du kannst dir nicht vorstellen, wie das war. Ohne eine Möglichkeit zu finden, es auszusperren, konnte ich mit niemandem zusammen sein. Die Handschuhe haben manchmal funktioniert, aber nie lange genug. Letzte Nacht bei dem Kartenspiel ist etwas passiert. Ich weiß nicht genau, was, aber es ist weg. Die Macht, der Fluch, wie immer du es nennen willst. Ich bin frei davon. Ich fühle mich wieder wie ich selbst, und das zum ersten Mal seit … Zur Hölle, ich habe keine Ahnung, wie lange.«

Regal blieb stumm. Nur ihre Augen bewegten sich, zuckten unstet und stierten dann auf die Tischplatte, waren aber auf etwas jenseits davon konzentriert. Irgendwann schüttelte sie den Kopf. »Das ist der größte Haufen Scheiße, den ich je gehört habe«, antwortete sie.

Obwohl er wusste, dass es die falsche Reaktion war, lachte Jude bissig.

»Die Sache geht völlig den Bach runter, und du versteckst dich, bis es besser wird?« Sie beugte sich wütend über den Tisch und sprach flüsternd weiter, als wollte sie vermeiden, Aufmerksamkeit zu erregen. »Die Leute brauchen dich, Jude. Ich habe dich gebraucht. Wegen deiner Gabe. Wegen all dem Guten, was du hättest tun können.« Jude wollte etwas erwidern, aber sie war jetzt in Fahrt. »Und dann erwartest du, dass ich glücklich bin? Dass du zurückkommst, gerade rechtzeitig, um in diesen ganzen Schlamassel zu geraten? Um mich da hineinzuziehen? Scheiß drauf! Und fick dich!«

»Regal, hör auf!«

Sie schwieg, lehnte sich jedoch zurück und verschränkte die Arme vor der Brust.

»Also gut«, sagte er. Ihr Zorn hatte seine eigene Wut geweckt. »Du kannst von mir aus gerne angepisst sein, wenn du das unbedingt willst. Aber tu nicht so, als wäre ich eine Art Erlöser!«

»Dann hör du auf, so zu reden, als wärst du irgendein gottverfluchtes Opfer! Was ist mit dem Mädchen, das du gefunden hast, die Kleine aus Ohio, meine ich? Willst du mir vielleicht sagen, dass du sie nicht gerettet hättest?«

»Das war einmal«, antwortete Jude leise und brummend. Wut und Magie brodelten in seinem Bauch. Er atmete durch die Nase ein und konzentrierte sich darauf, langsam wieder auszuatmen. *Sie provoziert dich, wie sie es immer tut,* sagte er sich. »Das war ein einziges Mal«, wiederholte er ruhiger. »Jeden Tag werden Leute aus ihren Leben gerissen. Weißt du, was ich normalerweise sehe? Gar nichts. Keine verschwundene Person am Ende meines magischen Tricks! Keine Spur aus kryptischen Brotkrumen, der man folgen könnte. Ein flaches Grab? Das Leichenschauhaus? Aus der Stadt verschwunden? Wer weiß das schon? Entscheidend ist, dass sie nicht verschwunden sind. Sie sind einfach nur dorthin gegangen, wo sie sein sollten. Es ist beschissen, und es ist nicht gerecht, aber einige Leute verpassen eben das Ende der Fahnenstange. Wende dich nicht an mich, wenn du nach einem Happy End suchst, Queens. Selbst wenn ich dieser Kerl jemals gewesen sein sollte, jetzt bin ich der ganz sicher nicht mehr!«

Ihre Kiefer mahlten, und er beobachtete sie, während sie sich ihre nächsten Worte überlegte. Sie zog ihr Handy aus der Tasche, ein dünnes Ding, das aussah wie ein Stück Glas, warf einen Blick auf den Bildschirm und legte es auf den Tisch.

»Das ist genau der Punkt«, sagte sie dann. »Wenn du verlierst, ist das der Moment, an dem du am härtesten kämpfen solltest, Schwachkopf! Hat dir denn keiner jemals irgendetwas beigebracht?« Jude musste ein Lächeln unterdrücken. Selbst wenn ihr Ärger gegen ihn gerichtet war, fühlte er sich tröstend an, vertraut. Er hatte fast vergessen, wie stur sie sein konnte.

Der Kellner kam zurück und knallte ihnen ihre Teller vor die Nase. Er schien die Anspannung zwischen ihnen nicht zu bemerken. Und so füllte er das Schweigen mit seinem eigenen Geplapper, höflichen Belanglosigkeiten und Fragen, auf deren Beantwortung er nicht wartete. Gleich darauf war er wieder verschwunden. Regal stach mit der Gabel in ihrer einen Hand in die Röstis und ertränkte sie mit der anderen in Tabasco. Jude nippte an seinem Kaffee. Sein Magen hatte sich verkrampft, und ihm war der Hunger vergangen.

Je länger seine Expartnerin aß, ohne ein Wort zu sagen, desto unsicherer wurde er. Wie viel von seiner Reaktion auf den Sturm hatte an der Pervertierung seiner Magie gelegen und wie viel an seiner eigenen Zerbrechlichkeit? Hätte er dem widerstehen können, wenn er stärker gewesen wäre? Hätte er vielleicht früher geheilt werden können, wenn er sich gezwungen hätte, sich der Sache zu stellen?

»Hör zu.« Er fürchtete das Eingeständnis, noch während er es machte. »Vielleicht hast du recht. Vielleicht habe ich mich für den leichten Weg entschieden.«

»Vielleicht?« Trotz ihres vollen Mundes war ihre Verachtung unverkennbar. Sie schluckte und deutete dann mit der Gabel auf ihn. »Das einzige ›vielleicht‹ hier ist die Frage, ob du vielleicht mal Eier gehabt hast. Jetzt jedenfalls hast du keine mehr.« Regal ließ ihre Gabel sinken, schob ihren Teller zur Seite und rieb sich die Hände. »Ich will nicht mehr darüber reden«, sagte sie. »Ich bin zu sauer, um noch vernünftig zu argumentieren. Ich will nichts mehr wissen, weder über deine verdammte Gabe noch über den Sturm oder über irgendetwas anderes, das länger als zwei Tage zurückliegt. Ich will nur über das reden, was als Nächstes kommt.« Sie checkte noch einmal zwanghaft ihr Handy, dann sah sie ihn an. »Mourning hat mich zur Eile angetrieben, als er mich geschickt hat, um dich zu holen. Welchen Zauber hast du verwendet, um mit diesem Glücksgott in Verbindung zu treten?«

»Um … Warte mal! Du meinst Dodge?«

»Klar. Du warst schon immer gut in diesem unheimlichen Hoodoo-Zeug, diesem Geisterbeschwörungsscheiß. Sag mir nicht, dass du gestern Nacht all deine Fähigkeiten verloren hast!«

Jude zögerte einen Moment, bevor er antwortete. Die Idee hatte eine elegante Direktheit, die perfekt zu Regal passte. Nach einem Mörder suchen? Dann beschwöre doch einfach den Geist des Opfers und frage ihn. Das Problem war nur, dass das in jeder Hinsicht verrückt war.

»Versteh mich bitte nicht falsch«, sagte er. »Aber davon hast du nicht die geringste Ahnung.«

Sie lachte sarkastisch, abrupt, und es klang wie ein Schlag ins Gesicht. »Meine Fresse! Vielleicht warst du mal mein Lehrer, aber das ist schon verdammt lange her. Du hast keine Ahnung, womit ich es zu tun hatte, nachdem du verschwunden warst. Du glaubst, ich weiß nicht, wie ernst die Sache ist? Du denkst, ich spiele hier Spielchen?«

Jude fuhr sich mit der Hand über das Gesicht, über seinen Stoppelbart, und seufzte. »Es ist ein Spiel, Queens. Genau das kapierst du nicht. Für sie ist es ein Spiel. Das Ganze. Und wir haben keine Möglichkeit, es zu gewinnen.«

Sie runzelte die Stirn, und ihr kriegerisch vorgeschobenes Kinn sagte ihm, dass er es auf einem anderen Weg versuchen musste.

»Außerdem, hast du darüber nachgedacht, was passiert, wenn du tatsächlich herausfindest, wer Dodge ermordet hat? Was die endgültige Lösung ist? Denn ich verspreche dir, Mourning hat nicht vor, irgendjemanden ins Gefängnis zu stecken. Wir reden hier über Götter. Die Todesstrafe ist die einzige Strafe, an die sie glauben.«

»Glaubst du etwa, mir wäre entgangen, dass du meiner Frage ausweichst, du Wichser? Erzähl mir keinen Blödsinn darüber, ob man es tun sollte oder welche Konsequenzen es hat, sondern sag mir die Wahrheit.« Ihre Stimme wurde unangenehm laut. »Kannst du den toten Gott beschwören oder nicht?«

Der Gast hinter Regal drehte sich um, langsam und mit großen Augen, als wäre er sich nicht sicher, ob er richtig gehört hatte. Unter dem Tisch wirkte Jude mit den Fingern einen »Hier gibt es nichts zu sehen«-Zauber – seine Version eines Jedi-Gehirntricks, aber er hielt unvermittelt inne, als ihm dämmerte, dass er möglicherweise über gar keine Magie mehr verfügte. Stattdessen grinste er den Mann an. »Wir reden über Dungeons & Dragons«, erklärte er. »Das Computerspiel.« Der Mann nickte, schien jedoch nicht gänzlich überzeugt zu sein. Jude wandte sich wieder an Regal.

»Ich weiß es ehrlich nicht. Sagen wir, ich versuche es. Aber dann bitte ein Schritt nach dem anderen. Wenn ich ein Loch in die Realität reißen und ins Nachleben greifen soll, muss ich wissen, in welche Richtung ich meine Hand ausstrecken muss.«

Regal hob eine Braue.

»Mit anderen Worten, ist Dodge in den Himmel gefahren oder in die Hölle abgestiegen?« Sie wollte antworten, aber Jude sprach bereits weiter. »Als ich ihn das letzte Mal gesehen habe, hat er keine Sünden bereut, also gehen wir davon aus, dass er an einem schlechten Ort ist. Die nächste Frage lautet: An welchem? Weißt du, wo seine Leute hausen? Denn ich weiß von ihm nur, dass er der ›Gott des Glücks‹ ist. Ist er ein Ase? Für die ist die Strafe im Nachleben eine eisige Einöde unter den Wurzeln des Weltenbaumes. Neigt er mehr zum Alten Testament, sollte ich mich in Gehenna umsehen, dem flammenden Tal der Qualen. Mist, ich kann schon von Glück reden, wenn er überhaupt in einer der unzähligen Unterwelten ist, von denen ich überhaupt etwas gehört habe, und nicht in der Hölle irgendeines perversen Gottes, von dem ich nicht das Geringste weiß.« Jude griff nach seinem Becher, spürte durch das Porzellan, dass der Kaffee kalt war, und setzte ihn wieder ab.

»Ich habe Mourning gesagt, dass ich nicht gut genug war, um auf diesem Level zu spielen, und das habe ich getan, bevor ich etwas von dem hier wusste …« Er hob die Handflächen hoch und wackelte mit den Fingern, zeigte ihr seine fehlenden Handschuhe, das Symbol seiner verschwundenen Magie. »Ich weiß nicht, wie viel Saft ich noch habe. Wenn überhaupt. Ehrlich gesagt hoffe ich, dass er ganz weg ist. Ich bin draußen, Queens. Und das ist genau der Ort, wo ich sein will.« Ihm war klar, dass er zumindest noch ein bisschen Magie übrig haben musste, da er Knurrbocks Schreibmaschine verhext hatte. Aber das brauchte sie nicht zu wissen.

Regal stocherte mit ihrer Gabel in den Resten ihres Essens herum. Ihr Kiefer arbeitete heftig, ohne dass sie etwas aß.

»Ich verstehe, was du sagst, wirklich. Und ich habe Mitgefühl. Aber ich habe auch schlechte Nachrichten für dich. Die Befehle kommen von ganz oben. Du glaubst, ich bin hier, weil ich Gesellschaft brauche? Du bist nicht aus dem Schneider. Von dort, wo du sitzt, kannst du den Ausgang nicht mal sehen. Du weißt genau, dass Mourning kein Nein als Antwort akzeptiert. Wenn du mir bei dieser Sache hilfst, bringt mich das vielleicht weiter und lenkt die Aufmerksamkeit von dir ab. Wenn nicht? Dann schickt er dir jemanden, der weniger hübsch ist.«

Jude drehte seinen Kaffeebecher und wirbelte das Gebräu herum, so wie seine Gedanken wirbelten. Er fragte sich, wie er in diese Lage gekommen war, was er in den letzten Tagen hätte anders machen können und welche Worte er in Mournings Büro hätte sagen sollen, um das hier zu vermeiden.

Ihm wollte einfach nichts einfallen.

Er war nicht in der Lage, Gefallen einzufordern, hatte niemanden, den er um Hilfe bitten konnte. Er konnte nirgendwohin flüchten, sich nirgendwo verstecken, hatte keine andere Möglichkeit, als geradewegs in etwas hineinzulaufen, was sich mehr und mehr wie eine Falle anfühlte. Als Jude das klar wurde, veränderte sich etwas in ihm. Er traf eine Entscheidung. Er wusste, dass er

Angst haben sollte, wusste, dass die meisten Menschen das Gefühl gehasst hätten, auf diese Art und Weise manipuliert, benutzt und in die Enge getrieben zu werden. Doch er musste ein Grinsen unterdrücken.

Die Pläne anderer Leute zu vermasseln, war seine Spezialität.

»Dir muss klar sein, dass du mich bittest, etwas zu tun, was nicht getan werden kann. Es geht nicht darum, ob ich es tun sollte – obwohl das sämtliche Regeln brechen würde, die ich hier gelernt habe –, sondern es ist schlicht und einfach nicht möglich.«

Sie seufzte. »Also willst du es nicht einmal versuchen.« Das war keine Frage.

Seine Mundwinkel hoben sich. »Oh, im Gegenteil, ich werde es tun. Es sollte allerdings ein paar Stunden dauern. Ich möchte nur, dass du ganz und gar verstehst, wie absolut mies ich drauf bin, wenn ich das Unmögliche bewerkstellige.«

TEIL II

DER EREMIT

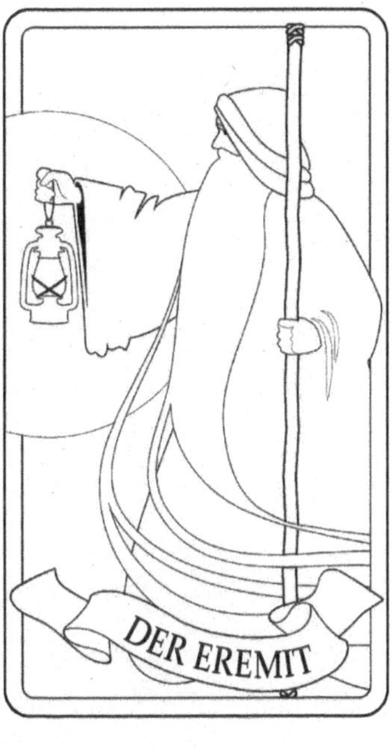

KAPITEL FÜNF

Ein Yantra, Faden um Faden, Bild um Bild zu einem schönen Teppich gewebt. Kreide auf einem Grabstein, die zittrige Skizze eines Veve, das den nächsten Regen nicht überstehen würde. Ein Temenos aus Marmor, das Jahrhunderte länger existierte als die vergessene Gottheit, die es zu einem Heiligtum machte. Ein Mandala aus buntem Sand, ausgestreut mit der Anmut tiefster Meditation. Ein salomonischer Kreis, gezogen nach der präzisen Formel. Uralt wie die Kivas der Anasazi, so modern wie der Kupferdraht eines faradayschen Käfigs. Uralte geheime Symbole und geometrische Figuren, Rituale, Kunstfertigkeit und Symmetrie. Heilige Räume, Botschaften, Gebete, Grenzen, Fallen. Das Universum verkleinern und den Seelenschrieb groß machen. Kreise in Kreisen, alle mit nur einem einzigen Zweck: die Magie hereinzulassen und die Dunkelheit draußen zu halten.

Es war Jude schwergefallen, Regal in seine Wohnung zu lassen. Sie machte nicht viel her, jedenfalls was die Maßstäbe eines Magiers anging. Sie bestand aus Wohnzimmer, Schlafzimmer und Küche, die typische Version so ziemlich jeder College-Aussteiger-Junggesellen-Bude im ganzen Land. Doch er hatte sich sehr viel Mühe gegeben, um seine Anonymität und seine Privatheit zu schützen. Bis auf seine Wohnung im zweiten Stockwerk stand das gesamte Gebäude leer. Ein aufgegebenes Teppichgeschäft belegte das Erdgeschoss und die erste Etage. Eine Handvoll cleverer Magie hatte das Gebäude vor sämtlichen Sanierungsplänen nach dem Sturm geschützt. Ein Zauber hatte die Adresse auf die Liste jener Gebäude gesetzt, die zum Abriss verurteilt waren, falls irgendjemand sie kaufen wollte. Ein anderer Zauber hatte das Anwesen für die Beamten der städtischen Verwaltung unter Denkmalschutz gestellt. Außerdem hatte er ein paar kleinere Zauber gewirkt, um dafür zu sorgen, dass die Rechnungen für Strom und Wasser aus irgendwelchen überaus diskreten Fonds einiger reicher Arschlöcher bezahlt wurden. Deren Kreditkarten liefen unter Decknamen, um ihre unterschiedlichen Ausschweifungen zu finanzieren, also stellte niemand eine Frage, wenn unübliche Abbuchungen getätigt wurden. Von der Straße aus sah es entweder aus wie ein Lagerhaus für eine prosperierende Baufirma oder wie eine verfallene Wohnanlage, je nachdem, wer es betrachtete. Es mochte ein mieses Dreckloch sein, das irgendeine Wohnungsbaugesellschaft mit Vergnügen abreißen und durch eine der millionenschweren Wohnanlagen ersetzen würde, die überall im Lagerhausdistrikt aus dem Boden schossen. Aber es war privat und ruhig, und es war vor allem sein kleines Dreckloch.

Abgesehen von einigen sehr betrunkenen One-Night-Stands war Regal seit sechs Jahren die einzige andere Person, die seine Wohnung zu Gesicht bekommen hatte. Sie schien nicht sonderlich beeindruckt, aber sie ging trotzdem direkt zu seinem Kühlschrank, nahm sich ein Bier und wollte wissen, wann er bereit wäre anzufangen.

Selbst nach etlichen Stunden Recherche und Beschwörungen fühlte es sich für Jude immer noch sonderbar an, sie in seiner Wohnung zu sehen.

»Die meiste Magie ist Blödsinn«, sagte er zu Regal, während sie arbeiteten. Sie knurrte daraufhin etwas, um ihm zu zeigen, dass sie ihn gehört habe, ohne jedoch aufzublicken. Sie kniete auf dem Holzboden über einem Kreide-Ideogramm, das sie mit geometrischer Präzision aus einem offenen Buch kopierte. »All dieses Fasten«, fuhr er fort, »die detaillierten Inschriften, die exotischen Zutaten, die uralten Sprachen. Es sind einfach nur Rituale. Man hält sie ab, um sich einzureden, dass der Zauber funktioniert, obwohl deine Instinkte und Erfahrung dir sagen, dass es nicht klappen kann.«

Regal ging in die Hocke und dehnte sich. Ihre Knie knackten hörbar. Sie rollte die Kreide zwischen den Fingern, legte sie aber nicht weg. »Du sagst also, dass ich gerade eine Stunde meines Lebens damit verschwendet habe, sinnlos auf Händen und Knien herumzurutschen«, meinte sie.

Jude zögerte, bevor er antwortete. »Betrachte es mal von dieser Seite. Magie anzuwenden bedeutet im Grunde, den Gesetzen der Natur zu trotzen, richtig?«

Regal akzeptierte dieses Argument mit einem Nicken.

»Sagen wir mal, irgendeine Sache läuft nur auf eine Art und Weise ab«, fuhr er fort. »Und es soll auch so sein. Aber wenn man die richtigen Worte mit der richtigen Kadenz ausspricht, dann kehrt es sich plötzlich um. Du mischst einen Haufen Öle und andere Zutaten zusammen, die chemisch gesehen eigentlich nur Durchfall bewirken sollten, aber wenn du das Ganze trinkst, bist du plötzlich fünf Jahre jünger oder kannst Dinge sehen, die du vorher noch nie sehen konntest. Du legst ein Foto, mehrere Knochen und ein paar Kräuter in einen kleinen Beutel, und das Objekt deiner Zuneigung verliebt sich unsterblich in dich. Der Welt um dich herum deinen Willen auf diese Art und Weise aufzuzwingen, gelingt dir nur durch wahre Überzeugung. Durch Glauben. Die meisten Menschen müssen zu Hilfsmitteln greifen, um diese Ebene des Glaubens zu erreichen. Sie brauchen das Ritual, aber sie brauchen es nur, weil sie glauben, dass sie es brauchen.«

Jude verstummte, als ihm auffiel, dass er fast dieselbe Rede vor seinem ehemaligen Lehrer gehalten hatte, einem mächtigen Magier namens Eli Constant, und zwar vor etlichen Jahren. Eli hatte Judes Einstellung zu diesem Thema nicht besonders geschätzt, was dazu geführt hatte, dass sie seitdem nie wieder miteinander geredet hatten.

Regal verzog das Gesicht und schüttelte den Kopf.

»Was ist?«, wollte er wissen.

»Du, du bist … Du bist manchmal so ein … Mann.« Die Müdigkeit in ihrer Stimme verdeutlichte, dass sie das nicht als Kompliment meinte. »Die Dinge fallen dir leichter, also muss das bedeuten, du bist erleuchtet, und der Rest von uns spaziert mit geschlossenen Augen durch die Gegend, richtig? Ist dir jemals der Gedanke gekommen, dass nicht die Tatsache, wer du bist, sondern was du bist, dafür sorgt, dass dir Magie so leichtfällt?« Sie hob die Hand, als Jude etwas erwidern wollte. »Ich weiß, ich weiß, wir sollen nicht darüber reden, weil du so eine empfindliche kleine Mimose bist, aber du musst dich den Tatsachen stellen, mein Freund. Dein Daddy war ein Gott. Du brauchst diesen ganzen Mist nicht wie wir anderen Sterblichen, weil du flüssigen Glauben in den Adern hast.«

Der alte Jude hätte sich widersetzt, hätte entwaffnend gegrinst und irgendetwas Schlaues über Gottheiten und auf zu großem Fuß leben gesagt. Wenn er etwas in den Jahren gelernt hatte, seit seine Gabe sich gegen ihn gewendet hatte, dann das, dass er sich selbst nicht so gut verstand, wie er einmal gedacht hatte. Er hatte natürlich über die vielen verschiedenen Wirkungen nachgedacht, die seine ungewöhnliche Erziehung auf ihn gehabt haben könnte, aber er war zu dem Schluss gekommen, dass seine Leichtigkeit im Umgang mit Magie daher stammte, dass in seiner Kindheit kein Erwachsener ihn zu überzeugen versucht hatte, Magie sei nicht real. Er hatte sich immer nur für einen Menschen gehalten, der die Welt anders als alle anderen sah. Aber vielleicht war es doch etwas tiefgründiger. Vielleicht war er sogar nicht einmal ein Mensch.

Wenn seine Magie nicht in seinem Verstand, sondern sozusagen in seinen Knochen existierte, würde das vielleicht erklären, wie man ihm seine Fähigkeit, verlorene Dinge aufzuspüren, hatte nehmen können oder warum dieser Verlust eine ständige Pein war, fast so etwas wie ein Phantomschmerz.

»Vielleicht hast du recht.« Jude brach das Schweigen, das langsam unbehaglich zu werden drohte. »Vielleicht ist an der Art, wie ich Magie praktiziere, tatsächlich etwas anders. Genau genommen hoffe ich sogar, dass du recht hast, denn soll ich mal ehrlich sein? Dieser ganze Mist hier …« Er deutete mit der Hand auf den Kreis, den sie geschaffen hatten. »Ich habe mir den einfach nur ausgedacht.« Sie hatten Stunden damit verbracht, die Akten von Mourning durchzugehen, und die meisten Werke über Okkultismus aus Judes Sammlung durchgeblättert. Die Resultate waren nicht sonderlich vielversprechend gewesen. Es gab ganze Bücher über all die verschiedenen Diagramme, mit denen man das Übernatürliche beschwören konnte, und dazu ein halbes Dutzend Möglichkeiten, die Toten aufzuwecken. Aber was tote Götter anging, so hatten sie nichts gefunden. Falls es zuvor überhaupt versucht worden war, hatte sich niemand die Mühe gemacht, darüber zu schreiben. Wahrscheinlich, weil keiner das Experiment überlebt hatte.

Regal stand auf und achtete sehr sorgfältig darauf, die Buchstaben nicht zu verwischen, die sie auf den Boden gekritzelt hatte. »In diesem weniger als tröstlichen Sinne«, sie klopfte sich Kreidestaub von den Hosenbeinen, »geh mit mir Schritt für Schritt diesen Zauber durch. Denn allmählich schwant mir, dass du es wahrscheinlich verkackst und uns in den Neunten Kreis der Hölle katapultierst.«

»Du hast also vor, jemanden zu betrügen?«, erkundigte sich Jude.

Regals Kopf ruckte herum. Sie verzerrte das Gesicht. »Was, verflucht noch mal, sagst du da?«

Jude hob die Hände. »Immer mit der Ruhe. Ich verarsche dich bloß. Du hast einfach nur deinen Dante durcheinandergebracht. Magier wie wir enden im Achten Kreis der Hölle, nicht im Neunten. Nummer Neun ist für Betrüger reserviert.«

Regal brauchte etliche tiefe Atemzüge, um ihre Wut zu einem bloßen Stirnrunzeln herunterzufahren. »Du hast also ein beschissenes Buch gelesen. Gratuliere!«

Jude verbiss sich eine Retourkutsche, aber nur, weil er nicht sicher war, wie sie reagieren würde. Ihre plötzliche Intensität hatte ihn verblüfft. Hatte sie seine Worte fehlinterpretiert, für eine Beleidigung gehalten? Oder hatte er mit der Erwähnung von Betrug einen Nerv getroffen? *Es ist immerhin sechs Jahre her,* rief er sich ins Gedächtnis. *Vielleicht ist sie doch nicht mehr dieselbe alte Regal.*

Was auch immer der Grund für ihren Ausbruch war, sie ging einfach darüber hinweg. Sie hatte sich bereits wieder dem Zauber zugewendet und beschrieb mit den Händen die Muster in der Luft, während sie leise vor sich hin murmelte. Als sie sprach, sah sie Jude nicht an, sondern deutete auf die drei konzentrischen Kreise, die den größten Teil des Diagramms bildeten. Eine weiße, pudrige Spur aus Salz, ein schimmernder Ring aus Ketten und einer aus dicker grauer Asche. »Diese inneren Kreise halten das, was du heraufbeschworen hast, und verhindern, dass es irgendetwas Ekliges tut, richtig?«

»Richtig«, bestätigte Jude. »Salz für die Reinheit und kaltes Eisen, um es zu binden. Asche, weil wir es mit den Toten zu tun haben.«

»Und diese Schrift in dem äußeren Kreis wirkt die Anrufung?«

»Nein, der eigentliche Ruf kommt vom Magier. Von deinem Willen. Diese Schrift dort zwingt das, was du beschworen hast, dazu, dorthin zurückzukehren, woher es gekommen ist.«

Sie studierte den Zauber eine Weile. »Aber daran ist nichts spezifisch. Woher weißt du, dass du das richtige Ding hierher beschwörst?«

»Dafür musst du dich fokussieren. Auf etwas, das repräsentiert, wonach du suchst. Und das ist sehr unterschiedlich. Würden wir versuchen, einen Loa zu beschwören, ginge das im Grunde mit Bestechung: Essen, Rum und einer guten Zigarre. Für die Toten brauchst du einen Teil ihres ehemals lebendigen Körpers – eine Haarlocke, einen Blutspritzer, ein Stück Knochen. Um einen Dämon zu binden, musst du seinen wahren Namen kennen. Und was Dodge angeht?« Jude zuckte mit den Schultern. »Ich habe improvisiert.« Er griff in den Beutel und – fand nicht, wonach er suchte. Verwirrt hielt er inne. Ihm dämmerte erst jetzt, nachdem ihm seine Gabe abhandengekommen war, dass er in dem Beutel noch nie etwas hatte suchen müssen. Er hatte einfach nur die Hand hineingesteckt und es ergriffen. Jetzt jedoch musste er aus irgendeinem Grund den ganzen Inhalt des Beutels durchwühlen, bis er das Gesuchte endlich in der Hand hielt. Es war die kleine Zinnfigur eines kahlköpfigen, lächelnden fetten Mannes, die goldglänzend angemalt war. Eine Hand der Statue hielt einen Tuchbeutel, den sie sich über die Schulter geworfen hatte, die andere war ausgestreckt. Ein kleines Loch war in die Handfläche gebohrt, um Räucherstäbchen hineinzustecken.

Regal hob eine Braue. »Du willst Buddha beschwören?«

»Das ist Budai, nicht Buddha«, gab er zurück, während er erneut den Beutel durchwühlte. Er war frustriert und abgelenkt, weil er suchen musste.

»Macht es dir Spaß, das Arschloch zu spielen und Leute zu verbessern, statt einfach nur ihre Fragen zu beantworten?«

Jude lachte leise. »Ehrlich gesagt, ein bisschen Spaß macht das schon. Budai ist eine chinesische Gottheit des Glücks. Ah, da haben wir es. Erinnerst du dich daran?« Er fand endlich den Umschlag mit der Einladung zum Kartenspiel. Vorsichtig löste er das rote Siegel vom Pergament und achtete darauf, das verschlungene *R* nicht zu beschädigen. Dann leckte er an dem Wachs und drückte es auf den kahlen Kopf der Statue, bis er sicher war, dass es halten würde. »So, siehst du? Ein kahlköpfiger, fetter Glücksgott mit Dodges Namen darauf.« Regals Miene verriet ihm, dass sie nicht sonderlich überzeugt war. »Es ist nur symbolisch. Götter lieben Symbolismus.«

Jude stellte die Statue des Glücksgottes in den mittleren Kreis, trat zurück und versenkte sich tief in sich, griff nach seiner Magie, nach dem Teil seines Verstandes, den er in den letzten sechs Jahren so penibel verschlossen gehalten hatte. Mehr um sich selbst zu beweisen, dass er es konnte, als um anzugeben, deutete er auf eine Kerze nach der anderen, die sie an fünf Punkten des inneren Kreises aufgestellt hatten. Mit einem kurzen Winken zündete er sie an. Es war einfache, primitive Magie, aber er war trotzdem erleichtert, als es funktionierte. Seine Gabe mochte verschwunden sein, aber nicht seine Magie. Jedenfalls nicht alles davon.

Als die Kerzen brannten, nahm die Form des Beschwörungszaubers in Judes Kopf Gestalt an. Wie das Bild eines Puzzles, das sich herauskristallisierte. Er streckte die Hand und seine Intention nach der Statue aus. Als sein Wille sie berührte, zuckte sie zusammen, als hätte sie diesen Moment vorweggenommen. Er konzentrierte sich stärker, die Statue bewegte sich, wiegte sich zuerst nach hinten und nach vorn, wie ein übergewichtiger Mann, der Schwung holte, um aufzustehen. Dann wirbelte sie herum und balancierte auf einer Fußspitze. Das Wachs fing Feuer, brannte hellrot und zischte wie eine Straßenlaterne. Jude ignorierte es und stellte sich stattdessen die in vielen Farben schillernden Augen des Glücksgottes vor, sein dröhnendes Lachen. Er biss die Zähne zusammen und konzentrierte sich darauf, Dodge erscheinen zu lassen. Schließlich aktivierte er einen Teil von sich, für den er keinen Namen hatte, so wie er seine Augen dazu zwang, sich schneller anzupassen, wenn das Licht ausgegangen war. Er spürte die Vibration einer Antwort. Die Statue schmolz, verteilte sich in einem dunklen roten Fleck auf dem Holzboden. Er hatte die Farbe von Theaterblut. Es sickerte in den Boden, und alles wurde still, selbst Judes Atemzüge.

Das war nicht richtig. Was auch immer da kam, es war nicht Dodge.

Mit einem splitternden Stöhnen bog sich der Boden, als würde sich irgendetwas Riesiges darunter bewegen. Es gab ein Krachen, ein Geräusch, ein Gefühl in Judes Verstand, ein Loch in der Welt, und dann erhob sich eine Form, dehnte sich aus und wuchs, knarrte in abgehackten, zuckenden Bewegungen. Von einem Moment auf den nächsten verwandelte sich der Boden in der Mitte des Beschwörungskreises in drei gerade Kanten und ein verziertes antikes Stück Metall. Eine Tür. Eine rote Tür.

Die Rote Tür von Dodges Kartenzimmer.

»Also«, sagte Regal. »Wie willst du das regeln? Stein, Papier, Schere? Oder Alter vor Schönheit?«

»Du meinst, wer die Tür aufmacht? Das ist eine schlechte Idee. Der größte Teil der Rituale bei der Magie ist vielleicht überflüssig, aber diese Schutzzauber sind wirklich verdammt wichtig. Kreise können die miesen Kreaturen beherrschen, die darin erscheinen, jedenfalls solange du draußen bleibst. Aber brichst du den Kreis? Dann ist alles möglich. Ich hatte schon Geister, die die Form von weinenden Kindern angenommen haben, sterbenden Freunden, von irgendetwas, nur um mich dazu zu bringen, in den Kreis zu treten. Dämonen tendieren für gewöhnlich zu etwas, was unglaublich sexy und sehr nackt ist und versprechen dir, alles mit dir zu tun, was du dir nur wünschen kannst. Der springende Punkt ist jedoch, dass du niemals den Rand eines Beschwörungskreises übertreten darfst.«

»Sicher, ich hab's kapiert. Überquere nicht den Fluss.«

»Ich höre hier ein Aber mitschwingen.«

»Aber wir werden nicht sehr viele Informationen aus der Befragung einer Tür gewinnen, habe ich recht?«

»Nein, werden wir nicht.« Jude betrachtete die Tür und überdachte seine Optionen. Als Dodge ihm den Beutel gegeben hatte, hatte er ihn auch ein paar Worte in einer sehr mächtigen magischen Sprache gelehrt. Eines dieser Worte bedeutete *Öffnen,* das andere bedeutete *Schließen.* Ohne diese beiden Worte war der Beutel nutzlos. Vor allem jedoch funktionierten die Worte so ziemlich bei allem, nicht nur bei magischen Beuteln. Als er noch Vollzeitmagier gewesen war, hatte Jude mit einem Flüstern passwortgesicherte Computerdateien geöffnet und Wunden befohlen, sich zu schließen. Jetzt zögerte er. Denn das Machtwort konnte nicht nur die Tür, sondern auch die Schutzkreise des Beschwörungszaubers einer Tür entriegeln, von der er nicht einmal wusste, ob er sie öffnen wollte.

Er erklärte Regal diese Möglichkeit und sein Zögern, die Machtworte zu nutzen, doch sie hatte dafür nur ein kühles Achselzucken übrig.

»Dein magisches Wort, das jede Tür öffnet, bedeutet das auf Elbisch zufällig ›Freund‹?«

Jude lachte. »Tolkien? Du bist wirklich ein Nerd, Queens.«

Sie grinste. »Wie sonst wäre deiner Meinung nach ein braves katholisches Mädchen in diesen ganzen okkulten

Scheiß geraten? Die kleine Regal Sloan wünschte sich so sehr, dass Drachen und Feen real wären, dass sie auf der Suche nach ihnen ein bisschen verrückt geworden ist. Wir können nicht alle so wundersame Mistkerle sein wie du. Ein paar von uns müssen einfach ein paar Regeln verletzen, um ans Ziel zu kommen.« Ihr Grinsen erlosch, und sie schien mit einem Mal weit weg zu sein. Jude wurde bewusst, dass sie in all der Zeit, die sie ihn kannte, stets im Moment gelebt hatte. Gleich, ob es nun um eine Lektion über Magie oder ein Problem gegangen war, das Mourning hatte lösen sollen. Er hatte das Gefühl, dass er sie gut kannte, aber genau genommen wusste er nicht allzu viel über sie.

Doch er kannte sie gut genug, um die Veränderung auf ihrem Gesicht zu bemerken, als sie eine Entscheidung getroffen hatte. »Scheiß drauf!«, zischte sie und streckte die Hand über den Beschwörungskreis aus, zu schnell, als dass Jude sie hätte daran hindern können. Er spürte, wie sich der enge Knoten des Schutzzaubers lockerte und dann ganz auflöste, und wappnete sich gegen eine Reaktion, die … nicht eintrat.

Regal wirkte fast enttäuscht, als nichts passierte, erst recht, als sie an dem Türknauf drehte und feststellen musste, dass die Tür abgeschlossen war. Es gelang ihr sogar, etwas kleinlaut zu wirken, als sie ihn über die Schulter hinweg ansah. »Wie wär's mit etwas Unterstützung?«

Als Jude es versuchte, drehte sich der Knauf ohne Widerstand, und die Tür öffnete sich knarrend. Dahinter lag Dunkelheit. Er warf Regal einen finsteren Blick zu.

Gern hätte er sie gescholten, aber angesichts des ganzen Mists, den er in der Vergangenheit fabriziert hatte, wäre alles, was er hätte sagen können, reine Heuchelei gewesen.

»Bringen wir es hinter uns«, meinte er und trat durch die Tür.

Er hauchte in seine hohle Hand und entzündete eine kleine Flamme, die er als Laterne verwenden konnte. Es erleichterte ihn, dass diese Art von Magie in ihm immer noch aktiv war. *Magie ist also wie Sex und Luft,* dachte er. *Du achtest nicht drauf, bis du sie nicht mehr hast.*

Der Raum hinter der Tür war genau so, wie Jude ihn nach seinem Besuch erinnerte. Die verblasste Tapete, der Kartentisch, die unheimliche Katzenuhr, aber Regal und er waren die einzigen Anwesenden. Das Zimmer war nicht nur einfach leer; ihre Gegenwart schien irgendwie als Überschreitung empfunden zu werden, so als wühlten sie die Habseligkeiten einer Person durch, während diese nicht zu Hause war. Die Uhr blieb stumm.

Als Jude weiter in das Zimmer ging, durchlief ihn ein Schauder, ein Flackern von geisterhaften Gestalten, ein Blitz von Geräuschen und Gerüchen. Er lehnte sich zurück und erlebte es erneut. Gelächter, Eiswürfel, die in einem Glas klirrten, Zigarrenrauch und der Duft nach Zimt. Nachdem er sich hin und her bewegt hatte, erwischte er den richtigen Punkt. Wenn er dort stehen blieb, sah er Gestalten am Tisch sitzen, Thoth und den Engel, die durch ihre einzigartigen Silhouetten sofort zu erkennen waren, und sonderbarerweise auch ein Umriss auf dem Stuhl, auf dem er gesessen hatte. Nach einer

Sekunde begriff Jude, dass die Gestalt auf dem Stuhl er selbst war.

»Wie zum Teufel machst du das?«, wollte Regal wissen.

»Ich weiß es wirklich nicht. Ich mache das nicht absichtlich. Kannst du es sehen? Von da, wo du stehst?«

»Ja. Es ist zwar irgendwie dunkel hier drinnen, aber wenn das Licht eine Sekunde angeht, ist der Raum voller Leute. Jedenfalls eine gewisse Art von Leuten. Nur dass sie alle wie erstarrt auf ihrem Platz sitzen.« Sie zog ihr Handy heraus und schoss, wie es sich anhörte, ein paar Fotos.

»Sehen wir uns noch weiter um«, schlug Jude vor. »Ich weiß, dass sich das blöde anhört, aber vielleicht versucht der Raum uns etwas zu zeigen.«

Er ging langsam umher und blieb jedes Mal stehen, wenn er das Zittern eines Augenblicks spürte. Dann bewegte er sich behutsam, bis sich das Bild manifestierte. Die ersten vier Zeitsegmente hatten sich während des Kartenspiels ereignet. Er merkte, dass die Zeit verstrich, weil die Zeiger der Katzenuhr immer weiter vorgerückt waren. Jude wartete jedes Mal ab, bis das digitalisierte Geräusch eines Kameraverschlusses, das Regals Handy von sich gab, verstummte, bevor er zum nächsten Zeitsegment ging. Das fünfte kam, als Jude fast die andere Seite des Kartentisches erreicht hatte, und es zeigte den Moment, in dem er gezwungen worden war, seine Karten aufzudecken … zeigte das Lachen der Götter und die Furcht auf seinem eigenen Gesicht. Jude hielt sich nicht lange damit auf.

»Eines verstehe ich nicht«, sagte Regal.

»Tatsächlich?« Jude merkte an ihrem Tonfall, dass die unnatürliche Ruhe des Raumes an ihren Nerven zerrte. Also ließ er sie reden, obwohl er nicht der Meinung war, dass das jetzt ein guter Moment war, abgelenkt zu werden. Ehrlich gesagt war er sogar froh, dass sie die Stille störte.

»Wir nennen sie Götter, aber das sind sie doch eigentlich gar nicht. Jedenfalls nicht alle, meine ich. Klar, Thoth ist ein Gott und Legba auch, denke ich. Aber ein Engel? Und, beim heiligen Himmel, ein Vampir? Ein Vampir ist kein Gott, sondern ein gottverfluchtes Monster!«

»Sieh es folgendermaßen. Du hast da ein … Wesen, okay? Es hat die Macht, die Welt um es herum zu verändern. Nicht so wie andere Leute – diese Kreatur kann die Regeln verändern. Wie nennst du das?«

Sie knurrte gleichgültig. »Neo? Supermann?«

»Na klar. Ist er ein guter Junge, ist er ein Held. Ist er ein böser Junge, ist er ein Monster. Das ist moralisch recht relativistisch für meinen Geschmack. Nur mal als Gedankenspiel …«

»Ich weiß immer, wann du Quatsch erzählst. Dann nämlich, wenn du anfängst, dein College-Test-Vokabular auszupacken.«

»Das ist kein Blödsinn«, widersprach er. »Ich bin immerhin der uneheliche Sohn eines Gottes, schon vergessen? Ich habe meine Hausaufgaben gemacht.« Jude unterbrach sich eine Sekunde, während er sich weiter durch den Raum bewegte. Er glaubte, er hätte ein Fragment des Kartenspiels gesehen. Nach ein paar Versuchen ging er weiter und nahm den Gesprächsfaden wieder auf.

»Also gut, nimm Herkules zum Beispiel. Er ist am Ende bei den anderen Göttern im Olymp gelandet, aber er war kein geborener Gott. Er hatte nur die Macht, ein Held zu sein. Das ist der einzige echte Unterschied zwischen einem ganz normalen Menschen auf der Straße und einem Helden oder einem Monster: Macht. Und wenn ein Held oder ein Monster die Eier hat zu verkünden: ›Ich bin ein Gott …‹«

Regal lachte und murmelte das »Ray, wenn dich irgendjemand fragt, ob du ein Gott bist«-Zitat aus *Ghostbusters.* Jude tat, als hörte er es nicht.

»… und nicht niedergeschlagen wird und auch noch länger lebt als jeder, der sich an ihn erinnern konnte, als er noch kein Gott war … weißt du was? Das ist genau das Rezept für eine Gottheit, jedenfalls soweit es die kleinen Götter angeht. Vampire sind einfach nur monströse, beschissene Totengötter, das ist alles.«

»Das ist alles, was man braucht, um göttlich zu sein?«

Jude zuckte mit einer Achsel.

»Ja, Gott verdammt, dann trag mich ein. Ich könnte die Göttin der betrunkenen Texte und bedauernswerten Affären werden.«

»Du übersiehst mal wieder das Kleingedruckte. Ein Gott zu sein bedeutet, dass du die Personifizierung einer Idee wirst, aber es bedeutet auch, dass das alles ist, was du jemals sein wirst. Wie ein Schauspieler, der auf einen Typ festgelegt wird, nur dauert die Sache Jahrhunderte.«

»Unheimlich. Aber du willst doch nicht sagen, dass es ewig so weitergeht?«

Jude presste die Lippen zusammen. »Am Ende stirbt

jeder, Queens«, sagte er. Er hatte fast die andere Seite des Raumes erreicht und stand jetzt neben Dodges Stuhl. »Auch ein Gott.«

Als der letzte Moment sich manifestierte, erfüllte der Gestank von Blut den Raum so plötzlich und stark, dass Jude herumwirbelte. Er war sich sicher, dass der Vampir Scarpelli ihm aufgelauert hatte. Aber als er sich bewegte, verschwand der Geruch zusammen mit dem Rest der Szene. Ein Schauder lief ihm über den Rücken. Er bewegte sich langsam wieder zu der richtigen Position, der Gestank kehrte zurück, zusammen mit seiner Quelle – Dodge. Er lag mit dem Gesicht auf dem Kartentisch, auf dessen grünem Filz sich ein klebriger dunkler Fleck ausbreitete.

»Himmel«, murmelte Regal. »Toter als das kann man nicht sein.«

Jude antwortete nicht, sondern ließ sie ihre großartigen Fotos machen. Dann ging er zur Tür, durch die Zeit zurück. Vom ermordeten Dodge zum lebendigen Dodge und Judes blanken Karten auf dem Tisch, ließ das Spiel rückwärts laufen, bis er wieder bei jenem Moment angelangt war, als Dodge immer noch das erste Blatt mischte. Etwas an der ganzen Situation nagte an ihm, wie ein Wort, das ihm auf der Zunge lag.

»Was für eine Verschwendung«, sagte Regal.

»Was meinst du damit?«

»Wir haben alles, was wir brauchen, direkt vor der Nase. Wenn wir die Sekunden sehen könnten, die wir sehen wollten, statt diese zufälligen Ausschnitte, dann würde der Mord direkt vor unserer Nase passieren.«

Das war es. Nicht ihre Bemerkung, dass die Ausschnitte willkürlich gewesen seien. Denn je länger er in Dodges Zimmer verbrachte, desto stärker wurde das Gefühl, dass diese Sekunden ganz bewusst ausgewählt worden waren, um ihm etwas Besonderes zu zeigen. Nein, was eine Assoziation in Judes Kopf auslöste, war ihre Bemerkung, dass alles, was sie brauchten, in diesem Zimmer war.

Oder genauer: jeder.

»Du siehst aus, als wäre dir eine Erleuchtung gekommen«, sagte Regal. Als er es ihr erklären wollte, hob sie eine Hand und schnitt ihm das Wort ab. »Kannst du es mir in der realen Welt erklären, bitte? Dieser Ort hier ist mir verdammt unheimlich.«

Sie verließen das Kartenzimmer, und die Tür schlug hinter ihnen zu. Der Rahmen kippte nach hinten, als die Tür zuschwang, und mit einem einzigen soliden Knall verwandelte sich diese wieder in normale Bodendielen. Regal stieß bei dem Krach vor Überraschung einen Schrei aus, und ihre Hand zuckte zu ihrem Rücken, als sie nach einer Waffe griff, die sie dort offensichtlich versteckt hatte. Jude tat so, als hätte er es nicht bemerkt. Statt darauf anzuspielen, setzte er einen Kaffee für sie auf und versuchte die Idee, die ihm in dem Kartenzimmer gekommen war, in Worte zu fassen. Als er zwei Becher mit dampfendem schwarzem Zichorienkaffee gefüllt hatte, schwarz für Regal und mit jeder Menge Sahne und Zucker für sich selbst, wusste er, was er sagen wollte und an wen sie sich als Nächstes wenden mussten.

»Ich bin die ganze Sache falsch angegangen«, setzte

er an. »Ich habe gedacht, wir müssten herausfinden, wer einen Gott töten könnte. Damit meine ich, wer den Mumm dazu hatte, klar?«

Regal brummte zustimmend, während sie an ihrem Kaffee nippte.

»Aber eigentlich hätte ich darüber nachdenken sollen, wer Zugang gehabt hatte. An diesem Spiel haben nur geladene Gäste teilgenommen. Ich hatte Schwierigkeiten, den Eingang zu finden, dabei hatte ich klare Anweisungen. Du hattest die Tür direkt vor der Nase, und sie ließ sich nicht öffnen, als du es versucht hast. Verstehst du nicht? Wenn Dodge in diesem Zimmer getötet wurde …«

»Muss der Killer einer von den Spielern gewesen sein«, beendete sie seinen Satz. »Nicht schlecht, Dubuisson.« Sie legte ihr Telefon auf den Küchentresen und scrollte durch die Fotos, die sie von dem Kartenspiel gemacht hatte. »Das streicht die Liste der Verdächtigen auf fünf Personen zusammen.«

»Vier«, korrigierte Jude. »Der Vampir, der Engel, Legba und Thoth. Das sind vier.«

Sie drehte ihr Telefon herum und zeigte Jude ein Foto von ihm am Tisch. »Und ein Bastard namens Jude«, sagte sie. »Das macht fünf.«

»Ernsthaft?«

Regal verzog das Gesicht zu einer Grimasse, die verriet, dass sie es nicht nur scherzhaft gemeint hatte. Dann trank sie erneut einen Schluck Kaffee und blickte auf ihr Telefon. »Sagtest du nicht, deine Karten wären blank gewesen?«

Jude stockte der Atem. »Das waren sie. Das sind sie. Was hast du gesehen?«

Regal spreizte ihre Finger auf dem Display und vergrößerte das Bild, das sie gemacht hatte. Dabei zoomte sie auf die ausgebreiteten Karten auf dem Tisch vor Jude. Die meisten waren tatsächlich blank, aber auf einer war ein Strichmännchen gezeichnet, das einen Arm nach oben ausgestreckt und den anderen in einer Art Yogapose angewinkelt hatte. Jude musterte das Foto eine Weile, dann schob er das Handy zurück.

»Also?«, erkundigte sich Regal.

Jude konnte nur mit der Achsel zucken und starrte in seinen Kaffeebecher. Er hatte das Gefühl gehabt, als würde er die Sache allmählich in den Griff bekommen und herausfinden, wo er stand – und jetzt das. Ein weiterer geheimnisvoller Knoten ohne einen Faden, an dem man ziehen konnte.

Regal räusperte sich. »Ich wollte dir nicht in die Parade fahren, tut mir leid. Was sagtest du gerade? Wir haben unsere Liste, aber soweit ich sehe, sind wir wieder am Anfang. Hast du eine Ahnung, wo wir diese hinterhältigen Mistkerle finden können?«

Jude nahm noch einmal das Telefon und scrollte durch die Bilder, bis er das Foto von der Frau mit dem Strohhut fand, die eine Pfeife rauchte. »Er«, sagte Jude. »Wir fangen mit ihm an.«

Regal verzog das Gesicht. »Ich trete dir ja nicht gern in die Eier, wenn du deinen Detective angeworfen hast, aber das da ist eine Frau, Columbo.«

»Das ist Legba. Er ist ein Voodoo-Gott, ein Loa. Für ihn

gelten etwas andere Regeln. Die meisten Götter lassen die Gebete zu sich kommen. Wenn ein Voodoo-Priester den Loa beschwört, dann öffnet er oder sie sich in diesem Fall, um von dem Gott besessen zu werden.« Er tippte auf das Telefon. »Das macht sie zu einer Mambo. Wenn wir sie finden, dann bringen wir sie dazu, Legba erscheinen zu lassen und ein kleines Gespräch zu führen.« Er trank die Hälfte seines Kaffees und füllte seinen Becher erneut. »Das Problem sind nur wir beide. Denn wir sind das, was sie *Bocor* nennen würde, Hexer. Was bedeutet, dass wir so ziemlich die letzten Menschen auf der Welt sind, mit denen sie ihren Glauben diskutieren will. Wir müssen uns eine Empfehlung beschaffen. Glücklicherweise schuldet Leon Carter mir noch einen Gefallen.«

»Leon … meinst du *Sweetwater* Carter? Den Musiker? Er ist ein Voodoo-Priester? Oder ein … wie war das, ein Bocor, wie wir?«

Jude lachte. »Nein, ganz und gar nicht.«

»Gott sei Dank«, murmelte Regal und stellte ihren Kaffeebecher in das Spülbecken.

»Er ist ein Zombie.«

KAPITEL SECHS

Jede Kultur auf dieser Welt hat ihre Theorien, was mit einer Person auf der Seite des Todes geschieht. Viele fürchten den Moment nicht, wenn sie die Schwelle zwischen Leben und diesem anderen Reich überqueren. Für sie ist es eher ein natürlicher, heiliger Schritt, der begrüßt werden sollte. Worin sich allerdings alle Kulturen einig sind, ist der Punkt, dass man vor jedem, der den Weg zurückfindet, große Angst haben sollte. Seit Anbeginn der gesamten menschlichen Geschichte ist die Rede von ihnen, sogar schon im *Gilgamesch-Epos.* Die germanischen Völker hoch im Norden nannten sie Afturganga, die Wiedergänger. In den Bergen von Tibet werden Türen mit tiefem Sturz gebaut, weil man dort glaubt, dass die Ro-langs, die Auferstandenen, sich an der Hüfte nicht beugen können. Ob es nun schrumpfende, gierige Bestien sind oder wiederbelebte Körper ohne eine Seele, sie sind in der ganzen modernen Welt unter dem Namen bekannt, den ihnen die Praktizierenden des haitianischen Voodoo gegeben haben: Zombie.

Jude und Regal eilten zur Haltestelle Lee Circle und erreichten die Straßenbahn nach St. Charles, mit der sie bis zum Wohnviertel Carrollton fuhren. An der Station Oak stiegen sie aus und gingen die paar Blocks bis zum Maple Leaf, wo die Leute vor den Türen der Bar auf dem Bürgersteig standen. Der Boden vibrierte unter der Musik, die aus dem Inneren drang. Die Schlange war nur kurz, aber sie bewegte sich nicht. Das asiatische Mädchen vor Jude drehte sich um, als sie näher kamen. Sie trug ein schwarzes Voodoo-Festival-Shirt mit abgeschnittenen Ärmeln, das ihren nackten Bauch zeigte. Sie zuckte mit den Schultern und deutete in Richtung des Türstehers. »Sie wollen keine Leute reinlassen, solange niemand geht«, erklärte sie. »Dumm gelaufen für uns.«

»Ja«, sagte Jude. Er wühlte in dem Magierbeutel, der an seiner Hüfte baumelte. »Wir werden sehen.« Seit dem Kartenspiel hatte er den Eindruck, als würde der Beutel gegen ihn kämpfen und verstecken, wonach er Ausschau hielt. Nach einigen Fehlversuchen erwischte er endlich eine kleine dunkle Flasche und schraubte den Verschluss ab. Ein beißender Gestank von zerquetschten Insekten drang heraus. Eine dünne altmodische Glaspipette war an dem Deckel befestigt, an deren Spitze ein einzelner Tropfen hing.

Regal rümpfte die Nase. »Alter, dieses Zeug ist widerlich!«

»Weißt du noch, wie es wirkt?«

»Ich kann mich daran erinnern, zwei Ehen zerstört und ein lebenslanges Hausverbot für die Tulane-Bibliothek bekommen zu haben. Solltest du nicht diesmal dran sein?«

Jude grinste und deutete mit dem Kopf auf den Türsteher. »Sieht es so aus, als würde der auf mich stehen?«

Regal antwortete nicht, verzog das Gesicht und leckte den Tropfen von der Pipette. Dann schüttelte sie sich.

Jude hatte den Zaubertrank schon selbst benutzt. Wenn er die Zunge berührte, fühlte es sich an, als lutschte man an einem Stromkabel. Regal ließ die Schultern sinken, und ein verschlafenes Lächeln breitete sich auf ihrem Gesicht aus. Sie fuhr mit der Zunge über die Lippen, und Jude achtete darauf, dass er den Blick abwandte, bevor sie die Augen öffnete. Mit Magie jemanden dazu zu zwingen, dich zu lieben, war mehr oder weniger unmöglich. Sexmagie dagegen war nahezu lächerlich einfach. Der Zaubertrank machte den, der ihn trank, unwiderstehlich für jeden, der ihm in die Augen sah, solange er seinen speziellen Vorlieben entsprach. Jude hatte festgestellt, dass es einem viele Türen öffnen konnte, wenn man der anziehendste Typ im Raum war. Er vermied es allerdings, den Trank selbst anzuwenden. Die Magie machte einen überaus begehrenswert, aber sie machte einen auch so geil wie einen gefallenen Priester und mehr als nur ein bisschen stoned. Jude schob das Fläschchen wieder in den Beutel und führte Regal zur Tür.

Der Rausschmeißer hob die fleischige Hand, als sie näher kamen. »He, was soll das?«, fragte er. »Seht ihr die Schlange nicht? Wir sind total voll. Wir verletzen jetzt schon die Brandvorschriften.«

Regal beugte sich vor, und ihre Stimme war irgendwie heiser und gleichzeitig schmollend. »Sag mir nicht, du hättest mich schon vergessen«, meinte sie. »Du hast gesagt, wir könnten wieder rein, wenn wir die Parkuhr gefüttert haben. Du willst mich doch nicht etwa warten lassen, oder?«

Er blickte an ihrem Körper hoch und runter und zuckte zusammen, als sein Blick dem ihren begegnete, als hätte sie ihm eine Ohrfeige gegeben. Seine Wangen und sein kahler Schädel liefen rot an. »Verdammt!«, stieß der Türsteher gedehnt hervor. Wahrscheinlich merkte er gar nicht, dass er es laut aussprach. »Nein, ist schon okay. Geht rein.«

Als sie durch die Tür in die feuchte, heiße Dunkelheit und den Lärm traten, beugte sich Jude zu Regal herunter und schrie ihr ins Ohr, damit sie ihn hörte. »Wir treffen uns nach der Show! Tu nichts, was ich nicht auch tun würde!« Sie nickte und ging direkt zur Bar. *Gott sei dem gut aussehenden Mistkerl gnädig, den sie sich aussucht, um dieses Gift aus ihrem System zu vögeln,* dachte er. Normalerweise wäre es Jude lieber gewesen, wenn sie ihm den Rücken freihielt. Aber ein Blick in ihre Augen, und er hätte vollkommen vergessen, warum er hier war. Außerdem sollte er eigentlich keine Verstärkung brauchen. Leon Carter war ein Freund gewesen, jedenfalls früher einmal.

Jude kämpfte sich durch die Menge, die sich zwischen die Bar und die mit gestanzten Blechplatten bedeckte Wand quetschte. Über dem Gebrüll von viel zu vielen Leuten an einem viel zu kleinen Ort erzitterte die gesamte Bar unter dem schnellen, tiefen Puls einer Tuba, der Cajones und dem heiseren Trillern von Trompeten und Posaunen. Eine Stimme übertönte das alles, schwer und traurig wie die Luft, in die sie ihr Klagelied schmetterte. Auf der Bühne hinter den Reihen ausgestreckter Hände und in die Luft gereckter Drinks saß Leon »Sweetwater« Carter in der Mitte eines von Rauchschwaden durchzogenen Scheinwerfers auf einem Hocker. Es gab noch einen Schlagzeuger und zwei Hornisten, aber das Licht und die Aufmerksamkeit der Zuschauer waren nur auf ihn gerichtet.

Schweißperlen schimmerten auf der dunklen Haut von Leons Stirn und fielen von den Spitzen seiner Dreadlocks. Das schwarze Haar war mit grauen Strähnen durchzogen. Eine dünne Metallbrille hing tief auf seiner Nase. Die Inbrunst und der Druck, mit dem er in das Mundstück seines Saxofons blies, verliehen ihm das Aussehen eines Erweckungspredigers. Seine Finger flogen über den schlanken Hals seines Instruments mit der Präzision der Nadel einer Nähmaschine und woben einen Klangteppich. Ein zerschrammter schwarzer Kasten, zu klein für eine Gitarre, lag am Boden vor dem Hocker, auf dem er saß.

Jude stand in der Mitte der Menge, eine einsame, regungslose Gestalt in einem wogenden, wirbelnden Tanz. Es dauerte vier Songs, bis Leon ihn bemerkte. Mittlerweile hatten sich Judes Hals- und Schultermuskeln vor Ungeduld bereits verspannt. Als Leon Jude erkannte, stockte sein Spiel. Allerdings erholte er sich sofort und verwandelte den Misston in ein gleitendes Stöhnen des Saxofons, der gewollt klang. Die anderen Musiker bemerkten es und wechselten hinter ihm einen überraschten Blick. Jude registrierte die Reaktion ebenfalls, deutete auf die Hintertür und formulierte mit den Lippen das Wort »Nachher«. Leon nickte und verwandelte die Bewegung in einen Teil seines Auftritts, indem er »Yeah, Yeah, Yeah« schrie. Seine Zuhörer antworteten ihm begeistert.

Jude entspannte sich etwas und ging zur Bar. Leon würde noch mindestens eine Stunde spielen. Also konnte er sich genauso gut einen Drink genehmigen und das Konzert genießen.

Jude sah zu, wie Leon vom Hocker glitt und den Riemen des Saxofons von den Schultern zog. Er lehnte das Instrument gegen einen der Lautsprecher, der ein schrilles Pfeifen von sich gab, bis er das Mikrofon ausstellte. Hinter ihm stimmten der Drummer und der Tubaspieler einen Beat an, während Leon langsam und erschöpft wieder zum Hocker ging. Dort beugte er sich zum Bühnenmikrofon herunter. »Wenn ihr nichts dagegen habt«, sagte er, »möchte ich heute Abend ein ganz besonderes Stück spielen.« Er sprach mit dem starken Ninth-Ward-Akzent des alten New-Orleans-Viertels. Dann griff er nach unten und hob den kleinen Kasten auf. Einige seiner Fans jubelten, weil sie offenbar wussten, was darin war. Jude leerte seinen Becher und warf ihn weg. Dabei lockerte er die Schultern. Ganz sicher würde Leon nicht vor all diesen Leuten irgendetwas Sonderbares versuchen. Aber wenn doch, wollte Jude vorbereitet sein. Allerdings hatte er nichts in seinem Trickbeutel, was ihm helfen würde, falls Leon wirklich loslegte. Jedenfalls nichts, was er gegen Leon einsetzen wollte.

Der Musiker öffnete den Koffer und nahm eine alte Trompete heraus. Das angelaufene Messing schimmerte im Licht der Bühne. Ein hörbares Zischen ging durch die Menge, wie bei einer Welle, die sich vom Strand zurückzieht. Einen Moment war es vollkommen still im Saal, bis auf den dumpfen Beat der Bassdrum, die klang wie das Pochen eines riesigen, geduldigen Herzens.

Leon sah Jude an und lächelte. »Jetzt hört zu«, sagte er. »Hört genau und aufmerksam zu. Schenkt dem alten Sweets ein paar Minuten eurer Zeit, denn ich habe eine Geschichte zu erzählen, die euch einen ganzen Haufen Ärger ersparen kann. Ich habe dieses Instrument hier schon sehr, sehr lange.« Er spielte mit den Ventilen der Trompete, während er redete, als wäre sie ein bisschen eingerostet, weil er sie so lange nicht angefasst hatte. »Es bedeutet mir sehr viel. Jedenfalls mehr, als ein Haufen Messing und Spucke einem Mann bedeuten sollten. Denn in einer heißen Sommernacht wie dieser hier, um Mitternacht, ging ich zur Ecke … Hey, ich werde euch nicht sagen, wohin ich gegangen bin.« Er zwinkerte spöttisch, und die Zuschauer lachten. »Ich sage es euch nicht, weil ich an dieser Kreuzung nämlich den Teufel getroffen habe.« Jubelschreie brandeten bei seinen Worten auf, zuerst nur wenige, dann immer mehr, als die Leute begriffen, was er sagte. Er legte das Mundstück an die Lippen und blies einen klaren, vibrierenden Ton. »Ich habe diesem alten Teufel meine Seele verkauft, und das hier habe ich dafür bekommen«, fuhr er fort. »Ihr könnt mir sagen, ob ich ein gutes Geschäft gemacht habe.«

Was aus seiner Trompete kam, war weit mehr als nur

Musik. Es war mehr als Magie. Es klang wie das süße Kind der Liebe von Blues und Jazz, aber es war klagender, beschwörender als reiner Klang. Man konnte Musik ignorieren, man konnte gegen Magie ankämpfen, aber was aus Leon »Sweetwater« Carters Trompete kam, ging einem unter die Haut, sanft wie der Seufzer einer Geliebten, und sickerte durch das Fleisch bis ins Mark. Leon konnte eine Tür in die Seele eines jeden öffnen, auf eine Art, die alle Macht überstieg, über die Jude jemals verfügt hatte. In Wahrheit war Leons Geschichte mehr Historie als Fiktion. Vor all diesen langen Jahren hatte er tatsächlich jemanden um Mitternacht getroffen, aber nicht den Teufel. Es war Legba gewesen, der Voodoo-Loa der Kreuzwege. Legba hatte Leons Seele von seinem Körper getrennt und ihn zu einem Zombie gemacht, zu einer Kreatur, die weder lebte noch tot war, sondern in der Naht zwischen dieser und der zukünftigen Welt existierte. Und dafür hatte er diese Musik, diese Macht bekommen.

Jude schob sich durch die Menge und trat aus der Nebentür in eine schmale Gasse. Dort wartete er darauf, bis Leon seinen Zauber, um was für einen es sich auch handeln mochte, über seine ahnungslosen Zuhörer gewirkt hatte. In der Mitte der Pflastersteine verlief ein flacher Abwassergraben, immer noch nass vom kürzlichen Regen. Er verschwand unter dem Gitter, das den Weg auf die Straße versperrte. Ein hoher Holzzaun trennte die Bar von dem Restaurant nebenan, dessen Mülltonne die Gasse mit dem stechenden Gestank von Frittieröl und Muscheln erfüllte, die in der Hitze vergammelten. Judes Ohren klingelten immer noch von der lauten Musik aus den Lautsprechern. Durch die Hitze und den Gestank der letzten beiden Tage fühlte sich seine Haut an, als hätte sie einen Überzug aus Schmutz. Und in seinen Schläfen regte sich der Anflug von Kopfschmerzen. Er wollte unbedingt und so schnell wie möglich von Leon das bekommen, was er brauchte, nach Hause gehen und lange und heiß duschen.

Einige Zeit später war die Musik verstummt, die Menge hatte sich zerstreut. Die Metalltür öffnete sich mit einem hohlen Knall, und Leon trat heraus. Er sah sich um, als die Tür hinter ihm zufiel. Jude hatte sich instinktiv mit dem Rücken an die Wand gestellt, halb versteckt im Schatten.

»Das war großartig, Sweets«, sagte er.

Leon spähte in die Dunkelheit und nickte, als er Jude erkannte. Er hielt den Trompetenkasten locker mit der Hand an seiner Seite.

»Weiß ich zu schätzen, Jude.« Dann schwieg er, schüttelte eine Zigarette aus einer Packung und zündete sie mit einem Einweg-Feuerzeug an. »Hab dich 'ne Weile nicht gesehen. Nicht mehr seit dem Sturm. Dachte, du wärst weg.«

»War ich. Jetzt bin ich wieder da.« Der Musiker nickte erneut und blickte in den nächtlichen Himmel, wo dünne Wolkenfetzen die Mondsichel verbargen. Zischend saugte er an seiner Oberlippe. »Also, quatschen wir einfach ein bisschen, oder brauchst du was?«

»Jetzt, wo du es erwähnst, könnte ich tatsächlich etwas Hilfe gebrauchen.«

Leon stieß den Rauch durch die Nase aus. »Ja, Jude Dubuisson ist wieder da, alles klar.«

»Hast du das von Dodge gehört?«

Leon senkte den Kopf und starrte auf seine Füße. Seine Finger packten den Handgriff des Trompetenkastens fester, und er zog unwillkürlich die Schultern hoch. Sein ganzer Körper schien sich zusammenzuziehen. »Damit habe ich nichts zu schaffen«, sagte er.

»Das habe ich auch nicht gesagt. Ich muss nur wissen …«

»Du hast mich nicht verstanden. Ich hab damit nichts zu schaffen, und ich will damit auch nichts zu schaffen haben. Du würdest selbst die Finger davon lassen, wenn du noch den Verstand hättest, mit dem du geboren wurdest.«

»Ich brauche einen Namen.«

Leon schüttelte den Kopf, sodass ihm die Dreadlocks um die Schultern flogen. »Junge, auf wie viele Arten muss ich Nein sagen? Ich hab nur einen Namen für dich: Verpiss-dich. Frag mich noch mal, und du kriegst dasselbe zu hören.« Er schnippte seine halb gerauchte Zigarette weg und drehte sich zur Tür um. Aber mit einem Flüstern von Jude sperrte sich das Schloss hörbar zu. Leon warf einen Blick über die Schulter; die kleinen Gläser seiner runden Brille leuchteten im Mondlicht. Er schüttelte bedeutungsvoll den Trompetenkasten. »Ich sag's nicht noch mal«, zischte er, die Hand immer noch auf dem Türgriff.

»Ich auch nicht.« Jude nahm eine Glasflasche aus einem Beutel und öffnete sie. Dann streute er feinen weißen Sand auf seine Handfläche. Ein Teil von ihm, der alte Jude aus der Zeit vor dem Sturm, der Teil, der mit dem

Feuer gespielt und dabei ein Scheiß-drauf-Grinsen aufgesetzt hatte, dieser Teil war begeistert, dass Leon es ihm nicht leicht machte. Es war der Teil von ihm, der schon lange darauf wartete, endlich von der Leine gelassen zu werden. »Weißt du, wie beschissen mühsam es ist, Zombiepulver herzustellen?«

Der Mund des Musikers stand weit offen. Dann schloss er ihn und schluckte. »Quatsch!«, erwiderte er. »Du hast keins.«

Jude ballte die Hand zur Faust. »Ich meine, es herzustellen, ist nicht so schwer. Ich kann mir gut vorstellen, dass vor den Zeiten des Internets die Zutaten um einiges schwerer aufzutreiben waren. Es sind die Vorsichtsmaßnahmen, die man ergreifen muss, die wirklich nerven. Ein Nieser, während du das hier zusammenmahlst, und Bumm.« Mit der anderen Hand beschrieb Jude eine Explosion. »Es reißt einem direkt die Seele raus. Wirklich übles Zeug.« Jude grinste kalt. Es war eine Art Lächeln, das sonst Mourning oder Dodge zeigen würden. »Ehrlich, ich weiß nicht, was es mit jemandem macht, der schon ein Zombie ist. Vielleicht reißt es dir auch den Rest deiner Seele aus dem Leib und tötet dich ganz und gar. Oder es holt deine Seele von dort zurück, wo sie sich versteckt. Ich kann mir nicht vorstellen, dass eines von beiden besonders angenehm ist. Aber vielleicht macht es auch gar nichts. Also, du nennst mir entweder den Namen der Mambo, die der Legba geritten hat, um zu dem Spiel zu kommen, oder wir finden heraus, was das Zeug mit dir macht, wenn du es ins Gesicht kriegst. Du entscheidest.«

Er hob die Hand an die Lippen, und seine Faust wurde zu einem improvisierten Blasrohr. Dann inhalierte er tief durch die Nase.

»Dorcet.« Leon sprach es »D'Orsey« aus. »Celeste Dorcet. Sie hat im Osten gelebt, vor dem Sturm. Ich glaube, sie hat jetzt einen Laden in der Nähe der Rampart Street.« Er erzitterte und wandte den Kopf ab. »Und jetzt nimm deine verdammte Hand runter.« Jude schluckte, ließ die Faust sinken und entriegelte mit einem Wort die Tür. Der alte Jude wollte triumphieren, aber andererseits war der alte Jude ein echter Mistkerl gewesen, selbst seinen Freunden gegenüber.

Der Zombie riss die Tür auf, blieb aber in der Öffnung stehen und warf Jude einen Blick zu. »Weißt du, den Unterschied zwischen einem Bocor und einem Priester macht nicht nur die Art von Magie aus, die er anwendet, sondern auch, wer er ist. Diese Dunkelheit, die dich umgibt? Dieser Scheiß kommt aus dem Herzen.« Dann schloss er die Tür und war verschwunden.

Jude wartete, bis er sicher war, dass Leon weg war, bevor er sich das Salz von der Handfläche wischte. Insgeheim hatte er sich gewünscht, dass Leon seinen Bluff durchschaute; sein alter Freund sollte wissen, dass er so etwas Widerliches wie Zombiepulver niemals hergestellt hatte. Er hatte sich noch nie mit dieser Art von Magie abgegeben, diesem Bocor-Mist, Nekromantie. Das war nicht die Art von Magier und auch nicht die Art von Mann, die er war.

Die Frage war nur, was genau war er denn jetzt?

KAPITEL SIEBEN

Als Regal ihn am nächsten Vormittag von seiner Wohnung abholte, sah sie keineswegs so erledigt aus, wie Jude es erwartet hatte.

Er war sich nicht sicher, ob sie das ganze Zeug in der Nacht davor ausgeschwitzt hatte oder ob sie immer noch auf der Welle von Schnaps und Magie ritt. Jedenfalls vermied er es, ihr auf der kurzen Fahrt ins Quarter in die Augen zu sehen. Sie gingen etwa zehn Minuten durch die ruhigen Straßen, bis sie Celeste Dorcets Haus nahe der Rampart Street fanden. Es machte nicht allzu viel her, als sie schließlich davorstanden. Das Schild über der Tür, das im Wind schaukelte, warb mit MAMA CELESTINES VOUDOU SHOPPE. Die Worte waren in einer kindlichen Schrift mit grellem Acryl gekritzelt. Regal spähte durch die staubige, verschmutzte Scheibe und gab ein ungläubiges Knurren von sich. Das Innere des Ladens sah genauso aus wie jede beliebige andere Voodoo-Touristenfalle, mit Votivkerzen und DVDs von *Die Schlange und der Regenbogen* neben Kräutermitteln und Glaspfeifen, die mit neonfarbenen Batikmustern geschmückt waren.

»Bist du sicher?«, fragte sie Jude. »Hier findest du vielleicht einen kleinen Beutel Gras, aber näher kommst du an echte Magie nicht ran.«

Jude, der sich noch Tommys Band angesehen hatte, nachdem er das Maple Leaf verlassen hatte, und entsprechend verkatert war, machte sich nicht die Mühe, ausführlich zu antworten. Er stieß nur mit der Spitze seines Schuhs gegen den Bürgersteig, um Regals Aufmerksamkeit auf die Kreidezeichnung zu lenken, die sich dort befand: Zwei breite V, die sich rautenförmig überschnitten und deren Innenseiten überlappten wie ein stilisiertes Blatt. Der äußere Rand war von Sternchen umringt. Für die meisten Menschen war dieser Anblick nichts Besonderes, vielleicht ein aufgegebenes Himmel-und-Hölle-Spiel oder die unverständlichen Markierungen eines städtischen Ingenieurs, die den Verlauf einer Gasleitung oder eines Kanals anzeigten. »Das ist das Veve für Ayizan«, erklärte er.

Regal fluchte. »Unglaublich, dass ich das übersehen habe«, meinte sie. Veve waren heilige Symbole und einzigartig für jeden Loa. Sie waren Signaturen, Beschwörungszauber und Passworte, alles zugleich. Und Ayizan war die Loa des Marktplatzes und die Schutzpatronin der Mambos.

Die Glocke über der Tür klingelte, als Jude eintrat, obwohl er bezweifelte, dass die junge Frau hinter dem Tresen sie hörte. Sie schien vollkommen auf das Magazin vor ihr konzentriert zu sein. Überdies hingen weiße Drähte aus ihren Ohren und verschwanden in ihrer Tasche. Sie stand offensichtlich auf Gothic: Ihr T-Shirt war am Kragen und an den Ärmeln zerrissen, und ihr Lippenstift war ein dunkler Fleck. Ihre Dreadlocks hatte sie mit einem schwarzen Kopftuch zurückgebunden. Ihre Nase, eine Braue und ihre Lippe waren gepierct. Sie nickte im Takt der Musik, aber als sie den Mund öffnete, stieß sie zu Judes Überraschung keinen Death-Metal-Schrei aus. *»I'm mad about you, Baby!«*, sang sie. Ihre Stimme war reinster Rhythm and Blues.

Jude trat vor den Tresen, wo die Etiketten von Teebeuteln so ziemlich alles versprachen, angefangen von sexueller Potenz bis hin zu spiritueller Erleuchtung. Die Frau blickte hoch und riss überrascht die Augen auf, als hätte sie keine Kunden erwartet. Sie zog die Ohrstöpsel heraus, und die Musik, die aus ihnen drang, klang weich und lässig. »Kann ich was helfen?«

Sie war ziemlich hübsch und noch sehr jung, aber alt genug, dass der Jude-vor-dem-Sturm sie vermutlich angebaggert und irgendeine Bemerkung darüber gemacht hätte, dass sie wahrscheinlich alle Jungs in den Wahnsinn trieb. »Was hörst du?«, fragte er stattdessen.

Sie biss sich auf die Unterlippe, und Röte kroch über ihre braune Haut. »›Wear Your Black Dress‹«, antwortete sie. »Es ist von diesem Typ … Willie Egan. Ich hab es runtergeladen, das Album, auf dem es drauf ist, heißt nämlich *The Devil Is A Busy Man,* und, na ja …« Sie zuckte mit den Schultern und deutete mit der Hand in den Laden, als erklärte das alles. »War nicht das, was ich erwartet hatte, aber ich steh mittlerweile total drauf.«

Jude nickte. Seine Mutter liebte diese Art von Musik ebenfalls. Es war nicht mal ausgeschlossen, dass sich dieselbe Platte unter ihren Habseligkeiten befand, in dem Haus, in dem er vor dem Sturm gelebt hatte.

»Braucht ihr was?«, fragte das Mädchen.

»Wir suchen nach Celeste«, antwortete Regal. Etwas in ihrem Ton sagte Jude, dass sie sich darauf freute, den bösen Bullen spielen zu dürfen.

Die junge Frau runzelte die Stirn. »Wen? Ihr meint Miss Celestine?« Sie warf einen Blick über ihre nackte Schulter auf den Perlenvorhang, der den Zugang zu den hinteren Räumen versperrte. »Sie … Sie ist heute nicht da.«

Jude bemerkte ihr Zögern und hörte an ihrer Stimme, dass sie log.

»Hör zu«, sagte er, bevor Regal ihre Nummer abziehen konnte. »Wir wollen niemanden schikanieren, klar? Wir haben nur ein paar Fragen. Sag ihr, dass Leon Carter uns geschickt hat.«

Hinter dem Perlenvorhang ertönte eine Stimme, eine rollende, gebieterische Stimme, düster wie Gewitterwolken am Horizont.

»Sweetwater hat euch nicht hierhergeschickt, oh nein«, verkündete sie. »Aber er hat mich angerufen und mich vorgewarnt, dass ihr kommen würdet.«

Eine Hand teilte den Vorhang. An jedem der perfekt manikürten Finger saßen Ringe, und an den Armen klapperten Reife. Celeste Dorcet machte einen Schritt vor. Sie trug ein weites, fließendes Gewand aus dünnem gelbem Stoff und einen bestickten Schal über Armen und Schultern. Alles an ihr war anders als die Person, an die Jude sich erinnerte. Ihre Stimme, der Ausdruck auf ihrem Gesicht, ihre Haltung, selbst die des Kopfes. Andererseits war sie tatsächlich eine andere Person. Denn Jude hatte Legba in Dodges Kartenzimmer getroffen, nicht diese Frau.

Das Mädchen hinter dem Tresen sah von Jude zu Celeste. Ihre großen Augen zuckten hin und her. »Miss, ich meine, Mama, es tut mir leid. Ich habe es versucht, ich …«

Celeste drehte sich zu ihr herum, und ein warmes Lächeln blähte ihre ohnehin schon runden Wangen noch weiter auf. »Sie sind nicht dein Problem, Kind, mach dir keine Sorgen. Kümmere du dich um den Laden, hörst du?« Sie richtete den Blick wieder auf Jude und Regal und runzelte die Stirn, als gefiele ihr nicht, was sie sah. »Er meinte, ich hätte eine große Portion kreolischen Ärger zu erwarten. Von einem weißen Mädchen, das aussieht, als hätte es Lust, eine Portion billiger Nägel zu schlucken, hat er nichts gesagt. Für drei ist hier nicht genug Platz.«

Jude wechselte einen kurzen Blick mit Regal, die knapp nickte, was heißen sollte: *Scheiß drauf, dann mach doch!*

Celeste hob einen Arm und schob den Perlenvorhang weiter auseinander. »Also, junger Mann, kommst du nun rein, oder lässt du eine alte Frau betteln?«

Hinter dem Perlenvorhang führte ein kurzer Flur in ein kleines, dämmrig erleuchtetes Zimmer. Es wirkte eher wie ein Vorstadt-Wohnzimmer als wie die Höhle einer Voodoo-Königin. Ein dicker Teppich bedeckte den Boden, ein verschlissenes und unbequemes Sofa stand an einer Wand. Der einzige andere Sitzplatz in dem Raum, ein Futon-Sofa mit einem Weidengestell und einem dicken grünen Kissen, knarrte, als Celeste sich hinsetzte. Der

Deckenventilator beschrieb träge Kreise über ihren Köpfen. Die meisten Glühbirnen waren durchgebrannt, was den Eindruck machte, als würden die Wände einen bedrängen, als wäre man unter der Erde. Eine Duftkerze brannte auf einem kleinen Tisch in der Ecke. Es war eine dieser Kerzen, die für Jude immer wie frisch gebackene Vanillekekse rochen. Ein uraltes Ungetüm von Fernsehgerät drängte sich in die andere Ecke. Jemand hatte Hasenohren aus Aluminiumfolie daraufgeklebt. Celeste hatte die Nachrichten angestellt, aber den Ton leise gedreht. Sie drückte einen Knopf an dem Gerät, das Bild zog sich zu einem flackernden Punkt zusammen, bevor der ebenfalls verschwand. Jude hörte leise Stimmen aus dem Laden, wo das Mädchen mit Regal plauderte.

Er setzte sich auf das Sofa, fest davon überzeugt, dass ganz gleich, wo er landete, eine Feder ihn in den Hintern stechen würde. Die Voodoo-Priesterin nahm ein beschlagenes Glas mit Eistee vom Fernsehgerät und trank mit tiefen Zügen daraus.

»Also«, sie deutete mit dem Glas auf ihn, »warum erzählst du nicht, weswegen du hier bist, und verschwindest dann schleunigst wieder.«

Jude spielte mit dem Gedanken, nach einem Drink zu fragen, aber etwas in ihren dunklen, funkelnden Augen sagte ihm, dass sie nicht gerade in besonders gastfreundlicher Stimmung war. Also überging er das Vorspiel.

»Ich muss wissen, woran du dich noch von der Nacht, als Legba in dich gefahren ist, erinnerst.«

Sie hob eine ihrer Brauen. Sie waren getrimmt und perfekt gezupft und beschrieben einen gebieterischen

Bogen. »Wie kommst du darauf, dass ich dir auch nur das Geringste darüber erzählen würde?«

Jude hatte herausgefunden, dass allen Magieanwendern eines gemeinsam war, und zwar ihr Zögern, irgendetwas von ihrem Wissen mit denen zu teilen, die nicht zu ihrer kleinen Gruppe der magischen Gemeinschaft gehörten. Für eine Mambo wie Celeste war ein Bocor wie Jude so ziemlich die letzte Person auf der Welt, mit der sie freiwillig die Mysterien ihres Glaubens diskutieren würde. Und er hatte weiterhin gelernt, dass der Trick nicht etwa darin bestand, so zu tun, als gehörte man dazu. Nein, man musste zeigen, dass man nicht dazugehörte und es einem am Arsch vorbeiging.

Jude grinste. »Wie kommst du darauf, dass ich verschwinde, ohne zu kriegen, weswegen ich hier aufgetaucht bin?«

Sie machte ein abfälliges Geräusch, etwas zwischen einem Lachen und einem Räuspern, bevor sie das Glas mit dem Tee leerte und schmatzte, als sie es hinstellte. Es erschien ihm irgendwie falsch, künstlich, es wirkte wie einstudiert.

»Das ist unakzeptabel«, sagte sie. »Und ich sagte schon, du interessierst mich auch nicht. Aber ich werde dir erzählen, was ich weiß, um deinen Schatten von meiner Schwelle fernzuhalten.« Sie packte ihr Kleid mit einer Hand und zog die Beine unter ihren Körper. Sie hielt den Stoff so fest, dass ihre Knöchel weiß wurden. Jude blickte von ihrer Faust zu ihrem zusammengekniffenen Mund und ihren leuchtenden Augen.

Sie war nicht vor Wut so streitlustig, begriff Jude, sondern aus Angst. Hatte sie Angst vor dem, was der Loa ihr antun könnte, wenn sie Jude Dinge erzählte, die er nicht wissen sollte? Oder hatte sie Angst vor ihm?

»Was ich dir erzählen kann, ist nicht viel«, fuhr sie fort. »Man hat nicht gerade einen klaren Kopf, wenn der Loa in einen gefahren ist. Woran du dich erinnerst, ist noch weniger als das Flüstern eines Traumes. Alles, was ich von der Nacht neulich noch weiß, ist eine Minute, in der ich um Papa Legbas Erlaubnis gebeten habe, mit den Geistern zu reden. Dann ist plötzlich Morgen, und mein Mund schmeckt wie …« Sie verzog das Gesicht. »Legba hat früher immer meinen Ehemann geritten, Damballah möge uns beschützen. Der mochte die Pfeife, die Legba raucht.«

»Also wenn ich mit Legba sprechen müsste, könntest du …?«

Celeste schüttelte sofort den Kopf. »Nein, nein. So funktioniert das nicht. Papa kommt, wenn er kommt, nicht wenn du es willst. Wenn du etwas willst, bittest du ihn. Du befiehlst ihm nichts.«

Jude knirschte mit den Zähnen. »Ich bin nicht gerade für meine Geduld berühmt, Mrs. Dorcet.«

»Immer mit der Ruhe«, sagte sie. »Ich komme gleich dazu. Es geht um dieses Kartenspiel, richtig?«

Kartenspiel? Judes Hals kribbelte vor Argwohn. »Sagtest du nicht eben, dass du dich an nichts erinnern kannst?«

»Ich sagte, die Erinnerung sei weniger als das Flüstern eines Traumes gewesen, obwohl Albtraum der Wahrheit näher kommt. Und den werde ich auf dieser Seite des

Grabes niemals vergessen.« Sie warf ihm einen Blick zu, mit zusammengepressten Lippen und schief gelegtem Kopf, was ihm sagte, dass sie sich an ihn ebenfalls erinnerte. »Aber als ich am nächsten Tag aufwachte, den Kopf voll Rum und Rauch und schlechten Träumen, hatte ich einen klaren Gedanken im Kopf, formuliert von Papa Legbas Stimme und nicht meiner eigenen. Diese Stimme sagte, ich solle bereit sein, weil er in zwei, drei Tagen wieder ein Pferd bräuchte, um es zu reiten.«

»Wieder? Wofür?«

Sie schüttelte den Kopf. »Als wenn er mir so was sagen würde. Irgendeine Beerdigung, nehme ich an.«

»Wie kommst du darauf?«

»Weil das seine Domäne ist. Die Kreuzung zwischen dieser Welt und der nächsten. Deshalb rufen wir ihn als Ersten von allen Loa, damit er uns den Weg freimacht. Wenn du ins Grab fährst, dann solltest du hoffen, dass Papa Legba da ist, um dir den Weg nach Hause zu zeigen.«

Auf dem Bürgersteig drückte Regal ihr Handy ans Ohr, lauschte, nickte und runzelte die Stirn. *Mourning,* formte sie mit den Lippen und machte eine Geste, als würde ein Henkersstrick um ihren Hals straffgezogen werden; dann kniff sie die Augen zusammen und streckte die Zunge raus. Jude unterdrückte ein Lachen und sah sich auf der Rampart Street um. Ihm wurde klar, dass er keine Ahnung hatte, wo sie als Nächstes hingehen sollten. Das war ein fremdartiges und beunruhigendes Gefühl für ihn. Sein ganzes Leben lang war er in solchen Momenten seiner Gabe gefolgt. Die Resultate mochten kryptisch gewesen sein – einmal war er zu Feuerhydranten gezogen worden, ein anderes Mal zu einem bestimmten Weinjahrgang –, aber sobald er verstanden hatte, was seine Gabe ihm sagen wollte, hatte sie ihm immer den richtigen Weg gezeigt. Ihre Abwesenheit schien selbst vertraute Anblicke unsicher zu machen, wie der Albtraum vom Haus seiner Kindheit, wo die Räume alle falsch waren und wo eine Kompassnadel sich ständig drehte, ohne den Norden zu finden.

Regal schob ihr Telefon in die Gesäßtasche und seufzte dramatisch. »Ich hoffe, du hast gute Neuigkeiten«, sagte sie. »Weil Seine Mourningness allmählich ungeduldig wird.«

»Sie hat mir gesagt, wo wir Legba finden können.«

»Oh, eine Eins mit Sternchen. Und wo wäre das?«

»Auf Dodges Beerdigung.«

Regal holte tief Luft und blies die Wangen auf, bevor sie ausatmete. »Das klingt nach einem ganzen Fass voll Scheiße! Viel Glück damit.« Sie winkte abwehrend, als Jude fragend eine Braue hob. »Ich weiß, ich weiß. Aber das ist nicht meine Idee. Mourning hat mich auf eine andere Fährte gehetzt. Irgendetwas wegen dieses ägyptischen Gottes.«

»Du brauchst keine Hilfe?«

Sie winkte ab. »Mach dir keine Sorgen um mich. Ich kann unsichtbar sein, wenn ich es will.« Sie gähnte unvermittelt und intensiv, auf diese Art, die aussah, als täte es im Kiefer weh. »Himmel, aber zuerst muss ich eine Runde pennen. Es sei denn, du hättest etwas in deinem Beutel, das mich ein paar Tage wach hält.«

»Das habe ich tatsächlich, aber dir würden die Nebeneffekte nicht gefallen.«

»Das war auch nicht ich, die danach gefragt hat«, sagte sie. Sie zog das kleine pinke Handy der Touristin Mandy aus ihrer Gesäßtasche und warf es ihm zu. »Hier. Ich habe meine Nummer in den Kontakten gespeichert. Ruf mich morgen an. Du weißt schon, falls du noch am Leben bist.« Sie grinste, dann strahlte sie künstlich und zeigte dabei all ihre Zähne. »Schlaf gut!«

Nur konnte Jude nicht schlafen. Er wälzte sich eine Stunde im Bett herum, bis er schließlich aufgab und sich wieder um den Haufen an Büchern und Websites kümmerte, die Regal und er am Morgen durchforstet hatten.

Es war wie ein Puzzle ohne Bild. Er spürte, dass eine Antwort, ein Muster existierte, aber die Form der Dinge verschloss sich ihm. Es lag auf der Hand, dass einer der Götter bei dem Kartenspiel Dodge ermordet hatte, und es war nicht allzu weit hergeholt, dass der große Preis, um den sie alle gespielt hatten, das Motiv dafür war.

Nur was konnte das für ein Preis sein? Was mochte Dodge einem Haufen von Gottheiten geboten haben, das sie sich nicht selbst beschaffen konnten? Und warum, überlegte er weiter, war das für einen dieser speziellen Götter von Interesse? Was hatten ein Gott der Wissenschaft und Magie, ein Engel, ein Vampir und ein Voodoo-Gott der Wegkreuzungen gemeinsam? Es war ein Rätsel ohne Antwort, ein Witz ohne Pointe. Er konnte auch Regals Beharren darauf, ihn zu dieser Gruppe zu zählen, nicht ignorieren. Er war an den Spieltisch eingeladen worden. Was auch immer sie vereinte, es war eine Verbindung, die Jude teilte, womöglich eine Verbindung zu seinem so lange verschwundenen Vater. Wenn er die Natur des Preises herausfand, würde ihm das vielleicht nicht nur helfen, Dodges Mörder zu finden.

Möglicherweise fand er auch sich selbst.

KAPITEL ACHT

Der Gott lebt, der Gott stirbt, der Gott lebt erneut. Getötet von einem Speer aus einem angespitzten Mistelzweig oder an ein Kreuz aus Zedernholz geschlagen oder ermordet mitten in einem heiligen Ballspiel. Oder er wird von seinem Bruder zerfetzt, und seine Gliedmaßen werden von einem Ende des Königreichs bis ans andere verstreut. Oder er bricht während der Ernte vor Erschöpfung zusammen. Oder er wird von riesigen Ungeheuern verschlungen, die nur sein Herz zurücklassen. Nach dem Tod reist er in die Unterwelt, für drei Tage oder ein Jahr oder neun Monate, oder bis die Welt selbst stirbt, wenn die richtigen Bedingungen nicht erfüllt sind. Das Wichtige ist, dass derjenige, der stirbt, immer zurückkehrt, zusammengeflickt von seiner Gemahlin, geboren aus dem Leib einer neuen Mutter, erhoben aus der Erde mit dem Mais oder dem Weizen oder dem Weinstock. Zusammengesetzt, prächtig und neugeboren. Ob in Zyklen oder nur einmal, ob sie das letzte Kapitel der Welt repräsentieren oder das Versprechen eines immer wiederkehrenden Lebens, diese Geschichten, diese Mythen haben alle eine entscheidende Wahrheit gemeinsam: Selbst die Götter können sterben.

Jude verließ das Taxi und trat auf die Basin Street hinaus, die in einem der so seltenen angenehmen Sommertage in New Orleans schwelgte. Ein kräftiger Wind fegte die stickige heiße Luft von den Straßen, der Himmel war hell und klar und porzellanblau. Es war schwer, einen solchen Tag zu ruinieren. Gestern war die Hitze nahezu unerträglich gewesen, und morgen würde es wie aus Eimern regnen, aber der heutige Tag war wie eine Gnade, eine Wohltat. Und in einer sonderbaren Hinsicht auch der perfekte Tag für eine Bestattung.

Jude wusste nicht genau, wo Dodge begraben werden würde, also fing er mit dem St. Louis Cemetry No. 1 an, weil das der älteste Friedhof der Stadt war. Es fühlte sich sonderbar an, dass er seiner einzigen vielversprechenden Spur nur aufgrund einer wohlbegründeten Vermutung folgen konnte. Aber ohne von seiner Gabe in die richtige Richtung gezogen zu werden, musste er einfach auf ein bisschen Glück setzen. Allerdings verschwand jeder Anflug von Zweifel in dem Moment, als er auf den neutralen Boden zwischen der Basilika Unserer lieben Frau von Guadalupe und dem Friedhof trat. Die Menschenmenge, die sich dort drängte, schien aus einem Casting für die Darstellung der Halluzinationen eines Alkoholikers auf Entziehungskur zu stammen und sagte ihm, dass er sich an der richtigen Stelle befand.

Ein Kentaur mit wildem, zottigem Bart und Haupthaar begrüßte eine Nâgiòî, eine weiße Frau in einer Punkrock-Lederjacke, unterhalb derer sie eine riesige zusammengerollte Schlange war. Ein fetter braunhäutiger Mann mit einem Elefantenkopf fächerte mit seinen großen Ohren.

Ein haariger Gigant ruhte sich im Schatten einer Eiche aus. Seine riesigen nackten Füße ragten weit unter ihm hervor. Eine schwarze Frau, die bis auf die blaue Flamme über ihrem Kopf vollkommen normal aussah, schien mit jemandem hoch oben in den Zweigen dieser Eiche zu reden. Aber als sich ein Mund in dem Laubdach bildete, um zu antworten, erkannte Jude, dass sie sich mit dem Baum selbst unterhielt.

Jude sah Werwölfe und eine vielarmige Gottheit der Vernichtung, einen römischen Gott mit zwei Gesichtern, Tiere, die auf zwei Füßen gingen und Kleidung trugen wie Menschen, einen Affen aus Stein und weitere Kreaturen, für die er keine Namen hatte. Er fragte sich, wie viele dieser Wesen gekommen waren, um Dodge ihren Respekt zu zollen, und wie viele einfach nur hier waren, um an der unausweichlichen Orgie hinterher teilzunehmen. Denn Jude zweifelte nicht daran, dass es eine Besäufnis-Trauerfeier für den Gott des Glücks geben würde. Immerhin war Dodge durch und durch ein Gott von New Orleans gewesen.

Ein Klopfen drang in Judes Gedanken und kam immer näher, bis es mit einem letzten, nachdrücklichen Klacken verstummte. Jude spürte, wie jemand an seinem Jackett zupfte. Er drehte sich um. Celeste stand neben ihm und stützte sich so schwer auf einen Gehstock, dass ihr Arm vor Anspannung zitterte. Sie trug einen hellen fliederfarbenen Hosenanzug. Die Jacke, die Hose, der Trilby auf ihrem Kopf, ihre Krawatte und ihre glänzenden Schuhe hatten alle exakt denselben Farbton. Etwas an dieser Zusammenstellung wirkte komisch, fast wie aus einem Cartoon. Sie hielt mit einer Hand den Hut fest, der schräg auf ihrem Kopf saß, weil der steife Wind ihn herunterzufegen drohte.

»Leih mir die Kraft deiner stämmigen Beine, um mir über den Weg zu helfen.« Es war nicht ihre eigene Stimme, mit der sie sprach, sondern ein sonores jamaikanisches Patois aus französischen und afrikanischen Einflüssen, das Jude aus Dodges Pokerrunde kannte.

»Legba?«

»So nennt man mich, das stimmt.« Einen Moment sah Jude den Loa selbst und nicht die Frau, in die er gefahren war, seine Falten um die Augen, das uralte zahnlückige Lächeln. Legba packte Judes Arm mit seinen knochigen Fingern und deutete mit dem Gehstock auf die Ansammlung von Gottheiten. »Sie werden nicht ewig warten.«

Jude lachte und half Legba über die Straße. Er wusste nicht genau, ob der Loa sich so fest auf ihn stützte, um Halt zu finden oder um ihn daran zu hindern, dass er verschwand. Als sie näher kamen, drangen Jude das Aroma von Gewürzen, der Geruch von heißer Haut und von Ozon wie kurz nach einem Gewitter in die Nase, gepaart mit dem Gestank von Fäulnis. Er fand die anderen Teilnehmer der Pokerrunde unter der rastlos umherwandernden Gruppe. Thoth, der immer noch sein Jazzfestival-T-Shirt und seine Jeans trug, saß mit gekreuzten Beinen im Gras und hatte seinen Vogelkopf in ein Buch gesteckt. Scarpelli lehnte an der Friedhofsmauer und war mit einem Smartphone beschäftigt. Er trug einen dunklen Anzug mit einem Band um den Hals in der Farbe einer frischen Narbe. Der Engel schwebte in dem Moment von oben herab, als die Menge gerade ruhiger wurde. Seine Flügel rauschten, und die Zehenspitzen tänzelten über den Boden.

Jude drehte sich wie alle anderen herum, als die Türen des Beerdigungsinstituts sich knarrend öffneten. Es war so laut, dass man es bis auf die andere Straßenseite hören konnte. Die Sargträger erschienen, sechs schemenhafte Gestalten, die einen Sarg emporstemmten. Die Götter verstummten, und es schien, als hielte die Stadt selbst den Atem an. Das einzige Geräusch waren jetzt die Schritte der Sargträger. Ihre Hufe klopften laut auf dem Asphalt. Der Geruch nach Schwefel war fast unerträglich. Der Wind legte sich.

Als die Sargträger sich in einem langsamen, präzisen Kreis drehten, sodass sie der Basin Street gegenüberstanden, wechselten sie mit fließender Eleganz ihre Gestalt. In wenigen Augenblicken verwandelten sich die sechs menschenähnlichen Schatten mit dem schwarzen Sarg auf den Schultern in eine ebenholzfarbene Kutsche mit zwei langmähnigen Pferden. Sie scharrten auf dem Asphalt und schnaubten Feuer. Der Wind frischte auf, als hätte er darauf gewartet, und wirbelte unter den großen hölzernen Speichenrädern Staub auf, der sich zu einer Rauchwolke aufblähte. Wohin sie auch trieb, flackerten Bilder darin auf, undeutliche Gestalten, ebenso verschwommen wie ein Gebilde, das man im Frühnebel sieht. Ein Seufzen hing in der Luft, wie ein Ton von einem Blechblasinstrument. Die Note verdoppelte sich, wurde verdreifacht, dann waberte der Staub, und die Kutsche rollte vorwärts. Ihr folgten die Schatten einer Brassband, die ein langsames, klagendes Lied spielte. Jude und die versammelten Gottheiten nahmen sofort den Takt auf und gingen hinter ihnen her. Legba stützte sich immer noch auf Judes Arm, holte eine Halbliter-Flasche New-Orleans-Rum heraus, trank einen tiefen Schluck und hielt sie Jude zitternd hin. Er zögerte, weil er eigentlich nüchtern sein wollte, wenn er den Loa befragte, aber ihm war klar, dass Respektlosigkeit ihn nicht weiterbringen würde. Er nahm die Flasche und trank zwei Schlucke, bevor er sie zurückgab.

Jude hatte erwartet, dass die Prozession über den Friedhof marschieren würde. Stattdessen jedoch nahm sie Kurs auf die Canal Street, mit einem stockenden Schritt nach dem anderen. Der Verkehr stoppte ohne die übliche Hilfe durch eine Polizeieskorte. Als sie auf die belebte Straße einbogen und sich vom Fluss entfernten, fragte sich Jude, was die Touristen durch ihre Kameras und die Einheimischen hinter ihren Lenkrädern wohl sahen. Eine normale Beerdigungsprozession mit einem Leichenwagen und einem Konvoi aus Fahrzeugen oder die feierliche Parade einer traditionellen Jazz-Beerdigung, die Beisetzung eines einheimischen Musikers, der beliebt genug war, um die Canal Street zu sperren? Oder verschwand der Konvoi aus Gottheiten unsichtbar in der Dunkelheit zwischen einem Blinzeln und dem nächsten? Dann jedoch erfüllte die Musik seine Gedanken und seine Schritte, und eine Weile dachte er gar nichts.

Wäre die Canal Street ein Fluss, wäre seine Quelle das wimmelnde Leben von Downtown und seine Mündung ein breites Delta von Friedhöfen, eine Stadt der Toten, die sich mehr als eineinhalb Kilometer weit erstreckte und wie jede Stadt in Viertel geteilt war. St. Patrick's zum Beispiel gehörte zum ärmeren Teil der Stadt. Viele Grabsteine und Eisenzäune hätten dringend eine Reparatur gebrauchen können. Lake Lawn auf der anderen Seite einer Autobahnbrücke war der Ruheplatz für die Wohlhabenden, mit riesigen Krypten, die mit bunten Fenstern und schön gemeißelten Statuen versehen waren. Dazwischen lag Greenwood, ein typischer Friedhof von New Orleans mit überirdischen steinernen Grabmalen, die mit der Regelmäßigkeit einer Reißbrett-Vorstadt angelegt waren, ganz wie die Shotgun-Doppelhäuser, in denen viele der Menschen, die hier begraben lagen, gelebt hatten und gestorben waren.

Jude hätte mindestens eine Stunde für den knapp fünf Kilometer langen Fußmarsch zwischen dem Quarter und den Friedhöfen benötigen sollen, aber in der Beerdigungsprozession schien er für die Strecke gar keine Zeit zu brauchen. Die Kutsche bog an der Ecke Canal Street und City Park Avenue scharf nach rechts ab und gelangte auf einen kleinen Friedhof, den Jude zwar schon gesehen, aber bislang immer irgendwie ignoriert hatte. Mehr als drei Meter hohe Steinmauern verbargen alles auf dem kleinen Flecken Land zwischen der Straßenbahnlinie und dem St. Patrick's Cemetery vor neugierigen Blicken. Als Jude den Gottheiten durch das schmiedeeiserne Tor folgte, blickte er auf die Worte, die in den Bogen darüber eingemeißelt waren.

RUHESTATT DES KOMISCHEN KAUZES.

Komischer Kauz, dachte Jude. *Was für eine Untertreibung!*

Die Vegetation hinter den Friedhofsmauern hatte schon vor langer Zeit den Zustand der Überwucherung hinter sich gelassen. Das hier war der jahrhundertealte Sumpf, der sich sein Existenzrecht mitten in der Stadt zurückgeholt hatte. Die vorherrschenden Farben auf den meisten Friedhöfen von New Orleans waren unterschiedliche Schattierungen von Grau: Marmorstatuen und Grabmale mit bröckelndem Putz, Betonwände und Schotterwege aus Muschelschalen. Hier dagegen war alles grün. Gras und Brombeeren und Kletterpflanzen bedeckten den Boden, während die Blätter des Elefantenohrs über ihren Köpfen wuchsen. Das Innere des Friedhofs schien größer zu sein als das Äußere, was Jude allerdings nicht überraschte. Das war bei den meisten Dingen so.

Obwohl es ein relativ kühler Tag war, spürte Jude klebrigen Schweiß zwischen seinen Schulterblättern und juckende Schweißperlen am Rand seines Bartes. Bei jedem schlurfenden Schritt durch das Grün stiegen Schwärme von Mücken von den Zweigen auf, die zur Seite geschoben wurden. Sie stürzten sich auf ihn, ärgerliche kleine Stiche auf seiner Haut, als spürten sie, dass er allein sterbliches Fleisch hatte, aus dem sie saugen konnten. Er wanderte ehrfürchtig zwischen den Bäumen und den Gräbern dahin und fiel hinter den Rest der Prozession zurück. Als er die Götter wieder einholte, hatten sie Dodges Gruft bereits erreicht.

Der Engel hockte auf einer Reihe von Grabsteinen, die von Jude weg zeigten, und balancierte elegant auf dem unebenen Granit. Hin und wieder bewegten sich seine Schwingen und verteilten einen feinen Dunst aus Tau und das Aroma von Gewürzen in der Luft. Hinter ihm stützte sich Legba neben Thoth auf seinen Gehstock. Der ägyptische Gott hielt immer noch ein Buch in den Händen und hatte einen dicken Finger zwischen die Seiten geschoben, um die Stelle zu markieren. Scarpelli stand lässig da und tippte etwas in sein Smartphone. Seine Haltung, das Smartphone, all das wirkte irgendwie respektlos und gelangweilt.

Die ebenholzfarbene Kutsche wartete in einem von Pollen schillernden Sonnenstrahl. Die Türen waren weit geöffnet, und die Kutsche war leer. Dodges Leichnam musste bereits in der Gruft sein. Seine Bestattungskammer war anders als die der anderen Grabmale, die Jude gesehen hatte, nicht aus Granit oder Marmor, sondern aus Bronze. Jahrhundertelang dem Wetter ausgesetzt, hatte eine Schicht aus Grünspan das Metall überzogen, ein grünliches Schwarz, das sich wie ein Ausschlag über die Oberfläche zog.

Ein großer, schlanker Mann in einem makellosen dunklen Smoking tauchte aus der bronzenen Kammer auf, drehte sich um und schloss die Türen hinter sich. Judes Haut wurde bei seinem Anblick eiskalt. Er hatte kein Gesicht, keine Ohren und nirgendwo Fleisch an seinem Kopf, sondern nur das knochig-glatte, eingefrorene Grinsen eines Schädels. Kringel und bunte Blüten bedeckten die schimmernde Oberfläche seines Schädels wie eine Tätowierung und erinnerten an einen bemalten mexikanischen Totenkopf. Die grimmige Visage drehte sich hin und her, während sie die versammelten Götter betrachtete, und die Kiefer klackten, als der Schädel sprach. Es waren Worte, die Jude entweder nicht genau verstand oder die aus einer Sprache stammten, die er nicht kannte. Dann trat der Schädel-Gott zur Kutsche und schloss die Türen. Die Pferde legten sich ins Zeug und zogen die Kutsche weiter. Die Brassband zerriss die feierliche Stimmung des Friedhofs mit den ersten Noten eines strahlenden, energischen Stücks. War die Bestattung wirklich so kurz gewesen, oder war Jude länger umhergewandert, als er gedacht hatte? Die Götter begannen zu tanzen, winkten mit Taschentüchern und verließen den Friedhof in einer Zweierreihe.

Flügel klatschten und raschelten, und der Engel erhob sich, gefolgt von Thoth in Gestalt eines kleinen weißen Vogels. Der Vampir war nirgendwo zu sehen. »Scheiße«, murmelte Jude. »Scheiße, Scheiße!« Er trat vor, weil er unbedingt Legba erwischen musste, bevor der ebenfalls verschwand. Im selben Moment jedoch fiel eine weiß behandschuhte Hand auf seine Schulter und hielt ihn auf. Eine Stimme drang in sein Ohr, tief und ähnlich der von Legba, aber rasselnd, als wäre sie durch Krankheit verzerrt. »Du suchst jemanden?« Jude musste sich nicht umdrehen. Er wusste, dass er, wenn er es tat, in die leeren Augen des Schädel-Gottes blicken würde.

Furcht regte sich in seiner Magengrube, aber er unterdrückte sie. Er hatte die Angst in Mournings Büro gewinnen lassen, hatte sich sechs Jahre seines Lebens von ihr beherrschen lassen, und gebracht hatte es ihm nichts.

Vielleicht wurde es Zeit, den alten Jude aus der Kiste zu holen.

Er drehte sich um und grinste dem Tod ins knochige Gesicht. »Vielleicht«, gab er zurück. Er hoffte, dass diese leeren Augenhöhlen seine Angeberei nicht zu schnell durchschauten. »Ich suche nach dir. Bist du ›Angelface666‹ bei Match.com oder was?«

Der Kiefer des Schädel-Gottes klackte, als er ihn öffnete und schloss, und die Haare auf Judes Nacken richteten sich auf, als er begriff, was da passierte. Er hatte einen Totengott zum Lachen gebracht.

»Wer ich bin, bedarf entweder einer sehr langen Antwort«, erwiderte der Gott, »oder einer sehr kurzen. Welche willst du?« Er lehnte sich an den Rand einer Gruft, und seine langen Arme und Beine beugten sich in einem rechten Winkel wie etwas, das aus mehreren Teilen bestand.

»Versuchen wir die kurze.«

»Dann nenn mich Barren.«

Jude wusste, dass viele Ghede – die Voodoo-Familie der Loa, die für Tod und Fruchtbarkeit zuständig waren – den Ehrentitel »Baron« trugen. Cimetière, Samedi, La Croix, dieser Gott konnte jeder von ihnen oder jemand vollkommen anders sein. »Du meinst, ich sollte eine Verbeugung machen?«

Der Schädel-Gott stieß ein schnaubendes Lachen aus.

»Mitnichten!«, antwortete er. »Barren wie brach, unfruchtbar, ein Feld, das keine Früchte mehr trägt.« Er fuhr mit einer behandschuhten Hand in sein Smoking-Jackett und zog einen silbernen Flakon heraus. Dann schraubte er den Deckel auf und nahm einen tiefen Schluck. Die Art und Weise, wie seine Zähne gegen das Metall schlugen und wie der Alkohol zwischen den Knochen seines Kiefers und dem blassen Grau der Krawatte verschwand, die seinen Hals verhüllte, hatte etwas sehr Beunruhigendes. Jude hoffte verzweifelt, dass er ihm keinen Schluck anbot. Barren schraubte die Flasche wieder zu, verstaute sie in der Innentasche und fuhr mit den behandschuhten Händen über seinen bemalten Schädel, wie ein Mann, der sein Haar glättet. »Bringt nichts, wenn ich frage, wer du bist.«

»Weil das so offensichtlich ist?«

»Nö.« Barren schüttelte den Schädel. »Weil du dich selbst nicht kennst.« Dann wandte er den Kopf ab, als hätte er, obwohl er keine Ohren besaß, etwas gehört, das Jude nicht hören konnte. »Aber du solltest es herausfinden. Und zwar verdammt schnell. Dir läuft die Zeit davon.«

»Zeit? Wofür?«

»Für alles.« Barren richtete seine leeren Augenhöhlen wieder auf Jude. Sie schienen in abgründige Tiefen zu reichen. »Du stellst nicht die richtigen Fragen.« Jude merkte, dass er enttäuscht klang.

»Welche Fragen sollte ich denn stellen?«

Er hob die knochigen Schultern. »Ich erkenne sie, wenn ich sie höre.«

»Schön. Fangen wir mit der naheliegendsten an. Wer hat Dodge getötet?«

Barren klatschte mit seinen behandschuhten Händen herablassend Beifall. »Schon besser«, sagte er. »Darauf habe ich allerdings keine Antwort.« Er zog an seinen Manschetten, eine sonderbar eitle und verspielte Geste.

Etwas an Barrens neckischen und spöttischen Antworten fegte den letzten Rest von Judes Beherrschung beiseite, und er ließ seinem Temperament freien Lauf. »Du willst mir nicht sagen, wer du bist, du weißt nicht, nach wem ich suche, also warum, verflucht, rede ich überhaupt mit dir?«

Wieder klickte der Kiefer, und Barrens Mund öffnete sich zum Grinsen einer Schlange. »Weil ich etwas weiß, das du nicht weißt«, erwiderte er. »Ich weiß, wer du bist.«

»Ach ja? Und wer wäre das?«

»Das«, antwortete der Schädel-Gott, »ist die richtige Frage.« Er streckte die Hand aus und bewegte kurz die Finger. Im nächsten Moment tauchte eine große Spielkarte zwischen ihnen auf, die er Jude hinhielt. »Mit besten Grüßen des teuren Verschiedenen«, sagte Barren. Es war eine Tarotkarte, DER MAGIER, eine Gestalt in einer Robe, die zum Himmel hinauf und auf den Boden deutete. Der Mann auf der Karte hatte Judes Gesicht. Als er wieder hochsah, war Barren verschwunden und hatte ihn allein mit den Toten zurückgelassen.

Das pinke Handy der Touristin kündigte in Judes Tasche eine Textnachricht an. Statt einer Telefonnummer zeigte das Display eine unbekannte Nummer. *Ich warte draußen auf dich.* Er schob die Tarotkarte in die Tasche seines Jacketts und wollte gerade eine Erwiderung tippen, dann jedoch hielt er mitten im Wort inne. Er hatte angenommen, dass es egal sei, aber hatte sie ihre Nummer nicht gespeichert? Also konnte sie es nicht sein. Außerdem hatte sie keine Ahnung, wo er war.

Jude wühlte in seinem Beutel, während seine Gedanken sich überschlugen. Er hatte etliche magische Verkleidungen dabei, aber keine war gut genug, um jemanden zu narren, der gezielt nach ihm suchte. Denn der Friedhof hatte nur einen Ausgang, und er war der letzte Gast. Es gab Schutzzauber und Amulette, mit denen er sich schützen konnte, vorausgesetzt, er wusste, wer oder was auf ihn wartete. Rasch ging er einige Fluchtmöglichkeiten durch, bis sich schließlich der alte Jude meldete. *Und wenn das nun einer der Kartenspieler ist, nach denen du gesucht hast?*, fragte er sich. *Was muss passieren, damit du endlich aufhörst wegzulaufen? Wie viele verschiedene Arten von »feiger Scheißkerl« willst du noch sein?*

Seine Finger im Beutel berührten einen schlanken Stab, der vor Energie summte. Allein diese Berührung erfüllte seine Adern mit Feuer und einer Kühnheit, als hätte er die ganze Flasche Rum geleert, die Legba ihm angeboten hatte. Das war die Lösung für das ungünstigste Szenario, für jedes noch so ungünstige Szenario. Er grinste. Nicht einmal Mourning wusste, dass er die ganze Zeit mit einem waschechten Zeus-Donnerkeil herumlief. Nachdem sein Selbstbewusstsein wenigstens einigermaßen wiederhergestellt war, beendete er seine Nachricht und drückte auf Senden.

Unmittelbar vor dem Tor wartete eine Cadillac-Limousine mit laufendem Motor neben dem Bürgersteig. Sie war lang und schwarz und glänzte frisch gewaschen und poliert. Der Chauffeur stand an der hinteren Tür, ein großes, dürres Gespenst. Seine Haltung war so steif, dass sie beunruhigend war. Judes Zunge tastete in seinem Mund herum, um herauszufinden, ob er sich auf die Lippen gebissen hatte. Er fand keine Wunde, schmeckte aber immer noch … Blut.

Die getönte Scheibe glitt herunter, glatt und surrend, und dahinter tauchte der Vampir Scarpelli auf. Jude zuckte es in den Fingern, nach dem Donnerkeil zu greifen.

»Tagchen, Sonnenschein«, sagte Scarpelli in seinem hohen Rasseln. Seine fleckige Leichenhaut sah im Tageslicht noch schlimmer aus. Jude versuchte, ruhig weiterzuatmen,und hoffte, dass der Vampir seine Furcht nicht wittern konnte, wie Hunde es angeblich vermochten. Er spürte, wie Scarpelli ihn von Kopf bis Fuß musterte. Entweder checkte er seinen Modegeschmack ab oder suchte nach der besten Stelle, wo er ihn beißen konnte.

»Ist es hier draußen nicht ein bisschen hell für dich?«, erkundigte sich Jude.

Scarpelli schnalzte enttäuscht mit der Zunge. »Du siehst zu viele Filme. Obwohl ich Hitze tatsächlich verabscheue. Komm, steig ein. Ich bin hier, um dich abzuholen.«

Eine Vision blitzte in Judes Kopf auf, von der Dublone mit dem Blutstropfen, die Scarpelli von ihm gefordert hatte. »Du hattest die Runde nicht gewonnen«, sagte Jude. Die Worte klangen hohl, selbst während er sie aussprach. Als hätte Scarpelli noch nie zuvor die Regeln gebrochen.

Der Vampir lächelte so strahlend, dass er seine Reißzähne zeigte. Sein Zahnfleisch war schwarz gefleckt. »Ich bin nicht hier, um dich abzuholen, Zuckerschnecke. Noch nicht.« Wieder betrachtete der Vampir ihn. In seinem Blick lag eine raubtierhafte Kombination aus Gier und Lust, bei der sich Jude der Magen umdrehte. »Nur für eine kleine Spritztour und eine nette Plauderei. Eine Art … Vorschlag.«

Der Chauffeur öffnete die Tür, und obwohl jeder säugetierartige Instinkt, den er besaß, aufschrie und ihm befahl loszurennen, stieg Jude in den Wagen. Das Innere war dämmrig und kühl, stank nach dem sterilen Geruch eines Tiefkühlschranks. Zwei Reihen von Lederbänken standen sich im Fond gegenüber. Auf einer hockte eine junge Blondine in einem langen Bleistiftrock und einer Seidenbluse, die bis zum Hals zugeknöpft war. Obwohl der Kragen hoch war, konnte er die Narbe an ihrem Hals nicht verdecken. Judes Blick fiel auf die blasse, unnatürlich straffe Haut, den roten Fleck im Weiß ihrer Augen, und er erkannte in ihr die Frau aus dem St. Joe's. Der Chauffeur war der Barkeeper mit der ungepflegten Frisur. Ein Ghul. Wiedergänger. Die Reste von Scarpellis Abendessen, die wiederauferstanden waren und herumspazierten, angekettet an ein Scheinleben, gezwungen, ihm als Sklaven zu dienen.

Die Frau drehte sich zu der kleinen Bar um. Sie bewegte sich gleichgültig, in einer fast überzeugenden Mimikry von freiem Willen, eine Marionette, die von einer erfahrenen Hand kontrolliert wurde. Sie öffnete eine Karaffe und füllte ein halbes Glas mit einer rostfarbenen Flüssigkeit. Sie war so glänzend und zäh wie Motoröl.

Scarpelli nahm ihr das Glas ab, als der Wagen sich in den Verkehr einfädelte. »Wo habe ich nur meine Manieren gelassen?«, meinte der Vampir. »Möchtest du auch was davon? Ich mixe es selbst. Der Trick besteht darin, den Gin hinzuzufügen, wenn das Blut noch warm ist, damit es nicht gerinnt.« Jude richtete die Aufmerksamkeit auf die getönten Fenster, um den Ekel zu verbergen, der ihm unweigerlich in den Augen stand. Der Vampir kicherte trotzdem. »Wie es so schön heißt, über Geschmack lässt sich nicht streiten.«

»Dasselbe dachte ich neulich auch«, erwiderte Jude, der versuchte, ebenso gleichgültig zu sprechen wie der Vampir. »Als Dodge eine unsterbliche Zecke zu seinem Kartenspiel einlud.« Kaum hatte er diese Beleidigung geäußert, schwindelte ihn, ein instinktives Zurückweichen vor der Gefahr, in der er sich befand. Aber Jude war verzweifelt. Er hatte seine Chance vertan, mit Legba zu reden, also musste er den Vampir dazu verleiten, irgendetwas zu enthüllen.

Scarpelli reagierte nicht auf diese Spitze. »Ach ja, das Spiel. Genau darüber wollte ich mit dir reden.« Die Art und Weise, wie er das Wort »Spiel« betonte, hatte etwas von einem Augenverdrehen, als stünde er über dieser ganzen Erfahrung. »Ich muss zugeben, dass ich von deinem Schachzug beeindruckt war. Ziemlich clever. Genau die Art von Schachzug, die mir nützlich sein könnte, wenn mir erst der Preis gehört.«

»Der Preis?« Das war sein großes Spiel. Ein Bluff, verpackt hinter einer Maske. Er musste so wirken, als täuschte er Ignoranz in Bezug auf etwas vor, wovon er in Wahrheit nichts wusste. Damit der Vampir die eine Täuschung durchschaute, aber nicht die dahinter.

»Oh, wir wollen doch nicht so schüchtern miteinander umgehen, Schatz. Du weißt so gut wie ich, dass derjenige, der das Spiel mit den meisten Jetons verlässt – und das ist derzeitig mein Blatt, dank deines entzückenden kleinen Schachzugs –, dies als der neue Glücksgott von New Orleans tut.«

Jude ließ sich äußerlich nichts anmerken, obwohl seine Gedanken sich überschlugen. Er durfte Scarpelli nicht wissen lassen, wie viel dieser ihm gerade verraten hatte. Wieder dachte er an jene Nacht, in welcher der Vampir sich nicht einmal die Mühe gemacht hatte, seine Karten aufzudecken, nachdem Dodge seine gezeigt hatte.

»Sonderbar«, sagte er. »Neulich schienst du nicht so viel Vertrauen in dein Blatt gehabt zu haben.«

Scarpelli trank einen Schluck und ließ ihn im Mund herumwandern wie guten Wein. »Das war vor deinem kleinen Trick«, sagte er. »Ich hatte dank dir Zeit, einige Nebenwetten abzuschließen, und da dieser Narr Renaud jetzt aus dem Weg geräumt ist …«

»Schön, dass ich helfen konnte«, erwiderte Jude. Die Worte kamen aus seinem Mund, bevor er es verhindern konnte. Ein Blick aus dem Fenster zeigte ihm, dass der Wagen unaufhaltsam in Richtung seiner Wohnung fuhr. Der Gedanke, dass der Vampir wusste, wo er lebte, machte ihn zu nervös, als dass er Scarpellis Prahlerei hätte ertragen können. »Du hast ein Angebot für mich?«

Sämtliche Verspieltheit wich aus dem Gesicht des Vampirs. Stattdessen blieb kalte, kalkulierende Gier zurück. Er leerte das Glas und hielt es der Ghul hin, ohne auch nur in ihre Richtung zu blicken. Dann griff er mit der anderen Hand in seine Jacketttasche und zog die Dublone aus der Kartenrunde hervor. Jude musste die Fäuste ballen, um nicht danach zu greifen.

»Also«, begann der Vampir, »das ist mein Vorschlag.« Er drehte die Dublone langsam auf seiner Handfläche. »Dein Blut gehört mir, Häppchen. So viel ist sicher. Die einzige Frage ist nur, ob es mir mehr nützt, wenn es in deinen Adern fließt und du mir dienst oder wenn ich es auf meiner Zunge schmecke und es mich nährt.« Der Vampir zuckte plötzlich vor, viel zu schnell für eine Kreatur aus Fleisch und Blut, und erheblich zu schnell, als dass Jude hätte reagieren können. Er war ihm so nah, dass er den blutgetränkten Gin im kalten Atem des Vampirs riechen konnte. Scarpelli inhalierte tief und genüsslich und kniff die Augen zusammen. Dann seufzte er und lehnte sich in einer Parodie der Befriedigung wieder zurück. »Ich gebe zu, dass ich mich kaum zurückhalten kann. Aber es ist besser, einen so komplexen und vielschichtigen Jahrgang noch ein wenig atmen zu lassen, stimmt's?« Er schien mit sich selbst zu reden. Eine Weile saß Jude mit klopfendem Herzen da und starrte geradeaus, unfähig, sich zu bewegen oder zu sprechen.

Versteinert. Beute.

Es war dumm gewesen zu glauben, dass der Donnerkeil sie gleichwertig machte. Wenn der Vampir ihm etwas hätte antun wollen, hätte er zugebissen, bevor Jude auch nur in seinen Beutel hätte greifen können.

Sie fuhren um eine Ecke und wurden von den Blinklichtern eines Streifenwagens und eines Krankenwagens begrüßt. Einige Uniformierte standen um einen von einer Decke verhüllten Körper am Boden herum. Einige rauchten, andere sprachen in die Mikrofone auf ihren Schultern. Unter der Decke ragte ein Bein heraus, ein Schuh, dessen Sohle an der Spitze locker war, wie die hechelnde Zunge eines Hundes.

Nein. Das kann nicht sein.

Das Bild vor Judes Augen war schrecklich klar. Der junge Straßenkünstler mit seiner verschwitzten und verschmierten Clownsmaske, die zu einem Ausdruck des Entsetzens verzerrt war.

Der Cadillac glitt an dem Tatort vorbei, und Jude zwang sich, wieder zu dem Vampir zu sehen. Scarpelli lachte leise. Vielleicht war er seinem Blick gefolgt, oder er konnte tatsächlich seine Gedanken lesen, jedenfalls beantwortete er seine unausgesprochene Frage. »Keiner von meinen, Zuckerschnecke«, sagte er. »Ich lasse meine Reste nicht einfach draußen auf der Straße liegen.«

Jude lehnte sich gespielt lässig auf dem Ledersitz zurück. Die kalte Luft im Wageninneren drang ihm bis auf die Knochen. Wenn er vor dem Sturm so dicht an einem Mord vorbeigekommen wäre, hätte er das Gewicht all der Jahre und der Freude und der Zukunft gespürt, die das Opfer verloren hatte. Und das Gewicht von all diesem Verlust hätte wie ein Magnetstein auf den Killer gezeigt. Er hätte sich nicht fragen müssen, ob das Tommys Leiche war, sondern er wüsste es, und er wüsste auch, wer dafür verantwortlich war. Jetzt jedoch war nur Leere in ihm, eine Taubheit in seinen Händen, wo einst Macht vibriert hatte. Er hatte seine Gabe nach dem Sturm gehasst, hatte sie einen Fluch genannt. Jetzt, als er gezwungen war, ohne sie zu leben, wünschte er sie sich sehnlichst und drängend zurück.

Obwohl er bereits angenommen hatte, dass sie in seine Richtung fuhren, war es trotzdem ein unerfreulicher Schock, als der Cadillac unmittelbar vor Judes Haus hielt. *So viel zu meiner cleveren Magie, die mein Heim verstecken soll,* dachte er. Jude legte die Hand auf den Türgriff, begierig darauf, den Wagen zu verlassen. »Ich hoffe, du bist nicht beleidigt, dass ich dich nicht zu mir einlade«, sagte er. Denn anders als die angebliche Empfindlichkeit Sonnenlicht gegenüber war es Realität und nicht Fiktion, dass ein Vampir tatsächlich eingeladen werden musste, bevor er das Heim einer Person betreten konnte.

Scarpelli zog eine Visitenkarte aus einer Tasche und wedelte damit in Richtung von Judes Haustür. »Diese kleine Unannehmlichkeit trifft auf dich nicht zu, fürchte ich. Du weißt ja, mein Heim ist, wo mein Herz ist, wie es so schön heißt.« Er hielt die Karte, natürlich blutrot beschriftet, zwischen zwei spitzen Fingern, mit denen er Jude gegen die Brust tippte. »Denn du hast dein Herz ja bereits verzockt, erinnerst du dich?« Jude nahm die Visitenkarte, auf der nur eine Adresse stand, und öffnete die

Tür. Draußen warteten Wärme, Sonnenlicht und Flucht. Aber bevor er aussteigen konnte, sprach Scarpelli weiter. »Dein Blut gehört mir! Du kannst einer von ihnen werden«, er deutete mit einem Nicken auf die Wiedergänger, »oder du kannst für mich arbeiten, solange du dich als nützlich erweist. Dreißig Jahre? Fünfzig? Ich bin sehr geduldig.«

Jude schob die Karte in die Innentasche seines Jacketts, direkt neben die Tarotkarte des Magiers mit seinem Gesicht. »Ich denke darüber nach«, sagte er und hoffte, dass die Lüge halbwegs überzeugend klang.

»Dann denk schnell«, sagte Scarpelli. »Ich erwarte deine Antwort bis morgen Nacht.«

»Sagtest du nicht, du wärst geduldig?«

Der Vampir fletschte seine Reißzähne. Nur ein Narr hätte diese Grimasse ein Lächeln genannt. »Das bin ich. Aber auch sehr, sehr hungrig.«

In seiner Wohnung öffnete Jude eine Flasche Abita und trank die Hälfte davon in einem durstigen Zug leer, um den Geschmack von Blut aus seinem Mund zu spülen. Dann duschte er heiß, um sich das Gefühl, das der Blick des Vampirs in ihm hervorgerufen hatte, von der Haut zu schrubben. Nachdem er sich einigermaßen sauber fühlte, zog er eine verschlissene Jeans und ein altes Saints-T-Shirt an und setzte sich wieder vor den Stapel an Büchern und ausgedruckten Inhalten von Websites, die auf dem Boden seines Wohnzimmers ausgebreitet waren. Müßig blätterte er mythologische Texte und Bücher über Tarot durch und kam zu der Erkenntnis, dass er sich in der Vergangenheit auf seine Magie verlassen hatte. Er war immer zufällig auf die Informationen gestoßen, die er gebraucht hatte, statt sie mühsam aufzuspüren. Er stand auf, holte sich noch ein Bier und warf einen Blick auf seinen Festnetzanschluss und auf das pinke Handy der Touristin. Aber die einzige Person, die ihn angerufen hatte, war seine Mutter. Sie hatte eine vorwurfsvolle Botschaft auf seinem altmodischen Anrufbeantworter hinterlassen.

Wo zur Hölle war Regal? Sie hatte sich in den letzten sechs Jahren auf eine Art und Weise verändert, die er nicht genau beschreiben konnte. Er dachte daran, sie anzurufen, beschloss dann aber, erst einmal seine Gedanken zu ordnen.

Scarpelli besaß eine Dublone, die ihm das Recht auf Judes Blut verlieh. Das schien ihm irgendwie übergriffig, wie eine Missachtung. Es beschämte und frustrierte ihn und machte ihn gleichzeitig wütend. Es fühlte sich an, als wäre er beraubt worden, nur schlimmer. Als hätte der Vampir ihm etwas extrem Intimes gestohlen, wie zum Beispiel Nacktfotos oder beschissene Teenager-Poesie. Etwas, mit dem man erpresst werden konnte. Er musste davon ausgehen, dass jeder der anderen Götter ebenfalls eine seiner Dublonen besaß. Sein Blut, seine Stimme, seine Hingabe. Auch wenn die Erinnerung an diese Nacht verschwommen war, wusste er das noch ziemlich genau. Es war nicht schwierig zu erraten, dass seine Gabe, die er in jener Nacht mit all den anderen

Dublonen verloren hatte, an eine dieser Münzen gebunden war.

Er holte tief Luft und zwang sich, seine eigenen Probleme zu verdrängen. Er kannte immer noch nicht den letztendlichen Zweck dieses Spiels, den Preis, den einzustreichen Scarpelli Anstalten machte. Sein erster Gedanke, und zugleich der befriedigendste, war, dass der Vampir Dodge getötet haben könnte. Er hatte nur Hohn gezeigt, als er von Dodges Tod erfahren hatte, und Jude praktisch dafür gedankt, dass er dem Killer die Möglichkeit dazu eröffnet hatte.

Aber es fühlte sich nicht richtig an. Falls Scarpelli Dodge getötet hatte, warum hatte er dann nicht damit herumgeprahlt, so wie er wegen der Nebenwetten geprahlt hatte, mit denen er das Spiel untergraben hatte? Und außerdem, warum sollte er nicht auch Jude töten, wenn seine Strategie beinhaltete, all jene zu eliminieren, die ein besseres Blatt hatten als er? Jude hatte eine Hand voller Wildcards. Doch der schwierigste Teil, nämlich den Mord an Dodge Scarpelli anzuhängen, war das vergossene Blut auf dem Kartentisch.

Der Vampir würde niemals so viel Blut verschwenden.

Jude schloss die Augen und lehnte den Kopf zurück, während er die Szene noch einmal rekapitulierte, die Regal und er durch die Tür gesehen hatten, die er beschworen hatte. Alles andere, was in den letzten Tagen geschehen war, schob er in den Hintergrund seines Verstandes. Dodges Pokerblatt: vier KÖNIGINNEN und die HOHEPRIESTERIN, jede mit Regals Gesicht. Ein Glücksgott tot an seinem Spieltisch, mit aufgeschlitzter Kehle. Judes eigene Karten auf dem Tisch: vier blanke und eine mit einer vagen Skizze. Die kryptische Erklärung der Spielregeln. Der Vampir, der auf Judes Trick anspielte. Judes Gespräch mit Barren in der Ruhestatt des komischen Kauzes. Etliche Puzzleteile fügten sich mit einer solchen Klarheit in Judes Verstand aneinander, dass er fast ein hörbares Klicken vernahm und die Augen öffnete.

Er griff nach dem Jackett auf dem Stuhl, wo er es beim Hereinkommen abgelegt hatte, und hätte fast die Innentasche zerrissen, so eilig hatte er es, an den Inhalt zu kommen. Darin befanden sich Scarpellis Visitenkarte und die Tarotkarte, die Barren ihm gegeben hatte. *Mit besten Grüßen des teuren Verschiedenen,* hatte er dabei gesagt. Auf der Karte stand DER MAGIER. Das Bild darauf war ein Mann, der in den Himmel und auf den Boden deutete, ein Mann mit Judes Gesicht. Es war dieselbe Haltung, die er auf der skizzierten Karte in Dodges Spielzimmer gesehen hatte, die erste Karte von Judes Blatt. Jetzt fügte sich plötzlich alles zusammen. Der Grund, warum das Spiel nicht vorbei war, der Grund, warum seine Karten blank gewesen waren, als er sie umdrehte.

Er hatte gewusst, was es bedeutete, dass sie ihr Spiel »Schicksal« nannten. Die Götter spielten mit dem Schicksal, aber er hatte sie dennoch unterschätzt. Sie zeigten nicht nur das Schicksal einer Person; sie benutzten die Karten, die verteilt wurden, um jemandes Schicksal zu verändern. Diese Arschlöcher spielten mit dem Leben von Menschen. Alle außer Jude.

Denn wenn die Karten sein Gesicht zeigten, war das Schicksal, um das er spielte, sein eigenes.

KAPITEL NEUN

Jude ging auf der Suche nach einem Wagen, den er stehlen konnte, an den Reihen von Fahrzeugen auf dem Parkplatz am Riverwalk entlang. Genau genommen, beruhigte er sich, borgte er sich die Fahrzeuge eigentlich nur, da er nie einen der Wagen behielt, den er klaute. Was nicht hieß, dass ihn schlaflose Nächte bei dem Gedanken geplagt hätten, dass die Besitzer und ihre Fahrzeuge vielleicht niemals wieder zueinander finden würden. Er hatte einige spezielle Kriterien für die Auswahl seiner Fortbewegungsmittel: Cadillac, Lexus, Mercedes-Benz, BMW – alles, was man mit dem Wort »Luxus« in Verbindung bringen konnte. Ein besonderer Bonus war ein egomanes Nummernschild. Er wollte irgendeinem reichen Arschloch den Tag vermasseln und nicht jemandem das ganze Jahr versauen, der ohnehin pleite war.

Der schlanke silberfarbene Porsche mit den getönten Scheiben und dem »UENVME«-Kennzeichen in der nächsten Reihe war perfekt.

Jude gebrauchte das Machtwort, das Dodge ihn gelehrt hatte, um die Tür zu öffnen, dann brachte er die Alarmanlage mit einem Schlafzauber zum Schweigen, den er mit einem Finger auf das Armaturenbrett malte. Erneut murmelte er ein kleines Dankgebet, dass der Verlust seiner Gabe ihn nicht auch noch den Rest seiner Magie gekostet hatte. Dann setzte er sich hinter das Steuer und holte eine Blechdose aus dem Beutel, die mit langen Papierstreifen gefüllt war. Auf jedem Streifen stand ein Shem, einer der geheimen Namen Gottes, in siebenundzwanzig hebräischen Lettern auf der einen und in jeweils einer anderen Sprache auf der anderen Seite. Sie waren ein Geschenk von Mordechai Eichhorn, einem Rabbi mit einem ernsthaften Dibbuk-Problem, das Jude ein paar Jahre vor dem Sturm gelöst hatte. Das Papier roch immer noch nach den Pfefferminzbonbons, die früher einmal in der Dose gewesen waren. Jude blätterte die Streifen durch und murmelte leise vor sich hin. Da der Wagen ein Porsche war, brauchte er einen Streifen auf Deutsch. Schließlich fand er ihn und schob ihn in das Zündschloss. Der Motor sprang an. *Wenn ich diese Dinger in Massenproduktion herstellen könnte, würde ich sie auf Google verscherbeln, mir irgendwo eine Insel kaufen und mich nie wieder mit so einem Scheiß abgeben.*

In seiner Wohnung hatte er nach seiner Erkenntnis über das Kartenspiel Regal angerufen, aber nur ihre Voicemail erreicht. Er hatte aufgelegt, ohne etwas zu sagen, und noch einmal die Nachricht seiner Mutter auf dem Anrufbeantworter abgespielt. Diesmal hatte er genauer hingehört und die angespannte Dringlichkeit unter ihrem typischen unschuldigen Plauderton wahrgenommen. Es war dasselbe Gefühl kaum unterdrückter Panik, das ihn immer zwang, eine Fahrt über den Lake Pontchartrain zu machen, um nach ihr zu sehen. Also musste er sich ein Auto borgen.

Mithilfe des »Wie rufe ich ein Taxi?«-Abschnitts in einem Berliner Reiseführer, den er aus seinem Beutel geholt hatte, befahl Jude dem Porsche in stockendem primitivem Deutsch, was er von ihm wollte. Der Wagen reagierte, indem er den Gang einlegte, aus der Parklücke rangierte und in Richtung Interstate fuhr. Bei der ersten roten Ampel schaltete das Radio den Sendersuchlauf ein und blieb schließlich bei WWOZ stehen, wo gerade Allen Touissants »Yes We Can Can« spielte.

Das Lied habe ich nicht mehr gehört seit … Scheiße! Seit dem Tag vor dem Sturm.

Damals hatte er die Stadt verlassen, war aber nicht weit gekommen. Wie die meisten Menschen, die ihr ganzes Leben in New Orleans verbrachten, war Jude im Lauf der Jahre abgestumpft, während die Hurrikans kamen und gingen. Er ignorierte selbst jene, die im letzten Moment abzudrehen drohten. Die Namen Betsy und Camille wurden als Geistergeschichten beschworen, aber Stürme dieser Wucht waren seit den Sechzigern nicht mehr gesehen worden. Ähnlich wie »Das Große Beben« in Kalifornien, wie Atomraketen, die aus ihren Silos starteten, wie durch die Luft übertragbares Ebola, war ein Sturm, so stark wie Katrina, der Buhmann, das Monster unter dem Bett, ein Katastrophenszenario, das einfach zu schrecklich war, um es sich auch nur auszumalen. Unglaublich, weil es zu furchtbar war, um real zu sein. Vor sechs Jahren hatte er zwar gewusst, dass ein Sturm im Golf tobte, aber er hatte vorgehabt, ihn auszusitzen, wie er es immer getan hatte, mit einer Flasche Southern Comfort und einem Walter-Mosley-Roman. Er hatte nicht die Absicht gehabt, sich evakuieren zu lassen, sondern damals genauso gedacht wie jetzt: Er brauchte einfach nur einen Wagen für einen kurzen Trip über den Lake Pontchartrain, um nach seiner Mutter zu sehen. Er hoffte sehr, dass er heute nicht ebenso danebenlag wie vor sechs Jahren.

Nachdem er sich überzeugt hatte, dass der Porsche in die richtige Richtung fuhr, schlug Jude das Buch über Tarot auf, das er von zu Hause mitgenommen hatte. Die Karte DER MAGIER steckte als Lesezeichen darin. Er hielt sie neben die entsprechende Illustration in dem Buch, und es war wie ein »Suche den Fehler«-Rätsel auf der Rückseite einer Müslischachtel. Die Bilder waren unheimlich ähnlich, eine Gestalt, die neben einem Tisch in einem Garten stand, eine Hand zum Himmel erhoben, die andere auf den Boden gerichtet. Der Magier in dem Buch trug eine rot-weiße Robe und hatte das verschlungene Unendlichkeitssymbol über dem Kopf. Er hielt eine an beiden Enden angezündete Kerze in seiner erhobenen Hand. Der Magier auf Judes Karte stand genauso da, trug aber eine abgeschabte Lederjacke und ein »Rage Against the Machine«-T-Shirt, ein Outfit, das er in seiner vergeudeten Jugend ständig angehabt hatte. Beide Magier standen neben einem kleinen Tisch, auf dem sich ein Stab, ein Schwert, eine Münze und ein Kelch befanden. Das waren die Farben des Tarots, aber es waren auch die Werkzeuge, die ein praktizierender Magier benutzen würde. Wie Judes ehemaliger Lehrer Eli Constant.

Laut dem Text unter der Illustration repräsentierte DER MAGIER Dualität, weil er nach oben und unten deutete, eine Verbindung sowohl zum Himmel als zur Erde anzeigte, dem Spirituellen und dem Materiellen. Zog man diese Karte während einer Sitzung, bedeutete es, dass man versuchte, in zwei Welten zu leben, ohne wirklich zu einer zu gehören, oder dass man sich bemühte, die Kluft zwischen beiden zu überbrücken. Je mehr er las, desto mehr musste er zugeben, dass dies eine unheimlich genaue Beschreibung seines eigenen Lebens war. Jedenfalls wie es vor dem Sturm gewesen war.

Er war schon als Kind ein Außenseiter gewesen. Seine ungewöhnliche Herkunft hatte ihn auf eine Weise verdorben, die absolut nichts mit Magie gemein hatte. Das Fehlen eines Vaters hatte ihn mit einer halben Identität zurückgelassen. Er hatte sich aus jeder Kultur und jeder Gemeinschaft entfernt, in die er je hineingeraten war, sobald ihm klar geworden war, dass er dort niemals wirklich hingehört hätte. Denn niemand konnte beim ersten Blick auf ihn erkennen, ob sein Dad ein Schwarzer, ein amerikanischer Ureinwohner oder hispanischer Herkunft war. Obwohl auch kein Weißer jemals annahm, er sei weiß.

Doch es ging weit über Rasse hinaus. Soweit es die Welt der Sterblichen betraf, existierte er einfach nicht. Er hatte keine Sozialversicherungsnummer, keine Geburtsurkunde, es gab keine Aufzeichnungen, die bewiesen, dass er existierte. In seiner Jugend war er »das Kid« in seinem Viertel, derjenige, der nicht zur Schule ging, der so lange fortblieb, wie er wollte, der stets die Schuld bekam, wenn es irgendeinen Ärger gab. Seine Mutter war häufig unterwegs, manchmal einfach zu abgelenkt, um ihn zu erziehen, aber oft auch tatsächlich abwesend. Also erzog er sich mehr oder weniger selbst. Seine Ausbildung lag in den Händen einer ganzen Reihe von ständig wechselnden Lehrern. Es existierten keine nennenswerten Familienbande, bis auf eine unverheiratete, kinderlose Tante, die immer zu vergessen schien, dass es ihn gab, und keine Kultur beanspruchte ihn für sich.

In seinem ganzen Leben hat er sich stets allein gefühlt, was aber nicht bedeutete, dass er einsam gewesen wäre. Er war charmant und klug und eigenwillig auf genau die Art und Weise, die Kinder und Jugendliche lieben und Eltern hassen. Er hatte viele Freunde, aber nie auf Dauer. Er hatte dutzendweise Geliebte gehabt, aber nie eine Liebe. Er schlich sich ebenso leicht in die Leben von Menschen, wie er aus ihnen wieder verschwand. Und mehr als seine Hautfarbe, mehr als die Tatsache, dass er ein unehelicher Bastard war, und mehr als das Fehlen irgendwelcher Autoritäten oder gemeinsamer Erfahrungen war es etwas anderes, das ihn von den Menschen um ihn herum unterschied: Das Wissen, dass Magie möglich war, dass die Götter existierten, durchtränkte, was immer er sagte und tat, und machte gleichzeitig alles andere in genau demselben Maße unbedeutend.

Wenn man etwas von einem Gott in sich hat, kann es ganz schön schwer sein, so zu tun, als gäbe man einen Scheiß darauf, prominent zu sein, oder auf Steuern oder irgendwelche anderen Dinge, die für die Welt der Sterblichen so wichtig sind.

Also passte Der Magier insofern sehr gut auf ihn, als dass er einen Fuß in der materiellen Welt und einen in der Welt der Geister hatte. Doch der Rest der Beschreibung – die Ordnung des Universums zu erhalten, die vier Symbole des Tarot, Schwert, Stab, Kelch und Münze, zu verwenden, um alles im Gleichgewicht zu halten – entsprach ihm überhaupt nicht. Er dachte an die Jobs, die er gehabt hatte, und an die Tricks, die er abgezogen hatte, als er und Regal noch Partner gewesen waren. Das war das einzige Mal in seinem Leben gewesen, wo er das Gefühl gehabt hatte dazuzugehören. Und das einzige Gleichgewicht, das er je geschützt hatte, war das gewesen, das Mourning kultiviert hatte. Und jetzt? Seit dem Sturm versuchte er, mit seinem Leben so wenig auf das Leben von anderen einzuwirken wie nur möglich.

Also war er vielleicht früher einmal ein Magier gewesen, aber ganz sicher war er jetzt keiner mehr. Was vielleicht erklärte, warum seine Karten blank gewesen waren. Selbst magische Karten konnten die eigene Bestimmung nicht enthüllen, wenn man sie aufgegeben hatte.

Der Gedanke, vom Pfad des Schicksals abzuweichen, rückte ein wichtiges Detail in seinen Fokus. Er hatte zu Regal gesagt, dass ein Gott zu sein bedeute, in einer einzigen Identität gefangen zu sein, und dass der Ausweg daraus nur der Tod sei. Wie es schien, hatte Dodge jedoch einer Handvoll Gottheiten eine andere Option in Aussicht gestellt. Wer das Spiel gewann, wurde, jedenfalls laut dem Vampir Scarpelli, jemand anders: Er wurde der Glücksgott von New Orleans. Wie viele Male hatte er sich genau das in den letzten sechs Jahren gewünscht? Die Fähigkeit, jemand anders zu werden, irgendjemand anders, solange es ein echter Neuanfang war. Jetzt verstand er die Beweggründe des Gottes, der Dodge ermordet hatte, etwas besser.

Was war schon ein kleiner Mord, wenn man ihn gegen die Chance abwog, frei zu sein?

Das Zimmer seiner Mutter in der St. Joseph's Abbey sah so aus wie immer und, wichtiger noch, es roch auch so. Der Gestank von Ölfarben und Chemikalien empfing Jude, als er die Tür öffnete. Der kleine Raum war vollkommen der Kunst geweiht. Leinwände lehnten in mehreren Reihen an den von Malereien übersäten Wänden, und auf einem kleinen Bücherregal drängte sich Künstlerbedarf. Selbst die dünne Decke auf ihrem schmalen Bett war von Farbspritzern übersät, weil sie diese als Unterlage unter der Staffelei benutzte.

Ein riesiges, halb fertiggestelltes Gemälde der Skyline von New Orleans in der Morgendämmerung nahm die Mitte des Raumes in Beschlag. Es stand auf drei Staffeleien. Das Bild überraschte ihn, weil es irgendwie nicht hierherpasste. Die Arbeit seiner Mutter hatte sich seit seiner Kindheit auf Metamorphosen fokussiert, den natürlichen Zyklus einer Kaulquappe, die zum Frosch wurde, oder die mystische Transformation von Daphne in einen Lorbeerbaum. Seine Mutter war von diesem Thema besessen. Ihre Entscheidung, plötzlich eine Stadtlandschaft zu malen, war ebenso beunruhigend, als spräche sie nur noch Französisch. Sogar beunruhigender, weil sie diese Sache mit dem Französisch-Lernen tatsächlich einen

Monat lang durchgezogen hatte. Damals war er fünfzehn gewesen.

Laut Eli Constant, dem mürrischen alten Hexer, der sie beide und seine Mutter schon vor Judes Geburt unterrichtet hatte, war Lydia Dubuisson die fähigste Magierin, die New Orleans in einer Generation hervorgebracht hatte. Eli behauptete, etwas an dem Akt des Gebärens hätte sie gebrochen. Das erklärte auch, warum Frauen so oft Priesterinnen und so selten Zauberinnen waren. Für Jude klang das nach irgendeinem patriarchalischen Blödsinn. Er hatte immer gedacht, dass ihre Sonderlichkeit mehr mit der metamorphischen Erfahrung zu tun gehabt hatte, mit einem Gott zu vögeln, als mit dem Muttersein. Aber schon allein die Vorstellung bereitete ihm Schuldgefühle, also folgte er diesem Gedankengang nur selten. Abgesehen von dem Wie oder Warum war die wirklich wichtige Sache, dass sie früher einmal die Thronfolgerin des mächtigsten Magiers in der Stadt gewesen war. Heutzutage vergaß sie sogar zu essen, wenn die Mönche in der Abtei ihr nicht die Mahlzeiten zubereiteten. Jude war noch viel zu jung gewesen, nicht einmal zehn, um den Zauber wahrzunehmen, den sie gewirkt hatte, um die Mönche zu überzeugen, dass sie zu ihnen gehörte. Und selbst jetzt als Erwachsener war er immer wieder von der Subtilität dieses Banns beeindruckt, von der Art, wie sie sich dank seiner Hilfe nahtlos in das tägliche Leben der Abtei integrierte. Fast, als wäre es ein Akt der religiösen Hingabe für die Mönche, für ihre Gesundheit und Sicherheit zu sorgen.

Das Summen einer Frau riss Jude aus seiner Versunkenheit und in die Gegenwart zurück. Gerade als er die Melodie von »Wear Your Black Dress« erkannte, das Lied, das die hübsche junge Frau in dem Voodoo-Laden gesungen hatte, tanzte seine Mutter um die Ecke ihres Triptychons und sah ihn. Sie hatte strahlend blaue Augen, ein herzliches Lächeln und die milchig weiße Haut und pralle Figur, die von den Malern in der Renaissance so verehrt worden waren. Sie sah außerdem – ob durch ihre Magie oder ihre Gene, blieb Jude ein Rätsel – höchstens halb so alt aus, wie sie wirklich war. In seinen zynischen Momenten sagte sich Jude, ihre Vermeidung jeglicher Verantwortung halte sie jung.

»Mein Baby ist nach Hause gekommen!«, quietschte sie. Dann sprang sie durch das Zimmer und umarmte ihn. Einen Moment lang spielte es keine Rolle, dass es nur ein geborgter Raum in einem Kloster war, nicht das Haus in der Stadt, in dem er aufgewachsen war. Es war seit dem Sturm verrammelt. Und es spielte auch keine Rolle, dass er ein erwachsener Mann und hierhergekommen war, weil sie am Telefon geklungen hatte, als wäre sie wieder kurz vor einem ihrer Anfälle, und auch nicht, dass er bis zur Hüfte in einer stetig steigenden Welle von Scheiße steckte. Es war nicht wichtig, dass er laut einem Vampir namens Scarpelli sein Herz bei einem Pokerspiel verzockt hatte und folglich keins mehr haben konnte. Einen kurzen Moment lang war Jude wieder ein Kind, gefangen in der festen Umarmung seiner Mutter und umhüllt von ihrem Geruch und der Tiefe ihrer Liebe zu ihm. Er war zu Hause.

Dann wich er ein Stück zurück und sah den manischen,

glasigen Glanz ihrer blauen Augen, und das Gefühl verpuffte.

Die Anfälle seiner Mutter waren nicht gefährlich, außer dass sie sich vielleicht dabei selbst vernachlässigte. Sie wurde niemals wütend oder gewalttätig, wenngleich sich solche Manien ja manchmal auf diese Weise manifestierten, und sie verfiel auch anschließend nicht in Depressionen, was auf eine bipolare Störung hingewiesen hätte. Jude hatte Recherchen angestellt, nachdem seine Mutter den dritten Seelenklempner nacheinander um den Finger gewickelt und ihn wie die beiden zuvor dazu gebracht hatte, ihr vollkommen klare geistige Gesundheit zu bescheinigen. Eine der Therapeutinnen hatte sogar angeboten, ihren Ehemann für Lydia zu verlassen. Jude war sehr dankbar für die relative Einfachheit der Manie seiner Mutter. Wenn überhaupt, dann waren ihre Anfälle nur eine Verstärkung ihres normalen Verhaltens: eigenartige Besessenheit, frenetische Aktivität, Euphorie und eine Entfremdung von den Notwendigkeiten und Verantwortungen des gewöhnlichen Lebens. Zu entscheiden, dass Französisch die perfekte Sprache sei, war zum Beispiel die Art von Exzentrizität, die seine Mutter auch in ihren klaren Momenten an den Tag legte. Kam ihr jedoch derselbe Gedanke, wenn sie im Griff eines ihrer Anfälle war, dann tat sie etwa einen Monat lang so, als wäre es die einzige Sprache, die sie verstand. Sie übersetzte jedes Buch, das sie besaß, und weigerte sich, etwas anderes als französische Küche zu sich zu nehmen. Jude hatte sie sogar einmal dabei erwischt, wie sie im Darknet versucht hatte, einen gestohlenen Reisepass zu erwerben, damit sie als französische Bürgerin nach Paris fliegen konnte. Eine Woche später hatte sie die Mönche gebeten, ihr Pizza zum Abendessen zu bestellen, und die französische Obsession war verschwunden, als hätte es sie niemals gegeben.

In Lauf der Jahre hatte Jude einige Warnzeichen zu identifizieren gelernt, die einen Sturm am Horizont ankündigten, und ein paar Bewältigungsstrategien entwickelt, um sie in ruhigere Gewässer zu steuern. Das konsequenteste Ruder war, wie er herausgefunden hatte, sie auf die Obsession zurückzuführen, an die sie sich ihr ganzes Leben lang geklammert hatte: die künstlerische Darstellung des Konzepts der Transformation.

Er löste sich aus ihrer Umarmung und deutete auf das unvollendete Ölgemälde der Skyline. »Was ist das denn, Ma? Hast du mich deswegen angerufen?«

Sie legte den Kopf auf die Seite und runzelte die Stirn. »Ich habe dich nicht …«, begann sie, lächelte dann abrupt und wechselte das Thema. »Das ist die gruselige Stadt«, sagte sie, krümmte die Finger zu Klauen und verzerrte ihr Gesicht zu einer bösartigen Fratze. »Rawr! Gefällt es dir?« Jude bemühte sich, sich seine Gedanken nicht anmerken zu lassen, und hoffte, dass er nicht das schrecklich schlechte Pokerface seiner Mutter geerbt hatte. Sie hatte kein Zeitgefühl und vergaß alle möglichen Dinge. Wenigstens war sie noch hell genug, um zu versuchen, das zu verheimlichen.

Er blickte auf das Gemälde und wusste nicht genau, was daran so unheimlich sein sollte. Nach einigen Augenblicken jedoch bemerkte er, dass, wenn er sich auf den negativen Raum in dem Bild konzentrierte, die Lücken zwischen den niedrigen Wolken und den hohen Hotel- und Bürogebäuden zu spitzen, scharfen Zähnen wurden, wie der aufgerissene Mund eines Monsters. *Nein,* dachte er. *Das gefällt mir überhaupt nicht.*

Er wollte sie gerade fragen, warum sie meinte, die Stadt, die sie immerzu geliebt hatte, sei furchteinflößend, als sie seine Hand packte und einen Finger auf seine Lippen legte. »Shhh«, sagte sie. »Das Bild, das du wirklich sehen musst, ist ein Geheimnis. Das dürfen die Brüder nicht erfahren.« Jude hatte kein gutes Gefühl bei dem, was sie ihm zeigen wollte, und ließ sich von seiner Mutter zur Badezimmertür ziehen. »Da drin«, sagte sie, »ist die beste Arbeit, die ich jemals geschaffen habe. Sie ist noch nicht fertig, also versuche nicht zu sehen, was sie ist, sondern was sie sein wird.« Mit dieser kryptischen Bitte legte sie seine Hand auf den Türknauf und trat zurück. Ein schüchterner, undurchdringlicher Ausdruck lag auf ihrem Gesicht.

In ihrem winzigen Badezimmer beleuchtete eine kahle Glühbirne die bunten Farben an den Wänden. Sie zeigten vom Boden bis zur Decke ein Wandgemälde der letzten Tage von Judes Leben. Seine Mutter hatte seine Unterhaltung mit Mourning perfekt dargestellt, jedes Detail genau getroffen, bis hin zu seiner dampfenden Tasse Kaffee. Das strahlende Gesicht des Gottes war ein Oval in fettem rötlichem Braun. Unterbrochen nur von zwei strahlend blauen Kreisen, die seine Augen repräsentierten. Über der Toilette umklammerte Legba Judes Arm, während sie die Rampart Street überquerten, um sich den Trauergästen von Dodges Beerdigung anzuschließen. Dann redete er mit Leon Carter in der Gasse hinter dem Maple Leaf, und an einer anderen Stelle zeichneten Regal und er den Beschwörungskreis. Bei jeder Darstellung warf Jude einen Schatten, ausgemergelt, mit gekrümmten Klauen und irgendwie bedrohlich. An der Decke, die dunkelviolett war, fanden sich die scharfen, klaren Linien eines stilisierten Sterns oder eines Kompasses auf einer alten Landkarte. In der Mitte prangte die Dublone mit dem Herzen, die Jude verloren hatte.

Größer als die beendeten Szenen hatte sie jedoch einen Umriss des Kartenspiels mit Holzkohle gezeichnet. Er erkannte es anhand der runden Linien des Tisches und der gekrümmten Schwingen des Engels, des sichelförmigen Schnabels von Thoth und des dicken, kahlen Schädels von Dodge.

Das vielleicht Bestürzendste war, dass sie das Innere ihrer Badezimmertür in genau demselben Rotton bemalt hatte, wie ihn die Tür aufgewiesen hatte, die er und Regal beschworen hatten.

Jude ließ sich mit einem dumpfen Knall auf den Toilettensitz fallen. Auf der gegenüberliegenden Wand fuhr ein cartoonartiger Straßenbahnwagen über Schienen auf einer kurvigen Bergstraße oder einer Achterbahn durch von Blitzen durchzuckte Sturmwolken. Eine Gestalt, die er nicht kannte, stand im Führerhäuschen. Sie hatte Flügel, eine Robe und das Gesicht einer Bestie, während Jude in den anderen Scheiben des Passagierraums Dodges glänzenden Kopf und Tommys Clownsgesicht sehen konnte. *Was können die beiden gemeinsam haben?*, überlegte er.

Alles andere schien, so schräg es auch war, wenigstens einigermaßen sinnvoll. Und es war auch nicht das *Warum* am Rest des Wandgemäldes, das ihm Kopfschmerzen bereitete, sondern das *Wie*. Hatte jemand seiner Mutter erzählt, was in seinem Leben passierte? Oder hatte sie es selbst gesehen? Aber die beiden Gestalten in dem Straßenbahnwagen gehörten nicht zusammen, es sei denn …

Er erinnerte sich an die Leiche, die er aus Scarpellis Limousine gesehen hatte, an seinen Verdacht, dass es Tommy sein könnte, und wusste plötzlich mit schrecklicher Gewissheit, dass der junge Straßenkünstler tot war. Trotzdem hatte er keine Ahnung, was ihn und Dodge verbunden haben könnte. Warum irgendjemand sowohl einen Gott als auch einen Einundzwanzigjährigen ermorden sollte, der seine Tage als Clown geschminkt verbrachte, ging über seinen Horizont.

Aber was auch immer der Grund war, es machte ihn verflucht wütend.

Jude wollte nichts, als das Badezimmer zu verlassen, nachdem er einige Minuten lang ihr Wandgemälde betrachtet und versucht hatte zu verstehen, wieso seine Mutter plötzlich die Fähigkeit besaß, sein ganzes Leben auszuspionieren – jedenfalls hoffte er, dass diese Fähigkeit plötzlich gekommen war, angesichts seiner vergeudeten Jugend. Er hatte sich bereits eine Reihe von Fragen zurechtgelegt, erstarrte jedoch, als er die Hand auf den Türknauf legte. Es war ein reich verziertes Stück Metall, statt des glatten, runden Griffs, den er erwartet hatte. Er wich zurück, bis er mit dem Hintern gegen das Waschbecken stieß, und hoffte, dass er irgendeine Einzelheit daran finden würde, die ihm sagte, dass er sich irrte. Aber er wusste, dass er recht hatte. Seine Mutter hatte die Tür zu Dodges Kartenspiel nicht gemalt.

Die Rote Tür war ihm gefolgt.

Er brauchte etwa zwanzig Minuten, bis er es sich endlich eingestand. Aber nachdem er sämtliche anderen Möglichkeiten ausgeschlossen hatte, unter anderem gegen die Wand zu hämmern und um Hilfe zu rufen, war Jude gezwungen, die Wahrheit zu akzeptieren: Die beschissene Tür hatte ihn in eine Falle gelockt.

Das Badezimmer hatte weder Fenster noch einen anderen Ausgang als die Tür selbst, es sei denn, er hätte sich auf magische Weise schrumpfen und durch den Abfluss spülen können. Abgesehen davon, dass jedes Buch übers Schrumpfen oder jeder Film, den er darüber gesehen hatte, ihm sagten, was für eine schreckliche Idee das sei, konnte er diese Möglichkeit nicht einmal ausprobieren. Er hatte seinen Beutel auf dem Beifahrersitz des geborgten Porsches liegen lassen. Er hatte nichts weiter als eine Brieftasche bei sich, die leer war bis auf zwei falsche Ausweise, ein Taschentuch und das kleine pinkfarbene Telefon der Touristin. Irgendwann auf der Fahrt über den See war es ausgegangen, da er keine Möglichkeit hatte, den Akku aufzuladen. Er konnte nicht darauf warten, dass seine Mutter ihm die Tür öffnete. Während ihrer manischen Episoden wurde sie manchmal so fokussiert, dass sie schon fast katatonisch wirkte. Er hatte einmal miterlebt, wie sie einen Pinselstrich gemacht und ihn anschließend über eine Stunde lang angestarrt hatte. Sie hatte darauf gewartet, dass die Farbe trocknete.

Außerdem gab es noch metaphysische Implikationen, zum Beispiel die Frage, ob sie wirklich in der Lage wäre, eine Tür zu öffnen, die auf der anderen Seite technisch gesehen nicht dieselbe Tür war.

Nachdem er zu der Entscheidung gelangt war, durch die Rote Tür zurückzukehren, stellte Jude fest, dass er wieder sein Scheiß-drauf-Grinsen aufgesetzt hatte. Den alten Jude kümmerte es nicht, dass dies hier ganz offenkundig eine Falle war. Seiner Erfahrung nach war das Beste an Fallen ihre Tendenz, nach hinten loszugehen.

Dodges Kartenzimmer sah noch genauso aus, wie er es verlassen hatte: stickig und muffig und dunkel. Die stillstehende Katzenuhr an der Wand, der Blutfleck auf dem Tisch. Er fand problemlos den Weg zurück zu den einzelnen Sekunden, die er für Zeitsplitter hielt, und glitt in jede Position, als wären es Schritte eines gut einstudierten Tanzes. Jedes Mal blieb er stehen und verglich die Fragmente mit seiner Erinnerung, versuchte herauszufinden, was diese Momente so bedeutungsvoll machte. Die ersten paar Versuche waren frustrierend, unklar, als versuchte man aus zufälligen Fotografien, die keinerlei Verbindung zueinander hatten, eine Geschichte zu konstruieren. Erst als er in dem Zeitfenster stand, in dem er seine blanken Karten umdrehte, bemerkte er eine Veränderung. Jetzt waren nur noch drei seiner fünf Karten blank. Die erste war DER MAGIER, die Barren ihm gegeben hatte. Die zweite zeigte Jude als einen hageren, bärtigen alten Mann, der sich schwer auf einen Stock stützte: DER EREMIT. Die Karte lag, anders als DER MAGIER, auf dem Kopf. Jude wusste nicht viel über das Tarotspiel, aber ihm war klar, dass eine Karte, die umgekehrt lag, meist etwas Schlechtes bedeutete.

Etwas wirklich Mieses.

»Ich werde diesen ganzen Tarotscheiß schon noch entschlüsseln«, sagte Jude laut. Er wollte eigentlich nur die unheimliche Stille in dem Raum durchbrechen. »Willst du das? Lässt du mich gehen, wenn ich verspreche, mit einem Freund über diese Karten zu reden?« Er wusste, dass er wie ein Idiot klang, weil er mit einem Raum redete, als könnte der ihn hören, aber er war tatsächlich etwas überrascht, als niemand ihm antwortete.

Obwohl er ziemlich sicher war, dass er die Nachricht bekommen hatte, die für ihn gedacht war, bewegte sich Jude zu dem letzten Zeitfenster und wappnete sich gegen den Gestank von Blut und den Anblick von Dodges Leichnam. Er blieb eine Weile stehen und betrachtete die Szene. Sie war genau so, wie er sie verlassen hatte. Er wandte sich zum Gehen, doch … da! Hatte Dodges Arm beim letzten Mal auch quer über dem Tisch gelegen? Und hielt er nicht etwas in der Faust?

Jude griff unwillkürlich danach, obwohl er wusste, dass diese Zeitausschnitte einfache Bilder waren, die er nicht berühren konnte, und obwohl jeder Instinkt in ihm ihn anschrie, dass dies, genau dies hier, der Käse in der Mausefalle sei. Er berührte Dodges fleischige, eiskalte Hand und die Dublone, die er mit seiner toten Faust umklammerte. Seine Gabe rauschte wie ein lang vermisster Orgasmus durch ihn hindurch. Sämtliche Muskeln verkrampften sich, der Atem stockte ihm in der Lunge, und das Vergnügen war so intensiv, dass es fast schon schmerzhaft war.

Bilder ohne Geräusche oder Kontext zuckten an seinem inneren Auge vorbei, gestohlen aus einem anderen Leben. Er stand vor zwei Thronen, auf dem ein König und eine Königin von unaussprechlicher, ja, unmenschlicher Schönheit saßen. Er lief durch einen Wald eines ewigen Sommers, schlank und vierbeinig. Er stützte die Ellbogen auf die Reling eines Bootes, lehnte sich auf den Fluss hinaus und beobachtete, wie das French Quarter gebaut wurde, die Hafenanlagen, die klapprigen Gebäude und die staubigen Straßen. Dann saß er an einem Kartentisch und ließ die Mächtigen und die Unsterblichen verlieren, unaufhörlich verlieren. Und ihr Verlust war sein Gewinn.

Da war noch mehr, viel mehr, aber ein Geräusch drängte sich in die Szene. Das rhythmische Klicken eines Metronoms. Nein, das Ticken eines Sekundenzeigers. *Tick, tick, tick.*

Die Uhr.

Jude riss sich aus der Trance seiner Gabe, überrascht, dass es kein weiteres Geräusch gab, als seine Hand sich von der Dublone löste. Die Visionen erloschen, und er spürte, wie seine Magie aus ihm heraussickerte. Diese Leere in ihm war noch kälter, weil sie gerade eben noch gefüllt gewesen war. Er atmete hastig und lächelnd, und sein Herz raste. An der Wand bewegten sich der Schwanz und die Augen der Katze wieder. Dodge war solide und präsent und stinkend, ganz gleich, welche Perspektive Jude einnahm. Das hier war kein eingefrorenes Zeitfenster, sondern das war jetzt, und es würde etwas höchst Unangenehmes passieren. Jude warf einen Blick auf die Tür, durch die er gekommen war. Zu seiner Erleichterung stand sie noch auf und gewährte ihm einen Ausweg.

Die Glühbirne über ihm leuchtete mit einem barschen Ploppen auf. Als die Schatten verschwanden, sah er, dass die Wände an vielen Stellen bemalt waren. Auf eine sonderbar rechteckige Art und Weise.

Es waren rote Flächen. Die mit jeder Sekunde immer dunkler und deutlicher wurden.

Verdammt, dachte er. *Noch mehr Türen.*

Er drehte sich um, um wegzulaufen, zögerte jedoch. Seine Gabe war direkt hier vor seiner Nase, umklammert von der Hand eines toten Gottes. Konnte er sie wirklich einfach zurücklassen? Aber wenn er sie berührte, würde er erneut von den Visionen überwältigt und höchstwahrscheinlich von wem auch immer erwischt werden, der ihm diese Falle gestellt hatte. Ganz zu schweigen davon, dass der Glücksgott die Dublone wirklich fest umklammerte. Die Uhr tickte noch ein paar Sekunden herunter, während Jude fieberhaft überlegte. Die Flecken waren jetzt ganz offenkundig Türen, und jede einzelne war knallrot und hatte einen verzierten Griff, aber es war auch jede irgendwie einzigartig. Die eine hatte einen Kratzer, eine andere einen Türknauf aus Messing.

Jetzt oder nie, dachte er und stieß das Wort hervor, das *Öffnen* bedeutete. Dodges Hand zuckte, öffnete sich, und die Dublone rollte heraus. Die Roten Türen flogen im selben Moment alle auf. Jude riss das Taschentuch aus der Tasche und packte die Dublone, wappnete sich gegen die Magie, die ihn gleich trotzdem packen würde, und lachte fast irre, als das nicht passierte. Er mied den Blick auf irgendeine der anderen Türen, die kürzlich erschienen waren, weil er sicher war, dass er verloren wäre, wenn er es täte. Er warf sich rücklings durch die Tür, durch die er hereingekommen war …

… und krachte gegen das Waschbecken im Badezimmer seiner Mutter. Dabei prellte er sich mindestens ein paar Rippen und hatte Mühe zu atmen. Seine Mutter stand mit dem Rücken zu ihm und fügte etwas zu dem Wandgemälde der Straßenbahn hinzu. Sie summte wieder ein Lied, diesmal Nina Simones »Sinnerman«, und schien ihn nicht zu bemerken. Jude wirbelte herum, schlug die Rote Tür zu und versuchte auszuatmen, vergeblich. Er wusste nicht, ob er immer noch das Ticken der Uhr hören konnte oder ob das Geräusch lediglich in seinem Kopf war. Schließlich atmete er keuchend aus, holte tief Luft und sprach das Wort *Schließen* aus.

Die Rote Tür zu Dodges Kartenzimmer verblasste und wurde zu einer anderen Szene, die seine Mutter auf die Tür gemalt hatte. Sie zeigte ihn und Regal, die vor dem Voodoo-Laden standen und auf das Veve auf dem Bürgersteig blickten.

Jude lag auf dem Linoleumboden. Die Dublone in dem Taschentuch an die Brust gepresst, versuchte er langsamer zu atmen, und seine Rippen schmerzten bei jedem Luftholen. Dabei beobachtete er, wie seine Mutter malte.

Ein neuer Passagier war dem sonderbaren Straßenbahnwagen hinzugefügt worden, eine junge Frau, aus deren Ohren weiße Drähte hingen. Das Mädchen aus dem Voodoo-Laden.

»Nein«, stöhnte er. »Gott verdammt, nein!«

Plötzlich war alles logisch. Die bösartigen Schatten, die seine Mutter ihm auf den Wandgemälden gegeben hatte. Die einzige Verbindung, die ein Glücksgott, ein Straßenmusiker und ein junges Mädchen haben konnten.

Er war es selbst.

Zuerst war natürlich Dodge gekommen. Am nächsten Abend war Jude zu Tommys Auftritt gegangen, als ihm klar geworden war, wie wundervoll normal es sein würde, eine Liveband in einer vollen Bar zu hören, ohne dass seine Gabe ihn mit dem Gewicht der verlorenen Dinge aller Zuhörer folterte. Am nächsten Morgen hatte er das Mädchen in Celestes Voodoo-Laden getroffen. Er war von einem zum Nächsten gezogen, und sein Schatten war ihm gefolgt. Es war alles seine Schuld.

Sie waren tot, weil irgendjemand oder irgendetwas ihn verfolgte.

In Süd-Louisiana werden Sommernachmittage oft von kurzen und intensiven Gewittern heimgesucht. Sie ziehen auf, verdunkeln den Himmel, lassen es etwa eine Stunde lang donnern und peitschenden Regen prasseln und verschwinden dann wieder. Auf seiner Fahrt zurück nach New Orleans öffnete sich der Himmel über Jude etwa auf halbem Weg auf dem Causeway, der endlos langen Brücke, die den Lake Pontchartrain überspannte. Obwohl der Porsche auch ohne Hilfe hätte durch das Unwetter navigieren können, schaltete Jude die Scheinwerfer und den Scheibenwischer an, um den Schein zu wahren. Er war ein nicht ganz weißhäutiger Kerl in einem technisch gesehen gestohlenen Porsche. Es war nicht klug, den Cops einen Grund zu geben, ihn anzuhalten.

Da Jude mit den heulenden Winden und den heftigen Donnerschlägen, die bei jedem Blitz die Erde erschütterten, aufgewachsen war, fand er die Stimmung für gewöhnlich beruhigend. Er liebte es, bei dem Lärmen ihrer Wut einzuschlafen. Die Vorstellung, dass irgendein schattenhafter Horror ihm gefolgt war und willkürlich jeden ermordete, den er getroffen hatte, verdarb ihm jedoch gründlich die Stimmung.

Judes erster Gedanke, nachdem er die Konsequenzen der Malerei seiner Mutter voll erfasst hatte, galt Regal, von der er schon beunruhigend lange nichts mehr gehört hatte. Sobald er also auf dem Causeway war, überprüfte er eine Theorie, die ihn in den letzten Tagen neben all den anderen drängenderen unbeantworteten Fragen beschäftigt hatte. Er nahm die Dublone, in der seine Gabe steckte, aus der Tasche, wickelte sie aus dem Taschentuch und legte sie auf seinen Schenkel. Seine nackte Hand hielt er unmittelbar darüber und griff mit der anderen in den Beutel, während er daran dachte, was er haben wollte und brauchte. Mit dem Daumen berührte er die Dublone, und seine Magie strömte in ihn zurück. Intensiv, aber nicht so überwältigend wie zuvor. Die Finger, die er in den Beutel gesteckt hatte, kribbelten auf ihre altvertraute Art und Weise. Er nahm einen Auto-Ladestecker für das leere Handy der Touristin heraus. Die letzten Empfindungen von Verlust daran verrieten ihm, dass der Stecker einst einer Top-Handlungsreisenden einer elektronischen Zubehörfirma gehört hatte, den sie in ihrem Mietwagen vergessen hatte, als sie im letzten Herbst für eine Konferenz in der Stadt gewesen war. Er grinste und stöpselte das Handy ein.

Also hatte Dodge ihm gar keinen Magierbeutel gegeben, sondern einen magischen Beutel, einen, in dem verschwundene Dinge landeten.

Kein Wunder, dass er ihn wiederhaben wollte.

Jude speicherte dieses kleine Goldstück von Informationen zusammen mit all den anderen wahnsinnig machenden Puzzlestücken ab, deren Form er noch nicht gänzlich herausgefunden hatte. Dabei wartete er darauf, dass das Telefon genug aufgeladen war, um wieder aufzuwachen. Als er das tat, pingte es sofort und zeigte eine Textnachricht nach der anderen von Regal. Sie wurden immer drängender, als er sie durchscrollte. Als die Vulgaritäten sich von »Verfluchte Scheiße« zu etwas kreativeren Flüchen steigerten, hörte Jude auf, sie zu lesen, und rief Regal an. Sie ging nach dem ersten Klingeln ran.

»Bei der grindigen Haut einer Zehn-Dollar-Hure, wo hast du gesteckt, Dubuisson? Weißt du eigentlich, wie viel Hundescheiße ich mit einem Lächeln fressen muss, wenn du auftauchst … Lachst du etwa?«

Das tat er tatsächlich. Ein Knoten in seiner Brust, den er nicht hatte wahrhaben wollen, löste sich, als er Regals Stimme hörte, obwohl sie ihn beschimpfte. Vielleicht sogar deswegen. Tommy und das Mädchen aus dem Voodoo-Laden hingen immer noch wie Ketten um seinen Hals, aber bis das Gefühl ihn verlassen hatte, hatte er nicht gemerkt, wie schrecklich verantwortlich er sich für Regals Tod gefühlt hätte. Er konnte diese Reaktion nicht erklären, also versuchte er es auch nicht, sondern sagte ihr nur, dass es gut war, ihre Stimme zu hören.

»Klar, was auch immer. Also, wie ist die Beerdigung gelaufen? Ist Legba aufgetaucht?«

»Allerdings. Sie sind alle aufgetaucht, aber ich habe am Ende nicht mit Legba geredet. Sondern mit Scarpelli.«

»Dem Vampir?« Sie tat, als müsste sie sich übergeben.

»Genau der. Er hat mir angeboten, genauer gesagt hat darauf bestanden, mich nach Hause zu fahren, und hat mir das unheimliche Angebot angedient, für ihn zu arbeiten.«

Regal stöhnte ungläubig.

»Was?«

»Das kommt mir verflucht fürsorglich von ihm vor, angesichts der Tatsache, dass du quasi einen riesigen Müllhaufen mitten in ihren magischen Pokerabend gekippt hast. Ich hätte gedacht, dass er ziemlich angepisst wäre.«

»Es hat mich auch überrascht. Aber er war sogar froh darüber, wie die Sache gelaufen ist.« Jude erklärte, dass der Vampir angedeutet hatte, er, also Jude, habe an jenem Abend etwas sehr Cleveres gemacht, irgendeinen

Trick durchgezogen, und wie er schließlich dahintergekommen war, dass er eigentlich ein Blatt in der Hand gehalten hatte, das sein eigenes Schicksal repräsentierte. Dann beschrieb er, dass er Regal nicht hatte erreichen können und seine Mutter besucht hatte, wo er das sonderbare Wandgemälde fand, das die vergangenen paar Tage seines Lebens zeigte, zusammen mit den schleichenden Schatten und der Straßenbahn der Toten. Er erzählte ihr auch, wie die Tür zu dem Kartenspiel ihn in die Falle gelockt hatte und dass sein Tarotkarten-Pokerblatt jetzt aus zwei bedruckten Karten und drei blanken bestand. Gerade als er ihr auch den Rest erzählen wollte, über Dodge, die Dublone und dass er seine Gabe wiederhatte, dämmerten ihm zwei Dinge gleichzeitig.

Erstens, dass Regal sich sonderbar benahm. Während er seine Erfahrungen geschildert hatte, seit sie sich vor dem Voodoo-Laden getrennt hatten, hatte sie ihn weder unterbrochen noch auch nur ein einziges Mal geflucht. Sie hatte lediglich diese einsilbigen Laute von sich gegeben, mit denen man die andere Person ermutigt weiterzusprechen, oder die man macht, wenn man dieser nicht die ganze Aufmerksamkeit schenkt. Als schriebe sie alles auf, was er sagte, oder schlimmer noch, als hörte jemand anders mit. Er musste zugeben, dass ihre neue Partnerschaft genauso gelaufen war wie dieses Gespräch: Er erzählte ihr, was er wusste, und sie gab ihm dafür nichts. Also behielt er es für sich, dass er seine Gabe wiederhatte.

Die zweite Erkenntnis sprach er laut aus, als Regal ihn drängte fortzufahren. Das Schweigen hatte sich zu lange gedehnt, als seine Gedanken durcheinandergewirbelt waren. »Das Spiel ist noch nicht vorbei«, sagte er.

»Was?«

»Es ist genau so, wie du gerade gesagt hast. Wir sind mitten in einem Pokerspiel. Und zwar einem verflucht sonderbaren, bei dem es um das Schicksal von Menschen geht, klar, das aber trotzdem noch Regeln hat. Wenn ich mein eigenes Schicksal erfülle und meine Karten sich langsam zeigen ...«

»Dann wird dein Schicksal immer noch geschrieben, oder wie auch immer du es nennen willst ...«

»Und das Blatt wird immer noch gespielt. Denn bis meine Zukunft entschieden ist, könnte ich auch das Schicksalsäquivalent eines Royal Flush in der Hand haben.«

Sie stieß einen Pfiff aus. »Das bedeutet ... beim besoffenen Christus, Jude, du könntest gewinnen!«

Jude lachte leise. »Kein Grund zu feiern. Das Blatt könnte auch eine einzige Pleite werden.«

Sie schnaubte. »Wir reden hier über deine Zukunft«, erwiderte sie spielerisch und etwas zynisch zugleich. »Oh, verfluchte Scheiße!«, sagte sie plötzlich und klang eindeutig beunruhigt. »Der Schatten in den Gemälden deiner Mutter. Er versucht, dich zu steuern.«

»Was?«

»Wir gehen doch von der Theorie aus, dass der Glücksgott wegen seines Blattes kaltgemacht wurde, richtig? Aber was ist, wenn es darum ging, dich fertigzumachen?« Er konnte praktisch sehen, wie sie hin- und herlief und beim Reden mit den Händen herumfuchtelte, während sie die Gedanken in ihrem Kopf ordnete. »Was ist, wenn einer dieser anderen Götter versucht, dein Schicksal zu beeinflussen, und zwar durch …«

»Meine Karten!«

Die Wut kam aus dem Nichts, wie die Sommerstürme. Er schlug auf das Armaturenbrett, so fest, dass etwas zerbrach, und es tat gut, also wiederholte er es. Er merkte nicht einmal, dass er schrie, bis Regal seinen Namen rief. Als wäre es nicht genug, dass man ihn aus seinem ruhigen, miesen Ruhestand herausgezerrt und in diese Sache hineingezwungen hatte, nicht genug, dass man ihm vor der Nase seine Magie gestohlen hatte, und nicht genug, dass er für die wenigen Leute in seinem Leben so gefährlich war, als wäre er radioaktiv.

Jetzt zinkte irgendeine beschissene Gottheit auch noch die Karten!

Nachdem er ein paar Minuten lang das Steuerrad so fest umklammert hatte, dass seine Knöchel zu brechen drohten, und tief durch zusammengebissene Zähne eingeatmet hatte, hatte er sich so weit beruhigt, um das Telefon vom Beifahrersitz zu nehmen und Regal zu sagen, dass es ihm gut gehe.

»Fährst du gerade vielleicht etwas aggressiv?«

Bei ihren Worten verpuffte sein Ärger schlagartig und wurde durch kalte, harte Gerissenheit ersetzt. »Du musst etwas für mich tun, Queens«, bat er sie. »Kannst du dich um Leon kümmern? Wenn dieser Schatten mich so jagt, wie wir es annehmen, könnte er der Nächste auf der Liste sein. Ich würde es selbst machen, aber ich will ihn nicht in Gefahr bringen, wenn er es noch nicht ist, verstehst du?«

Sie blieb einen Herzschlag zu lange still, als hätte er einen Schachzug gemacht, den sie nicht vorhergesehen hatte. »Klar, kein Problem. Soll ich mich auch um deine Mutter kümmern? Wenn man ihr folgt …«

»Nein. Daran habe ich gedacht und sie weggeschickt, in Sicherheit.« Das war eine Lüge. Er hatte sie nirgendwohin geschickt, weil die Abtei der sicherste Ort für sie war. Selbst wenn es seinem Schatten gelungen war, ihm dorthin zu folgen oder ihn aufzuspüren, war mit heiligem Boden nicht zu spaßen, wenn es um das Übernatürliche ging. Außerdem hatte er im Laufe der Jahre alle möglichen Schutzzauber für sie eingerichtet. Wenn irgendetwas es schaffte, sie dort anzugreifen, war es so mächtig, dass er ohnehin keine Hoffnung haben konnte, sich dagegen zur Wehr zu setzen. »Außerdem«, sagte er sowohl für Regal als auch für sich selbst, »kann sie gut auf sich aufpassen.«

»Richtig. Mein … Die Leute haben immer gesagt, sie hätte eine Menge Mumm.«

»Deine Leute?«

»Nein, nur Leute. Du weißt schon, Leute wie wir.«

Leute wie Mourning, dachte Jude. Er gab einen unartikulierten Laut von sich, der als Zustimmung durchgehen konnte.

»Also, was machst du, während ich deine Aufträge ausführe? Tauchst du ab?«

»Ich wollte eigentlich zu dem Voodoo-Laden gehen und mich dort umsehen«, sagte Jude. »Wenn ich das, was mich verfolgt, schon nicht abschütteln kann, dann kann ich zumindest versuchen herauszufinden, was es ist.«

Sie lachte. »Außerdem kannst du dort auch nicht mehr viel Schaden anrichten.« Kaum hatte sie das ausgesprochen, zog sie zischend die Luft durch die Zähne, als wünschte sie, sie könnte es zurücknehmen. »Zu schade, dass du deinen magischen Touch nicht mehr hast, stimmt's?«

»Ja«, bestätigte Jude. »Verdammt schade. Wir treffen uns hinterher.« Er legte auf.

Da war es, eine echte Lüge. Er hatte ihr nicht einfach nur die Wahrheit verschwiegen, nicht nur seine Worte sorgfältig gewählt oder seine Theorien für sich behalten, sondern er hatte sie direkt getäuscht. Was oberflächlich betrachtet nicht logisch war. Warum vertraute er ihr nicht? Warum sollte sie gegen ihn arbeiten? Er konnte sich nicht einmal sicher sein, dass er nicht einfach paranoid war, dass er zu lange aus dem Spiel gewesen war und die Dinge nicht mehr klar erkennen konnte.

Aber all die kleinen Hinweise … sie addierten sich. Dieser plötzliche Ausbruch, als sie den Beschwörungskreis gezeichnet hatten. Die Tatsache, dass sie jedes Mal gewusst hatte, wo er war, wenn jemand aus seiner Umgebung gestorben war. Dass sie ihn wie einen Fischhaken behandelte, den sie nach ihrer Beute auswarf, und nicht wie einen Partner. Und wie sie ihn dazu zu bringen versucht hatte, ihr zu sagen, wo seine Mutter lebte, obwohl sie wusste, dass er das streng geheim hielt.

Und die Tatsache, dass sie seinen Ausbruch gerade auf seine aggressive Fahrweise zurückgeführt hatte, obwohl sie wusste, dass er gar nicht selbst fahren konnte.

Jude holte sein englisch-deutsches Wörterbuch hervor

und gab dem Porsche neue Richtungsanweisungen. Er befahl ihm, ihn am Rand des Quarters abzusetzen und sich dann irgendwo ins Parkverbot zu stellen. Der Shem, der ihn belebte, blieb höchstens noch zwei Stunden aktiv. Mit etwas Glück würde das Fahrzeug abgeschleppt werden.

Dann griff er in die Tasche und nahm seine Münze, seine Gabe, in die Hand. Er würde tun, was er Regal gesagt hatte: in den Voodoo-Laden gehen und sehen, was er herausfinden konnte. Bei der Berührung drang seine Magie wieder in ihn ein. Er schob die Hand in den Beutel, suchte darin herum und fand die glatte, summende Macht des Donnerkeils.

Und wenn sein Schatten an dem Ort auftauchte, zu dem er unterwegs war, wie er es Regal verraten hatte? Nun, auch darauf hatte er eine Antwort.

KAPITEL ZEHN

Jede Welt ist ein Kreis mit einem Zentrum, ein Rad mit einer Nabe, um die sie sich dreht. Manchmal ist dieser Mittelpunkt ein Ding aus der natürlichen Welt, ein Berg oder ein Baum. Die Chinesen haben das Gefühl, die Welt drehe sich, wo der Gipfel des Kunlun den Himmel durchbohre, so wie die Lakota den Inyan Kara in den Black Hills verehren und die Anangu in Australien den Uluru, den Inselberg. Buddha fand seine Erleuchtung unter einem Bodhibaum, Odin hängte sich an eine Esche namens Yggdrasil. Und die Schlange im Garten Eden wand sich um den Baum der Erkenntnis. Wo die natürliche Welt keinen Fokus lieferte, wurde einer gebaut: Säulen und Obelisken, Türme und Schreine. Die Sonnenpyramide in Teotihuacán oder die Cheopspyramide in Gizeh. Der Umbilicus-urbis-Tempel auf dem Forum Romanum in Rom. Die Kaaba in Mekka, der Turm zu Babel. Jede Welt hat ihr Zentrum, ihren heiligen Ort, wo die Erde den Himmel trifft, der Punkt, um den herum sich alles dreht. Orte der Macht. Der Wahrheit. Der Zuflucht.

Jude lief die paar Blocks zu Celestes Geschäft durch die letzten Tropfen des vorbeiziehenden Sturms. Er blieb wachsam, ging zügig und beobachtete die Schatten. Dabei erwartete er mehr als nur einen dunklen Stalker aus den Gemälden seiner Mutter.

Dieser Teil des Quarters schloss nachts, sobald die Touristen in die Bars und Clubs auf der Bourbon Street strömten. Es gab nur wenige Gaslaternen, die schwaches Licht spendeten, und die Gewitterwolken am Himmel verstärkten die Dunkelheit noch. Sie verwandelten die charmante, einladende Gegend aus alten Häusern und schmiedeeisernen Zäunen in eine dunkle Gasse, einen verlassenen Tunnel. Am Tag sah sie aus wie ein Foto aus einer Reisebroschüre, in der Nacht wie eine Tintenskizze aus einem Kriminalroman.

Die Stadt war nicht immer ein sicherer Ort, schon gar nicht mehr seit dem Sturm, und der göttliche Anteil seiner Abstammung machte Jude nicht kugelsicher. Trotz all der Kultur, des Jazz und der Cuisine gab es in New Orleans im gleichen Maß Armut, Sucht und Verzweiflung. Die Stadt war ein großartiger Ort dafür, sich selbst zu finden, und ein schrecklicher Ort, um sich zu verlieren.

Diese Realität wurde durch das gelbe Flatterband der Polizei betont, das vor die Tür des Voodoo-Ladens gespannt war.

Nach einem tiefen Atemzug, mit dem Jude sich auf das vorbereiten wollte, was er finden würde, öffnete er die Tür mit einem Machtwort, duckte sich unter dem Flatterband hindurch und trat ein. Die Jalousien waren heruntergezogen, also war das Ladeninnere noch dunkler als die Straße draußen. Er streckte, ohne nachzudenken, die Hand aus und schaltete das Licht an. Einen Augenblick hatte er Schwierigkeiten, aus dem Raum schlau zu werden. Es war einfach zu surreal, wie normal alles aussah, als wäre hier nichts Besonderes passiert. Er hatte ein Chaos erwartet, aber die Bücher standen in ihren Regalen, die Kräuter und Fetische und Kerzen waren in ihren Vitrinen. Der Duft nach medizinischen Essenzen, Ölen und Gewürzen lag schwer in der Luft. Nichts wirkte bedrohlich. Die Glocke bimmelte immer noch fröhlich, als er die Tür zuschob.

Das Magazin, das das Mädchen hinter dem Tresen gelesen hatte, lag geöffnet da, als wäre es gerade kurz weggegangen. Sie selbst war nicht da, stattdessen gab es einen dunklen Fleck auf dem Holz neben den Nummern auf den Kunststoffschildern, die die Spurensicherung zurückgelassen hatte.

Jude vermutete, dass das Blut dem Mädchen auf dem Wandgemälde seiner Mutter gehörte. Es gab jedoch nur eine Möglichkeit, sich zu vergewissern.

Er kniete sich neben ein Regal mit Postkarten, die witzige Voodoo-Puppen aus Cartoons zeigten, nahm die Dublone aus der Tasche, wickelte sie aus dem Taschentuch und drückte dann die Fingerspitzen auf den Blutfleck. Seine Gabe durchströmte ihn und zeigte ihm alles, was das Mädchen Renaissance Raines, Renai für ihre Freunde, verloren hatte.

Verschwunden war die impulsive Entscheidung, sich auf einer Kunsthochschule in Savannah einzuschreiben, ebenso wie das Gefühl von Richtigkeit, das sie empfunden hatte, als sie ihre Ausbildung abgebrochen hatte und nach Hause gekommen war. Ebenso verschwunden war die Erinnerung an den einen Kurs, der richtig Spaß gemacht hatte, Grafikdesign, und an den Glücksfall eines Halbtagsjobs bei einem örtlichen Website-Start-up. Verschwunden waren auch die Beförderungen und Jobangebote, ihre angehende Karriere als Webdesignerin, verloren wie die ersten, verlegenen Fummeleien einer Romanze zwischen ihr und einer Journalismus-Praktikantin oder die leidenschaftliche und zum Scheitern verurteilte Affäre mit einer puertoricanischen Barista in den wenigen Monaten, in denen sie und die Praktikantin, die Sportjournalistin geworden war, getrennt waren. Verloren die bittersüße Erfahrung, die Hand ihrer Mutter während der letzten Wochen ihrer Krebserkrankung zu halten, der Schmerz nach dem Tod ihrer Mutter, die Wärme ihrer letzten Worte, die stolz auf die Frau gewesen war, zu der Renai geworden war. Verloren waren Kinder und Freundschaften, Geliebte und Rivalen. All die Filme und Bücher und Versöhnungssex, die Betrachtung der Sterne und die Krankmeldungen während irgendwelcher Serienmarathons, das Belauschen eines Teenagers, der ein Lied hörte, an das sie schon seit Jahren nicht mehr gedacht hatte, während sie in der Reihe bei der Kraftfahrzeug-Zulassungsbehörde wartete. Die Mardi-Gras-Umzüge, die extravaganten Mahlzeiten im Commander's Palace, Popeyes Chicken & Biscuits an einem verkaterten Sonntagmorgen und Jazzfestival um Jazzfestival um Jazzfestival.

Man hatte ihr all das genommen, das ganze Leben, das sie hatte leben sollen, und als Jude auf dem blutüberströmten Boden kniete, sah er es durch ihre Augen, hörte, was sie hörte, und wusste, was sie wusste.

Er sah den Moment, in dem sie alles verlor.

Renai war gerade aus dem Hinterzimmer gekommen, wo sie sich überzeugt hatte, dass alle Lichter aus waren und die Hintertür verschlossen war. Sie hatte bereits das Schild an der Eingangstür umgedreht und die Jalousien heruntergezogen. Jetzt musste sie nur noch die Kasse abrechnen, den Betrag in das Spiralnotizbuch unter dem Tresen eintragen, dann war sie fertig. Sie hatte ihre Kopfhörer in den Ohren. Das Piano und das Saxofon und die geschmeidige, weiche Stimme von Sunnyland Slim, einem alten Blues-Sänger, warnten sie, dass der Teufel ein viel beschäftigter Mann sei. Irgendetwas, ein Geräusch von draußen, eine Bewegung im Augenwinkel ließ Renai beim Zählen innehalten. Sie drückte auf Pause und zog die Ohrhörer heraus. Ihr Puls beschleunigte sich, als der primitive Teil ihres Gehirns in den Kampf-oder-Flucht-Modus schaltete, während ihr Verstand ihr sagte, dass es wahrscheinlich nichts zu bedeuten habe. Sie warf einen Blick auf die Tür. Sie hatte sie nicht abgesperrt, so wie sie gedacht hatte.

Renai hatte den Laden halb durchquert, als ein Schatten über die Wand flog und sie zu Boden geschleudert wurde. Dabei fiel ihr der MP3-Player aus der Hand, und in der Verwirrung des Augenblicks war ihre größte Furcht, dass er kaputtgehen könnte – gerade in dem Moment, als etwas Scharfes und Kaltes über ihre Kehle fuhr, als sie versuchte zu schreien und ihr Mund sich mit Blut füllte. Renai landete mit dem Gesicht auf dem Boden, wehrte sich, wurde aber unbarmherzig festgehalten und konnte nicht atmen. Ihr letzter Gedanke auf dieser Welt war, dass sie vergessen hatte, die Votiv-Kerzen auszublasen.

Jude fiel ebenfalls zu Boden, und die Verbindung zu Renai brach ab, als seine Finger sich von dem Fleck ihres Blutes lösten. Er rang keuchend und panisch nach Luft, wie ein Fisch am Ufer. Seine Augen tränten, seine Kehle brannte, und sein Herz raste, bis er sich schließlich so weit beruhigen konnte, um langsam und ruhig auszuatmen und danach tief und bebend Luft zu holen. Eine Weile konnte er nur daliegen und atmen. Das Einzige, was ihn daran hinderte zu weinen, war die rauschende, unartikulierte Wut, die ihn erfüllte, wegen der Ungerechtigkeit dessen, was man ihr angetan hatte.

Schließlich war Jude in der Lage, sich aufzurichten. Renais MP3-Player lag immer noch dort, wo er gelandet war, nachdem er ihr aus der Hand gefallen war. In einem Buchregal auf der anderen Seite des Raumes. Die Polizisten hatten ihr billiges Prepaid-Handy mitgenommen, als sie den Rest ihrer Habseligkeiten eingesammelt hatten. Aber den Player voller Raubkopien, die sie auf kein neueres Gerät übertragen konnte, hatten sie übersehen. Jude nahm den MP3-Player, wickelte die Kopfhörer um das dünne Gerät und schob es in seinen Beutel. Durch seine letzte Verbindung mit ihrem verlorenen Leben wusste er, wo ihre Eltern wohnten. Wenn alles vorbei war, würde er sich in das Haus der Raines schleichen, wenn sie weg waren, und den MP3-Player irgendwo hinlegen, wo ihre Familie ihn auf jeden Fall finden würde. Wenn sie die Musik hörten, die Renai geliebt hatte, würde ihnen das vielleicht helfen, sie wieder bei sich zu haben, wenn auch nur für eine kurze Zeit.

Aber natürlich konnte das den Schmerz über den Tod ihrer Tochter nicht lindern. Das vermochte nichts, auch Vergeltung nicht.

Inzwischen war er überzeugt, dass sein Verdacht, was das Kartenspiel und das Gemälde seiner Mutter betraf, zutreffend war. Wer oder was Renai getötet hatte, hatte auch Tommy und George umgebracht, und das nur seinetwegen. Er wusste immer noch nicht, wer oder was oder warum, aber er schuldete ihnen allen, genau das herauszufinden.

Um dem Schatten das zu nehmen, was er ihnen genommen hatte.

Als Jude den Voodoo-Laden verließ und auf die Straße trat, hatte er sofort das Gefühl, beobachtet zu werden. Und er konnte es nicht einfach damit abtun, dass er soeben Renais letzte Momente nacherlebt hatte. Das Gefühl war zu stark und zu unmittelbar. Der Blick, der ihn zu berühren schien, fühlte sich kalt und dunkel an, und das auf eine Weise, die nichts mit der Temperatur der Luft oder dem Licht zu tun hatte. Trotz des Schweißes, der ihm über die Haut lief, fröstelte er so sehr, dass er fast erwartete, sein Atem würde eine Wolke bilden. Kaum konnte er die andere Seite der einspurigen Straße erkennen, obwohl die Gaslaternen über ihm leuchteten. Und während er dastand, wurde das Gefühl fokussierter und intensiver. Das konnte nur eines bedeuten: Der Schatten aus dem Gemälde seiner Mutter war hier, jetzt, und beobachtete ihn.

Und er kam näher.

Jude flüchtete ein paar Blocks in Richtung Bourbon Street und ging dann langsamer, bahnte sich einen Weg durch die Menschenmenge, bis er einige Straßen überquert hatte und zum Fluss hin abbog. Bei jedem Schritt und nach jedem Abbiegen erwartete er, von einer Hand mit scharfen Krallen, die aus Schatten und Bösartigkeit bestand, von den Füßen gerissen zu werden. Jeder Moment, in dem das nicht geschah, fühlte sich wie ein kleines Wunder an. Ein Blick über die Schulter zeigte ihm keinerlei Anzeichen eines Verfolgers, aber das Gefühl blieb. Er eilte hastig über die nassen, geborstenen Pflastersteine der Pirate's Alley. Sein Puls wollte einfach nicht langsamer schlagen. Da er das Gefühl, von einem Raubtier verfolgt zu werden, nicht abschütteln konnte, suchte er in der nächstliegenden Möglichkeit Zuflucht, die ihm einfiel: der St. Louis Cathedral. Ein paar Dutzend Schritte brachten ihn durch die wenigen Menschen auf dem Jackson Square zur Eingangstür.

Er musste sowohl dem Vorhängeschloss als auch der Tür den Befehl *Öffnen* zuflüstern, aber sobald er in der dämmrigen, leeren Kathedrale war, begann er sich zu entspannen.

Die kühle Stille im Inneren war ein Segen. Himmel, wie er sich nach einem Drink sehnte. Er grinste über den blasphemischen Gedanken, als er vom Vestibül weiter in die Kathedrale ging. Einen Moment blieb er stehen, damit sich seine Augen an das schwache Licht gewöhnen konnten, das durch die vielen Fenster der Kirche fiel. Er sah hohe Bogenfenster über den Emporen weit über ihm und kleinere rechteckige Fenster unmittelbar unter dem gebogenen Gewölbe. Der Boden war ein glänzendes Schachbrettmuster in Schwarz und Weiß, so wie der in Mournings Büro. Jude fragte sich, welcher von beiden den anderen nachahmte. Von den Emporen hingen Fahnen herunter. Die eine Seite stellte die Länder dar, die New Orleans zu den verschiedenen Zeiten seiner Geschichte regiert hatten, während die anderen Papstwappen zeigten. Dadurch repräsentierte das Mittelschiff zwischen den Bankreihen die Naht zwischen den weltlichen und den kirchlichen Autoritäten der frühen Jahre dieser Stadt. Zwei Marmorstatuen flankierten den Mittelgang, Cherubim, die mit beiden Händen eine große Seemuschel hielten, die als Weihwasserbecken diente. Biblische Szenen und Augenblicke aus dem Leben irgendeines König Louis, der dieser Kathedrale ihren Namen gegeben hatte, schmückten die Wände und die höchsten Stellen des Gewölbes. Das wusste Jude, aber es war zu dunkel, als dass er es hätte sehen können. Er glaubte, dass noch ein Rest Weihrauch in der Luft hing, aber er war sich nicht sicher, ob er es sich nur einbildete. Er setzte sich in eine der Bänke dicht am Altar. Mit einem braunen Teppich bedeckte Stufen führten zu einem weißgoldenen Ziborium, dessen Skulpturen in der Dunkelheit verschwammen. Ein verirrter Lichtstrahl beleuchtete den lateinischen Satz, der den Altaraufbau krönte: *Ecce Panis Angelorum.*

Seht das Brot, der Engel Speise.

Jude saß lange in der Dunkelheit und der Stille, während er versuchte, aus all dem schlau zu werden, was ihm in den letzten paar Tagen widerfahren war. Die Götter, die Toten, die Enthüllungen über sein eigenes Leben. Nichts, was er entdeckt hatte, fühlte sich an, als brächte es ihn voran. Jede Antwort führte nur zu weiteren Fragen, und jede war tiefgründiger als die davor. Die letzten Tage fühlten sich noch immer wie ein Puzzle an, dessen Teile einfach keinen Zusammenhang ergeben wollten, und zwar nicht, weil ihm ein Puzzlestück fehlte, sondern weil er keine Ahnung hatte, was für ein Bild er da zusammenzusetzen versuchte.

Selbst nachdem er seine Gabe wiederhatte, schien er nicht die richtige Richtung finden zu können, wie ein Ertrinkender, der nicht wusste, wo es nach oben ging, und der seine Kraft und Luft dafür verschwendete, immer tiefer hinunterzuschwimmen. Er blickte zum Altar, auf die Statuen von Peter mit seinem Schlüssel und Paul mit seinem Schwert, auf die Engel, die ein Kruzifix aufrichteten. »Warum?«, fragte er laut. »Sag es mir, warum ziehst du mich da hinein? Was, verflucht, soll ich für dich tun?« Er lehnte sich auf die Bank vor ihm und ließ den Kopf in die Hände sinken. Sein Herzschlag hämmerte in den Ohren, und das Schweigen, mit dem niemand antwortete, war ohrenbetäubend.

Der Geruch von Zimt erfüllte die Luft.

TEIL III

DAS RAD DES SCHICKSALS

KAPITEL ELF

Es gibt Vermittler zwischen der Menschheit und dem Göttlichen, die mit ausgebreiteten Schwingen vom Himmel herabsteigen. Sie tauchen überall in der Geschichte auf, bieten den Verlorenen Führung, retten jene in tödlicher Gefahr, gewähren den Bedauernswerten Glück. Die uralten Griechen vergossen stets die ersten paar Tropfen Wein zu Ehren von Agathos, einem Daimon. Timbaru war ein Anführer der Gandharvas, himmlische Musikanten, die von den Hindus so genannt wurden. Chitragupta zeichnet die Handlungen aller Sikhs auf, etwas, das Kiraman und Katibin bei den Muslimen machen: Der eine listet die guten Taten auf, der andere die Missetaten. Jophiel vertrieb Adam und Eva mit einem Flammenschwert aus dem Garten Eden. Der Erzengel Samael zeigt sich im Moment des Todes, Uriel geleitet die Toten zu Gottes Thron und führt sie ihrem Schicksal zu. Ihre Namen sind mehr als nur Identität: Sie sind ihr Zweck, ihre Existenz. Gott heilt: Raphael. Gottes Stärke: Gabriel. Boten: Engel.

Der Engel von Dodges Kartenspiel balancierte mit der mühelosen Leichtigkeit eines Tänzers auf den Zehen eines Fußes auf der Rückenlehne einer Bank. Der Bote trug eine graue Leinenhose, weit und an der Taille mit einer Kordel zusammengebunden, und eine SWAT-Weste aus Kevlar, mitternachtsschwarz und mit Klettverschlüssen. Auf dem Namensschild der Weste stand: HI, MEIN NAME IST …, und mit schwarzem Filzstift war ein Zeichen hinzugefügt: »ה.« Jude brauchte eine Sekunde, bis er das Symbol aufgrund seiner Ausbildung bei Eli Constant erkannte. Dann begriff er auch, warum Dodge dieses hustende »Hey« ausgestoßen hatte, als er den Engel ansprach: Hē, der fünfte Buchstabe des hebräischen Alphabets.

Hēs Unterarme und Schienbeine waren mit reich verzierten und auf Hochglanz polierten Schienen geschützt. Goldene Armreife schmückten den schlanken, festen Bizeps des Engels. Ein Anflug der Verzückung lag auf seinem Gesicht, der Ausdruck einer Person, die erleuchtet war. Oder einer Person, die eine geradezu epische Dosis von richtig gutem Gras genascht hatte. Das Gesicht war wie jeder andere Aspekt des Engels vollkommen androgyn: hohe Wangenknochen, ein ansehnlicher Mund, schmale Hüften und breite Schultern. Wenn er sprach, war es wie beim Kartenspiel – es schwang ein unheimliches Echo von Judes eigener Stimme mit.

»Friede sei mit dir«, sagte Hē. Jude wusste nicht genau, ob der Engel ihn verspottete oder ob seine eigene Stimme immer so klang. Hē kam näher, sprang vollkommen sicher von der Lehne einer Bank auf die nächste. Es sah aus, als hüpfte er.

»Irgendwie bezweifle ich, dass dein Boss Frieden für mich im Sinn hat.«

Der Engel blieb auf der Bank hinter Jude stehen und blickte mit vollkommen weißen Augen auf ihn herab. »Du wendest dich an einen Boten des Allerhöchsten mit Zweifel im Herzen?«, erkundigte er sich. »Abtrünnigkeit passt nicht zu dir.«

»Ebenso wenig wie blinder Glaube«, sagte Jude.

»Du brauchst Führung«, stellte Hē fest. Es war keine Frage.

»Eine Führung macht man mit Touristen, die nach einem guten Restaurant für Gumbo suchen. Ich suche nach etwas Wahrheit.«

Hē hockte sich hin, eine scheinbar mühelose Bewegung, die das Gesicht des Engels unbehaglich dicht an Judes brachte. Der Geruch nach Zimt war beinahe überwältigend. Jude musste sich ein Niesen verkneifen.

»Suche«, sagte der Bote, »und du wirst finden.« Hē lächelte so breit und strahlend wie ein Kind. Dann flog er von der Bank hoch, schlug einmal beiläufig mit den Schwingen und schwebte lachend zur Decke empor.

Der Engel verarschte ihn.

Er drehte einen trägen Kreis über Judes Kopf, bevor er sich auf einer Bank neben Jude niederließ und die Schwingen einzog, sodass Jude sie nicht mehr sehen konnte. Dann durchsuchte der Engel die unterschiedlichen Taschen der SWAT-Weste, fand schließlich den Korkenzieherdraht und einen winzigen Ohrstöpsel eines Funkgeräts. Nachdem er sich den Stöpsel ins Ohr gesteckt hatte, richtete Hē seine Aufmerksamkeit wieder auf Jude. »Frage, und die Antwort wird dir gegeben.«

Ein Dutzend Fragen rangen um Vorherrschaft, aber schließlich drängte sich die wichtigste von allen in den Vordergrund. Barren hatte die Antwort nicht gekannt, aber Hē wusste vielleicht mehr. »Wer hat Dodge ermordet?«

Der Engel legte den Kopf auf die Seite, lauschte, und dann verzog er missbilligend den Mund. »Das warst du«, erwiderte er.

Judes Beine wurden weich. Es gab diese Lücke in seiner Erinnerung, zwischen seiner Flucht von dem Spiel und dem Aufwachen in seinem Bett, dieses sonderbare Gefühl von Schuld, als er und Regal zur Tür von Dodges Kartenzimmer gerufen worden waren. Konnte der Engel recht haben? War er überhaupt in der Lage, einen Gott zu töten? Nichts in seinem Beutel war dafür mächtig genug. Er dachte natürlich an den Donnerkeil, aber … Nein. Er hatte Dodges Leichnam gesehen. Der Donnerkeil hätte ihm nicht die Kehle durchgeschnitten. Er hätte gar keinen Leichnam mehr übrig gelassen.

Andererseits, der Beutel enthielt einen Donnerkeil, und wer wusste schon, was sonst noch darin war?

»Nein«, sagte Jude mehr zu sich selbst, als dass er eine Antwort erwartete. »Das ist unmöglich.«

Hē schnalzte mit der Zunge. »Du hast nach der Wahrheit gefragt, Menschensohn, und doch wendest du dich von ihr ab.« Er öffnete die Hände und hielt beide Handflächen hoch, als wollte er Jude zeigen, dass er ihm nichts anderes geben konnte. »Deine Gegenwart und deine Handlungen haben unmittelbar zum Tod des Glücksgottes geführt, der unter dem Namen Dodge Renaud bekannt ist. Da es eigentlich nicht sein Schicksal war, in jener Nacht zu sterben, war der Mord an ihm unnatürlich, nicht vorherbestimmt und folglich …« Hē sprach ein Wort aus, das verdächtig nach »Mord« klang, aber es war irgendwie verwaschen und hatte an der Stelle des Buchstabens »d« einen lispelnden Zischlaut.

Erleichterung durchströmte Jude, vermischt mit Gereiztheit und Ärger. »Du hast gesagt, ich hätte ihn umgebracht.«

»Ich habe keine solche Behauptung aufgestellt. Ich sagte, du wärst verantwortlich für …« Hē unterbrach sich und drückte wie ein Agent des himmlischen Secret Service einen Finger auf den Ohrhörer. »Ah«, sagte er dann, »jetzt verstehe ich meinen Irrtum. Du meintest Mord, nicht Morðor.« Er zuckte mit den Schultern. »Es kann manchmal schwierig sein, eine Sprache zu übersetzen, die erst seit ein paar Tausend Jahren in der Welt existiert. Ich entschuldige mich.«

Was gäbe ich nicht für einen brennenden Busch oder zwei steinerne Gesetzestafeln, dachte Jude. Aber er versuchte, seine Frustration zu unterdrücken. Wenn er die Beherrschung verlor, kam er nicht weiter. »Die Frage bleibt, wer Dodge ermordet hat«, sagte er betont deutlich. »Ich muss wissen, wer ihn getötet hat.«

Der Engel hob einen perfekt geformten Finger. »Ich denke, du hast vielleicht missverstanden, mit wem du sprichst. Erwartest du wirklich, dass ich«, er drückte den Daumen gegen die Brust der SWAT-Weste, »ihn«, er wedelte mit der Hand in Richtung Decke, »auffordere, sich zu wiederholen?«

»Nicht, wenn du es so ausdrückst.« Jude presste seine Handballen auf seine Augenlider und versuchte die Kopfschmerzen zu vertreiben, die sich dort breitmachten. Zu viel Aufregung und nicht genug Schlaf. Er lief nur noch mithilfe von Koffein und Verzweiflung, und nicht mal Gott wollte ihm sagen, warum. Es sei denn vielleicht, dass er es bereits getan hatte, auf seine höchst geheimnisvolle Art und Weise. »Kannst du mir zumindest erklären, was dieses Wort bedeutet, das du gesagt hast? Erzähl mir, was ich getan habe, das zu Dodges Tod führte.«

»Alles hat einen Anfang, ein Ende und einen Weg, der von einem zum anderen führt. Wenn alles nach Plan verläuft, nennen wir das Schicksal. Aber jede Regel hat ihre Ausnahme. Morðor ist der Tod, der nicht hätte passieren dürfen. Es ist eine Wunde in der Welt.«

Jude erinnerte sich an die Vision von Renais verlorener Zukunft, die seine Gabe ihm gezeigt hatte. Angesichts seines eigenen infrage stehenden Schicksals hatte er geglaubt, er hätte nur eines von vielen möglichen Leben gesehen, das Renai verloren hatte. Wenn er Hē jedoch richtig verstand, dann hatten die meisten Menschen ein klar definiertes Schicksal. Renais Killer hatte diesen Morðor begangen und hatte ihr gestohlen, was eigentlich hätte passieren sollen. Irgendwie fühlte sich das wie eine noch viel größere Brutalität an.

»Du hast das Ergebnis des Spiels beeinflusst«, fuhr Hē fort. »Und zwar einfach dadurch, dass du teilgenommen hast. Als du die Einsätze erhöhtest, hast du deinen Einfluss auf die Ereignisse vergrößert. Aber durch deine Entscheidung, dein eigenes Schicksal auszuspielen, wurde dieses Ergebnis entscheidend verändert. Also ist der Tod des Glücksgottes eine der Konsequenzen deiner Handlungen.« Er breitete die Hände aus, in einer Geste, die bedeutete: Da hast du es!

Diesen Teil des Rätsels hatte Jude sich allerdings schon selbst zusammengereimt. Er hatte das Spiel verlängert, bis sein eigenes Schicksal enthüllt werden sollte, was den Preis gerade eben außerhalb der Reichweite aller hielt. Jemand versuchte jetzt, seine Karten zu beeinflussen, indem er sein Schicksal manipulierte. Ganz offenbar machte ihn das zum Teil mitverantwortlich, jedenfalls soweit es die Bestimmung anging.

Er runzelte die Stirn. *Großartig. Als hätte ich nicht schon genug Sünden auf dem Gewissen. Wie kann man so etwas wie dies hier denn bloß ungeschehen machen?*

»Das kannst du nicht«, antwortete Hē, was bedeutete, dass Jude entweder laut gesprochen hatte, ohne es zu wollen, oder dass der Engel seine Gedanken lesen konnte. Beide Möglichkeiten waren ernüchternd. »Was geschehen ist, kann nicht ungeschehen gemacht werden.«

»Sagt wer? Mein Blatt wird immer noch ausgeteilt. Bedeutet das nicht …?«

»Das bedeutet nur, dass du ein Paradoxon erschaffen hast.«

Die Worte des Himmelsboten schienen ihm all seine Hoffnung zu nehmen. Er hatte nicht geahnt, wie sehr er an die Möglichkeit seiner eigenen Rettung geglaubt hatte, bis jemand ein Loch in diesen Glauben gebohrt hatte. Es fiel ihm schwer zu atmen, und obwohl er versuchte, es zu verbergen, malte sich seine Bestürzung deutlich auf seinem Gesicht ab.

Die Spitzen von Hēs Flügeln sanken ein Stück weit herab, und der Engel näherte sich ihm. Er trat wieder von einer Bankreihe zur anderen, diesmal jedoch, ohne zu hüpfen, immer noch anmutig, aber feierlich. Als er Jude erreichte, setzte sich der Engel im Lotossitz auf die Rücklehne der Bank. »Hast du dich nicht gefragt, warum dein Schicksal nur so zögerlich enthüllt wird?«, wollte Hē wissen.

Jude fand es äußerst sonderbar, von seiner eigenen Stimme getröstet zu werden. Der Engel wartete, aber er konnte ihm keine Antwort geben.

Hē drückte zwei Finger an seinen Hals, als suchte er nach seinem Puls, und sprach jetzt mit der Stimme von Dodge.

»Das Spiel heute«, sagte der Bote, »heißt Schicksal.« Judes Nackenhaare richteten sich auf, als er die Worte des ermordeten Gottes aus Hēs Mund kommen hörte. »Du erschaffst dir das beste oder schlechteste Schicksal, das du kannst.«

Über ihnen läutete die Glocke der Kathedrale die volle Stunde. Hē blickte hoch, vollkommen verzückt und stumm, solange die Glocke läutete. Als sie schließlich aufhörte und der Widerhall allmählich verklang, erzitterte der Engel, schüttelte den Kopf, und seine Schwingen zuckten, bevor er sich wieder an Jude wandte. Diesmal sprach er in dem Echo seiner eigenen Stimme.

»Dein bestes mögliches Schicksal? Das Spiel zu gewinnen und den Preis für dich zu beanspruchen.« Er hob eine Hand, die Handfläche nach oben gerichtet. Eine Hälfte der Waage. »Aber wärst du dazu in der Lage, dann hätten deine Karten es gezeigt. Du kannst nicht gewinnen, weil du niemals gewinnen solltest. Deine Bestimmung bestand schon immer darin zu verlieren.« Er hob nun auch die andere Hand. »Das Gegengewicht jedoch besteht in der Tatsache, dass du all deine Einsätze auf dieses eine Blatt gesetzt hast. Also wäre das Schlimmste für dich zu verlieren. Denn die anderen Spieler werden Stücke von dir wegnehmen, bis nichts mehr von dir übrig bleibt.«

Trotz der Verzweiflung, die Judes Brust zuschnürte und seinen Magen verkrampfte, begriff er, was Hē ihm zu sagen versuchte.

»Und das schlimmste Schicksal zu haben, würde bedeuten, dass mir das Schicksal das beste Blatt gibt, sodass ich gewinne. Ich bin verdammt, wenn ich es tue, und verdammt, wenn nicht.«

Der Engel schlug mit einem leisen Klatschen die Hände zusammen. »Paradoxon.«

»Und wenn das Spiel nun ewig weitergeht?«

Hē verzog das Gesicht. »Nur der Höchste ist ewig«, erwiderte er. »Was mich zu der Führung zurückbringt, die ich dir geben soll. Es ist für dich vielleicht nicht möglich, zu gewinnen oder zu verlieren, aber es gibt eine dritte Option. Du kannst verzichten. Du kannst aufgeben, bevor dein Schicksal enthüllt wird.«

»Aber Dodge meinte, dass ich nicht aussteigen kann. Willst du sagen, ich könnte die Regeln brechen?«

»Nein. Ich sage nur, dass man am Leben sein muss, wenn man ein Spiel spielen will.«

Jude brauchte einen Moment, bis er begriff, was der Engel da andeutete. »Und ich dachte immer, Selbstmord wäre eine Todsünde.«

»Es gibt ein ganzes Universum an Unterschieden zwischen einer Selbstschädigung, die keinen Zweck erfüllt, und einer solchen Tat mit dem Zweck, sich selbst dem übergeordneten Guten zu opfern.« Der Engel breitete die Schwingen mit einem scharfen Knall aus und stieg auf einem nach Zimt duftenden Aufwind empor. Er glühte von innen und sprach lauter, um über das Flügelklatschen gehört zu werden. »Du kannst mit diesem letzten Akt sehr viel erreichen, mit dieser Entscheidung, die dir erlaubt, den Kurs des Schicksals wieder in Übereinstimmung mit dem göttlichen Plan des Höchsten zu bringen. Falls sich die Gelegenheit bietet, habe keine Furcht. Du wirst nicht allein sein.«

Mit diesen Worten glühte der Engel Hē so hell auf, dass Jude wegsehen musste. Als seine Sehkraft wiederkehrte, bemerkte er, dass der Bote verschwunden war. Er saß lange in der leeren Kathedrale, und der Geruch des Gewürzes war schon längst verflogen, bevor Jude aufhörte, über den Nachhall von Hēs Worten nachzudenken.

Der Jackson Square wimmelte vor Betriebsamkeit, als Jude die Kathedrale verließ. Touristen und Prostituierte fluteten wieder zurück in die Straßen, jetzt, da der Regen vergangen war. Er trug eine Maske, die er aus dem Beutel gezogen hatte. Ein unauffälliges Stück Sackleinen mit primitiv ausgeschnittenen Augenhöhlen und einem mächtigen Verwirrungszauber. Wenn seine Magie wirkte, dann würde jeder, der ihn ansah, direkt an ihm vorbeiblicken, würde ihn als einen unwichtigen Teil der Menge abtun, selbst wenn er nach ihm suchte. Er hoffte, es genügte, um den Schatten, der ihn verfolgte, so lange abzuhängen, dass er mit jemandem sprechen konnte, ohne ihn in Gefahr zu bringen.

Es war längst überfällig, dass er endlich die Regeln des Spiels lernte, das er nicht gewinnen konnte und nicht verlieren durfte.

Glücklicherweise arbeitete die Tarotkartenlegerin, die er hatte aufsuchen wollen, immer noch. Sie las gerade die Karten für zwei mittelalte Touristen. Opal Brennan war einer der wenigen Menschen auf dem Platz, zu denen Jude mehr als nur eine flüchtige Beziehung hatte. Als Einzige balancierte sie auf diesem feinen Grat zwischen zu zynisch, um zu glauben, dass Magie existierte, und zu unausgeglichen, um ihr vertrauen zu können. Sie trug ein Tanktop, sodass ihre Tätowierungen von Rosen und Dornenzweigen zu sehen waren, die ihre Arme von den Schultern bis zu den Handgelenken überzogen. Das graue Haar hatte sie zu einem festen Knoten gebunden, aus dem sich einige Strähnen gelöst hatten. Die Magie der Maske erlaubte Jude, direkt hinter sie zu treten, ohne dass Opal oder die Touristen ihn bemerkten. Er ließ eine Nachricht in ihre Tasche gleiten, die er auf die Rückseite eines Spendenumschlags gekritzelt hatte, den er aus der Kathedrale mitgenommen hatte.

Triff mich in einer halben Stunde im Lafitte's, hatte er geschrieben. *Es ist wichtig.* Erst als er seinen Namen daruntersetzte, dämmerte ihm, wie sehr seine Nachricht derjenigen ähnelte, die er vor ein paar Tagen von Regal bekommen hatte.

Der Unterschied ist, dass ich alles tue, was ich kann, um Opal aus Schwierigkeiten herauszuhalten, sagte er sich.

Während er wartete, bis das Touristenpaar Fotos von sich mit Opal gemacht und seine Sitzung bezahlt hatte, stellte er das pinkfarbene Handy an und löschte alle Nachrichten, die er mit Regal ausgetauscht hatte. Und dann ganz entschieden ihre Nummer. Er wusste nicht genau, ob sie sein Handy ortete und ob das eine Art von Verrat darstellte, aber es fühlte sich so an. Außerdem wusste er, dass er ihr nicht völlig trauen konnte. Nachdem alles auf dem Handy, das zu ihm oder zu Regal führen könnte, gelöscht war, ließ er es auf den leeren Sitz eines der Fahrradtaxis fallen, die am Rand des Jackson Square auf Kunden warten. Er vertraute darauf, dass der fitte junge Mann, der auf den Pedalen des Fahrrads hin und her schaukelte, dieses Telefon auf eine nette Tour aus dem Quarter herausbrachte, sobald er neue Kunden hatte. Vielleicht würde er es ja irgendwo in einem Fundbüro abgeben.

Jude beobachtete, wie Opal seine Nachricht entdeckte, wie sie anschließend die Menge nach ihm absuchte und den Kopf schüttelte, als sie ihn nicht finden konnte. Obwohl er nur ein paar Schritte von ihr entfernt mitten in einer Gruppe von Leuten stand, die einem Jongleur zusahen. Sie warf einen weiteren Blick auf die Nachricht, spitzte die Lippen und bat den Karikaturenzeichner, der am Tisch neben ihr saß, eine Weile auf ihren Platz aufzupassen. Jude überzeugte sich davon, dass sie ihre Tarotkarten nicht in die Stahlkassette legte, in der sie ihre Tageseinnahmen aufbewahrte, als sie ihre Sachen einsammelte.

Als sie sichtlich gereizt den Platz verließ und zum Lafitte's ging, folgte Jude ihr. Er hielt sich etwa einen halben Häuserblock hinter ihr und überzeugte sich, dass ihr niemand auf den Fersen war. Das sonderbare Gefühl, beobachtet zu werden, war verschwunden. Er spürte einen geradezu voyeuristischen Schauer, dass er in der Lage war, ungesehen und unerkannt durch die Menschenmenge zu gehen. Aber das Vergnügen wurde rasch von dem Gedanken gedämpft, dass sein Schatten vermutlich dasselbe empfand, wenn er ihn verfolgte.

Opal hatte ohne Komplikationen das Lafitte's erreicht, eine Bar in einer früheren Schmiede, die einst den berühmten Piratenbrüdern gehört hatte, die ihr den Namen gaben. Jude wartete noch ein paar Minuten vor der Tür, um sicherzugehen, während er sowohl den Himmel als auch die Straßen im Auge behielt. Das Gebäude war ein niedriges Bauwerk mit bröckelndem Putz und freigelegten Ziegelsteinen an der Ecke Bourbon und St. Phillip. Drei während des Sturms verrammelte Türen standen in der Sommerhitze offen. Aber die Dunkelheit im Inneren konnte die Hitze nicht vertreiben. Die niedrige Decke, an der keinerlei Lampen hingen, machte die

Luft hier so stickig und drückend wie auf einem Dachboden. Die Jukebox dröhnte laut, um den Lärm der Menschen zu übertönen, die allerdings noch gar nicht da waren. Doch trotz der Hitze und der Dunkelheit, oder vielleicht sogar deshalb, würden sich in wenigen Stunden die Gäste dieser Bar bis auf die Straße drängen.

Jude zog die Maske ab, bevor er sich dem Tisch näherte, an dem Opal saß. Sie blickte auf ihr Handy und runzelte die Stirn. Die Maske löste sich nur zögernd von seinem Gesicht, wie Klebeband. Und wenn der Preis für seine Unsichtbarkeit dem vom letzten Mal ähnelte, als er die Maske benutzt hatte, dann würde er in dieser Woche jede Nacht von dem Albtraum heimgesucht werden, wie er sein Gesicht Millimeter um quälenden Millimeter abzog. Es waren Albträume, aus denen er partout nicht aufwachte, bis er das Ritual vollendet hatte.

Magie hatte immer ihren Preis.

Er unterdrückte den Gedanken an die Konsequenzen und zwang sich zu einem Grinsen. Dann räusperte er sich und schlurfte mit den Füßen, damit Opal ihn bemerkte. Er war froh über die Dunkelheit und den Lärm, da es half, ihr Gespräch privat zu halten. Aber es bedeutete auch, dass er sie erschreckte, wenn er nicht vorsichtig war. Sie blickte zu ihm hoch, und obwohl sie immer noch ein bisschen sauer auf ihn war, musste sie sich anstrengen, um nicht zu lächeln.

»Möchtest du ein Bier?«

»Ein Bier?« Opal reagierte ungläubig auf diesen Vorschlag, fast schon beleidigt. »Jude, du überraschst mich. Ich bin eine Lady. Ich wurde dazu erzogen, niemals eine derart widerliche Substanz in den Tempel meines Körpers eindringen zu lassen.« Opals Neigung, in den Singsang des alten, wohlhabenden New Orleans zu verfallen, als spräche sie für die Rolle der Blanche in *Endstation Sehnsucht* vor, hatte Jude schon immer gemocht. Vor allem seit er wusste, dass sie dieses Leben einmal tatsächlich geführt hatte und schon vor langer Zeit ausgestiegen war. Die Normalität all dessen, ihre Normalität, war beruhigend, und er spürte, wie sein gezwungenes Grinsen sich zu etwas Echtem entspannte. »Ich trinke nur Bourbon der besten Qualität, und ich trinke ihn pur«, sagte sie. »Vor allem, wenn ein Gentleman den Drink bezahlt.«

Jude warf einen Blick auf die anderen Gäste, als er zur Bar ging. Zwei einheimische Säufer saßen murmelnd an der Ecke der Bar. Sie schwitzten genauso wie die Flaschen Abita, von denen jeder eine in der Hand hielt. Der Barkeeper war weiß, jung und wirkte geleckt wie ein College-Student. Zwei Paare, drei weiße Frauen und ein schwarzer Mann, machten draußen Bilder von sich selbst. Sie posierten mit ihren Gläsern, als wäre Alkohol auf dem Bürgersteig eine irrwitzig komische Gesetzesübertretung. Abgesehen von den beiden Säufern hatten Opal und er den Laden für sich. Er nickte dem Barkeeper zu, bestellte einen erstklassigen Bourbon für Opal und eine Cola-Rum für sich.

Jude ließ die Gedanken schweifen, während der junge Mann ihre Drinks zubereitete. Jetzt, wo er hier war, musste er eine Möglichkeit finden, dass Opal ihm zeigte, was er wissen musste, ohne sie zu Tode zu ängstigen.

An Tarot und Mystik zu glauben war eine Sache. Ihr zu sagen, dass magische Zauber tatsächlich funktionierten, war etwas vollkommen anderes.

In der Stille der Kathedrale hatte Jude, nachdem Hē verschwunden war, zu verdauen versucht, was der Engel ihm erzählt hatte, und ein paar Schlüsse gezogen. Erstens kam es Jude trotz Hēs Worten so vor, als hätten einige Götter am Tisch geglaubt, dass er gewinnen könne. Der Vampir schien ihn bestechen zu wollen, damit er aufgab, und irgendjemand, entweder einer der anderen Götter oder etwas, das für sie arbeitete, verfolgte ihn, ermordete die Menschen um ihn herum und versuchte, sein Schicksal zu beeinflussen. Man machte sich nicht so viel Mühe mit jemandem, der keine Bedrohung darstellte. Die zweite Schlussfolgerung lautete, dass Dodge möglicherweise eine ganz ähnliche Absicht gehabt hatte, als er Jude überhaupt zu dem Spiel eingeladen hatte. Vielleicht hatte der Glücksgott gehofft, Jude benutzen zu können, um die Karten zu zinken. Nur hatte sich sein Trick gegen ihn gewendet. Das Dritte, was Jude begriffen hatte und was der Grund dafür war, dass er Opal aufgesucht hatte, war, dass er wirklich lernen musste, wie man spielte, wenn er eine Chance haben wollte, das Ende dieses verfluchten Spiels zu erleben.

Als Jude an ihren Tisch zurückkehrte, hatte er einen Drink in jeder Hand und konnte Opal nur die Wahrheit sagen. Er suchte in seinem Beutel nach dem Buch über Tarot, zog die beiden Karten zwischen den Seiten heraus, den MAGIER und den auf dem Kopf stehenden EREMITEN, und legte sie neben ihr Glas. »Sagt dir das etwas?«, fragte er.

Sie musterte die Karten einen Moment. Dann zog sie ihre Brille von der Stirn auf die Nase und betrachtete sie genauer. Schließlich blickte sie zu Jude hoch, und die Falten in ihren Mundwinkeln tanzten, als sie unbehaglich das Gesicht verzog.

»Willst du mich provozieren?«, fragte sie. »Du weißt genau, dass ich diese Sache ernst nehme, stimmt's?«

»Das weiß ich.« Er nippte an seinem Drink. »Wie kommst du darauf, dass ich das nicht tue?«

Sie spitzte die Lippen. »Diese Karten haben dein Gesicht, Jude. Wenn das kein Witz ist – und selbst wenn, wäre es kein besonders komischer, nur damit das klar ist –, weiß ich nicht, was du von mir willst.«

Mit einer Fingerspitze drehte Jude die Karte mit dem EREMITEN zu sich herum, damit Opal sehen konnte, dass das Bild immer im Vergleich zum MAGIER auf dem Kopf stand, ganz gleich, wie er die Karte legte. Er wartete auf ihre Reaktion, die aus etwas Furcht, gemischt mit sehr viel Ungläubigkeit bestand, bevor er es wiederholte. Und dann noch einmal. Sie wollte etwas sagen, grinste aber nur nervös. »Wie machst du das?«, wollte sie wissen.

»Versuch es selbst.«

Sie nahm die Karte hoch, rieb sie zwischen Daumen und Zeigefinger, als wollte sie sie von einer Zwillingskarte trennen. Dann bog sie die Karte nach hinten und nach vorne, vermutlich, weil sie irgendeine Art von Hologramm-Druck erwartete. Mit finsterer Stirn drehte sie sie schließlich flach auf dem Tisch herum. Das Bild veränderte sich entsprechend, und sie ließ die Karte fluchend los, als hätte sie sich verbrannt. Schnell sah sie sich in dem Schankraum um, ob die beiden Gäste am Tresen sie beobachteten. Sie räusperte sich, öffnete den Mund, um etwas zu sagen, nahm dann ihr Glas und leerte ihren Bourbon in zwei Schlucken. Sie verzog das Gesicht.

»Dieser Trick, den du mit den verschwundenen Dingen durchziehst«, sagte sie. »Das ist kein Trick, stimmt's?« Jude runzelte die Stirn und schüttelte den Kopf. »Himmel!«, stieß Opal hervor, streckte die Hand aus, schnappte sich Judes Cola-Rum und leerte sie ebenfalls in einem Zug.

Es war vielleicht grausam von ihm, sie auf diese Weise seiner Welt auszusetzen, aber er hatte keine Zeit für eine behutsame Enthüllung. Außerdem hatte er immer das Gefühl gehabt, dass sie mit der Wahrheit klarkommen würde. Sie war immerhin eine Wahrsagerin.

»Alles okay?« Er fragte weniger aus Sorge, als um sie zum Reden zu bringen.

»Na klar. Alles großartig. Die Wirtschaft geht den Bach runter, wir warten dringend auf den Scheck vom Road-Home-Programm, der nie kommen wird, weil der Bürgermeister ein Dieb und der Gouverneur ein Monster ist. Kein verfluchtes Stück unseres Lebens macht mehr Sinn, also was kann da schon ein kleines bisschen …« Sie deutete auf ihn und auf die Karten, und ihr fehlten die Worte.

Jude lachte. »Magie. Du kannst das Wort ruhig aussprechen, es beißt dich nicht.«

»Nein«, erwiderte Opal. »Nein, ich glaube nicht, dass ich das tun werde.« Sie spielte mit ihrem Glas und starrte auf die paar Tropfen Bourbon, die noch übrig waren, als fände sie dort eine Erklärung. »Was genau willst du von mir?«

Jude legte die beiden Karten nebeneinander und klopfte dann mit beiden flachen Händen auf den Tisch. »Ich muss verstehen, was diese Karten bedeuten und wie man sie verwenden kann, um die Bestimmung eines Menschen zu enthüllen.«

Opal schnalzte mit der Zunge und drohte ihm mit einem Finger. »Zeig mir nicht erst echtes Hoodoo und rede dann wie ein Tourist. Tarot kann so etwas nicht. Das kriegt es nicht hin. Darum geht's auch nicht. Die Karten zu lesen bedeutet, deine Position in deinem Leben zu verstehen, deine Wünsche, und die Hindernisse zwischen diesen beiden zu erkennen. Es geht nicht darum, die Zukunft vorherzusagen.«

»Und wenn ich dir jetzt sage, dass die Karten genau das tun können, vorausgesetzt, sie sind in den richtigen Händen?«

Opal holte tief Luft. Sie blickte auf die Karten und wandte den Blick schnell ab, als wären sie irgendwie beschämend. Oder obszön. Dann presste sie die Lippen zusammen. »Ich sollte dir sagen, dass du dir jemanden mit den richtigen Händen suchen solltest«, sagte sie. »Verdammt. Du weißt so viel, warum machst du es nicht selbst?«

»Das ist nicht meine Gabe«, erwiderte er.

Sie war dicht dran, das konnte Jude spüren. Sie hatte diese Fähigkeit, diese unübliche Perspektive auf die Welt, die sie Dinge sehen ließ, welche sich anderen verweigerten. Einige Leute wurden mit dieser Vision geboren, andere hatten sie durch traumatische oder wundersame Ereignisse bekommen. Sie musste es einfach nur anerkennen, darauf vertrauen, dass das Flüstern in ihrem Hinterkopf die Wahrheit war und keine Respektlosigkeit oder Wahnsinn.

»Gehen wir es anders an. Kann ich deine Karten benutzen?«

Sie hob eine Braue, nahm aber das in ein Tuch gewickelte Tarotkartenspiel aus ihrer Tasche und legte es auf den Tisch. Jude blätterte das Spiel durch und suchte nach dem einzigen Blatt des Kartenspiels, an das er sich erinnern konnte. Es waren die Karten, die Dodge gespielt hatte und deren Bilder allesamt Regals Gesicht gezeigt hatten. Die Königin der Stäbe, der Kelche, der Schwerter, der Münzen und die Hohepriesterin. Regal in weißer Robe und mit einem sonderbaren Hut auf dem Kopf, zwei spitze Bögen und eine Kugel in der Mitte, die zwischen zwei Säulen saß, von der eine weiß und eine schwarz war. Jude legte sie alle mit dem Bild nach unten vor Opal. »Schließ die Augen«, befahl er. Opal gehorchte, stieß aber ein frustriertes Seufzen aus. Jude griff über den Tisch und drückte die Unterseite seines Daumens auf ihre Stirn, als wollte er sie segnen oder taufen. Was er in gewisser Weise auch tat. Er sprach das uralte geheime Wort, das Dodge ihn gelehrt hatte, das Wort, das *Öffnen* bedeutete, und spürte, wie sich etwas in ihrem Verstand veränderte. Opal schüttelte sich und stöhnte leise, irgendwie verträumt.

Jude drehte die Karten um und bat Opal, die Augen zu öffnen.

»Sie liegen in der falschen Reihenfolge«, sagte sie und legte dann einen Finger an die zusammengepressten

Lippen, als hätte sie etwas gesagt, was sie nicht hätte sagen sollen.

»Mach nur.« Jude redete leise und beruhigend. Hypnotisierend. »Sag mir, was du siehst.«

Schüchtern und zögernd schob Opal die Karten über den Tisch, sodass sie von links nach rechts in der Reihenfolge Münzen, Schwerter, Hohepriesterin, Stäbe und Kelche aufgereiht waren. Das war genau die Reihenfolge gewesen, die Dodge ausgespielt hatte, als die Karten Regals Gesicht gezeigt hatten. Opal fuhr mit den Fingerspitzen über die Oberfläche der KÖNIGIN DER MÜNZEN, wie eine Blinde, die Braille-Schrift las. Die Karte zeigte eine gekrümmte Frau, die auf einem Thron saß, umringt von fruchtbarem Wachstum, und die auf eine riesige Münze in ihren Armen herabblickte, die mit einem von einem Kreis umschlossenen Pentagramm verziert war. »Die erste Karte ist die Vergangenheit.« Opal sprach wie ein Kind, das gerade lernte zu lesen. »Eine Frau mit Macht, die sich auf die Stärke eines anderen verlässt. Das repräsentiert die Münze, und deshalb blickt sie auch mit Trauer darauf.«

Jude musste sich anstrengen, um ruhig zu atmen. Das beschrieb genau die Regal vor dem Sturm, so wie er sie gekannt hatte. Sie hatte ihre eigenen Fähigkeiten, ihre eigene Ausbildung, aber während ihrer Partnerschaft hatte sie sich oft an ihn gewandt, an seinen angeborenen Sinn für verlorene Dinge. Er hatte immer geglaubt, dass sie zu weit mehr in der Lage wäre.

Opal wandte ihre Aufmerksamkeit der nächsten Karte zu, der KÖNIGIN DER SCHWERTER. Wieder eine sitzende königliche Frau, diesmal im Profil, mit dunklen Wolken im Hintergrund. Sie hielt in einer Hand ein Schwert, dessen Spitze gerade nach oben zeigte, und hatte die andere Hand ausgestreckt, als wollte sie jemanden auffordern zu sprechen. Diese Geste passte nicht zu dem strengen Ausdruck auf ihrem Gesicht. »Die zweite Karte zeigt das, was ist. Es zeigt ihren Platz in der Welt. Sie musste sich bewaffnen und verteidigen. Sie hat jetzt ihre eigene Macht. Die Sturmwolken zeigen, wie schwierig diese Selbstständigkeit gewesen ist.« Opal schien zuversichtlicher zu werden, während sie sprach, obwohl ihre Stimme heiser klang, als zehrte diese Erfahrung auch an ihr. »Die dritte Karte steht für Konflikt, für das größte Hindernis in ihrem Weg.«

Die Hohepriesterin lag umgekehrt, so wie Judes Eremit. Als er die Karte genauer betrachtete, sah er, dass diese Regal ein Kreuz ohne die Jesusfigur trug, das höher als breit war. Es waren zwei senkrecht aufeinanderstehende Linien gleicher Länge, die sich in der Mitte trafen. Sie hielt eine Schriftrolle in der Hand, und vor ihren Füßen lag ein Halbmond. »Sie selbst ist ihre größte Herausforderung«, fuhr Opal fort. Sie sprach langsam und distanziert. »Entweder wurde ihr ein Titel gestohlen oder ein Schicksal vermieden. Eine Entscheidung, die sie nicht getroffen hat, und eine Entscheidung, die sie bedauern wird.« Opals Hand zitterte über der nächsten Karte, als versuchte sie, diese vor ihrem Blick zu verbergen. Jude wollte ihren Gedankenfluss nicht unterbrechen, also drehte er sie für sie um. Sie schloss kurz die Augen und atmete lange aus, bevor sie weitersprach. Jetzt waren ihre Worte knapp und klangen gepresst.

Sie konnte nicht sehr viel mehr ertragen.

Die Königin der Stäbe hielt einen Stab in einer Hand und in der anderen eine blühende Sonnenblume. Am Fuß ihres Throns saß eine schwarze Katze, deren saphirblaue Augen zu schmalen, drohenden Schlitzen zusammengezogen waren. »Die vierte Karte sagt, was getan werden muss. Sie muss Herrschaft über die Ordnung der Gedanken gewinnen«, sie berührte den Stab, »und das Chaos der Natur, der Emotionen.« Sie berührte die Sonnenblume. »Die schwarze Katze ist ein Symbol von Venus in ihrem düsteren Aspekt, aber es ist unklar … Ist sie ihre Verbündete? Oder eine Botin des anstehenden Konflikts? Ich … Ich weiß es nicht.«

Sie schob die Karte rasch weg und drückte ihre Fingerspitzen auf die letzte Karte, Die Königin der Kelche. Wieder ein Thron, diesmal neben einem reißenden Fluss, eine andere Königin, die eindringlich auf einen reich verzierten Kelch starrte, dessen zwei Griffe bis zu seinem oberen Rand reichten. Der Deckel erhob sich über den Kopf der Königin und versiegelte seinen Inhalt. »Was kommen wird«, sagte Opal. Ihre Stimme war ein panisches Zischen. »Weder Sieg noch Niederlage. Ungenutzte Macht. Verdeckte Fähigkeiten. Betrügerin? Oder Betrogene? Würde sie anders entscheiden, wenn sie es wüsste? Warum …« Sie wollte noch mehr sagen, aber ihre Stimme versagte ihr den Dienst, und Tränen liefen ihr über die Wangen. Jude legte eine Hand auf ihren Kopf und sprach das Wort für *Schließen.*

Opal sank auf dem Stuhl zurück und atmete tief und hastig, als wäre sie gerade ein Rennen gelaufen. Ihr Gesicht war gerötet, die Augen waren weit aufgerissen. Jude sah sich kurz um. Ihr Gespräch war unbemerkt geblieben, trotz des kleinen Raumes. Die Säufer kriegten kaum ihre eigenen Worte mit, geschweige denn die Umgebung. Der Barkeeper hatte ihnen den Rücken zugekehrt und war mit seinem Handy beschäftigt. Glücklicherweise hatte Opal eine Stimme, die die Wahrheit des Orakels auf unheimliche Weise flüsterte, und nicht ein lautes, in Zungen redendes Organ. Als er sich ihr wieder zuwandte, lächelte sie strahlend.

»Opal?«

»Das war … unglaublich«, sagte sie. »Ich habe noch nie etwas so klar gesehen, noch nie etwas so sicher gewusst. Ist das die Art und Weise, wie du … Sieht die Welt so für dich aus?«

Jude grinste, wenn auch etwas bedauernd. »Nein«, sagte er. »Weit davon entfernt. Diese Gabe gehört allein dir. Ich habe sie jetzt wieder verschlossen, aber sie ist ein Teil von dir. Sie wird ab und zu wiederkommen, wenn du das willst und wenn du darauf vertraust.«

»Ob ich es will? Aber ja, und wie ich es will.« Sie warf einen Blick auf ihr Telefon und klappte es auf. »Ich hoffe, ich konnte dir helfen. Wenn du jemals etwas brauchst …« Sie machte eine Pause und lachte über den Eifer in ihrer Stimme. »Du weißt ja, wo du mich findest. Und wenn es dir nichts ausmacht, dann gehe ich jetzt nach Hause und mache Sharon zu einer sehr glücklichen Frau.«

»Bevor du gehst«, sagte Jude, »möchte ich dir noch

etwas für deine Mühe geben.« Er legte einen Finger an die Dublone in seiner Tasche und griff in seinen Beutel. In den letzten Jahren waren über zweihunderttausend Dollar aus Asservatenkammern des New Orleans Police Departments verschwunden. In dem kleinen Umschlag, den er aus seinem Beutel zog, steckten etwa fünftausend dieser verschwundenen Dollar. Er schob ihn ihr über den Tisch hinweg zu. Ihr höfliches »Oh, das kann ich nicht annehmen« versiegte, als sie sah, wie viel in dem Umschlag war. »Sharon und du solltet diese Reise nach Seattle unternehmen, um ihre Familie zu besuchen, von der du immer redest«, sagte Jude. »Und ihr solltet noch heute Abend aufbrechen.«

Bevor sie etwas sagen konnte, war Jude aufgestanden und hatte die Bar verlassen. Er fragte sich, ob Regal bereits auf ihn warten würde, wenn er zu seiner Wohnung zurückkehrte.

Und ob sie seinen Schatten mitbringen würde.

Auf dem langen Fußweg nach Hause, auf dem sich der Schatten dankbarerweise nicht blicken ließ, strapazierte Jude seinen erschöpften Verstand und versuchte, die Dinge an ihre richtigen Plätze zu rücken. Die erste Karte stand für das, was du warst. Jude war einmal ein Magier gewesen, von Eli Constant in den uralten Künsten ausgebildet. Aber die Magie war ihm immer zu leichtgefallen, als dass er sehr viel Mühe in seine Ausbildung investiert hätte. Eli und er hatten sich nicht gerade als Freunde getrennt. Dann hatte Jude angefangen, für Mourning zu arbeiten, und danach kam der Sturm. Jude war schon seit Jahren nicht im Entferntesten mehr so etwas wie ein Magier.

Die zweite Karte stand für die Gegenwart. Als der Verkehr ihn zwang, auf dem Bürgersteig stehen zu bleiben und auf grünes Licht zu warten, zog Jude das Buch heraus und blätterte es durch, bis er den Eintrag für den Eremiten fand. Ein alter Mann, der sich mit einer Hand auf einen Stab stützte und in der anderen eine Laterne hielt, während er von einer Bergspitze hinabblickte. Statt einer Flamme war ein Stern in der Laterne. Diese Karte repräsentierte Weisheit, das Erlangen von Wissen und Bestimmung, eine Reise, angetreten, um größeres Verständnis zu erlangen. Auf dem Kopf stehend, bedeutete sie Stagnation, die Weigerung, Antworten zu suchen, ein kindisches In-sich-Verkriechen. Jude steckte das Buch zurück in seinen Beutel.

Selbst sein Schicksal trat ihm in die Eier.

Aber er konnte nicht behaupten, dass es nicht stimmte. Er war nach dem Sturm tatsächlich zusammengebrochen. Sicher, seine Gabe hatte sich gegen ihn gewendet, aber es war schon Jahre zuvor ein Desaster gewesen, das nach einer Möglichkeit suchte, um hervorzubrechen. Seine zweite Karte traf genauso zu wie die erste.

Und dank Opal wusste er auch, was er von den nächsten drei Karten zu erwarten hatte. Das Hindernis auf seinem Weg, dann etwas, das er tun musste, und schließlich sein endgültiges Schicksal. Er brauchte keine Hellseherin, um das Problem zu erkennen, dem er sich gegenübersah: das Spiel, der Mord an Dodge, der Schatten, der ihn verfolgte. Er war neugierig, wie all das in einer Karte repräsentiert sein sollte. Vielleicht brauchten seine Karten deshalb so lange, bis sie sich zeigten, und nicht wegen des Paradoxons, dem er sich Hēs Worten zufolge gegenübersah.

All das wirbelte in seinem Kopf herum, Regal und Götter und Karten und Schatten und Schicksal. Jude berührte die Münze in seiner Jeanstasche und durchwühlte seinen Beutel, als er weiterging, suchte in den verschiedenen Tränken und Amuletten und hoffte auf irgendeine Eingebung. Er besaß Magie, die ihn unsichtbar machte oder stark, die ihm erlaubte, seinen Körper zu verlassen, sodass er die Stadt erforschen konnte, ohne sich in Gefahr zu bringen. Aber die Kosten waren einfach zu hoch. Unsichtbar zu werden bedeutete, dass er nackt sein musste, was ihn in mehr als einer Hinsicht angreifbar machte. Die Stärke war nur vorübergehend und würde ihn doppelt schwächen, sobald sie verebbte. Und wenn er seinen Körper verließ, gab es keine Garantie, dass er den Rückweg fand.

Andere Zauber waren überhaupt nicht nützlich – ein Medaillon aus den Schuppen eines Flussdrachen, das verhinderte, dass er ertrank; die Feder eines Gimpels, die ihn befähigte, die Sprache der Vögel zu sprechen und zu verstehen; ein Pulver, das Feuer in Wasser oder Wasser in Feuer verwandelte.

Dann berührten Judes suchende Finger eine Perle mit einer besonderen magischen Qualität. Als er seine Wohnstraße erreicht hatte und zu den Lichtern in seiner

Wohnung hochblickte, hatte er eine Idee. Eine Möglichkeit, zumindest einen Teil seiner Situation zu seinem Vorteil zu wenden.

Genau genommen war es kein Plan, weil er Plänen nie wirklich traute. Es war mehr ein Trick. Er würde ein paar Dinge vorbereiten und dann abwarten, was sie bewirkten. All das hing an der Perle, an einer Bemerkung, die Regal darüber gemacht hatte, unsichtbar zu sein, und an einer Karte, die ihm ein Gott gegeben hatte. Allerdings keine Tarotkarte.

Eine Visitenkarte.

Mit einer Adresse in blutroter Tinte.

KAPITEL ZWÖLF

Von allen Dingen, mit denen er gerechnet hatte, wenn er Regal in seiner Wohnung konfrontieren müsste – angefangen mit übernatürlichen Schlägern über himmlische SWAT-Teams und böse Schattenkreaturen bis hin zu einem Besuch von Mourning selbst –, war das Letzte, dass sie ihm mit Recherche auflauerte.

Regal hatte alle Wohnzimmermöbel in eine Ecke geschoben und den Platz mit Bücherstapeln und Ausdrucken von obskuren Websites mit Beschlag belegt. Hatte die Recherche, um die Rote Tür zu beschwören, eher einem Referat entsprochen, so hatte Regal jetzt eine ganze Doktorarbeit in seinem Wohnzimmer ausgebreitet. Ein riesiges Whiteboard auf einem Gestell überragte alles andere. Es musste extrem anstrengend gewesen sein, es allein hier hinaufzuschleppen. Die Namen der Spieler der Pokerrunde standen darauf, alle mit unterschiedlichen Filzstiften notiert. Sie waren umkringelt, durch Spalten getrennt und mit Fragen und Pfeilen verbunden. Ein bisschen sah es aus wie die Verschwörungswand eines Schizophrenen. Bücher waren übereinandergestapelt, an den Seiten ragten Post-its heraus, oder sie wurden mithilfe anderer Bücher offen gehalten.

Die meisten Bücher gehörten ihm, den Lücken in seinen Bücherregalen nach zu urteilen. Einige waren aus der öffentlichen Bibliothek ausgeliehen, was die Aufkleber auf den Buchrücken verrieten.

Regal trug ein *Star-Wars*-Tanktop und hatte die Hosenbeine ihrer Jeans in wadenhohe Lederstiefel gesteckt. Sie stand mitten in diesem Hurrikan und summte und sang abwechselnd zu »Still Fly« von den Big Timers. Die Musik kam von einem Laptop auf seinem Küchentresen. In der einen Hand hatte sie einen Kaffeebecher und in der anderen ein aufgeschlagenes Buch.

Als er hereinkam, drehte sie sich um und lächelte etwas verlegen, weil sie ertappt worden war. »Willkommen in der Bat-Höhle!« Sie breitete die Arme aus, um ihr Werk zu präsentieren. Wenn sie das nur spielte, dann machte sie es gut. Obwohl seine Haut vor Argwohn kribbelte, beschloss Jude mitzuspielen.

»Du hast es dir gemütlich gemacht, was?« Er nickte in Richtung ihres Bechers. »Ich verzeih dir, wenn das frischer Kaffee ist.«

»Okay.« Sie legte das Buch auf einen der Stapel und bahnte sich vorsichtig einen Weg aus dem Chaos in die Küche. »Wie ist es im Voodoo-Laden gelaufen?«

Du meinst den Hinterhalt?, dachte er. »Ich erzähle es dir gleich«, antwortete er. »Ich will mich nur erst kurz umziehen.«

Er ließ den Beutel von der Schulter gleiten und legte ihn auf den Tresen neben ihren Laptop. Er versuchte, es ganz beiläufig wirken zu lassen, obwohl es alles andere als das war. Seine Schlafzimmertür hatte genau den richtigen Winkel zur Küche, sodass er den Beutel im Auge behalten konnte, während er seine Jeans gegen eine weite graue Hose tauschte und ein altes Voodoo-Festival-Shirt überstreifte. Das Schädel-Logo ähnelte auf unheimliche Art Barrens Totenschädel-Grinsen.

Regal kam seinem Köder jedoch nur nahe, als sie seinen Becher neben den Beutel stellte und die Musik am Laptop leiser machte. Bedeutete das, sie war vertrauenswürdig? Oder hatte sie erkannt, dass es ein Test war, als er seinen Beutel unbeobachtet ließ?

Er holte sich den Kaffee und trank ihn im Wohnzimmer, so dankbar für das süße, dunkle Koffein, dass er weder an Gift noch an Drogen dachte, bevor er den ersten Schluck getrunken hatte.

Er würde einen miesen Spion abgeben.

Als sich Regal im Schneidersitz zwischen ihre Notizen sinken ließ und offensichtlich darauf wartete, dass er sie auf den neuesten Stand seiner Erkenntnisse brachte, überging Jude das Vorspiel. Er begann einen Bericht über seine letzten Stunden und fing mit einer Lüge an. Er hatte beschlossen, Regal weiter über die Rückkehr seiner Gabe im Ungewissen zu lassen. Also sagte er ihr, dass der Besuch im Voodoo-Laden Zeitverschwendung gewesen sei und er nichts herausgefunden habe, was sie nicht schon wussten. Dann berichtete er ihr von dem Gefühl, verfolgt zu werden, als er den Laden verließ, und dass er sicher gewesen sei, da draußen habe etwas Düsteres und Tödliches auf ihn gewartet.

Obwohl er danach suchte, zeigte Regals Gesicht keinerlei Hinweise auf eine List oder Hintergedanken. Ihre einzige Reaktion bestand in der Frage, ob er glaube, diese Schatten seien die aus dem Gemälde seiner Mutter. Er antwortete mit einem Achselzucken und gab zu, dass es sich zwar wahrscheinlich so verhielt, er aber nicht sicher sein konnte.

Dann schilderte er ihr, wie er in die Kathedrale geflüchtet war, berichtete von Hēs Auftauchen und dass der Engel ihm gesagt hatte, er befände sich in einem Paradoxon und könne das Spiel nicht gewinnen. Er schilderte sein Treffen mit der Wahrsagerin im Quarter, um etwas mehr über das Spiel herauszufinden, in dem er gefangen war. Als Nächstes erklärte er Regal die »Vergangenheit/Gegenwart/Hindernis/Wendepunkt/Zukunft«-Struktur des Kartenblatts, erwähnte aber Opal mit keinem Wort. Stattdessen machte er aus der Kartenlegerin einen »Er«.

Als er seine Karten herauszog, um ihr den EREMITEN zu zeigen, stellte er fest, dass sich eine weitere Karte zu seinem Blatt gesellt hatte: DAS RAD DES SCHICKSALS.

Ein grüner Kreis, in den uralte, geheime Symbole eingefügt waren, dominierte die Mitte der Karte. Am oberen Ende des Rades hielt eine Sphinx ein Schwert, und auf Dodges kahlem Schädel saß eine ägyptische Kopfbedeckung. In den vier Ecken der Karte befanden sich geflügelte Gestalten: oben links Hē, eine Mischung zwischen einem Adler und einem Ibis, der Thoths Brille trug, oben rechts ein aufgeblähter toter Löwe mit Scarpellis Gesicht, unten rechts und unten links jeweils ein Bulle mit Legbas runzeligem Altmännergesicht, auf dessen Kopf krumme, gefährlich wirkende Hörner saßen.

Auf der linken Seite der Karte befand sich eine lange bunte Schlange, und die rechte Seite zeigte einen Schakalgott, in dem Jude Anubis erkannte, den Gott, der die Seelen der Toten in die Unterwelt geleitete.

Und mit gekreuzten Beinen und einer Augenbinde saß in einer Art Kreis oder in einem Rad, der eindeutig den Kartentisch darstellen sollte, Jude.

Die Karte zeigte ihm nichts, was er nicht schon wusste, aber trotzdem überlief es ihn bei ihrem Anblick kalt. Das war die Bestätigung, dass das größte Hindernis auf seinem Weg das Spiel und die beteiligten Götter waren – das und seine Unfähigkeit zu erkennen, was er als Nächstes tun sollte.

Regals Reaktion auf die Karte war ein wenig lebhafter. »Scheiß drauf, Jude! Das ist es!« Sie sprang in einer geschmeidigen Bewegung auf die Füße – etwas, das Judes Knie zweifellos nicht besonders geschätzt hätten, hätte er es versucht – und trat an das Whiteboard. Sie wischte das riesige Fragezeichen in der Mitte weg und schrieb stattdessen »Schicksal« in den leeren Kreis. Dann drückte sie die Kappe wieder auf den Stift und tippte damit gegen das Wort. »Und hier haben wir das, was alle Götter bei dem Spiel gemein haben.«

Jude wollte widersprechen, aber sie brachte ihn mit einer Handbewegung zum Schweigen und ging zu einem der Bücherstapel. Nachdem sie eine Weile gesucht hatte, zog sie ein paar Ausdrucke aus dem Internet hervor. »Hier, hör zu: In jeder Kultur findet man zumindest eine Gottheit, der die Kontrolle des Glücks oder des Schicksals zugeschrieben wird, entweder durch die

Kunst der Prophezeiung oder die Verteilung von Glück und manchmal auch durch beides.«

Widerwillig musste Jude zugeben, dass ihre Begeisterung seinen Verdacht schwächte, und er fiel wieder in die Rolle ihres Lehrers zurück. Ihres Freundes. »Bitte sag mir nicht, dass du gerade gegoogelt hast, was Engel, Vampire und Legba gemeinsam haben«, sagte er.

Sie schenkte ihm nur gerade genug Aufmerksamkeit, um ihm den Stinkefinger zu zeigen, ohne ihn anzusehen. »Wir wissen bereits, dass Dodge ein Glücksgott ist, und Legba, dieser Gauner, passt ohne Weiteres in das Muster eines Tricksters, aber was Thoth angeht … Auf welchen von diesen verfluchten Scheiß-Stapeln habe ich es nur … Ah!«

Jude legte den Kopf schief, damit er die Titel der aufgestapelten Bücher lesen konnte, die sie durchsuchte. *Voodoo-Praktiken der Karibik. Ein Schatz von Heiligen. Der Vampir in Sagen und Geschichte. Eine Geschichte von Gott. Trickster erschaffen diese Welt.* Sie zog einen dicken, in Leder gebundenen Folianten heraus, der den Titel trug: *Mythen, Rituale und Religion, Bd. 2.* Bei einem pinkfarbenen Post-it schlug sie ihn auf und tippte triumphierend mit dem Finger auf die Seite.

»Hier«, sagte sie. »Jetzt hör mit deinen beschissenen Kommentaren auf und lies, auf dass du meine Brillanz und meine Verzweiflung akzeptieren mögest.« Die Worte, auf die sie zeigte, lauteten »Hermes Trismegistus«. Sie lächelte mutwillig, wie ein Kind, das wusste, wo die Weihnachtsgeschenke versteckt waren. »›Hermes der dreimal Größte‹, kapierst du?« Als Jude nicht antwortete, verdrehte sie die Augen. »Sag mir nicht, dass ich einem Halbgott synkretische Mythen erklären muss. Ich schwöre bei deinem Daddy, dass ich dir dafür in die Eier trete.«

Jude fiel nicht auf ihren Köder herein, obwohl er durchaus versucht war. »Du meinst wie Voodoo, richtig? So wie Mythen sich durch gemeinsame Verbindungen durch alle Kulturen ziehen, wenn zum Beispiel afrikanische Sklaven mit römischem Katholizismus konfrontiert wurden. Statt überzutreten, versahen sie die Loa mit den Namen von Heiligen und Märtyrern, die irgendwie passten, wie zum Beispiel der heilige Peter und Legba.«

Regal nickte bei seinen Worten. »Richtig, genau. Bei Thoth und Hermes ist es dasselbe. Und deshalb sitzt ein Gott der Schriftgelehrten an einem Pokertisch mit Schicksalsgöttern.«

Jude dachte an die Visionen, die seine Gabe ihm von Dodge gezeigt hatte, Erinnerungen daran, dass er vor langer Zeit etwas ganz anderes gewesen war. Er dachte an seinen Verdacht, Mourning betreffend, und an die Fragen, die Mourning ihm bezüglich seiner Beteiligung an dem Spiel gestellt hatte. Er erinnerte sich daran, was Hē über den Preis gesagt hatte, um den sie spielten, der ihnen die Fähigkeit verleihe, sich neu zu erfinden. Vielleicht war es nicht nur Thoth. Vielleicht hatten alle Götter unter unterschiedlichen Namen gelebt und verschiedene Leben geführt.

Regal stand wieder an der Tafel und zog eine Linie zwischen ihren Notizen über Legba und über Thoth, schrieb »Hermes« daneben und zog einen Pfeil zu ihren

Notizen über »Engel«. »Wie viele Trickster sind Legba und Hermes eine Zwischenstufe der Götter und übermitteln Botschaften zwischen den Welten der Götter und der Menschen. Die Kreuzwege, richtig? Und genau da passt der Engel hinein.«

»Weil das Wort Engel von dem lateinischen Wort für Bote stammt«, zitierte Jude, was Augustus, einer der Mönche, die sich in der Abtei um seine Mutter kümmerten, ihm einmal erzählt hatte. Ein Kribbeln lief über Judes Kopfhaut und seinen Hals hinunter. *Trickster.* Es war so logisch und kam ihm jetzt, da es vor ihm geschrieben stand, vollkommen offenkundig vor. Sie hatten sogar ein Spiel des Schicksals gespielt.

Regal schlug ihm kumpelhaft auf die Schulter. »Nun sieh dir den genialen Jude an. Und außerdem, was für eine Botschaft überbringen dir Engel? Sie erzählen dir etwas über deinen Platz in Gottes Plan. Über deine *Bestimmung.*«

Jude trat an das Whiteboard und klopfte mit dem Knöchel auf den Namen des Vampirs. »Die Kreuzwege, diese Zwischenstufen, passen auch auf Vampire. Sie sind weder lebendig noch tot. Sie essen, werden aber nie genährt, all diese Dinge.«

»Das passt ebenso zu den Trickstern«, sagte Regal. »Anansi, Loki, Hermes? Sie sind immer hungrig.«

»Bei alldem gibt es nur ein Problem.«

»Und das wäre?«

Er legte einen Finger auf seinen eigenen Namen auf der Tafel. »Mich. Ich bin kein Glücksgott, und ich bin kein Trickster.«

Regal lachte. Es klang nicht fröhlich. »Nein. Du bist beides nur halb.« Jude drehte sich zu ihr um, aber bevor er etwas entgegnen konnte, fing sie an, Punkte an ihren Fingern abzuzählen, als rekapitulierte sie eine Liste, die sie schon vor langer Zeit angefertigt hatte. »Erstens bist du verflucht charmant. Nun sieh mich nicht so an, das ist kein Kompliment, sondern eine einfache Feststellung. Die Leute mögen dich, selbst wenn du dich wie ein Wichser benimmst. Fremde vertrauen dir. So ziemlich jeder schluckt sämtliche Lügen, die du ihm auftischst, selbst diejenigen, die stinken wie ein Haufen Hundekot. Zweitens, deine bevorzugte Methode, um Konflikte zu lösen, ist die Lüge, der Schwindel. Wie zum Beispiel: ›Oh, so was, Euer Ehren, ich dachte, ich würde Ihre Schwester vögeln, nicht Ihre Frau. Können wir uns nicht auf einen Irrtum einigen und Freunde sein?‹ Was jedem anderen eine Tracht Prügel einbringen würde. Du aber kommst wegen Punkt Nummer eins damit durch. Du bist glatter als ein geschmierter Politiker.«

Sie fuchtelte mit den Händen, während sie redete. Ihr Gesicht wurde rot und ihr Ton immer eindringlicher. Jude fiel zu ihrem Gesichtsausdruck nur das Wort Ärger ein, was aber irgendwie nicht passend zu sein schien.

»Drittens, du weißt Dinge, oder jedenfalls wusstest du sie, bevor du es vergeigt hast. Diese unheimliche Magie der ›verlorenen Dinge‹? Das ist genau die Sache, die ein Trickster an seinen unehelichen Sohn weitergeben würde. ›Oh, du hast etwas von großem persönlichem Wert verloren? Ich kann es für dich finden, wenn der Preis stimmt.‹« Sie hob den Daumen. »Der letzte Punkt.

Und für mich echt der Zuckerguss auf dem Kuchen. Du bist der glücklichste Sohn eines Gottes, den ich je getroffen habe. Wenn du im Auto sitzt, werde ich von keiner roten Ampel aufgehalten. Wirklich, das ist noch nie passiert. Niemand in dieser Stadt verlässt sich darauf, dass die öffentlichen Verkehrsmittel zuverlässig sind, aber du musstest noch nie auf einen Bus oder eine Straßenbahn warten, stimmt's? Ich meine, Jesus Christus, Dubuisson. Du bist ein Schwarzer in New Orleans. Wir haben verdammt viel Mist gebaut, du und ich. Wir sind in Orte eingebrochen, wo wir nicht hätten sein sollen, und haben jede Menge Zeug gestohlen. Jeder Schwarze, den ich kenne, wird mindestens einmal im Monat angehalten und überprüft, nur weil er existiert. Du nicht, nicht mal, wenn du es verdient hättest. Ich habe noch kein einziges Mal gesehen, wie du von den Cops schikaniert worden wärst. Bei dir läuft immer alles glatt, habe ich recht? Weißt du, wie ich neulich deine Nummer wiedergefunden habe? Es war kein Zauber, wie ich dir weisgemacht habe. Ich habe einfach nur eine beliebige Nummer gewählt, und du bist rangegangen. Das war nicht ich. Du warst das! Deine Magie, dein verfluchtes Glück. Du warst nicht mal …«

Sie presste den Kiefer zusammen, als sie sich wortwörtlich verbiss, was sie hatte sagen wollen.

»Komm schon«, sagte Jude. »Lass es raus. Du kaust ja offenkundig schon eine ganze Weile darauf herum.«

Sie wollte ihm nicht in die Augen sehen.

»Nun spuck's schon aus!«

Als sie schließlich sprach, fiel die übliche Regal-

Sloan-Nummer von ihr ab. Keine derben Obszönitäten, keine übertriebenen Versuche, ihn zu schocken, ihn auf Abstand zu halten. Ihre Stimme war weich und fast ein Flüstern. »Du warst nicht mal da, als der Sturm kam«, sagte sie. »Am Tag, bevor die ganze Welt zum Teufel ging, bekam ich eine SMS, dass du dich angeblich ›um etwas kümmern‹ müsstest, und dann noch ein ›Bis später‹. Es hat fast ein Jahr gedauert, bis ich erfuhr, dass du gar nicht tot bist.«

Sie schluckte und schüttelte den Kopf. »Selbst wenn es keine Absicht ist, diese Glückssache. Selbst wenn es nur ein Instinkt ist. Ich war deine Partnerin, Jude. Ich dachte, das hätte etwas bedeutet. Aber du hast mich auch hereingelegt, stimmt's?«

Es gab alle möglichen Dinge, die Jude ihr gern gesagt hätte. Dass er die Stadt an dem Tag verlassen hatte, weil seine Mutter wieder einen Anfall zu bekommen drohte. Dass er nur halb darauf geachtet hatte, dass ein Hurrikan im Golf sein Unwesen trieb, etwas, das bloß ein geborener New Orleaner glauben oder verstehen konnte. Dass es über einen Monat gedauert hatte, bis er wieder in die Stadt hatte zurückkehren können. Und dass ihm dann seine Magie so zugesetzt hatte, dass er mehrere Monate lang nicht er selbst gewesen war.

Er war nicht gestorben, aber er war auch nicht wirklich lebendig gewesen.

Aber nichts davon spielte eine Rolle. Stattdessen ging er in die Küche und holte eine Flasche El Dorado, einen einundzwanzig Jahre gereiften Rum, der irgendwo in Südamerika destilliert worden war und den er sich für besondere Gelegenheiten aufgehoben hatte. Zum Beispiel für Beerdigungen oder einen unerwarteten Besuch von einem Loa. Er schenkte zwei Schnapsgläser voll, eines für sich und eines für Regal, und ging mit ihnen und der Flasche ins Wohnzimmer zurück. Dann drückte er Regal das Glas in die Hand, und nachdem sie es mürrisch entgegengenommen hatte, stieß er mit ihr an. Er wartete, bis sie ihn ansah, bis ihre Blicke sich begegneten.

»Es tut mir leid«, sagte er. »Das ist zwar nicht genug, aber es tut mir leid.« Als er sein Glas an die Lippen setzte, folgte sie seinem Beispiel. Sie leerte es und streckte das Glas aus. Er schenkte ihnen noch etwas ein und deutete dann mit der Hand, in der er die Flasche hielt, auf das Whiteboard. »Was du also sagen willst, ist, dass ich zu diesem Kartenspiel eingeladen wurde, weil ich im Grunde ein Arschloch bin.«

Sie verschluckte sich an ihrem Drink, hustete und lachte und fluchte gleichzeitig. Als sie sich wieder erholt hatte, drückte sie ein Auge zu und betrachtete ihn. »Nein«, sagte sie dann. »Nur ein halbes.«

Sie ertrugen das unbehagliche Schweigen einige Augenblicke lang. Judes Gedanken überschlugen sich, als er versuchte, Regals Worte und ihre Bedeutung zu sortieren. Wenn er ein Trickster war wie all die Götter am Tisch, dann war es sehr gut möglich, dass einer von ihnen sein Vater war. Selbst die Weißen unter ihnen. Trickster waren Gestaltwandler. Die Rasse zu wechseln war etwas für Anfänger, sobald man in der Lage war, sich ebenso mühelos von einem Vogel in einen Fuchs zu verwandeln, wie man eine Jacke auf links drehte. Mit Legba oder Dodge käme er wahrscheinlich klar. Den Engel in die Rechnung einzubeziehen war einfach zu pervers. Aber der Vampir? Jude schüttelte das Bild aus seinem Kopf und stand auf. Er stellte die Rumflasche auf den Tresen und deutete mit dem halb leeren Glas auf das Chaos aus Büchern und Papier auf dem Boden. »Also damit hast du dich beschäftigt, seit wir uns vor dem Voodoo-Laden getrennt haben? Ich dachte, du hättest eine Spur, die dich zu Thoth führte oder zu Hermes. Oder wie auch immer wir ihn nennen wollen.« Es war ein offenkundig verlegener Versuch, das Thema zu wechseln, und es funktionierte nur, weil Regal ebenfalls scharf darauf war.

»Richtig, das habe ich eben vergessen zu erwähnen. Laut meiner Quelle hat er einen Buchladen irgendwo in der Stadt. Kein Schild an der Tür, und er handelt nur mit Raritäten, wenn du verstehst, was ich meine.«

Das tat Jude. Die meisten Mitglieder der übernatürlichen Gemeinde, wie sie in Ermangelung eines besseren Ausdrucks genannt wurden, waren in sie hineingeboren worden. Entweder, weil sie nicht ganz menschlich waren, oder, weil sie aus einer Familie von praktizierenden Magiern stammten. Oder wie Jude, ein bisschen von beidem. Es gab allerdings ein paar, die am Rand lebten. Entweder gehörten sie zu einer Familie, die den alten Traditionen abgeschworen hatte, und versuchten nun echte Magie durch Fetzen aus Tratsch, Familienlegenden und Lügen zu ihrem Vorteil auszuschlachten, oder aber sie fanden ihren Weg zu jemandem, der bereit war, ihnen die Magie durch Glauben, Ausdauer und Glück beizubringen. So wie Regal Mourning gefunden hatte.

Für diese wenigen Verzweifelten war ein Zauberbuch oder ein Amulett echter Macht jeden Preis wert, vorausgesetzt, sie fanden den richtigen Markt.

Und wenn der Kerl, der den Markt führte, ein bisschen sonderbar klang und sagte, er sei der ägyptische Gott der Schriftgelehrten, dann würdest du ihm antworten: »Na klar bist du das, selbstverständlich. Ich liebe den Nil. Was für Zaubersprüche hast du denn so im Angebot?«

»Wann treffe ich deine Quelle?«, erkundigte Jude sich.

»Sobald du mich Leon Carter vorgestellt und ihm gesagt hast, dass er mir vertrauen kann, statt mich mit deinem geilen Saft zu berauschen und mich zum Spielen wegzuschicken, während ihr beide euch nett unterhaltet.« Sie warf ihm einen vielsagenden Blick zu. »Es geht ihm übrigens gut, danke der Nachfrage.«

Jude tat so, als leerte er sein Glas mit Rum, um sein Grinsen zu unterdrücken. »Ganz so ist es nicht gelaufen«, sagte er, »aber ich hab's begriffen.«

Er trat wieder zum Tresen und schenkte sich zwei Finger breit Rum ein, teilweise, um seine Hände zu beschäftigen, aber auch um dieses schleichende Gefühl von Schuldbewusstsein zu betäuben, dass er jemals an Regal gezweifelt hatte. Ihre Wut, ihre Distanz und ihr sonderbares Verhalten waren alles seine Schuld. Er dachte an das, was als Nächstes kam, und goss noch einen Schluck Rum nach, bevor er den Korken wieder in die Flasche steckte.

Um sich Mut zu machen.

»Hast du heute Abend schon irgendetwas vor?« Er versuchte, so beiläufig wie möglich zu klingen.

»Nichts, was ich nicht gerne verschieben würde. Warum? Was hast du vor?«

Jude zog die Visitenkarte heraus, die der Vampir ihm gegeben hatte und auf der seine Adresse in blutroter Tinte stand. »Scarpelli hat mir gesagt, ich müsste ihm bis heute Abend eine Antwort auf sein Jobangebot geben, und ich habe da so etwas … Es ist nicht direkt ein Plan. Mehr eine Idee …«

Regal war bereits aufgesprungen und zog sich mit einem wilden Grinsen ihre Lederjacke an. »Jude Dubuisson«, sagte sie. »Du bist vielleicht ein Trickster und möglicherweise ein Arschloch. Aber man kann dir wirklich nicht nachsagen, dass du nicht weißt, wie du ein Mädchen unterhalten kannst.«

KAPITEL DREIZEHN

In Indien nennt man sie Vetâlas. Die Griechen kannten sie als Striges. Für die alten Wikinger waren sie Draugr, »Wiedergänger«. Sie existieren in jeder Kultur und warten immer in der Nacht, wenn die Menschen am schwächsten sind. In China, Malaysia, Afrika und Rumänien. Sie heißen Jiang Shi, Langsuir, Adze, Strigoi. Vampire. Sie sind die Todesfurcht, der man einen Körper und einen Willen gegeben hat. Sie sind die Schatten und die Zähne und die Gier. Weil sie keinen Schmerz empfinden, kann man ihnen keinen Schaden zufügen. Weil sie keine Hoffnung haben, kennen sie keine Schwäche. Und weil sie nicht leben, können sie nicht sterben. Sie sind die Blutsäufer, sie sind der Grund, warum man die Dunkelheit fürchtet.

Regals Begeisterung ließ während ihrer kurzen Fahrt zu der Adresse in der Stadt, die Scarpelli ihm gegeben hatte, deutlich nach, als Jude ihr seine Mehr-ein-Trick-als-ein-Plan–Idee erklärte.

»Ich würde gerne meine frühere Einschätzung revidieren«, antwortete sie. »Du bist kein Halb-Trickster. Du bist vollkommen und absolut jenseits von Gut und Böse durchgeknallt.«

»*See you at the crossroads*«, sang Jude.

Regal schnaubte verächtlich. »Das ist nicht gerade die Erkennungsmelodie, die du hören willst, wenn du es mit einem Vampir aufnimmst, vor allem wenn dein – Zitat Anfang: ›Plan‹, Zitat Ende – vorsieht, dass wir uns sofort trennen. Hast du denn noch nie einen Fernsehfilm gesehen?«

»Seine Aufmerksamkeit wird sich vollkommen auf mich richten. Dafür sorge ich. Vorausgesetzt, dass du nicht nur herumgeprahlt hast, als du sagtest, du könntest unsichtbar sein, wenn du es wolltest.«

Sie wedelte mit der Hand. »Praktisch unsichtbar. Aber ja, für das, was du vorhast, wird es reichen. Ich mache mir mehr Sorgen um deine Hintertür. Bitte sag mir, dass du irgendetwas Überzeugenderes als ›Bitte friss mich nicht‹ im Ärmel hast.«

Das hatte er, aber es war weder die Zeit, noch hatte er die Absicht, es zu erklären. Er öffnete den Beutel und nahm einen Rosenkranz heraus, den eine irische Nonne namens Hyacinth O'Quillan vor nahezu einem Jahrhundert verloren hatte. Es war ein Kunstwerk mit Marmorperlen und einem silbernen Kruzifix. Er betrachtete den Rosenkranz kurz, bevor er ihn Regal über den Kopf schob.

Regal stöhnte und murmelte irgendetwas Pessimistisches.

Rosenkränze helfen wahrscheinlich auch nicht, dachte er,

aber sie können jedenfalls nicht schaden. Außerdem ist dieser Donnerkeil in meinem Beutel die ultimative Fluchtstrategie. »Die erste Regel, wenn man ein Trickster ist«, sagte er, da er nicht genug Zeit hatte, ihr den Donnerkeil zu erklären, »besteht darin, sich immer eine Hintertür offen zu lassen. Wenn es hässlich wird, gebe ich Scarpelli, was er will. Ich werde ihm sagen, dass ich für ihn arbeite. Diese Möglichkeit ist zwar gruselig, aber besser als die Alternative. Nur wird es nicht so weit kommen.«

Sie kaute auf ihrem Daumennagel. »Mir ist noch unklar, wie du ihn dazu bringen willst, zu tun, was du willst.«

Jude berührte mit einer Hand seine Dublone, weil er darauf setzte, dass Regal die Straße im Auge behalten musste und es nicht bemerken würde, und griff dann in den Beutel. Er zog die Perle heraus, die ihn auf die Idee für diese Falle gebracht hatte. Etwas an ihr war sonderbar. Ein tieferes Mysterium seiner Verbindung zu verlorenen Dingen versuchte, ihn weiter zu drängen, aber er ignorierte es. Er löste die Verbindung zu seiner Gabe und hob die Perle hoch, damit Regal sie sehen konnte.

»Damit«, sagte er. »Wenn du sie dir unter die Zunge legst, wird alles, was du sagst, unglaublich überzeugend. Zauber, die du wirkst, werden optimal aufgeladen. Allerdings hat sie einen sehr unangenehmen Nebeneffekt. Ich habe sie nur einmal benutzt, und als ich sie ausspuckte, habe ich die Fähigkeit verloren, ein paar Worte auszusprechen.«

»Du hast die Fähigkeit verloren? Was bedeutet das?«

»Mutmaßbarlich«, antwortete Jude.

Regal warf ihm einen kurzen Blick zu, sah die Miene

auf seinem Gesicht und zog die Luft durch die Zähne ein. »Himmel«, erwiderte sie. »Was ist bloß in dich gefahren, so etwas zu machen?«

»Ich habe sie nicht gemacht«, antwortete er. »Offenkundig muss jemand sie verloren haben, weil ich sie …«, er klopfte auf den Lederbeutel, »… hier drin gefunden habe.«

»Warte, der Beutel findet verlorene Dinge? Ich dachte, das wäre deine …« Sie nahm eine Hand vom Lenkrad und wackelte mit den Fingern.

»Der Beutel findet sie nicht, aber verlorene Dinge enden in ihm.« Er steckte die Perle neben seine Dublone in die Tasche, zusammen mit einer Kerze und einem Stück Kreide. Dann schob er den Beutel von seinem Schoß auf den Boden neben seine Füße. Aus irgendeinem Grund wollte er ihn nicht sehen. »Und bevor du fragst, ich weiß nicht, wie es funktioniert, sondern nur, dass es so ist. Es ist seltsam. Die meisten Leute in dieser Stadt, die man nach ihrem Leben fragt, teilen es in die Zeit vor dem Sturm und die Zeit danach ein. Wo sie gelebt haben, wo sie gewesen sind. Was sie verloren haben.« Er riskierte einen Seitenblick auf Regal und sah, dass ihr Kiefer mahlte. Er blickte weg und betrachtete die Häuser und Eichen, die am Fenster vorbeisausten, während sie die St. Charles Street entlangfuhren. »Aber ich nicht. Ich habe die Dinge schon lange vor der Flut vermasselt. Bevor ich angefangen habe, in diesen Beutel zu greifen, war mein Leben einfach … weißt du das? Meine größte Sorge bestand darin sicherzugehen, dass ich Kermit Ruffins donnerstags im Vaughan's traf. Es gab gekochte Langusten und die Spiele der Saints. Ich hatte einen ganzen Haufen von nicht-magischen Freunden, einen miesen Halbtagsjob in einem Coffeeshop auf der Oak in der Innenstadt und noch einen in einer Bar in Mid-City. Die Magie? Die Arbeit für Mourning? Das war nur ein Gelegenheitsjob, schnelles Geld und der Geschmack von … na ja, etwas Besonderes zu sein, nehme ich an. Aber ich wurde gierig. Ich sah eine Chance, Macht zu erlangen, und ergriff sie. Ich gab einem Gott einen Blankoscheck, und das habe ich dafür bekommen.« Er holte tief Luft und atmete langsam aus. Wenn er Regal schon so weit vertraute, dass er sich von ihr im Kampf gegen einen Vampir den Rücken freihalten ließ, konnte er ihr das auch anvertrauen. »Das war der Gefallen, den er eingefordert hat, Queens. Deshalb musste ich bei dem Kartenspiel auftauchen.«

Obwohl er sie nicht ansah, spürte er, wie sie auf ihrem Sitz hin und her rutschte und ihn beobachtete. »Dodge gab dir …?«

»Regal, stopp. Halt an.«

»Warum?«

»Wir sind da.«

Jude wusste, dass sie noch mehr fragen wollte, aber er stieg aus, als sie anhielt. Er hatte den Beutel wieder geschultert, und sein Puls beschleunigte sich bereits. Die Adresse, die Scarpelli ihm gegeben hatte, war ein eingezäuntes Anwesen auf der Carrollton Avenue. Das massive und irgendwie gotisch wirkende Gebäude wartete am Ende einer langen, kurvigen Zufahrt, die von hohen Hecken und Scheinwerfern geschützt wurde. Vor zweihundert Jahren war Carrollton eine unabhängige Stadt etwa einen halben Tagesmarsch flussaufwärts von New Orleans entfernt gewesen. Das Land, auf dem sie errichtet worden war, umgab die McCarty-Plantage. Das wachsende New Orleans hatte die Kleinstadt jedoch geschluckt, und jetzt war Carrollton nur noch eine Straße. Ihre Geschichte war auf eine Gedenktafel neben der Straßenbahnlinie reduziert. Jude unterdrückte ein Schaudern, als ihm klar wurde, dass der Vampir mit ihm etwas ganz Ähnliches vorhatte.

Scarpellis langer schwarzer, auf Hochglanz polierter Cadillac mit den getönten Fensterscheiben parkte in der Kurve der Auffahrt direkt vor der Haustür. *Ich nehme an, er ist zu Hause,* dachte Jude. Der metallische Geschmack nach Blut prickelte schwach auf seiner Zunge. Scarpellis Haus und das Gelände nahmen fast den ganzen Block zwischen Freret und Zimple Street ein und erstreckten sich fast von der Carrollton bis hin zur Short Street. Palmen standen auf dem gepflegten Rasen und lehnten an dem hohen schwarzen Eisenzaun. Jude lief über die Auffahrt zum Eingangstor und dann dicht am Zaun entlang, und Regal ging in die entgegengesetzte Richtung. Sie versuchten, beiläufig zu wirken, weil sie sicher waren, dass nicht wenige Kameras die Umgebung des Hauses beobachteten. Die Hecke, die vor und in dem schmiedeeisernen Zaun wuchs, verbarg ihn vor den Augen jeder Person im Haus, blockierte aber auch seinen Blick auf das Haus. Er ging weiter und fühlte sich wie eine der großen Raubkatzen im Zoo.

Als sie sich auf der Rückseite des Hauses trafen, hatten sie keinen Zugang gefunden. »Hast du irgendwelche Ideen?«, wollte Regal wissen.

»Ich kann zur Haustür hereinspazieren, weil ich eingeladen wurde, aber …«

»Aber du willst, dass ich im Tarnmodus bleibe. Glaubst du, dass du mich da hochhieven kannst?«

Jude blickte auf die Stelle, auf die sie deutete. Über seinem Kopf war ein dicker alter Eichenast über den Zaun hinausgewachsen, dessen Gewicht ihn wieder zur Erde zog. Metallstützen hielten ihn hoch über dem Bürgersteig und führten ihn von der Straße weg. Das dichte Laubdach des Baumes erstreckte sich über den Ast und tauchte ihn in Schatten und den Bürgersteig darunter in Dunkelheit. Wenn sie ihn erreichen konnte, war sie drin.

Jude verschränkte die Finger und bildete einen Steigbügel. Regal setzte einen Fuß hinein, streckte sich, stellte den anderen Fuß auf seine Schulter, und im nächsten Moment saß sie auf dem Ast. *Hoffen wir, dass der Rest auch so glattläuft,* dachte er. Er sah zu ihr hoch. »Abrakadabra-Zeit, oder was denkst du?«, flüsterte er.

Wenn man in den Filmen eine Klinge zog, dann zischte es immer so gefährlich, damit man wusste, wie übel und rasiermesserscharf sie war. Im echten Leben ähnelte das Geräusch von scharfem Metall auf Leder eher dem von zwei Karten, die übereinanderglitten. Als Regal nach hinten langte, an ihren Rücken, eine Geste, die er schon einmal an ihr gesehen hatte und von der er dachte, sie griffe nach einer versteckten Waffe, hörte er das leise Zischen und sah einen Dolch in ihrer Hand glänzen. Er war gerade so lange sichtbar, dass ihm der strahlend weiße Griff auffiel. Dann drückte Regal ihn an ihre Lippen, sprach ein paar Worte, die zu leise waren, als dass Jude sie hätte hören können, und im nächsten Moment verschwand sie.

Wenn auch nicht ganz. Der Platz, an dem sie gehockt hatte, schimmerte wie die Luft an einem heißen Tag über dem Asphalt. Aber er hätte sie nicht bemerkt, wenn er nicht direkt hingesehen hätte.

Regals Stimme ertönte in den Zweigen. »Ganz schön spektakulär, richtig? Ich nenne sie Vera.«

Jude konnte sich gerade noch verkneifen, die Augen zu verdrehen, als ihm in letzter Sekunde einfiel, dass, nur weil er sie nicht sah, sie ihn durchaus sehen konnte. »Sei vorsichtig da drinnen. Ich kann dich irgendwie immer noch erkennen. Wie in …«

»Wie in *Predator,* richtig? Vera ist so verdammt *Metal.* Wir sehen uns auf der anderen Seite.« Blätter raschelten, es gab ein kaum sichtbares Flackern, und dann war sie weg.

Jude empfand Schuldgefühle und Argwohn, als er sich umdrehte und zurück zum Eingangstor ging. Schuldgefühle, weil er sie in seinen Plan gegen den Vampir einbezogen hatte. Er hatte ein Artefakt irgendeiner Art an Regal gefühlt, schon im St. Joe's vor ein paar Tagen. Letztlich hatte er gehofft, dass diese Aktion sie zwingen würde, ihm zu zeigen, wozu es diente. Argwohn erfasste ihn, weil er nicht an einen großen Alien-Jäger dachte, als er sah, wie Regal verblasste.

Für ihn hatte sie nämlich ausgesehen wie ein Schatten.

Jude schüttelte den Gedanken ab. *Das ist jetzt weder der*

richtige Zeitpunkt noch der richtige Ort, Dubuisson, sagte er sich. *Es geht um Vampire, schon vergessen?* Er drückte die Perle an die Lippen, zögerte kurz und steckte sie sich in den Mund. Dann rollte er sie unter seine Zunge. Plötzlich lief ein Schauder über seine Haut, sie zog sich zusammen, sein Verstand schien sich kurz zu verkrampfen, und beides sagte ihm, dass die Magie wirkte. Jude wollte etwas, das er nicht benennen konnte, keine Rache oder Vergeltung oder etwas, was man so einfach aussprechen konnte. Er wusste nur, dass Scarpelli ihm etwas genommen hatte, etwas, das er wiederhaben wollte.

Koste es, was es wolle.

Er spielte mit dem Gedanken, den Knopf der Gegensprechanlage am Tor zu drücken, aber wenn er den Vampir überraschen könnte, wäre das noch besser. Er öffnete das Schloss des Tores mit seinem Machtwort, und da die Perle unter seiner Zunge seine Magie verstärkte, ging das Tor so schnell auf, dass es fast aus den Angeln gesprungen wäre. Als er die Zufahrt hinauflief, schmeckte er Blut, zunächst schwach, doch dann immer stärker, je mehr er sich dem Haus näherte. Er tippte sich unwillkürlich mit der Hand auf den Schenkel und bemerkte erst nach einem Moment, dass er seine Hand so dicht an die Dublone in seiner Tasche hielt, wie er konnte. Für den Fall, dass er nach dem Donnerkeil in dem Beutel greifen musste. Als wäre er ein Revolverheld, der nur darauf wartete zu ziehen. *Blödsinn,* dachte er und zwang sich, stehen zu bleiben. Trotzdem ließ er die Hand in der Nähe seiner Hosentasche.

Statt durch die Vordertür zu gehen, folgte er einem

Zementweg zur Seite des Hauses, wo Regal über den Zaun geklettert sein musste. Er führte zu einer Seitentür. Jude zwang sich, geradeaus zu blicken und nicht den taubedeckten Rasen nach Regals Hitze-Luftspiegelung abzusuchen. Nur weil er keine Kamera bemerkte, bedeutete das noch lange nicht, dass er nicht gerade von einer gefilmt wurde. Er öffnete die Seitentür mit einem leise geflüsterten Machtwort, damit sie nicht aus den Angeln flog. Dann betrat er die kühle, dunkle Höhle des Vampirs.

Das Innere war beunruhigend steril. Die klare, kalte Luft roch nach gar nichts, die Möbel waren hübsch verziert und teuer, aber vollkommen unberührt und makellos. Der Ort sah so perfekt aus, so unbewohnt, dass es Jude nicht gewundert hätte, wenn noch Preisschilder an den Möbeln gehangen hätten. Die Gemälde an den Wänden zeigten die typische unpersönliche Kunst, die ein Immobilienmakler ausgesucht hätte, der ein Haus zum Verkauf ausstattete. Es gab weder Spiegel noch Fotos. Und es herrschte eine Stille, die nur durch das Summen der Klimaanlage und des Kühlschranks gestört wurde. Jude versuchte sich vorzustellen, wie der Vampir mit seinem fleckigen Körper in einem Lehnstuhl saß und las oder auf dem sicherlich sündhaft teuren Sofa hockte und ein Spiel der Saints verfolgte, aber das kam ihm lächerlich vor. Das ganze Haus war, wie der Vampir selbst, eine Verkleidung, eine Hülle, in der kein Leben steckte. Schon Judes Gegenwart war ein Eingriff, sein Schweiß und seine Hitze und sein Puls waren eine Invasion des Lebendigen in das Reich der Toten. Jude malte sich unwillkürlich aus, wie er hier Chaos verbreitete, die

Vase mit künstlichen Blumen an die Wand warf oder mit schmutzigen Schuhen auf einer makellos weißen Couch tanzte.

Das Scheiß-drauf-Lächeln des alten Jude überzog sein Gesicht.

Er warf einen Blick in die Küche, auf den glänzenden silbernen Turm des Kühlschranks und stellte sich zwei Möglichkeiten vor. Entweder, er war vollkommen leer und so steril wie der Rest des Hauses, oder er war mit einem höllischen Sortiment unbeendeter Mahlzeiten gefüllt, die Scarpelli aufheben wollte. Er kam zu dem Schluss, dass er damit leben konnte, dieses Mysterium nicht aufzuklären, und drang weiter in dieses Musterhaus vor.

Jude ging eine Treppe hinauf, die mit einem dicken, sauberen Teppich bedeckt war, der ganz den Eindruck machte, er sei noch nie von einem Fuß berührt worden. Er landete im ersten Stock. Ein Großteil dieser Etage war zu einem einzigen vollgestellten Raum umgebaut worden. Mehrere Reihen von hüfthohen Vitrinen standen an den Wänden und teilten den Raum in schmale Gänge. Er wurde nur vom schwachen Schein des Mondlichts erhellt, das durch ein Fenster hoch in der gegenüberliegenden Wand fiel. Eine Rüstung und ein hölzerner Globus drängten sich in einer Nische, die einmal ein Schrank gewesen war. Die Wände waren mit dünnen gebogenen Kavallerieschwertern und mit Steinschlossgewehren geschmückt. Die Einförmigkeit wurde gelegentlich durch einen Axtkopf oder die gezackte Schneide eines ungewöhnlichen Schwertes unterbrochen.

Als er an den Vitrinen entlangschlich, entdeckte er, dass sich darin hauptsächlich Münzen befanden. Einige glänzten und wirkten wie frisch geprägt, verziert mit den Gesichtern von bekannten wie auch fremden Herrschern. Andere hatten von der Zeit schartige Ränder und abgegriffene, unkenntliche Gesichter. Judes Atem rasselte in seinen Ohren, verstärkt von seiner Nervosität und der Stille. Es drängte ihn, mit den Händen über all diese Kunstwerke zu fahren, die nur Stahl und Silber waren, wenn bloß seine Magie ihn nicht mit den Geschichten ihres Verlustes überwältigen würde oder mit Bildern aus der Erinnerung ihrer früheren Besitzer. Wäre das ein Film, dann würde er eines dieser Schwerter aus der Scheide ziehen, vermutlich ein völlig deplatziertes Katana. Aber wenn Jude es sich vorstellte, sah er vor seinem inneren Auge lediglich laut klappernd herabstürzende Schwerter und Speere und zerbrechendes Glas, und ihn selbst, wie er mitten in den Überresten der Sammlung des Vampirs stand, wenn Scarpelli ihn fand.

Er wandte sich um und wollte weitergehen. Da flackerte etwas in seinem Augenwinkel und erschreckte ihn. Vielleicht war es Regal, vielleicht auch nur das Mondlicht, das auf eine polierte Münze gefallen war. Er wirbelte herum, griff in seine Tasche und seinen Beutel, um seine Magie zu aktivieren und den Donnerkeil zu finden. Aber sobald seine Finger die Dublone berührten, durchströmte ihn das Gefühl von Verlust mit einer solchen Intensität, dass er in die Knie ging und keinen anderen Gedanken mehr fassen konnte. Schmerz und Trauer und Schuld, mehr als irgendjemand ertragen sollte. Gewehrrauch und Blut und Kot und das Brennen von gerade noch zurückgehaltenem Erbrochenem. Und Schreie und Schreie und Schreie.

Jude knirschte mit den Zähnen, rappelte sich hoch und folgte dem Faden des Verlusts quer durch den Raum zu seiner Quelle. Es war eine hölzerne Schatulle, etwa dreißig Zentimeter lang und halb so breit. Sie war glatt, und das lackierte Holz glänzte. Auf dem Deckel waren die Initialen A. E. C. eingraviert und ein Symbol, das Jude erkannte: Es stand für einen Fluch. Alphonse Elijah Constant, Eli, wie er sich lieber nennen ließ, der Magier, bei dem Jude in seiner Jugend gelernt hatte. Er wappnete sich gegen das, was in dieser Schatulle sein mochte, öffnete den Verschluss und nahm den Deckel ab. Im Inneren lag ein Revolver, ein abgenutztes und schwer aussehendes Stück Metall. Es ruhte in der mit Samt ausgeschlagenen passenden Mulde, zusammen mit einer runden Metallscheibe und einer Art Klammer. Es gab Löcher für sechs Kugeln. Zwei waren leer, eine war bereits abgefeuert, und ein Anflug von Nostalgie hatte offenbar jemanden veranlasst, die leere Patronenhülse aus Messing aufzuheben.

Er wusste nicht, was Eli mit dieser Waffe getan hatte, und es gab nur einen Weg, es herauszufinden.

Allein den Pistolengriff zu berühren, erzeugte ein Gefühl von Hitze und Kälte, als hätte man sich entweder verbrannt oder litte an Erfrierungen. Jude zwang sich, den Schmerz zu unterdrücken, und wartete auf seine Affinität für verlorene Dinge, damit sie ihm den Revolver zeigte. Etliche Atemzüge lang empfand er nur

Schmerzen, aber dann, als bräche ein Damm, strömte die gesamte Geschichte der Waffe wie eine Flutwelle in ihn hinein.

Es war ein Smith & Wesson Model 3 American, hergestellt 1880 in Springfield, Massachusetts, als Teil einer Bestellung für die US-Kavallerie. Die Waffe gelangte schließlich in die Hände von Joseph Wright, einem dreißigjährigen Veteranen der Fifth United States Colored Cavalry, dem Sohn einer freien Farbigen und einem Nachfahren eines kreolischen Plantagenbesitzers von der alten Art eines reichen, französischstämmigen Kreolen. Nach dem Bürgerkrieg wurde er einem anderen Regiment zugeteilt und ging nach Norden, wo er und der Revolver sich trafen. Immer stärker angewidert von der schlechten Behandlung der Sioux auf Befehl seiner Vorgesetzten, desertierte er kurz darauf von seiner Einheit und kehrte nach Hause zurück, nach New Orleans, verfolgt von den Dingen, die er als Soldat gesehen und getan hatte.

Als er fast wahnsinnig von Gewissensbissen und Alkoholmissbrauch wurde, bat Josephs Mutter Eli Constant um Hilfe. In einem dreitägigen Ritual, bei dem Josephs Haar vollkommen weiß wurde, nahm Judes ehemaliger Lehrer die Sünden von Josephs Leben als Soldat, gerade so als entfernte er eine Infektion aus einer Pustel, und versiegelte sie in dem Stahl und dem Holz des Instruments seiner schlimmsten Verbrechen. Dann verfluchte er den Revolver, auf dass er Josephs Sünden auf jeden übertrug, der versuchte, ihn für gewalttätige Zwecke zu benutzen, und das mit üblen Konsequenzen. Joseph, der jetzt endlich frei von den quälenden Sünden seiner Schuld war, auch wenn er die Erinnerungen an das, was er getan hatte, nie verlor, wurde ein alter Mann. Vor allem aber wurde er ein friedlicher Mann, der gegen Gewalt predigte und viele Leben bereicherte. 1930 verlor sein ältester Sohn den Revolver, als er verschiedene Dinge seines Vaters für einen Umzug einpackte. Die Waffe hatte sich fast hundert Jahre zwischen anderen antiken Kriegsinstrumenten verborgen, bis Judes Magie sie aufgespürt hatte.

Jude keuchte und riss die Hand von der Waffe. Gleichzeitig ließ er die Münze in seiner Tasche los. Er legte den Revolver wieder in den Kasten und schloss diesen. Er wollte ihn unbedingt dort lassen, wo er ihn gefunden hatte, aber er trug den Namen seines Lehrers, und außerdem konnte er diesen Fluch, nachdem er jetzt von ihm wusste, nicht einfach ungeschützt in der Welt lassen. Außerdem war die Waffe, so grauenvoll und pervers sie auch sein mochte, eine verlorene Sache.

Also nahm er sie und legte sie zu den anderen Sachen in seinen Beutel.

Jude erforschte rasch den Rest des Obergeschosses, das aus einer Reihe von geschlossenen Türen bestand, hinter denen unbenutzte Räume lagen. Er fragte sich, wie viel Regal von seiner Erfahrung mit dem Revolver gesehen hatte, falls sie überhaupt etwas mitbekommen hatte, und wie viel von dem Gesehenen sie verstanden hatte. Er vermutete, dass es keine große Rolle spielte. Nach heute Nacht würde er ihr entweder genug vertrauen, um ihr etwas von der Dublone und dem Donnerkeil und allem anderen zu erzählen, oder aber er würde als Speiserest in Scarpellis Kühlschrank enden. Er schlich die Treppe zum Erdgeschoss hinab, und seine Schritte wurden von dem dicken Teppich verschluckt. Nachdem sich seine Augen an die Dunkelheit gewöhnt hatten, entdeckte er eine kleine Tür unter den Stufen.

Er öffnete sie und zuckte bei jedem Knarren und Ächzen zusammen. Dann fand er etwas, womit er überhaupt nicht gerechnet hatte. Eine Treppe nach unten.

Die Witze und Bemerkungen darüber, dass New Orleans unter dem Meeresspiegel liege, waren keine Übertreibung. Diese Tatsache, zusammen mit dem durchlässigen Lehm, der den größten Teil der unterirdischen Geologie in diesem Bereich ausmachte, sorgte dafür, dass die Architektur der Stadt einfach keine Keller kannte. Kanäle und Fundamente mochten vielleicht unter der Oberfläche gegraben werden, aber überall in der Stadt wäre der Versuch, unterirdische Räume zu schaffen, eine Übung in Vergeblichkeit und Dummheit. Falls sie nicht augenblicklich überflutet wurden, würden die Wände durch den ständigen Druck von Regenwasser schon im ersten Sommer nachgeben.

Und doch führten hier Steinstufen in eine durch ein unheimliches blaues Licht erleuchtete Tiefe hinab. Der Geschmack nach Blut war hier unten noch stärker, und Jude drehte sich der Magen um. In der Steinwand befanden sich in regelmäßigen Abständen kryptaartige Nischen, in denen prachtvolle Schnitzereien standen, Nachahmungen von Marienstatuen oder Darstellungen des Todes von Märtyrern anstelle von Knochen und

Schädeln, wie Jude es erwartet hatte. Ihn beschlich das Gefühl, als stiege er in eine perverse Kapelle und Katakombe hinab. Das sonderbare Licht kam von blauen Flammen, die in Wandhaltern loderten und keine Hitze zu erzeugen schienen. Judes Atem bildete in der kalten Luft Wölkchen. Der Blutgeschmack wurde immer stärker, bis sein Speichel sich warm und zäh in seinem Mund anfühlte. Er kämpfte gegen den Drang an auszuspucken.

Unvermittelt lief der Tunnel aus und verbreiterte sich zu einer großen runden Kammer. Er hätte sie eine Höhle genannt, hätte er nicht gewusst, dass er sich unter dem Nobelviertel von New Orleans befand. In der Mitte des Raumes ragte ein gedrungener Tisch aus behauenem Marmor aus dem Boden.

Der Vampir namens Umberto Scarpelli beugte sich über eine nackte tätowierte Frau, die wie ein Opfer auf dem marmornen Altar lag. Sie war dick, hatte runde Hüften und einen Bauch, die typische, anziehende Figur einer Frau aus New Orleans, die von reichhaltigen Speisen und einem sinnlichen Gaumen genährt worden war. Die Tätowierungen auf ihrem Körper wirkten im ersten Moment abstrakt. Graue Rechtecke bedeckten in gleichmäßigem Abstand ihren Bauch und ihre Schenkel, breite Streifen aus Grün und Braun verliefen über ihre großen Brüste und ihren ganzen Körper. Ein Netzwerk von Linien zog sich über ihren Hals und ihren rasierten Schädel. Als Jude die unverkennbare eierschalenfarbene Kuppel des Superdome auf ihrem Bauch sah, wurde ihm auch der Rest der Tattoos klar. Sie war mit der Stadt tätowiert, teilweise mit der Skyline, teilweise wie eine Landkarte und teilweise irgendwie anders.

Ein Schlürfen und Gurgeln ertönte, während Scarpellis Rücken sich bewegte, als er fraß. Jude schoss eine Erinnerung an eine Nacht vor vielen Jahren im City Park durch den Kopf, als er ein solches Grunzen gehört und ein Lieferwagen vor ihm in seinen Federn geschaukelt hatte. Er erinnerte sich an den Gestank von brennendem Fleisch und unmenschlicher Kraft und zwei kleine Bündel, die einst unschuldiges Leben gewesen waren. Eli hatte immer gesagt, dass man seinen ersten Vampir niemals vergaß. Das Blut lief wie Eis durch seine Adern. Scarpelli blickte vom Hals der nackten Frau hoch. Seine Augen waren rote Becken, und die untere Hälfte seines Gesichts war ein riesiger schwarzer Fleck. Das war nicht das Schrecklichste.

Das war sein Lächeln.

Der entsetzliche Anblick riss Jude aus dem Schock, der ihn gebannt hatte. Er sank auf ein Knie und griff nach der Kreide in seiner Tasche. Er benutzte sie, um einen Kreis auf dem Boden um sich herum zu ziehen, und zwang sich, geduldig und konzentriert zu bleiben. Wenn er die Linie unterbrach, weil er die Hand hob, oder sie mit seinem Schuh verwischte, oder wenn seine Konzentration nachließ oder eine von Hunderten anderen Möglichkeiten eintrat, wäre die Magie nutzlos. Er holte tief Luft, während er den Kreis zog, und hörte erst auf, als er vollendet war und seine Lunge zu platzen drohte. Dann hielt er erneut die Luft an, während er vier Symbole an den vier Himmelsrichtungen des Kompasses eintrug, und atmete aus, als er den Kerzenstumpf auf die Naht setzte, wo der Kreis begonnen hatte und wieder in sich zurücklief. Mit einem Fingerschnippen entzündete sich die Kerze. Er warf die Kreide hinter sich, außerhalb seines Kreises, sprach das Wort, das *Schließen* bedeutete, und der Bann war komplett. Er spürte, wie sein Schutzkreis sich um ihn herum festigte wie ein Druck auf seiner Haut.

Als Jude von den Zeichen auf dem Steinboden hochsah, von der Magie, die Eli Constant ihn vor so langer Zeit gelehrt hatte, stand Scarpelli nur ein paar Schritte von ihm entfernt. Er stopfte gerade seine Hemdschöße in die Hose, die Schwierigkeiten hatte, sein Gemächt aufzunehmen. In den wenigen Augenblicken, die Jude gebraucht hatte, um seinen Schutzzauber zu zeichnen, hatte sich der Vampir angezogen und sogar das Blut aus seinem Gesicht gewischt.

»Fertig?«, erkundigte er sich jetzt.

Jude hatte genau auf diese amüsierte Verachtung gesetzt, die er in Scarpellis Stimme hörte. Der Vampir hätte ihn jederzeit unterbrechen, ihn aus seinem halb gewirkten Zauber reißen können, noch bevor Jude auch nur mit der Wimper hätte zucken können. Von Flucht ganz zu schweigen. Der Trick, auf den Jude gesetzt hatte, war, dass er schrecklich erbärmlich ausgesehen haben musste, wie er auf dem Boden herumkroch, und dass seine Magie schwach und hastig beschworen wirken musste. Jude nickte, weil er es noch nicht wagte, die Macht seiner Stimme preiszugeben.

Scarpelli überwand den Abstand zwischen ihnen

mit einer ungeheuren Geschwindigkeit, ein Blitz aus Zähnen und Schatten. Dann prallte er mit einem lauten Klatschen gegen ein unsichtbares Hindernis und wurde zurückgeschleudert. Seine schockierte Miene wäre vielleicht komisch gewesen, wäre sie nicht sofort in Bösartigkeit umgeschlagen. Scarpelli zischte, zeigte seine gelben Reißzähne und hämmerte mit der Faust gegen die Barriere von Judes Magie. Um das Entsetzen in seiner Magengrube zu verbergen und trotz des Schmerzes, der jedes Mal, wenn der Vampir gegen den Zauber schlug, in seinen Schläfen pochte, grinste Jude Scarpelli strahlend an und zwinkerte unverschämt.

Die Wut verschwand aus Scarpellis Gesicht und wurde von etwas Undurchdringlichem, Kaltem ersetzt.

»Sieh an, sieh an«, sagte er. Seine hohe, barsche Stimme schmerzte in Judes Ohren. »Wie interessant.« Scarpelli legte den Kopf in den Nacken und atmete tief ein. Seine Wangen wurden flach und blähten sich dann auf wie der Hals einer Kröte. Eine geschwollene Zunge glitt über feuchte Lippen. »Oh, mein kleiner Appetithappen. Etwas an dir hat sich verändert. Etwas … Köstliches. Etwas Vertrautes.« Seine geröteten Augen blickten kurz zur Decke, als er erneut die Luft witterte. Dann schnalzte er und grinste. »Oh, natürlich. Du hast dich gar nicht verändert, stimmt's? Du hast nur eine Freundin mitgebracht. Als Vorspeise oder Digestif?« Er hob die Stimme und sprach über seine Schulter. »Hallo, Vorspeise? Du bist köstlich. Fast ein bisschen vertraut. Habe ich jemanden verzehrt, den du kennst? Einen Bruder oder deinen Vater vielleicht?«

Obwohl Jude sich unbedingt überzeugen wollte, dass Regal nicht weggelaufen war, wagte er es nicht, den Blick von dem Vampir zu nehmen, um herauszufinden, ob Regal tatsächlich hier bei ihnen im Raum war. Oder ob Scarpelli sie einfach an seiner Kleidung riechen konnte. Außerdem hätte er es ihr nicht verübeln können, wenn sie geflüchtet wäre. Sie wurde nicht von seinem Kreis geschützt, sondern besaß lediglich die dünne Rüstung ihrer Pseudo-Unsichtbarkeit. Und wenn er auch nur mit einer einzigen Bewegung versuchte, sich zu überzeugen, dass sie da war, wäre es ihr Ende.

»Gib dir keine Schuld«, sagte der Vampir. Sein Tonfall war spöttisch-versöhnlich. »Es war ein guter Trick, wie auch immer du es geschafft hast, deinen frechen Mitverschwörer hier einzuschmuggeln. Du hättest mich fast zum Narren gehalten. Aber die Nase weiß es, stimmt's?« Er drückte einen Nasenflügel zu und kicherte, dieses schrille Kichern, das Jude durch und durch ging. »Ja, ein guter Trick«, fuhr Scarpelli fort, als wäre Jude gar nicht da. »Aber längst nicht so gut wie das hier.« Er drückte einen Finger mit einem langen Nagel gegen die unsichtbare Barriere von Judes Zauber. »Kein bloßes Halbblut könnte mich mit einem so einfachen Zauber in Schach halten. Ich frage mich, was du wirklich bist?« Er hob eine Hand, als Jude etwas erwidern wollte. »Nein, verrate es mir nicht. Ich will es kosten. Ich möchte mich von deinem Geschmack überraschen lassen.« Er fuhr mit der Spitze seiner geschwollenen Zunge über einen seiner gelben Reißzähne. »Du sollst wissen, dass ich das hier wirklich genießen werde«, sagte er dann. »Ich werde mich nicht einfach von der Macht ernähren, die in deinen Adern wartet, obwohl das auch nett werden wird. Ich werde genussvoll zusehen, wie das Licht in deinen Augen erlischt. Schon bald, Herzchen, bald. Die Kerze hat nicht mehr als zwanzig Minuten Lebensdauer übrig. Genau wie du.«

Jude warf einen Blick nach unten. Die Flamme flackerte auf einem Wachsklumpen, der vor gar nicht allzu langer Zeit noch viel größer ausgesehen hatte. Das Stück Kreide war verschwunden. Der Vampir kicherte erneut, zog ein weißes Tuch aus seinem Ärmel und schüttelte es in der Luft wie ein Zelebrant in der zweiten Reihe. »Nachdem wir das geklärt haben«, sagte er, »komm. Komm und lass mich dich der Stadt New Orleans vorstellen.«

Judes Blick zuckte zu dem steinernen Podest, auf dem die tätowierte Frau lag. Hatte der Vampir sie getötet? Nein, ihr Atem bildete Wölkchen in der kalten Luft. Außerdem sah er die Wunden am Hals der Frau, auf ihren Schenkeln, in ihrer Ellbogenbeuge, in einer Linie auf ihrem Bauch und an ihren Lenden unmittelbar über ihrem Geschlecht. Es waren nicht die hübschen punktförmigen Male eines Hollywood-Vampirs, sondern tiefe Blessuren in ihrer Haut, die von den gierigen Bissen einer wilden, hungrigen Bestie stammten.

»Sie ist wunderschön, nicht wahr?« Scarpelli fuhr mit einem monströs verlängerten Finger über die Wange der Frau. Es war eine grauenvolle Parodie von Zärtlichkeit. »Sie wird meine größte Errungenschaft werden.«

»Komisch.« Judes Aussprache war ein wenig zögernd, da er die Perle unter seiner Zunge festhielt. »Ich sehe nur noch mehr Tod.«

Scarpellis Kichern lief wie eine kalte Klinge über Judes Rückgrat. »Kein Tod«, sagte er. »Ich schenke ihr Leben. Das Leben, das sie immer gewollt hat.« Der Vampir war trunken vom Blut der Frau, das wurde Jude jetzt klar. Seine Augen waren geschwollen, und er sprach undeutlich. Dann begriff Jude. Die rituellen, halb verheilten Bisswunden auf der Haut der Frau. Scarpellis angeberische Behauptungen, dass das Spiel nicht mehr von Bedeutung sei. Das Gemälde seiner Mutter, das eine monströse, mit Reißzähnen bestückte Skyline von New Orleans zeigte. Jetzt begriff er, was Scarpelli tat. Er sprach die Worte aus, als sie ihm in den Sinn kamen.

»Du verwandelst sie, richtig?«, fragte er. »Du versuchst, aus der Stadt einen Vampir zu machen.«

»Ich versuche es nicht. Ich tue es. Es wird glorreich.« Scarpelli tauchte einen Finger in die klaffende Wunde der Frau und leckte das Blut von seinem verlängerten Fingernagel. »Und das Beste ist, dass es niemandem auffallen wird. Die Stadt lockt bereits jetzt die Menschen mit Sex und Drinks und dem Versprechen von Freiheit an und gewährt ihnen diese Dinge, während sie ihnen gleichzeitig das Leben aussaugt.« Er richtete den brennenden Blick seiner roten Augen auf Jude. »Brillant, nicht wahr?«

Jude konnte die trostlose Poesie darin erkennen. Er kannte wie jeder in der Stadt mindestens eine Person, die genau in diese Falle gegangen war, die Scarpelli beschrieb. Vor allem seit dem Sturm wurden der Alkohol, die Drogen und der Sex, mit denen die Menschen einst das Leben gefeiert hatten, zum einzigen Zweck ihres Lebens. Die Nacht übernahm die Kontrolle, sie magerten ab und verkümmerten, als fräße irgendetwas sie von innen auf. Die meisten hielten es nicht lange durch. Die einfache, räuberische Schönheit von Scarpellis Plan bestand darin, dass er gar nichts veränderte. Er nahm es nur wörtlich und verwirklichte es in der Realität.

»Du bist ein dummes Arschloch«, meinte Jude. Er spürte einen Stich in der Magengrube, als er das sagte, aber er versuchte, gleichgültig zu klingen, als er weitersprach, um seinen Bluff voranzutreiben. »Ein paar Tätowierungen bedeuten einen Scheiß. Sie ist noch lange keine Stadt, nur weil du es sagst. Wie kommst du darauf, dass sie etwas Besonderes ist?«

Der Vampir legte den Kopf auf die Seite, als hätte er die Frage nicht ganz verstanden. Nach einem Moment schüttelte er den Kopf. »Du denkst wirklich wie ein Sterblicher«, sagte er. »Sieh hin.« Scarpelli hob die Beine der Frau an, beugte sie erst am Knie und dann an der Hüfte, legte sie schließlich in die Lotosposition und verschränkte ihre Arme. Jede Bewegung schien die Linien und Farben auf ihrer Haut zu neuen Kombinationen zu vereinigen, als wäre sie nicht mit einer Karte bemalt, sondern mit vielen.

Was der Vampir als Nächstes tat, bereitete Jude schon vom Zusehen Kopfschmerzen. Er drückte eine Hand auf ihre Lende und hob ihr Bein mit der anderen Hand an. Dann bog er das Gelenk in einem unmöglichen Winkel, aber anstatt zu brechen, faltete sich die Frau. Der Vampir machte mit ihrem anderen Bein und dem Rest ihres Körpers weiter. Die Frau faltete sich in sich selbst wie ein schauriges Origami. Jude blickte weg, als er bemerkte, dass sie während des Prozesses gewichtslos und papierdünn geworden war. Als er erneut hinsah, war die Frau verschwunden, ersetzt von einem Buch, dessen Rücken schwach schimmerte.

Der Vampir sah Jude absolut siegesgewiss an. Hinter ihm bemerkte Jude ein Kreide-X auf einer Steinwand, das vor einem Augenblick noch nicht da gewesen war. Sein Puls raste. Jetzt oder nie.

»Nein«, sagte Jude.

Scarpelli legte das Buch auf den Altar und schob die Zungenspitze in einem lüsternen Grinsen zwischen den Zähnen hervor. »Nein was?«

»Nein zu alledem hier. Zu deinem Jobangebot, zu dieser Perversion meiner Stadt, zu allem und jedem, wofür du stehst. Die Antwort ist Nein. Ich werde es nicht erlauben. Ich werde dich hier und jetzt töten, wenn ich es muss.«

Scarpelli lachte, schrill, kichernd und spöttisch. »Mich töten? Mich? Bitte, mein Süßer, sag mir, wie.«

»Ich habe schon mit deinesgleichen zu tun gehabt.«

»Du hast vielleicht irgendeinen Grünschnabel abgeschlachtet, der noch den Schmutz des Grabes unter seinen Fingernägeln hatte. Aber ich wage zu bezweifeln, dass wir alle so leichte Beute sind. Ich bin uralt, und du bist so … menschlich. Stärkere Wesen als du haben versucht, mir den Garaus zu machen, und ich kann mich immer noch daran erinnern, wie jeder Einzelne von ihnen geschmeckt hat.«

Jude zwang sich zu einem Lächeln. Er griff hinter sich, wie er es bei Regal gesehen hatte, als sie nach ihrem

Dolch gegriffen hatte. »Vampire stehen mittags auf und schlafen um Mitternacht, jedenfalls damals noch, als die Leute in der Morgendämmerung aufstanden und in der Abenddämmerung schlafen gingen. Ihr könnt kein fließendes Wasser überqueren und haltet den Geruch von Knoblauch nicht aus. In den Händen eines wahren Gläubigen wird euch ein Symbol des Glaubens schwächen. Stäbe aus dem Holz einer Esche fesseln euch, Silber schneidet euch, und Feuer zerstört euch.« Die Worte strömten aus ihm heraus, glatt wie Öl. Er spürte das Selbstbewusstsein des alten Jude in sich, die Prahlerei, die sich immer dann zeigte, wenn er ein Ass im Ärmel hatte.

Oder eine Perle unter seiner Zunge.

Scarpelli verdrehte die Augen und machte eine Bewegung, als würde er masturbieren. »Danke für die Lektion in Folklore, aber was hat das mit dem hier zu tun? Du hast nichts dergleichen, und selbst wenn du es hättest, bin ich schneller und stärker und mächtiger, als du je sein wirst.« Trotz seiner Worte war der Blick des Vampirs auf Judes Arm gerichtet, auf die Hand, die nicht zu sehen war.

»Es geht nicht um die Objekte selbst, sondern um das, was sie repräsentieren. Es geht darum, was sie über dein Wesen enthüllen. Silber, Knoblauch, fließendes Wasser, Feuer. Alles Symbole der Reinheit. Das ist es, was dir Schmerzen bereitet. Das ist es, was deinen Untergang bedeutet. Etwas Reines. Weil du nichts anderes bist als eine Verderbnis des Lebens.«

Scarpellis Grinsen erlosch, und er leckte sich mit seiner dicken Zunge, die der eines Gehängten glich, die Lippen. »Vielleicht hast du recht«, sagte er. »Vielleicht. Aber du weichst meiner Frage aus. Welche Waffe der Reinheit hast du mitgebracht?«

Jude tippte sich mit seiner freien Hand gegen die Brust, direkt über sein Herz. »Sie ist genau hier.«

Scarpelli lachte erneut, und seine Verachtung kehrte zurück. »Du? Oh, Jude. Dein Blut ist durch die Sterblichkeit verwässert. Du hast keinen Glauben, denn du glaubst an nichts. Ich kann den Makel der Sünde auf deiner Seele wittern. Reinheit? Oh nein, ganz und gar nicht.« Er lachte. »Aber fast hättest du mich gekriegt.«

Die Kerze vor Judes Füßen erlag dem Unvermeidlichen und erlosch. Der Vampir rührte sich nicht, geblufft von der leeren Hand hinter Judes Rücken.

»Wie du sagst«, antwortete Jude. »Ich bin nicht rein. Aber mein Hass auf dich? Mein Verlangen, dich brennen zu sehen?« Er ließ etwas von seiner Magie heraussickern, spürte, wie seine Worte in der kalten Luft brannten. Dann lächelte er das Scheiß-drauf-Lächeln des alten Jude. »Das ist rein. Und wenn du mir nicht glaubst …« Er breitete die Arme aus und zeigte seine leeren Hände, setzte alles auf eine Karte, auf einen Wurf des Würfels. »Komm und koste.« Er trat zurück, über die Kreidelinie, die er gezogen hatte, deutete auf den Boden und schrie das Wort *Schließen*. Dabei legte er alle Willenskraft hinein, die er aufbringen konnte. Dann blickte er hoch und sah dem Vampir in die rot glühenden Augen. Und wartete, ob er leben oder sterben würde.

Scarpelli blickte auf das Buch auf dem steinernen Altar

und strich über den Einband, bevor er sich abwandte. Wie schon zuvor stürzte er schneller durch die Luft, als Judes Blick ihm folgen konnte. Und wie schon zuvor prallte er gegen die Barriere eines Schutzkreises. Allerdings maß dieser Schutzkreis um Jude nicht bloß einen Meter. Während der Vampir sich auf seine Prahlerei und seine Drohungen konzentriert hatte, hatte Regal mit der Kreide einen größeren Kreis um den ganzen Raum gezogen und ihn mit dem Originalkreis verbunden, den Jude gezeichnet hatte.

Nicht, um den Vampir fernzuhalten, sondern um ihn einzusperren.

»Du bist eine gerissene kleine Mahlzeit«, sagte Scarpelli, nachdem er ein paar Mal gegen die Barriere geschlagen hatte. »Ich weiß nicht, ob es deine Arroganz ist oder deine Naivität oder vielleicht auch das Vergnügen, zuzusehen und darauf zu warten, dass du stolperst. Was auch immer es ist, deine ungeschickten Bemühungen sind wirklich entzückend. Was kannst du schon planen?«

»Du redest einen ganzen Haufen Scheiße für jemanden, der in einem Käfig sitzt.«

Scarpelli klatschte mit seinen dicken Händen in einer absurden Imitation von kindlicher Freude. »Oh, ich liebe dieses Spiel.« Dann aber verschwand jeder Anflug von Belustigung aus der Miene des Vampirs, und nichts als kalte, blanke Wut blieb zurück. »Wie lange, glaubst du, wird dieser erbärmliche Zauber mich festhalten?«

»Gerade lange genug, um deine Pläne zu vereiteln«, erwiderte Jude.

»Na, na, na.« Scarpelli drohte mit einem mahnenden Finger. »Ich glaube, du überschätzt deine Talente.« Er ging den Rand des Kreidekreises ab wie eine Raubkatze im Zoo und fuhr mit den Nägeln über die Barriere aus Luft, was ein schreckliches Kreischen erzeugte. »Ich werde mir nicht die Mühe machen, dich zu fragen, ob du alles richtig bedacht hast. Denn indem du mich mit dem hier eingesperrt hast«, er deutete auf den Altar und das Buch, das er binnen eines Augenblicks wieder zu einer Frau ausgepackt hatte, »hast du nur erreicht, dass ich ungestört fortfahren kann, die Stadt zu verwandeln. Das habt ihr gewiss bedacht, da ihr beide ja so schlau seid. Ich werde dich nicht fragen, ob du eine Ahnung hast, welche Mächte sich gegen dich verschworen haben, oder ob du weißt, wem du trauen kannst. Ich werde dir auch nicht vorschlagen, nicht mal aus reiner Herzensgüte, mein Angebot ein letztes Mal zu überdenken.« Er schnalzte mit der Zunge und schüttelte den Kopf. »Denn diese Frage hast du ja bereits beantwortet. Nein, was mich am meisten interessiert …« Er legte eine Hand in einer übertriebenen Pantomime an sein Ohr. »Hörst du, was ich höre?«

Gegen seinen Willen hielt Jude den Atem an und lauschte. Von der Treppe kam ein rhythmisches Hämmern, das immer lauter wurde. *Scheiße,* dachte Jude. *SOS.* Er nahm zwei Stufen auf einmal, als er hinaufrannte, angetrieben von Scarpellis schrillem Gelächter. Als er aus der Tür in den makellosen Wohnraum stürmte, war sein erster Gedanke: *Danach wird Scarpelli neue Teppiche brauchen.* Ghule, etwa ein Dutzend von ihnen, drängten sich in dem geräumigen, sterilen Wohnraum und warfen Brocken von verfaultem Fleisch auf die unberührten Teppiche. Sie schmierten die wenigen Körperflüssigkeiten, die der Vampir ihnen nicht ausgesaugt hatte, auf die Wände und die Möbel. Sie waren so verwest, dass es schwer zu sagen war, wer männlich oder weiblich gewesen war, weiß oder schwarz, ob sie jung oder alt gestorben waren. Sie schlurften und humpelten genau auf diese ziellose, apathische Art und Weise umher, die in Horrorfilmen gezeigt wurde und die er bei halbintelligenten Leichen erwartete, die umhertaumelten, nachdem ihre Körper anfingen zu verwesen.

Der Gestank setzte sich in seinen Stirnhöhlen fest, in seiner Kehle, und er war so stark, dass Jude fürchtete, er würde ihn nie wieder loswerden.

Da sie ihn bislang noch nicht bemerkt zu haben schienen, hatte Jude Zeit nachzudenken, und verwarf die Idee, in einem so kleinen Raum den Donnerkeil zu benutzen. Unwillkürlich fragte er sich, wie man eine Gruppe von Untoten nennen sollte. Eine Rotte? Dann suchte er das Zimmer nach Regal ab, bevor er zu dem Schluss kam, das Wichtigste und Beste wäre es, die Tür abzuschließen, die zum Käfig des Vampirs führte, damit seine Marionetten ihn nicht freilassen konnten, sobald Scarpelli sie rief.

Er berührte den Knauf hinter sich und sprach das Wort *Schließen* aus. Er vergaß in seiner Eile die Verstärkung durch die Perle, und das Wort versiegelte die Tür mit einem Krachen von sich bewegenden Felsen. Plötzlich wurde es still in dem Raum, und die trüben Blicke der Leichen richteten sich synchron auf Jude.

All die einschlägigen Filme hatten ihn darauf vorbereitet, was das bedeutete.

Sie schlurften auf ihn zu, ihre vertrockneten Hände gekrümmt und ihre Münder zu wortlosen Schreien weit aufgerissen. Jude hatte gerade noch Zeit genug, die Füße zu spreizen und ein letztes Mal den Raum nach Regals flackernder Präsenz abzusuchen. Dann hatten die Ghule ihn erreicht und griffen mit ihren verdörrten Leichenhänden nach ihm.

Mit Mühe konnte er verhindern, zerfleischt zu werden. Er wich vor ihren Klauen zurück, stieß sie von sich. Sie drängten ihn gegen die Wand, und er konnte nicht weiter zurückweichen. Jude schlug einen von ihnen, und die Verzweiflung verlieh ihm so viel Kraft, dass er spürte, wie die Haut riss und Knochen unter seinen Knöcheln zerbarsten. Eine andere Leiche stürzte sich auf ihn, packte seinen ausgestreckten Arm und stemmte ihr ganzes Gewicht dagegen, presste ihn an die Wand. Als spürten sie diesen Moment der Schwäche, ging ein weiterer Ghul auf ihn los. Seine verfaulten Zähne klackten nur wenige Zentimeter von Judes Wange entfernt zusammen. Das Blut in seinen Adern wurde zu Eis.

Ob Halbgott oder Trickster – nichts würde noch eine Rolle spielen, wenn ihm diese Kreaturen die Kehle herausrissen.

Plötzlich drang ein Messer aus der linken Augenhöhle des Ghul. Die verfaulte Leiche wurde von Jude zurückgerissen und zur Seite geschleudert. Regal stand, keuchend vor Anstrengung, plötzlich neben ihm.

»Danke«, sagte Jude.

»Nicht der Rede wert.«

Zusammen versuchten sie, alle Zauber anzuwenden, die sie kannten, schrien Worte der Verwandlung oder Worte der Kontrolle. Obwohl ihre Zauber von der Perle verstärkt wurden, glitt die Magie an den Ghulen wirkungslos ab und erstarb. Sie fand keine Form, die verändert werden konnte, keinen Verstand, der gezwungen werden konnte. Die Magie, die schneiden und zermalmen sollte, hatte auf ihr nervenloses Fleisch keinerlei Wirkung. Der erste Ghul hatte sich genug erholt, um Jude am Hals zu packen. Mit unerbittlicher Kraft zog er ihn näher an seine schnappenden Kiefer heran.

Wut überkam Jude, dieselbe Wut, die er immer so mühsam unterdrückte. Sie stieg von seinem Magen auf wie etwas Physisches, wie Hitze und Säure und Donner im Blut. Er hatte in den letzten Tagen zu viel ertragen, um es so enden zu lassen, in den Klauen dieser Kreaturen, dieser verstoßenen Bündel aus Fleisch und Lumpen, die noch vor nicht allzu langer Zeit lebendige Menschen gewesen waren. Mit ihren kleinen Kränkungen, großen Hoffnungen und einem Leben, das jetzt auf schlurfende und gierige Untote reduziert war.

Und genau das hatte Scarpelli für die ganze Stadt im Sinn.

Es gab keine Worte für den Hass, den er für das empfand, was Scarpelli repräsentierte. Jude konnte unmöglich das reine, glühende Verlangen, den Vampir zu zerstören, ausdrücken. Umgeben von diesen Klauen und schnappenden Kiefern und seiner eigenen blendenden Wut, tauchte plötzlich ein Wort auf. Es stieg aus den tiefsten Winkeln von Judes Verstand hoch, ein Wort, das dieselbe verdrehte Form und die aufgewühlte Kadenz hatte wie die Machtworte des *Öffnens* und *Schließens*, die Dodge ihn gelehrt hatte.

Brenne!

Es kam ihm über die Lippen wie entzündetes Benzin, nahm Form an, als die Flammen aus seinem offenen Mund loderten. Als sie den ersten Ghul berührten, fing er Feuer wie eine Fackel, als wäre sein verfaultes Fleisch in Alkohol getränkt. Jude holte tief Luft, seine Kehle brannte, er schmeckte Cayennepfeffer und Rauch und verbrannten Zucker, und er sprach erneut das Machtwort. Durch einen roten Nebel sah er, wie die lebenden Toten von den Flammen verzehrt wurden, wie sie unter ihrem eigenen Gewicht zusammenbrachen, als seine Magie durch die zerfetzte Haut und das verfaulte Fleisch ihrer Körper fegte.

Brenne, sagte er. *Brenne. Brenne. Brenne.*

Eine Ohrfeige schleuderte seinen Kopf zurück. Die Perle klapperte gegen seine Zähne und glitt dann wie eine trocken geschluckte Pille seine Speiseröhre hinab. Etwas rutschte aus seinem Verstand, ein Satz, den seine Mutter und er in seiner Jugend zueinander gesagt hatten, eine Form des *Ich liebe dich*, die nur sie beide kannten. Er wusste, dass der Satz existierte, aber er fand die Worte nicht. Und dann war er sogar aus seiner Erinnerung verschwunden. Der Tribut der Perle war gezahlt.

Regal stand vor ihm. Wann war er auf die Knie gegangen? Er konnte sie wieder sehen, und ihr Gesicht war von Schweiß und Ruß bedeckt. Sie schrie ihn an, dass sie hier wegmussten, also ließ er sich von ihr hochziehen und aus der Nebentür führen. Rauch hing in der Luft, und um sie herum prasselten Flammen. Sie schafften es bis auf den Rasen, bevor sie ins Gras fielen. Der Tau fühlte sich wie Balsam auf Judes Haut an. Neben ihm würgte Regal und rang nach Luft. Schließlich stemmte sie sich hoch, bis sie über ihm kniete. »Nicht, dass ich für die unerwartete Machtdemonstration da drin nicht dankbar wäre, denn das bin ich. Aber Herr im Himmel, Jude! Wann, verflucht noch mal, hast du gelernt, Feuer zu speien?«

Darauf hatte er keine Antwort, jedenfalls keine, die ihr gefallen hätte. Er hatte das Gefühl, dass er dazu schon immer in der Lage gewesen wäre. Es gehörte zu dem, wer und was er wirklich war. Er hätte sich damit begnügt, liegen zu bleiben und über seinen Platz in der Welt nachzudenken, aber Regal zwang ihn aufzustehen, und führte ihn zu ihrem Wagen, bevor die Feuerwehr eintraf. Die allerdings keine Rolle mehr spielen würde. Denn ob sie das Gebäude retten konnten oder es niederbrennen ließen, er wusste, dass die Steinmauern und die eisige Luft von Scarpellis unterirdischem Grabmal den Vampir schützen würden.

Trotzdem, dachte er, während er den Feuerschein in dem Seitenspiegel beobachtete, als sie sich rasch von Scarpellis Anwesen entfernten, *wäre es nett gewesen, diesen Wichser brennen zu sehen.*

KAPITEL VIERZEHN

Am nächsten Morgen wachte Jude im Himmel auf. Geweckt von dem Duft von frischem Zichorienkaffee und dem Geräusch von brutzelndem Frühstück. Er hatte mit dem Rosenkranz um seinen Hals geschlafen und beschloss, ihn weiterhin zu tragen, zumindest als Glücksbringer. Er zog ein frisches Tipitina-T-Shirt und eine ausgewaschene saubere Jeans an und trat in dem Moment aus seinem Schlafzimmer, als Regal den Herd ausschaltete und den Inhalt von zwei Bratpfannen, ein Omelett und Bratkartoffeln, auf einen Teller schaufelte. Sie sah ihn an und grinste etwas verlegen. Das sollte vermutlich eine Art Entschuldigung dafür sein, dass sie seine Wohnung in letzter Zeit so mit Beschlag belegte. Wäre sie nicht offensichtlich geduscht gewesen und hätte frische Kleidung getragen, hätte Jude vermutet, dass sie auf seinem Sofa geschlafen hätte.

»Kaffee ist in der Kanne«, sagte sie, während sie sich an ihm vorbeidrückte und sich dabei bereits eine Gabel voll in den Mund schob. Jude warf einen Blick auf das Schlachtfeld in der Küche und bemerkte, dass sie nur für eine Person Frühstück gemacht hatte.

»Und wo ist meins?«, erkundigte er sich. Er wusste,

dass sie das Lachen in seiner Stimme hörte, obwohl sie ihm den Rücken zukehrte.

Sie nuschelte etwas mit vollem Mund, das sich verdächtig nach »Im Kühlschrank, Dumpfbacke« anhörte.

»Immerhin habe ich dein Leben gerettet, Queens.«

Sie schluckte und hob mit gespielter Unschuld beide Brauen. »Tatsächlich? Übergehen wir einfach mal den Teil, wo du mich aus einer lebensbedrohlichen Situation gerettet hast, in die du mich überhaupt erst gebracht hattest, und stellen gleich die entscheidende Frage: Hast du mein Leben im Jahr neunzehnhundertfünfzig gerettet? Nein. Wir leben schon einige Zeit in einem neuen Jahrtausend. Frauen dürfen wählen, der Schwarze Mann saß im Weißen Haus, und du machst dir dein eigenes Frühstück, mein Held. Und beeil dich, es ist kurz vor zwölf, und ich will diesen Buchladen aufsuchen, bevor das Gewitter über uns hereinbricht, das sie vorhergesagt haben.«

Ein Blick auf die Uhr bestätigte ihm, dass sie recht hatte – es war kurz vor zwölf. Es überraschte ihn nicht, dass er so spät aufgewacht war, weil er nicht gut geschlafen hatte. Er goss sich eine Tasse Kaffee ein und bereitete sein Frühstück zu: eine halbe Packung Reis mit Shrimps vom Vortag in eine heiße Pfanne geben, zwei Spiegeleier drauf – das Frühstück der Champions. Während seine Hände wie von selbst die Routine abspulten, konzentrierten seine Gedanken sich auf die Nacht zuvor.

Nachdem Regal ihn an seiner Wohnung abgesetzt hatte, war er ins Bett gefallen und sofort eingeschlafen. Er hatte von Feuer und Schatten geträumt und schließlich einen sonderbaren Traum gehabt. Er hatte auf einer Gefängnispritsche gelegen und Dutzende von hart gekochten Eiern gegessen, eines nach dem anderen. Dabei hatten ihn alle Bekannten umringt und gesungen, dass die Trickster immer hungrig seien, während Scarpelli über allen schwebte und eine verspiegelte Sonnenbrille trug. Er schrie in einem für ihn völlig fremden, gedehnten Texas-Akzent, dass sie hier einen Fehler hatten, weil das Blut nicht gerann, und Dodge erzählte ihm, dass manchmal ein Nichts ein ziemlich cooles Blatt war.

Nachdem Jude aus diesem Wahnsinn aufgewacht war, hatte er erst mal den Versuch aufgegeben, wieder einzuschlafen, und sich die Bücherstapel vorgenommen, die Regal auf dem Boden zurückgelassen hatte. Er las alles, was von Trickstern handelte. Über diese Mythen etwas im Kontext seines eigenen Lebens zu erfahren, war schlichtweg merkwürdig, gerade so, als studierte man Geisteskrankheiten und stieße dabei auf eine Liste mit seinen individuellen Eigenschaften und Charakterzügen. Trickster, so hieß es, waren Grenzgänger, lebten immer am Rand zwischen zwei Welten und gehörten zu keiner von beiden ganz. Sie waren außerdem die Agenten der Veränderung, konnten mit Leichtigkeit in die Rolle des Schöpfers oder Zerstörers schlüpfen, je nachdem, welche von beiden nützlicher war, um den Status quo aufzumischen. Trickster teilten die Missachtung sämtlicher gesellschaftlichen Regeln, was Sex oder Geschlecht anging. Sie waren häufig pansexuell, kleideten sich wie Transvestiten, aus Notwendigkeit oder aus Neigung, und konnten manchmal sogar körperlich von einem Geschlecht zum anderen wechseln. Wurden sie zu Opfern, lag es meistens an ihrer eigenen Gier oder Lust, wovon sie mehr als genug besaßen. Ärgerte man sie, hatte das für gewöhnlich verheerende Konsequenzen.

Sehr viel von Judes Leben erschien plötzlich logisch, wenn er es in diesem Licht betrachtete. Wie er begeistert von einem leidenschaftlichen Projekt zum nächsten sprang, sein Drang, die Reichen und Mächtigen zu ärgern, vor allem, wenn er dabei zeigen konnte, wie dumm, erbärmlich und menschlich sie waren. Seine lange Liste von Affären, sowohl mit Männern als auch mit Frauen, die er immer auf eine katastrophale Weise beendete, wenn Routine einkehrte, und seine Neigung zu geradezu Hulk-artigen Wutanfällen.

Wie sich herausstellte, hatte er von Anfang an zu dieser Kartenrunde dazugehört.

Regal war mit ihrem Frühstück fertig und ging mit ihrem Kaffeebecher zum Whiteboard. Sie starrte darauf, nickte und redete mit sich selbst. Jude verschlang den Reis und die Eier, während er sie beobachtete und sich fragte, was ihr wohl durch den Kopf ging. Er war froh, dass sie über ihre Probleme gesprochen hatten, und wünschte sich, dass er diese letzten Fetzen von Argwohn abschütteln könnte, die ihn daran hinderten, vollkommen ehrlich zu ihr zu sein. Nachdem er praktisch den Teller sauber geleckt und sich noch einen Becher Kaffee eingeschenkt hatte, fragte Jude sie, wo dieser Buchladen war.

»Er ist nicht weit von hier entfernt. Auf der Perdido Street, drüben am Superdome.«

»Und was genau hoffst du dort zu finden?«

Sie sah ihn spöttisch an. »Ich habe gehofft, dass wir von einem Kerl begrüßt werden, auf dessen Namensschild steht: ›Hi, ich bin der altägyptische Gott der Schriftgelehrten und außerdem ein griechischer Trickster. Fragt mich, was ihr wollt.‹ Und dann verkauft er uns ein Exemplar von: *Wie man unheimliche Gottes-Probleme löst – Für Anfänger.*« Sie trank einen Schluck Kaffee. »Und zwar billiger, als Mängelexemplar.«

»Klingt ein bisschen platt, findest du nicht?«

Regal lachte schnaubend. »Nach letzter Nacht? Ich wäre schon begeistert, wenn du nicht den ganzen Laden mit mir drin einfach abfackeln würdest!«

Regal fuhr mit Jude zu einem verlassenen Gebäude Ecke Perdido und South Rampart. Das dreistöckige, isoliert stehende Haus war von allen Seiten von breiten Straßen und Parkplätzen umgeben. Eine der Außenwände war unverputzt, nachdem wohl das Nachbargebäude abgerissen worden war. Die freiliegenden Ziegel und der Mörtel erinnerten an eine verschorfte Narbe. Hinter einer Ecke hatte Jude eine Feuertreppe entdeckt, die sich mit all der Hartnäckigkeit von wucherndem Moos und klettigen Kopoubohnen an einer Wand festklammerte, wo ein Stück der Mauer im zweiten Stock herausgefallen war. Die Lücke war mit Holzplanken vernagelt, als wäre sie nur ein Fenster. Es sah ganz nach »historischer Erhaltung« aus, oder einfach ausgedrückt: ein Gebäude, das die Denkmalschutz-Kommission von niemandem niederreißen lassen wollte, aber für das auch keiner zahlen würde, um es zu restaurieren. Es stand schon so lange leer, dass selbst das Sperrholz, mit dem man die Fenster und die Mauerlücke geschlossen hatte, alt aussah. Die Vorhängeschlösser an den Türen bestanden mehr aus Rost als aus Metall. Judes erster Eindruck war der eines Turms einer Sandburg, der es aus Glück oder Vorhersehung geschafft hatte, die Flut zu überstehen.

Zwischen den Pflanzen und den kniehohen Hügeln von Trümmern vor seinen Füßen lagen die Reste eines rot-schwarz gemusterten Schachbrett-Bodens. Die Fliesen waren entweder zersplittert oder längst gestohlen worden. Nieselregen zupfte an seinem Haar, aber es war mehr eine Andeutung von Regen als die Drohung eines echten Wolkenbruchs. Als hätte die Mittagshitze selbst den Willen der Regenwolken über ihren Köpfen geschwächt.

Nachdem sie sich eine Weile mit Schlössern herumgeärgert hatten, die sogar zu alt waren, als dass seine Magie sie hätte öffnen können, enthüllte ein geflüsterter Bannspruch von Regal eine dritte Tür, wo zuvor nur eine einfache Wand gewesen war. Das leuchtende Neonschild darüber verkündete: LIBROS PERDIDOS.

»Sieht aus, als wären wir richtig«, sagte Regal hinter ihm. »Willst du auf eine Extraeinladung warten?«

Jude klopfte zweimal, bevor er nach dem Türknauf griff. Er wackelte in seiner Hand, wie viele Türknäufe in New Orleans. Sie hatten sich gelockert, weil das Holz um sie herum entweder geschrumpft oder aufgequollen war.

Er stieß gegen die Tür und stellte fest, dass sie unverschlossen war. Jude führte Regal in einen dunklen, stickigen Raum, wo wegen des Fehlens einer Klimaanlage die Hitze wie in einem Grab gefangen war. Das lange, melancholische Knarren der Tür verkündete ihre Anwesenheit jeder Person, die sich in dem Zimmer befand. Jude empfand den irrationalen Drang, laut zu rufen, in den Staub und die Leere hineinzuschreien, dass sie da waren.

Vorsichtig schlich er an verlassenen Tresen vorbei. Seine Sneakers machten auf dem blanken Betonboden keinerlei Geräusche. Die inneren Mauern waren abgebrochen und die Rigipsplatten weggerissen worden, sodass nur das Holzskelett von Pfeilern übrig geblieben war. Er konnte nicht erkennen, ob dieser Ort einmal ein Restaurant oder ein Geschäft gewesen war oder ob er einen anderen Zweck gehabt hatte. Jetzt jedoch nahm er den muffigen Gestank wahr, den er schon draußen erwartet hatte. Fäulnis und der feuchte Muff von schwarzem Schimmel. Dieser Geruch war seit der Flut nur allzu verbreitet.

»Bist du sicher, dass Thoth noch hier ist?«, fragte er. »Vielleicht ist er nach dem Sturm umgezogen.«

»›Verlorene Bücher‹ klingt für mich richtig.« Als sie Judes verwirrten Ausdruck sah, verdrehte sie die Augen. »Das Neonschild über der Tür, du Genie. *Libros perdidos* ist Spanisch und bedeutet ›verlorene Bücher‹. Ich nehme an, du hast nie bei einer echten *bruja* studiert.« Sie trat gegen ein Stück Holz, das über den Boden rutschte. »Aber hier drin scheint es mir ziemlich hoffnungslos zu sein.«

Jude deutete auf die Treppe auf der anderen Seite des Raumes. Es war eine höchst gefährlich aussehende Vorrichtung aus verbogenem Holz und von fragwürdiger Konstruktion. »Bleibt noch das da«, sagte er.

Regal biss sich auf den Daumennagel. »Ein leeres Gebäude und unheimliche, gefährliche Treppen? Das Gefühl kommt mir verdammt vertraut vor.«

»Wem sagst du das? Muss ich diesmal derjenige sein, der in den Tarnmodus geht?«

Regal warf ihm einen merkwürdigen Blick zu und schüttelte dann den Kopf. »Nein. Ich habe den Dolch verloren, als ich aus dem brennenden Gebäude entkommen bin, das du mir auf den Kopf fallen lassen wolltest, verfickten Dank auch dafür.«

Etwas an ihrem Tonfall und ihrem Blick erregte Judes Argwohn. Er versuchte das Gefühl zu unterdrücken und rief sich in Erinnerung, dass sie letzte Nacht ihr Leben riskiert hatte, als sie ihm den Rücken freigehalten hatte. Sie hätte ihn auch der Willkür eines Vampirs und seiner Horde aus verwesenden Handlangern überlassen können, aber trotzdem wurde er diesen Verdacht einfach nicht los. Vor allem, als sie ihm nachdrücklich und entschlossen bedeutete vorauszugehen.

Als Jude die Treppe hinaufstieg, schwankte und knarrte sie unter seinem Gewicht, als würde sie jeden Moment zusammenbrechen. Er versuchte, den Kloß in seinem Hals herunterzuschlucken und die Furcht abzuschütteln, die ihn bei jedem schwankenden Schritt fester packte, bei jeder Vision, wie er ins Nichts trat und um sich schlagend einen kurzen, abrupten Sturz vollführte. Er war vielleicht halb Mensch und halb etwas anderes, aber er war sich ziemlich sicher, dass der halb menschliche Teil von ihm sterblich war. Sehr langsam und mit angehaltenem Atem schaffte Jude es schließlich zum oberen Treppenabsatz.

Die Tür vor ihm öffnete sich mit einem Schwall kühler Luft, gefolgt von einem gedämpften, einladenden Licht, das einen langen Gang beleuchtete. Er war über die gesamte Länge und Höhe mit Büchern vollgestopft. Nach einigen Schritten zweigte ein anderer Gang ab, und nach ein paar weiteren Schritten durch diesen Korridor gab es erneut zwei Abzweigungen. Alle Gänge waren bis zur Decke mit alten, verblichenen Büchern in allen möglichen Sprachen auf ihren Buchrücken gefüllt. Jude gab Regal, die ihm gefolgt war, zu verstehen, dass sie sich trennen und die unterschiedlichen Gänge überprüfen sollten. Sie nickte und drückte einen Finger an ihre Lippen.

Trotz aller Vorsicht knarrten seine Schritte auf den glänzenden Bodendielen aus Zypressenholz, als er sich durch das Labyrinth der Buchregale vorantastete. Als er näher hinsah, bemerkte Jude, dass die Regale selbst ebenfalls aus Büchern bestanden. Und die Bögen über seinem Kopf wurden von Folianten gebildet, die so fest gestapelt waren, dass sie sich gegenseitig hielten. Die gesamte Struktur aus Wänden und Treppen bestand ausschließlich aus kunstvoll arrangierten und aufgestapelten Büchern.

Eine Bücherburg, dachte Jude. *Ich will verdammt sein. Natürlich ist der Gott der Schriftgelehrten der größte Nerd auf dem Planeten.* Er wusste nicht, ob er von der Konstruktion beeindruckt sein sollte, ihre Ineffizienz verachtete oder ob er einfach nur neidisch war.

Das Licht wurde von einem phosphoreszierenden Schein erzeugt, den einige Buchrücken in einem synchronisierten Tanz erzeugten, wie Kerzenflammen, die sich alle in demselben sanften Wind bewegten.

Jude warf einen Blick über die Schulter, um sich zu vergewissern, dass Regal ihn nicht sehen konnte, schob eine Hand in die Tasche und berührte die Münze. Als die Magie in ihn hineinströmte, strich er mit einem Knöchel über eines der Bücher, und genau wie bei dem Revolver im Antiquitätenzimmer des Vampirs wurde er von dem Wissen über den Verlust des Buches gepackt.

Der Titel lautete *Isle Of the Cross – Die Insel des Kreuzes.* Im Sommer 1852 traf ein Anwalt in einer Schenke in Nantucket einen Schriftsteller, dessen Karriere auf dem absteigenden Ast war. Der Anwalt erzählte dem Autor die Geschichte von einer Frau, die er kannte, einer gewissen Agatha Robertson. Der Ehemann der Frau, ein Seemann, hatte sie und ihre Tochter verlassen und war Jahre später zurückgekehrt, um ihr zu enthüllen, dass er eine andere Frau geheiratet habe. Diese Geschichte inspirierte den Autor so sehr, dass er einen Roman mit Agatha als Protagonistin schrieb. Aber seine Verleger, Harper and Brothers, lehnten das Buch ab und beendeten damit endgültig seine Schriftstellerkarriere. Der Name des Autors lautete Herman Melville, und als er das Manuskript verbrannte, hatte Thoth ein Exemplar in diesen Regalen vor der Vernichtung bewahrt.

Jude zog seine Hand von der Vision zurück und stieß

mit dem Absatz gegen die Wand aus Büchern, als er zurücktrat. Ein Zittern durchlief sie, ein Schauder, der drohte, die empfindliche Balance um ihn herum einstürzen zu lassen. Er hörte ein Rascheln, wie ein Seufzen von Bäumen im Wind, der durch ihre Gipfel fuhr. Er ließ die Dublone los und senkte die Hand, ganz langsam, weil er die Bücher nicht stören wollte. Er wollte ebenso wenig unter einem Haufen Literatur ersticken, wie er sich den Hals auf einer wackligen Treppe brechen wollte.

»Vorsicht!«, zischte Regal, die im nächsten Gang war. »Was zur Hölle sollte das denn?«

»Entschuldigung. Dieser Gang ist verdammt eng.«

»Dann zieh deinen Bauch ein oder geh zurück. Wir werden niemals entkommen, wenn diese Bücherwände in sich zusammenfallen.«

Die letzten Fetzen seiner verblassenden Verbindung zur *Insel des Kreuzes* verrieten Jude mehr über die Sammlung selbst. Sie war uralt und hatte unter vielen Namen existiert. Ihren Anfang genommen hatte sie mit dem Brand der Bibliothek von Alexandria, war angewachsen, als die Maya-Codices von Diego de Landa zerstört wurden und als die Hanlin-Akademie brannte, und sammelte forthin würdige Werke, die nicht veröffentlicht wurden oder deren Autoren gestorben waren, als ihre Manuskripte noch unvollendet waren.

Und er spürte, dass diese Sammlung irgendwie unvollständig war.

Jude fuhr mit den Fingern über die Dublone und wurde von ihr in einen anderen Gang geschickt als den, in den er ursprünglich getreten war. Sie zog ihn weiter, bis er ein dunkles Rechteck in Hüfthöhe fand, eine leere Stelle im Buchregal, wo ein einzelnes dünnes Buch fehlte. Als er die Hand in die Spalte zwischen die Bücher schob, spürte er schwach, mehr wie eine Erinnerung denn wie eine echte Empfindung, das Buch, das fehlte: kalte Luft, blaue Flammen, Reißzähne und der Geschmack von Blut.

Puzzleteile setzten sich in Judes Kopf zusammen. Der glühende Rücken des Buches, das Scarpelli benutzte, um die Stadt zu verwandeln. Der Name des Buchladens. Die speziellen Eigenschaften seines Beutels. Die Rote Tür zu Dodges Kartenzimmer, die die Gesetze von Raum und Zeit zu ignorieren schien.

Ohne darüber nachzudenken, dass diese absurde Idee, die ihm gerade gekommen war, höchstwahrscheinlich unmöglich war, nahm Jude den Beutel von der Schulter, berührte die Dublone mit einer Hand und ließ sich von der zarten, zerbrechlichen Verbindung zu dem verlorenen Buch führen. Er streckte sich, sein Arm verschwand bis zum Ellbogen im Beutel, dann bis zur Schulter. Die Luft um seinen Arm wurde plötzlich eiskalt, und ein unheimlicher Schauder überlief ihn, den er noch aus seiner Kindheit kannte. Das Wissen, dass irgendwelche Augen ihn aus dem Schrank beobachteten, Krallen, die unter dem Bett herausgestreckt wurden. Er berührte ein dünnes ledergebundenes Buch, packte es, riss seine Hand heraus und klatschte die Lasche des Beutels zu, als wollte er mögliche Verfolger fernhalten.

Seine Gabe ließ die Geschichte des Buches in ihn hineinfließen. Es war eine Art Journal mit einer Reihe von Karten von Süd-Louisiana. Es war Anfang des siebzehnten Jahrhunderts von Jean-Baptiste Le Moyne, dem Sieur de Bienville, angefertigt worden. Es begann mit zögernden, vorläufigen Skizzen der Golfküste und endete mit dem ersten offiziellen Plan von New Orleans, den Adrien de Pauger 1721 gezeichnet hatte. Jeder einzelne Plan war von größtem historischem Wert. Als Ganzes jedoch enthielt es die gesamte Planung einer Stadt. Bestünde eine Stadt aus Blut und Knochen, wäre dieses dünne Tagebuch seine DNA. Nach Bienvilles Tod wurde das Journal von einer Generation der Familie an die andere vererbt, bis es in der großen Flut von 1927 verloren ging und schließlich seinen Weg in Thoths Bibliothek fand. Jude konnte nicht genau erkennen, ob der Vampir das Buch gekauft, geliehen oder gestohlen hatte.

Jude löste sich aus dem Griff seiner Magie und merkte, dass er allmählich herausfand, wie er sie durch die Dublone bedienen konnte, statt nur durch seinen Willen. Das Buch schob er wieder in den Beutel, weil er es nicht dort zurücklassen wollte, wo Scarpelli es erneut finden könnte. Er hoffte, dass er, indem er über Regals Schutzzauber gegriffen und das Buch geborgen hatte, den Vampir nicht etwa befreit hatte. Oder, schlimmer noch, Scarpelli Zugriff auf seinen Beutel gewährt hatte. Er stand auf, schlang den Riemen über seine Schulter und drehte sich um, als Regal auf der anderen Seite des Ganges erschien.

Jude bemerkte, dass sie nicht überrascht war, ihn zu sehen. Hatte sie ihn heimlich beobachtet und war ein Stück zurückgetreten, als er aufgestanden war? Oder war er einfach nur paranoid? Bevor er etwas sagen und die Wahrheit aus ihr herauslocken konnte, winkte sie ihn energisch zu sich. »Jude«, flüsterte sie dabei. »Ich habe etwas gefunden.«

Sie ging so schnell den Weg zurück, den sie gekommen war, dass er keine andere Wahl hatte, als ihr zu folgen. Nach ein paar Drehungen und Wendungen führte sie ihn in eine Sackgasse. Der Gang stieß auf eine andere Bücherwand, die quer dazu verlief. Sie deutete mit dem Daumen darauf. »Also, es geht um Folgendes. Als ich das hier gesehen habe, habe ich mich erst mal umgedreht. So ein Gebäude kann schließlich nicht ewig weitergehen, stimmt's? Aber dann habe ich nachgedacht. Wenn mein Orientierungssinn mich nicht vollkommen im Stich lässt, sind wir die ganze Zeit auf die Mitte des Gebäudes zugegangen, nicht nach außen.«

Jude nickte. »Du hast recht. Hast du noch mehr solcher Sackgassen gefunden?«

»Nein. Alle anderen Gänge scheinen auf diese Wand hin ausgerichtet zu sein, wie …«

»Ein Labyrinth.«

»Ganz genau.« Sie breitete die Arme aus und deutete auf die Wände aus Büchern. »Also, wenn das hier das Zentrum des Mäuse-Labyrinths ist, wo ist dann der Käse? Kommen dir irgendwelche von diesen Büchern besonders vor?«

Jude betrachtete die Titel genauer, während er eigentlich nur seine Position veränderte, damit er in seine Tasche greifen konnte, ohne dass Regal es sah. Aber einer der Titel brachte ihn auf eine Idee. Er trat zurück und betrachtete die Bücherwand als Ganzes. Jetzt wurde es noch wahrscheinlicher, dass er recht hatte. »Hey, Queens?«

»Ja?«

»Wenn du durchgeknallt genug bist, um ein Labyrinth aus Büchern zu bauen, was brauchst du dann noch, damit es vollkommen ist?«

»Ich weiß nicht. Einen Minotaurus?«

»Was? Nein. Himmel, das wäre furchtbar. Weißt du, wie übel diese Kreaturen stinken?«

Sie trat zurück, bis sie alles aus seiner Perspektive sehen konnte, und dachte nach. Er wusste, dass sie es begriffen hatte, als sie nach einem Moment schallend lachte. »Eine Geheimtür?«

»Genau.«

»Und jetzt? Glaubst du, dass wir das richtige Buch finden und …« Sie tat so, als nähme sie die obere Ecke eines Buches aus dem Regal und gab ein klickendes Geräusch von sich.

»Das, oder …« Jude trat einen Schritt vor und sprach das Wort für *Öffnen.* Eines der Bücher glitt einen Zentimeter in das Regal hinein, *Die Bibliothek von Babel,* eine Erzählung von Jorge Luis Borges, und die Tür aus Büchern öffnete sich knarrend. Sie traten durch sie hindurch in einen riesigen Raum, der nur spärlich erleuchtet war und sich weit höher erstreckte, als es das Äußere des Gebäudes erlaubte. Wenn der Ort, den sie gerade verlassen hatten, ein Labyrinth war, dann war dies das Innere eines Leuchtturms. Ein Turm mit einer Wendeltreppe aus Büchern, die an der Wand entlang ganz nach oben führte.

Es roch nach Zimt.

Die nächsten Augenblicke spielten sich rasend schnell

ab. Jude sah Hē, der sich über Thoth beugte. Der lag auf dem Boden, und Blut strömte aus seinem Ibis-Hals. Eine Klinge ragte in einem schimmernden Bogen auf beiden Seiten aus der Faust des Engels hervor, und ein Strom aus schlammigem Wasser spritzte aus der Wunde in Hēs weit geöffnetem Mund. Regal schrie einen Fluch, keine Obszönität, sondern einen richtigen Fluch, ein bösartiges Machtwort, das den Engel blenden oder ihn mit schmerzhaften Pusteln überziehen würde, sobald es wirkte. Jude hatte denselben Impuls, aber das Wort, das ihm auf der Zunge lag, war das aus der Nacht zuvor, das Wort, das *Brenne!* bedeutete. Als ihm einfiel, wo sie sich gerade aufhielten, unterdrückte er es, bevor es seine Lippen verlassen konnte. Er schluckte seine Macht herunter, und sie hinterließ eine sengende Spur in seiner Kehle.

Die Fontäne, die von Thoth aufstieg, versiegte zu einem kleinen Rinnsal und verebbte schließlich ganz. Hē schloss den Mund, nachdem er Thoth irgendeine wichtige Essenz ausgesaugt hatte. Dann wirbelte der Himmelsbote herum, und die sonderbare Waffe blitzte, als Hē sie schleuderte. Jude sprang gegen Regal, die sich auf irgendwelche komplizierten Handgesten konzentrierte, über deren Bedeutung Jude nur spekulieren konnte. Er riss sie zu Boden, als die Klinge des Engels über sie hinwegzischte. Der Luftzug streifte die Härchen auf Judes Hals.

Es knallte, als Hē die Schwingen ausbreitete, und Jude schnappte nach Luft, wegen der Flammen, die er geschluckt hatte, und sprang auf. Er rannte los, aber der Engel war bereits so weit aufgestiegen, dass er außerhalb seiner Reichweite war. Jude steckte die Hand in seinen Beutel, ohne zu wissen, was genau er eigentlich suchte. Er hoffte einfach, dass er irgendeine Magie fand, mit der er den Engel gefangen nehmen oder zumindest verwunden konnte. Ein kurzer Blick auf Regal sagte ihm, dass sie wieder aufgestanden war und die Wand hinter ihnen inspizierte. *Sucht sie nach einem anderen Ausweg?*, fragte sich Jude. Dann sah er die Spur aus zerfetztem Papier, die die Waffe des Engels gezogen hatte, als sie über die Wände aus Büchern geratscht war. Er begriff, dass Regal nach Hēs Klinge suchte.

Der Engel hatte mittlerweile fast die Spitze des Turms erreicht und flog zu einem schmalen Fenster ganz oben. Jude dachte gerade über die Konsequenzen nach, wenn er seinen Donnerkeil auf den Engel schleuderte und ihn verfehlte, als Hē die Arme nach vorne warf. Sichelförmige Klingen zuckten aus jeder Hand heraus und beschrieben einen weiten Bogen. Jude erkannte im selben Moment, dass es sich nicht um echte Klingen handelte, sondern um irgendeine Art von Magie, in Waffen verwandelter Wille oder Licht. Und Hē hatte nicht auf ihn oder Regal gezielt, sondern auf die Wände aus Büchern.

Der Engel schob sich durch das Oberlicht und verschwand, als seine glänzenden Klingen durch unersetzliche Folianten schnitten, alles zerstörten, vor allem jedoch, und weit wichtiger, die Mauern des Turms dem Verfall preisgaben. Bücher regneten herab, und die ganze Struktur erzitterte unter ihren Füßen. Sie würden niemals auf demselben Weg hinausgelangen, wie sie hereingekommen waren.

Es gibt nur einen Ausweg, dachte Jude.

Er lief zu Regal und zog sie von den Stufen, die sie gerade hochkletterte. »Es ist zu weit oben!«, schrie er und zerrte sie zu der Tür, durch die sie gekommen waren.

»Bist du verrückt geworden?«, kreischte sie panisch.

»Vielleicht«, murmelte er und schloss die Tür. Dann kniff er die Augen zu und konzentrierte sich, die Hand auf die Tür aus Büchern gelegt. Er stellte sich vor, was er wollte, bemühte sich um die Veränderung, die er brauchte, und spürte, wie sich der verzierte Knopf in seiner Hand drehte. Ohne die Augen zu öffnen und darauf vertrauend, dass die Magie so funktionierte, wie er es wollte, sagte er das Wort für *Öffnen* und riss die Rote Tür zu Dodges Kartenzimmer auf. Regal schlüpfte hinter ihm hindurch, und er schlug die Tür in dem Moment zu, als der Bücherturm hinter ihnen in sich zusammenfiel.

Ich bin so verrückt wie ein Fuchs, dachte er.

Die plötzliche Ruhe wurde nur von den angestrengten Atemzügen der beiden durchbrochen.

Regal erholte sich als Erste. »Juchhu, wir sind gerettet?« Ihre Stimme klang sarkastisch.

»Meckern kann jeder.« Jude hatte die Hände auf die Oberschenkel gelegt und richtete sich auf. Als Erstes versuchte er die Tür zu öffnen, aber sie gab nicht nach, war immer noch unter einem Berg von verlorenen Büchern begraben. Er schloss die Augen, um sich zu konzentrieren, doch als das Adrenalin aus ihm heraussickerte, stürzte die Ungeheuerlichkeit dessen, was er gerade mit eigenen Augen gesehen hatte, über ihm zusammen.

Hē hatte Thoth ermordet. Jede Neigung, die Jude vielleicht gehabt haben könnte, diese Erkenntnis zu überdenken, und die Möglichkeit in Betracht zu ziehen, dass der Engel irgendwie hereingelegt worden war oder diese sonderbare Fontäne eine Art von Rettungsversuch gewesen sein könnte, verpuffte, als er seine Vision von Renais letzten Augenblicken rekapitulierte. Ihr sonderbarer Gedanke, dass sie vergessen hatte, die Kerzen auszupusten, wurde erheblich sinnvoller, wenn er ihn genauso betrachtete wie ihre Wahrnehmung des Geruchs von Zimt in dem Geschäft.

Jetzt wurde plötzlich alles scharf, ein hartnäckiger Knoten, der sich endlich öffnete, wenn man einfach nur an dem richtigen Faden zog. Wenn Hē Thoth und Renai getötet hatte, war der Engel, ein gefallener Engel, wie es aussah, der Schatten in dem Gemälde seiner Mutter und hatte auch Dodge getötet. Also war diese Botschaft vom Allerhöchsten, die Hē ihm in der Kathedrale weitergegeben hatte, äußerst suspekt. Einschließlich der Proklamation, dass Jude das Spiel nicht gewinnen könne.

Gerade in dem Moment, als er anfing, etwas Hoffnung zu schöpfen, begann die Katzenuhr an der Wand zu ticken.

KAPITEL FÜNFZEHN

Ein einäugiger Gott, der, von seinem eigenen Speer aufgespießt, an einem Baum hängt, um das Wissen der Schrift zu erlangen. Ein bescheidener Gott, verkrüppelt von Krankheit, der sich auf einen Scheiterhaufen wirft, auf dass er in eine neue Sonne verwandelt werde, nachdem die alte untergegangen war. Ein Heiler-Gott, erstochen und totgeschlagen und hingerichtet, auf dass er die Sünder erlösen könne. Ein an einen Felsbrocken geketteter Titan, von dessen Leber täglich ein Adler frisst, da sie sich jede Nacht erneuert, nachdem er den Menschen die Macht des Feuers schenkte. Die Lektion ist immer und immer wieder dieselbe. Wir gewinnen Wissen nur durch Schmerz. Allein das Leiden gewährt uns Weisheit. Nur im Opfer können wir mächtig werden.

»Scheiße«, sagte Jude. »Scheiße, Scheiße, Scheiße!«

Seine Worte kamen unbewusst im Takt des Tickens der Uhr aus seinem Mund. Sie hatten weniger als eine Minute Zeit, bevor die anderen Türen erscheinen würden. Jude konnte nur spekulieren, was dann folgte, aber er vermutete, dass die Götter wieder auf ihre Plätze zurückkehren würden, jedenfalls diejenigen, die noch lebten. Sie würden das Kartenspiel fortsetzen. Und seine letzten Karten würden sich ihnen zeigen, bevor er die Chance hatte, sein Schicksal zu wenden und zu gewinnen.

»Ich nehme an, das ist nicht gut«, sagte Regal.

Jude sparte sich eine Antwort, sondern rüttelte ein weiteres Mal an der Tür. Sie war immer noch blockiert. Er holte tief Luft und versuchte, den Zorn und die Angst zu beschwichtigen, die in seinem Magen brannten. Sein Puls wurde langsamer, und der Knauf verschwand aus seinem Griff, wie eine Hand in einem Traum, die einem entgleitet, sobald man wach wird. Die Rote Tür verwandelte sich in eine schmuddelige Blumentapete.

Tick. Tick. Tick.

Jude trat gegen die Wand. Es fühlte sich gut an, also machte er es noch einmal, aber offenkundig half das nicht, sein Problem zu lösen. *Denk nach, Blödmann!,* ermahnte er sich. *Du hast das doch gerade auch hingekriegt.* Bis zu dem Moment in Thoths Bibliothek, als die Tür aufgetaucht war, als hätte sie einen eigenen Verstand, als folgte sie ihrem eigenen Willen. Oder nicht? Nein, nicht ganz. Er hatte sie immerhin mit einem Kreis beschworen, aber der Gedanke, dasselbe im Inneren des Kartenzimmers zu tun, war eine derartige Verletzung der Naturgesetze, dass er ihn einfach nicht zu Ende denken konnte. Aber er hatte die Tür auch in jener ersten Nacht beschworen, während des Spiels. Sie war verschwunden, als er hindurchgetreten war, und war erst zurückgekehrt, als er die blanken Karten umgedreht und versucht hatte zu …

»Entkommen«, sagte er. Ihm wurde erst klar, dass er das Wort laut ausgesprochen hatte, als Regal ihm zustimmte. Ja, ein Schlupfloch wäre wirklich nett, herzlichen Dank. Er sah zu ihr. Sie überprüfte den Raum mit ihrem Blick, hatte die Finger in einer unnatürlichen Geste gekrümmt, die aussah wie eine Kombination aus einer Kampfkunst-Pose und einer Botschaft in Zeichensprache. Ein halbes Dutzend Lichtbälle kreisten in ihren Händen, jeder etwa von der Größe eines Vierteldollars, und sie knisterten vor Energie. Sie verlagerte ihr Gewicht von einem Fuß auf den anderen, wie eine Katze, die im nächsten Moment angreifen wollte.

Tick. Tick. Tick.

Jude hörte auf, seine Furcht zu zügeln, und ließ ihr freien Lauf. Er erlaubte sich die Vorstellung, was passieren würde, wenn die Götter zurückkehrten und sie immer noch im Kartenzimmer wären, erinnerte sich daran, wie sie ihn ausgelacht hatten, als er gezwungen gewesen war, all die Eigenschaften von sich selbst als Einsatz ins Spiel zu werfen, die aufzugeben er sich gar nicht leisten konnte. Er dachte an die Panik, die in ihm aufgestiegen war, als er von dem Tisch zurückgewichen war und stumm darum gebeten hatte, irgendwo anders zu sein, ganz gleich, wo, nur nicht hier. Jude klammerte sich an diese Gefühle und machte jetzt etwas absichtlich, was er früher instinktiv getan hatte: Er griff nach der Roten Tür, riss sie auf, stieß Regal hindurch in eine heiße, stickige Nacht. Er riskierte einen Blick zurück und sah den Vampir Scarpelli in seiner eigenen Tür stehen. Er lächelte.

Jude warf sich durch die Rote Tür und schlug sie hinter sich zu. In seiner Hast stieß er gegen Regal und landete mit ihr auf einer hölzernen Veranda. Mit einem leisen »Puff« flogen die Kugeln, die um Regals Hände wirbelten, gleich einem Goldregen unkontrolliert davon und prallten gegen Bäume und Fahrzeuge und Straßenlaternen. Die Explosionen waren lautlos, aber sie zerstörten Motorhauben und zerschmetterten Glas. Eine Autoalarmanlage ging los.

Ich nehme an, das wollte sie auch mit Hē machen, dachte Jude. *Ich frage mich, ob es wohl funktioniert hätte.* Laut sagte er: »Wir müssen hier weg.« Er rappelte sich hoch.

»Klar.« Sie schlug seine Hand aus und richtete sich ohne Hilfe auf. »Sobald wir herausgefunden haben, wo beim verfluchten Ägypten du uns hingebracht hast.«

Der Gestank von verfaulten Früchten drang ihm in die Nase, von Pfirsichen, die am Baum hängen gelassen worden waren, bis sie heruntergefallen und verfault waren. Die herabhängende, baufällige Veranda führte in den überwucherten Garten und um das Haus herum zur Rückseite. Die rosa Farbe des Holzes an den Außenwänden war rissig und verblasst, und Kopoubohnen hingen von der Regenrinne herunter. Links von der Tür hatte jemand ein »X« mit einem Kreis darum gesprüht. Dieses Zeichen sagte den Rettungsmannschaften, dass das Haus bereits durchsucht worden war und ob Leichen gefunden worden waren. Das Symbol war noch da, ganz wie beim letzten Mal, als er hier gewesen war. Es war das Haus, in dem er aufgewachsen war, wo er vor dem Sturm gelebt hatte. Das Haus, das einst sein Heim gewesen war.

»Ich weiß, wo wir sind«, sagte Jude. »Die Straßenbahn fährt dort hinten.«

Regal ging mit ihm die paar Blocks zur St. Charles Street und sprach unaufhörlich darüber, wie sonderbar es war, dass es Stunden gedauert hatte, in Dodges Kartenzimmer zu springen und wieder hinauszukommen. Obwohl sich das für sie nur wie ein paar Minuten angefühlt hatte. Sie müsste direkt zu Mourning gehen und ihm berichten, was sie herausgefunden hätten, und sie wünschte sich so sehr, dass sie die Waffe des Engels hätte finden können, bevor der Bücherturm über ihnen zusammengebrochen war. Jude nickte und murmelte irgendetwas, aber er war erschöpft, ausgelaugt auf eine Weise, die er bis auf seine Knochen spürte.

Sein Glück hielt jedoch an, denn die Straßenbahn fuhr um die Ecke, als sie an der Haltestelle ankamen. Regal hatte bereits ihr Telefon in der Hand und bestellte ein Taxi, das sie zu ihrem Wagen zurückbrachte, während Jude in den Waggon stieg. Er ließ sich auf einen Platz fallen und hoffte, dass das Schaukeln der Straßenbahn ihn nicht einschläferte.

Jude hatte jede Menge Fragen. Er wusste jetzt, wer Dodge getötet hatte, hatte aber immer noch keine Ahnung, aus welchem Grund. Sein eigenes Schicksal hing nach wie vor in der Schwebe, und die Ränke der anderen Götter setzten sich fort. Er konnte sich nicht lange genug konzentrieren, um irgendetwas davon zu verstehen, und hätte fast seine Haltestelle verpasst, so abgelenkt war er.

Als er die Straßenbahn verließ, war die Temperatur

gefallen. Die Luft war kalt und warnte davor, dass der Sturm, der schon den ganzen Tag gedroht hatte, jeden Moment losbrechen könnte. Als er seine Wohnung erreichte, fing es an zu regnen, und der Wind heulte.

Muss ein übler Sturm sein, dachte Jude, als er feststellte, dass bei ihm der Strom ausgefallen war. Allerdings brauchte er kein Licht, um ins Bett zu fallen und zehn Stunden zu schlafen, denn genau danach war ihm. Nachdem sich seine Augen an die Dunkelheit gewöhnt hatten, suchte er sich vorsichtig einen Weg durch die Bücherstapel, die seinen Wohnzimmerboden bedeckten, und ging ins Schlafzimmer. Er legte den Beutel auf dem Küchentresen ab, als er daran vorbeiging, und trat die Schuhe von den Füßen. Der erste fiel auf den Boden, aber der zweite machte ein sonderbares Geräusch.

Als wäre er auf etwas oder jemanden gefallen, das oder den er nicht sehen konnte.

Jude wirbelte herum und griff nach seinem Beutel, berührte das Leder genau in dem Moment, als eine kräftige Hand ihn packte und zurückriss. Der Beutel fiel herunter, und Jude hörte, wie etwas herausfiel, während er hinter sich einen grunzenden Atemzug vernahm. Er brauchte eine Waffe, und er musste herausfinden, mit wem er es zu tun hatte. Weder schmeckte er Blut, noch roch er Zimt, aber dann war ihm klar, dass das auch keine Rolle spielte. Ob sein Angreifer nun ein Vampir, ein Engel oder irgendetwas anderes war, er würde brennen.

Er wollte das Wort ausstoßen, wollte die Flammen beschwören, die einen ganzen Raum voller Ghule vernichtet hatten, und hoffte, das würde genügen, um sich zu retten, auch ohne die Verstärkung der Magie der Perle. Aber dann raubte ihm ein scharfer Schmerz in seinem Bauch den Atem. *Jetzt?*, dachte er. *Das passiert mir ausgerechnet jetzt?* Denn bevor der kalte, scharfe Schmerz verschwand und wiederkehrte, einmal und dann ein zweites Mal, hielt Jude das, was ihm gerade zustieß, für einen kurzen, plötzlichen Krampf in seinem Darm. Er dachte, er müsste mitten in einem Kampf in die Hose machen.

Doch als er das Blut roch, dämmerte ihm, dass er erstochen wurde.

Seine Beine wurden schwach, und er fiel zu Boden, spürte kaum, wie er aufprallte, und erkannte jetzt, was mit ihm passierte. Schnell presste er die Hände auf die Wunde in seinem Unterleib, aus der klebrige, heiße Flüssigkeit spritzte. Er rang nach Luft, aber seine Lunge füllte sich nicht mit Sauerstoff. Mit aller Kraft bemühte er sich, irgendeinen magischen Zauber zu sprechen, irgendeine Rettung in letzter Sekunde, die er dringend brauchte. Er versuchte, etwas zu sagen, obwohl sein Mund voller Blut war, seinem eigenen Blut, nicht bloß dem Geschmack nach Blut, der die Gegenwart eines Vampirs ankündigte. Doch mit jedem immer schwächer werdenden Atemzug kam nur gurgelnder Schaum über seine Lippen.

Ihm schoss durch den Kopf, wie viele Fehler er gemacht hatte, und dass er das hier in den Augen von ziemlich vielen Leuten verdient hatte.

Und dann, zu seiner großen Überraschung und trotz aller Anstrengungen, es zu verhindern, starb Jude Dubuisson.

TEIL IV
DER GEHÄNGTE

KAPITEL SECHZEHN

Die Seele muss das Gewicht des Herzens gegen die Feder der Wahrheit ausbalancieren, um ins Jenseits gelangen zu können. Oder aber sie muss eine Brücke überqueren, die so schmal ist wie eine Messerschneide, oder einen Pass bezwingen, an dem die Berge sich aneinanderdrängen, oder sie muss den Fährmann bezahlen, damit er sie über den Fluss rudert, einen Fluss aus Blut oder aus Tränen oder aus den Wassern des Vergessens. Oder sie reitet auf einem Pferd, das über die Oberfläche des Ozeans galoppiert, oder segelt in einem Boot aus Glas. Sie muss in eine vereiste Grube hinabsteigen oder einen riesigen Berg bis in himmlische Sphären erklimmen. Sie unternimmt eine Reise, die drei Tage dauern kann oder ein Jahr oder vier, oder die völlig außerhalb der Zeit stattfindet. Das Ziel der Seele ist eine Weide oder ein Feld, ein grüner Rasen, Jagdgründe oder eine Insel. Oder das erste Heim der Menschheit, wo es reichlich Nahrung gibt und keinerlei Krankheiten existieren und immer Sommer herrscht. Die tapferen Toten werden vom Schlachtfeld zu einem großen Fest gebracht, die Wohlwollenden finden sich in einem Garten ewiger Freude wieder, und die Weisen werden eins mit allem. Die sündigen Toten erwartet ihre Strafe in einem Labyrinth, in einem See aus Feuer oder einer dunklen, vereisten Höhle, oder sie werden auf die Welt zurückgeschickt, erneut geboren, müssen erneut leben und sterben erneut, wobei sie ihre Fehler wiedergutmachen können. Oder die Toten sind einfach tot. Ihre Körper verfaulen, werden zu Erde und nähren das Ökosystem, das sie genährt hatte. Die Energie kehrt ins Universum zurück, und ihre Elemente sind dieselben wie die der lebendigen und sterbenden Sterne. Der Tod ist der Anfang einer Reise, eine Tür in eine andere Welt, Teil eines ewigen Kreislaufs. Er ist nie wirklich das Ende.

Jude stand draußen im Regen, trug seinen einzigen Anzug und wusste nicht, wo er war oder warum er hier war. Der Regen verhüllte die Welt um ihn herum so vollkommen, als stünde er im Nebel. Der Lärm der Stadt wurde vom statischen Rauschen des Windes übertönt, vom Zischen des Regens auf heißem Beton, die Ziegelsteine und das Neon der Gebäude gegenüber waren in dem Wolkenbruch kaum zu sehen. Regenschleier bewegten sich wie hohes Gras im Wind, wie Wellen, die gegen einen Strand schlugen. Er hatte das Gefühl, dass er gerade irgendetwas ungeheuer Wichtiges getan hatte, konnte sich aber nicht mehr daran erinnern, worum es sich handelte.

Jude griff nach seinem Handy, ohne genau zu wissen, wen er eigentlich anrufen wollte. Seine Taschen waren leer. Er hatte keine Schlüssel dabei, keine Brieftasche, kein Telefon, gar nichts. Es blitzte, und der fallende

Regen wurde wie von einem Kamerablitz gebannt. Im nächsten Moment donnerte es. Der Donnerschlag war so nah, dass Jude ihn bis in seine Knochen spürte. Er klopfte erneut seine Taschen ab, ein Klischee der Verwirrung.

Dann drängte sich eine unartikulierte Furcht in seine Gedanken. Ihm wurde klar, dass er überhaupt nicht fror, obwohl er bis auf die Haut nass war, und dass er nicht das geringste Unbehagen in dem peitschenden Wind spürte. Vielleicht träumte er ja. Welche andere Erklärung sollte es sonst dafür geben, dass er in einem Anzug und einer Krawatte mit leeren Taschen durch einen Sturm spazierte? Er schloss die Augen, zwang sich, aufzuwachen, und öffnete die Augen wieder. Der Wind wehte, es regnete, und er sah den vertrauten Schutz einer Straßenbahnhaltestelle.

Der Boden unter ihm erzitterte in einem regelmäßigen, donnernden Rumpeln, das immer stärker wurde, statt abzunehmen. Licht brannte ihm in den Augen, aber nicht das Zucken eines Blitzes, sondern ein steter Schein. Etwas rauschte heran, Bremsen kreischten, und ein alter Straßenbahnwagen kam vor ihm zum Stehen. Er war verbeult und mitgenommen wie die uralten Waggons der St.-Charles-Linie, aber er war nicht grün wie die Wagen, in denen er sein ganzes Leben lang gefahren war. Dieser Straßenbahnwaggon war glänzend schwarz lackiert.

Die Türen klappten auf, und Barren beugte sich heraus. Der Regen prasselte auf seinen mit Blumen bemalten Schädel.

»Habe ich dir neulich nicht gesagt, dass du zu früh warst?« Sein Tonfall war rhetorisch und tadelnd. »Nun sieh dich doch an.« Er schüttelte den Kopf, langsam, eine Geste, die feierlich gewirkt hätte, wäre da nicht sein spöttisches Totenschädel-Grinsen gewesen. »Na gut, komm rein, bevor du dir den Tod holst. Noch mal.«

Flammen tanzten im Glas und Eisen uralter Gaslaternen, die das Innere der Straßenbahn mit einem düsteren, irgendwie grabmalartigen Schein erfüllten. Dicke Kissen aus Formleder bedeckten die Sitze. Sie hatten die dunkelrote und braune Farbe von Sargfutter. Es roch nach Kerzenwachs und einem stechenden Öl, das fast den schwachen, beißenden Geruch von Bleiche überdeckte. Ein weiterer Passagier saß in der letzten Reihe. Sein Gesicht wurde durch eine breite Hutkrempe verdeckt. Jude ging langsam auf ihn zu, neugierig, blieb jedoch stehen, als Barren sich hinter ihm mit übertriebener Ungeduld räusperte.

»Wohin willst du?«, fragte Barren. Als Jude sich zu ihm umdrehte, hatte sich der Voodoo-Loa verändert: Sein zuvor mit Blumen bemalter Schädel war blank, nichts als gebleichte Knochen, und sein Smoking war einer wollenen Kutte gewichen. Aschgraue Schwingen bogen sich über seine Schultern und berührten fast die Decke der Straßenbahn. Tief in seinen Augenhöhlen schienen Fackeln zu brennen, und sein lippenloser Mund grinste nicht mehr, sondern war verzerrt.

Jude hatte keine Antwort für ihn, aber seine Stimme versagte ihm ohnehin den Dienst. Die Musik hob die Stille und den Raum zwischen ihnen noch hervor. Barren rieb Daumen und die beiden ersten Finger seiner Hand aneinander. »Hier fährt keiner schwarz«, sagte er schließlich.

Jude klopfte erneut seine Taschen ab, obwohl er wusste, dass sie leer waren. Hose und Jacke waren nur feuchtes Tuch. Er öffnete den Mund, um es zu erklären, aber es kam kein Wort heraus. Er bemühte sich, versuchte ein Wort zu finden, das seinem Verstand entkommen war, aber es war ganz so, als wäre ihm die Fähigkeit zu sprechen abhandengekommen. Ein riesiger Abgrund klaffte zwischen seinen Gedanken und seiner Zunge. Er bemühte sich so sehr, dass er anfing zu zittern, bekam jedoch nur ein Keuchen heraus, das auch vom Wind draußen hätte stammen können.

Eine starke Hand packte seine Schulter, und die Anspannung verflog. Eine Stimme mit einem breiten haitianischen Akzent ertönte hinter ihm. »Lass den Jungen in Ruhe«, sagte sie. »Er hat schon genug an den Hacken und muss nicht auch noch deine Gemeinheiten ertragen.«

Jude drehte sich um und sah den anderen Passagier in der Straßenbahn. Es war Papa Legba. Er hatte den Mund zu einem Lächeln verzogen. Sein Körper war knorrig und verwittert wie eine Eichenwurzel. Das war nicht der Körper eines Houngans, eines weißmagischen Hohepriesters, sondern das war sein wahres Gesicht.

Erst in dem Moment und vielleicht etwas spät dämmerte es Jude, dass er richtig in der Scheiße saß. Er wollte dem Voodoo-Gott danken, aber Legba runzelte die Stirn und schüttelte den Kopf.

»Das wird dir nichts nützen«, sagte er. »Nicht jetzt.« Er deutete auf Barren. »Du musst den Fahrpreis zahlen. Das müssen alle.«

»Wieso ist es grausam, wenn ich das sage?«, erkundigte sich Barren. »Ich habe ihm doch genau dasselbe gesagt.«

Legba runzelte die Stirn, und alle Linien seines Gesichts schienen sich zur Erde zu wenden. Er sah Jude weiter an, sprach aber zu Barren. »Es geht darum, wie du es sagst, das weißt du genau. Du sollst sie leiten, aber du hast Vergnügen daran, sie zu quälen.«

»Du hast einfach keine Ahnung mehr, wie man sich amüsiert.«

Jude sah aus dem Augenwinkel, wie Barren eine obszöne Geste machte, die Legba sowohl bemerkte als auch ignorierte. Ihre Worte wirkten wie einstudiert, als hätten sie diesen Streit schon oft geführt und zitierten einfach nur ihre Sätze. Es war sonderbar, mit anzusehen, wie zwei Götter sich zankten wie ein altes Ehepaar.

Draußen hämmerte der Sturm gegen den Straßenbahnwaggon. Er schwankte im Wind und Regen wie ein Betrunkener, wie ein Schiff auf hoher See.

»Öffne den Mund«, befahl Legba. Jude brauchte einen Moment, bis ihm klar wurde, dass der Loa mit ihm sprach. Und es blieb ihm nichts übrig, als zu gehorchen. Legba gab Jude ein Zeichen, sich zu bücken und den Kopf auf Höhe des runzligen Gottes zu bringen. Als er es tat, griff Legba in Judes Mund und berührte seine Zunge. Legbas Finger waren warm und schmeckten nach Tabak und Rum. Sie fuhren über die empfindliche Unterseite von Judes Mund und zogen etwas heraus. Jude hatte es dort nicht gespürt, bis Legba es berührt hatte. Es war etwas Hartes, Flaches und Rundes. Der Moment löste ein unheimliches Echo in Judes

Erinnerung aus, wie eine Parodie, eine Umkehrung der heiligen Kommunion.

»Da haben wir es.« Legba hielt die feuchte Münze vor Judes Augen. Es war eine der Dublonen von Dodges Kartenspiel. Jude dachte zuerst, es wäre diejenige, die seine Gabe enthielt, aber in das Metall von dieser hier war eine stilisierte Zunge geprägt. Es war der Einsatz, den Legba verlangt hatte. Der Loa drückte die Münze Jude in die Hand. »Nun mach schon. Bezahl den Fahrpreis, damit wir losfahren können.«

Barren, jetzt wieder mit seinem blumenbemalten Schädel und im Smoking, wartete mit ausgestreckter Hand. Jude konnte nicht verstehen, warum Legba ihm die Dublone zurückgegeben hatte, obwohl das Spiel noch im Gange war, aber er verstand ohnehin im Augenblick nicht allzu viel von dem, was ihm widerfuhr. Er wusste nur, dass er mit zwei Loa allein in einer Straßenbahn saß. Er ließ die Münze in Barrens behandschuhte Rechte fallen. Der Schädel-Gott blickte darauf, lachte leise und schnippte die Dublone auf den Handrücken. Dort ließ er sie zwischen seinen Knöcheln tanzen.

»Schiebst mir die Zunge gleich beim ersten Date in den Hals«, sagte er und imitierte den atemlosen Dialekt einer schockierten Südstaaten-Schönheit. »Und ich dachte, du wärst ein Gentleman.« Er wirbelte auf den Zehen herum und ließ sich kichernd auf den Fahrersitz der Straßenbahn fallen. Dann zog er an einem Hebel, die Maschine sprang stampfend an und hämmerte unter dem Boden wie ein angestrengtes Herz.

Legba zupfte an Judes Ärmel und zog ihn von Barren

weg in den hinteren Teil der Straßenbahn. »Lass diesen Hahn einfach seine eigene Dummheit hinauskrähen«, sagte er. »Es gibt einiges, was du verstehen musst.« Er führte Jude mit langsamen und vorsichtigen Schritten zwischen den Sitzen entlang, während der Waggon auf den Gleisen rumpelte, hin und her geschleudert vom Sturm. Legba setzte sich hin, schlug ein Bein über das andere und balancierte den Knöchel auf seinem Knie. Es war eine überraschend geschmeidige Bewegung für einen Mann, der so alt und zerbrechlich wirkte wie er. Er legte seine Hand auf den Sitz neben ihm.

Barren wandte den Blick nicht von dem Fenster vor ihm ab, als er über die Schulter rief: »Hör nicht auf den Blödsinn dieses alten Knackers, Jude! Dieser Hahn hier hat den größten Schwanz von allen Loa. Da kannst du jeden fragen!«

Jude lächelte, und Legba neben ihm lachte. »Er ist clever, das muss ich zugeben«, sagte Legba, nahm eine handgeschnitzte Holzpfeife aus seiner Jackentasche, lachte erneut und schüttelte den Kopf, als er sie am Absatz seiner glänzenden Anzugschuhe ausklopfte. »Jedenfalls glaubt er es.« Aus der Westentasche nahm er einen Klumpen getrockneter Blätter, die er mit dem Daumen in den Pfeifenkopf stopfte. Jude sah zu, halb hypnotisiert und halb in der Hoffnung, dass Legba die Flasche Rum aus der Tasche ziehen würde, aus der sie bei Dodges Beerdigung getrunken hatten. Er konnte sich nicht erinnern, wann er das letzte Mal so dringend einen Drink gebraucht hatte wie in diesem Moment. Der Loa griff in die Laterne, die über seinem Kopf hin und her schwankte, und pflückte eine

Flamme heraus, so mühelos, als zupfte er ein Blatt von einem Ast. Er entzündete damit seine Pfeife und paffte mehrmals, bis Rauch aus dem Pfeifenkopf quoll. Er roch nach einer Kombination aus Tabak und Ingwerwurzeln.

Der Gedanke an den gemeinsamen Drink mit Legba bei Dodges Beerdigung löste eine weitere Erinnerung in Jude aus. Aber kaum war sie gekommen, war sie auch schon wieder verschwunden. Er bemühte sich, sie festzuhalten, weil er sich sicher war, dass diese Erinnerung irgendwie von Bedeutung war, aber seine Gedanken waren ebenso wenig fassbar wie seine Stimme. Warum konnte er sich nicht daran erinnern, wie er hierhergekommen war? Und warum brachte er kein Wort heraus?

Legba nahm die Pfeife aus dem Mund, und das Mundstück klickte leise gegen seine Zähne. Dann deutete er damit auf Jude. »Was du verstehen musst«, sagte er ruhig und feierlich, »ist, dass du gestorben bist.« Seine Worte überraschten Jude nicht. Weder beschleunigte sich sein Puls, noch wurde ihm heiß, noch amüsierte er sich über diese alberne Idee. Gar nichts. Das war wahrscheinlich kein besonders gutes Zeichen. »Deshalb kannst du nicht sprechen«, fuhr Legba fort. »Und deshalb kannst du dich nicht daran erinnern, wo du gewesen bist, bevor du zu mir kamst. Solche Dinge fallen den frisch Gestorbenen schwer.«

Legba blickte aus dem Fenster, während er sprach. Jude folgte seinem Blick und sah, dass sie in der Riverfront-Linie saßen, die zwischen dem Damm und dem Fluss entlangfuhr. Der Voodoo-Gott deutete mit einem Winken zum Fenster und schien auf den Damm, die

Gebäude, die darüber hinausragten, und alles andere zugleich zu zeigen.

»Hier, an diesem Ort, haben die Toten eine Menge Möglichkeiten. Viele Götter sind bereit, sie zu dem Ort am Ende ihres Weges zu geleiten. Ich habe dir dein Unterpfand zurückgegeben, damit du mir nicht verpflichtet bist. Und damit du die Dinge glaubst, die ich dir erzähle, und darauf vertraust, dass ich von deinem Unglück nicht profitieren will.« Legba wandte sich vom Fenster ab, und seine uralten Augen bohrten sich in Judes. »Von hier an kannst du dem Kurs folgen, für den du dich entscheidest. Du kannst sogar bleiben, wenn es dir gefällt. Aber wenn du irgendeine andere Führung erwägst außer meiner, wirst du dich verirren. Das kann ich dir versprechen.«

Der Straßenbahnwaggon quietschte, als er bremste, und die Gaslaternen schwangen so heftig, dass sie fast gegen die Decke geschlagen wären. »Erster Halt!«, schrie Barren von seinem Fahrersitz. »Elysische Gefilde.«

Die Party ergoss sich aus dem großen Haus hinaus bis auf den getrimmten Rasen. Es war eine feierliche Veranstaltung in Abendgarderobe. Die Feiernden vor dem Haus, entweder tuschelnde Paare oder ausgelassene Grüppchen, schienen sich nicht an dem Sturm zu stören, der außerhalb des Anwesens tobte. Als wüssten sie genau, dass der Wind und der Regen sich hüten würden, sie zu belästigen. Jede Lampe in dem geräumigen zweistöckigen Haus brannte, und ihr warmer Schein fiel aus den Fenstern und der offenen Haustür. Gelächter, vergnügte Rufe, Jazz und Gespräche drangen nach draußen, mischten sich zu einem einzigen energischen Murmeln. Als Jude aus dem Regen und durch die hohen Steintore auf den Kieselpfad trat, der sich träge mäandernd bis zur Veranda schlängelte, wehte ihm ein warmer Sommerwind ins Gesicht. Er duftete süß nach Magnolienblüten und frisch gemähtem Gras.

Er war schon einmal hier gewesen. Nicht in dem großen Plantagenhaus, sondern am Ende der Elysian Fields Avenue, dem Rand des Quarters, in einem Viertel namens Marigny. Jedes Mal, wenn er über diese Straße gegangen war, von der Straßenbahn zu einer der Bars auf der Esplanade oder um die Krewe-du-Vieux-Parade zu sehen, die durch das Quarter zog, hatte dieses Anwesen nur wie eine Nebenstraße und ein winziges unbedeutendes Grundstück ausgesehen. Ein dünner Streifen Gras und ein paar dürre Bäume. Er stand einen Moment da und staunte, dass ihm so etwas wie dies hier verborgen geblieben war, und fragte sich, an welchen anderen Wundern er ahnungslos vorbeigelaufen sein mochte.

Papa Legba stützte sich neben ihn auf einen Gehstock. Die Farben seines Anzugs waren verblichen, als wäre er aus einer schlecht entwickelten Fotografie hinausgetreten. »Komm«, sagte er, »du kannst dich ruhig umsehen.« Sie folgten dem Fußweg zum Haus. Der Gott humpelte, und Jude schlenderte mit den Händen in den Taschen neben ihm her. Ihre Schritte knirschten auf dem Kies, und aschfarbener Staub stieg hinter ihnen auf. Keiner der Partygäste hielt sie auf oder stellte ihnen Fragen oder schien sie auch nur zu bemerken. Jude half Legba die Stufen zur Veranda hoch und folgte ihm ins Innere des Hauses.

Das passte zur Außenseite: Wohlstand und Extravaganz, Charme und Fröhlichkeit. Durch die Tür gelangte man in einen riesigen, vollen Ballsaal. Der Boden war dunkel und glänzte fast wie ein Spiegel, am Ende des Saals führten zwei Treppen zu der Galerie darüber. Seidenvorhänge hingen in schweren Falten neben jedem Fenster, glatt und dunkel wie teurer Rotwein. Die Wände waren grau verputzt, nur an einigen kunstsinnig ausgesuchten Stellen fehlte der Putz, um die roten Ziegelsteine zu zeigen.

Der Kronleuchter, der von der Decke hing, war nicht das glitzernde Etwas aus Kristall und Licht, das Jude erwartet hatte. Er war vielmehr eine schwere Bronzeskulptur: Sieben geflügelte Gestalten hielten Trompeten an die Lippen, und im Trichter jedes Instruments knisterten Flammen. Jude war sich nicht sicher, aber einer von ihnen konnte gut Hē sein. Andere Statuen schmückten den Raum. Frauen und Männer aus Gips schienen aus der Wand herauszuwachsen, hoben die Arme über die Köpfe vor Begeisterung oder im Gebet, und marmorne Cherubim saßen am Fuß jeder Treppe. Über allem spielte auf der Empore eine Band ein langsames, trauriges Lied, das Jude zu kennen glaubte, aber nicht genau einordnen konnte. Der Sänger hatte eine bluesige Stimme, die ihm vage vertraut vorkam. Jude erkannte ihn erst, als er sein schiefes, jungenhaftes Grinsen sah.

Tommy.

»Ja, der Teufel ist ein viel beschäftigter Mann«, sang Tommy. *»Junge, sieh nur, wie er immer auf meiner Fährte bleibt. Und es spielt keine Rolle, was ich auch versuche, der Teufel kommt mir immer in die Quere.«*

Die Gäste wiegten sich beschwingt zu der Musik, aber sie tanzten nicht wirklich. Sie lachten, redeten und tranken, die Männer trugen Anzüge oder Smokings, die Frauen elegante Gewänder aus unterschiedlichen Epochen. Hier ein einfaches Kleid aus verführerischem Material, da ein Kunstwerk aus Spitze und einer Menge Stoff. Bis auf ein paar Aussetzer, was die Farbe anging, die aber nur die Regel bestätigten, trugen alle Schwarz oder Weiß oder eine Kombination aus beidem. Die ganze Szenerie hatte eine antike Patina, wie ein Ball vor dem Sezessionskrieg, aber anders als in dieser Epoche war die Trennung zwischen Gästen und Bediensteten keine klare Grenze. Jude betrachtete die Menge, die trank, lachte, stritt, rauchte, küsste und einfach brodelte, und sah Hautfarben aller Schattierungen, und alle genossen die Party. Es schien nur Trinker zu geben, nur Feiernde, aber niemanden, der die Drinks mixte, niemanden, der die Speisen servierte. Neugierig ging Jude zum hinteren Ende des Ballsaals und hielt sich dabei dicht an der Wand.

Erst als er die andere Seite erreichte, bemerkte er, dass Legba stehen geblieben war und sich auf seinen Gehstock stützte.

Der Gang hinter dem Ballsaal war dunkel, wie ein unterirdischer Tunnel. Und der Lärm der Feiernden war zu einem dumpfen Dröhnen gedämpft. Als sich Judes Augen an die Dunkelheit gewöhnt hatten, sah er in regelmäßigen Abständen Lichtschlitze auf dem Boden. Sie stammten von geschlossenen Türen, hinter denen private Partys veranstaltet wurden. Die Lichter erloschen jedoch, eins nach dem anderen, wenn Jude sich ihnen näherte. Schließlich kam er ans Ende des Ganges, wo er einer letzten Tür gegenüberstand. Der Schein unter dieser Tür war so hell, dass er die rote Farbe des Holzes erkannte. Er hatte das Gefühl, er sollte die Tür kennen, aber der Gedanke verflüchtigte sich, während er noch versuchte, ihn zu fassen.

Als Jude die Tür öffnete, quietschten ihre rostigen Angeln, und das Licht in dem Raum blendete ihn. Aber er fühlte immer noch nichts, keine Angst, keine Erwartung angesichts dessen, was er hier vorfinden würde. Als er wieder sehen konnte, erkannte er eine Blumentapete mit dem gleichen Muster wie dem auf Barrens Schädel. Sie war verblichen und löste sich bereits an den Rändern. Eine katzenförmige Uhr hing an der Wand; aus ihrem Kopf ragten scharfe Hörner, die untere Hälfte war ein gewundener, schuppiger Bogen. Der Filz eines Pokertisches leuchtete hellgrün, in der Farbe des Geldes, wie die Augen von jemandem, den er kannte. Judes Erinnerung kehrte zurück, plötzlich, scharf und mit voller Wucht. Er erinnerte sich an diesen Raum voller Götter, an den Rauch und den Lärm. Er erinnerte sich auch daran, wie der Raum kalt und leer gewesen war, schweigend wie ein Grab, erinnerte sich an den dunklen Fleck auf dem Tisch und den Gestank von Blut. Er erinnerte sich, wie er blanke Karten umgedreht hatte, die ihm ein Glücksgott ausgeteilt hatte.

Er erinnerte sich!

Dodge Renaud saß am anderen Ende des Tisches, fett und kahlköpfig und grinsend, ein Blatt Karten in der Hand. Er hatte die Krawatte gelockert und das Hemd aufgeknöpft, als wäre er stolz auf die Schnittwunde oberhalb seiner Kehle, seinen klaffenden zweiten Mund. Er mischte mit geschickten kurzen Bewegungen. Zusammenschieben, mischen, abriffeln. Der Engel Hē hockte auf der Lehne des Sitzes links neben Dodge. Ein gut aussehender junger Weißer lümmelte rechts von ihm. Er kippelte mit dem Stuhl auf zwei Beinen und hatte seine Laufschuhe frech auf den Kartentisch gelegt. Während Jude zusah, noch erschüttert von der Rückkehr seiner Erinnerung – Erinnerungen an Dodge, Erinnerungen an sich selbst –, machte Dodge eine Pause und trank etwas. Der Schnaps lief aus seiner Wunde, als er schluckte, aber das schien den Glücksgott nicht zu stören. Er blickte Jude mit Augen an, die so kalt, hart und grün waren wie Geld und ebenso scharf wie das Schnappen der Karten, die er mischte.

»Wurde auch Zeit, dass du endlich hier aufkreuzt«, sagte er.

KAPITEL SIEBZEHN

Furcht lebte, wie Jude wusste, im Körper. Adrenalin im Blut, ein schmerzhaft zusammengezogenes, aufgeregtes Herz, die Faust in der Magengrube, der Magen, der einem in die Kniekehlen rutscht, die Hoden, die zu schrumpfen scheinen, das Prickeln auf der Haut, wenn sich die Härchen aufrichten, die Zunge, so trocken wie altes Leder, aber die Sehkraft scharf und stechend klar. In einem Zimmer mit Göttern zu stehen und nichts von alldem zu empfinden, überzeugte Jude wirklich, dass Legba nicht gelogen hatte, als er ihm gesagt hatte, er sei gestorben. Denn die einzige Möglichkeit, in diesem Moment keine Furcht zu haben, war, dass er keinen Körper mehr hatte, der so etwas fühlen konnte.

»Nimm dir einen Stuhl«, sagte Dodge. »Machen wir ein paar Spielchen.« Jude setzte sich auf den Stuhl dem Glücksgott gegenüber und dachte an das blanke Blatt seines eigenen Schicksals. Dodge mischte und breitete die Karten in jeder Hand zu einem Fächer aus, bevor er sie wieder zusammenschob. »Wie hättest du es gerne?«, erkundigte er sich. »Five Card Draw? Atlantis? Crazy Eights?«

Jude öffnete den Mund und wollte etwas sagen, aber

trotz der Rückkehr seiner Erinnerung verweigerte seine Stimme ihm immer noch den Dienst.

Dodges Lächeln verschwand kurz, dann jedoch strahlte er erneut über das ganze Gesicht. »Ach, richtig«, sagte er. »Die Sache mit dem Sprechen. Keine Sorge, das kommt wieder. Aber natürlich ist es nicht deine richtige Stimme. Nichts, was irgendeine Macht enthält. Sonst würde ja niemand tot bleiben.« Er lachte über seinen Witz und teilte jedem am Tisch außer sich selbst zwei Karten mit dem Bild nach unten zu. »Also spielen wir Hold'em. Dabei müssen wir nicht reden.«

Jude warf einen Blick auf seine Karten und war nicht im Geringsten überrascht, dass er zwei blanke Karten bekommen hatte. Weder Hē noch der andere Gott hatten sich die Mühe gemacht, auch nur einen Blick auf ihr eigenes Blatt zu werfen. Der junge Mann war zu sehr damit beschäftigt, etwas in sein Smartphone zu tippen, und der Engel starrte Jude mit diesen unheimlichen Augen eindringlich an. Jude überlegte, ob Dodge wohl wusste, dass er mit seinem Mörder am selben Tisch saß. Aber ohne Stimme konnte er ihn nicht fragen. Dodge warf einen Chip von seinem Stapel in die Mitte des Tisches, wartete, räusperte sich und schüttelte den Kopf, bevor er einen Chip von Hēs Stapel nahm. »Das wären das Small Blind und das Big Blind. Dein Einsatz, Jude«, sagte er.

Die Chips vor Jude waren aus billigem Plastik. Er sammelte genug davon ein, um das Blind zu bedienen, und warf sie nach vorn. Dodge hob die Augenbrauen, gab aber weiter Karten aus. Er schob noch ein paar von seinen Chips auf den Haufen und legte dann drei Karten mit dem Bild nach oben in die Mitte des Tisches. DER MAGIER, DER EREMIT und DAS RAD DES SCHICKSALS.

Das war einfach lächerlich, und Jude wollte das auch sagen, versuchte seine Lungen, die offenbar nicht existierten, dazu zu zwingen, eine Stimme aus der Kehle zu pressen, die ebenso wenig existierte. Er erinnerte sich an die Macht, die seine Stimme gehabt hatte, die Fähigkeit, mit einem Wort jedes Schloss zu öffnen oder Flammen zu beschwören, Worte des Heilens oder der Zerstörung. Und jetzt musste er gedemütigt und stumm eine kindische, kastrierte Version desselben Spiels spielen, das ihn und Dodge und wer weiß wen noch das Leben gekostet hatte. Er war mehr als das. Er war ein Halbgott, ein Schwindler, ein Trickster. Ein schwacher Abglanz der Wut, die er einst gespürt hatte, glomm in seinem Innersten.

Jude legte seine beiden Karten aufeinander und zerriss sie in der Mitte.

Dodge ließ seine Karten auf den Tisch sinken. Er lächelte nicht mehr. »Da versuchst du jemandem eine Rettungsleine zuzuwerfen, und der erhängt sich dann selbst damit. Wenn du den harten Burschen spielen willst, dann nur zu.« Er nahm sein Glas Scotch vom Tisch und deutete damit in Judes Richtung. Die Eiswürfel klingelten. »Er gehört dir.«

Jetzt blickte der junge Mann endlich von seinem Handy auf und zeigte Jude ein unbekümmertes Grinsen. »Also, das hier ist das richtige Spiel. Die meisten Leute müssen das Nachleben nehmen, das sie erwartet, aber du Glückspilz darfst dir deins aussuchen.« Seine Worte klangen sonor, als wollte er gleich anfangen zu singen.

Hē gab einen verächtlichen Laut von sich, bevor er mit einer Stimme sprach, in der Judes eigener verlorener Klang nachhallte. »Bei dir geht es immer um Spielchen. Aber diese Entscheidung ist kein Spiel. Außerdem hat er sie bereits getroffen.«

Der junge Gott stellte die Füße auf den Boden und beugte sich vor. »Wie kommst du darauf?«

»Er trägt seine Entscheidung um den Hals.«

Jude griff an seinen Hals, und seine Finger berührten den Rosenkranz, den er aus dem Beutel genommen und sich übergestreift hatte. Er hatte ihn getragen, als er gestorben war.

Der junge Gott lachte. »Irgendein Symbol zu tragen bedeutet einen Scheiß! Wäre es anders, würden mich die hier …«, er knallte einen Fuß wieder auf den Tisch und zeigte die winzigen Flügel, die aus den Knöcheln seiner Sneakers wuchsen, »… zu einem Engel machen.«

Hermes. Hermes war Thoth, und Thoth war tot. Was bedeutete, dass Hermes zum Leben erwacht war. Hatten Hermes und Hē die ganze Sache geplant? Oder machte der griechische Gott nur das Beste aus einer miesen Situation? Sei es, wie es war, Jude traute ihm kein bisschen über den Weg.

He wandte sich wieder an Jude. »Da du ein Wesen bist, dem der Höchste den freien Willen gewährt hat, bist du in der Lage, dir die Ewigkeit auszusuchen, die dir am besten gefällt.« Der Engel hob beide Hände mit den Handflächen nach oben, und ein weiches Licht strahlte von ihnen aus. Jude bemerkte eine zweite Rote Tür hinter dem Engel, die vor einem Moment noch nicht da gewesen war, dessen war er sich ziemlich sicher. Vielleicht war aber auch nur dieselbe Rote Tür an zwei Orten gleichzeitig – dieses Ding war einfach vollkommen unberechenbar. Nebel waberte an der Schwelle unter der Tür. Allerdings waren das vielleicht auch einfach nur Wolkenfetzen, angesichts dessen, was Hē war. Jude war sich nicht sicher, aber er glaubte, dass er einen Chor singen hörte, leise und ehrfürchtig. »Ich denke, wenn das Paradies zur Auswahl steht, ist das eine einfache Entscheidung. Es wird nicht immer so großzügig angeboten.«

Hermes warf den Kopf in den Nacken, stöhnte und machte eine Handbewegung in seinem Schoß, als würde er masturbieren. »Ach, blas mir doch einen«, sagte er. Hinter ihm tauchte jetzt ebenfalls eine Tür auf, durch deren Schlitze der üppige, lehmige Duft nach Sommerfeldern und der salzige Geruch von Ozean drangen. »Ist dir schon einmal aufgefallen, wie oft die Leute aus dem Paradies über die Hölle reden? Willst du wissen, warum? Weil das Paradies verflucht langweilig ist. Du wirst eine Ewigkeit darüber nachdenken, wie funkelnd weiß deine heiligen Roben sind, und läufst da drüben mit jeder Menge Gefieder durch die Gegend. Aber denk nicht mal dran, diese Roben abzuwerfen und dich mit einer der heißen Chorsängerinnen herumzuwälzen. Denn dann fährst du mit dem Expressaufzug hinab in die Hitze. Genau dorthin geht echte Kreativität. Aber Elysium? Da will jeder gerne sein. Keine Trauer, keine Plackerei. Stattdessen bekommst du großartiges Essen, kräftigen Wein, und der Dresscode ist … wie soll ich es ausdrücken … weniger beengend, wenn du verstehst, was ich meine.«

Dodge lachte leise. »Du hast etwas ausgelassen, Hermes. Bei dir klingen die Sommerinseln schöner als eine genüssliche Nummer am Weihnachtsmorgen. Ich bin sicher, du hast vergessen zu erwähnen, dass du seit etwa einem Jahrtausend keine neuen Gäste begrüßen konntest. Und dann wäre außerdem noch das hier.« Er klatschte zweimal in die Hände. Das attraktive Gesicht von Hermes dehnte sich und wurde zu dem langschnäbeligen Vogelkopf von Thoth. »Wenn du immer noch so aussehen würdest, würdest du ihm dann auch einzureden versuchen, dass Aaru, das Gefilde der Binsen, der richtige Ort für ihn wäre?« Er schüttelte den Kopf, klatschte erneut in die Hände, und Thoth wurde wieder zu Hermes. »Ich glaube, du könntest sogar dem Teufel Erlösung andrehen, Söhnchen, so glatt, wie du schwadronierst. Aber Jude kauft dir das nicht ab, oder?« Die letzten Worte waren an Jude gerichtet, der jedoch keine Antwort wusste, selbst wenn er hätte sprechen können.

Der Glücksgott strich sich in einer spöttischen Geste der Nachdenklichkeit über das Doppelkinn. »Nein, Jude weiß, wohin er gehört. Wo er immer hingehört hat. Genau wie ich.« Er deutete mit einem Daumen auf die Tür hinter sich. »Was sie dir nicht gesagt haben und was du auch nicht wissen sollst, ist, dass du nirgendwo hingehen wirst. Diese Party da draußen? Die geht unaufhörlich weiter. Manchmal ist es Mardi Gras. Manchmal ist es eine Silvesterparty. Eine Parkplatz-Party der Saints, eine Hurrikan-Party … Zum Teufel, manchmal feiern sie einfach nur um der Party willen.« Dodge zwinkerte. »Du hast dein ganzes Leben lang im Himmel gelebt, Kleiner.

Warum sollte so etwas Belangloses wie der Tod dich veranlassen wegzugehen?«

Jude starrte vor sich auf den Tisch, als wollte er ein Loch hindurchbohren, damit er die beobachtenden Blicke der Götter nicht erwidern musste. Wie sollte man überhaupt eine solche Entscheidung treffen? Er hatte so viele Fehler in seinem Leben gemacht, so viele Leute enttäuscht. Wahrscheinlich wollten ihn weder der Himmel noch Elysium haben, ganz gleich, was Hē oder Hermes auch sagten.

Er bemerkte, dass er nach wie vor die zerrissenen Karten in der Hand hielt. Während die drei Götter ihren Werbepitch von sich gaben, hatte er sie fest umklammert. Und sie waren immer noch blank. Plötzlich begriff er, was die Götter versuchten. Er mochte tot sein, aber sein Schicksal war noch nicht entschieden, die blanken Karten bewiesen es. Doch die drei wollten sein Blatt beeinflussen, indem sie ihn aus dem Spiel nahmen … indem sie ihn vor eine Alternative stellten, für die er sich gar nicht entscheiden musste.

Außerdem hatte er bereits den einzigen Führer, dem er traute: Papa Legba.

Jude drehte die Karten um, damit Hē, Hermes und Dodge sie sehen konnten. Damit brach er den Bann des Betrugs, mit dem sie ihn hereinlegen wollten. Er hatte fast das Gefühl, als würde er ihnen den Stinkefinger zeigen. Hermes verdrehte die Augen, Dodge lachte schallend, und Hē starrte ihn einfach nur an.

»Ich nehme an, das war's«, sagte Dodge. »Ihr findet ja alle allein hinaus.« Der Engel verließ als Erster die Runde.

Er breitete seine nach Zimt duftenden Schwingen aus und verschwand in einem schmerzhaft hellen Lichtblitz.

»Angeber«, murmelte Hermes, während er langsam verblasste. Schließlich saß Jude mit dem ermordeten Glücksgott allein am Tisch. In der Stille war nur das Klicken der monströsen Katzenuhr zu hören.

Dodge schien die Ruhe unbehaglich zu sein. »Das war ein gutes Spiel«, sagte er schließlich. Er sammelte die Karten ein und wollte sie mischen. »Du hast bereits die wichtigste Lektion gelernt: Spiel kein Spiel, das du nicht gewinnen kannst.« Dann zeigte sich ein gerissenes, wissendes Grinsen auf seinem Gesicht. »Aber sei ehrlich: Fast hätte ich dich reingelegt.«

Es kostete Jude Mühe, sich von Dodges Charisma nicht einwickeln zu lassen und die Kontrolle zu verlieren.

Der Glücksgott seufzte. »Zu schade, dass du den Beutel verloren hast, den ich dir gegeben habe.« Er schien mehr mit sich selbst zu sprechen als mit Jude. »Er ist alt, vielleicht älter als die Welt selbst. Einige Dinge sind …«, er suchte einen Moment nach den richtigen Worten, »… zu wichtig, um ganz zu verschwinden, selbst wenn sie verloren gehen. Sie müssen irgendwo bleiben, und dieser verwünschte Beutel ist der Ort, wo sie landen.« Jude dachte an den Donnerkeil, an die merkwürdigen Artefakte, deren Zweck er niemals würde herausfinden können. Oder daran, dass er sich manchmal gefühlt hatte, als würde er in einen endlosen Raum greifen, wenn er nach etwas in dem Beutel gesucht hatte. »Wenn ich das hätte, was in diesem Beutel versteckt ist, könnte ich mich wieder gesund machen.« Er grinste. »Begrüße den neuen Boss, der derselbe ist wie der alte Boss, du weißt schon.«

Die Tür hinter Jude öffnete sich knarrend. Eine schwere Hand legte sich auf seine Schulter. Sie roch nach Rum und Tabak. »Wir müssen gehen«, sagte Legba. Jude war bereits draußen, bevor ihm klar wurde, dass er aufgestanden und Legba unbewusst gefolgt war. Entglitt ihm am Ende die Kontrolle über seinen Willen?

»Bis später, Schwerenöter!«, schrie Dodge Jude nach. Er lachte schon wieder. »Wir sehen uns bald!«

Jude folgte dem Loa durch den Gang zu dem vollen Ballsaal. Er ließ Dodge in seinem Zimmer mit seinem Schnaps und den Karten zurück. Er empfand gar nichts dabei. Warum auch? Er konnte nichts für den Glücksgott tun, konnte ja nicht einmal etwas für sich selbst tun. Sie waren beide tot. Selbst so etwas wie Ärger, der sich angestaut hatte, fiel von ihm ab. Nur noch die gefühllose Gleichgültigkeit des Todes war ihm geblieben.

Als er aus der Dunkelheit in das Licht und den Lärm des Saales trat, sah Jude die Umgebung anders als noch auf dem Weg hinein. Obwohl die Räumlichkeiten nach wie vor schön waren, zeigten sie jetzt auch einen Anflug einer Beerdigung. Die Samtvorhänge und der harte Boden schienen die Polsterung eines Sarges zu sein. Die Messingbehälter, die den Kerzenleuchter schmückten und zuvor als Vasen und Blasinstrumente gedient hatten, waren jetzt Urnen. Die Marmorstatuen der fröhlichen Cherubim und eleganten Akrobaten waren die trauernden Engel von Grabsteinen, während die verputzten Wände und die freigelegten Ziegelsteine, die an ein im

Retrostil eingerichtetes Künstlerstudio in der Innenstadt erinnert hatten, nun aussahen, als hätte man sie direkt von den überirdischen Grabmälern der Friedhöfe in New Orleans geholt.

Während Jude und Legba sich durch die Menge der Tanzenden drängten, erkannte Jude viele Gesichter unter den Toten. Tommy, der Straßenjongleur, der lachte, als eine Frau in einem Ballkleid ihm die Schritte zeigte. Der Barkeeper und die Blondine, die Scarpelli ermordet und in Ghule verwandelt hatte. Seine Tante Sara, die Jahre jünger aussah als in seiner Erinnerung.

Jude wollte nach ihnen greifen, aber sie glitten an ihm vorbei, offenbar nicht in der Lage, ihn zu sehen. Dann gab es Leute, die er noch nie getroffen hatte: Gesichter, die er lediglich aus Visionen kannte, die Verlorenen, die seine Gabe gefunden hatte. Er wusste, dass ihre Freude nur eine Erinnerung war, ein Schatten des Lebens, das sie einst geführt hatten. Er wusste auch, dass er, wenn er bliebe, sich unweigerlich zu ihnen gesellen würde und einen schwachen Abklatsch seines Lachens wiederbekäme, so wie er sich auch an seine Wut nur verschwommen erinnern konnte.

Aber etwas zog ihn weiter, hinaus in die Nacht auf den Kiesweg, der, wie er jetzt bemerkte, aus zerbröselten Knochen und Asche bestand, aus den Resten all jener, die in New Orleans in einer Gruft bestattet worden waren. Sie unterschieden sich von einem Backsteinofen in ihrer Funktion, aber nicht in der Form. Und in genauso einem Grab lag höchstwahrscheinlich sein eigener Körper. Er versuchte, etwas vorsichtiger aufzutreten, aber es war hoffnungslos. Jeder Schritt war ein knirschendes, zermalmendes Sakrileg.

Er ging den zerstörerischen Weg weiter, bis er das Tor zwischen dieser Illusion von Leben und dem Straßenbahnwaggon erreichte, der ihn ins Jenseits bringen würde. Er hatte weder Regal noch seine Mutter unter den Geistern gesehen und hoffte, dass sie folglich noch am Leben waren. Denn wenn seine Mutter gestorben wäre, dann wäre sie auf jeden Fall hiergeblieben. Sie mochte die Stadt und hatte Mardi Gras mehr geliebt als Weihnachten. Jude konnte sich nicht selbst belügen, wie diese Toten es taten, und hier an diesem Halb-Ort bleiben.

Er musste wissen, was dahinter lag. Und so folgte er Legba durch die Tore in die heiße, nasse Nacht und zu der wartenden Straßenbahn.

Hinter ihm tranken, lachten und tanzten die Toten.

Die schwarze Farbe des Waggons schimmerte, als Jude näher kam, ein flackerndes, grünliches Schillern wie auf einer Ölpfütze oder dem Panzer eines Käfers. Er hörte einen lauten Streit. Barrens Stimme und die einer Frau. Als Jude um die Vorderseite der Straßenbahn trat, stand Barren am Eingang. Er hatte die Arme vor der Brust verschränkt wie ein Türsteher, der die Tür blockierte. Die Person, mit der er stritt, war eine junge schwarze Frau in einem weißen Rüschenkleid, die auf ihren Fußballen wippte, als sie mit ihrem Zeigefinger nach dem Schädelgesicht des Loa stieß. Die Schnürsenkel ihrer knallroten Segeltuch-Turnschuhe waren offen, und die Schuhe rutschten jedes Mal, wenn sie sich vorbeugte, von ihren Hacken.

»Ich bin bereit weiterzufahren!«, schrie sie. »Ich habe meine Meinung geändert und will weiterfahren!«

Etwas an ihr kam Jude bekannt vor, aber er konnte sie nicht einordnen, bis er die weißen Drähte aus ihren Ohren hängen sah und sich an das kurze Echo eines Songs erinnerte, den er gehört hatte. In Celeste Dorcets Voodoo-Laden.

Renaissance Raines. Renai für ihre Freunde. Einer der Gründe, warum er sie nicht sofort erkannt hatte, war das Fehlen ihrer Piercings. Die Erinnerung an sie war belastet von dem Gefühl, dass er verantwortlich für ihren Tod gewesen war, als er noch gelebt hatte.

Legba brummte beschwichtigend, als Jude und er näher kamen. »Was soll diese Aufregung?«, fragte Legba. Sein haitianischer Akzent klang ruhig und gelassen.

Das Mädchen ließ sich auf die Hacken sinken und drehte sich um. Ihre Augen waren weit aufgerissen vor Schreck. Als sie sah, dass Legba gesprochen hatte, sank sie in sich zusammen, ließ den Kopf und die Schultern hängen, während sie mit ihrer Schuhspitze im Sand bohrte. Als sie antwortete, passte ihre Stimme zu ihrem Kleid. Sie klang kleinlaut und kindlich, wie die eines kleinen Mädchens. »Er lässt mich nicht einsteigen«, sagte sie. »Ich will mit euch fahren, und ich bin bereit. Aber Baron Samedi lässt mich nicht hinein.«

»Niemand fährt kostenlos mit«, erklärte Barren. Er hatte den Kiefer entschlossen vorgeschoben.

»Aber ich habe schon bezahlt«, sagte sie. »Das weißt du doch. Wie hätte ich sonst hierherkommen können?«

Legba schnalzte und legte seine knorrige Hand an ihre

weiche Wange. »Du hast diesen Ort ausgesucht, Kind. Du. Nicht ich, nicht er und auch keiner der Ghede, sondern du. Es gibt immer einen Preis, wenn wir eine Entscheidung treffen. Du hast uns eine Münze gegeben, und wir haben dich hierhergebracht. Es gibt immer einen Preis, verstehst du das?«

Sie nickte, und in ihren Augen schien die Erinnerung an Tränen aufzuwallen. Mit einem schweren Seufzer trat sie von der Straßenbahn zurück und machte Platz, damit sie an ihr vorbeifahren konnte. Legba nickte Barren zu, der wieder in den Wagen stieg und sich auf den Fahrersitz setzte.

»Komm, Jude«, sagte Legba. Er deutete auf die kleinen Trittbretter. Jude fragte sich, wie Renais Schicksal wohl aussehen würde, ob sie in der Lage wäre, erneut diesen Platz von freudiger Selbsttäuschung zu betreten, jetzt, wo sie die Erinnerung an die Trauer in sich trug. Oder würde sie eine der Legenden der City werden, eine unheimliche Präsenz, deren Grund für ihre Traurigkeit in der Geschichte verloren gegangen war?

Nein, dachte er. *Kein Verlust mehr.* Wieder versuchte Jude zu sprechen, und erneut ging es nicht. Er klopfte mit einem Knöchel gegen die Seite der Straßenbahn, um die Aufmerksamkeit des Loa zu erregen. Dann deutete er auf Renai, als Nächstes auf den Eingang und zuletzt auf sich selbst.

Legba runzelte die Stirn. »Du hast nur für eine Person bezahlt«, antwortete er. »Nur für einen.« Er tippte mit der Spitze seines Gehstocks an Judes Hosentasche. »Du hast keine Münzen mehr, schon vergessen? Du kannst nicht zahlen. Es sei denn …« Er strich mit der Hand über seine Krawatte und überzeugte sich, dass sie flach in seiner Weste steckte. Ein gerissener, gieriger Ausdruck huschte über sein uraltes Gesicht. »Hast du eine andere Form von Bezahlung im Sinn? Etwas, worum wir vielleicht handeln können?« Jude schüttelte den Kopf. Er erinnerte sich an jemanden, vielleicht war es der Vampir, der etwas über Nebenwetten gesagt hatte. Er beschrieb einen Kreis mit den Fingern und deutete auf Legba. Dann tat er so, als hielte er ein Kartenblatt in der Hand, und legte sie auf den Tisch. Er wiederholte die Geste des Kreises und deutete erneut auf Legba.

In der von Laternen erhellten Straßenbahn ertönte Barrens heiseres Gelächter. »Du weißt, was er sagen will, Pops«, meinte der Totengott. »Du weißt selbst, dass du gerne den Einsatz erhöhst.«

Legbas Falten vertieften sich, als er grinste und das Spiel begriff, das Jude vorschlug. Der Voodoo-Gott hatte ihm die Dublone zurückgegeben, die er zuvor verlangt hatte. Wenn Jude verlor, würde Legba gar nichts gewinnen. Aber noch war das Spiel nicht zu Ende. Obwohl Jude tot war, musste sein Schicksal vollständig enthüllt werden.

Noch konnte er gewinnen.

»Ich wette auf Folgendes.« Legba griff in seine Westentasche und zog einen Silberdollar heraus. »Ich setze darauf, dass du gewinnst. Wenn dein Schicksal enthüllt wird, wird es die aktuelle höchste Hand schlagen.« Er drückte die Silbermünze an die Lippen und gab sie dann Jude. »Sollte das geschehen, schuldest du mir einen Gefallen.«

Jude nickte und küsste die Münze ebenfalls. Ein Zittern durchlief ihn, als der Vertrag geschlossen wurde und ihn an den Loa band. Renai umarmte ihn so fest, dass er taumelte. Er gab ihr die Münze, und sie schnippte sie in Barrens Richtung, der immer noch lachte. Als sie alle, Jude, Legba und Renai, in dem Straßenbahnwaggon saßen, wiederholte Legba seine Worte von vorhin, aber so, als spräche er mit sich selbst. »Es gibt immer einen Preis.«

In den ersten Minuten ihrer Fahrt dankte Renai Jude ununterbrochen, ohne sich davon irritieren zu lassen, dass Jude nicht sprechen konnte. Sie schien durchaus in der Lage zu sein, das Gespräch allein zu bestreiten.

»Ich habe nie wirklich an ein Nachleben geglaubt, weißt du?« Selbst wenn es eine echte Frage gewesen wäre, hätte sie Jude keine Zeit für eine Antwort gelassen. »Ich meine, ich habe darauf gehofft, aber ich habe mir immer irgendwie vorgestellt, dass du, wenn du tot bist, eben weg bist. Mama Celestine hat mir alles über die Loa erzählt, aber von dem hier hat sie nie ein Sterbenswörtchen verlauten lassen.« Sie deutete mit einer wedelnden Handbewegung auf den Straßenbahnwaggon, Legba, und vielleicht auf die Gesamtheit des Nachlebens. »Als ich also bei dieser Party in den Elysischen Gefilden ankam, dachte ich: *Das ist es. Das ist das Beste, worauf du hoffen kannst.* Aber das war es nicht. Es verändert sich nicht. Ich habe es kaum einen ganzen Tag dort ausgehalten. Kannst du dir vorstellen, dass man eine ganze Ewigkeit immer und immer wieder dieselben frivolen Dinge tut? Aber du hast mich davor gerettet. Und jetzt fahren wir weiter zu … ich weiß nicht, wohin. Ich wünschte, Mama Celestine hätte mir mehr darüber erzählt, wie das werden würde, denn sie hatte auf jeden Fall recht, was Papa Legba und Baron Samedi anging. Weißt du, was als Nächstes kommt?«

Sie sah ihn an. Ihre Augen waren so offen und ernst, dass Jude froh war, keine Stimme zu haben, um antworten zu können, sondern nur mit den Schultern zucken konnte. Hē hatte ihm das Paradies angeboten und Hermes das Elysium. Und wenn die beiden existierten, dann existierten auch die Hölle oder der Tartaros. Jude hatte keine Ahnung, wohin der Loa sie brachte, aber er wusste, es gab keine Garantie, dass es ein angenehmer Ort sein würde.

»Du kannst noch nicht sprechen, stimmt's? Keine Sorge, das kommt wieder. Es ist komisch, denn ich klinge überhaupt nicht mehr wie früher. So wie die Leute immer erzählen, dass sie es hassen, ihre eigene Stimme auf einer Aufnahme zu hören, weil sie in ihren Ohren anders klingt. So ähnlich ist das.« Sie sah ihm forschend ins Gesicht, schien aber nicht zu finden, was sie suchte. »Auf jeden Fall«, sagte sie, »danke noch mal. Ich schulde dir etwas.«

Jude öffnete den Mund, um ihr zu erklären, dass es gefährlich war, so etwas zu sagen. Aber sie hatte sich bereits herumgedreht und blickte aus dem Fenster, und außerdem hatte Jude noch nicht die Worte dafür. Er folgte ihrem Blick hinaus und sah, dass sie zur Canal Street zurückfuhren. Darüber, wie es weiterging, konnte er nur Vermutungen anstellen. So wie es aussah, wusste er weit weniger über diese Dinge, als er geglaubt hatte.

Renai wickelte die Kabel ihrer Kopfhörer um einen Finger und drehte sie zu einer kleinen Rolle zusammen. Jude fragte sich, ob der MP3-Player immer noch funktionierte oder ob er wie alles andere nur mehr ein Schatten war, eine Erinnerung an das, was einst gewesen war. Als er ihren Gesichtsausdruck sah, erkannte er an ihren zusammengepressten Lippen eine Nervosität, die er nicht empfand. Aber er wusste nicht, ob er für den Mangel an Gefühl dankbar sein sollte oder nicht, den man den Frischgestorbenen gewährte.

Selbstverständlich war Dankbarkeit, selbst wenn sie angebracht gewesen wäre, auch etwas, das er nicht empfinden konnte.

Der Waggon schaukelte, als er scharf auf die Canal Street einbog und in Richtung Mississippi fuhr. Renai entspannte sich sichtlich. »Oh«, sagte sie. »Die Fähre, klar? Wir müssen über den Fluss. Ich nehme an, es ist der Styx.«

Natürlich war das nicht der richtige Fluss. Und kein Voodoo-Loa hat auch nur den geringsten Grund, sie in die Unterwelt eines anderen Pantheons zu führen. Aber wichtig erschien es Jude, dass sie angehalten hatten. Der gedrungene Glasturm des Aquariums ragte neben ihnen aus der Nacht empor, und auf der anderen Seite erhob sich der Riverwalk. Unter ihnen gab es keine Schienen, jedenfalls nicht in der Welt der Lebenden.

Also wohin fuhren sie?

Auf dem Fahrersitz kurbelte Barren an einem Rad, an das er gerade noch herankam. Die Flammen über ihren Köpfen wurden heller und knisterten in ihren eisernen Laternen. Eine summende Energie erfüllte das Fahrzeug, die immer intensiver wurde. Renai klammerte sich an Jude und grub ihre Fingernägel in seinen Arm. Sie schnappte nach Luft.

Jude sah Legba an. Der Loa hielt sich mit einer Hand an dem Sitz vor ihm fest, während er sich mit der anderen den Hut auf den Kopf drückte. Ohne eine Vorwarnung schob Barren einen Hebel nach vorn, und der Straßenbahnwaggon schoss in Richtung Fluss davon. Funken stoben bis zu den Fenstern hoch, als die eisernen Räder über den Zement rasselten. Jude und Renai wurden in ihre Sitze gepresst, und das Mädchen schlang die Arme fest um Jude.

Die Straßenbahn fuhr durch eine Lücke in der Betonwand und über einen Parkplatz. Sie holperte über Gras und wurde kein bisschen langsamer. Stattdessen schien sie Schwung aufzunehmen, und dann schossen sie die Anhöhe des natürlichen Damms hoch und flogen ins Nichts. Um in die aufgewühlten Wasser des Mississippi zu stürzen, die jetzt, mitten in der Nacht, pechschwarz aussahen.

Renai kreischte, unmittelbar bevor sie auf dem Wasser aufschlugen. Die Straßenbahn ignorierte jeden möglichen Auftrieb, den sie vielleicht gehabt hätte, und versank in dem schlammigen Wasser wie ein Stein. Jude tätschelte Renais Hand und tat, als wäre er besorgt, obwohl er dergleichen nicht empfinden konnte. Er dachte, dass sich seine tödliche Ruhe vielleicht auf sie übertragen würde. Jedenfalls schien es zu helfen. Obwohl sie ihn immer noch umklammerte, wimmerte sie nur leise, als sie mit einem Schlag in dem Flussbett landeten und ihr Sturz unvermittelt endete. Dann jedoch schrie sie erneut, als Barren an einem Griff zog und die quietschenden Türen öffnete. Das Flusswasser brauste tosend ins Innere des Waggons.

Als die Flut um sie herum stieg, über ihre Knöchel, die Bänke, die gepolsterten Rückenlehnen bis hin zu den Hängelaternen, deren Flammen eine nach der anderen erloschen, kam Jude zu dem Schluss, dass die Unfähigkeit, Furcht zu empfinden, letztendlich doch ein Geschenk war.

KAPITEL ACHTZEHN

In Sibirien musst du dich Erlik stellen, einem dunklen, bösen alten Gott, der deine Seele in seinen Schweinerüssel saugt, wenn du als unwürdig erachtet wirst. In Varanasi steht man vor Chitragupta, der alles, was du auf der Erde getan hast, peinlichst genau und in allen Einzelheiten notiert. In Neapel wird dein Schicksal von Aiakos, Rhadamanthys und Minos entschieden. Sie schicken dich entweder zu den Elysischen Gefilden, auf den Asphodeliengrund oder in die Qualen des Tartaros. Mictlancihuatl und Osiris, Freyja und Oðin, Ereschkigal und Supay. Mit Spiegeln, mit Federn und Schuppen, mit Eintragungen in Bücher oder auf Tontafeln oder auf die Netzhaut eines Auges, man wird sich an dich erinnern. An deinen Namen, deine Sünden und deine Tugenden. Nichts wird vergessen.

Ohne Lunge benötigten natürlich weder Jude noch Renai Sauerstoff, und deshalb ertranken sie auch nicht, als sich der Straßenbahnwaggon mit Wasser füllte. Das tote Mädchen jedoch war zu lange in der Nahtstelle zwischen der Welt der Lebenden und dem Jenseits gefangen gewesen und glaubte etwas anderes. Sie hielt ihr Gesicht und ihre Nase zur Decke, versuchte einen letzten, hustenden Atemzug, dann schlug sie um sich, als sie diesen imaginären Atem ausstoßen musste. Jude wartete geduldig und mitleidlos wie das Grab darauf, bis sie das Unlogische ihrer Furcht erkannte, immer noch gefangen von ihrem panischen Griff an seinem Arm. Schließlich entspannte sie sich, riss den Mund auf, die Ohrhörer rutschten aus den Ohren und schwebten im Wasser neben ihrem Kopf.

»Oh«, sagte sie leise und tonlos. »Okay.«

Als sie seinen Arm losließ, folgte Jude Legba und Barren aus der Straßenbahn in das wässrige Tal des Mississippi-Betts. Das schlammige Wasser blockierte sämtliches Licht von oben, aber ohne Augen brauchte Jude auch kein Licht, um zu sehen. Welse glitten durch den dünnen Seetang. Ihre langen Antennen hingen von den breiten Mäulern herab wie bei chinesischen Drachen. Die Strömung zerrte an ihm, ein Hurrikan unter den Wogen. Müll übersäte den weichen Schlamm, Autoreifen, Holzbretter, kaputte Musikinstrumente, Schuhe, Kanus und Ruderboote mit zerschmetterten Rümpfen. Das Schaukelpferd eines Kindes, dessen Federn so verrostet waren, dass sie wie eine besondere Spezies von Spiralkorallen aussahen. Obwohl er den Mund geschlossen ließ und wusste, dass seine Sinne nur Illusionen waren, konnte er nicht den Eindruck der Kälte ausschließen, den abgestandenen Geschmack des schlammigen Wassers nach kaltem Kaffee und den Gestank verfaulender Dinge.

Renai schwebte neben Jude. Ihr Glaube an ihren Körper war so stark, dass ihr Geist zu viel Auftrieb bekam, als dass sie auf dem schlammigen Flussbett hätte gehen können, wie er und die beiden Loa es taten. Jude nahm ihre Hand und zog sie mit sich, folgte ihren Führern zu einem versunkenen Dampfboot, das halb im Flussbett begraben war. Barren hatte erneut sein Äußeres verändert. Sein bemalter Schädel war jetzt durch einen Hundekopf ersetzt worden. Die angelegten Ohren und das zottelige Fell verliehen ihm ein wildes Aussehen.

»Runter mit euch!«, befahl Barren, sobald sie das Wrack erreicht hatten. Seine dicke Zunge hing zwischen seinen offenen Kiefern heraus. »Runter, runter, runter.« Aber als Jude vortrat, streckte er die behandschuhte Rechte aus. »Moment mal, Kumpel. Hast du nicht nur deine Stimme, sondern auch deine Manieren verloren? ›Ladies first‹ sagt dir wohl nichts?« Er krümmte spöttisch die Finger und winkte Renai nach vorn. »Komm mit, Kind. Hier kannst du dich niederlassen.«

Barren ging voraus und stieg eine Treppe hinunter in die Tiefe des versunkenen Wracks. Renai drehte sich um und sah Jude an. Sie lächelte unsicher, ein kläglicher Versuch, Mut zu zeigen, und schwamm dann hinter ihm her. Ihre roten Turnschuhe leuchteten, als sie, wassertretend, hinabglitt.

»Das war sehr edel, was du für dieses Mädchen getan hast«, sagte Legba. »Ich frage mich, ob du weißt, wie edel das war.« Er stocherte mit der Spitze seines Gehstocks in einem Astloch herum. »Aber ich glaube nicht. Ich glaube, du verstehst nicht, was du da riskierst.« Legba sah Jude an, gierig und intensiv. »Du glaubst, du bist tot – also was hast du schon zu verlieren, hm?«

Unter ihnen schrie Renai auf. Zuerst war es ein furchtsames Kreischen, das sich in ein lang gezogenes, heiseres, schmerzerfülltes Stöhnen verwandelte. Legba hielt Jude zurück, als sie erneut aufschrie. »Aber es gibt Dinge, Jude«, sagte er, bevor er ihn wieder losließ, »die weit schlimmer sind als der Tod.«

Jude nahm zwei Stufen auf einmal, als er sich in die Tiefe stürzte und Renais Schreien folgte. Irgendwann tauchte er platschend aus dem Flusswasser auf und fand sich in einer Luftblase wieder. Er folgte Renais nassen Fußabdrücken in einen Gang und einen riesigen Raum, der früher einmal der Frachtraum des Dampfbootes gewesen war. Wasser floss über die Decke, bevor es in einer dicken Säule mit einem hypnotischen, schäumenden und rauschenden Wirbel in einem scharfkantigen Loch mitten im Boden verschwand.

Auch ohne etwas zu empfinden, wusste Jude, dass es in diesem Raum eiskalt war. Die Kälte war nicht einfach nur körperlich, sondern archaisch. Auf der anderen Seite der Wassersäule kauerte Barren neben Renai. Ihre Umrisse wurden durch die Brechung des Wassers verzerrt. Das Mädchen hatte sich auf die Hacken gesetzt. Hinter ihnen standen zwei reich verzierte Thronsessel, viel zu groß für einen Menschen. Sie waren aus einem einzigen gewaltigen Stück Holz geschnitzt.

Jude rannte zu ihnen und bog um die Wassersäule, als Barren sich zu den leeren Thronsesseln umdrehte. Er hob etwas Rotes und feucht Schimmerndes über seinen

Hundekopf. Zwischen ihm und den gewaltigen Thronsesseln stand eine glänzende Waage, deren Schalen an dünnen Ketten hingen. Renai kniete immer noch und hatte Barren und welcher abwesenden Gottheit auch immer er opferte, den Rücken zugekehrt. Sie hielt einen Spiegel vor ihr Gesicht, als versuchte sie, etwas in ihm zu finden. Ein dunkler Fleck breitete sich auf ihrer Brust aus und kroch weiter in die Falten ihres weißen Kleides. Jude trat unsicher einen Schritt vor. Sie lächelte durch die Tränen hindurch, die über ihre Wangen rannen. Jude blickte wieder zu Barren, auf seine Hände.

Er hielt ein menschliches Herz in der Hand.

Worte drangen aus seinem Maul, in einer harschen, gutturalen Sprache, die Jude nicht kannte. Das Herz in seinen Händen dampfte, noch warm von der Hitze von Renais imaginiertem Körper. Barren legte mit einer ehrfürchtigen, fast furchtsamen Behutsamkeit das Herz des Mädchens in eine Waagschale. Dann leckte er sich das Blut von den Fingern einer Hand und zog den Stift heraus, der die Waage im Gleichgewicht hielt. In der anderen Schale lag eine einzelne Feder. Sie schimmerte in schillernden Farben, glänzte, als würde sie von einer inneren Flamme erleuchtet.

Die Schalen schaukelten hin und her, bis sie schließlich zur Ruhe kamen. Die Feder wog genauso viel wie Renais Herz. Das tote Mädchen fing an zu lachen, und ihr Gesicht glänzte. Es glänzte wirklich, wie ein Leuchtturm aus strahlender Freude.

»Danke«, sagte sie und blickte in den Spiegel. »Danke, danke, danke.« Sie stand auf, so strahlend, dass man sie kaum ansehen konnte, reichte Barren den Spiegel und trat zur Seite. Ihre Prüfung war beendet.

Etwas an der Szene zupfte an Judes Erinnerung, das Herz, die Waagschale und die Feder, aber er konnte es nicht genau zuordnen. Dann richtete Barren seine Aufmerksamkeit auf die beiden Thronsessel. Jude sah seinen Hundekopf im Profil, und da fügte sich das Puzzle zusammen.

Anubis. Die Feder der Wahrheit. Die Bestattungsriten der alten Ägypter. Also war Barren beides, Anubis und – wenn Renai recht hatte, was ihn anging – Baron Samedi. So wie Thoth auch Hermes war. War hier irgendjemand einfach nur derjenige, der zu sein er behauptete?

Legba tauchte so unvermittelt neben Jude auf, dass er ihn erschreckte. »Deshalb ist es besser, dass du mit uns gekommen bist«, erklärte er. »Die anderen werden versuchen, dich zu überzeugen, dass das Paradies, die Elysischen Gefilde und die Ginen unterschiedliche Orte sind. Vielleicht sind sie das auch, wenn du das glaubst. Aber du vertraust Papa Legba. Alles wird zusammenkommen, am Ende.«

Barren, wer auch immer er sein mochte, drehte den Hundekopf – nein, seinen Schakalschädel – mit einem bösartigen Grinsen in Judes Richtung. Er winkte ihm mit einem blutigen Finger.

»Du bist dran«, sagte er. »Mach dir keine Sorgen. Ich werde ganz behutsam vorgehen.«

Jude trat dorthin, wohin der Gott ihn führte. Er schwebte, so als träumte er. Auch er kehrte dem Thronsessel den Rücken und fand sich dem rauschenden Wasserfall gegenüber. Plötzlich überkam ihn Schwindel, dieses Flüstern, das einen am Rand eines Abgrunds manchmal lockt, einfach zu springen. Er merkte nicht, dass er immer dichter an die rauschende Wassersäule trat, bis Barren ihm die Hand auf die Brust legte und ihn aufhielt.

Jude hatte noch Zeit, den Blick neugierig zu senken, und beobachtete, wie sich eine Klaue, gekrümmt und so scharf wie ein Dolch, in seine Brust grub. Er hörte das Reißen von Stoff, das Platzen von berstender Haut, sah, wie dunkles Blut spritzte, nahm sogar den metallischen Geruch wahr, bevor er den Schmerz fühlte. Dieser Schmerz war nahezu stärker als alles, was er je gespürt hatte, nur übertroffen von der Kakophonie der verlorenen Dinge, die ihn nach dem Sturm überwältigt hatte.

Jude sank auf die Knie und wäre zusammengebrochen, hätte Barrens Kralle ihn nicht aufrecht gehalten. Der schakalgesichtige Gott reichte ihm eine dicke Steinplatte. Sie war schwarz und spiegelblank poliert. Dann schlug er mit seiner Kralle immer wieder zu und zerfetzte Judes Brust.

»Hey, Boss«, schrie Barren über Judes Kopf hinweg, »der hier hat kein Herz!« Jude hörte ein Donnern, wie von einem weit entfernten Gewitter, eine Antwort, gerade am unteren Bereich seiner Hörfähigkeit. Er hob den Spiegel, so wie Renai es getan hatte, und richtete ihn auf die leeren Thronsitze.

Rauch quoll von dem schwarzen Stein auf, schwarz und stinkend wie ein Scheiterhaufen. Das Spiegelbild zeigte ihm zwei sitzende Gestalten, eine männliche und eine weibliche – oder auch eine Gestalt, die ständig zwischen den Geschlechtern hin- und herwechselte. Jude wusste nicht genau, was von beidem zutraf. Der Mann trug eine schwere Robe und Sandalen, hielt in einer Hand einen Speer und in der anderen ein kurzes Zepter. Seine Miene war finster, und er hatte einen buschigen Bart. Ein faltiges, runzliges Loch markierte die Stelle, wo eines seiner Augen hätte sein sollen. Seine Haut hatte einen widerlichen Grünton. Die Frau trug ein langes, ärmelloses rotes Kleid, das sich eng um ihren Körper schmiegte. Jude wusste nicht, ob sie zwei oder vier Arme hatte oder ob ihre Beine schwarz waren, weil sie im Schatten lagen oder weil sie erfroren waren. Trotz der kalten Blässe ihrer Wangen und dem Tierschädel, den sie wie einen Helm trug, lächelte sie, aufrichtig und strahlend.

Zu seinen oder ihren Füßen lagen drei Hunde. Oder ein Hund mit drei Köpfen. Zwei Raben hockten über ihnen, einer auf jedem Thron, oder nur einer auf einem Helm aus schwarzem Metall, der wie ein Rabenkopf geformt war. In dem Moment, in dem Jude das alles in sich aufnahm, sah er, dass sie sprachen. Er konnte ihre Worte hören, als er die Bewegungen ihrer Lippen beobachtete. Die eine Stimme klang wie das kalte Kratzen der steinernen Tür einer sich schließenden Grabstätte, die andere wie eine Lilienblüte auf einer Wange. Es waren Gegensätze, doch als die Klänge sich mischten, war es, als sprächen sie mit einer einzigen Stimme.

»Dann haben wir keine Wahl«, sagten sie. »Schicke ihn zum Verschlinger.«

Ohne viel Federlesens oder Protest oder auch nur einem Wort des Bedauerns zog Barren Jude vom Boden hoch und stieß ihn in die Wassersäule. Jude keuchte und vergaß in diesem Augenblick, dass er weder ertrinken noch zu Tode stürzen konnte. Tief unter ihm, in einer so schwarzen Tiefe, dass eigentlich nichts hätte sichtbar sein sollen, sah Jude etwas, das selbst einem Toten Angst einjagte. Eine Furcht, die nicht körperlichen Ursprungs war, sondern die durchdringende Angst der Seele.

In diesem Abgrund sah Jude etwas Formloses oder etwas mit vielen Formen. Etwas, das gierte, der personifizierte Hunger. Etwas am Grunde aller Dinge. Etwas mit Zähnen.

Hände rissen Jude vom Rand der Vernichtung weg, zurück in den kalten Raum am Grunde des Mississippi, mit dem Thronsessel und der Waage, die ein Herz wog, das er nicht mehr hatte. Als er hochsah, erwartete er, Barrens Grinsen zu sehen, entweder mit Anubis' Schakalschnauze oder mit Samedis Totenschädel. Stattdessen fiel sein Blick auf Renai. Sie hatte die Lippen in grimmiger Entschlossenheit zusammengepresst. Wieder hörte er diese dunkle Stimme gerade am Rand seines Hörvermögens. Aber Renai schien sie zu verstehen. Denn sie drehte sich zu den Thronsesseln um, stemmte die Füße auf den Boden, kippte die Hüfte und straffte die Schultern. Jeder Zentimeter von ihr schrie Trotz heraus.

»Nein«, sagte sie. »Das ist nicht richtig.« Wieder dröhnte es dunkel. »Weil es unmöglich ist. Ich wäre nicht einmal hier, wäre er nicht gewesen. Es muss ein Irrtum sein.«

Was tat sie da? Jude suchte den Boden ab und fand den Spiegel, wo er ihn hatte fallen lassen. Er kroch auf Händen und Füßen dorthin, zu kraftlos, um aufzustehen. Er musste wissen, was … *Der Tod*. Er zwang sich, es zuzugeben. Wer sonst sollte es sein? Also was der Tod zu ihr sagte. Sie konnte unmöglich die Ewigkeit für jemanden wie ihn wegwerfen. Gerade als er in Reichweite des Spiegels kam, schoben sich ein glänzender Lackschuh und eine lange Smokinghose in seinen Weg. Jude blickte in Barrens Schädelgesicht und sah, dass der Loa einen Finger an seinen lippenlosen Mund legte. Er bat Jude, still zu sein.

Hinter ihm sprach Renai erneut. »… eine Chance«, sagte sie, »damit er finden kann, was er verloren hat.« Ein kurzes, gieriges Knurren antwortete ihr. »Ja«, sagte sie. »Ich bin einverstanden.«

Barren trat zur Seite, und Jude griff hastig nach dem Spiegel, riss ihn vom Boden hoch und richtete ihn auf die Thronsessel, wo der Tod saß. *Nein!*, wollte er rufen. *Lasst nicht zu, dass sie das tut.* Aber seine Stimme gehorchte ihm nicht, ganz gleich, wie sehr er sich auch anstrengte. Er blickte zu der Wassersäule, zu dem Abstieg in den Schlund des Verschlingers. Wenn er sich dort hinabstürzte, konnte sie sich nicht mehr für ihn opfern.

Aber es war schon zu spät. Renai stand vor ihm. Ihre Augen strahlten, und die Brust ihres weißen Kleides war eine hässliche, blutende Wunde. Sie hielt ihr Herz in den Händen. Barren beugte sich neben sie und flüsterte etwas in ihr Ohr. Sie nickte. Der Loa drehte sich um, streckte die Hand zu Jude aus und schob ihm etwas in die Tasche. Irgendwie gelang es dem Schädel zu zwinkern.

Renai kniete sich hin und sah Jude prüfend ins Gesicht. »Ich glaube, nach dem hier schuldest du mir etwas«, meinte sie und schob ihr Herz in die klaffende Wunde in Judes Brust. Der Schmerz war außerordentlich und schleuderte Jude zu Boden.

Der schwarze Spiegel erfüllte sein gesamtes Blickfeld. Seine dunkle Fläche war ein Spiegelbild des einzelnen, ungeheuren Auges des Todes. Er fiel hinein, und es verschluckte ihn gänzlich.

Jude stürzte für einen winzigen Teil der Ewigkeit durch die Dunkelheit.

Obwohl Worte wie »fallen« und »dunkel« Konstruktionen eines Bewusstseins waren, das immer noch im Fleisch wurzelte und immer noch an den Körperbewegungen und der Wahrnehmung von Licht hing. Sobald Jude seine Umgebung jenseits dieses überwältigenden Schreckens verstehen konnte, begann er Hitze und Druck zu empfinden, als würde seine Seele von einer riesigen heißen Faust zerquetscht werden. Der Druck wurde immer stärker, es wurde immer heißer und heißer, weit mehr, als Fleisch ertragen konnte. Körper wurden zerquetscht und zu einem feinen, trockenen Pulver verbrannt, zu dem Staub, zu dem wir alle zurückkehren müssen. Jude stürzte durch die Dunkelheit und den Schmerz und hoffte auf das Vergessen.

Stücke von ihm zerbröselten, begannen zu brennen und wehten davon. Zuerst die Erinnerungen, dann die

Gedanken. Jude verlor Teile seiner Persönlichkeit, das Gefühl für Zeit. Er verlor Begehren, erst kompliziertes Begehren, wie zum Beispiel den Wunsch, dass Dinge anders gelaufen wären oder dass Fragen vor dem Ende beantwortet worden wären. Dann kamen die einfacheren Wünsche, zum Beispiel der Wunsch nach Erlösung, dann das Begehren selbst. Jude stellte das Schicksal nicht länger infrage und besaß auch nicht mehr die Fähigkeit zu hoffen, dass die Qualen endeten. Schließlich verschwand Judes Sinn für sein Selbst. Nichts trennte den Beobachter von der Dunkelheit, den Schmerz von der Empfindung desselben. Nur das Konzept von Jude blieb erhalten, in der Dunkelheit und dem Druck, der Hitze und dem Schmerz.

Dunkelheit. Druck. Hitze. Schmerz. Und dann, einen ewigen Moment lang:

Nichts.

TEIL V
DER NARR

KAPITEL NEUNZEHN

Alles ist aufgeteilt: in Shen, den Geist, Yi, den Intellekt, Zhi, das Wissen, Hun, die Essenz, die den Körper nach dem Tod verlässt, und Po, die Essenz, die zurückbleibt. Oder aber es ist geteilt in Nephesh, Ruach, Neshema, Chaya und Yechidah: den Atem, den Wind, das Leben und die Singularität eines lebenden Wesens. Manche sehen es auch als Anatta, ein Kontinuum aus sich verändernden Zuständen, nie eine einzelne Sache, ewig in ihrer konstanten Entwicklung. Andere nehmen es als links und rechts wahr, eine Seite, die spricht, eine Seite, die gehorcht. Wieder andere glauben an das Ib und das Sheut, an das Ren und das Bâ, das Ka und das Akh. An das Herz, den Schatten, den Namen, die Essenz und die Macht einer Person. Wir sind niemals nur eine einzelne Existenz, sondern ein Kollektiv. Eine Schule, ein Schwarm, ein Rudel. Ein Ensemble von Stimmen, manchmal in Harmonie, manchmal misstönend. Im Leben sind die vielen eins. Im Tod wird eins vieles.

Jude kehrte ins Leben zurück, in die Identität, in Schmerz und Dunkelheit und Hitze, in Fleisch – und das in einem explosiven Schöpfungsakt.

Ein Herz schlug in der Brust, zwei Lungenflügel dehnten sich aus und brannten, Gelenke knackten, und Muskeln spannten sich an. Jude holte flatternd Luft, heiß und schwach, und stieß ein Heulen aus. Qual und Furcht und Wut und das Leben selbst strömten aus dem Mund. Holz zersplitterte, und Jude stürzte zur Seite und scheuerte sich die Wange an rauem Stein auf. Keuchte, kämpfte und begriff, dass die Rückkehr ins Leben bedeutete, in einen Körper zurückzukehren, der gefangen war. In einer Gruft. Also stieß Jude das von Dodge gelernte Wort hervor, das magische Wort, das *Öffnen* bedeutete. Licht war der Lohn, kühle, frische Luft.

Jude schob sich mit dem Kopf voran durch eine Tür, die aufgegangen war. Die Arme waren entweder an den Körper gefesselt oder gefühllos, in jedem Fall aber nutzlos. Schweißnass und weinend schob Jude sich aus der Hitze und der Dunkelheit ins Licht, wiedergeboren mitten auf einem Friedhof. Jude rutschte aus einem Leib aus Marmor und Granit, lag auf dem Boden, das Gesicht in der Sonne und die Arme weit ausgebreitet, und weinte. Jude bedankte sich, ohne zu wissen, wem, und ohne dass es jemanden interessierte. Jude konnte nur die Dankesworte immer und immer wiederholen. Schließlich verlangsamten sich Atmung und Herzschlag, und die Steifheit, der Schmerz am ganzen Körper ebbte zu einem langsamen Pochen ab. Jude lachte und weinte noch eine Weile, dann trat eine tiefe und dauerhafte Ruhe an die Stelle der Gefühle.

Plötzlich verhüllte ein Schatten die Sonne, zu schnell und zu gezielt, um eine Wolke zu sein. Jude kniff die Augen zusammen, die brannten und sich nur langsam an das Licht gewöhnten, und lachte erneut. Wie musste es für einen Touristen oder einen Friedhofsgärtner aussehen, wenn eine Klappe in einer Gruft aufsprang und eine Person herausrutschte.

»Ich weiß, das muss sonderbar aussehen«, sagte Jude. »Und mir ist klar, was Sie denken. Aber ich bin kein Zombie.« Noch während die Worte den Mund verließen, schoss Jude durch den Kopf, dass das vielleicht eine Lüge war. Schließlich klärte sich das Sehvermögen so weit, dass der Fremde deutlich zu erkennen war. Jude sah den gut geschnittenen Smoking, die makellos weißen Handschuhe und den blumenbemalten Schädel.

»Du musst dich deswegen nicht schämen, Schätzchen«, sagte Barren. »Einige meiner besten Freunde sind Zombies.«

Jude stöhnte, rappelte sich auf und stand leicht schwankend da. Dabei fiel Jude etwas auf. Leuchtend rote Segeltuchturnschuhe. Ein weißes Rüschenkleid. Ein Körper, den Jude nicht kannte. Jude aktivierte seine Selbstwahrnehmung, die Wahrnehmung des eigenen Körpers, ein Wort, das der Verstand kannte, Jude aber noch nie zuvor gehört hatte, und betrachtete sich. Der Körper war der einer Frau. Sie fühlte sich gesund und kräftig und schüttelte den Schock, dass sie in einer heißen Gruft aufgewacht und aus einer Höhe von fast einem Meter auf den Zement gefallen war, mit einer Vitalität ab, die Jude seit Jahren nicht mehr empfunden hatte. In Wahrheit war die plötzliche Rückkehr der Jugend eine weit tiefer gehende Veränderung für Jude als das Erwachen als Frau. Jude erinnerte sich noch daran, ein Mann gewesen zu sein, aber sie empfand weder Unbehagen noch eine Fremdheit in ihrem derzeitigen Körper. Als Jude jedoch die Schuhe erkannte, kam ihr ein schrecklicher Gedanke.

»Was hast du mit Renai gemacht?«, fragte sie Barren.

»Gar nichts«, erwiderte der Totengott. »Sie ist mit dir da drin. Genauer, du bist da drin bei ihr. Es sind ihr Körper, ihr Verstand und ihre Seele. Und ein bisschen was von Jude benutzt sie sozusagen als Mitfahrgelegenheit.«

»Wie viel bisschen ist ein bisschen?«

Barren lachte. »Das essenzielle bisschen. Gedanken und Persönlichkeit und Erinnerungen. Stell es dir wie einen Computer vor. Renai ist die Hardware und das Betriebssystem und die Festplatte. Du bist nur eine externe Festplatte mit etwas Jude-Software.« Er warf einen Blick über die Schulter. »Hey, Sal! Hab sie gefunden!«

Ich bin in ihrem Verstand, dachte Jude. *Deshalb kannte ich den Ausdruck Selbstwahrnehmung.*

Wir haben ein Projekt in der Schule darüber gemacht, dachte Renai. Ihre mentale Stimme klang, als wäre sie nur halb wach.

»Hat sie Schmerzen?«, erkundigte sich Jude bei Barren.

»Wenn ich mein Handwerk verstehe, und das tue ich, durchläuft sie gerade einen Zustand unaufhörlicher, aber sanfter Euphorie. Sie beobachtet eine Reihe von höchst ungewöhnlichen, nicht miteinander zusammenhängenden Ereignissen, die aber dennoch eine mächtige Resonanz erzeugen und ihr eine Botschaft von kosmischer Bedeutung und Ehrfurcht aufbürden. In diesem Zustand wird sie bleiben, wenn du sie nicht zu sehr aufrüttelst.«

»Die gute Nachricht lautet also, ich bin nicht tot. Und die schlechte Nachricht, dass ich in einen episch berauschten Teenager gefahren bin, die den *Zauberer von Oz* sieht, während sie *Dark Side Of the Moon* hört.«

Barren lehnte sich gegen ein Grabmal. »Nur technisch gesehen«, sagte er. »Ich bin ziemlich sicher, dass sie neunzehn ist.«

Als Jude den Mund öffnete, um zu antworten, flog ein Schatten über sie hinweg, und Schwingen raschelten. Vor Judes innerem Auge blitzte eine Erinnerung an das Gemälde ihrer Mutter auf, an die Dunkelheit, die das Leben von Tommy und Thoth, Dodge und Renai gestohlen hatte. Ihr Magen verkrampfte sich, sie ballte die Fäuste, und ihr lag das Wort für *Brenne!* auf der Zunge anstelle einer Antwort an Barren. Aber bevor sie die Magie loslassen konnte, sah sie, dass es kein Engel war, sondern ein schwarzer Vogel von der Größe einer Katze. Er flatterte herab und hockte sich auf die Schulter des schädelköpfigen Gottes.

Jude würgte an der Macht, die aus ihrem Bauch aufstieg. Dann drehte sie sich um und spuckte den Geschmack von Cayennepfeffer und Creme brûlée auf den Kies. Ein dünner Rauchfaden kräuselte sich aus ihrem Mund.

»Ziemlich reizbar, was?«, fragte der Vogel.

Barren seufzte und machte eine abwägende Handbewegung. »Ein wenig«, sagte er. »Aber etwas anderes kriegen wir nicht.« Er deutete mit dem Kiefer in Judes Richtung. »Hast du eine Ahnung, was hier vor sich geht?«

Der Vogel kam Jude mit einer Antwort zuvor. »Verflucht, nein. Ich habe gehört, dass sie vor den Thronen gestanden haben. Ich habe meinen dreimal verfluchten Namen da unten vergessen, und dabei gehöre ich dorthin. Wäre leicht verdientes Geld, darauf zu wetten, dass sie in ihrem Gehirn vollkommen miteinander verwickelt sind. Es wird mindestens einen Tag dauern, bevor die gute Frau gleichzeitig gehen und reden kann, ohne sich ins Höschen zu machen.«

»Die Wette halte ich, kleiner Rabe«, erwiderte Barren. »Jude ist zwar nur halb so schlau, wie mir lieb wäre, aber die beiden sind so hart wie Sargnägel.«

Trotz des klaren blauen Himmels und des festen Bodens unter ihren Füßen, trotz des Vergnügens, wieder die vertraute, feuchte Luft von New Orleans zu atmen, mit dem Duft nach Wachstum und Blüten, trotz ihrer tiefen und vielschichtigen Freude, einfach nur am Leben zu sein, was sich so vollkommen anders anfühlte als die gefühllose Sterilität des Todes, trotz alledem ging es Jude allmählich auf die Nerven, dass das Skelett und der Rabe über sie redeten, als wäre sie nicht anwesend. Sie errötete, und die Hitze, die in ihr aufstieg, hatte nichts mit dem Sommer zu tun.

»Hallo? Ich bin hier!«, sagte sie. Ihr Protest wurde ignoriert, selbst nachdem sie ihn wiederholte. Barren und der Rabe legten die Einzelheiten ihrer Wette fest, die darin bestand, ob Judes Wiederbelebung ihr etwas anderes bringen würde als einen zweiten und weit unschöneren Tod.

Jude wusste nicht, ob Renai in ihrem vorigen Leben magische Fähigkeiten gehabt hatte oder ob die Rückkehr von den Toten oder Jude in ihrem Kopf ihr diese Fähigkeit bescherten. Aber sie spürte die Magie in sich, und der unterdrückte Zauber brannte immer noch in ihrem Hals. Eine Explosion in ihrem Bauch stand unmittelbar bevor. Früher hätte sie die Magie und die Wut unterdrückt, hätte sich gezwungen, ruhig und geduldig zu sein. Aber sie stand neben der Gruft, in der sie bestattet worden war. Was hatte sie also noch groß zu verlieren?

Sie bellte das Wort, das *Schließen* bedeutete. Es klang wie ein Donnerschlag. Barrens Gebiss und der Schnabel des Raben klackten, als sie sich ruckartig schlossen. Ihr Puls hämmerte immer noch in ihrem Kopf, und Jude kniff die Augen zu, holte tief Luft und genoss einen Augenblick lang die Stille. Noch während ihr klar wurde, dass sie Magie gegen einen echten Gott eingesetzt hatte, realisierte sie, dass es funktioniert hatte.

Das war krass, dachte Renai in ihrem Hinterkopf.

Jude lächelte und öffnete die Augen.

Irgendwie gelang es Barren, mit seinem Schädelgesicht Verblüffung auszudrücken. Jude ignorierte ihn und auch den Raben, um herauszufinden, wie weit sie diesen Trick treiben konnte. Sie klopfte sich, so gut sie konnte, den Dreck von ihrer Kleidung und verfluchte das Kleid, weil es keine Taschen hatte, obwohl Renais Familie sie ganz sicherlich nicht mit einem Handy begraben hätte. Sie kniete sich hin, schnürte ihre Turnschuhe zu und fand dann, dass sie die beiden lange genug hatte zappeln lassen. Daher wandte sie sich dem stummen Gott und dem Raben zu.

»Also«, sagte sie, »die Sache läuft folgendermaßen: Wir wissen jetzt alle, dass es mir nicht gefällt, ignoriert zu werden, und wir wissen auch, dass ich kann, was ich gerade getan habe. Das dürfte für euch beide eine neue Information sein. Im Interesse eines fairen Austauschs wüsste ich es sehr zu schätzen, wenn ihr beide mir jetzt ein paar Dinge erklären würdet, die ich noch nicht weiß. Damit wir sozusagen quitt sind. Klingt das okay für euch?«

Der Vogel nickte, schnell und nervös. Jude war überrascht, wie einfach es war, die Körpersprache des Tieres zu verstehen. Barren neigte fast unmerklich den Kopf. Das musste genügen. Jude sprach das Machtwort und öffnete ihre Münder.

Barren gähnte so stark, dass die Gelenke knackten. »Nicht schlecht«, sagte er. »Ganz und gar nicht schlecht.« Er hob die Hand und tippte mit einem Finger den Raben an. »Du hast verloren.«

Der Vogel hüpfte von seiner Schulter und glitt mit ausgebreiteten Flügeln auf die ausgestreckte Hand einer Engelsstatue zu. »Ja klar, beiß mich doch«, sagte er, als er auf einem steinernen Finger landete. Er fuhr mit dem Schnabel zwischen seine Federn. Irgendwie wirkte das genauso grob wie ein ausgestreckter Mittelfinger. Dann zielte er mit besagtem Schnabel in Judes Richtung. »Mein Name ist Salvatore. Nenn mich einfach Sal, wie alle anderen auch.«

»Okay, Sal, erzähl mir etwas über dich.« Jude wischte sich mit ihrem Handrücken den Schweiß von der Stirn.

Irgendwo auf dem Friedhof spielte langsam und feierlich eine Jazzband. Jude fragte sich unwillkürlich, was sie wohl auf Renais Beerdigung gespielt hatten.

»Ich bin ein Rabe, zurzeit.«

»Echt jetzt? Ich meine, was machst du hier?«

»Ich soll dich im Auge behalten.«

Er sollte sie nicht beschützen oder leiten. Sondern beobachten. Jude lehnte sich an den heißen Granit einer Gruft und spielte mit einer ihrer Dreadlocks. Ihr Magen knurrte hungrig, laut und grummelnd. Barren zündete sich eine Zigarre an. Der Rauch bildete einen dünnen Schleier um seinen bemalten Schädel.

Mit diesen Göttern war es einfach nur schwierig. Sie wichen aus, ergingen sich in Wortspielereien und mussten immer recht behalten. Seit Jude die Einladung zu Dodges Kartenspiel bekommen hatte, hatte sie das Gefühl, dass die ganze Welt sie verarschte und Spielchen mit ihrem Leben trieb. Wenn das wirklich so sein musste, okay, dann sollten die Spiele beginnen! Jude stürzte sich unvermittelt auf den Vogel, packte ihn, spürte sein Gefieder und die zarten Knochen. Als sie ihn in den Händen hielt, fühlte sie das schnelle Pochen seines flackernden, zarten Herzens.

Sal schlug mit seinem nadelspitzen Schnabel nach ihr und traf dreimal, viermal Judes Hände und Handgelenke, bevor sie ihn von seinem Hochsitz reißen und ihn in die Gruft werfen konnte, aus der sie gerade erst herausgekrochen war. Dann schlug sie die Tür zu und lehnte sich dagegen, angetrieben von Frustration und einer schrecklichen Freude.

In der Gruft war die Hölle los. Etwas kratzte an der Tür, Flüche ertönten, und das Schlagen von Flügeln war zu hören. Jude blickte auf die Schnitte auf ihren Händen. Sie brannten, aber das war nicht schlimm. Barren hatte seine Zigarre fallen lassen, sich vorgebeugt und schüttelte sich vor Lachen. Durch die Granittür hörte Jude eine Veränderung in der Gruft, das Kratzen von Krallen. Dann warf sich etwas erheblich Schwereres als ein Vogel von innen gegen die Klappe und hätte sie fast aufgestoßen. Jude drückte sie wieder zu und sprach das Wort *Schließen* aus. Die Tür verschloss sich mit einem scharfen Klicken. Was auch immer Sal geworden war, es heulte und warf sich mehrmals gegen die Tür, bevor es keuchend verstummte.

»Hey, Barren!« Jude schrie, damit sie sicher sein konnte, dass Sal sie ebenfalls hörte. »Willst du einen Witz hören?« Der Schädel-Gott nickte immer noch lachend und hob die Hand, um Jude zu signalisieren, er möge bitte damit aufhören. Jude schlug zweimal mit der Hand gegen die Tür der Gruft, so hart sie konnte. »Klopf, klopf!«, schrie sie. Als keine Antwort kam, machte sie es noch einmal.

Sal grunzte. »Schön, schön, wer ist da?«

»Krema.«

»Crema wer?«

»Krematorium, du Blödmann. Denn genau in so etwas bist du eingesperrt. Du willst jetzt nicht reden, aber ich wette, dass du höllisch liebenswürdig sein wirst, wenn ich dich ein paar Tage lang auf niedriger Hitze garen lasse.«

Wieder hämmerte jemand gegen die Tür.

»Oder ich lasse dich jetzt raus, sofern du mir einige verdammt klare Antworten gibst!«

Es verstrichen einige Momente, in denen Sal versuchte herauszufinden, ob Jude bluffte. Schließlich, nach einem letzten halbherzigen Schlag gegen die Tür, winselte er leise, wie ein Hund.

»Also schön«, versprach er. »Keine Spielchen mehr, okay? Lass mich einfach raus.«

Jude sprach das Wort für *Öffnen.* Eine lange, schlanke Gestalt sprang auf den Boden. Ein hellbrauner Straßenköter, der den Schwanz zwischen die Beine gezogen und die Ohren angelegt hatte. Die Zunge hing ihm aus der Schnauze. In dieser Gestalt kam er Jude irgendwie bekannt vor, aber letztendlich sah für sie ein Hund so ziemlich aus wie der andere.

»Ich hab's dir ja gesagt«, meinte Barren. »So hart wie ein Sargnagel.«

»Geh und blase einer Leiche einen«, erwiderte Sal und setzte sich auf die Hinterbeine. »Im Ernst jetzt.«

Jude gab ihm eine Minute, damit er sich erholen konnte. Sie erinnerte sich noch sehr genau daran, wie heiß es in dieser Gruft gewesen war. Dann räusperte sie sich, um Sals Aufmerksamkeit zu bekommen. »Von *wem* wurdest du geschickt, um mich *wie* im Auge zu behalten?«

»Ich soll dafür sorgen, dass du nicht einfach die Wiederauferstehung dankend annimmst und verduftest«, antwortete er. »Sondern dass du deine Seite des Deals einhältst.« Jude drückte eine Hand gegen ihre Brust und spürte das Herz schlagen. Der Handel. Renai hatte ihr Herz aufgegeben. Aber was bedeutete das für sie?

»Was ist meine Seite des Handels?«, fragte sie.

»Du musst zurückkehren«, erklärte Sal. »Sobald du dein Herz gefunden hast, musst du es in die Waagschale legen.«

Jude schluckte. Wie sie die Frage auch stellen würde, sie klang auf jeden Fall mies, aber sie musste es wissen: »Was passiert mit ihr, wenn ich versage?«

Sals Rückenmuskeln zuckten vom Hals bis zu den Hinterbeinen. Jude interpretierte diese Geste als Schulterzucken. »Kommt drauf an, was für eine Laune der Boss hat. Vielleicht wird sie dem Verschlinger vorgeworfen. Vielleicht pumpt man sie mit bösartigem Mojo voll und hetzt sie dir als Rachegeist auf den Hals. Vielleicht bleibt sie auch einfach hier und wird ein Psychopomp, so wie ich.«

Psychopomps sind Seelenführer, die die Toten in die Unterwelt geleiten, dachte Renai.

Danke, dachte Jude. *Das wusste ich.* »Wie viel Zeit habe ich?«, erkundigte sie sich.

Sal blickte mit seinen schimmernden schwarzen Augen zu ihr hoch und senkte dann den Blick auf seine Pfoten. »Du hast genauso lange Zeit, wie du auf der anderen Seite warst«, sagte er. »So läuft die Sache, klar so weit? Es muss ausbalanciert sein. Dieselbe Zeit, die du tot warst, hast du jetzt zum Leben.«

»Wie lange genau, Sal?«

»Zwei Tage«, sagte er. »Du hast bis Mitternacht morgen Nacht Zeit.«

Jude überging die Offenbarung, dass sie bereits zwei Tage tot war, und verfiel in einen Wutanfall. »Du!« Sie fuhr zu Barren herum. »Das warst du!«

Barren breitete die Hände aus und sprach mit der Zigarre im Mund. »Das könnte man so sagen. Du brauchst dich nicht zu bedanken.«

»Mich bedanken? Bei dir? Ich sollte dir die Zigarre in deinen knochigen Hintern schieben!«

»Nun mal langsam, Tiger.« Er nahm die Zigarre aus dem Mund und streifte Asche von der Spitze. »Kriegst du mit, dass du hier stehst und Bosheiten von dir gibst, statt ganz und gar nichts zu sein? Das verdankst du nur mir, weil ich dir einen Gefallen getan habe.« Er schüttelte den Kopf. »Das war übrigens ein netter Trick, mich mundtot zu machen. Durchaus beeindruckend. Aber täusche dich nicht. Glaube keine Sekunde, dass wir auf Augenhöhe wären. Du hast ja keine Ahnung.« Er beugte sich zu Jude vor, und Rauch drang aus den Schlitzen seiner Nase und seinem aufgerissenen Mund. Etwas Gewaltiges lauerte in seinen Augenhöhlen. »Du glaubst, wir haben dir deinetwegen da herausgeholfen? Es gehört alles zum Spiel, Jude. Ficken oder gefickt werden. Ich treibe es mit Jungs, und ich treibe es mit Ladys, aber flachgelegt zu werden ist eine ganze Welt davon entfernt, gefickt zu werden. Kannst du mir folgen?« Barren trat zurück und paffte an seiner Zigarre. »Du solltest in Zeiten wie diesen mit den Freunden zufrieden sein, die du hast. Klar so weit?«

Jude schluckte gegen ihre zugeschnürte Kehle an. Sie nickte. »Ja. Ist klar.«

»Gut«, erwiderte Barren. »Und jetzt … Normalerweise stehe ich nicht gerade auf der Seite von Gesetz und Ordnung, aber ich vermute stark, der nächste Schritt besteht darin, den Tatort des Mordes zu untersuchen.«

Die Härchen auf Judes Hals richteten sich auf. Sie hatte bereits gesehen, wo Renai ermordet worden war. War noch jemand anders gestorben? »Was? Welcher Mord?«

Einen Moment lang herrschte unbehagliches Schweigen. Sal kratzte sich mit einem seiner Hinterbeine hinter dem Ohr. »Der Mord an dir«, sagte er dann und brummte: »Blödmann.«

Jude zögerte vor der Tür ihrer Wohnung, unsicher, ob sie wirklich hineingehen wollte. Wobei es der Beschaffung einiger Ressouren bedurft hatte, überhaupt hierherzukommen, da sie schließlich ohne Bargeld oder Straßenbahnmünzen auferstanden war. Kein Flatterband der Polizei blockierte die Tür wie vor dem Voodoo-Laden, aber andererseits war Jude schon seit Jahren die einzige Person gewesen, die dieses Gebäude überhaupt betreten hatte. Es war keine Überraschung, dass der Leichnam in nur zwei Tagen nicht entdeckt worden war. Sie erinnerte sich jetzt wieder an diese wenigen dunklen Momente, an das Gewitter, den unsichtbaren Angreifer und die Messerstöße, immer und immer wieder. Sie wusste nicht, ob sie eine Leiche betrachten konnte, die zuvor ihr Gesicht im Spiegel gewesen war, ohne verrückt zu werden. Renais Anwesenheit in ihrem Hinterkopf wirkte beruhigend, eine spielerische Erinnerung daran, welche die Frage, ob Stimmen im Kopf zu hören ein Zeichen von Wahnsinn war, in gewisser Weise beantwortete.

Sal saß neben ihr, die Ohren gespitzt. »Was hält dich

auf?«, fragte er. »Glaubst du, sie könnten noch da drin sein?«

»Scheiße, Sal. Das tue ich tatsächlich.« Der Plan – wenn man ihn so nennen konnte –, den sie auf dem Weg zurück zu ihrer Wohnung geschmiedet hatte, sah vor, dass Jude in ihrem Beutel nach etwas suchen sollte, womit sie gegen etwas kämpfen konnte, was sie nicht zu sehen vermochte. Derweil würde der Psychopomp die Witterung des Killers aufnehmen, sowohl um ihn zu identifizieren, als auch, um ihm zu folgen. Ihre größte Hoffnung bestand darin, dass ihre Feinde Jude für tot hielten und sie diesmal das Überraschungsmoment auf ihrer Seite hatte.

Sie lauschte etwa eine Minute an der Tür, hörte jedoch nichts außer dem lauten Geräusch der Klimaanlage, als sie ansprang. Sal seufzte ungeduldig.

»Bist du sicher, dass du das schaffst?«, erkundigte sich Jude.

»Diesen Körper habe ich nicht nur wegen des rassigen Gesichts«, erwiderte sie.

»Na gut.« Jude sprach das Wort für *Öffnen* und trat in die Wohnung. Der Psychopomp folgte ihr auf den Fersen. Sie hielt den Atem an, weil sie mit Leichengestank rechnete, der aber nicht existierte. Was nicht hieß, dass die Wohnung gut roch. Das schmutzige Geschirr stand schon ein paar Tage im Spülbecken, und der stickige Geruch von getrocknetem Blut hing in der Luft. Aber es stank nicht im Entferntesten nach einem verwesenden Kadaver, wie sie erwartet hatte. Es war auch nicht zu übersehen, warum.

Die Leiche von Jude Dubuisson war verschwunden.

Sal lief sofort zu dem Blutfleck, wo er die Nase auf den Holzboden presste und hörbar schnüffelte. Jude bemühte sich, ihm nicht auf die Pelle zu rücken und Ruhe zu bewahren. Sie zupfte an ihrem Saum herum, eine nervöse Geste von Renai, nicht von Jude. Nach einer Minute schnaufte Sal und setzte sich auf seine Hinterpfoten. Er hatte die Ohren angelegt. »Na, das ist aber ziemlich merkwürdig«, sagte er.

»Hast du eine Ahnung, was passiert ist?«

»Ich kann eigentlich nur sagen, was du schon weißt. Jemand wurde hier ermordet und dann weggeschafft.«

»Weggeschafft? Von wem?«

»Ich würde auf Cafard tippen.«

Jude zuckte mit den Schultern, um zu zeigen, dass sie nicht wusste, wer das war.

»Der Aasfresser-Gott«, erklärte Sal. »An jedem Ort, an dem genug von uns göttlichen Typen herumhängen, um ihn zu etwas Besonderem zu machen, entsorgt irgendein Widerling die Schweinerei, wenn einer von uns sogenannten Unsterblichen … na, du weißt schon … das Zeitliche gesegnet hat. Aber du willst diese Aasfresser ganz bestimmt nicht aufsuchen, glaub es mir.« Sal drehte den Kopf zur Seite und streckte die Zunge aus dem Maul, eine Geste, die nur Ekel bedeuten konnte. »Aasfresser-Gottheiten halten nicht viel von Hygiene. Ist ein bisschen wie diese Wohnung hier.« Das Letzte murmelte er nur.

Ein Verdacht, der sich in Judes Kopf eingenistet hatte, tauchte wieder auf. »Wie sicher bist du, dass ich der bin, der ich laut Barren sein soll? Was, wenn das jetzt ein Trick ist? Ein Zauber, um mich glauben zu machen, dass ich gestorben wäre, und ein anderer, um zu verändern …«

Sal stand auf und schüttelte sich am ganzen Körper, als hätte er Wasser im Fell. Dann sah er zu Jude auf. »Du kannst mir glauben, ich wünschte, es wäre so. Wenn du nur ein Verwandelter wärst, wenn sie bloß ein bisschen Hoodoo gemacht und dir ein weibliches Aussehen gegeben hätten, könnte ich dich einfach hier stehen lassen und meiner Arbeit nachgehen. Aber so ist das nicht. Mir ist klar, dass Barren aalglatt ist, aber du bist kein Trick. Diese Nase lügt nicht.« Er drückte die Schnauze in Judes Handfläche und schnüffelte. »Das hier ist Renaissance Raines, mit Körper und Seele. Jude Dubuissons Geruch ist hier allgegenwärtig, und seine Seele …« Sal hob erneut die Nase, witterte, machte eine kleine Pause und stieß dann ein überraschtes Jaulen aus. Er richtete die Schnauze auf die Bücher, die immer noch auf dem Wohnzimmerboden gestapelt waren. »… ist gleich da drüben.«

Was? Moment mal!, dachte sie.

Sie folgte der Schnauze des Psychopomps wie ein Zeigefinger, schob Bücher und Ausdrucke beiseite, bis sie die Dublone fand, auf die das stilisierte Herz geprägt war und die ihre Gabe enthielt. Sie blickte zu der Stelle zurück, wo sie gestorben war, und versuchte, es sich vorzustellen. Das Messer, der Sturz – und dann? Jemand hatte ihre Taschen durchwühlt und die Münze einfach weggeworfen, weil er oder sie nicht danach gesucht hatte. Sie hielt die Dublone in ihrer nackten Hand, fühlte jedoch nichts, keine Flut aus verlorenen Dingen, gar nichts. Sich den Augenblick des eigenen Todes erneut zu vergegenwärtigen, war irgendwie verstörend, aber noch bestürzender waren die Verflechtungen. Ein unsichtbarer Angreifer, der ein Messer schwang.

Vielleicht hatte sie allen Grund gehabt, Regal die ganze Zeit zu misstrauen.

»Sal«, sagte sie. »Du musst mir hier helfen. Das ist nicht gerade mein Fachgebiet.« Sie hielt die Dublone hoch. »Dies ist meine – Jude Dubuissons Seele?«

Der Hund legte den Kopf schief. »Yep.«

»Wie kann ich dann hier drin sein?« Sie tippte sich an die Schläfe. »Barren sagte, wir würden uns diesen Körper teilen. Ich hatte mir das so vorgestellt, dass meine Seele mit in diesem Körper wäre.«

Sal lachte. »Zur Hölle, nein. Wir würden jede Menge Konflikte heraufbeschwören, wenn wir Judes Seele in Renais Körper steckten. Erstens ist Judes Seele männlich. Dann ist er ein Halbgott. Glaubst du, dass nur deine Gedanken und dein Körper dich ausmachen? Nicht mal Scheiße ist so einfach gestrickt. Dieses ganze Körper-und-Seele-Ding, wie nennt man das noch? Diese Halbe-halbe-Sache? Das Leben ist erheblich komplizierter. Es läuft etwa so: Was macht dich zu dir? Die meisten Leute denken, es wäre das Gehirn. Erinnerungen und Erfahrungen und was weiß ich sonst noch. Und wenn du stirbst, dann kommt ein kleines Geistergehirn, das deinen Körper verlässt und in den Himmel auffährt, richtig? Falsch! Das Gehirn bleibt, wo es ist. Du bist nicht dein Gehirn. Dein Gehirn macht dich nicht einmal ganz aus, wenn du noch lebst und in deinem Körper steckst. Du hast darüber hinaus Energie, eine Energie, die dich antreibt, noch bevor du geboren wirst, und die bis nach deinem Tod wirkt. Das ist ein Teil meiner Arbeit. Ich sammle die einzelnen Brocken Energie ein, damit man sie zu etwas Neuem zusammenflicken und in ein Baby stecken kann, das geboren werden soll. Das nennt man dann Seele. Aber selbst das bist nicht du. Dieser Teil war bereits vor deinem Leben da und fährt in das nächste ein … Ich meine den essenziellen Teil, den ewigen Teil, der in Renais Verstand und Körper jetzt herumgetragen wird. Er hat alle möglichen Namen. Heutzutage nennen wir ihn ›Essenz‹. Barren hat sicher dieses Computer-Gleichnis zum Besten gegeben?«

Jude nickte, und Sal lächelte verächtlich.

»Das ist blanker Unsinn. Er versucht nur, modern zu wirken. Vorher hat er es mit einem Gleichnis versucht, in dem es um Dampflokomotiven ging. Du bist kein Programm, du bist ein Song. Spiel ihn von einer Schallplatte ab, singe ihn laut, wiederhole ihn in deinem Kopf, es spielt keine Rolle. Es ist immer derselbe Song.« Er ließ sich auf den Boden fallen und legte den Kopf auf die Pfoten. »Aber Hölle, ich bin nicht gut in diesen metra… mysti… megaphy…«

»Metaphysischen Dingen?«

»Ja, genau. Entscheidend ist, dass wir deinen Killer nicht aufspüren werden. Wir brauchen nur das, was du gerade in der Hand hast. Wir bringen es zurück zu den Thronen und …« Sal verstummte, sein Kopf fuhr hoch, und er spitzte die Ohren. »Ah, Scheiße!«

»Was denn?« Jude drehte sich langsam um sich selbst und betrachtete die Wohnung. »Was hast du gesehen?«

»Das Gehirn bleibt, wo es ist«, wiederholte Sal einen Teil seines Crashkurses in Metaphysik. »Falls Cafard dich nicht mitgenommen hat, war es jemand anders. Und wenn sie genug Seele und genug Know-how haben, dann können sie dich, wie soll ich es ausdrücken, sie können dich sozusagen kurzschließen. Allerdings bist du dann nicht mehr du selbst, klar? ›Es‹ weiß, was du weißt, ›es‹ benimmt sich, wie du dich benehmen würdest, aber deine Essenz ist verschwunden.« Er stand auf und lief auf und ab. »Die Throne schicken niemanden einfach so zurück. Selbst wenn du eine hübsche kleine Retterin wie Renaissance hast.«

He, he, dachte Renai. *Guter Hund.*

»Wenn sie dir eine zweite Chance geben, um ihnen deine Seele zu bringen, dann wollen sie wahrscheinlich nicht, dass du hier oben ohne deine Stützräder herumtorkelst. Ich nehme an, das Ding in deiner Hand da ist einzigartig, richtig?«

Jude hörte ein Echo dessen, wie die Götter während des Kartenspiels Stücke von ihr verlangt hatten: Hingabe, Leidenschaft, Blut, Herz. All das klang für sie auf einmal verdammt nach Seele.

Sal sah die Antwort auf ihrem Gesicht. »Schei-heiße. Also müssen wir doch meiner Nase folgen.« Er hielt inne, schob die Schnauze auf seine Pfoten und blickte zu Jude hoch. »Nachdem du dich … ein bisschen frisch gemacht hast, heißt das.«

»Was?«

»Ich weiß, dass wir eine Deadline haben, entschuldige den Ausdruck, aber dieser Körper hat die letzten paar

Tage in einer Gruft zugebracht, Jude.« Sal hob die Nase und schnüffelte nachdrücklich. »Du riechst ein bisschen arg … gruftig.«

Nach einem schnellen Telefonat mit der Abtei, um sich zu überzeugen, dass es Lydia gut ging, und einem Anruf bei Regal, der direkt an ihre Voicemail weitergeleitet wurde, duschte Jude mit geschlossenen Augen und ermutigte Renai, die nötigen Handgriffe zu erledigen. Sie wusste nicht genau, wo die Grenze zwischen Gast und Eindringling in ihrer Beziehung gezogen wurde, aber sie hatte das Gefühl, wenn sie sich auszog und einen Körper betatschte, der nicht der ihre war, würde sie eine Linie übertreten. Außerdem hatte sie ihren Schrank nach irgendwelchen Kleidungsstücken durchsucht, die einem neunzehnjährigen Mädchen passen konnten. Ein Kichern von Renai, die sich vorstellte, wie sie Judes Hose anzog, war in ihrem Hinterkopf aufgestiegen. Das – kombiniert mit Renais Erinnerungen an ihre erste Begegnung – schmeichelte Jude und machte sie gleichzeitig scheu. Also war sie sowohl sauber als auch glücklich, dass diese Erfahrung vorbei war, als sie ihr Schlafzimmer verließ. Sie trug ein »Save Our Cemetries«-T-Shirt, das zu eng für Jude Dubuisson geworden war, aber locker um Renais Körper schlackerte, und Jeansshorts, die einer kurzen Affäre gehört hatten. Die Frau arbeitete tagsüber als Professorin für Geschichte und nachts als Touristenführerin für das French Quarter, falls Jude sich richtig erinnerte. Jedenfalls hatte sie nicht einmal gewusst, dass die Shorts noch in ihrem Schrank lagen.

Und sie war glücklich, bis sie merkte, dass der Beutel ebenso gestohlen worden war wie Judes Leichnam.

Sie durchsuchte fünfzehn Minuten lang fluchend die Wohnung, bevor sie aufgab. Aber in Wahrheit hatte sie gewusst, dass der Beutel verschwunden war, als sie die Handvoll magischer Dinge sah, die über den Tresen gefallen waren, als der Dieb den Beutel an sich gerissen hatte. In gewisser Weise war das logisch. Jude hatte bereits vermutet, dass sie wegen etwas in diesem Beutel zu dem Kartenspiel eingeladen worden war, etwas Verlorenem, das den Siegergott befähigen würde, sich zum Glücksgott von New Orleans auszurufen. Also wer auch immer hier eingebrochen war, hatte wahrscheinlich sowohl den Mord als auch den Diebstahl im Sinn gehabt.

Was erklärte, warum sie Judes Taschen durchsucht und die Leiche mitgenommen hatten. Sie würden versuchen, den Körper zu reanimieren, und ihn fragen, wo das, was sie suchten, versteckt war.

Jude schüttelte sich. Allein daran zu denken, war grauenhaft, also ließ sie es lieber sein. Stattdessen machte sie Inventur von der Handvoll Magie, die ihr geblieben war, abgesehen von den körperlichen Zaubern und verbalen Bannsprüchen, die sie offenbar immer noch wirken konnte.

Da war die Dublone mit ihrer Gabe, die nur zu funktionieren schien, wenn sie Kontakt mit Judes Körper hatte.

Ein Drachenschuppen-Amulett, mit dem sie unter Wasser atmen konnte.

Zwei magisch aufgeladene Würfel, die jede Zahl zeigten, die man haben wollte – vorausgesetzt, man wusste, wie man sie richtig rollen lassen musste.

Ein Tiegel mit Krakentinte, die einen unlöschbaren Fleck auf allem hinterließ, mit dem sie in Berührung kam.

Eine uralte chinesische Münze, rund mit einem ausgestanzten Viereck in der Mitte, die einige sehr nützliche Dinge mit Geldautomaten veranstaltete.

Eine Rätselschatulle, die Jude nie hatte öffnen können.

Und das Journal mit alten Karten von New Orleans, das sie aus Thoths Bibliothek gerettet hatten.

Jude war sehr glücklich, dass dieses Buch Scarpelli nicht wieder in die Klauen gefallen war, aber auch wenn das ein Glücksfall war, erweckte es in ihr nicht sonderlich viel Zuversicht. Leider waren nämlich weder der Donnerkeil noch ein magischer Zauberstab herausgefallen.

Aber wenigstens ist es kein Totalverlust, dachte Jude und griff nach etwas, das vom Tresen auf den Boden gefallen war. *Der Killer hat das auch noch zurückgelassen.* Der MP3-Player war wundersamerweise nicht nur heil geblieben, auch die Batterie war noch halb geladen.

Oh, dachte Renai. *Ist das meiner?*

Klar. Ich wollte ihn deiner Familie überlassen, damit sie etwas hätten, was sie an dich erinnert.

Das ist höllisch nett und sehr umsichtig, dachte Renai. Obwohl sie keine Stimme hatte, war ihr neckischer Tonfall unverkennbar. *Warum sind all die guten Männer verheiratet, schwul oder körperlose Stimmen in meinem Kopf?*

Als wir uns letztes Mal getroffen haben, warst du viel schüchterner.

So ein Tod gibt dem Ego einen echten Schub.

Sal hustete.

Als Jude ihn ansah, leckte sich der Psychopomp das Maul und deutete dann mit dem Kopf zur Tür. »Wenn ihr beide mit Flirten fertig seid«, sagte er, »könnten wir uns dann vielleicht um ein paar wichtige Dinge kümmern?«

»Kannst du etwa hören, was wir denken?«

»Himmel, nein. Aber Pheromone lügen nicht.«

Jude sammelte die verstreute Magie und den MP3-Player ein, legte alles in eine alte Sporttasche, stopfte etwas Geld und ein paar Straßenbahnmünzen dazu und folgte Sal hinaus auf die Straße. Ein glänzender schwarzer Wagen wartete mit laufendem Motor am Bordstein. Jude durchlief blitzschnell einen Kreislauf von Gefühlen. Zuerst eine stechende Furcht, die wich, als sie kein Blut schmeckte, das einen Vampir angekündigt hätte. Dann kehrte die Angst zurück und steigerte sich zu einer ausgewachsenen Panik, als sie sich an den letzten Geschmack erinnerte, der einem anderen Körper gehört hatte. Sie bereitete sich vor, das Wort *Brenne!* zu rufen, und dann so schnell sie konnte wegzulaufen. In dem Moment öffnete sich der Wagenschlag, und die Federung des Fahrzeugs ächzte. Die Karosserie schaukelte hin und her, als jemand Riesiges und Schweres sich aus dem Fahrzeug schälte. Eine graue Hand, gefolgt von einem Jackett, ein kahlköpfiger grauer Schädel und ein massiger Körper. Auf die rissige und faltige Stirn waren die Zeichen אמת eintätowiert, das hebräische Wort für Wahrheit.

Es war ein Golem, der wie ein Agent vom Secret Service gekleidet war, einschließlich der verspiegelten Sonnenbrille.

Die Stimme des Golems dröhnte jedoch nicht, wie Jude erwartet hatte, sondern war ein rasselndes, zischendes Flüstern. »Mourning hat mich geschickt, um Sie einzusammeln«, sagte der Golem.

Judes Gedanken überschlugen sich. »Einsammeln … Oh, klar, Sie müssen nach Jude suchen. Er ist noch oben. Ich führe nur seinen Hund Gassi. Sie können einfach hochgehen. Komm, mein Junge.« Letzteres sagte sie zu Sal, der nur den Bruchteil einer Sekunde zögerte, bevor er kurz kläffte und Jude dann folgte. Aber sie kamen nicht weit. Eine graue Hand blockierte ihren Weg.

»Die Instruktionen sind sehr spezifisch. Ich soll die erste Person einsammeln, die das Haus verlässt.« Der Golem öffnete die Tür zum Fond des Wagens und wartete. Jude zog ihren ursprünglichen Plan kurz in Erwägung, nämlich das Wort *Brenne!* zu schreien und wegzulaufen, verwarf ihn dann jedoch schnell wieder. Feuer hatte keine allzu große Wirkung auf Lehm, und außerdem bewegte sich der Golem erheblich schneller und geschmeidiger, als jemand von dieser Körpergröße es eigentlich tun sollte. *Wird interessant herauszufinden, ob Mourning mich erkennt,* dachte Jude, gab nach und setzte sich auf den Rücksitz.

»Der Hund bleibt hier«, sagte der Golem. »Ich will keine Hundehaare auf meinen Sitzen.«

Es war verstörend zu sehen, wie ein Hund voller Verachtung die Augen verdrehte, aber Sal bekam das Kunststück hin.

»Es dauert wahrscheinlich sowieso eine Weile, diese

Witterung aufzuspüren«, sagte Sal zu Jude. »Ich lasse dich wissen, wenn ich etwas finde.«

Noch bevor Jude widersprechen konnte, schlug die Tür zu, und der Wagen schaukelte hin und her, als der Gigant einstieg. Dann fädelten sie sich in den Verkehr ein, und im nächsten Moment war Jude unterwegs, um die letzte Person in dieser Stadt zu treffen, die sie sehen wollte. Mit Ausnahme ihres Mörders.

Erst in dem Moment und reichlich spät kam ihr der Gedanke, dass die beiden vielleicht ein und dieselbe Person waren.

KAPITEL ZWANZIG

Der Golem sprach nicht viel auf der kurzen Fahrt in die Innenstadt. Jude hoffte, dass die durch Magie zum Leben erweckte Lehmfigur vielleicht irgendetwas über Mournings Pläne verriet, und fragte sie, warum Regal nicht geschickt worden sei, um sie abzuholen.

»Die Sloan arbeitet nicht mehr für Mourning«, antwortete der Golem, was Jude genug Stoff zum Nachdenken gab, bis sie im Parkverbot auf der Canal Street anhielten.

»Warum halten wir?«, erkundigte sie sich. Sie hielt sich stur an den Plan: »Ich habe keine Ahnung, was los ist, ich bin nur ein junges Mädchen, das den Hund ausführt«, bis ihr irgendjemand zweifelsfrei klarmachte, dass dieser Plan nicht mehr funktionierte. Der Golem antwortete nicht, sondern öffnete ihr einfach nur die Tür und wartete geduldig wie ein Erdhügel, dass Jude ausstieg. Als sie es tat, schlug er die Tür zu, verriegelte den Wagen mit der piependen Fernbedienung und bedeutete Jude, ihm zu folgen.

Der Golem führte sie um die Ecke des Gebäudes zu einem Nebeneingang. Ein Obdachloser in schmutzigen Lumpen drängte sich an die Tür. Als Jude in ihre Tasche griff, um Kleingeld herauszuholen, wandte der Mann ihr sein Gesicht zu, und sie sah ergraute Dreadlocks und die dünne Drahtbrille eines Gelehrten. Die traurigen dunklen Augen blickten direkt durch Jude hindurch; ein nach innen gerichteter Blick: Es war der Zombie-Musiker Leon Carter.

Renai fluchte innerlich.

Jude kniete sich neben Leon und packte seine Schulter. Bei dem Kontakt gab es einen elektrischen Schlag zwischen den beiden, so schmerzhaft, dass Jude auf den Hintern fiel. Obwohl er ganz gesund aussah, war der Musiker in seinem Inneren nur eine rohe, schwärende Wunde. Er ruckte mit dem Kopf in einem Beat, den nur er hören konnte, was den krampfhaften Bewegungen eines Süchtigen auf Entzug glich. Jude brauchte kein magisches Talent, um zu begreifen, dass Leon etwas sehr Entscheidendes verloren hatte.

Aber was? Hatte Regal nicht gesagt, dass es Leon gut gehe?

»Was machen Sie da?«, wollte der Golem wissen.

Jude blickte in sein breites, regungsloses Gesicht. »Wir müssen ihm helfen«, sagte sie. »Wissen Sie denn nicht, wer das ist?«

»Ein Ärgernis. So wie Sie.« Der Golem zog die Seitentür auf und schob Leon aus dem Weg. »Gehen wir.«

Jude stand auf und wischte sich den Schmutz von ihrem Hosenboden. Sie bemerkte, dass Leon keineswegs in sich hineinstarrte, wie sie zuerst angenommen hatte. Er beobachtete das Canal-Place-Gebäude, und sein Blick glitt über die Fassade, als könnte er die Etagen, die Mournings Büro von der Straße trennten, mit seinem Blick durchdringen.

Mourning, dachte sie. *Natürlich.* »Ich weiß nicht, was er dir angetan hat«, sagte sie zu Leon, ohne darauf zu achten, dass der Golem sie hören konnte. »Aber ich verspreche dir, dass ich es wiedergutmache.« Der Golem trieb sie nicht allzu höflich in das kühle, stille Innere von Canal Place und zerrte sie fast zu den Aufzügen. In der Kabine betrachtete Jude sich in den Wandspiegeln. Es freute sie zu sehen, dass die Wunde, die Hē Renai zugefügt hatte, verheilt war, ohne eine Narbe zu hinterlassen. Sie konnte sich vorstellen, dass die junge Frau ziemlich genervt reagieren würde, wenn ihr klar würde, dass auch all die Löcher für ihre Piercings sich geschlossen hatten.

Renai war jedoch viel zu aufgebracht, was Leons Schicksal anging, um auf solche Details zu achten. *Das ist schlimm,* dachte Renai. *Das ist so verflucht übel. Der Loa wird mehr als nur angepisst sein. Was hat er denn?*

Ich weiß es nicht, dachte Jude, *doch ich werde es herausfinden. Aber was hat Leon mit einem Loa zu tun? Ich weiß, dass er einen Deal mit Legba gemacht hat, aber …*

Nicht Leon Carter. Er ist nur das Gefäß. Ich rede über High John.

Der Golem drückte die Sonnenmonstranz in die Aussparung, die den Zugang zu Mournings Büro gewährte, und Jude wappnete sich für den verrückten Tanz des Aufzugs. An Renai sandte sie gleichzeitig die mentale Entsprechung eines verwirrten Schulterzuckens.

High John? Johannes der Eroberer?, dachte Renai, der es gelang, ihre mentale Stimme ungläubig klingen zu lassen. *Für die Loa ist er so was wie der verfickte König Arthur, kapiert? Wir müssen ihm helfen. Du glaubst, der Tod war schlimm? Ich möchte nicht mal daran denken, was Legba mit uns anstellt, wenn er wüsste, dass wir das mitgekriegt und nicht versucht haben, etwas dagegen zu unternehmen.*

Ich habe gesagt, ich würde ihm helfen, und das werde ich auch, dachte Jude. *Versuch einfach, hier drin nicht auszuflippen, einverstanden?*

Wieder klang Renai ungläubig. *Wie du meinst, Kumpel. Schlimmer als der Tod kann es ja nicht sein.*

Als der Aufzug schließlich sein schreckliches Schwanken beendete und zum Halten kam und die Tür sich mit einem Ping öffnete, versuchte Jude, ihren nächsten Gedanken für sich zu behalten. Nämlich, dass Renai sich irrte und dass das, was sie in diesem Büro erwartete, durchaus schlimmer sein könnte als der Tod.

Jude war sich nicht sicher, ob es ein gutes oder ein schlechtes Zeichen war, dass der Golem ihr nicht in Mournings Wartezimmer folgte. Der gehörnte kleine Mann hinter dem Schreibtisch blickte nicht einmal hoch, als die Aufzugtüren sich schlossen und verschwanden. »Mr. Mourning ist im Moment nicht da. Ich fürchte, Sie müssen später wiederkommen«, sagte er nur.

Judes Gesicht lief rot an, und ihre Wut übernahm die Kontrolle. Sie schüttelte sie durch bis auf die Knochen, wie ein Fieber. Sie war hereingelegt, manipuliert, ermordet und beraubt worden, und dann auch noch das, was mit Leon geschehen war! Mourning war das Zentrum von alledem. Sie wusste nicht, warum ein Engel Leute tötete und was das mit Glücksgöttern und ihrem eigenen Schicksal zu tun hatte, aber die Kreatur auf der anderen Seite dieser Tür wusste es. Sie hatte nicht die geringste Lust darauf, hier zu sein, aber sie würde verflucht sein, bevor sie sich von diesem verdammten Ziegenbock einfach kampflos wegschicken ließe.

Sie hatte nur ein paar Schritte in den Raum gemacht, als Knurrbock hinter seinem Schreibtisch hervorkam. Er hüpfte beim Gehen von einer Seite zur anderen und versperrte Jude den Weg zur Tür von Mournings Büro. Von der Hüfte abwärts hatte Knurrbock den haarigen nackten Hintern eines Ziegenbocks. Seine Genitalien baumelten obszön unbedeckt herum. Jude trat dichter an ihn heran.

»Du hast hier nichts zu suchen, Dubuisson«, sagte Knurrbock. Jede Spur von Zerstreutheit war aus seiner Stimme verschwunden.

So viel also zu der Unschuldiges-Mädchen-Nummer, dachte Jude. »Was du nicht sagst. Mourning hat seinen Schläger zu mir geschickt, also bin ich da. Ob es dir gefällt oder nicht, ich werde hineingehen.«

»Das bezweifle ich ernsthaft.« Knurrbock blickte zu ihr hoch, ohne Unbehagen darüber zu zeigen, dass er den Kopf in den Nacken legen musste. »Ich stehe ab sofort unter dem Schutz meines Arbeitgebers. Keiner deiner billigen Tricks hat jetzt noch irgendeine Wirkung. Und nun verschwinde.«

Jude hob die Hände und machte Anstalten, sich umzudrehen, als hätte der Bluff Erfolg gehabt, dann fuhr sie herum und trat Knurrbock in die Eier. Mit solcher Wucht, dass er von den Hufen gerissen wurde. Der Satyr, Kobold oder was auch immer er sein mochte, brach in einem kläglichen Haufen auf dem Boden zusammen, und Jude machte einfach einen Schritt über ihn hinweg. Ein besserer Mensch hätte zweifellos keine Genugtuung angesichts eines solchen Verhaltens empfunden, aber Judes Essenz, die Kernidentität, die ganz offenbar Zeit und sogar den Tod transzendierte, war immer schon ein Miststück gewesen. Ihre Mundwinkel zuckten, und das helle Licht aus Mournings Büro ließ das Lächeln auf Judes Gesicht strahlen, als sie die Tür aufstieß.

Wie immer war sie beim ersten Schritt ins Innere geblendet. Die Präsenz der Person in dem Raum war wie das glühend weiße Zentrum eines Schneidbrenners. Als sich ihre Sehkraft erholte, sah sie Mourning zurückgelehnt auf seinem Schreibtischstuhl sitzen, die nackten braunen Füße auf die Schreibtischplatte gelegt. Er trug eine frisch gebügelte, eierschalenfarbene Leinenhose und ein schwarz glänzendes Oxfordhemd. Seine leuchtend saphirblauen Augen verrieten keinerlei Empfindung, weder Überraschung über Judes Auftauchen noch Zorn oder Empörung darüber, wie die Tür aufgeflogen war. Er hob nur einen makellos manikürten Finger, und diese beiläufige Ermahnung ließ Jude mitten im Schritt erstarren. Mourning konzentrierte sich auf den eleganten elfenbeinfarbenen Telefonhörer in seiner anderen Hand.

»Sind wir uns einig?«, sagte er. »Gut. Dann erledigen Sie das.«

Er legte auf, und das Telefon verschwand, als er sich umwandte. Sein Stuhl drehte sich ohne das geringste

Geräusch. Er nahm mit einer geschmeidigen Bewegung die Füße vom Tisch und stellte sie auf den Boden. Dann richtete er seinen durchdringenden, abwägenden Blick auf Jude und grinste wie ein Honigkuchenpferd. Seine Haut hatte dasselbe rötliche Braun wie der Schlamm, über den Jude auf dem Grund des Mississippi gegangen war. Als er sprach, richtete Mourning seine Worte nicht an Jude, sondern an jemanden, der offenbar auf einem der anderen Stühle in dem Raum saß und vor Judes Blick durch die hohe Lehne verborgen blieb.

»Nun sehen Sie doch, wer uns da aufsucht«, sagte er. Seine Stimme schnurrte hypnotisierend. »Genau wie ich es versprochen habe.«

Eine Liste der übelsten Leute, die auf diesem Stuhl sitzen könnten, schoss Jude durch den Kopf, als sie über den schwarz-weißen Marmorboden dichter heranging. Die Person aber, die auf sie wartete, befand sich nicht auf dieser Liste: Celeste Dorcet.

Vorsicht, Jude, dachte Renai. *Ich habe da ein ganz mieses Gefühl.*

Renai mochte vielleicht aus einem Film zitieren, dennoch hatte sie recht. Celeste war nicht sie selbst. Ganz offensichtlich wurde sie von einem Loa geritten. Und wer auch immer es sein mochte, er trug einen dreiteiligen Anzug in Schattierungen von Rot: eine knallrote Weste, ein weinrotes Einstecktuch und sogar eine Krawattennadel mit einem Granat. Etwas an dem unverschämten Grinsen und der übertrieben lässigen Sitzhaltung mit übergeschlagenen Beinen sagte Jude, dass es sich nicht um Legba handelte. Ganz gleich, wie er auch heißen mochte, seine Anwesenheit bedeutete, dass Jude verarscht worden war. Wahrscheinlich von Anfang an.

Allerdings hegte er diesen Eindruck jetzt schon seit einer ganzen Weile.

»Was für eine grimmige Miene, M. Dubuisson.« Mourning gebrauchte die genderneutrale Anredeform, wie immer übertrieben höflich. »Vielleicht ändert ein Cocktail das ja. Mr. Cross, ich nehme an, Sie nehmen das Übliche?« Mourning deutete mit der Hand auf den Stuhl, während er aufstand, eine Einladung an Jude, sich auf den anderen Ledersessel neben dem Loa in Rot zu setzen. Mourning ging zu einer gut bestückten Bar, die vor einer Sekunde noch nicht da gewesen war. Glas klirrte, als er eine Flasche Rum, Cognac und Bitter herausnahm.

Jude setzte sich, und das Leder knarzte unter ihr. Sie hatte die Fäuste zwischen den Knien geballt. »Ich nehme einen Kaffee«, sagte sie, nicht überrascht, dass im selben Moment bereits ein dampfender Becher mit Zichorienkaffee neben ihrem Ellbogen stand. Aber sie war etwas genervt, als sie nach dem ersten Schluck feststellte, dass er schwarz serviert worden war, so, wie Renais Seele und ihr Körper ihn mochten, und nicht mit Sahne und Zucker, wie Jude ihn bevorzugte.

Dieser Kerl ist gut, dachte Renai.

Du hast ja keine Ahnung!

Mourning brachte Cross seinen Drink. Ein halbes Glas Rum, in das er schwarzen Sand aus einem kleinen Leinensäckchen rieseln ließ, auf dessen verblasstem Etikett HAZARD POWDER COMPANY stand, in einem Halbkreis um zwei gekreuzte Kanonen herum.

Jude und Renai erlebten beide einen Moment der Offenbarung, so schlagartig wie ein Pistolenschuss. Nur ein Loa trank seinen Rum verdünnt mit Schießpulver: Kalfou, die dunkle und böse Seite von Papa Legba, die Petwo-Hälfte. Sie war im gleichen Maße bedrohlich, wie Legba wohlwollend war. Dass er sich selbst Mr. Cross nannte, war ein Witz, der von seinem Titel herrührte: Mait' Carrefour, Meister der Kreuzungen und Schließer der Wege. Als die haitianischen Sklaven den römischen Katholizismus studierten, erkannten sie Legba im heiligen Petrus, dem Hüter der Schlüssel zum Himmel. Und als sie nach einer Entsprechung für Kalfou suchten, kamen sie auf Satan.

Jude trank einen Schluck von ihrem Kaffee und wünschte sich, sie hätte sich etwas Kräftigeres geben lassen. Trotzdem, der Duft und das Aroma und die Bitterkeit schufen zusammengenommen ein Gefühl von Schutz und familiärer Geborgenheit, eine Verbindung zu einem ganzen Hort von guten Gefühlen, die zwar nicht die von Jude waren, sondern eine Verschwörung der Zunge und Nebenhöhlen und Synapsen, die Renais Kindheitserinnerungen an frühe Morgenstunden mit ihrem Vater enthüllten. Erinnerungen, die auch Jude Trost spendeten, obwohl sie wusste, dass sie gestohlen waren.

Mourning lehnte sich an seinen Schreibtisch, nahm einen tiefen Schluck aus einem Glas mit einer bernsteinfarbenen Flüssigkeit und seufzte anschließend entzückt. Dann warf er einen Blick auf die Uhr auf der Innenseite seines Handgelenks. Ein finsterer Ausdruck flog über sein Gesicht und verschwand sofort wieder.

»Ich nehme an«, sagte er, »dass Sie jetzt bereit sind, die außerordentlich wichtige und dringende Angelegenheit zu besprechen, für die Sie so formlos herzitiert wurden. Ein Umstand, für den ich Sie um Verzeihung bitte.«

»Selbstverständlich, gern«, sagte Jude. Es gelang ihr, zuversichtlicher zu klingen, als sie sich fühlte. »Aber fehlt da nicht noch jemand?«

»Ich gestehe, ich wüsste nicht, um wen es sich handeln könnte.«

»Regal Sloan. Wo ist sie?«

Mourning und Cross wechselten einen kurzen Blick. »Sosehr es mich schmerzt, es zugeben zu müssen, M. Dubuisson, aber ich verfüge augenblicklich weder über Informationen diesbezüglich noch über irgendetwas anderes, was Miss Sloan angeht. Sie arbeitet nicht mehr unter der Schirmherrschaft dieser Organisation, und zwar schon eine ganze Weile nicht mehr.«

»Aber sie hat mir die Einladung zu diesem Kartenspiel überbracht.«

»Korrekt. Ich habe sie als Kurier engagiert, weil ich glaubte – und zwar zutreffenderweise, wie sich ja herausstellte –, dass uns diese frühere Bekanntschaft Ihre Gewissenhaftigkeit und Ihre Zuversicht eher gewährleisten könnte, aber sie tat das vollkommen ungebunden. Sie bevorzugte den Ausdruck ›freiberuflich‹. Wenn Sie sich erinnern möchten, versuchte ich mich Ihrer Dienste auf eine ähnliche Weise zu versichern, eine Bitte, die Sie recht unmissverständlich abschlugen.«

Jude trank einen großen Schluck Kaffee, um nicht zu schreien. Die heiße Flüssigkeit brannte in ihrer Speiseröhre, und dass sich der Schmerz gut anfühlte, hatte wahrscheinlich nichts Angenehmes zu bedeuten. Die ganze Geschichte war von vornherein eine Lüge gewesen, schlimmer noch, ein Trick. Und Jude war darauf hereingefallen. Sie hatte den Köder geschluckt, hatte am Haken gezappelt, und als sie nicht mehr von Nutzen gewesen war, hatte man sie ausgeweidet wie einen Fisch. In ihrem Magen brannte ein Feuer, das nichts mit dem heißen Kaffee zu tun hatte.

Das Spiel können auch zwei spielen, Queens.

»Schön«, sagte Jude. »Sie gewinnen. Wie auch immer ich hierhergekommen bin, Sie haben bekommen, was Sie wollten: mich, in einem Raum voller Gottheiten, die darum spielen, der nächste Glücksgott von New Orleans zu werden. Und wenigstens einer von ihnen ermordet die anderen, während sie darauf warten, dass sich mein Blatt zeigt. Ich habe noch einen Tag zu leben und kann keine Auszeiten mehr nehmen, also wird es Zeit, mit dem Herumalbern aufzuhören. Was ist der Plan? Was soll ich für Sie tun?«

Mourning blinzelte, langsam, bedächtig. »Ich muss noch einmal um Ihre Nachsicht bitten«, sagte er. Das Zischen in seiner Stimme wurde stärker. »Ihre Andeutung hat mich überrumpelt. Auf welchen ›Plan‹ beziehen Sie sich?«

Cross schnaubte und leerte seinen Drink in einem Zug. »Er meint deinen Plan, Brüderchen. Er hat's noch nicht kapiert. Er versucht, dich dazu zu bringen, deinen Masterplan zu enthüllen.«

»Ah, jetzt verstehe ich«, antwortete Mourning. »Sie

halten mich irrtümlicherweise für eine Kreatur, die sich mit zeitlich begrenzten Unternehmungen abgibt. Ich bin nicht Atropos, die Schicksalsgöttin, die den Lebensfaden durchschneidet, wenn er sein vorgesehenes Ende erreicht hat.« Er imitierte mit zwei Fingern eine schnippelnde Schere. »Ebenso wenig bin ich der Uhrmacher, auf den so oft angespielt wird, der seine kleinen Aufziehspielzeuge baut und zusieht, wie sie laufen.« Mourning schwenkte sein Glas. »Nein, Anfänge und Enden langweilen mich auf jede nur erdenkliche Art und Weise, M. Dubuisson. Ich bin genau das, was hier angezeigt wird.«

Damit beugte er sich vor und klopfte mit einem Knöchel gegen das Namensschild auf seinem Schreibtisch.

»Management. Ich beeinflusse die Machenschaften von anderen, unterbreche sie oder ermutige sie, je nach dem, was die Situation gerade erfordert. Wenngleich Ihre Annahme, dass ich dieses ganze Kartenhaus aus eigenem Antrieb konstruiert hätte, sehr schmeichelhaft ist, setzt sie doch voraus, dass ich sowohl die Fähigkeit als auch das Verlangen hätte, so etwas zu tun. Einfach ausgedrückt, das Spiel entspricht nicht meinem Plan, M. Dubuisson, und ich hege auch nur vage Mutmaßungen darüber, wie es enden wird.« Mourning ging wieder hinter seinen Schreibtisch. Er bewegte sich mit der eleganten Geschmeidigkeit einer streunenden Katze. »Mich treibt nicht um, welche Gottheit siegt. Solange sichergestellt ist, dass der Sieger am Ende in meiner Schuld steht. Was uns zum Kern Ihres Geschwätzes führt. Mr. Cross?«

Cross sprang auf die Füße, als hätte es ihm Schmerzen

bereitet, so lange stillsitzen zu müssen. Mit zwei langen Schritten war er an der Bar, wo er sich die Flasche Rum griff und sein Glas stehen ließ. Schießpulver hin oder her, er zog den Korken mit den Zähnen heraus, spuckte ihn auf den Boden und trank in großen Schlucken aus der Flasche.

»Unser Strahlemann hier liebt den Klang seiner eigenen verfluchten Stimme, was? Ich glaube, er hat genug für uns drei palavert. Es heißt, du hättest dem Vampir ans Bein gepinkelt und ihn bis aufs Blut gereizt. Stimmt das?«

»Ich habe ihn aufgehalten, wenn Sie das unbedingt wissen wollen.«

Cross stieß verächtlich die Luft aus. »Du bist wirklich voller Scheiße. Worte sind ohne irgendwelche handfesten Belege nur stinkender Atem. Wie ist es damit? Kannst du mir noch etwas anderes zeigen außer deine hübschen Titten?«

Jude überlegte, ob sie irgendetwas hatte, das sie als Beweis vorlegen konnte, aber selbst wenn ihr der magische Beutel nicht gestohlen worden wäre, besaß sie nur ein einziges, wirklich zwingendes Beweisstück. Sie durchwühlte ihre Sporttasche und nahm das Journal mit den Karten heraus, das sie Scarpelli gestohlen hatte. »Wie wäre das als Beweis?«

»Für einen toten Vampir«, sagte Cross, »sieht das verdammt nach einem Buch aus.«

Jude konnte den Köder nicht ignorieren, obwohl sie ihn erkannte. »Ich habe nicht gesagt, dass ich ihn getötet habe«, erwiderte sie, »sondern nur, dass ich ihn aufgehalten habe.« Jude warf Bienvilles Karten auf Mournings Schreibtisch. Allmählich gewann ihr Ärger die Oberhand. »Er hat es benutzt, um damit die Stadt zu verwandeln. Ich bin nur nicht sicher, wie.«

Mourning schnappte sich das Journal mit der flüssigen, gierigen Schnelligkeit eines zuschlagenden Falken. Er betrachtete den Einband und den Buchrücken, als er sich auf dem Stuhl zurücklehnte, öffnete das Buch und blätterte es langsam und lässig durch. Irgendwann drückte er die Nase in die Falte zwischen den Seiten und schnüffelte hörbar.

»Aha«, sagte er nach einigen angespannten Augenblicken und hielt Cross das Buch hin. »Sehen Sie, als wie gerissen sich unser gemeinsamer Widersacher erweist? Scarpelli versucht, sich der vier wesenhaften Eigenschaften der Stadt zu bemächtigen.« Cross untersuchte das Journal fast auf die gleiche Weise wie Mourning, aber während dieser elegant und vornehm gewesen war, behandelte Cross das Buch mit einer nahezu wütenden Verachtung.

Hast du eine Ahnung, worüber die reden?, flüsterte Renai Jude zu, während Cross beschäftigt war.

Ich glaube schon, antwortete Jude. Sie wollte ausführlicher antworten, aber ihr wurde klar, dass es viel zu lange dauern würde, alles zu bedenken und in Worte zu fassen, obwohl sie nur Gedanken austauschten. Also versuchte sie etwas anderes. Sie öffnete sich für Renai, ließ einen Teil der Halbgott-Essenz, die in dem Verstand der jungen Frau saß, in sie hineinfließen. Die Erfahrung ähnelte dem Eindruck, der einen erfasste, wenn man sich einige Tage später an einen Traum erinnerte: eine Reihe von Gedanken und Eindrücken, die plötzlich da waren, als hätten sie die ganze Zeit schon auf einen gewartet.

Die meisten Menschen, selbst jene, die der Meinung sind, sie würden das Übernatürliche verstehen, haben in Wirklichkeit nicht die geringste Ahnung, wie komplex und fremdartig Dinge sein können. Menschen erkennen Götter schnell, vorausgesetzt, sie sehen fast so aus wie sie selbst. Aber ebenso wie es Götter in allen möglichen Formen und Größen gibt, hat auch kein Bewusstsein ein exklusives Recht auf Göttlichkeit. Tiere haben ihre eigenen Götter, ebenso Bäume, Computer und Stumme. Es gibt Götter der Berge und des Ozeans, und ein Gebet an sie dauert länger als die gesamte menschliche Existenz. Und es existieren Virengötter, mikroskopisch klein und wild, deren gesamte Unsterblichkeit unbemerkt an unseren Augen vorbeizieht.

Auch Städte können Götter sein. Einige der uralten Stadtgötter haben seit Jahrhunderten geschlafen, Orte wie Byblos und Nin, Samarkand und Ile-Ife. Es finden sich noch andere alte Städte, die wach sind, zum Beispiel das verrückte alte London und das scheue Peking. Jerusalem, das mit sich selbst in vier verschiedenen Zungen streitet, Mexico City, das nur auf den Namen Tenochtitlan hört. Die jüngeren Städte, Sydney, New York, Tokio, Brüssel und Chicago, bersten förmlich vor Energie und Mythen, während sie herauszufinden versuchen, wer genau sie sind. New Orleans ist vielleicht die jüngste unter diesen Stadtgottheiten und klein, zumal die meisten Städte Jahrhunderte Zeit gehabt haben, genug Geschichte und Charme und Mythen zu entwickeln, um eine Identität zu entwickeln, falls es ihnen überhaupt gelungen ist. Aber Crescent City war fast von den frühen Anfängen an eine Gottheit.

Sal hatte gesagt, dass Menschen aus mehr als Körper und Seele bestünden, dass die flüchtigen Aspekte ihrer Existenz zumindest in zwei Teile aufgeteilt werden könnten, in Essenz und Energie. Der eine Part war ewig, und der andere wurde recycelt. Jude hatte vor langer Zeit etwas Ähnliches über Städte gelernt. Dass ihre Seele – in Ermangelung eines besseren Ausdrucks – von Natur aus dreigeteilt war: Stärke, Glück und Wille, was von den physischen Aspekten der Stadt repräsentiert wurde. In New Orleans war die Stärke ein Musiker, dessen Namen Jude nie erfahren hatte. Das Glück war ein Glücksgott namens Dodge, und der Wille war ein Magier, der Mann, der Jude all das gelehrt hatte: Eli Constant. Mourning schien anzudeuten, dass es noch einen vierten Aspekt gebe, von dem Eli Jude nie etwas erzählt hatte.

In den wenigen Sekunden, die es dauerte, bis all das in Renais Bewusstsein geflossen war, stiegen damit verwandte Aspekte des Wissens in Judes Bewusstsein hoch. Das Dreifaltigkeitskonzept einer Seele schien Renai sofort vertraut zu sein, weil es der menschlichen Erfahrung ins Gesicht geschrieben stand. Sie hatte gelernt, dass unser eigenes Bewusstsein mehr ein Zopf als ein Faden war, da sie immerhin schon länger tot war als Jude. Die Essenz und die Energie, die Sal erwähnt hatte, aber noch ein Drittes, das beim Körper blieb, wenn man starb – etwas, das die Toten die »Stimme« nannten. War die Essenz deine Identität, der Teil von dir, der dich zu dem machte, was du bist, und die Energie oder Seele der Funke, der dir Leben verlieh, so war deine Stimme deine Fähigkeit, auf die Welt einzuwirken, der Teil von dir, der nicht einfach nur beobachtete oder existierte, sondern der Teil, der veränderte.

Der Teil, der Magie wirken konnte.

Der Teil, der zurückblieb, wenn man starb, weshalb die frisch Gestorbenen nicht sprechen konnten. Wobei … wörtlich genommen, konnte keiner der Toten sprechen. Sie teilten einfach nur Ideen und Konzepte über etwas, das mehr der Telepathie glich. Was Dodge ihr erzählt hatte, in jenem Kartenzimmer im Nachleben, wurde jetzt plötzlich logischer, nämlich dass, wenn die Toten sprechen könnten, keiner von ihnen tot bliebe. Dieser Verlust der Stimme oder ihre Fähigkeit, auf die Welt einzuwirken, waren die entscheidendste Grenzlinie zwischen Leben und Tod.

Jude wurde aus ihren gemeinsamen Tagträumen mit Renai gerissen, als Cross das Journal auf Mournings Schreibtisch klatschte und knurrte. Es war ein tiefes, mürrisches Brummen in seiner Brust.

»Ich nehme an, das erfüllt die Bedingungen unseres Arrangements?«, fragte Mourning.

»Jaja«, gab Cross zurück. »Ein Deal ist ein Deal.« Sie schüttelten sich die Hände, und dann wandte sich Cross an Jude. Den Bruchteil einer Sekunde lang zeigte sich der Loa, der Celeste ritt. Er war jung, während Legba alt war, die Hörner auf seiner Stirn schoben seinen Hut auf den Hinterkopf, und schwarze Tränen sickerten aus seinen Augen. Jude blinzelte, und die rot gekleidete Gestalt war wieder Celestes Körper. »Wir sehen uns«, sagte Cross und tippte gegen seine Hutkrempe, was irgendwie vulgär wirkte. Er ging zur Tür und war verschwunden.

Jude und Renai und der strahlende Gott schwiegen eine Weile unbehaglich, während das letzte Tageslicht hinter Mourning erlosch.

»Also ...« Er stand auf und ging lautlos zur Bar. »Wollen wir Ihre Entlohnung sofort erledigen, oder brauchen Sie zusätzlich dazu eine schmeichelnde Zurschaustellung von Dankbarkeit?«

Was! Renais Gedanke war mehr ein Ausruf als eine Frage.

Er redet über Bezahlung. Ich habe ihm einen Gefallen getan. Und er kann diese Schuld nicht einfach unerledigt lassen.

Vielleicht kann er uns bei High John helfen! Jude spürte, wie Renais Körper sich straffte und sie die Zehen spreizte. Ihre Aufregung erinnerte Jude daran, dass sie nur Gast in diesem Körper war.

Etliche Gedanken rangen um Judes Aufmerksamkeit: Sie musste die Leiche von Jude Dubuisson und den Killer aufspüren, der – wie sie sich fast sicher war – Regal war. Sie musste irgendwie Leon helfen, für dessen Zustand Mourning eher verantwortlich war, als dass er ihn heilen konnte. Allerdings war sie froh, dass sie ihre Gedanken über Mourning vor Renai geheim gehalten hatte. Außerdem sah sie innerhalb der nächsten zwei Tage kein Ende ihres Weges, das nicht darin bestand, dass ihre Seele von Göttern verschlungen wurde oder sie wieder vor den Thronen endete.

Aus ihrem Mund kam jedoch nur: »Wie wäre es für

den Anfang, wenn Sie erklären würden, was Scarpelli mit diesem verfluchten Buch vorhatte?« Renai stöhnte unhörbar in ihrem Kopf.

Mourning mixte seinen Drink und ging dann zu seinem Stuhl zurück. Bevor er antwortete, fuhr er sich mit der Zunge über die Zähne. »Vier Eigenschaften umfassen alles, was existiert. Sie, den Sessel, in dem Sie sitzen, dieses Büro, den Sazerac-Whiskey in diesem Glas«, er lächelte humorlos, »und selbst mich. Alles, was ein echtes und wahres Objekt ist, teilt diese fundamentalen Elemente: seine Beziehung zu anderen Objekten im Raum, die Veränderungen dieser Beziehungen im Laufe der Zeit, die Fähigkeit, andere Objekte zu beeinflussen, und das Verständnis des Objekts von sich selbst. Einfach ausgedrückt muss ein Ding, um zu existieren, eine Form, eine Dauer, eine Wirkung und eine Essenz haben. Das Objekt, das wir allgemein als ›New Orleans‹ bezeichnen, ist in Gefahr, weil ebendiese Eigenschaften in Gefahr sind.«

Er legte eine Pause ein, wie ein Lehrer, der wartet, bis seine begriffsstutzigen Schüler ihn verstanden haben.

»Nehmen Sie zum Beispiel meinen Drink.« Er hielt das Glas mit seinem Daumen und zwei Fingern und drehte es, sodass die bernsteinfarbene Flüssigkeit im Licht funkelte. »Er hat eine Form, die von dem Behältnis, in dem er sich befindet, diktiert wird. Er hat eine spezielle Dauer, eine Reihe von Momenten, angefangen bei dem, in dem ich ihn gemischt habe, bis zu dem, wenn ich den letzten Tropfen trinke. Ich schmecke ihn, und er bereitet mir Vergnügen. Der Alkohol betäubt meine Sinne minimal und beeinflusst damit die Welt um mich herum durch seine Existenz. Und er hat eine Essenz, und zwar das Maß, in dem er sich selbst dem idealen Cocktail angleicht. Diese vier Qualitäten in harmonischem Gleichgewicht erlauben meinem Drink die Existenz. Wenn eine dieser Qualitäten gezwungen wird, sich zu ändern«, er ließ das Glas fallen, das auf dem Marmorboden zerbarst und den Geruch von Whiskey und Anis in dem Raum verbreitete, »verändern sich alle. Es gibt eine neue Form, eine neue Dauer, eine neue Wahrnehmung und eine neue Essenz, verstehen Sie?«

Er griff nach Bienvilles Journal, schlug die Seite mit Paugers Plan auf, auf dem die Straßen des French Quarters aufgeführt und benannt wurden, die Keimzelle der Stadt. »Das ist die Form der Stadt«, sagte er. »Sie ist sozusagen das Glas, in das sie gegossen wurde. Symbolisch, gewiss, aber Symbole sind von Bedeutung. Symbole können korrumpiert werden. Oder zerstört werden. Oder sogar, wenn auch in seltenen Fällen, restauriert werden.« Mourning machte eine Handbewegung und hielt sein Glas wieder in der Hand. Kein Tropfen war vergossen worden. Er nahm einen Schluck, so geziert wie ein Kolibri Nektar schlürft, und lehnte sich dann auf seinem Stuhl zurück. Das Leder knarzte.

Und plötzlich wurde alles klar. Jude hatte zwar noch nicht das ganze Bild vor Augen, aber in diesem Licht betrachtet, erschien ihr sehr viel aus den letzten paar Tagen logisch. Scarpelli hatte es nicht interessiert, wen das Kartenspiel zum nächsten Glücksgott machte, weil er vorgehabt hatte, die Form der Stadt so zu verändern, dass nur er diese Rolle einnehmen konnte. Die anderen Götter waren bereit gewesen, darum zu spielen – und zu töten, weil Glücksgott von New Orleans nicht einfach nur ein Titel war. Es bedeutete, man übte grundlegenden Einfluss auf das Schicksal einer ganzen bewussten, magischen Stadt aus.

Die große Frage, die Jude geplagt hatte, seit sie die wahre Natur des Preises erfahren hatte, aber lautete: Warum sollte Dodge solche Macht einfach aufgeben? Warum hatte das Spiel überhaupt stattgefunden?

Die Antwort lautete: Er hatte keine Wahl gehabt.

Sie stellte sich das Glas vor, das auf dem Boden zerbarst, und Erinnerungen an die Nachrichten von damals, als die Dämme brachen und das Wasser in die Stadt strömte, stiegen in ihr hoch. Die Form von New Orleans war vor sechs Jahren verändert worden, der Körper der Stadt war durchbohrt und verwundet worden, deshalb hatten sich ihre Seele und ihre Essenz und der ganze Rest ebenfalls verändern müssen. Dodge hatte das Gewinnerblatt auf der Hand gehabt. Wenn Jude ausstieg, obwohl sie noch nicht einmal wusste, wie sie das bewerkstelligen sollte, und wenn ihr Schicksal nicht triumphierend oder tragisch genug war, um das Blatt zu übertreffen, das Dodge ausgespielt hatte, dann würde er erneut das Glück der Stadt sein.

Mourning hatte gesagt, Symbole könnten restauriert werden. Aber wie konnte so etwas überhaupt aussehen?

»Was ist mit Leon Carter?«, fragte Jude. Sie hatte die Worte gar nicht laut aussprechen wollen. Es war Renai gewesen, die sie einfach dazu gedrängt hatte.

Mourning lachte. Es war ein derart sonores und angenehmes Lachen, dass es seine Grausamkeit beinahe übertüncht hätte.

»Ah, ja«, sagte er. »Der bedauernswerte Mr. Carter. Er hat sich in der Tat in höchst betrübliche Unannehmlichkeiten manövriert.« Mourning griff in den leeren Raum unter seinem Schreibtisch und zog einen kleinen schwarzen Koffer hervor. Renai beugte sich so abrupt nach vorn, dass Jude sich an die Armlehnen klammern musste, um sitzen zu bleiben. Renai war entweder ein Sweetwater-Carter-Fan, oder sie hatte das Wissen über den Inhalt dieses Koffers aus Judes Gedanken gezapft. Jedenfalls erkannte sie ihn. Mourning drehte den Kasten herum und öffnete mit präzisen und etwas pathetischen Bewegungen erst den einen, dann den anderen Verschluss, klappte den Deckel hoch und enthüllte Leon Carters Trompete.

Eben die, für die er seine Seele eingetauscht hatte, wie er den Zuschauern im Maple Leaf erzählt hatte.

»Das hier kann vielleicht als Lektion dienen«, sagte Mourning, »die unvermeidlichen Gefahren betreffend, wenn man seine eher flüchtigen Qualitäten in einem physischen Behältnis aufbewahrt. Ich gebe zu, dass meine einzige Absicht bei dem Erwerb dieses speziellen Gegenstands ausschließlich darin lag, mich der Loyalität von Atibon Legba zu versichern. Aber da dies hier«, er tippte mit einem Finger auf das Journal, »eine so schnelle Übereinkunft mit Mr. Cross herbeigeführt hat, habe ich diesbezüglich jetzt keine rechte Verwendung dafür.«

Jude reagierte vorsichtig, weil sie vermutete, dass es

da irgendeinen Trick gab, irgendwelche Stolperdrähte, die sie noch nicht erkannt hatte. »Dann nennen wir das doch einen fairen Handel. Das Buch gegen die Trompete.«

Mourning täuschte einen schmerzhaften Gesichtsausdruck vor. »Vielleicht haben Sie die Natur unserer Diskussion falsch verstanden, M. Dubuisson. Ich habe bereits die vereinbarte Belohnung für diese Bagatelle verteilt, mit einem weit wertvolleren Gegenstand als einem einfachen Musikinstrument. Denn ich habe Ihnen die Natur der Gefahr enthüllt, in der sich diese Stadt befindet, genauer, die Natur aller Dinge. Wenn Sie also in den Besitz von Mr. Carters Instrument gelangen wollen, werde ich, fürchte ich, nur eine einzige Zahlung dafür akzeptieren … und zwar Sie, M. Dubuisson. Bereits seit einiger Zeit ist es mein glühendstes Verlangen, mich wieder Ihrer Dienste zu versichern.«

Mach es, dachte Renai. *Sehen wir doch den Tatsachen ins Auge: Du bist schon tot. Und du kannst High John retten, wenn du einfach nur Ja sagst.*

Jude gab ihr Bestes, um Renai auszuschließen, angesichts all dessen, was sie über den strahlenden Gott wusste, der sich so gern bescheiden als »Management« beschrieb. Einschließlich dessen, wer und was, wie sie vermutete, Mourning sein könnte: ein weiterer Trickster in einer Stadt, in der es davon nur so wimmelte. Und zwar einer wie der Skorpion auf dem Rücken des Frosches, der nur gemäß seiner Natur handeln konnte. Jude griff in die Tasche vor ihren Füßen und zog die beiden magisch aufgeladenen Würfel heraus. Ein ziemlich armseliger Betrugsversuch an einem Gott, aber Judes Trickkiste war mittlerweile ziemlich leicht geworden. »Warum machen wir es nicht interessanter?«

Mourning tippte mit einem Finger gegen seine Lippen. »Was haben Sie im Sinn?«

»Ein Wurf. Eine Fünf oder Sieben, und ich gehe mit der Trompete hier raus, frei und ungebunden. Alles andere, und ich arbeite zukünftig für Sie.«

Mourning lachte amüsiert. »Ein wundervoller Vorschlag«, sagte er, »aber letztendlich ohne Vorteile, da ich fürchte, dass Ihre Definition von ›interessanter‹ ausschließlich bedeuten dürfte, dass keine Belohnung für mich vorgesehen wäre. Darf ich einen Gegenvorschlag machen?« Er wartete nicht auf eine Antwort. »Ein Wurf, wie Sie sagten, aber falls die Summe etwas anderes ergibt als eine Fünf oder Sieben, werden die Bedingungen Ihres Dienstes von den Würfeln diktiert. Sagen wir, ein Jahr für jedes Auge?«

Irgendetwas stimmte hier nicht. Mourning hatte viel zu bereitwillig eingewilligt, was bedeutete, er hatte auf jeden Fall einen eigenen Trick geplant. Doch bevor Jude sich irgendeine Möglichkeit überlegen konnte, wie sie aus diesem Scheißhaufen herauskam, in den sie sich selbst hineingequatscht hatte, übernahm Renai die Kontrolle über ihren Mund.

»Abgemacht«, sagte sie.

Mournings Lächeln war so strahlend, es hätte eine Narbe hinterlassen können.

Renai verzog sich wieder in den Hintergrund ihres Verstandes. Eine Geste der Verlegenheit, aber nicht der

Schuld. Soweit es sie anging, gab es keine Alternative. Jude musste es tun, ganz gleich, was es kostete.

Mourning bedeutete Jude, die Würfel zu werfen. Resigniert stand Jude auf und rollte die Würfel in ihrer Hand. Sie versuchte sich einzureden, das sei ein gutes Omen. Mourning wusste mit Sicherheit, dass Jude verloren war, wenn sie scheiterte, ganz gleich, wie die Würfel fielen. Mourning würde die Jahre ihres Dienstes nicht in Anspruch nehmen können, es sei denn, er hatte vor, in die Hölle hinabzufahren und Judes Seele dem Abgrund zu entreißen. In gewisser Weise konnte Jude tatsächlich nicht verlieren. Warum also grinste der blauäugige Gott so breit?

Jude pustete auf die Würfel in ihrer Hand, um den Zauber zu aktivieren, und ließ sie los. Sie dachte an die Zahl Sieben. Die Würfel tanzten und klapperten über das Glas des Tisches, zuerst zwei Würfel, dann vier, dann eine ganze Handvoll. Jude senkte den Kopf. Sie konnte es nicht mit ansehen. Als das Klappern aufhörte, zwang sie sich, den Blick zu heben. Mindestens hundert Würfel bedeckten den Tisch, und jeder von ihnen zeigte ein einzelnes schwarzes Auge.

»Wie überaus ungewöhnlich«, heuchelte Mourning. »Aber ein Deal ist ein Deal, wie man so sagt.« Er schloss den Trompetenkoffer mit einem abrupten Schnappen der Klammern und drehte ihn herum, sodass der Griff neben Judes Hand lag. Als Jude den Koffer hochnahm, fühlte er sich erheblich leichter an, als ihr Schicksal sich eigentlich hätte anfühlen sollen. »Ich würde es zwar bevorzugen, wenn Sie Ihren Dienst sofort antreten könnten«, fuhr Mourning fort, »aber mir ist klar, dass Sie noch anderen verpflichtet sind. Wollen wir uns erneut treffen, sobald Sie Ihre Geschäfte abgeschlossen haben?«

Er betrachtete forschend Judes Gesicht und schnalzte mit der Zunge angesichts ihres Ausdrucks.

»Wenn es Sie zu trösten vermag, M. Dubuisson, dann möchte ich Ihnen sagen, dass Ihr ehemaliger Lehrer vor etlicher Zeit ein ganz ähnliches Arrangement mit mir getroffen hat. Das Ergebnis war dasselbe.« Bei diesen Worten hörte Jude auf, die Würfel zu zählen. Sie wusste genau, was Mourning meinte, und begriff mit einem Mal, wie Eli der Magier von New Orleans geworden war. Und sie wusste, wie groß die Schuld war, in der sie bei Mourning stand.

Zweihundert Jahre.

Mourning nahm die beiden Würfel vom Tisch und schloss seine Faust darum. Seine Gesten waren ebenso geschickt und theatralisch wie die jedes Bühnen-Illusionisten. Er streckte die Hand aus und öffnete die Faust. Die beiden Würfel auf Mournings Handfläche hatten ihre Farben gewechselt: Sie waren schwarz mit weißen Augen. »Als ein Zeichen guten Willens, als Handgeld, wie man es nennen könnte, wenn man wollte, belohne ich Sie mit dem gleichen Maß an Wissen, das ich für das Journal bezahlt habe. Sie haben eine Frage«, er warf einen Blick auf die Uhr an der Unterseite seines Handgelenks, »danach muss ich allerdings unser Geschäft als abgeschlossen betrachten.«

An diesem Punkt zählte nur mehr eine einzige Frage. »Meine letzte Karte«, sagte Jude. »Was sollte ich aufdecken? Welches Schicksal brauche ich, um zu gewinnen?«

Hätte sie nicht gerade Mournings prahlende Schadenfreude erlebt, dann hätte sie den Ausdruck von Trauer geglaubt, der über das makellose Gesicht des Gottes mit den strahlenden Augen glitt. Er war wirklich gut. Und diesmal sprach er auch nicht übermäßig gewählt.

»Sie können nicht gewinnen«, sagte er. »Dieses Spiel zu verlieren war schon immer Ihr Schicksal.«

Jude biss die Zähne zusammen, um das Gelächter zu unterdrücken, das aus ihrem Innersten aufzubranden drohte, das verzweifelte, panische Gelächter, das nicht mehr enden würde, wenn sie es erst einmal zuließ.

Die Karten waren gezinkt. Das Spiel war gefälscht, wie immer. Jude spürte eine Veränderung in sich, dehnte Muskeln, die sie schon lange nicht mehr benutzt hatte, und entspannte ihre Faust. Der alte Jude kam zum Vorschein, der Mistkerl, der immer auf den Füßen landete und einen Scheiß darauf gab, wer dabei verbrannt wurde. Der alte Jude grinste.

»Ich habe gehofft, dass Sie das sagen«, erwiderte sie.

Sie wartete nicht auf eine Antwort, und sie wäre ja auch unwichtig gewesen. Stattdessen schnappte sie sich auf dem Weg aus dem Büro die Trompete und schritt durch die Tür in eine grell beleuchtete Toilette, in der Desinfektionsmittel gegen den Gestank von Urin ankämpfte. Sie befand sich im Aquarium of the Americas, nur ein paar Minuten von dem Ort entfernt, wo sie Leon zurückgelassen hatte. Sie ging durch den Eingang, an dem ein zweistöckiger Brunnen leise murmelte, als das Wasser über riesige, sich überlappende Bronzeschuppen irgendeines Leviathans aus Metall plätscherte, und trat in die Hitze hinaus, mit Blick auf den Mississippi. Sie ging schnell, und ihre Gedanken überschlugen sich.

Salvatore wartete bei Leon. Der Geist in Hundegestalt lag zu Füßen des Zombies. »Das ist zu schade«, sagte Sal. »Legba wird Feuer speien! Weißt du, wer das ist?« Der Psychopomp blickte nicht hoch, bis Jude den Koffer öffnete und ihm Leons Trompete zeigte. Als er sie sah, sprang der Hund auf die Füße. Leon starrte einfach nur vor sich hin und wiegte sich immer noch vor und zurück. »Wo war sie?«, wollte Sal wissen. »Wie hast du sie zurückbekommen?«

Zügig und selbstironisch unterrichtete Jude Sal über alles, was in Mournings Büro geschehen war und was es bedeutete. Sal richtete die dunklen Augen auf Jude und seufzte. »Du schaffst es einfach nicht zu gewinnen, stimmt's?«

Aber es war die Sache wert, dachte Renai. *Wenn es High John retten kann, dann hast du nichts verloren. Jedenfalls nicht wirklich.*

Spiel kein Spiel, das du nicht gewinnen kannst, zitierte Jude Dodge. Aber Mourning und alle anderen hatten gesagt, es sei ihr Schicksal zu verlieren. Also – wie sollte sie es vermeiden zu spielen? Und aus dem Nichts formte sich plötzlich eine Antwort in Judes Verstand.

Es war kein richtiger Plan, sondern eher ein Trick – und einer, den Jude nicht allein bewerkstelligen konnte.

Sal jaulte hell und zog an dem Trompetenkoffer, um Jude daran zu erinnern, weshalb sie hergekommen war. Sie hoffte, dass Leons Persönlichkeit zurückkehrte, sobald seine Finger das Messing seiner Trompete berührten, aber abgesehen von einem langen Seufzer zeigte er keinerlei Reaktion, als sie dem Musiker das Instrument in die Hände drückte. Selbst als sie seine steifen Finger auf die Ventile legte und das Mundstück an seine Lippen presste, passierte nichts. Jude drehte sich zu Sal um und hoffte, dass der Psychopomp vielleicht einen Tipp hätte, da Seelen sein Fachgebiet waren. Aber ein Blick auf den jaulenden und unruhig hin und her laufenden Hund sagte Jude, dass der keine Hilfe sein würde.

Er braucht die Musik, dachte Renai.

Ich weiß, dachte Jude. *Ich versuche es ja, aber ...*

Nein. Renai übernahm wieder die Kontrolle über ihren Körper und schob Jude in ihrem Kopf zur Seite, als wäre sie nur ein flüchtiger Gedanke. Was sie ja in gewisser Weise auch war. Renai griff in die Sporttasche und förderte den MP3-Player zutage. Dann betete sie kurz zu Legba, als sie sah, dass nur noch etwas Akkuladung übrig war, und drückte die Kopfhörer Leon geschickt und sanft in die Ohren. Sie scrollte durch das Menü, bis sie Leons erstes Album, *Sweetwater,* in einer Playlist mit Künstlern aus New Orleans fand, die den schlichten Titel »Heimat« trug. Sie stellte die Lautstärke höher und drückte auf Play.

Lange, tiefe Töne drangen gedämpft aus den Kopfhörern. So etwas wie Wiedererkennen leuchtete in den Augen des Zombies auf, eine Veränderung, die man fast in der Luft um sie herum spüren konnte. Sal musste es ebenfalls gefühlt haben, denn er hörte auf herumzulaufen, und machte Sitz.

Leons Finger zuckten auf den Ventilen, und seine Zunge fuhr über die rissigen, geschwollenen Lippen. Die ersten Töne, die er spielte, waren rau und misstönend wie das Todeskrächzen eines Watvogels. Dann beugte er sich vor und versuchte es erneut. Diesmal schaffte er ein schwaches, wenn auch zögerndes Riff. Der Musiker stand auf, ließ die Knöchel knacken und lockerte die Schultern, während er die Kopfhörer aus den Ohren schüttelte. Er schloss die Augen, und auch wenn Jude erwartet hatte, Freude oder Erleichterung zu sehen, war der Ausdruck auf Leons Gesicht blanke Entschlossenheit. Der Zombie holte tief Luft, presste die Lippen an das Mundstück und spielte einen Ton, um den ihn die Engel am Tag des Jüngsten Gerichts beneidet hätten. Er drückte die Ventile, blähte die Wangen, so rund und fest wie Baseballs, schien sich in sein Instrument zu neigen und spielte. Als sein Stück lauter und kräftiger und komplexer wurde, spürte Jude, wie ihr ein Stein vom Herzen fiel, obwohl sie nicht genau wusste, ob es ihr Herz war oder das von Renai oder von ihnen beiden. Leon Carter jedenfalls spielte sich vom Abgrund des Verderbens zurück, und es hörte sich an wie reine Freude.

Als Leon fertig war, blickte Jude zu Sal, der ausnahmsweise sprachlos zu sein schien. Nach etlichen Augenblicken des Schweigens, in dem nur die Geräusche der Stadt um sie herum zu hören waren, zog Sal die Lefzen zu einem hündischen Grinsen hoch.

»Also«, sagte er, »wollt ihr jetzt vielleicht mitkommen und euch eine Leiche ansehen?«

KAPITEL EINUNDZWANZIG

Er reist auf einer Straße, die durch seine Erfahrung berühmt werden sollte. Blendendes Licht, es fällt ihm wie Schuppen von den Augen, und eine Verwandlung findet statt, um jenen helfen zu können, die er einst verfolgt hat. Er bereitet sich auf den Kampf vor und wägt die Notwendigkeit des Kampfes gegen die Ehre ab, Frieden zu schließen, als er begreift, dass der Fahrer seines Kampfwagens in Wirklichkeit die Verkörperung des Universums ist. Er meditiert unter einem Baum, widersteht dem Angriff der Armee der Dämonen, die geschickt wurde, um ihn abzulenken, und auch den Lustgeistern, die versuchen, ihn zu verführen, um dafür wahre Erleuchtung zu erlangen. Er kehrt mit den von himmlischem Feuer in Stein gebrannten Gesetzestafeln vom Gipfel des Berges zurück, das Haar schneeweiß von dem Schock über das, was er gesehen hat. Sie beißt in die Frucht, die zu kosten die Schlange sie verführt hat, und weiß augenblicklich, was gut ist, weiß, was schlecht ist, und weiß, dass sie nackt ist. Er jagt und stolpert über die nackte Göttin, wird zum Hirsch, der von seinen eigenen Hunden gerissen wird. Wissen kann plötzlich erfolgen oder sanft. Durch ein Licht von hoch oben oder eine Stimme aus dem Inneren.

Es kann verwandeln, zerstören, verdammen oder ermutigen. Das Einzige, was eine Gotteserscheinung nicht vermag, ist, geleugnet zu werden.

Von der Straße aus gesehen, wirkte der Audubon Park wie mit Tinte ausgemalt. Die Lichter wurden ausgeschaltet, und das Laubdach aus Eichenblättern hielt das schwache Mondlicht ab, das durch die Wolken drang. Die Sommerluft war stickig und schwül, sogar in der Nacht. Am Tag zeigte sich der Park einladend, ein heller grüner Garten. Doch sobald das Zwielicht heraufzog, wurde er zu einer Zusammenballung aus Schatten im Knie des Flusses, ein finsterer Platz, um finstere Dinge zu tun.

Jude dachte an die Darstellung ihrer Mutter von Scarpellis New Orleans, dem Schatten mit Zähnen, und erschauerte. Das Anwesen des Vampirs, vielmehr das, was davon übrig war, lag unmittelbar am Ende der St. Charles Street. Der Park war praktisch sein Hintergarten. In ihrem Rücken glänzte wie zum Kontrast der Vorgarten der Loyola-Universität wie die Morgenröte. Flutlichter verbannten die Nacht und beleuchteten die Statue eines Christus mit weit ausgebreiteten, trostspendenden Armen.

Während der Straßenbahnfahrt in die Stadt hatte Sal Jude und Renai erzählt, dass er den Körper von Jude Dubuisson gefunden habe. Er lebte noch und weigerte sich, auch nur ein Sterbenswörtchen zu sagen, während er an einem Baum mitten im Park baumelte. Bevor Jude fragen konnte, ob Sal gesehen habe, wer den Körper weggeschafft hatte, erzählte Sal ihnen, dass er geflüchtet sei, sobald er den Körper gesehen hatte. Er wollte nicht das Risiko eingehen, erwischt zu werden. Seine genauen Worte lauteten: »Scheiß auf Diskretion und Kühnheit – wegzulaufen war die bessere Lösung, um am Leben zu bleiben!«

Nachdem Jude Renai und Sal dargelegt hatte, wie sie vorgehen wollte, war es nicht unbedingt eine Überraschung, dass sich der Psychopomp auf die Hinterbeine setzte und sich die Schnauze leckte. »Weiter gehe ich nicht«, sagte er.

»Das ist nicht dein Ernst.«

»Ich fürchte doch. Sehe ich aus wie ein Krieger? Psychopomps sind Führer, du Genie. Ich habe genug JuJu in mir, um dich nach unten zu ziehen, wenn du stiften gehst, aber das ist es auch schon. Ich bin einiges, aber nicht unempfindlich gegen Schmerzen. Also bitte, nimm es nicht persönlich, aber betrachte dich als geführt.«

»Würdest du es für einen Hundekuchen tun?«

»Fick dich in den Hintern«, gab Sal zurück, aber er verzog die Lefzen dennoch zu einem hündischen Grinsen.

»Was? Wenn ich tatsächlich da drin an einem Baum hänge, kann ich ohne dich nichts ausrichten.«

Sal jaulte und fing an, mit dem Schwanz zu wedeln, aber nicht vor Freude, sondern eher auf eine »Ich habe keine Ahnung, woher diese unheimlichen Geräusche kommen«-Art. »Du bist doch gut, was verlorene Dinge angeht, stimmt's?«

»Wenn ich in meinem eigenen Körper stecke, ja. Wenn

du mir hierbei hilfst, schulde ich dir etwas. Was hast du verloren?«

»Mich.« Sal rappelte sich auf und fing an, hin- und herzulaufen. Es war ein ziemlich verstörender Anblick bei einem Hund. Wäre er ein Mensch gewesen, so wäre er sicherlich ein Kettenraucher. »Hast du jemals den Film *Ist das Leben nicht schön* gesehen? Mit James Stewart und Donna Reed? Natürlich hast du das, weil jeder diesen beschissenen Film gesehen hat. Also, ich bin Mr. Potter. Natürlich nicht im wörtlichen Sinne. Ich bin das, was passiert, wenn Jimmy er ist. Verdammt, ich kriege das irgendwie nicht richtig auf die Reihe.«

»Du warst einmal ein Mensch«, sagte Jude in dem Versuch, Sal zum Weiterreden zu animieren. »Und ein Engel hat dir gezeigt, wie die Welt aussähe, wenn du nie geboren worden wärest.«

»Nah dran. Und es war besser, viel besser. Ich frage mich, ob dieser Drecksack dafür seine Schwingen bekommen hat. Jedenfalls bin ich deshalb als Halbtags-Psychopomp geendet. Nicht allzu viel Arbeit für einen Burschen, der eigentlich gar nicht existieren sollte. Aber ich komme damit klar, wirklich. Meistens. Sobald man sich entschieden hat, verschwindet das alles, als hätte es nie existiert, weil es nie existiert hat, weißt du? Aber in letzter Zeit habe ich dieses … so ein Jucken, denke ich. Dieses Gefühl, dass es da eine gute Sache in meinem beschissenen Leben gegeben hat, die ich vermisse, obwohl ich mich nicht einmal daran erinnern kann.«

Jude hockte sich hin, sodass ihre Augen auf gleicher Höhe mit Sals waren. »Ich verspreche dir, dass ich alles tun werde, was ich kann, um dir zu helfen, wenn ich dies hier überstehe und meine Fähigkeiten noch da sind.«

Jetzt wedelte Sal eindeutig glücklich mit seinem Schwanz und sprang herum. »Jude, ich könnte dich einfach abschlecken!«

»Mir wäre es lieber, wenn du darauf verzichten würdest. Wie wäre es, wenn wir es mit einem Handschlag besiegeln?«

Sal hatte die Pfote schon halb erhoben, als er merkte, dass Jude ihn angrinste. »Ach, verflucht! Warum musstest du diesen Moment ruinieren?« Er schüttelte sich. »Okay, geh ein Stück zurück. Für das, was du vorhast, muss ich mich verändern.«

Sal öffnete das Maul, als würde er gähnen, dann riss er es immer weiter auf, seine Flanken vibrierten vor Anstrengung, er hustete und würgte, und ein dunkler Umriss bewegte sich in seinem Rachen. Sal spuckte ihn aus, sank auf den Beton, schrumpfte und war nur noch Fell und Zähne. Das dunkle Ding schüttelte sich und stellte sich auf zwei dürre Beine. Sal war wieder der Rabe, der er gewesen war, als Jude ihn das erste Mal getroffen hatte. Der Rabe legte einen Flügel vor die Brust und verbeugte sich. »Nicht schlecht, oder?«

Jude klatschte zurückhaltend Beifall und stieß dann mit der Spitze ihres Turnschuhs gegen die leere Haut. »Tut das weh?«

Sal schlug mit den Flügeln, um den Sabber des Hundes von seinen Federn zu schütteln. »Nein. Aber den Hund aus dem Vogel zu würgen? Das schmerzt wie die Hölle! Und ich weiß, wovon ich rede.«

Jude lachte, wandte sich von Sals pelzigen Resten ab und blickte in den Park. Ihr früherer Körper hing laut Sals Nase irgendwo in einem dieser unzähligen Bäume in der Dunkelheit, und hoffentlich war da auch der Beutel. Sie hatte so gut wie nichts, was Planung oder Verstärkung anging, und keine nennenswerten Waffen.

Aber sie war zur Hälfte ein Trickster. Sie hatte immer mehr Glück als Verstand gehabt.

Jude band ihre Dreadlocks mit einem Taschentuch zusammen, bedeutete dem Psychopomp, ihr zu folgen, und trat in den Schatten des Parks. Sal spreizte die Schwanzfedern zu einem Fächer und hüpfte mit einigen Flügelschlägen auf ihre Schulter. »Also gut, die Leiche fällt nicht weit vom Baum.«

Verdammt, dachte Renai. *Guter Spruch. Ich wollte schon sagen, gehen wir und mischen wir die Hölle auf, aber der ist noch besser.*

Als Judes Verstärkung sich benahm, als wäre dies ein Actionfilm, wurde ihr klar, dass sie große Chancen hatte, noch einmal zu sterben, bevor die Nacht vorbei war.

Obwohl ihre Augen sich allmählich an die Dunkelheit gewöhnten, verhinderte nur Sals geflüsterte Anweisung, dass sie blindlings im Kreis herumlief. Sie folgte den Richtungsangaben des Psychopomps und versuchte, nicht daran zu denken, dass er normalerweise die Toten ihrer verdienten Belohnung zuführte. Sie kamen an öffentlichen Toiletten und Picknickplätzen vorbei, einige aus Ziegeln, andere aus Natursteinen, die tagsüber vielleicht idyllisch aussahen, aber in der Nacht wie düstere Ruinen wirkten. Sie wich flachen Büschen und Baumstämmen aus, die unter ihrem eigenen Gewicht zu Boden gesunken waren. Sie stolperte über einen Hindernisparcours, der ihr vorkam wie eine Kohlezeichnung auf schwarzem Papier, mit Linien und Punkten in schwarz auf schwarz. Sie hatte zwar die Möglichkeit, für ein wenig Licht zu sorgen, aber damit hätte sie sich wahrscheinlich eher ihren Feinden verraten, als dass sie den Weg beleuchtete. Irgendwo blubberte Wasser, wahrscheinlich von einem künstlichen Springbrunnen in einem der Teiche, die rundum angelegt waren.

Ihr Herz hämmerte gegen ihre Rippen, und sie setzte jeden Schritt sehr sorgfältig, obwohl sie am liebsten losgerannt wäre und ihr ganzer Körper vor Erwartung zitterte. Nicht aus Furcht. Ihr war klar, dass sie Angst haben sollte, während sie sich einen Weg durch die Dunkelheit bahnte, unterwegs zu welchem Gott auch immer, der in der Nacht auf sie wartete … einer Gottheit, die sie schon einmal getötet hatte. Aber der erste Angriff war feige gewesen, ein Meuchelmord. Sie war ahnungslos getötet worden, wie ein kranker Hund. Diesmal würde es anders laufen. Statt dem ätzenden Geschmack von Furcht schmeckte Jude den Cayennepfeffer und das Karamell-Aroma von Flammen auf ihrer Zunge.

Sie folgte einer Wegbiegung und sah ein Licht vor sich, spürte den Druck der saunaartigen Hitze auf ihrer Haut, der ihr sagte, dass hier Magie gewirkt wurde. Aber es fühlte sich nicht an wie Scarpellis kalte, sterile Magie, noch hatte das Licht die echohafte Qualität, die Hē produzierte. Also war es keiner der Feinde, die sie kannte. Sondern jemand anderes, etwas anderes. Sie trat von dem Weg in das dichte, feuchte Gras und hielt auf das Licht zu. Das Zirpen der Insekten um sie herum verstummte und wurde durch ein Knistern von Flammen ersetzt, von Trommeln und von singenden Stimmen.

Jude spähte durch einen Spalt zwischen zwei Ästen und sah, mit wem sie es zu tun hatte. Plötzlich wünschte sie sich, sie hätte etwas Martialischeres als eine Flasche mit Tinte in ihrer Sporttasche, ganz gleich, was.

Drei Gestalten sprangen um einen kleinen Scheiterhaufen auf der Lichtung herum: eine hünenhafte, vage menschenartige Kreatur aus Kletterpflanzen und Zweigen und Borke, wie eine Eiche, die plötzlich ein Bewusstsein entwickelt hatte. Ein abgemagerter, schmuddeliger Mann mit einem Hundekopf, aus dessen Maul tollwütiger Geifer troff, und Celeste Dorcet. Sie trug den roten Hosenanzug, den sie auch in Mournings Büro angehabt hatte. Aber sie hatte nackte Füße und Judes magischen Beutel über der Schulter. Das Trommeln kam von dem Baummann, der mit seinen Eichenzweigen gegen den Baumstamm schlug. Der Mann mit dem Hundekopf hämmerte heulend auf den Boden und riss Gras und Erde heraus. Und zwischen einem Blinzeln und dem nächsten sah Jude den Loa, der Celeste ritt. Er war ein gut aussehender junger Mann, dem Hörner aus der Stirn wuchsen: Cross.

In ihrem Verstand machte Renai ein Geräusch, als schnappte sie vor Bestürzung nach Luft.

Ich nehme an, du kennst sie?, dachte Jude.

Cross hast du ja bereits kennengelernt, antwortete Renai. *Der Typ, der den Baum reitet, ist Grand Bois, der Loa, der über die Natur herrscht. Der Dritte ist Baron Criminel, die Petwo-Seite von Barren, so wie Cross die von Legba ist. Es sind drei Hexer, und das bedeutet, hier wird gerade eine ziemlich üble Schwarze-Magie-Nummer abgezogen.*

»Verfluchter Mist«, murmelte Sal Jude ins Ohr. »Du hast so ziemlich jeden Totengott in der Stadt gegen dich aufgebracht, was? Und sie haben dich verdammt gut verschnürt, genau wie ich es gesagt habe.«

Fast verborgen in dem Blätterdach der Eichen hing an einem Seil oder einer Kletterpflanze Judes Korpus. Er baumelte an einem Knöchel, während sein freies Bein an das andere gebunden war. Die Arme waren hinter dem Rücken verschnürt, und ein sonderbarer Knebel oder eine Art Maske verbarg den unteren Teil seines Gesichts. Jude empfand einen Anflug von Stolz, als offensichtlich wurde, dass der Korpus, obwohl er der Essenz beraubt war, die ja jetzt in Renais Körper steckte, sich weigerte zu kooperieren. Offenbar lag es ihm in den Knochen, ein kleiner Mistkerl zu sein.

Jude griff in ihre Tasche und zog die Dublone heraus. Sie hielt sie dem Raben hin. Der packte sie mit seinem Schnabel. Dann verschwand er mit rauschenden Flügeln von ihrer Schulter, was für Judes angespannte Nerven entschieden zu laut klang. Sollte der Rabe entdeckt werden, bevor er seine Aufgabe erfüllte, würde der ganze improvisierte Plan scheitern.

Wir brauchen eine Ablenkung, dachte Renai.

Nein, halte dich an den Plan. Stoß mich beiseite, und dann lauf, so schnell du kannst.

Dein sogenannter Plan ist nur eine vage Ansammlung von

unausgegorenen Ideen, die unterm Strich besagen: »Lass dich nicht umbringen.« Was wir brauchen, wie bei jedem guten Plan, ist eine Ablenkung. Außerdem fühle ich mich mies wegen dieser Würfelgeschichte im Büro deines Bosses. Also viel Glück!

Und dann, ohne ihr die Chance zu geben, etwas einzuwenden, warf Renai Jude aus ihrem Verstand und ihrem Körper, so leicht, wie man einen unerfreulichen Gedanken verdrängte … Was Jude in gewisser Weise ja auch war.

Es war sonderbar, ein Wesen reiner Essenz zu sein. Irgendeine Qualität der Unterwelt hatte Jude erlaubt, sich in der Täuschung zu wiegen, einen Körper zu haben. Aber jetzt gab es keine Illusion mehr, jetzt ließ sich der Mangel an Form oder Substanz nicht länger verdrängen. Zunächst einmal war da ein sehr starkes Gefühl von Ablösung zu spüren. Dabei passierten rundum Dinge, die Jude eigentlich hätten interessieren sollen, aber es irgendwie nicht taten.

Renai trat auf die Lichtung, sprach mit tieferer Stimme und schwenkte die Hüften in einer Art Jude-Imitation, die gleichzeitig köstlich, unheimlich zutreffend und höchst unschmeichelhaft war.

Cross deutete auf sie, schrie etwas, und die beiden anderen Loa setzten sich in Bewegung. Bois schleuderte ein schlingenartiges Gewirr von Kletterpflanzen aus einer seiner scharfen Rindenhände, und Criminel fiel auf alle viere.

Renai schrie völlig überraschend das Wort *Brenne!* und schleuderte tatsächlich eine Welle aus Flammen auf die beiden Loa. Dann rannte sie zwischen die Bäume – aber nicht dahin zurück, woher sie gekommen war, sondern tiefer in den Park hinein.

Judes Blick richtete sich nach innen, auf die Essenz dessen, was es bedeutete, Jude Dubuisson zu sein. Es war das reine Chaos. Eine widerstreitende, verletzte Entität. Die Teile, die stark sein sollten, waren von Schmerz geschwächt. Die Teile, die clever sein sollten, waren von Zweifel erfüllt. Und noch tiefer im Zentrum gähnte eine klaffende, hässliche Narbe. Ein ganzes Leben lang war eine Seite von Jude vor der anderen zurückgewichen, ein Wesen aus zwei Welten, das versuchte, sich zu entscheiden, zu welcher es gehörte. Ein Duo, das darum kämpfte, ein Lied zu singen, das nur für einen geschrieben war, misstönend, rivalisierend und mit schiefen Tönen. Sie rissen eine Seele in zwei Teile, während sie um eine Entscheidung rangen, die, das begriff Jude jetzt zum ersten Mal, gar nicht getroffen werden musste. Denn Jude war nie nur die eine Seele gewesen oder die andere, sondern immer schon beide, und so war es möglich, sich für beide Welten zu entscheiden.

Judes Struktur veränderte sich, und die Kluft zwischen dem alten Jude und dem Nach-dem-Sturm-Jude begann sich zu schließen, wie auch die Kluft zwischen dem Sterblichen und dem Göttlichen. Um die prahlerische, gierige, gerissene, provozierende und subversive Kreatur zu werden, die Jude schon immer hatte sein sollen. Der Dorn im Fleisch des Tyrannen. Die Falle, die die Hochmütigen und Boshaften erwartete. Weder Schöpfer noch Zerstörer, sondern beides.

Als die Essenz von Jude Dubuisson, dieses Lied des

Tricksters, dort in diesem Raum zwischen männlich und weiblich schwebte, zwischen Leben und Tod, zwischen Mensch und Gott, stellte sie sich wieder her und kehrte zur Harmonie zurück.

Mit dem Rauschen eines Atemzugs landete Jude wieder in sich selbst. Jetzt hing er kopfüber zwischen seinen Feinden, gefesselt und geknebelt und mit einem stechenden Schmerz in der Seite, aber wieder er selbst und wieder ganz. Der Schmerz entpuppte sich nicht etwa als ein Phantomschmerz von dem Angriff gegen ihn, sondern er rührte von dem Raben her, der unablässig den Schnabel in ihn hineinrammte, bei dem Versuch, die Dublone tiefer in die Wunde zwischen seine Rippen zu schieben. Jude kämpfte gegen seine Fesseln und versuchte, Sal zu sagen, dass es funktioniert habe, dass er aufhören könne, auf ihm herumzuhacken. Aber bei dem Versuch zu sprechen stieß seine Zunge gegen ein stinkendes Säckchen voller Kräuter, das man ihm in den Mund gestopft hatte. Ein Gris-Gris-Beutel, die Magie, die so etwas wie neues Leben in seinen Korpus geflüstert hatte. Neben all den Prellungen und Wunden an seinem Körper und der Gefahr für seine Freunde war dieser eklige Beutel mit getrockneten Blättern und gemahlenen Samen, der seinen Mund füllte, vielleicht nicht mehr als eine lästige Unannehmlichkeit – aber bedauerlicherweise machte er seine Flucht unmöglich.

Wenn er nicht in der Lage war zu sprechen, konnte er auch genauso gut eine körperlose Essenz ohne Stimme bleiben.

Ein heiseres Heulen drang durch die Nacht, barsch und erfüllt von einer fast trunkenen Freude.

»Habe ich es dir nicht gesagt«, verkündete Criminel. Seine Worte kamen von einer Stelle, die Jude nicht einsehen konnte. »Habe ich dir nicht gesagt, dass er nach seiner Leiche suchen würde, selbst wenn er nur mit seinem Schwanz in der Hand bewaffnet wäre?« Jude brauchte eine Sekunde, bis er begriff, dass Criminel nicht mit ihm redete, sondern mit dem Baum-Loa. Er verdrehte den Hals, bis er die beiden sehen konnte. Bois hatte einen seiner Astarme hinter sich ausgestreckt und umklammerte eine sich heftig wehrende Renai, während er sie durch das Unterholz zog.

Criminel bohrte einen Zeh in Renais Rippen, eine beiläufige, grausame Geste. »Nur, dass du in diesem Körper nicht mal einen Schwanz hast, habe ich recht?«

Jude wurde klar, dass sie immer noch glaubten, sie wäre er, oder vielmehr, dass Judes Essenz sich nach wie vor in Renai befände.

»Jedenfalls nicht, solange sie nicht nett darum bittet«, sagte Cross. Criminel und er lachten auf eine Art und Weise, bei der es Jude kalt überlief. Er kämpfte gegen seine Fesseln, versuchte sie zu lockern, aber er scheuerte sich dabei nur die Handgelenke wund. Unter Judes Kopf ertönte ein knarrendes Stöhnen, als schwankte eine große Kiefer im Sturm. Criminel hob den Kopf und blickte, wie Jude vermutete, hinauf in Bois' Gesicht.

»Was, verflucht, weißt du schon?«, fuhr Criminel ihn an und sah wieder zu Renai. »Er findet, ich sollte dir einfach die Kehle durchschneiden und dich erledigen«, sagte er.

»Aber wir haben diesen Tanz schon einmal gespielt, du und ich.« Er zog ein Messer aus einer Scheide an seinem Gürtel und betrachtete es mit drohender Gelassenheit. »Vielleicht sorgen wir diesmal dafür, dass es dauerhaft ist, hm?« Er hielt Renai die Klinge vor die Augen, sodass Jude sie besser sehen konnte. Er erkannte das Messer an seinem weißen Griff.

Es war der Dolch, den Regal in Scarpellis Anwesen benutzt hatte.

Also war es Baron Criminel, der in seiner Wohnung auf ihn gewartet hatte, er war der Messerstecher im Dunkeln gewesen. Hatte er Regal das Messer gestohlen? Oder arbeitete sie mit ihm zusammen? Eine Mischung aus Frustration, schlechtem Gewissen und Enttäuschung über den Verrat durchströmte ihn. Irgendwie wusste er, dass er alles vermasselt hatte. Sie würden Renai jetzt töten, seinetwegen. Schon wieder. Obwohl er wusste, dass sein Kampf vergeblich sein würde, wehrte er sich weiter gegen die Schlingpflanzen, die ihn fesselten. Schweiß oder vielleicht auch Blut lief seinen Rücken hinunter und sammelte sich in seinen Handflächen. Er knurrte mit geschlossenem Mund und forderte sie alle auf, etwas sehr Unanständiges mit ihren Müttern anzufangen.

Cross stand unvermittelt auf und drehte sich im Kreis. Einen Moment sah Jude weder das Gesicht des gehörnten jungen Mannes noch das von Celeste, der Voodoo-Mambo. Stattdessen sah er Papa Legbas runzlige, uralte Gesichtszüge. Dann waren sie verschwunden, und Cross hatte erneut die Kontrolle. Er riss Judes Beutel von den

Schultern und schleuderte ihn neben Renai auf den Boden. »Vergiss nicht, weshalb wir hier sind«, sagte er. Die Drohung in seiner Stimme war gegen Criminel gerichtet, nicht gegen Renai.

Der Beutel! Darum ging es also! Die Götter hatten bei der Kartenrunde um etwas in diesem Beutel gespielt, etwas, durch das sie der Glücksgott von New Orleans werden konnten. Cross war offenbar nicht in der Lage gewesen, es zu finden. Wenn Jude es für ihn fand, dann konnte er es vielleicht gegen ihre Freiheit eintauschen. Oder zumindest gegen die von Renai.

Allerdings hätte er, sobald er den Beutel wiederbekäme, auch den Donnerkeil in seinem Besitz.

»Also«, sagte Criminel, »ich frage dich das nur ein einziges Mal. Und wenn ich frage, wirst du singen.« Er packte mit der Faust Renais Dreadlocks und riss ihren Kopf schmerzhaft zurück. Obwohl Jude in dem Baum hing und sich langsam um sich drehte, erkannte er die Furcht in ihren Augen. »Hast du verstanden, du Narr?«

Nein!, dachte Jude. *Nicht schon wieder.* Renai hatte genug für ihn gelitten. Das hier konnte er einfach nicht ertragen.

Seine Wut fegte alles andere beiseite, war eine Sturzflut, die aus seinem Bauch aufstieg, sich in seinem hämmernden Herzen brach und gegen seine zusammengebissenen Zähne schlug. Die Magie fegte durch seine Adern und brannte in seinem Magen, wollte unbedingt freigelassen werden, Zerstörung und Vernichtung verbreiten; sie presste sich gegen seine Haut, bis Jude fürchtete, er müsse platzen. Er sehnte sich danach, seinen Trotz hinauszuschreien, seiner Wut Luft zu machen und Flüche von schrecklicher Macht hinauszuschleudern. Wenn er schon sterben musste, dann auf seinen Füßen, mit einem Lächeln auf den Lippen und Übermut in den Augen, wie der Bastard von Straßenmagier, der er einst gewesen war. Wie der Trickster, der er seit seiner Geburt war. Der brennende Donner in ihm wurde schmerzhaft, wie ein Krampf in seinem Bauch; er bohrte sich wie Glassplitter in seine Kehle und lief wie ein Fieber über seine Haut.

Früher hätte er darum gekämpft, seine Wut zu besänftigen, sie zu überwinden. Aber jetzt kannte er sich besser, als er sich je zuvor gekannt hatte, und wusste, dass dies nicht die Wut eines Mannes war, der drohte, die Beherrschung zu verlieren, sondern die eines Tricksters, der von seiner eigenen Empörung übermannt wurde. Es war eine gerechte Wut. Er schloss die Augen und holte tief Luft. Dann hielt er sie an. Er ließ sich von der Wut und der Macht in ihm überwältigen. Er zitterte im Moment der Krise wie eine angespannte Feder kurz vor der Explosion.

Dann entspannte er sich in seinen Fesseln, und die Anspannung strömte wie Wasser aus seinem Körper. Magie strahlte wie Sonnenlicht aus seiner Haut, heiß und rein. Das war das Gegenteil der Kälte der Unterwelt, der dunklen Leere des Schlunds des Verschlingers. Es war keine Verzweiflung und ebenso wenig Akzeptanz. Er sah dem Schicksal ins Auge und zeigte ihm den Stinkefinger. Es war seine Essenz, das, was ihm niemand nehmen konnte. Und wenn sie ihn folterten oder töteten? Er war schon einmal tot gewesen. Wenn es seine Bestimmung war, dass ihn der Verschlinger in sich aufsog, dann würde er die Flamme, die in ihm brannte, in die Tiefe tragen und dem Wichser auf dem Weg nach unten den Hals versengen.

Gefesselt, bedroht, unterlegen und blutend zeigte Jude trotzdem dieses alte Scheiß-drauf-Grinsen.

Er griff nach einem Teil von sich selbst, den er immer verleugnet hatte. Er spürte, wie etwas reagierte, und mit einem Gefühl, das er nicht benennen konnte, packte er es, liebkoste es und dann ... verdrehte er es.

Und spürte, wie sein Glück sich änderte.

Er schwang in langsamen, unregelmäßigen Bogen an einem Fuß wie das Pendel einer Uhr, die nicht länger die Zeit anzeigte. Die Schlingpflanzen ächzten bei jeder Bewegung. Er hatte durch seine Bemühungen ihre Knoten an seinen Handgelenken gelöst, hatte sie mit Schweiß und Blut durchnässt, aber sie hielten immer noch. Jedenfalls bis seine Magie Gewicht in seinen Schwung legte, damit dieses winzige Stück freier Beweglichkeit und ein besonders kräftiges Rucken seines Arms ihn in eine perfekte Harmonie brachten, gerade genug, dass sich plötzlich eine Hand aus den Fesseln löste.

Er bewegte sich, ohne allzu viel nachzudenken, verließ sich auf sein Glück und seinen Instinkt und das leidenschaftliche Verlangen, den Schlägern, die Renaissance Raines bedrohten, möglichst viel Schmerz zuzufügen. Jude zog den Lappen von seinem Mund, der den Gris-Gris-Beutel fixierte, riss den feuchten kleinen Leinenbeutel heraus und sprach das Wort, das Dodge ihn gelehrt hatte und das *Öffnen* bedeutete.

Die restlichen Bänder um sein Handgelenk und die Schlaufe um seinen Knöchel lösten sich. Jude drehte sich herum, als er frei war und zur Erde fiel. Er schaffte es gerade noch, seine Position so weit zu verändern, dass er sich bei dem kurzen Sturz nicht das Genick brach. Mit einem heftigen Krachen landete er auf der lockeren Erde und in dem dichten Gras. Beim Aufprall verschlug es ihm den Atem. Er prustete rötlichen Schaum über seine Lippen. Seine Brust verkrampfte sich, als er versuchte, Luft zu holen. Er lag rücklings im Dreck, die Arme weit gespreizt, verzweifelt, aber unfähig aufzustehen. Criminel tauchte über ihm auf, packte seine Hemdbrust und zog ihn mühelos auf die Füße.

Criminels Schnauze verzerrte sich verächtlich. Das Weiß seiner Augen schien mit Blut gefüllt zu sein. Er öffnete die Schnauze, zweifellos, um etwas Vulgäres und Bedrohliches zu sagen, um irgendeinen Bann auszusprechen, aber Jude gab ihm diese Möglichkeit nicht. Er holte mit der Faust aus, in der er immer noch den Gris-Gris-Beutel hielt, und rammte ihn so tief er konnte in Criminels Rachen. Er riss den Arm gerade noch rechtzeitig zurück, bevor Criminel richtig zubeißen konnte. Seine Reißzähne ratschten lediglich etwas Haut von seinem Knöchel.

Jude schrie das Wort für *Schließen* und versiegelte damit Criminels Schnauze, so wie er es bei Barren auf dem Friedhof gemacht hatte. Der Loa ließ Jude fallen, der auf den Füßen landete und zurückwich. Seine Haut war gerötet, und sein Herz hämmerte. Criminel sank auf die Knie und riss an seinen Lippen, wobei er erstickte, würgende Geräusche von sich gab und heftig nach Luft rang.

Jude drehte sich zu dem Baum-Loa herum und fing an zu lachen. Es verblüffte ihn, dass er immer noch auf den Füßen stand. Bois machte einen zögernden Schritt auf Jude zu und hielt seine vielen langen Arme hoch, was noch wenige Momente zuvor bedrohlich ausgesehen hätte, jetzt aber fast schon komisch wirkte. Jude hob die Faust, deren aufgerissene Knöchel bluteten, und spuckte Feuer in die offene Handfläche seiner anderen Hand, während er das Wort für *Brenne!* murmelte. Dann warf er dem hölzernen Wesen seinen schärfsten »Leg dich nicht mit mir an«-Blick zu. *Das bringt mir auf jeden Fall Punkte für Effekthascherei,* dachte er und vergaß einen Moment, dass Renai seinen inneren Dialog nicht mehr mithören konnte.

Bois blickte trotz seiner Größe von Judes Faust zu Criminel, der im Gras lag, und wieder zu Jude, und wandte sich zur Flucht.

Cross trat ihm in den Weg. Er hatte einen Augenblick zuvor noch nicht dort gestanden. Schwarze Tränen aus Teer sickerten aus seinen hasserfüllten Augen. Wütend hieb er durch die Luft in Bois' Richtung und sprach dabei das Machtwort für *Schließen.* Der Holz-Loa griff Cross an, und seine Worte rauschten wie der Wind durch die Blätter, aber Cross' Magie wirkte bereits. Schmerzerfüllt ächzend und stöhnend, wurde Bois langsamer, bis er nichts als ein anderer Baum war. Cross verzog das Gesicht und richtete seine Aufmerksamkeit auf Jude.

»Hör zu«, sagte dieser. »Wenn du gerade beschäftigt

bist, können Renai und ich gern später noch mal vorbeikommen.«

Cross materialisierte sich plötzlich vor ihm und löschte mit einem fast beiläufigen Wackeln seiner Finger die knisternden Flammen auf Judes Handfläche. Dann rammte er ihm seine schlanke Hand in den Bauch. Obwohl der Körper, den er ritt, Jude nur bis zur Brust reichte, schleuderte Cross' Schlag ihn zwei Schritte zurück, und er musste um sein Gleichgewicht kämpfen. Dennoch schien es Cross zu überraschen, dass Jude überhaupt auf den Füßen geblieben war. Das Adrenalin in Judes Blut verebbte jedoch langsam, und der Schmerz machte sich zunehmend in Wellen bemerkbar. Seine Gedanken überschlugen sich. Er hatte keine Tricks mehr auf Lager, und an seinen magischen Beutel kam er nicht heran. Aber etwas war noch da, etwas, das er aus dem Beutel genommen hatte, bevor er ermordet worden war. Er griff in sein Hemd und zog den Rosenkranz aus Marmorperlen und das silberne Kruzifix vom Hals. Er hielt beides hoch, damit Cross es sehen konnte. »Zwing mich nicht dazu, das zu benutzen«, sagte er. »Gib mir einfach den Beutel zurück und lass uns gehen.«

Cross lachte, gnadenlos und gleichgültig wie ferner Donner. »Lass dich nicht von den Hörnern täuschen, Brüderchen«, sagte er. »Ich bin kein Dämon, den Leute wie du austreiben können.«

Exorzismus, dachte Jude. *Das ist es.* Rasch kniete er sich hin und nahm einen kurzen, dicken Eichenzweig vom Boden. Er wickelte den Rosenkranz mehrmals um den Stock und hielt dann beide Enden mit seiner vor Schmerz pochenden, blutenden Hand fest.

»Scheiße, was soll das werden?«

Jude schüttelte den Stock prüfend, und die Perlen des Rosenkranzes klapperten gegen die Eiche. Es war nicht gerade eine perfekte Asson, die zeremonielle Rassel bei Voodoo-Ritualen, aber sie erfüllte vielleicht dennoch ihren Zweck. Vor allem, wenn der fragliche Loa bereits nach einem Weg suchte, den Körper zu reiten. Jude schüttelte die improvisierte Rassel so fest er konnte, und sang aus voller Kehle:

Papa Legba, öffne das Tor für mich, ago eh,
Atibon Legba, öffne das Tor für mich,
öffne das Tor für mich, Papa, damit ich gehen kann,
und wenn ich zurückkehre, danke ich dem Loa!

Legba kämpfte im selben Moment in Celestes Körper gegen Cross, als Jude anfing zu singen, als er den Loa anrief, ihm den Weg zu öffnen. Celestes Gesicht verwandelte sich von dem eines gehörnten jungen Mannes zu ihrem eigenen und weiter zu dem eines alten, lächelnden Mannes – und wieder zurück. Und das alles ging so schnell, dass die Gesichter verschwammen. Sie krümmte sich, zitterte, wobei Jude nicht wusste, ob aus Schmerz oder Ekstase. Ebenso wenig wusste er, welcher Loa am Ende ihren Körper kontrollieren würde. Er schnappte sich den Beutel, auch wenn sein ganzer Körper bei dieser Bewegung protestierte.

Jude öffnete den Mund, um etwas zu sagen, aber Renai

rief ihm vom Rand der Lichtung aus zu: »Lass dir Zeit, ist alles cool hier! Ich muss mich nur von diesen verfickten magischen Schlingpflanzen befreien!«

Jude überließ Cross und Legba ihrem Kampf und lief zu Renai. Er blieb kurz stehen, als er über Criminel trat, und schnappte sich Regals Dolch. Er war irgendwie dankbar dafür, dass sie sein Blut von der Klinge gewischt hatten. »Achte auf deine Ausdrucksweise, junge Dame«, sagte er, als er Renai erreichte und grinste, bis er ihre Miene sah. Dann ging er auf die Knie, umarmte sie und flüsterte ihr beruhigende Worte zu.

»Bitte, Jude«, sagte sie plötzlich leise, als hätte sie Angst, belauscht zu werden. »Ich will hier nicht sterben.«

Er verstaute den Dolch in seinem Beutel, befahl den Knoten der Schlingpflanzen mit einem Machtwort, sich zu *öffnen*, und half ihr auf die Füße. Er hatte Fragen, die Antworten verlangten, wie zum Beispiel Criminel an Regals Dolch gekommen war, was Cross darüber wusste, was die Götter aus dem Beutel wollten, oder warum er es für notwendig erachtet hatte, ihn zu töten. Aber nichts davon war wichtiger, als Renai aus diesen dunklen Bäumen fort und ins Licht zu führen.

Sie rannten davon, ohne die Unsterblichen hinter ihnen auch nur eines letzten Blickes zu würdigen.

Als sie den Park verlassen hatten, hatte Renai sich genug gesammelt, um sich von Jude zu lösen, das Kopftuch um ihre Dreadlocks zu binden und ihm einen »Was zur Hölle bildest du dir ein?«-Blick zuzuwerfen. Jude tat, als bemerkte er ihn nicht. Sal flatterte aus den Schatten und hockte sich auf Judes Schulter. »Das«, sagte er, »war die dümmste, waghalsigste, unbedachteste und abgebrühteste Nummer, die ich je gesehen habe.« Er sah Renai an. »Stimmt's?«

Sie zuckte mit den Schultern. »War ganz okay so weit. Ich war die meiste Zeit ohnehin gefesselt.«

»Was jetzt?«, fragte Sal. »Die Nacht ist noch jung, Jude, habe ich recht?«

Judes Magen gab alarmierende Geräusche von sich. Er sah an sich hinab und bemerkte, dass sein Hemd zerfetzt und blutig von den tödlichen Messerstichen war. Rasch griff er in seinen Beutel, und seine Gabe strömte wieder in seine Finger, wie es sein sollte. Er zog ein Beatles-T-Shirt aus dem Beutel, das eine gewisse siebzehnjährige Tulane bei einem College-Ausflug in die Stadt letztes Jahr verloren hatte. Als er sein blutiges Hemd dagegen eintauschte, war es Renai, die diesmal so tat, als würde sie nicht bemerken, dass er sein Hemd auszog.

»So wie ich das sehe«, sagte Jude, »habt ihr beide mir gegen irgendwelche Voodoo-Götter-Hoheiten da drinnen den Rücken freigehalten. Das Mindeste, was ich tun kann, ist, euch eine Mahlzeit zu spendieren.«

KAPITEL ZWEIUNDZWANZIG

Nachdem Sal seinen Hundekörper aus dem winzigen Rabenschlund gewürgt hatte, kamen sie nach einem kurzen Fußmarsch über die Saint Charles und die South Carrollton Avenue zum Camellia Grill, einem durchgehend geöffneten Diner, der für Nachteulen und halb betrunkene College-Kids seit Mitte der Vierzigerjahre als Futterstelle diente. Jude war beides gewesen, früher einmal.

Wegen der wenigen Hocker am Tresen standen die Gäste oft bis auf die Straße hinaus, aber Judes Glück hielt an. Renai, Sal und er marschierten hinein und fanden ein paar freie Hocker. Die einzigen anderen Gäste waren eine Handvoll Touristen, die sich dadurch zu erkennen gaben, dass sie Mardi-Gras-Perlen mitten im Sommer trugen, und ein jüngeres weißes Paar, das eine Portion Pommes frites teilte und sich über Dinge amüsierte, die sie einander auf ihren Smartphones zeigten.

In gewisser Weise wirkte dieser Ort wie eine Blase aus der Vergangenheit. In der kleinen Küche hinter dem Tresen mit den Flachgrills und den Minikühlschränken arbeiteten nur gut gelaunte Schwarze, viele von ihnen schon seit Jahren. Sie trugen weiße Kochjacken und Fliegen und begrüßten dich auf typische Weise mit Abklatschen und ausführlichem Händeschütteln, damit du wusstest, dass sie für dich zuständig waren, bevor sie deine Bestellung aufnahmen.

Als ihr Kellner Dante sich umdrehte und ihm sein Goldzahn-Grinsen zeigte, schien der Hunger in Judes Bauch ein lebendiges Wesen zu werden. Er bestellte ohne auch nur den Anschein von Selbstbeherrschung gleich zwei Mahlzeiten für sich, dazu Kaffee und eine Eisschokolade, die einem Milkshake ähnelte, nur dass sie auf unerklärliche Weise besser schmeckte. Als Nachtisch orderte er ein Stück Apfelkuchen, das auf dem Grill angewärmt wurde. Der Kellner rief ihre Bestellungen den Köchen zu, die sie ebenso laut bestätigten. Ob Dante Probleme hatte, eine Bestellung von einem Hund aufzunehmen, merkte man ihm nicht an. Er schien stattdessen weit mehr damit beschäftigt zu sein, mit Renai zu flirten, nachdem er sich vergewissert hatte, dass Jude und sie kein »Ding« laufen hatten. Sie reagierte ihrerseits mit Wimpernklimpern.

»Macht es dir etwas aus, mir zu erzählen, wo du Hungerhaken das ganze Essen lassen willst?«, erkundigte sich Sal. »Da, wo wir hingehen, können wir nicht gut mit Doggie-Bags auftauchen.«

»Klar«, erwiderte Jude. »Sobald du mir verrätst, warum Dante nicht einmal mit der Wimper gezuckt hat, als ein streunender Köter seinen pelzigen Hintern auf den Barhocker gepflanzt und ihn gefragt hat, wie der Hase so läuft.«

Sals Ohren zuckten. »Wenn hier jemand ein Streuner ist, dann du.« Er beugte sich vor und schlabberte geräuschvoll aus der Tasse mit Eiswasser vor ihm.

Ein weiteres weißes Pärchen marschierte in das Diner. Eine mittelalte Frau und ein junger Mann, der so tat, als wäre es lächerlich und unter seiner Würde, seinen Kellner per Handschlag zu begrüßen, und Dante sofort wissen ließ, was er dringend zu essen brauchte, bevor der auch nur die Chance hatte, sich namentlich vorzustellen. Jude sah förmlich, wie Dante den Wunsch unterdrückte, dem Wichser zu sagen, er solle sich selbst ficken, bevor er sich umdrehte, um die gewünschten Getränke zu holen.

»Und?«, erkundigte sich Jude bei Sal.

»Und? Ich bin ein Totengeist. Sobald die Leute mich sehen, geben sie vor, sie täten es nicht, und dann versuchen sie sofort nach Kräften zu vergessen, dass sie mich gesehen haben.« Er deutete mit der Schnauze in Dantes Richtung. »Wenn du ihn fragst, wie ich aussehe, wird er dir die belangloseste Person beschreiben, die du dir nur vorstellen kannst. Zehn Minuten, nachdem wir verschwunden sind, bin ich nicht einmal mehr eine Erinnerung. Warum, glaubst du, lasse ich mich von euch beiden die ganze Zeit hier auf der Oberfläche herumhetzen? Wie ein Mensch mit euch reden zu können ist den ganzen Schlamassel wert, der mich erwartet, wenn wir zurückkehren.«

Jude musste dem Drang widerstehen, Sal zwischen den Ohren zu kraulen. Stattdessen klopfte er ihm auf den Rücken, eine Geste zwischen menschlicher Kameraderie und Belohnung für einen braven Hund. Als er den Psychopomp berührte, reagierte Judes Gabe wie vor dem Sturm. Sie informierte ihn über Sals Verlust, ohne ihn zu überwältigen, und gab ihm stattdessen einen Faden in die Hand, dem er folgen konnte, wenn er sich entschloss, daran zu ziehen. Irgendwie fühlte es sich vertraut an, ein Verlust, den er schon einmal gespürt hatte. Dann fiel Jude ein, warum Sal ihm so bekannt vorgekommen war, als er ihn auf dem Friedhof gesehen hatte, wo Renai bestattet worden war.

»Du warst der Wachhund vor dem Haus, in dem sich Dodges Kartenzimmer befand«, sagte er.

Sal ließ den Kopf sinken, als hätte Jude ihn gerade beschuldigt, auf den Teppich gepisst zu haben. »Ich habe mich schon eine ganze Weile gefragt, ob du dich daran erinnern würdest«, murmelte er. »Und ich dachte, wir würden alle gleich für dich aussehen. Wie gesagt, diese Psychopomp-Nummer ist nur ein Halbtagsjob. Manchmal überbringe ich auch Nachrichten von den Toten an die Lebenden. Oder ich arbeite als Sicherheitskraft.« Er machte eine Bewegung, die wohl das Äquivalent für ein Schulterzucken sein sollte. »Von irgendwas leben muss man ja.«

Jude antwortete nicht, weil er nur halb zuhörte. Er war von dem Zorn abgelenkt, der in ihm wütete, und von dem heftigen Jucken der vernarbten Stichwunden in seiner Brust und seinem Bauch … und auch von dem Verlangen, dem Arschloch am anderen Ende des Tresens irgendetwas Schweres an den Kopf zu werfen. Sal hatte ihn gewarnt, dass ein Teil der Magie, die Cross gewirkt hatte, um seinen Körper wiederzubeleben, seine Heilung beschleunigen würde, und dass es kein angenehmer Prozess wäre. Und es außerdem kosten würde. Er riss eine Serviette in kleine Streifen, um sich nicht zu kratzen.

Jude hatte die Veränderung in Sals Verhalten nicht mitbekommen, deshalb überraschte es ihn, als der Psychopomp sich bei ihm entschuldigte. Seine Stimme klang bedrückt und schuldbewusst. »Ich hätte einfach nur meinen Job machen sollen.« Er klang, als wollte er sich ebenso davon überzeugen wie Jude. »Aber ich kannte dich nicht, und ich hatte keine Ahnung, dass die Sache sich so entwickeln würde und …«

»Schhh«, sagte Renai und strich ihm mit einer Geste über den Kopf, die tröstend wirkte, nicht herablassend. Jude hatte nicht einmal mitbekommen, dass sie zugehört hatte. »Hör zu, niemand ist sauer auf dich, okay? Warum fängst du nicht einfach von vorn an?«

Ihre Gerichte wurden serviert, und nachdem er dem Psychopomp versichert hatte, dass er ihm zuhörte, stürzte sich Jude mit einer Intensität auf die Speisen, die selbst einen abgebrühten Kellner wie Dante erstaunte.

»Niemand nimmt dir irgendwas weg«, sagte er lachend. Die ersten Bissen waren jedoch nicht befriedigend, es fühlte sich an, als fielen sie in einen Abgrund, der so gewaltig war wie der Schlund des Verschlingers. Sal, dessen Schuldgefühle ihn nicht daran gehindert hatten, sich über seine Mahlzeit herzumachen, setzte zu einer Erklärung an, obwohl er das Maul voll hatte.

Er war nicht von Dodge angestellt worden, um das Kartenspiel zu bewachen, und ebenso wenig dafür, wie Jude angenommen hatte, plötzlich aufzutauchen und die Spieler zu erschrecken, wenn sie eintrafen. Er hatte gar nicht für den Glücksgott gearbeitet. Legba hatte ihn gebeten, dort zu warten, um Jude von dem Spiel fernzuhalten. Dodge hatte Sal jedoch beiseitegenommen, ihm ein besseres Angebot gemacht und dasselbe versprochen, was Jude Sal vor dem Audubon Park versprochen hatte: Wenn er nur so tat, als würde er Jude vertreiben, und ihn trotzdem hereinließ, wollte der Glücksgott ihm helfen, das zu finden, was er verloren hatte, als er sein früheres Leben aufgeben musste.

»Und deshalb fühle ich mich so beschissen«, schloss Sal mit weinerlicher Stimme. »Denn jetzt bist du tot, und sie ist tot, und Papa hat vergeblich versucht, all das zu verhindern. Ich habe ihn enttäuscht, und ich habe dich enttäuscht, und du spendierst mir auch noch einen Cheeseburger, als hätte ich dich nicht hinterrücks erdolcht.«

»Niemand hat mir in den Rücken gestochen«, antwortete Jude, nachdem er sein letztes Stück Kuchen verdrückt hatte. »Ich habe es voll in den Bauch bekommen, willst du mal sehen?« Er tat, als wollte er sein T-Shirt anheben.

»Jude, sei nicht so ein Arschloch«, sagte Renai. »Kannst du nicht einfach …«

»Nein, ich will die Sache ein für alle Mal klarstellen. Hast du mir ein Messer in den Bauch gerammt? Nein. Das war Baron Criminel. Hast du ihm befohlen, es zu tun? Wieder nein. Das war Cross.« Er deutete mit dem Kopf auf Renai. »Und mit dem, was ihr passiert ist, hast du auch nichts zu tun.«

Am anderen Ende des Tresens erzählte der junge Aufschneider der älteren Frau eine Geschichte, wie er betrunken bei der Arbeit erwischt worden war, nachdem er mit seinen Freunden beim Lunch ein paar Gläser zu viel gehabt hatte. »Ich sagte mir: ›Das war's, jetzt werde ich gefeuert.‹ Ist das nicht verrückt?« Er sprach mit der lässigen Verachtung dem Wohlstand gegenüber, die nur jemand haben konnte, der noch nie wirklich gefeuert worden war, nicht einmal dann, wenn er, falls man ihm glauben konnte, betrunken auf der Arbeit aufgetaucht war. Jemand, der noch nie seinen Willen den Launen eines anderen unterordnen musste. Er war einer von denen, die mit jedem Boss, den sie je gehabt hatten, verwandt waren und die einfach nur darauf warteten, bis sie der Boss wurden.

Judes Hunger hatte sich in einen dumpfen Schmerz verwandelt, aber das Jucken einer seiner Wunden war zu einem wahren Brennen geworden, als presste jemand ein glühendes Eisen auf seine Haut. Er griff unter sein T-Shirt. Die Haut war fieberheiß. »Ich kann dir nicht verzeihen«, sagte er zu Sal, »aber nur deshalb, weil es nichts zu verzeihen gibt. Du hättest mich nicht daran hindern können, an diesem Spiel teilzunehmen, selbst wenn du es ernsthaft versucht hättest.«

Sal lachte und machte Anstalten, darauf zu antworten. Aber Jude sprang auf die Füße und machte sich hastig auf die Suche nach der Toilette, eine Hand auf den Bauch gedrückt, als der Schmerz plötzlich unerträglich wurde. *Das kann nicht richtig sein,* dachte er. Unmittelbar bevor er die laute, zischende Küche verließ und durch den Arbeitsbereich mit seinen glänzenden, rostfreien Stahltischen und Kochutensilien rannte, hörte er, wie Dante zu jemandem sagte: »Ich hab den Jungen noch gewarnt, er soll nicht so schlingen.«

Aber der Schmerz hatte nichts damit zu tun, wie oder was er gegessen hatte. Er war auf seiner Haut, nicht in seinem Bauch. Sobald er die Tür der Kabine zugezogen und abgesperrt hatte, zog er sein T-Shirt aus und zuckte zusammen, als die Bewegung die Muskeln in der Nähe der Stelle dehnte, die brannte. In dem schmutzigen Spiegel über dem Waschbecken untersuchte er die Verletzungen, die ihn getötet hatten. Sie alle hatten etwa die Größe und Form eines Lippenstiftkusses auf einer Bar-Serviette. Das rötliche Narbengewebe war geschwollen und mit rötlich braunem Schorf überzogen. Zögernd berührte er die Wunde, die die Quelle seiner Schmerzen war, und ertastete eine kleine, harte Beule unter der Haut über seinem Solarplexus. Sein Herzschlag, der wegen des heftigen Schmerzes sowieso schon erhöht war, schaltete in den Panikmodus. Jude malte sich aus, was der Loa in die Wunde geschoben haben könnte, als sie noch offen gewesen war, so wie es Sal mit der Dublone gemacht hatte. Vielleicht ein magischer Peilsender oder Sprengstoff oder irgendwelche Eier. Bei der letzten Vorstellung wurde ihm grau vor Augen.

Jude knirschte mit den Zähnen vor Schmerz. Er tastete das Gebiet rund um die Beule ab und spürte, wie es sich bewegte. Bevor er es sich selbst ausreden konnte, holte er tief Luft und zog den Schorf mit dem Fingernagel ab, während er mit der anderen Hand das Fleisch zusammendrückte. Einen Moment lang wurde er nur mit einem brennenden Schmerz belohnt, doch dann quollen

Eiter, Blut und etwas Hartes, Erbsenförmiges von der Größe eines Dimes aus seinem Körper, das mit einem leisen Pling in das Porzellanbecken fiel. Vor Erleichterung wurden ihm fast die Knie weich.

Er drückte eine Handvoll Toilettenpapier auf die aufgeplatzte Wunde, was das Blutrinnsal überraschend schnell stoppte. Auch das Jucken der sich wieder zusammenziehenden Wunde kehrte sofort zurück, nachdem er das Hindernis entfernt hatte. Er warf einen Blick in das Waschbecken und sah in dem Gitter über dem Abfluss die Perle, deren Magie er gegen Scarpelli eingesetzt hatte. Er hatte sie aus Versehen verschluckt und dann vergessen, weil er angenommen hatte, dass sie sich in seinem Magen auflösen würde, so wie jener berühmte Perlohrring, den Kleopatra in ihrem Wein aufgelöst und getrunken hatte. Als er sich die Hände wusch und das Wasser über die Perle laufen ließ, bastelte er sich eine Erklärung zusammen, was passiert sein musste. Ein Messerstich hatte offenbar das Verdauungsorgan durchbohrt, in dem die Perle gesessen hatte, und sein Körper hatte daraufhin den Gegenstand wie einen Splitter abgestoßen.

Jude fischte die Perle aus dem Abfluss und trocknete sie ab. Das Gefühl von Verlust kribbelte auf seinen Fingern, das Versprechen eines größeren Mysteriums, welches er vor Scarpellis Anwesen gefühlt und ignoriert hatte. Neugierig ließ Jude diesmal das Wissen in sich hineinströmen. Es überflutete seinen Verstand und seine Seele wie eine elektrische Ladung, die den ganzen Raum erschütterte, ein Blitzschlag, der so nah war, dass ihm die Härchen auf den Armen zu Berge standen.

Jetzt begriff Jude, was die Perle wirklich war, verstand, wie sie Zaubersprüche verstärken und einen Verstand bezirzen konnte. Und er wusste, wie sie es tat und warum das den Tribut verlangte, den sie forderte. Er zog seine Magie zurück, voller Ehrfurcht vor der Macht, die er da in Händen hielt.

Rasch schob er die Perle in seine Tasche und zog sein T-Shirt wieder an. Er ging hinaus, während er überlegte, wie er das, was er gerade erfahren hatte, nutzen konnte.

Als er die Toilette verließ, war die Tür der Damentoilette gegenüber keine andere als die Rote Tür zu Dodges Kartenzimmer.

Sie wartete auf ihn.

Als er zum Tresen zurückkehrte, hatten Sal und Renai ihre Mahlzeit bereits beendet. Der Psychopomp verschlang gerade seinen Apfelkuchen. Als Jude das sah, spürte er erneut Hunger, was vollkommen unmöglich schien. Er spielte bei Dantes Neckereien mit und machte einen Scherz darüber, dass die Herrentoilette eine Weile verbotenes Areal wäre, und bat um eine weitere Tasse Kaffee. Renai wollte ihn fragen, warum er so überhastet davongestürzt war, aber Judes Aufmerksamkeit wurde von dem jungen Arschloch am anderen Ende des Tresens in Anspruch genommen. Als Dante dem Typen sein Sandwich brachte, hob er den Zeigefinger und erinnerte den Kellner daran, dass er auch Käsefritten bestellt habe. »Wie schwer kann es denn sein, eine Mahlzeit komplett zu servieren?«, sagte er zu der Frau neben sich. Es war keine echte Frage, und es kümmerte ihn auch nicht, dass Dante noch in Hörweite war.

Ein Echo der Wut, die er empfunden hatte, als der Loa die hilflose Renai bedroht hatte, durchzuckte Jude, weniger intensiv, aber nicht weniger gerechtfertigt. Etwas an diesem erhobenen Zeigefinger, an dieser unausgesprochenen privilegierten Forderung, verkörperte für Jude alles, was an dieser Stadt nicht stimmte und an diesen Menschen im Allgemeinen nicht. Er aktivierte erneut den Teil in sich, den er früher immer zurückzuhalten versucht hatte, und plötzlich schienen alle Anwesenden von Licht erfüllt zu sein.

Das junge weiße Arschloch glühte am hellsten. Selbst die Luft um den Typen herum schien zu schillern. Im Vergleich zu ihm waren fast alle anderen im Diner gedimmt; lediglich einer der Köche und ein Tourist, der an der Kasse wartete, um zu bezahlen, sahen aus wie flackernde Kerzen auf dem Grund eines Brunnens. Allein dadurch, dass Jude sich auf die beiden fokussierte, flüsterte seine Gabe ihm etwas zu, als hätte sie sich selbst zu etwas Größerem weiterentwickelt. Der Tourist wirkte zwar auf den ersten Blick einigermaßen gesund, hatte aber etliche Blutgerinnsel in seinen Adern und würde noch vor dem Jahreswechsel sterben. Der jüngere Bruder des Kochs war von der Schule geflogen und mit seinem Cousin abgestürzt. Sie handelten mit Drogen, was dazu führen würde, dass ihr Haus beschossen werden und die Familie auseinanderbrechen würde. Das wiederum bedeutete, dass er seinen anderen Job in einer Werkstatt verlieren würde, sodass seine Freundin Cherise und er ihre Studiengebühren nicht mehr würden bezahlen können, was wiederum zur Folge hatte, dass ihre Ausbildung zur

Sprachtherapeutin sie noch tiefer in die Miesen stürzen würde, bevor sie überhaupt eine Chance hatten, auf die Füße zu kommen. In dem Moment wurde Jude klar, dass er das Schicksal der Menschen vor Augen hatte: Gutes und Schlechtes für die meisten von ihnen und für einige die typischen institutionalisierten Vor- und Nachteile.

Gesehen mit den Augen eines Tricksters.

Seine Gier richtete sich auf die lodernde Fackel des wohlhabenden Jungen, und wie schon seinen körperlichen Hunger ließ Jude nun auch seine Gier von der Leine. Er sog das überschüssige Glück auf, das den Mann so strahlend hell umgab, bis er selbst damit förmlich angeschwollen war. Es war ähnlich, als würde man einatmen oder etwas leer trinken, aber dennoch anders. Er sog immer mehr auf, bis er nichts mehr fassen konnte und sein sonderbarer neuer Hunger endlich gestillt war.

Dann aktivierte er seine Gabe auf eine andere Art und gab ihr einen kleinen Dreh.

Er lenkte etwas von dem glühenden Strom des Glücks in die dunklen Brunnen des Touristen und des Kochs. Er ließ es fließen, bis ihn das Gefühl überkam, dass sie genug hatten, bis sie beide etwas heller leuchteten, gerade hell genug, dass er die Drehungen und Wendungen des Schicksals sehen konnte, das vor ihnen lag. Sowohl die Entscheidungen, die sie treffen konnten, als auch deren unausweichliche Auswirkungen. Er konnte ihre Entscheidungen nicht manipulieren, aber die Dinge außerhalb ihrer Kontrolle, angefangen von einer Reifenpanne bis hin zu genetischer Veranlagung, fühlten sich für ihn irgendwie flexibel an. Veränderbar.

Bei dem Touristen, Charles, war es relativ einfach. Jude gab ihm einen kleinen Stoß, als er aus der Tür ging. In ein paar Wochen würde er bei einem Basketballspiel in der Firma mitspielen. Aber statt sich das Knie zu verstauchen, würde sein vorderes Kreuzband reißen. Diese Verletzung erforderte eine Operation, bei der seine verstopften Gefäße entdeckt werden würden, was sein Leben retten würde.

Der Koch, der ebenfalls Charles hieß, benannt nach seinem Vater, weshalb ihn alle C. J. – für Charles junior – nannten, erforderte erheblich mehr Aufwand. Es schien so, als hätte jede Wendung oder Veränderung, die Jude vornahm, nur kurze Auswirkungen auf C. J.s Leben. Es brauchte ein gerissenes Kondom, um eine drastische Verschiebung herbeizuführen. Wenn seine Freundin Cherise schwanger würde, dann würde C. J.s Schwester eine Extraschicht einlegen, um ihnen zu helfen, eine Liege zu kaufen. Dadurch wäre sie nicht in ihrem Zimmer, wenn das Haus der Familie aus einem vorbeifahrenden Auto heraus beschossen würde, würde nicht gelähmt sein und C. J. sich deshalb nicht mit seinem jüngeren Bruder entzweien. Aber selbst diese drastische Veränderung war keineswegs groß. C. J.s Bruder würde immer wieder im Gefängnis landen, und C. J. und Cherise würden nach wie vor zu kämpfen haben, aber wenigstens wäre ihre Lage jetzt im Großen und Ganzen etwas besser.

Dann richtete Jude seine Aufmerksamkeit auf den Rest des Diners. Er verteilte Glück wie Süßigkeiten beim Mardi Gras; hier ein Zwanzig-Dollar-Schein in einer Tasche, dort ein Jobangebot, eine Reihe von guten Tipps, ein zufälliges Treffen in einer Bar, links abbiegen statt rechts, und ein Upgrade in die Erste Klasse in letzter Sekunde. Er nahm einer Person überschüssiges Glück weg und erhellte den Raum wie einen Weihnachtsbaum.

Dann machte er sich über das Arschloch her. Er schickte ihm eine ganze Reihe von unglücklichen Zufällen in den nächsten zwei Wochen, was den Kerl denken ließ, dass das Universum sich plötzlich gegen ihn verschworen hätte, was es in gewisser Weise ja auch getan hatte. Es bereitete Jude ein sadistisches Vergnügen, ihm seinen Stolz zu nehmen: eine Reifenpanne, die dazu führte, dass sein Lieblingsdesignershirt mit Schlamm bespritzt wurde. Eine falsch verstandene Order, die seinen Boss einen lukrativen Vertrag kostete. Dass er betrunken stolperte und sich dabei einen Zahn kaputt schlug. Eine leichte Lebensmittelvergiftung, die zu Durchfall bei einem ersten Date führte. Und als Jude sich erinnerte, dass er für die Mahlzeit bezahlen musste, die Renai, Sal und er gerade verzehrt hatten, bescherte ihm dies noch eine verlorene Brieftasche.

Auf dieselbe Art und Weise, wie Jude keine wirkungsvolle positive Veränderung im Leben von C. J. hatte herbeiführen können, ohne ihm zu folgen und ihm in den nächsten Jahren weitere glückliche Zufälle zu schenken, konnte Jude auch das Leben des Arschlochs nicht ruinieren, ohne ihm wie ein Fluch im Nacken zu sitzen. Die Maschinerie der Welt war zu seinen Gunsten einfach zu gut geschmiert; der Junge verfügte über ein ganzes Reservoir an Glück, das er ähnlich wie sein Leben verdient zu haben glaubte. Aber Jude wollte ihn auch nicht vernichten, selbst wenn er das hätte tun können. Der Kerl war nicht fies, sondern nur ein aufgeblasener Wichser.

Trotzdem, als Jude in seinen Beutel griff und einen Hunderter aus der verlorenen Brieftasche des Arschlochs nahm, wovon er Dante den größten Teil als Trinkgeld überließ, konnte er ein Lächeln nicht unterdrücken.

Er war schon immer ein kleiner Mistkerl gewesen.

Als Jude ein paar Stunden später allein in seiner Wohnung war, überlegte er seinen nächsten Zug, nachdem er den Gedanken an Schlaf aufgegeben hatte. Nach dem Essen hatte er einen Wagen mit einem Shem aus seiner Sammlung gestartet und Renai und Sal über den See zu seiner Mutter ins Kloster geschickt. Er hatte den Psychopomp belogen und ihm erzählt, dass er noch ein Stück seiner Seele aufspüren müsse, bevor sie wieder in die Unterwelt zurückkehren konnten. Aber er brauche seine Hilfe, um Renai in Sicherheit zu wissen. Dann belog er auch Renai und sagte ihr, dass er nicht wirklich sicher sei, ob sie dem Psychopomp vertrauen konnten. Er wollte, dass sie ihm Sal eine Weile vom Hals hielt, während er Nachforschungen anstellte.

In Wirklichkeit jedoch wollte er in Ruhe nachdenken, ohne dass Sal ihm in den Ohren lag, ins Grab zurückzukehren. Und er traute sich nicht, die Nacht allein mit einem selbstbewussten hübschen Mädchen in seiner Wohnung zu verbringen, von dem er wusste, dass es auf ihn stand. Vor allem, wenn Renai ihm mit dem Argument kam: »Aber es ist doch die letzte Nacht meines Lebens.« Der Trickster in ihm war ziemlich angepisst, dass er sie in *seiner* letzten Nacht weggeschickt hatte, andererseits hatte derselbe Trickster in ihm auch einige spezifische Vorstellungen, was dieses ganze »Letzte Nacht«-Ding anging.

Also schnappte er sich die El-Dorado-Flasche vom Hochregal, trank den einundzwanzig Jahre alten Rum direkt aus der Flasche, versuchte, nicht an seinen heilenden, verschorften Wunden zu kratzen, und dachte über seine Möglichkeiten nach.

Option eins: die Throne. Er hatte sein Wort gegeben, in die Unterwelt zurückzukehren und sein Herz auf die Waagschale zu legen. Wenn er es jetzt tat, dann sorgte er dafür, dass Renai die letzte Belohnung bekam, die sie sich verdient hatte, nämlich ein gesegnetes Nachleben. Auch wenn Sal nicht gewusst hatte, was ihr widerfahren würde, wenn er diese Abmachung vermasselte. Es bedeutete auch, dass Judes Schicksal zumindest dem Durchschnitt entsprach.

Er fand seine Karten in dem Beutel, wenig überrascht, dass die vierte Karte, die einen Wendepunkt zeigte – seinen persönlichen Moment der Wahrheit –, DER VERRÄTER war, wie DER GEHÄNGTE manchmal auch genannt wurde. Sie zeigte einen Mann, der an einem Fuß aufgehängt war und einen Heiligenschein um den Kopf hatte. Blieb noch eine Karte übrig.

Bestand Judes Schicksal darin, zu sterben, bevor das Spiel endete, bevor die Götter am Tisch ihn für ihr versprochenes Pfund Fleisch zerfetzten, nun, dann war dem so. Dann war er einfach tot. Er würde eine Seele verlieren, die ihm ohnehin nicht mehr gehörte, und niemand würde ihm noch etwas antun können. Wenn das passierte, würde Dodge vielleicht gewinnen, sich wieder zum Leben erwecken und seine Rolle als Glücksgott von New Orleans aufs Neue einnehmen. Er würde die Stadt in das zurückverwandeln, was sie vor dem Sturm gewesen war. Aber irgendwie glaubte Jude nicht so recht, dass es dazu kommen würde. Er hielt es durchaus für möglich, dass einer der anderen Götter diesen Titel erbeuten würde. Wie dem auch sein mochte, Option eins bedeutete unterm Strich, aufzugeben und zu sterben.

Option eins war kurz gesagt Mist.

Option zwei: die Rote Tür. Sie wartete auf ihn hier in seinem Wohnzimmer, dort, wo immer ein Schrank gewesen war. Er war froh, dass sie aufgehört hatte, ihm aufzulauern, und sich entschlossen hatte, Geduld zu üben. Er war allerdings weit weniger glücklich darüber, dass er das Verhalten einer Tür mit einem Wort wie »entschlossen« beschrieb.

Würde er jetzt durch die Tür treten, würde das ein Paradoxon auslösen, Hēs Worten zufolge. Allerdings traute Jude zu diesem Zeitpunkt keinem Wort mehr, das der Engel zu ihm gesagt hatte. Allen anderen Göttern zufolge würde das seinen Untergang auslösen. Natürlich sagten sie das. Alle Götter hatten ihm weisgemacht, dass er nicht gewinnen könne, und dann hatten sie alles Erdenkliche getan, damit er ausstieg, ein Verhalten, das nur besorgte Spieler an den Tag legten.

Allerdings entsprach das nicht gänzlich der Wahrheit.

Legba hatte ihm nicht geraten aufzugeben. Er hatte stattdessen versucht, ihn von vornherein von dem Spiel fernzuhalten. Jetzt, wo Jude darüber nachdachte, kam es ihm fast so vor, als wäre der Loa auf seiner Seite. Jedenfalls schien er nicht wie die anderen unbedingt gewinnen zu wollen. Jude warf einen Blick auf die Flasche, um nachzusehen, wie viel Rum noch drin war – erstaunlich wenig –, und dachte, es wäre ganz nett gewesen, vor seinem Ende noch einen Drink mit dem alten Loa zu nehmen. Allerdings konnte man nie sicher sein, welche Version von ihm auftauchen würde: Legba oder sein dunkler Zwilling Cross.

Dann dämmerte ihm, dass dies erklärte, warum Legba den Titel des Glücksgottes ganz und gar nicht wollte. Er wollte verhindern, dass Cross ihn in die Hände bekam.

Option zwei war besser als Option eins, aber sie hatte trotzdem zu viele Variablen.

Option drei: der Dolch. Jude spürte kein Gefühl von Verlust wegen der Waffe, was bedeutete, dass Regal sie Criminel gegeben hatte. Was wiederum bedeutete, dass sie eine Rolle bei dem Mord an ihm gespielt hatte. Mit ein bisschen Magie könnte er die Spuren zurückverfolgen, die Regal auf dem Dolch hinterlassen hatte, und sie aufspüren, um ihr eine dieser Fragen zu stellen, die er in den letzten Tagen für sich behalten hatte. Um sich zu rächen, bevor er starb.

Allerdings würde es fast einen ganzen Tag dauern, um die Zutaten zusammenzubekommen und all diese Zauber zu wirken. Was bedeutete, dass die Rache das sprichwörtlich Letzte sein würde, was er in seinem Leben tat, und ihn zwang, sich zwischen Option eins und zwei zu entscheiden. Vorausgesetzt natürlich, dass Regal überhaupt in der Stadt geblieben war. War sie bereits nach Peru geflüchtet, würde er sie niemals rechtzeitig finden.

Option vier: der Magier. Eli Constants Name tauchte immer wieder auf – der Revolver, den Scarpelli in seiner Vitrine aufbewahrt hatte, der Deal, zweihundert Jahre in Mournings Diensten zu verbringen, seine Rolle als Teil der Seele dieser Stadt, zusammen mit Dodge und der Sammlung von Karten in dem Journal. Aber Eli selbst war verdächtigerweise verschwunden. Jude erwartete eigentlich, dass er irgendwann auftauchen und all die Antworten ausspucken würde, auf seine so provozierend belehrende Art, die er als Judes Lehrer immer an den Tag gelegt hatte. Aber wenn überhaupt jemand wertvolle Einsichten zu dieser Angelegenheit beisteuern konnte, dann war es Eli. Andererseits gab es einen Grund, warum Jude ihn bisher nicht aufgesucht hatte, warum er ihm seit dem Sturm und schon Jahre zuvor aus dem Weg gegangen war. Und zwar, weil er Elis ehemaliger Student war. Würde er Option vier wählen, bestünde die Chance, dass Eli einen Blick auf ihn werfen und ihn sofort zu Option eins zurückschicken würde, und zwar unfreiwillig.

Jude begriff, dass er seine Wahl längst getroffen hatte, als er den Korken wieder in die Flasche steckte, in der noch ein Schluck Rum übrig war. *Es ist fast zwanzig Jahre her,* dachte er. *Der alte Mann dürfte mir mittlerweile längst vergeben haben.* Aber so einfach es auch war, Sal und Renai zu täuschen, sich selbst konnte er nicht belügen. Er hatte eine Einladung unterschlagen, die für Eli gedacht gewesen war, damals, als er noch sein Student gewesen war. So hatte er Dodge kennengelernt, den Beutel bekommen und war zu der Person geworden, die er war. Indem er seinen Lehrer hintergangen und sich unter die Mächtigen geschummelt hatte. Warum sollte er ihm vergeben? Er hatte sich ja selbst nie wirklich vergeben.

Jude stolperte ins Badezimmer und hoffte, dass eine heiße Dusche und der Rum genügen würden, um Schlaf zu finden. Immerhin hatte er morgen einen anstrengenden Tag vor sich, einen Tag der Versöhnung oder einen der Abrechnung.

Vielleicht war es auch einfach nur sein letzter Tag auf Erden.

TEIL VI

DER MAGIER · DER EREMIT
DAS RAD DES SCHICKSALS
DER GEHÄNGTE · DER NARR

KAPITEL DREIUNDZWANZIG

Manche leben in einer Hütte am Rand des Dorfes oder in einer Höhle tief im Wald, auf der Spitze eines einsamen Turmes oder im hintersten Keller eines unauffälligen Gebäudes in einer Straße, die keinen Namen trägt. Sie waren immer schon bei uns, als die Hüter des Feuers oder die Bewahrer der Geschichten oder die Heiler der Kranken. Tagsüber bereiten sie Medizinen zu, helfen bei Geburten, erzählen uns, wann wir ernten und wann wir säen sollen, lehren uns, zu ehren und zu trauern. In der Nacht deuten sie unsere Träume und halten die Dunkelheit in Schach, wenn wir sie respektieren, oder beschwören sie herauf, wenn nicht. Sie bewahren unsere Geheimnisse, hexen unseren Feinden Pech an den Hals. Sie sehen Dinge, die uns blenden würden, tun, was wir nicht zu tun ertragen, lernen, was wir nicht zu wissen wagen. Wir nennen sie Schamane oder Bruja, Magus oder Bocor, Kalku, Onmyôji, Hexer. Wir verehren oder verabscheuen sie, bitten sie um Hilfe oder verbrennen sie bei lebendigem Leib.

Wir fürchten sie, nicht wegen ihrer Macht, sondern wegen ihrer Menschlichkeit. Sie sind, was wir nur sein könnten, wenn wir den Mut dazu hätten, oder den

Wahnsinn, den Preis zu zahlen – und es ist immer ein Preis zu zahlen.

Jude stieg an der Ecke Dauphine und France Street aus einem geborgten Cadillac in die glühende Hitze der Stadt und kniff vor der grellen Sonne die Augen zusammen. Nachdem er dem Wagen befohlen hatte, auf der anderen Straßenseite zu parken und auf ihn zu warten, drehte er sich einmal langsam um seine Achse und versuchte sich zu orientieren. Es war schon lange her, seit er in Bywater gewesen war. Nachdem etwas seine Gabe aus ihm herausgerissen, in eine Dublone gesteckt und diese dann wieder in ihn hineingestopft hatte, war sein Orientierungssinn ziemlich durcheinandergeraten.

Er runzelte die Stirn, und ihm wurde klar, wie lange sein letzter Besuch hier draußen her war. Er dachte an die Verpflichtungen, die er einfach vernachlässigt hatte. Sicher hätte er versuchen können, sich wieder mit Eli in Verbindung zu setzen, vor allem nach dem Sturm. Der Tod oder die Wiedergeburt oder eine Kombination von beiden ermöglichten ihm eine neue Perspektive darauf, wie er sich seit der Flut verhalten hatte, und machten aus seinem selbst auferlegten Exil einen Hohn. Regal hatte recht gehabt, damals im Clover Leaf Grill. Er hatte sich versteckt, vor allem und jedem.

Wo wir gerade davon reden, dachte Jude und zog die Jutemaske über, die ihm erlaubte, sich vor aller Augen zu verbergen, und die er benutzt hatte, um sich zu dem

Treffen mit Opal zu schleichen. *Es ist nicht nötig, dass ich Hē direkt zu Eli führe, falls er mir immer noch folgt.*

Er erkannte das Haus mit der limonengrünen Verkleidung an der nächsten Ecke, und wie ein Wanderkompass, der immer den wahren Norden findet, wusste er jetzt, wo er war. Als er weiterging, sah er Vorgärten mit hüfthohem Gras und dunkle, verlassene Häuser dahinter. Ab und zu waren die aufgesprühten »X« neben der Haustür noch zu erkennen, trotz der sichtlichen Versuche, sie zu verdecken. Neben dem Zeichen standen jeweils ein Datum Anfang September 2005 und die Zahl der Leichen, die gefunden worden waren. Er musste jedes Mal nachsehen, fast wie unter einem Zwang. Meistens waren es Nullen. Aber viel zu oft waren es keine.

Der Geruch von heißem Asphalt schien alle anderen Wahrnehmungen zu überdecken, selbst das Rauschen des Verkehrs auf der St. Claude nur ein paar Blocks entfernt klang gedämpft. Auf halber Strecke zur Royal Street blieb Jude neben einem weißen Shotgun-House stehen und blickte auf die kurze Treppe, die zur Haustür hinaufführte. Er fand das Pentagramm in der steinernen Setzstufe, wie er es in Erinnerung hatte. Die zwei Spitzen wiesen nach unten. Wiesen sie nach oben, bezeichneten sie das Böse, wie die Hörner des Teufels. Aber so wie hier bewirkte das Pentagramm einen Schutzzauber.

Ein kleines Tor in einem Maschendrahtzaun trennte ihn von einem langen Fußweg in den hinteren Garten. Daran grenzten das Nachbarhaus und auf der anderen Seite ein hoher Holzzaun, dunkel und überwuchert. Er konnte durch den Schatten und das Gras nach hinten gehen, wo eine uralte Schaukel verrostete, deren leere Ketten herunterhingen. Die Gummisitze waren schon lange verrottet.

In diesem Haus hatten über Generationen hinweg Familien gelebt, ohne jemals ihre Nachbarn getroffen zu haben, ja, ohne dass dieses Haus überhaupt wahrgenommen worden wäre. Jude schloss die Augen, drehte sich dreimal im Kreis und flüsterte die Anrufung in einer gemäßigten Kadenz. Dann streckte er die Hand aus, einfach so, und packte einen hölzernen Riegel. Er öffnete die Augen, und seine Hand umklammerte etwas, das er nicht sehen konnte. Er hob den Riegel an, zog, und das Tor schwang auf. Dabei nahm es das Bild des Gartens und des Glases und der Bäume über seinem Kopf mit. Auch wenn er längst abgestumpft war, staunte er über dieses Wunder doch immer wieder. Ein Vorgartentor, das ein Loch in die Welt öffnete.

Dahinter standen Zypressen und eine Blockhütte. Ein Pfad aus Holzplanken führte über den Sumpf, und eine Rauchfahne kräuselte sich aus dem Schornstein. Das hier war einst der Rand von New Orleans gewesen, und in diesem Saum der Magie gab es das noch. Jude hatte nie ganz verstanden, wie man hatte verhindern können, dass dieser Boden nicht trockengelegt wurde, als das Land darum herum kultiviert wurde. Allein die Unmöglichkeit dieses Vorgangs, hatte man ihm gesagt, war es, die ihn möglich machte.

Er nahm die Maske ab und stopfte sie zurück in den Beutel, als er durch die Öffnung trat. Falls Hē ihm hierher gefolgt war, konnte er sich nicht vor dem Engel verstecken, und wenn die Maske Eli tatsächlich narrte, würde der Magier zweifellos nicht allzu freundlich auf einen Fremden reagieren, der den Weg zu seinem Zuhause gefunden hatte.

Allerdings konnte es gut sein, dass Eli auch auf den Anblick von Jude nicht allzu freundlich reagieren würde.

Elis Hütte war noch so, wie Jude sich an sie erinnerte, mit dem wackligen Steg über der Entengrütze und den Wurzelknien der Zypressen, vorbei an dem Louisiana-Moos, das so zerzaust und fein war wie das Haar einer Cartoon-Hexe. Die hohen Pinien stammten noch aus einer Zeit, in der dies hier das Ende der Zivilisation markierte, die Naht zwischen einer neugeborenen Stadt und jungfräulicher Wildnis. Der Gestank in der Luft war die fruchtbare, lebendige Fäulnis eines Sumpfs im Sommer. Das Lied der Zikaden drohte seine Gedanken zu übertönen, ein kontinuierliches, dröhnendes Zirpen, wie ein Autoalarm, der von jedem Baum herunterschallte.

An den Zypressen in der Nähe der Veranda hingen Flaschen, Dutzende, vielleicht sogar Hunderte. Glas klirrte leise gegen Glas, und ein bunter Regenbogen schimmerte zwischen den Blättern. Jude betrachtete die Flaschen einen Moment verwirrt. Er konnte sich nicht daran erinnern, dass sie schon vorher hier gewesen waren, aber es musste wohl an seiner Erinnerung liegen, schloss er. Denn in all den Jahren, die Jude unter seiner Anleitung verbracht hatte, hatte Eli nie irgendetwas an seinem Heim verändert. Er hatte darauf bestanden, dass diese Konsistenz notwendig sei, damit seine Magie richtig funktioniere. Er hatte sogar auf einen modernen Türknauf verzichtet.

Jude klopfte. Durch den Lärm der Zikaden und das Holz der Tür hindurch hörte Jude ein solides metallisches Klicken. Das Geräusch, mit dem der Hahn eines Revolvers gespannt wurde.

Bevor Jude auch nur auf die Idee kam, in seinem Beutel nach einer Waffe zu greifen, rummste die Tür und schwang mit einem langen, klagenden Ächzen auf. Auch das Innere der Hütte deckte sich mit Judes Erinnerung daran, obwohl er nur einen flüchtigen Blick hineinwarf. Selbst die dunkle Mündung der Waffe, die direkt auf seine Brust zielte, bereitete ihm kein allzu großes Kopfzerbrechen. Nein, es war die Frau in den verschlissenen Jeans und dem dünnen, ärmellosen T-Shirt mit dem Aufdruck einer Mädchenschule, die den Revolver hielt und sein Blickfeld beherrschte: zierlich, tief liegende, honigglänzende braune Augen. Stoppeliges rotbraunes Haar, das verschwitzt an ihren Schläfen klebte. Volle Lippen, die zu einer Grimasse verzogen waren.

Regal.

Einen Moment lang schien das Dröhnen der Zikaden in der Ferne zu verklingen, und alles war still, bis auf Judes rasselnden Atem und das leise Klirren der Glasflaschen im Wind. Er wusste, dass er etwas sagen sollte, aber ihm fiel kein einziges Wort ein. Sie schnalzte, als wollte sie die Aufmerksamkeit eines Hundes erregen.

»Ich weiß nicht, was das für ein Spielchen ist«, sagte sie. »Aber ich spiele nicht mit.«

Jude hätte fast gelacht. »Das musst ausgerechnet du sagen«, erwiderte er. »Es sieht ganz so aus, als hättest du von Anfang an Spielchen gespielt, Queens.«

Sie kniff die Augen misstrauisch zusammen. »Das ist verflucht unheimlich.« Sie kaute auf ihrer Lippe. »Ein guter Rat gefällig? Tu nicht so, als wärst du jemand, der schon tot ist.«

Jude wollte antworten und sie davon überzeugen, dass er tatsächlich der Freund war, den sie verraten hatte, als der Ärger in ihm plötzlich hochkochte. Ihm wurde klar, dass es ihn nicht interessierte, ob sie ihm glaubte oder nicht. Er zischte ihrem Revolver das Wort *Öffnen* zu. Die Trommel klappte auf, und die Patronen fielen zu Boden. Sie riss die Augen auf. Jude trat vor und schnappte ihr die Waffe aus der Hand. Die restlichen Patronen kippte er in seinen Beutel, ließ die Trommel zuschnappen und sicherte die Waffe, dann schob er den Revolver ebenfalls in seinen Beutel. Er kämpfte gegen den Drang an, sich die Hände an der Hose abzuwischen.

»Fick mich doch!«, sagte sie. »Du bist wirklich du.«

»Ich bin wirklich ich«, sagte er und nahm aus seinem Beutel den Dolch mit dem weißen Griff. »Ein guter Rat gefällig? Versuch nicht, jemanden zu töten, der schon tot ist.« Regal blickte von dem Dolch in seiner Hand in seine Augen, und dann tat sie etwas, womit er überhaupt nicht gerechnet hatte.

Sie wurde ohnmächtig.

Sie brauchte ein paar Minuten, bis sie wieder zu sich kam, aber mehr Zeit benötigte Jude nicht, um ihre Handgelenke und Knöchel mit etlichen Seidenschals zu fesseln, die er aus seinem Beutel nahm. Dann suchte er die Blockhütte nach seinem alten Lehrer ab. Er entdeckte weder den Mann noch eine Leiche. Wenn Regal ihn getötet hatte, hatte sie ihn vermutlich den Alligatoren im Sumpf zum Fraß vorgeworfen – das hatte Eli Jude oft angedroht, im Lauf der Jahre.

Als Regal wieder aufwachte, blickte sie auf ihre Fesseln, schloss die Augen und stöhnte. »Nein«, sagte sie. »Jetzt sag mir nicht, dass ich ohnmächtig geworden bin wie ein Schlappschwanz.«

Jude musste die Zähne zusammenpressen, um nicht zu grinsen. »Regal …«

»Ich bin ausgerastet wie irgendeine fluffige, aufgedonnerte Jane-Eyre-Schnecke.«

Jude hockte sich hin, damit er auf Augenhöhe mit ihr war, und sagte das Wort für *Schließen*. Ihr Mund klappte hörbar zu.

»Es werden bestimmte Dinge passieren«, sagte er, »und andere Dinge nicht. Was nicht passieren wird, ist, dass du schnell genug redest, um die Worte einzuflechten, die einen von Elis Abwehrzaubern aktivieren. Ebenso wenig wirst du mich genug ablenken können, um die Oberhand zu gewinnen. Passieren wird dagegen, dass ich dir ein paar Fragen stelle und geduldig auf die vollständige und ehrliche Antwort warte.« Er nahm den Dolch vom Boden, untersuchte ihn aufmerksam und stand auf. Dann ging er langsam rückwärts von Regal weg, ohne sie auch nur eine Sekunde aus den Augen zu lassen, und legte den Dolch auf Elis Werkbank. »Ich werde dir weder wehtun noch dich bedrohen. Wenn du mir nicht antwortest, lasse ich dich hier zurück, wie ich dich gefunden habe, versteckt in diesem ansehnlichen kleinen Schuppen.« Seine Worte sprudelten aus ihm heraus, ungeplant und inspiriert. Seine Tricksternatur übernahm die Kontrolle und trug wirklich dick auf.

»Nicke, wenn du verstanden hast, was hier passieren wird und was nicht passieren wird.«

Sie nickte.

»Wirst du meine Fragen beantworten?«

Sie dachte einen Moment nach, spitzte die Lippen, zuckte die Schultern und nickte.

»Das reicht mir«, sagte er und sprach das Wort für *Öffnen*. Dann zog er den einzigen Stuhl heran und setzte sich ihr gegenüber. »Also, wo ist Eli Constant?«

»Tot.«

Jude schluckte einen Ausbruch von Cayennepfeffer und verbranntem Zucker herunter. »Hast du ihn getötet?«

Die Frage schien sie zu beleidigen. »Natürlich nicht! Ich bin … Nein. Nein, ich habe ihn nicht getötet.«

»Also hast du nur dafür gesorgt, dass er getötet wurde?«

»Nein! Ich hatte nichts mit seinem Tod zu tun.«

Jude hob sein Hemd an und zeigte ihr die Reste der Wunden, die seine Haut wie Pockennarben überzogen. »Warum fällt es mir schwer, dir das zu glauben, Queens?« Er folgte einem Impuls, einem Instinkt, und sagte: »Du wärst nicht die erste Studentin der Magie, die ihren Lehrer ermordet, um seinen Platz einzunehmen.«

»Er war nicht mein Lehrer, du Blödmann! Er war mein Vater.«

Jetzt, als Jude danach suchte, sah er die Spuren von Eli in ihr. Die Form ihrer Augen, wenn auch nicht ihre Farbe. Dieses spöttische Zucken ihrer Lippen, wenn sie innerlich lachte – über einen, nicht mit einem. Er beugte sich vor, und der Stuhl knarrte unter ihm. »Sag mir, was ich wissen muss«, forderte er sie auf.

»Das ist eine lange Geschichte.«

»Ich habe buchstäblich den ganzen Tag Zeit.«

Regal verriet ihm ihren wirklichen Namen, Alafair Constant. Sie war noch ein Teenager gewesen, als Jude und Eli getrennte Wege gegangen waren. Sie hatte ihren Vater gefragt, ob sie Judes Platz als seine Schülerin einnehmen könnte. Aber Eli hatte geschworen, dass er nach Judes Mutter nie wieder eine andere Frau ausbilden würde. Regal schien zu glauben, dass nicht ihr Geschlecht ihn damals davon abhielt, sondern weil sie sein Kind war, aber welche Motivation er auch gehabt haben mochte, jedenfalls weigerte Eli sich, sie auszubilden. Das steigerte natürlich ihre Entschlossenheit, Magie zu erlernen, also brachte sie es sich selbst bei. Sie studierte Elis Bücher, wenn er unterwegs war, suchte alle Hintergassen und Hinterzimmer auf, wo sie irgendetwas über Magie lernen konnte, ganz gleich was.

Deshalb musste sie, als sie anfing, mit Jude und Mourning zu arbeiten, einen anderen Namen annehmen. Sie musste jemand anders werden als Eli Constants kleines Mädchen. Regal Sloan wurde geboren. Allerdings hatte sie das Gefühl gehabt, dass Mourning die ganze Zeit gewusst hatte, wer sie war. Denn nach dem Sturm hatte Mourning angefangen, die Lücke zu füllen, die

Jude hinterlassen hatte, und sie entsprechend auszubilden. Er hatte ihr vieles beigebracht, ihr kleine Geschenke gemacht wie zum Beispiel den Dolch. Das war eine Weile ganz nett gewesen, aber dann war sie allmählich misstrauisch geworden.

Also hatte sie mithilfe des Dolchs angefangen, Mourning auszuspionieren.

Sie hatte genug über seine Absichten herausgefunden, um zu wissen, dass es ihn nicht interessierte, wer das Kartenspiel gewann, nicht einmal, wenn es ein Monster wie der Vampir oder Cross gewesen wäre. Ihm war nur wichtig, dass er den Gewinner in der Tasche hatte. Also kündigte sie fristlos. Mourning schien über ihren Abgang nicht besonders bekümmert zu sein. Er bat sie nur, noch eine letzte Aufgabe für ihn zu übernehmen. Dafür könnte sie den Dolch behalten.

Ihr Blick glitt durch den Raum, als wollte sie überprüfen, ob etwas in Unordnung geraten war, oder als könnte sie Jude nicht in die Augen sehen. Dann hatte sie sich wieder gefasst und sah ihn an. »Das war das erste Mal, dass ich dich verraten habe«, sagte sie. Trotz seiner Wut und seines Schmerzes und seines Argwohns nahm Jude ihr das schlechte Gewissen ab, das er in ihrer Stimme hörte.

»Weil deine letzte Aufgabe darin bestand, mir die Einladung zu dem Spiel zu überbringen?«

»Nein. Das heißt, ja, aber nicht genau.« Sie rieb ihren Daumennagel an ihrem Zeigefinger. »Du warst mein Auftrag, ja, aber die Einladung, die ich für Mourning überbringen sollte, war nicht für dich bestimmt. Sie war für ihn gedacht. Du hättest eigentlich nie an diesem Spiel teilnehmen sollen, Jude.«

Nachdem er es jetzt mit den Augen eines Tricksters betrachtete, konnte Jude die perverse Brillanz des Plans erkennen. In einem geschickten Schachzug hatte Mourning ihn und Regal wieder zusammengebracht und zugleich die Natur des Spiels auf eine Art und Weise verändert, dass alle Pläne, die Dodge gehabt hatte, gestört wurden, und Jude und somit auch den Beutel aus dem Versteck locken würden. Dadurch, dass Mourning selbst dem Spiel ferngeblieben war, hatte er sich in genau die Position manövriert, in der er sein wollte. Er hatte die Kontrolle. Man braucht nicht so stark wie ein Pferd zu sein, um einen Karren zu ziehen; man muss einfach nur in der Lage sein, die Zügel zu halten. Und im Unterschied zu allen anderen, die am Tisch saßen, hatte Mourning nichts zu verlieren.

»Wenn das also dein letzter Job für Mourning war …«

»Warum ich dann getan habe, als würde ich immer noch für ihn arbeiten? Weil du tatsächlich aufgetaucht bist, mit deinem magischen Touch. Es ist genau so, wie du im St. Joe's gesagt hast, als ich dir die Einladung gab: Eine Veränderung bahnt sich an. Und ich will verdammt sein, wenn ich dabei nur Zuschauer bleibe. Mein Vater war der Magier von New Orleans. Es ist mein Geburtsrecht, und ich würde alles tun, was nötig ist, um es geltend zu machen. Einschließlich dich zu belügen, damit ich deine Magie benutzen konnte, um zu finden, was ich brauchte. Das schließt auch ein, einem Voodoo-Gott meinen Dolch zu geben, damit er dir den Beutel stehlen konnte, weil

Mourning versprochen hatte, mich zum Magier zu ernennen, wenn alles vorbei wäre. Und so aalglatt er auch sein mag, er steht zu seinem Wort. Ich habe es getan, trotz des Wissens, dass du vielleicht sterben könntest. Selbst nachdem du mir das Leben gerettet hast.«

Sie verdrehte die Handgelenke in ihren Fesseln und zeigte ihm ihre leeren Hände. Das war ein Schulterzucken und gleichzeitig eine Geste der Niederlage. Dann verstummte sie.

Etwas in Jude wollte Regal freilassen – Alafair konnte er sie nicht nennen, weil er diese Frau nie getroffen hatte – und sie dann um ihre Hilfe bitten. Er wollte ihr vergeben und vertrauen. Ein anderer Teil wollte mit seiner Magie nach ihr greifen und ihr alles Glück nehmen, bis auf den letzten Tropfen, und ihre nächsten Tage mit Schwierigkeiten und Unglück pflastern. Wieder ein anderer Teil wollte sie auf die Veranda zerren und in den Sumpf werfen. Er würde sie nicht direkt töten, sondern sie nur in eine Lage bringen, in der ihr Tod das wahrscheinlichste Ergebnis sein würde.

So wie sie es mit ihm gemacht hatte.

Stattdessen schob er das alles beiseite und konzentrierte sich auf den Grund, warum er überhaupt hierhergekommen war: Eli Constant.

»Was ich nicht verstehe«, sagte er, »ist, warum das alles jetzt passiert. Erst wird Dodge ermordet, und jetzt ist Eli tot. In dem Punkt warst du nicht ganz klar. Wie ist er gestorben? Er hat immer gesagt, er würde so lange leben …«

»Solange die Stadt lebt, ja, das hat er mir auch erzählt.

Wie sich herausstellte, funktionierte das in beide Richtungen.«

Als die Bedeutung ihrer Worte ihm aufging, war Jude froh, dass er saß. Es passierte nicht jetzt. Es war schon seit sechs Jahren im Gange. »Der Sturm«, sagte er.

Regal presste die Lippen grimmig zusammen und nickte. »Mein Vater ist schon vor Jahren gestorben, nur wenige Monate nach dem Sturm. Er sagte, er könne die Stille nicht ertragen, nachdem sie gestorben sei.«

»Sie?« Jude konnte sich denken, was sie als Nächstes sagen würde, aber er wollte hören, wie sie es aussprach. Er musste sichergehen.

»New Orleans«, sagte sie. »Der Sturm, die Flut. Es hat die Stadt getötet. Sie ist seit sechs Jahren klinisch tot, und dieses beschissene Kartenspiel soll eine ähnliche Wirkung haben wie diese Geräte in den Arztserien: Du weißt schon, ›Achtung, Defibrillation!‹. Bssssss, und dann schlägt das Herz wieder? Wenn die Stadt einen neuen Magier bekäme, eine Stimme und einen Glücksgott, würde sie wieder aufwachen.«

Das letzte Stück des Puzzles fügte sich ein. Seine Gabe, der Grund, warum Mourning Jude gebraucht hatte, warum die Stadt so angreifbar für Scarpellis Versuch war, sie zu verwandeln. Warum Cross den Beutel so unbedingt gewollt hatte. New Orleans war vor sechs Jahren gestorben.

Und wenn man starb, dann verlor man seine Stimme.

Tränen schimmerten in Regals Augen, und sie hatte die Hände zu Fäusten geballt. »Ich habe ihn angefleht wegzugehen. Ich habe ihm gesagt, er wäre nicht mehr der Magier der Stadt, er müsste sich nicht ins Grab legen und sterben. Aber er weigerte sich. Er sagte, er würde diesem Ort niemals den Rücken kehren. Obwohl jeder, der genug Macht gehabt hatte, weggegangen war, ihm den Rücken gekehrt hatte, und obwohl …« Ihre Stimme brach, als Gefühle sie überkamen, über die Jude nur Spekulationen anstellen konnte.

Regal biss die Zähne zusammen und wandte sich ab, unfähig, Jude anzusehen. Vielleicht wollte sie nicht, dass er sah, wie ihr die Tränen über die Wangen liefen. Er blieb stumm, weil er wusste, dass sie ihren Text loswerden musste. Und auch wenn er ihr nichts schuldete, schuldete er Eli Constant zumindest das.

»Mein Vater war der mächtigste, weiseste und selbstloseste Mensch, den ich jemals gekannt habe oder kennen werde.« Regal sprach abgehackt, mit kaum unterdrückter Verachtung. »Aber als er starb, war er nur ein dummer alter Mann. Deinetwegen. Er hat mir immer wieder gesagt: ›Jude wird uns retten.‹ Immer und immer wieder. ›Jude. Suche Jude Dubuisson. Er wird uns retten. Jude wird uns retten.‹ Aber das hast du nicht getan. Du hast es nicht einmal versucht.«

Jude stand auf und ging zu Elis Werkbank, nahm den Dolch, den Regal für sein Leben eingetauscht hatte, so oder so, und warf ihn neben ihr auf den Boden. »Der gehört dir«, sagte er. »Wenn ich verschwunden bin, kannst du dich damit befreien, und wir sind quitt.«

»Einfach so? Woher weiß ich, dass das nicht irgendein Trick ist?«

»Weil ich noch nicht fertig bin. Es sind jetzt schon zu viele Messer auf meinen Rücken gerichtet, Queens. Ich kann es mir nicht leisten, dass du dich noch dazugesellst.« Er streckte die Hand aus, legte einen Finger an die Mulde unterhalb ihres Kehlkopfs und sagte das Wort für *Schließen.* »Es tut mir leid«, meinte er. »Aber ich sehe keine andere Möglichkeit.«

Als er wegging, durch die Tür trat und den langen Fußweg um den Sumpf herumging, zurück in den Gestank und den Lärm des modernen New Orleans, verfluchte Regal ihn. Sie rief ihm eine beeindruckende Menge an vulgären und sehr kreativen Obszönitäten hinterher, und als sie schließlich begriff, was er getan hatte, folgten mächtige Flüche, der Ruf nach Magie, die ihn hätte blenden sollen, ihn mit Pusteln bedecken und seine Knochen hätte brechen müssen.

Aber kein Bann hatte auch nur die geringste Wirkung auf ihn. Er hatte ihr zwar die Macht des Redens gelassen, aber er hatte ihre Stimme verschlossen. Sie mochte die Tochter des Magiers von New Orleans sein, aber jetzt war sie unfähig, Magie zu wirken.

Mit einem Schnippen waren all seine Optionen verschwunden. Rache an Regal und Eli aufsuchen, abgehakt. Und wenn Eli tot war, konnte Dodge das Spiel nicht gewinnen, konnte nicht noch einmal das Glück der Stadt werden, also würde New Orleans nicht zu der Stadt werden, die sie einmal gewesen war, ganz gleich, was Mourning über Symbole gesagt hatte, die wieder restauriert werden könnten. Was bedeutete, dass es keine Option mehr war, absichtlich das Spiel zu verlieren, in der Hoffnung, dass sein Opfer Dodge gewinnen ließe.

Ihm blieb nur noch ein Weg offen: die Rote Tür.

KAPITEL VIERUNDZWANZIG

Auch wenn es unausweichlich war, dass er durch die Rote Tür ging, war Jude der Meinung, dass er diesen Schritt ja nicht sofort tun müsste. Er hatte einen ganzen Tag, um sich vorzubereiten, konnte alle möglichen Gefallen einfordern und die Stadt, die er liebte, ein letztes Mal erleben.

Er ging in seine Wohnung zurück und kleidete sich dem Anlass entsprechend. Eine ordentliche schwarze Hose, ein gestreiftes schwarzes Anzughemd, eine dunkelgraue Weste, die mit violetten, grünen und goldfarbenen Lilien bestickt war und die er jedes Jahr an Mardi Gras trug. Dazu eine ordentliche dunkellila Krawatte und schwarz-weiße Oxfords. Und zuletzt die Jutemaske, um sich vor Hēs Blick zu verbergen.

Scharf wie ein Rasiermesser, dachte er, als er sich betrachtete. Dann krempelte er die Ärmel hoch, schlang den Beutel über die Schulter und ging nach unten zu dem Cadillac, den er mit einem Shem aktiviert hatte, damit er ihn zu Elis Blockhütte brachte. Einen Moment überwältigten ihn die vielen Möglichkeiten, wie er den letzten Tag seines Lebens verbringen könnte, aber dann entschied sein knurrender Magen für ihn.

Beignets im Café du Monde – knusprige frittierte Teigstückchen, bedeckt mit klebrig süßem Puderzucker, die er mit heißem Zichorien-Milchkaffee hinunterspülte. Bitter und kräftig. Dann knuspriger Fisch im Commander's – gebratenes Forellenfilet, locker und dampfend, mit gestampftem Zuckermais und in süßem Wein pochierten blauen Krabben, eine delikate Melange aus Zucker und Lake und Kräutern. Später ein Surf and Turf Po'boy, ein typisches Cajun-Sandwich in der Parkway Tavern – ein Festmahl aus gebratenen, würzigen Shrimps in einem Roastbeef-Sandwich. Die saftige Soße durchtränkte das knusprige Baguette. Dann ein Snoball – ein Pappkarton vom Chinesen mit gestoßenem Eis in Schokoladensirup auf der Plum Street – und zum Abschluss eine Tasse Cappuccino und eine Scheibe Spumoni im Brocato's.

Wohin auch immer er ging, Jude hatte Glück.

Mit denselben Sinnen, die er im Diner am Abend zuvor eingesetzt hatte, fand er jene, die Glück im Überfluss hatten, und jene, deren Glück gerade zur Neige ging. Er nutzte seine Macht, um die Waagschalen zu korrigieren, tauschte Glücksfälle gegen Unglück und umgekehrt.

Natürlich gab es auch Ausnahmen. Ein besonders glücklicher älterer Weißer, der wusste, dass er gesegnet war und, wie er es ausdrückte, »das Universum auf ihn herablächelte«, tat sein Bestes, um diese Wohltaten mit jenen um ihn herum zu teilen. Er spendete bei Wohltätigkeitsveranstaltungen, bei Literaturlesungen und behandelte seine Angestellten mitfühlend. Oder zwei Unglücksraben, die wirkliche Arschlöcher waren und jedes Gramm Scheiße, das das Universum auf sie fallen ließ, verdient hatten. Diese wenigen Ausnahmen ließ Jude, wie sie waren.

Alle anderen fühlten so oder so die Wirkung von Judes Einfluss auf ihr Schicksal. Jedes Mal, wenn er dem Leben einer hilfsbedürftigen Person einen kleinen Dreh gab, schloss er ein bisschen mehr Frieden mit sich, und jedes Mal, wenn ein aufgeblasener, privilegierter Clownarsch ein paar Stufen herabgesetzt wurde, behielt Jude einen Hauch dieses geraubten Glücks für sich.

Denn für das, was er im Sinn hatte, brauchte er jedes noch so kleine bisschen Glück, das er zu fassen bekam.

Als er seinem Magen durch die ganze Stadt folgte, als er den Fluss in einem Nieselregen überquerte, um Leon Carter zu bitten, ihm in dieser Nacht einen Gefallen zu tun, als er Regal anrief und einen Deal machte, als er dem Cadillac befahl, langsam an dem Haus vorbeizufahren, wo er aufgewachsen war, schien die Maske zumindest Hē zu narren. Aber die Rote Tür schaffte es irgendwie, ihm zu folgen. Sie lauerte immer in seinem Augenwinkel, stets nur ein paar Schritte von ihm entfernt. Toilettentüren, Küchentüren, Notausgänge und einmal, nur zur Abwechslung, ein leerer Türrahmen in einem noch nicht fertiggestellten Gebäude. Zwischen zwei Wimpernschlägen wurden sie ausgetauscht, gegen die Rote Tür mit dem reich verzierten Türknauf.

Bald, versprach Jude der Tür. *Bald.*

Es wurde Abend, als Jude den Cadillac auf den Causeway lenkte, in Richtung von Renai, Sal und seinem Schicksal. Jude betrachtete die untergehende Sonne, als die Wolken Feuer fingen und sich die Oberfläche des Lake Pontchartrain in seine Netzhaut brannte. Er beobachtete braune Pelikane beim Fischen. Sie erhoben sich steil in die Luft, beschrieben einen gemächlichen, eleganten Bogen, zogen die Schwingen ein, schossen wie Pfeile in die Tiefe und landeten mit einem kleinen, fast schon komischen Spritzer im Wasser.

Er dachte an Regal und an Cross und den Vampir Scarpelli, und er fragte sich, ob seine Fallen sie ein Weilchen hatten aufhalten können. Er dachte an Renai und Sal und daran, was er von ihnen verlangte. An seine Mutter und alles, was sie seinetwegen erduldet hatte. Noch einmal ging er den Inhalt des Beutels durch, dachte an den Revolver, den Donnerkeil und seine Karten. Er wog die Weisheit seiner Entscheidung ab, sein Leben und seine Seele einer Handvoll verlorener Dinge anzuvertrauen. All die Gedanken ließ er durch seinen Verstand rollen, all die Drohungen und die Schatten, die Spieler am Kartentisch, die Menschen, die in ihrem Tanz mitgerissen wurden. Gedanken an magische Zauber und Hurrikans und Götter der Stadt und kompetente Spieler und unbekannte Väter, an Schicksal und Glück und Leben und Tod und das ewige Spiel, das immer wieder seine Regeln änderte.

Er dachte über den Ort, das Leben und den Mythos namens New Orleans nach.

Ein Pelikan begleitete den Cadillac. Seine langen Federn an den Flügelspitzen flatterten im Wind, als er schließlich abdrehte und verschwand. Jude fragte sich, ob der Fisch den Schatten des Vogels wohl erst sah, wenn es zu spät war, um irgendetwas dagegen tun zu können. Er stellte sich den Moment vor, die Erkenntnis, dass die plötzliche Dunkelheit etwas anderes war als eine Wolke, die sich vor die Sonne schob, malte sich den hastigen Versuch aus, die Richtung zu ändern, und dann das Gefühl, von einem hungrigen Schlund verschlungen und in Dunkelheit getaucht zu werden.

Er kannte das Gefühl.

Jude lotste den Cadillac auf den Parkplatz vor der St. Joseph's Abbey, direkt neben den Lexus, den er belebt hatte, um damit Renai und Sal über den See zu schicken. *Bruder Gus dürfte es höllisch schwer haben, das alles zu erklären,* dachte er. Wie aufs Stichwort verließ der Mönch in dem Moment die Kirche auf der anderen Seite des Schotterparkplatzes und kam auf ihn zu. Jude erinnerte sich gerade noch rechtzeitig an die Jutemaske und riss sie sich vom Gesicht. Er war sich nicht sicher, was sie Gus zeigte, und schon gar nicht, wie der Mönch damit klarkäme, wenn vor seiner Nase Magie praktiziert würde. Jude schob die Maske in den Beutel, als er aus dem Wagen stieg. Nach heute Nacht brauchte er sich nie wieder vor Hē zu verstecken.

Bruder Augustus, wie der Mönch eigentlich hieß, ergriff das Wort, noch bevor Jude etwas sagen konnte.

»Gut, dich zu sehen, mein Junge. Die Gäste deiner Mutter sind gestern Abend eingetroffen. Wir haben sie in zwei freien Zellen im Einkehrzentrum untergebracht.« Er runzelte die Stirn und schien nach den richtigen Worten zu suchen. »Werden sie zusammen mit dir heute Abend abreisen?« Er versuchte, die Hoffnung in seinen Worten zu unterdrücken, aber sie war unüberhörbar.

Wir alle reisen auf die eine oder andere Art ab, dachte Jude. »Warum?«, wandte er sich an Augustus. »Haben sie Ärger gemacht?«

Augustus machte eine Handbewegung, um anzudeuten, dass sie sich auch im Gehen unterhalten konnten. »Ganz und gar nicht. Miss Raines ist eine ganz entzückende junge Frau.« Er schien weitersprechen zu wollen, biss sich dann aber auf die Zunge, jedenfalls folgerte Jude das aus seiner Miene.

Er seufzte. »Was hat Sal angestellt?«

»Ich bin nicht ganz sicher, ob Mr. Vittori so ganz bei sich ist. Ich sah ihn, jedenfalls glaube ich das – ich glaube, ich sah, wie er …« Er senkte die Stimme zu einem Flüstern, obwohl sie weit und breit die einzigen Menschen waren und niemand sie hätte belauschen können. »… draußen vor dem Kloster defäkierte.«

Jude unterdrückte ein Lachen, als ihm klar wurde, dass Sal für den Mönch wahrscheinlich wie ein ganz normaler Mann aussah. »Er ist wohl so eine Art Freigeist. Für ihn ist die natürliche Ordnung der Dinge von höchster Bedeutung, weißt du? Wahrscheinlich wollte er damit Wasser sparen oder deinen Garten düngen oder so etwas. Keine Sorge, wir brechen bald auf.«

Augustus nickte, wahrscheinlich etwas begeisterter, als er beabsichtigt hatte. »Ich glaube, dass sie im Augenblick mit den anderen Brüdern zu Abend essen. Soll ich sie zu dir in die Gemächer deiner Mutter schicken?«

»Das wäre mir lieb, ja.«

Dort waren sie unter sich und hatten die Chance, ungestört miteinander zu reden. Und Jude konnte etwas sagen, was er schon vor langer Zeit hätte sagen sollen.

Der Raum seiner Mutter roch immer noch nach Terpentin und Ölfarben, hatte sich aber sichtlich verändert, seit er das letzte Mal hier gewesen war. Das furchteinflößende Bild einer vampirhaften Stadtlandschaft war verschwunden, ebenso viele andere Gemälde, die sich hier zuvor gedrängt hatten. Jetzt stand eine Leinwand auf einer Staffelei mitten im Raum: ein Selbstporträt seiner Mutter, die ein anderes, kleineres Bild malte, das er sich von ihr wünschte, eine Bitte, die er allerdings noch nicht geäußert hatte. Ihre Badezimmertür war wieder die große rote Tür zum Kartenzimmer. Aber jetzt bemerkte Jude, dass sie nach innen aufschwang. Jude empfand kindliche Gewissensbisse, weil er wusste, dass sie die Szene seiner Ermordung ihrem Wandgemälde hatte hinzufügen müssen, dass sie den Mord hatte mit ansehen müssen.

Ihre kräftigen Arme schlangen sich um ihn, bevor er überhaupt merkte, dass sie da war. »Mein Baby kommt und besucht mich vor seiner großen Nacht«, sagte sie. »Du machst deine arme Mutter so glücklich.« Sie schob etwas Kleines, Flaches in die Uhrentasche seiner Weste. »Bevor ich es vergesse, hier ist das, worum du mich gebeten hast.« Sie legte seine Hand auf die Tasche und tätschelte sie, verhinderte, dass Jude nachsah, ob es das war, was er brauchte. Außerdem wäre sie beleidigt gewesen, wenn er ihr nicht vertraut hätte.

»Ich habe nicht darum gebeten, Ma. Woher wusstest du, dass ich es brauchte?«

Sie winkte mit der Hand, als wäre die Frage bedeutungslos. »Du hättest schon noch gefragt. Also kommt es aufs Gleiche raus.« Sie zog einen Pinsel aus einem Becher, wischte etwas Goldfarbe von einer Palette neben sich, sank dann mit verschränkten Beinen auf den Boden und krümmte sich in einer höchst unbequemen Yogaposition, um sich mit dem Pinsel ihre Zehennägel zu lackieren.

Jude hockte sich vor sie, damit er ihr ins Gesicht blicken konnte. »Aber Ma, das ist nicht dasselbe. Ganz und gar nicht. Woher weißt du all diese Dinge?«

Sie blickte zu ihm hoch und pustete sich ein paar Haarsträhnen aus den Augen. »Na, deinetwegen, du Dummerchen. Glaubst du wirklich, ich könnte neun Monate lang einen winzigen Trickster in meinem Bauch herumtragen und nicht als eine verrückte alte Wahrsagerin enden?« Sie lachte spöttisch.

Jude musste mehrmals tief durchatmen, bevor er seiner Stimme traute und die Frage stellte, die er sich bisher nie auszusprechen erlaubt hatte. »Mom, willst du mir damit sagen, dass du weißt, wer mein Vater ist?«

Sie runzelte die Stirn. »Habe ich das nicht gerade gesagt? Ein Hallodri, ein Trickster.«

»Nein, ich meinte … Ich dachte, du wüsstest, welcher von ihnen.« Jude seufzte. »Schon gut.«

»Oh, Namen spielen da keine Rolle. In ihrem Innersten sind sie alle Trickster.« Sie lächelte ihn verschmitzt an. »Einfach nur große, alte Säcke voller selbstgerechter Empörung, mit einem raffinierten Lächeln und Bäuchen, die immer knurren. Und, natürlich, Lust.« Sie stieß ihn spielerisch mit der Schulter an. »Es brauchte fast gar keine Verführungskünste meinerseits, um deinem Daddy den Kopf zu verdrehen.« Sie stieß einen Pfiff aus. »Und er war ein Hingucker, darauf kannst du einen lassen. Genauso wie mein … Honey, was ist los?«

Jude merkte erst jetzt, dass seine Augen in Tränen schwammen, dass er versuchte zu sprechen, aber nicht gegen den Kloß in seiner Kehle ankam. »Den Kopf zu verdrehen?«, brachte er schließlich hervor. »Nicht …« Er machte irgendwelche sinnlosen Handbewegungen, unfähig, das Wort auszusprechen.

»Was meinst du, vergewaltigt? Ich bin eine Frau, Jude. Ich kenne das Wort.« Sie ließ den Pinsel auf den Boden fallen und schlang die Arme um Jude. »Aber nein, Herzchen, nein. Es war zwar nicht gerade Liebe zwischen uns, nicht so richtig, aber so war es auch nicht. Es war … nett. Und als es vorbei war, bekam ich, was ich immer gewollt hatte. Ich bekam einen süßen Jungen. Ich habe ihn den Göttern unter der Nase weggestohlen und ihn mit mir nach Hause genommen.«

Etwas zerbrach in Jude, und er begann, in den Armen seiner Mutter zu schluchzen – krampfhaft, keuchend, als sich die Topografie seiner Existenz in seinem Verstand und seinem Herzen verschob. Die Schuld, die er stets mit sich herumgetragen hatte, fiel von ihm ab und hinterließ einen Schmerz, als würden sich Muskeln, die eine schwere Last getragen hatten, entkrampfen, weil diese Bürde endlich abgelegt würde. Er weinte, während seine Mutter ihm beruhigende Worte ins Ohr flüsterte, bis die Tränen versiegten.

Dann wischte er sich das Gesicht mit dem Taschentuch ab, das ein Gentleman immer bei sich haben sollte, wie seine Mutter ihm eingeschärft hatte. Jude stand auf und hatte das Gefühl, dass er sich zum ersten Mal in seinem Leben zu seiner vollen Größe erhob.

In der Tür räusperte sich Sal. »Ich hoffe, wir stören nicht«, sagte er.

»Mein Kleiner!«, rief Judes Mutter und sprang auf. »Komm her, mein Kleiner! Komm, mein Jungchen!« Sie klatschte die mit Farbe verschmierten Hände auf ihre Schenkel. Renai drückte die Faust auf ihren Mund und kicherte. Sal blickte zu Jude hoch, seufzte, trat dann gehorsam vor und ließ sich von Lydia zwischen den Ohren kraulen. Die wusste anscheinend nicht, dass der Hund, den sie liebkoste, reden konnte. Oder es war ihr egal.

»Ich bin ja nicht gerne ein Spielverderber«, sagte Sal, »aber wir sollten euch beide langsam wirklich nach unten schaffen, glaubst du nicht? Wir haben nur Zeit bis Mitternacht.« Er leckte Lydias Fingerspitzen und gab dann ein angewidertes Knurren von sich. »Weiß deine Mutter eigentlich, dass sie vollkommen mit Farbe bekleckert ist?«

»Was die Sache mit Mitternacht angeht …«, begann Jude. »Was würdet ihr sagen, wenn ich euch beide um einen Gefallen bitten würde?«

KAPITEL FÜNFUNDZWANZIG

Er trägt eine Narrenmütze, bunte Kleider, spricht in Rätseln und in Reimen. Sie spricht die Wahrheiten aus, die niemand anders auszusprechen wagt. Sie ist das Kind, das ruft, dass der Kaiser keine Kleider trägt. Oder er ist Falstaff, ein Quell trunkener Weisheit. Sie sind Loki oder der Rabe, Kojote oder Prometheus oder Quetzalcoatl. Er ist der Überbringer des Feuers, und sie ist die Überbringerin des Schmerzes, der Spieler, der mit dem Chaos, dem Wahnsinn, der Veränderung. Der Geist in der Maschine ist seiner. Das Unsicherheitsprinzip. Die Ausnahme, die die Regel bestätigt. Das ihre sind die unbeabsichtigten Konsequenzen, die Glücksfälle, die Wendungen des Schicksals. Sie sind Mann und Frau, beides und nichts von beidem. Sie bringen Weisheit durch Spott, Wahrheit durch Lügen, Leben durch Tod. Es sind Lügner. Diebe. Trickster. Narren.

Es kostete überraschend wenig Mühe, Sal und Renai davon zu überzeugen, dass sie ihm halfen. Renai schien zu allem bereit zu sein. Er musste ihr nur versichern, dass der Beutel wirklich so funktionierte, wie er behauptete, obwohl Jude vorher nicht gewusst hatte, dass es klappen würde, bis sie es probierten. Allerdings war es auch nicht schwer, etwas zu verkaufen, wenn die einzige andere Option der Tod war.

Sal musste er daran erinnern, dass einer der vielen Vorteile seines Tricks die Tatsache sei, dass Jude anschließend noch da wäre, um dieses Stück seines verlorenen Lebens zu suchen. Er hatte es dem Psychopomp versprochen. Und falls der Trick nicht klappte, brauchte er Sal als Rückversicherung, damit er ihn aus dem Kartenraum zerrte und in die Unterwelt schaffte. Dort würde er sich dem Urteil der Throne stellen, wie er es geschworen hatte. Das könnte Jude jedoch nicht tun, wenn die anderen Spieler ihn verschlingen würden. Er erwähnte allerdings nicht, dass er ein viel zu durchtriebener Trickster war, um jetzt noch Trost im Versprechen der Umarmung des Todes zu finden.

Und da er nur noch eine Stunde zu leben hatte, der Tod auf vier Pfoten neben ihm hertrottete, er cool gekleidet und randvoll von Glück war, das er bei den übermäßig vom Glück Gesegneten abgesahnt hatte, küsste Jude seine Mutter zum Abschied. Er schlang sich den Beutel voller verlorener Dinge über die Schulter, seine Trickkiste, schob sich die Perle in den Mund und spürte, wie sich seine Lippen zu seinem besten Scheiß-drauf-Grinsen verzogen. Dann griff er nach dem verzierten Knauf, der die Rote Tür öffnen würde.

Ein überbordendes Selbstbewusstsein erfüllte ihn, ließ keinen Raum für Furcht oder Zweifel. Zum ersten

Mal seit langer Zeit, vielleicht zum ersten Mal überhaupt, spürte er die Hand des Schicksals, wusste, dass er genau dort stand, wo er sein sollte.

Der Knauf drehte sich, und die Tür schwang auf, enthüllte einen Nebel aus Rauch, das Klirren von Eiswürfeln gegen Glas, den schwachen Duft nach Zimt, das hungrige Grinsen und die abschätzenden Blicke der versammelten Götter, und den leeren Stuhl, der erneut auf Jude wartete.

Als er dicht gefolgt von Sal den Raum betrat, konnte Jude es sich nicht verkneifen, das Grinsen der Götter zu erwidern. Ihren Mienen nach zu urteilen, glaubte jeder Gott am Tisch, die besten Karten auf der Hand zu haben. Scarpelli wirkte zerstreut und starrte ins Nichts. Seine viel zu langen Finger lagen gespreizt auf seiner Wange, als wäre sein Sieg bereits ausgemachte Sache. Obwohl Hē sich darauf zu konzentrieren schien, eine Feder auf seiner Fingerspitze zu balancieren, sah Jude, wie sich seine vollkommen weißen, pupillenlosen Augen ständig bewegten und die Lage einzuschätzen versuchten. Legba, der das Mundstück seiner Pfeife zwischen den Zähnen hatte, lächelte drum herum, aber er wirkte angespannt. Der Schatten in seinen Augen hieß Cross. Hermes feixte, hatte die Füße auf den Kartentisch gelegt und tippte etwas in sein Handy. Thoths Brille hatte er auf die Stirn hochgeschoben und das Glas durch rote und grüne Linsen ersetzt.

Abgesehen von der klaffenden Wunde an seiner Kehle wirkte Dodge genauso wie in der ersten Nacht, fett, kahlköpfig. Sein stetes, fluoreszierendes Grinsen strahlte so hell wie möglich.

»Schließ die Tür, Kleiner«, sagte Dodge. »Du lässt noch das ganze Glück heraus.«

Hē ergriff das Wort, als Jude sich setzte. Er sprach mit dieser unheimlichen Stimme, die ein Echo von Judes Stimme war, obwohl der Engel seine Worte an Dodge richtete. »Du lässt zu, dass diese wandelnde Blasphemie sein Vieh mit hereinbringt?«

Sal wollte etwas sagen, aber Jude unterbrach ihn. »Er ist mein Blindenhund«, erklärte er.

Hēs Kopf ruckte herum, und der Blick dieser unmöglichen Augen bohrte sich in seine. »Du bist nicht blind«, stellte der Himmelsbote fest.

»Na klar bin ich das«, widersprach Jude. »Wie zur Hölle wäre ich wohl sonst hier gelandet?« Seine Haut straffte sich unter seinem gestohlenen Glück, als er sich auf den Stuhl setzte. Die Hitze seiner Magie strömte durch seine Adern. Er sammelte seine Karten, schob sie zu einem ordentlichen Stapel zusammen und legte die Hände darauf.

Legba lachte und nickte. »Ich glaube wirklich, der Junge hat es allmählich raus.«

Hēs Gesicht rötete sich vor Empörung, aber Dodge lachte sein dröhnendes, fröhliches Lachen. »Lass den Hund bleiben«, sagte er. Der Engel wollte Einwände erheben, aber Dodge sprach einfach weiter. »Das ist immer noch mein Spiel. Ich bin vielleicht tot, und mein Wort mag unter den Lebenden einen Scheiß bedeuten, aber bis die letzte Karte umgedreht ist, ist das hier mein Spiel. Und folglich sind es meine Regeln.«

»Da wir gerade davon reden, dass bestimmte Dinge

vorbei sind.« Scarpelli starrte Jude mit seinen toten Augen an. »Warum deckst du nicht endlich die Karten auf, hm? Du bist nämlich nur ein kleiner Appetithappen, und ich möchte allmählich mein Festmahl beginnen.«

»Ja«, sagte Hē wieder mit Judes Stimme. »Ich möchte dieses Spiel auch endlich beenden.« Hermes und Legba murmelten zustimmend. Jude sollte Angst haben, das war ihm klar. Und weil er keine Angst hatte, machte er sie nervös. Er lächelte noch stärker. Dann nahm er seine Karten und warf sie aus dem Handgelenk auf den Tisch, einfach so. Er rief sich die Rede ins Gedächtnis, die Erzählung, die er während eines langen Telefonats mit Opal Brennan, seiner Tarotkarten legenden Freundin aus dem Quarter, vorbereitet hatte. Er machte seinen Zug.

Jude schnippte die erste Karte mit dem Bild nach oben auf den Tisch. Der Magier. Er kontrollierte, dass die Perle unter seiner Zunge lag, damit ihre Magie seine Worte beeinflussen konnte. »Diese Karte steht für den, der ich einst war«, sagte er. »Ein Mann, gefangen zwischen zwei Welten, zwischen Macht und Verletzlichkeit, zwischen Göttlichkeit und Sterblichkeit.«

Er legte die zweite Karte daneben. Der Eremit, der auf dem Kopf stand. »Derjenige, der ich gewesen bin. Eine selbstbezogene und verlorene Seele, die sich von der Erleuchtung abwendet.«

Die dritte Karte war Das Rad des Schicksals. »Sie steht für all jene, die hier versammelt sind, die Glücksgötter, die Trickster, Hindernisse auf dem Weg. Die Herausforderung, die ich bewältigen muss, wenn ich Erfolg haben will.«

Der Vampir kicherte. Das Geräusch zerrte an Judes Nerven. Er schluckte und holte tief Luft. Er versuchte, ruhig zu bleiben, obwohl sein Puls unregelmäßig schlug, trotz der Magie des Glücksgottes, die wie eine Kompassnadel in seinem Verstand herumwirbelte und nach dem einen Moment suchte, den er finden musste.

Die vierte Karte war DER GEHÄNGTE, auch DER VERRÄTER genannt. »Das ist der Moment meiner Erleuchtung und des Triumphs. Hier erfuhr ich, wer ich bin und wozu ich fähig bin. Alles ist in der Schwebe.«

Etwas an der Karte oder an Judes Erklärung empörte Hē, denn seine nach Zimt duftenden Schwingen zitterten.

Scarpelli kicherte erneut. »Lass uns über Triumph reden, wenn du deine letzte Karte umgedreht hast«, sagte er. Die Götter, die gierigen Trickstergötter, beugten sich vor, ihre Aufmerksamkeit auf Judes Hände gerichtet, und warteten auf das Bild, das sich nun zeigen würde. Nur Dodge beobachtete Jude. Seine dollarscheingrünen Augen musterten ihn kühl.

Judes Magie fand ihn endlich, diesen Moment, den Augenblick, an dem sein Schicksal hing. Er packte es und mit seinem gesamten Glück, jedem Gramm, das er besaß, gab er ihm einen Dreh.

Mit einer Berührung veränderte Jude die Karte auf dem Tisch und tauschte sie gegen die aus, die in seiner Westentasche steckte. Dann schnippte er diese letzte Karte herum: DER NARR. Die Götter am Tisch stöhnten und fluchten. Die Karte zeigte Jude in einem bunten Harlekinskostüm, einen Stab über der Schulter, den Magierbeutel über den Rücken geschlungen, und Sal neben ihm, wie er lächelnd über den Rand einer Klippe trat. »Das ist meine Zukunft«, sagte Jude. »Das ist meine Bestimmung. Und das bin ich – das Glück von New Orleans.«

Die anderen Götter fuhren alle gleichzeitig zu Dodge herum. Jude sah es auf ihren Gesichtern, fühlte die Ungläubigkeit, die sie ausstrahlten. Sein Blick wanderte von dem Vampir zu dem gefallenen Engel zu dem Loa zu dem Dieb, und er wusste, dass seine einzige Hoffnung ein schneller Tod war, wenn sein Trick scheiterte, ein schneller Tod und ein noch schnelleres Vergessen. Er begegnete Dodges Blick und sah in seinen Augen, dass der ermordete Gott wusste, was Jude getan hatte. Vielleicht hatte er schon die ganze Zeit gewusst, dass genau dies passieren würde. Judes Herz setzte einen Moment lang aus, als die Furcht ihn durchbohrte. Er hatte die Würfel rollen lassen, hatte seine Hand ausgespielt, und er hatte beide Male verloren. Er holte tief Luft, um das Wort *Brenne!* auszustoßen, sein Signal an Sal, dass die ganze Nummer schiefgegangen war.

In dem Moment begann Dodge zu lachen.

»Ich will verflucht sein!«, dröhnte er. Er hielt Jude die Hand hin. »Lass mich dir als Erster gratulieren.«

Jude griff wie betäubt über den Tisch, während er darauf wartete, dass Dodges Trick wirkte, und berührte die Hand des toten Glücksgottes. Fleisch an Geisterfleisch. Seine Gabe rauschte in ihm, identifizierte alles, was Dodge verloren hatte. Jude sah eine Kindheit, die Hunderte von Jahren gedauert hatte. Dodge, der mit anderen seiner Art, den Feen, durch unberührte Wälder in einem endlosen Sommer in einer Welt vor oder nach der Welt der Menschen umherlief. Er sah eine Zeit in Frankreich, wo Dodge Renaud Reineke Fuchs gewesen war, der gerissene Trickster aus den alten Fabeln. Er sah, wie Dodge in ein frisch geborenes New Orleans kam, den gestohlenen Beutel seines Vaters in der Hand und den Kopf voller Pläne, so vieler Pläne. Sie erstreckten sich bis in das nächste Jahrhundert, bauten die Stadt neu auf, belebten sie wieder, heilten ihre Wunden und sorgten dafür, dass sie Stürme und Tumulte und die heraufziehende Dunkelheit am Horizont überleben würde. Er sah die Nacht, in der diese Pläne endeten, als das Kartenspiel, das die letzte Stimme der Stadt aus der Reserve locken sollte, so schrecklich schiefging.

Die Nacht, in der Dodge von einem gefallenen Engel namens Hē ermordet wurde.

Dodge packte Judes Hand fester und riss ihn herunter. Jude spürte einen Luftzug über seinem Nacken, hörte, wie etwas Scharfes durch die Luft zischte, als er stürzte. Eine von Hēs Klingen flog wispernd an seinem Kopf vorbei. Sein Blickfeld verengte sich zu einem feinen Punkt, während Adrenalin und Magie durch seine Adern rauschten. Er kippte seinen Stuhl um, als er zu Boden stürzte, und riss dabei seinen Beutel mit, der sich öffnete. Jude packte ihn, griff hinein, und seine Finger kribbelten, als sie ihn zu dem verlorenen Gegenstand führten, den er suchte, als er seine Hand bis über den Ellbogen hineinschob, bis zur Schulter, und die Dreadlocks einer jungen Frau berührte, dann ihr Handgelenk umklammerte und in einem gewaltigen Zug Renai in das Kartenzimmer zerrte.

»Der Engel!«, schrie er. »Schieß auf den Engel!«

Hē sprang auf den Tisch, fegte Drinks und Spielkarten herunter und spreizte die Schwingen. Der Geruch nach Zimt war überwältigend, und über seine Lippen drangen unverständliche Laute. Jude richtete sich auf, während Renai mit dem Revolver, den er Regal weggenommen hatte, auf den Engel zielte und abdrückte. Die Waffe gab nur ein klägliches Klicken von sich. Sie versuchte es erneut, doch wieder war die Kammer der Trommel leer. Jude holte tief Luft, es brannte wie Feuer in seinem Hals, und er machte sich bereit, seine Flammen auf Hē zu schleudern. Aber dann bockte die Waffe in Renais Händen, und ein Donnern ertönte in dem Zimmer. Hē wischte mit der Hand die Kugel fast beiläufig zur Seite, so wie man eine Fliege verscheucht. Renai feuerte noch zweimal, mit demselben Ergebnis, während der gefallene Engel immer näher kam. Er ignorierte die junge Frau mit der Pistole vollkommen und riss Jude an seiner Hemdbrust hoch, wie ein Hündchen, das man am Nacken gepackt hat.

Jude griff mit bloßen Fingern nach dem Handgelenk des himmlischen Boten, und wieder brauste seine Gabe durch ihn hindurch, offenbarte ihm, was Hē verloren hatte. Jude sah Hē im Paradies, als er seinen Namen bekam und eine Aufgabe. Hē. Fünf. Der Fünfte. Er sah, wie Hē den Stamm Issachar beschützte, den fünften Stamm Israels. Er sah, wie der Engel das Vieh in Ägypten mit der fünften Plage verseuchte. Er sah, wie Hē die fünfte Posaune gereicht wurde, diejenige, die die erste der sieben Plagen der Endzeit ankündigen würde. Hē nahm die Posaune, spürte ihre fürchterliche Macht und wurde von einem Impuls durchzuckt, den er noch nie zuvor empfunden hatte. Er wollte wissen, warum so etwas sein musste – dass Engel geschaffen worden waren, ohne über eine Stimme zu verfügen, mit der sie etwas hinterfragen konnten, wenn sie überhaupt die Eigenständigkeit besessen hätten, dergleichen zu tun. Er fühlte jedoch das Verlangen, auch diese Entscheidung infrage zu stellen, zweifelte an der Weisheit, Wesen zu schaffen, die vollkommen dienstbar waren. Und als sich diese Frage in Hēs Verstand bildete, berührten seine Engelsfüße zum ersten Mal in der ewigen, gehorsamen Existenz des Himmelsboten den Boden.

Jude sah all das und noch mehr, wusste jetzt, warum Hē immer mit einem Echo seiner eigenen Stimme gesprochen hatte, verstand, warum der Himmelsbote zum Mörder geworden war, und sah, wer den Engel überhaupt zu diesem Spiel eingeladen hatte.

Der gefallene Engel heulte Jude wütend ins Gesicht und benutzte alle Stimmen, die er den Opfern gestohlen hatte, die Jude auf dem Wandgemälde seiner Mutter gesehen hatte. Sal sprang Hē knurrend von hinten an, aber die gewaltigen Schwingen schlugen einmal und schleuderten die Hundegestalt zu Boden. Über die Schulter des Engels hinweg konnte Jude die anderen Götter sehen, die entspannt um den Tisch herumsaßen und sich mit ihrer Rolle als Zuschauer begnügten. Sie genossen einfach nur die Show. Hē hob eine Hand, hielt im nächsten Moment eine Lichtklinge zwischen den Fingern und drückte sie an Judes Hals, um seine Stimme der von Tommy, Renai, Dodge und Thoth hinzuzufügen.

Jude atmete tief ein, sammelte seine Wut und seine Magie und spie mit einem Machtwort dem Engel Feuer ins Gesicht. Hē schleuderte ihn von sich weg. Jude rollte über den Boden, kam auf die Füße und rannte weiter. Der Beutel schwang in seiner Faust. Er schoss durch die Tür, die zu dem Anwesen auf den Elysischen Gefilden führte, rannte durch den Gang, so schnell er konnte, in Richtung Ballsaal und, wie er hoffte, in einen Raum, wo er mehr Bewegungsfreiheit hatte.

So weit, so gut, sagte er sich.

Jude aber platzte in das helle Licht, die Musik und das Gelächter der niemals endenden Party der Toten. Er fluchte, drängte sich durch die Menge, stieß gegen eine Person nach der anderen, deren kalte Geistergestalten seine erhitzte Haut zu verbrennen schienen. Dann stieß er einen Schrei aus, und die Gewalt seiner lebendigen Stimme bannte ihre Aufmerksamkeit. Sie bildeten eine Gasse vor ihm. Er hatte fast die Tür erreicht, die ihn in das Gelände der Unterwelt hätte entkommen lassen, aber sie schlug unmittelbar vor ihm zu. Er drehte sich um. Auf der anderen Seite des Ballsaals schwebte Hē im Gang, der zum Kartenzimmer führte. Er hatte die Flügel über den Kopf gestreckt, und seine unheimlichen Augen glühten vor Mordlust. Renai baumelte in der Hand des Engels, lebendig und wach, aber zu verängstigt, um sich auch nur zu rühren. Sal humpelte hinter ihm durch den Gang. Rauch stieg von Hēs Gesicht auf, wo Judes Feuer ihn verbrannt hatte, ohne eine Spur zu hinterlassen.

»Komm schon, Jude, lauf nicht weg«, sagte Hē mit Tommys Stimme. »Kämpf nicht dagegen an.« Er tätschelte Renais Dreadlocks. Als der Engel weitersprach, gebrauchte er ihre Stimme. »Es ist ganz nett hier bei uns.«

»Du musst aufgehalten werden«, sagte Jude und griff in seinen Beutel, als Hē sich näherte. Er fürchtete sich vor dem, was jetzt kam. Seine kribbelnden Finger fanden, was sie suchten, und als er es packte, schoss Schmerz durch seinen Arm. »Was du tust, ist falsch.«

»Ist es nicht.« Hē sprach in einer rasselnden, gedehnten Stimme, in der Jude erst nach einem Augenblick die von Thoth erkannte. »Es ist die Natur der Dinge. Wir alle werden am Ende eins.« Der Engel war jetzt nur noch ein paar Schritte von ihm entfernt. Sal schleppte sich immer noch auf sie zu, quer durch den Ballsaal, aber er kam viel zu langsam voran, um rechtzeitig da zu sein.

»Renai, jetzt!«, schrie Jude, zog Eli Constants verwünschten Revolver aus dem Beutel und schleuderte ihn ihr zu. Renai zappelte in Hēs Griff, als der Revolver auf sie zuwirbelte. Jude hatte nicht mehr allzu viel Glück übrig, aber er griff noch einmal danach, gab ihm einen Dreh und hoffte, dass sich sein Wagnis auszahlte. Als das letzte Tröpfchen seines gestohlenen Glücks versickerte …

… landete der Griff des Revolvers mit einem Klatschen in der Handfläche des Engels.

»Jackpot!«, rief Hē jetzt mit Dodges Stimme. »Willst du mich mit diesem Unsinn verwirren? Wie viele Feuerwaffen willst du noch ausprobieren, bevor du dir etwas anderes ausdenkst?«

»Die hier ist anders«, flüsterte Renai.

»Renai, nicht!«

»Ruhe!«, fuhr Hē Jude mit Dodges Stimme an und

zielte mit dem Revolver auf ihn. Jude nahm die angemessene Haltung ein und streckte beflissen die Hände in die Luft. »Verstehst du das nicht, Jude? Ich habe schon gewonnen. Ich werde mir deine Stimme holen, und dann werde ich die Stimme dieser Stadt besitzen. Wenn ich fertig bin, wird die ganze Welt wissen, was es heißt zu schweigen.« Er musterte Renai mit einer sanftmütigen, mitleidigen Miene. »Inwiefern ist sie anders, Kind? Sag es mir, dann gebe ich dir deine Stimme zurück.«

Renai liefen die Tränen über die Wangen, als sie dem Engel das erzählte, was Jude ihr gesagt hatte. Dass der verfluchte Revolver alle Schuld und Schmerzen eines verschwendeten Lebens in sich trug und dass er in den richtigen Händen genug Macht hatte, einen Gott zu töten.

»Wirklich?« Der gefallene Engel sprach jetzt mit Judes Stimme, diesmal ohne Echo. Nur mit der Stimme, die Jude hörte, wenn er selbst sprach. »Sie fühlt sich jedenfalls besonders an. Finden wir es heraus.« Sal schrie, Renai kreischte, und Jude stieß das Wort für *Brenne!* hervor.

Hē drückte ab.

Der Revolver implodierte und sog alles ein, statt etwas auszustoßen, in einem unheimlichen rauschenden Schweigen anstelle eines lauten Knalls. Es gab einen kurzen Sog durch ein Vakuum, ein Wirbeln von Licht und Schatten, dann fiel der Revolver mit einem dumpfen Knall auf den Boden, wo Hē gestanden hatte. Der Engel war verschwunden.

Du hättest wissen müssen, dass du einem Trickster nicht vertrauen kannst, Arschloch!

Elis Fluch war zweigeteilt gewesen: Der Revolver übertrug den Schmerz seines ursprünglichen Besitzers auf jede unschuldige Seele, die ihn berührte – und wenn es ihn selbst schon schmerzte, das hatte Jude begriffen, musste es für Renai die reine Qual gewesen sein. Außerdem machte der Fluch ihn zu einem Magneten, zu einer Falle für die Sünder. Wenn eine verruchte Person versuchte, diesen Revolver zu benutzen, würde er alle Sündhaftigkeit aus ihr heraussaugen. Für jemanden wie Hē, dessen ganze Essenz pervertiert und verdorben war, war sie ein schwarzes Loch.

Am Ende hatten sie dem Engel die Wahrheit gesagt: In den richtigen Händen konnte die Waffe einen Gott töten.

»Das hast du gut gemacht, Kleine«, sagte er zu Renai, als er ihr auf die Füße half. »Die Tränen waren übrigens ein hübsches Accessoire.«

»Wirklich? Ich schon hatte Angst, dass ich es vielleicht übertrieben hätte.«

»Mit mir ist alles cool«, jaulte Sal etwas weinerlich. »Kümmert euch nur nicht um das verletzte Tier. Alle lieben dreibeinige Hunde.«

Bevor Jude etwas sagen konnte, verdrehte Renai die Augen und wandte sich zu ihm um. »Sind alle Psychopomps solche Babys? Wenn du doch nur, ich weiß nicht, zum Beispiel … *fliegen* könntest?«

Sal blinzelte. »Oh.«

Während der Psychopomp seine Rabengestalt herauswürgte, nahm Jude sein Taschentuch und hob damit den verfluchten Revolver auf. *Ich hasse diese Scheißpistolen!,* dachte er. »Gewalttätige Mittel führen immer zu einem gewalttätigen Ende.«

Renai verdrehte die Augen. »*Bei Romeo und Julia* heißt es: ›So wilde Freude nimmt ein wildes Ende …‹«

Jude grinste. »Habe ich doch gesagt.«

Sie ignorierte ihn. »Was jetzt?« Renai zuckte zusammen und kicherte dann, als Sal auf ihre Schulter flatterte.

»Jetzt finden wir heraus, ob ich wirklich ein glücklicher Narr bin.«

Als Jude Dodges Kartenzimmer wieder betrat, saßen alle noch so da, wie er sie zurückgelassen hatte, als wäre nichts Besonderes passiert. Der Vampir starrte auf das Display seines Handys, Hermes erzählte, seinen Handbewegungen zufolge, Dodge gerade einen schmutzigen Witz, und Legba hatte den Strohhut über die Augen gezogen und schien zu dösen. Hinter jedem Gott befand sich eine Rote Tür, dasselbe Arrangement wie immer, wenn Jude sich zu lange in diesem Raum aufhielt. Es war ihr eigener persönlicher Eingang zu dem Kartenspiel.

Jude ließ sich auf seinen Stuhl sinken, sein Körper war schwach, und er zitterte, und der Revolver fühlte sich schwer wie Blei in seiner Hand an. Er ließ ihn neben sein ausgebreitetes Blatt fallen und schob die Karten zusammen, eine über die andere. Als er den Schmerzen in seinen Muskeln und Gelenken nachspürte, bedauerte er kurz, dass er Renais jugendlichen Körper für seinen verlassen hatte. Er hätte die Götter gern gefragt, warum keiner verschwunden war, aber in dem Raum herrschte eine erwartungsvolle Atmosphäre, also wartete er, sah sich um, blickte von Gottheit zu Gottheit und dann auf den Stapel aus Münzen und anderen Schuldscheinen und Einsätzen in der Mitte des Tisches.

Dann begriff er, warum sie geblieben waren: Er hatte die Götter bei ihrem eigenen Spiel geschlagen. Er hatte gewonnen.

Und jetzt mussten sie ihre Schuld begleichen.

Jude raffte die Einsätze zusammen, die Hē verteilt hatte. Er unterdrückte seinen Ekel angesichts der Zähne, die Scarpelli benutzte, und stapelte seine Dublonen vor sich. Dabei erinnerte er sich an das, was Dodge gesagt hatte, damals, als er das Spiel begonnen hatte. *Ein zu kleiner Einsatz bedeutet, dass du die Entscheidung verwirkt hast.* Wenn er es richtig verstanden hatte, hieß das, dass er jetzt von ihnen verlangen konnte, was immer er wollte, so wie sie es mit ihm getan hatten. Er fühlte sich wie ein Kind zu Weihnachten, weil er nicht wusste, mit welchem Geschenk er anfangen sollte. Dann sah er Sal auf Renais Schulter hocken und erinnerte sich daran, dass er nicht mehr allzu viel Zeit hatte. Und ihm fiel auch wieder ein, wessen Schuld das war.

Er drehte sich zuerst zu dem Vampir herum. Scarpelli säuberte seine Nägel, als wäre ihm sterbenslangweilig. »Verlange von mir, was du willst – trotzdem wird diese Stadt ohne einen Magier oder eine Stimme sterben. Heute? Morgen? Wie lange wird es dauern, bis sie für immer untergeht? Und sich als meine Sklavin wieder erhebt? Du kannst dich nicht vor mir verstecken, und ich werde dir dein Glück Tropfen für Tropfen aussaugen.«

Jude lächelte. »Du übersiehst das Wesentliche, Vampir.«

»Ach? Und was wäre das?«

»Dass ich mein Herz gefunden habe.« Dodge und Legba lachten, weil sie es begriffen hatten, während der Vampir noch im Dunkeln tappte.

Scarpelli schnaubte nur verächtlich und ließ einen Finger langsam kreisen. »Trallali, Trallala, wie schön für dich«, sagte er.

»Ich habe mein Herz gefunden«, wiederholte Jude. »Und es ist hier, in dieser Stadt.« Scarpelli kniff die Augen zusammen. Ganz offensichtlich dämmerte es ihm jetzt, denn er erhob sich vom Tisch … und schwebte darüber. Sein ganzer fleckiger Leichenkörper erhob sich in die Luft, und er fletschte die Reißzähne. Selbst Legba wich zurück.

»New Orleans ist mein Heim, Vampir«, sagte Jude ruhig und selbstsicher. »Und ich kann mich nicht erinnern, dich in mein Heim eingeladen zu haben.« Bevor Scarpelli etwas sagen, eine Drohung ausstoßen, fliehen oder eine bissige Bemerkung machen konnte, bevor er sich auf Jude stürzen konnte, noch bevor er auch nur seinen Gesichtsausdruck verändern konnte, verschwand er. Er hinterließ nur einen schwachen Geruch nach Blut.

»Über deine Schulden reden wir später!«, rief Jude ihm todernst nach. Allmählich fing die Sache an, ihm Spaß zu machen. Er warf einen Blick auf Sal. »Ist es falsch, wenn ich hoffe, dass es ihm richtig wehtut?«

Legba ergriff das Wort, bevor Jude ihn ansprechen

konnte. »Bevor du eine Forderung an mich stellst«, sagte er, »sollten wir vielleicht über das hier reden.« Der Loa griff in seine Tasche und zog die Silbermünze heraus, die Jude ihm im Austausch für Renais Passage durch die Unterwelt gegeben hatte. »Falls du dich erinnerst, ich habe mein Geld auf dich gesetzt.« Er zuckte mit den Schultern. »Ich habe dich gewarnt: Es ist immer ein Preis zu zahlen.«

Jude lachte. »Ich habe gerade dasselbe gedacht«, sagte er.

Legba hatte nicht erwartet, dass Jude amüsiert sein könnte. »Habe ich was Lustiges gesagt?«, fragte er. Etwas flackerte hinter seinen Augen, eine Präsenz, die Jude erkannte: Cross. Und Sal hinter ihm murmelte etwas, das so klang wie: »Vorsicht.«

»Ganz und gar nicht«, antwortete Jude Legba. »Ich dachte nur, wie nett es ist, wenn man im Voraus bezahlt wird.« Jude erzählte Legba dann, wie er Leon Carter gefunden hatte, und betonte, er wüsste, dass Leon Johannes der Eroberer sei, seiner Trompete beraubt und im Stich gelassen. Er schilderte, wie er zweihundert Jahre seines Lebens eingetauscht hatte, um das Instrument zurückzubekommen. Dabei hoffte er, dass es Renai nichts ausmachte, wenn er ihre Beteiligung an dem Ganzen in seiner Schilderung ausließ. Und falls doch, so wusste er schon, wie er es wiedergutmachen konnte.

Papa Legba und Mait' Carrefour kämpften kurz um Dominanz, aber schließlich gewann die alte und wohlwollende Seite des Loa und behielt die Kontrolle. Um seine Augen bildeten sich Lachfältchen. »Dann schulde ich dir meinen Dank und betrachte die Angelegenheit als geregelt.« Er stemmte sich mithilfe seines Gehstocks hoch und ging schnell, trotz seiner äußerlichen Gebrechlichkeit, zu seiner Roten Tür.

»Hast du nicht etwas vergessen?«

Legba drehte sich um und tat so, als wäre er überrascht. Jude deutete auf die Spielmarken auf dem Tisch.

Legba grinste erneut und schlug sich mit der Hand gegen die Stirn. »Verflucht soll dieser alte, senile Kopf sein«, sagte er. »Ich würde ihn noch vergessen, wenn er nicht so fest angenäht wäre.«

Plötzlich fiel jede Belustigung von ihm ab. »Was verlangst du?«

»Die beiden«, sagte Jude und deutete auf Sal und Renai. »Begleite sie zurück zu den Thronen und plädiere für ihre Sache. Salvatore sollte nicht bestraft werden, nur weil das Herz, das er finden sollte, zufällig einem Unsterblichen gehört. Und Renai kann nicht dafür verantwortlich gemacht werden, dass sie sich für einen Trickster verbürgt hat. Sicher werden die Throne auf dich hören.«

Legba leckte sich die Lippen und dachte nach. »Der Psychopomp dürfte kein großes Problem sein. Aber das Mädchen, fürchte ich, war schon zu lange aus dem Leben, um dorthin zurückzukehren. Und die Waage würde ihr auch nicht weiterhelfen, angesichts ihrer langen Zeit in Gesellschaft von Leuten wie dir.«

Sal stieß Renai den Schnabel in die Schulter. »Au«, beschwerte sie sich. »Was soll das?«

»Sag es ihm.« Es klang, als knirschte er mit den Zähnen, obwohl er als Rabe keine hatte.

»Also …«

»Ja, Kind?«

»Ich habe nachgedacht«, begann Renai. »Ich bin überhaupt nicht sicher, ob ich schon bereit bin weiterzuziehen. Vielleicht wäre ich ja ganz gut in dem, was Sal macht. Ich meine, als Escort für tote Seelen.« Sie grinste, viel zu mutwillig und schön und gut, um von dieser Welt zu verschwinden. »Ich meine, wenn Sal das kann, wie schwer soll es dann schon sein?«

»Ich habe ja auch nur eine Halbtagsstelle«, murmelte Sal auf ihrer Schulter.

»Wenn du das nächste Mal Barren triffst«, sagte Jude, »lass ihn wissen, dass wir uns darüber unterhalten müssen, was passiert, wenn Baron Criminel mit spitzen Dingen herumspielt.«

Legba sagte nichts, sondern lächelte nur großväterlich, grüßte Jude mit einem Tippen an seinen Strohhut und führte die beiden Psychopomps durch seine Rote Tür. Auf dem Weg hinaus drehte sich Sal um.

»Wir sehen uns, Jude«, sagte er. »War mir ein Vergnügen.« Dann waren sie verschwunden.

Hermes fing an zu reden, sobald Jude in seine Richtung blickte. »Ich bin nur als Beobachter hier«, sagte er, »da alle Vereinbarungen, die du mit Thoth getroffen hast, im Moment seines vorzeitigen Ablebens null und nichtig geworden sind.« Er sprach so präzise wie ein Anwalt, der sein Schlussplädoyer hielt, und sein Tonfall war so glatt wie der eines gerissenen Gebrauchtwagenhändlers. Jude vermutete, dass er nichts von diesem »Null und nichtig«-Blödsinn zur Sprache gebracht hätte, wenn Hermes/Thoth gewonnen hätte.

»Selbstverständlich«, kam Jude dem zuvor, was der griechische Tricksterdgott als Nächstes sagen wollte. »Das ist vollkommen logisch.«

Hermes leckte sich den Mundwinkel, und der Anflug eines Lächelns lag auf seinen Lippen. Jude wusste nicht, ob Hermes klar war, dass er die Masche durchschaut hatte, oder ob er sich wirklich für so gut hielt. Jedenfalls spielte er mit. »Genau genommen sollte ich dir sogar etwas für deine Mühe geben.«

Jude nahm den Revolver, obwohl allein die Berührung und sein Anblick ihn mit Ekel erfüllten. Das Ding hatte einem Gott den Garaus gemacht, war ein Instrument der Vernichtung. Hermes rührte sich nicht. Er zuckte weder zusammen, noch sagte er etwas. Jude öffnete die Trommel und schüttelte die restlichen Kugeln auf den grünen Filz des Pokertisches. Dann ließ er die Trommel zuschnappen und schob die Waffe über den Tisch zu Hermes.

»Du bist der Gott der Reisenden, richtig? Und der Diebe? Nimm das Ding auf deine Reise mit. Bring es weit weg, und dann verschließe es an einem Ort, wo kein Dieb es jemals finden kann.« Jude schob die Kugeln zusammen und ließ sie in seinen Beutel fallen. »Die verwahre ich hier. Was auch immer du tust, verlier nur diesen Revolver nicht. Ich will dieses verfluchte Ding nie wiedersehen.« Jude hatte das Gefühl, dass diese Waffe sehr schwer gegen ihn wiegen würde, wenn er das nächste Mal sein Herz in die Waagschale vor den Thronen legen musste.

Hermes nahm die Waffe mit zwei Fingern, als hätte er

Sorge, dass sie auch ihn beschmutzen könnte. Er nickte kurz und verblasste, ohne sich die Mühe zu machen, die Tür zu benutzen. Sein Lächeln war das Letzte, was verschwand.

Jude blieb allein mit Dodge zurück.

»Nicht schlecht, Kleiner«, sagte Dodge. »Ganz und gar nicht schlecht. Ich habe schon seit einer Ewigkeit keinen so frechen Betrug mehr erlebt.« Jude rollte die Perle in seine Wange, dankbar für die magische Hilfe, die sie seiner Stimme geleistet hatte. Das Wort für *Brenne!* lag ihm nach wie vor auf der Zungenspitze. Er wartete immer noch darauf, dass irgendetwas ganz hässlich wurde, dass Hē zurückkehrte und ihm die Kehle aufschlitzte, wartete immer noch auf den Moment, an dem er das Streichholz anzünden und dann so schnell wie möglich davonlaufen musste.

»Woher wusstest du es?«, fragte Jude.

»Dass du betrogen hast?« Dodge zuckte mit den Schultern und nahm seinen Zigarrenstummel aus dem Aschenbecher. »Ich hätte es auch getan. Alle, die in diesem Raum waren, haben es versucht. Ich verstehe nur nicht, wie du es gemacht hast. Wo, im Namen von Oberons Hodensack, hast du genug Macht herbekommen, um dein eigenes Schicksal zu ändern?«

»Das habe ich nicht.« Jude griff in seine Westentasche und zog die Karte heraus, die sein wirkliches Schicksal zeigte. »Ich habe mein ganzes Glück aufgebraucht, um das Schicksal so zu ändern, dass keiner von euch merkte, wie ich das hier«, er hob die Karte hoch, die Dodge ihm gegeben hatte, »gegen den Joker austauschte, den ich in meiner Tasche versteckt hatte.« Die Karte, die seine Mutter mit dem Bild von Jude als DER NARR übermalt hatte.

»Ha!« Dodge lachte und hustete röchelnd, während ihm die Tränen in die Augen stiegen.

»Ich dachte mir schon, dass ihr alle nach irgendetwas Großem Ausschau halten würdet«, sagte Jude, als der tote Gott sich erholt hatte und ihn wieder hören konnte. »Also habe ich mich für etwas Kleines entschieden.«

Dodge lachte immer noch und schüttelte den Kopf. »So etwas wie kleine Magie gibt es nicht«, sagte er. Er griff über den Tisch, nahm die Karte, die er selbst verteilt hatte, aus Judes Blatt und drehte sie um, um sie ihm zu zeigen. Es war DER NARR, und die Karte sah genauso aus wie die, die seine Mutter gemalt hatte. Es war das Schicksal, das er sich selbst geschaffen hatte.

»Ich verstehe nicht«, sagte Jude.

»Was, verflucht, glaubst du denn, ist Magie? Es geht nicht immer darum, Stürme zu beschwören und die Toten zum Leben zu erwecken, Jude. Sondern es geht um *Tricks*. Um Veränderungen der Wahrnehmung. Du hast einen ganzen Raum voller Glücksgötter zum Narren gehalten. Wie würdest du das nennen, wenn nicht große Magie?« Er rieb mit dem Daumen an einer Ecke von Judes Karte etwas frische Farbe ab. »Und wenn sie schon vorher verschmiert wäre?«

»Dann wäre ich am Arsch gewesen«, sagte Jude und stimmte in Dodges Gelächter ein. Es funktionierte. Es hatte tatsächlich funktioniert. Er hatte sein Schicksal verändert. Er versuchte, nicht darüber nachzudenken, was seine fünfte Karte im anderen Fall hätte sein können. Erleichterung strömte warm durch seinen Körper, so mächtig wie Magie.

Dodge leerte sein Glas, und dann wurde sein Lächeln kalt und hart. »Dir ist klar, dass wir beide noch nicht fertig sind, stimmt's?«

»Ja, ich hatte so ein Gefühl.« Dodge war immerhin ebenso ein Trickster, wie alle anderen in diesem Raum es gewesen waren. Dass er tot war, änderte nicht das Geringste daran. Das Einzige, was Dodge von den anderen unterschied, war, dass er Jude nie unterschätzt hatte. »Also, was schlägst du vor?«, wollte Jude wissen.

Jeder Anflug von Ungehobeltheit oder Stumpfheit verschwand aus seiner Haltung. »Ich kann nicht weitermachen, wenn ich ich bleibe. Also …« Er tippte auf die Karte des NARREN. »Bitte mich darum. Fordere von mir, dich zu dem zu machen, was ich bin. Sobald du das Glück dieser Stadt bist, kann ich meine Haut abschütteln, wie Thoth es tat, und etwas vollkommen Neues werden. Das ist eine Win-win-Situation für uns beide.«

»Was macht dich glauben, dass ich nicht schon ihr Glück bin?«

»Das bist du nur dem Namen nach, Chef. Du hast den Mumm dafür, das gestehe ich dir zu, aber du hast noch nicht den Saft. Lass mich ihn dir geben.« Er streckte die Hand über den Tisch aus, und ein hartes Licht strahlte aus seiner Haut. »Nur eine Berührung«, sagte er, »und meine Göttlichkeit gehört dir.« Jude fand, dass Dodge so hell strahlte wie Mourning, sogar heller. Waren die überheblichen Mistkerle, denen er das Glück gestohlen hatte, ein Mond an einem wolkenlosen Tag, so glich ein Blick auf Dodge einem Blick in die Sonne.

Jude wollte schon die Hand ausstrecken, als er innehielt. Er unterdrückte ein Grinsen.

Fast hätte der Mistkerl mich reingelegt, dachte er. »Und was noch?«, wollte er wissen.

Dodge hob fragend eine Braue, hielt den Arm weiterhin ausgestreckt, und seine Miene war aufrichtig.

»Ich will wissen, was noch mit deiner Göttlichkeit zu mir kommt. Wie viel von dir kommt bei diesem Ausflug mit? Nur dein Glück? Oder habe ich auch deine Gedanken und Ziele und Absichten die ganze Zeit im Hinterkopf? Oder ist es so wie bei den Loa und ihren Priestern, wo du im Sattel sitzt und die Zügel hältst und ich dein Pferd bin?« Jude verschränkte die Arme und sah zu, wie die Maske des mitfühlenden Dodges zersplitterte und von einem hässlichen, gierigen Lächeln verdrängt wurde. »Du würdest von mir Besitz ergreifen, von meinem Körper, meiner Seele, wie ein Vampir bei einer frischen Leiche? Wenn ich deine Hand nehme, wer geht dann durch diese Tür, Dodge? Ich oder du?«

Der Raum füllte sich mit dem Geruch eines Waldes: Kiefern, Erde und eine Andeutung von Regen. Als Dodge sprach, schimmerten die nadelspitzen Zähne eines Fuchses in seinem Mund. »Und welche Tür wäre das wohl?«, fragte er. Seine Stimme hatte jetzt einen französischen Akzent.

Jude stand auf, schulterte den Beutel, als die Türen in dem Raum anfingen, sich zu drehen wie ein Brummkreisel, und die Wände zu einem verschmierten roten Fleck verschwammen. Als stünden die beiden Glücksgötter im Auge eines Hurrikans.

Dodges Zimmer, Dodges Regeln.

Der tote Glücksgott schrumpfte vor ihm zusammen. Sein massiger Körper schmolz, und sein Gesicht war eingefallen, so dünn wie bei einem Hungernden. Dann spross rotes Fell auf seinem kahlen Schädel, seinen Wangen, auf seinen Handrücken. Der Raum hörte auf, sich zu drehen, und plötzlich bestand alles, wohin Jude blickte, die Wände, der Boden, die Decke, aus identischen roten Türen.

»Ich wünschte, es gäbe eine andere Möglichkeit«, sagte Dodge. »Aber du weißt genauso gut wie ich, dass der Tod nervt. Und ich kann ihn nicht länger ertragen. Ich werde es nicht länger ertragen. Und wenn es dir hilft, ich kann dir versprechen, dass du nicht das Geringste spüren wirst.«

Wenn Jude jemals sein Glück gebraucht hatte, dann in diesem Moment.

»Weißt du was? Ich habe noch ein paar andere Sachen zu erledigen. Sagen wir einfach, du schuldest mir etwas.« Jude griff nach seiner Magie, verdrehte sein Glück, tastete nach dem einen, besonderen Faden eines besonderen verlorenen Dings.

Und fand es.

»Bemüh dich nicht, ich finde selbst hinaus.« Dann schloss Jude die Augen und griff hinter sich, nach dem Türknauf, zu dem seine Gabe ihn zog, dem Knauf, hinter dessen Tür er leise die Töne einer Trompete hörte.

Auf der anderen Seite des Raumes kratzten Krallen auf dem Filz des Spieltisches, als Dodge sich auf ihn stürzte.

Er hatte zu spät begriffen, dass Jude bereits die Kardinalregel eines Tricksters beherrschte. Jude riss die Tür auf, und Dodges Kartenzimmer füllte sich mit der stickigen, schwülen und machtvollen Luft einer Sommernacht in New Orleans, mit der Musik von Leon Carters Trompete. Es war der süßeste Sound, den er je gehört hatte. Und er wurde nur von dem Geräusch übertroffen, mit dem die Rote Tür das letzte Mal hinter ihm ins Schloss fiel.

Er grinste Leon an und Regal, die neben ihm stand. Er wusste, dass sie seine Bemerkung nicht verstehen würden, aber es kümmerte ihn auch nicht. »Regel Nummer eins: Lass dir immer ein Hintertürchen offen.«

KAPITEL SECHSUNDZWANZIG

Jude wartete, bis das Rot an der Tür des Seiteneingangs vom Canal Place vollkommen verblasst war, bevor er seine Aufmerksamkeit auf Leon und Regal richtete, die Quelle der Musik und des verlorenen Gegenstands, die ihn nach Hause geführt hatten: seine Trompete und ihre verlorene Stimme.

Schweiß tropfte dem Musiker von den Dreadlocks, und seine Schultern sanken herunter, als er das Instrument absetzte. Er musste mindestens eine Stunde ohne Pause gespielt haben. Sie schwiegen alle drei einen Moment lang, der Musiker, der Trickster und die Zauberin, Zombie, Trickstergott und Sterbliche. Und sie standen an der Kreuzung, während jeder von ihnen in der Naht zwischen der alten Welt und der nächsten lebte.

Ist es nicht einfach wundervoll, wenn ein Plan greift?, dachte Jude.

»Ist es vorbei?«, erkundigte sich Leon.

»Ja«, antwortete Jude. »Fast.«

»Was fehlt noch?«

»Was fehlt, ist, dass dieser Waschlappen und ich einen Deal gemacht haben«, antwortete Regal. »Wie sieht's aus, Dubuisson? Ich bin hier, wie verlangt.«

Leon verzog argwöhnisch das Gesicht, vielleicht weil er wusste, für wen Regal einmal gearbeitet hatte. Ganz sicher jedenfalls erkannte er, vor welchem Gebäude sie standen. »Was meint sie damit, Jude?«

»Sie meint«, antwortete Regal an Judes Stelle, »dass dieser Blödmann bei mir aufgetaucht ist und versprochen hat, er würde mir das wiedergeben, was ich unbedingt zurückhaben will, wenn ich mich hier blicken lasse und mit dir warte. Du spielst übrigens fantastisch, ich bin ein echter Fan. Also«, sie wandte sich Jude zu und tippte sich an den Hals, »wann immer du so weit bist.«

»Bist du sicher, dass es das ist, was du unbedingt willst?«, fragte Jude.

Sie verdrehte die Augen. »Das ist reinste Verarschung!«, schimpfte sie. »Ich weiß nicht mal, warum ich überhaupt gekommen bin.«

»Weil ich so schrecklich charmant bin«, sagte Jude und rollte die Perle unter seine Zunge. »Aber das ist nicht die Eine-Million-Dollar-Frage. Wir versuchen herauszufinden, was du am meisten auf dieser Welt willst. Das Ziel, für das du bereit warst, alles zu tun. Schon vergessen?« Er tippte sich mit dem Finger gespielt nachdenklich auf die Lippen und merkte einen Moment zu spät, wessen Geste er da kopierte. »Ach ja, ich weiß wieder, dein Geburtsrecht.«

Er sah Regal in die Augen, blickte in die Augen von Alafair Constant und sprach mit der Kraft der Perle unter seiner Zunge: »Du bist die Magierin von New Orleans.«

Ein heißer Wind fegte um sie herum, energisch, lebhaft. Er konzentrierte sich auf Regal, ließ ihre Kleider flattern, zerzauste ihr Haar, drehte sich immer schneller und schneller, wie ein kleiner Hurrikan, der toste und tanzte und sie kurz vom Boden hob. Dann wirbelte er in einer immer engeren Spiralbewegung um sie herum, wobei er weder Jude noch Leon berührte. Schließlich verschwand er in ihr, und nur an ihrem Gesichtsausdruck war zu erkennen, dass er noch in ihr wirbelte, eine sich immer fester aufwickelnde Spirale aus Energie. Jude stand so dicht neben ihr, dass er die Präsenz der Macht spürte, die sie wie etwas Physisches durchströmte, wie das Summen einer Starkstromleitung.

Sie blieb einen Moment stumm, und Jude sonnte sich in der Vorfreude auf ihre Reaktion. Was sie dann sagte, entsprach allerdings nicht gerade seinen Erwartungen.

»Was für eine miese Nummer!«

Jude war fassungslos. »Was?«

»Was nützt mir dieser Titel ohne Zugang zu meiner Magie, du … du … du *Bastard?*«

»Halt kurz den Gedanken fest!«

Während Regal überrascht stammelte, drehte sich Jude zu Leon herum. Ihm war plötzlich klar geworden, dass es eine Komplikation bei dem gab, was er als Nächstes tun musste. Der Musiker schien sich damit zufriedenzugeben, einfach die Ereignisse abzuwarten. Als Zombie, der mit Voodoo-Göttern herumhing, lernte man wohl, sich von nichts erschüttern zu lassen, und wenn es noch so sonderbar war. »Leon, würdest du deine Trompete einen Moment zur Seite legen?«

Der Musiker hob eine Braue, tat aber, worum Jude ihn gebeten hatte. Sobald Leon sich bückte und ihn nicht mehr ansah, fischte Jude die Perle unter seiner Zunge heraus und wischte seinen Speichel mit einem Hemdzipfel ab. Er wappnete sich gegen den Verlust irgendwelcher Worte, aber nichts geschah.

Offenbar habe ich nichts gesagt, womit sie nicht einverstanden gewesen wäre, dachte er.

Als Leon den Trompetenkoffer geschlossen hatte und sich aufrichtete, nahm Jude die Hand des Zombies und rollte die Perle in seine Handfläche. Sie schimmerte sanft. »Schluck sie!«, befahl er.

»Alter, was, verflucht noch mal, hast du vor?«, stieß Regal hervor.

Leon zögerte.

»Es ist mir ernst«, sagte Jude. »Vertrau mir, Sweets.«

Der Zombie schob sich die Perle in den Mund und warf den Kopf in den Nacken, als würde er eine Tablette ohne Wasser schlucken. Jude drückte eine Hand gegen Leons Brust und sprach das Wort für *Öffnen*. Er spürte, wie die Perle sich in der Brust des Musikers ausbreitete, gleich einer Blume, deren Blüte aufbrach.

Die Veränderungen waren so langsam und subtil, dass Jude sie vielleicht übersehen hätte, hätte er nicht genau danach gesucht. Licht flackerte in Leons Augen auf, in denen zuvor nur die kalte Gleichgültigkeit des Todes gelauert hatte. Seine Ausstrahlung änderte sich, als wäre er präsenter geworden, hätte mehr Gewicht gewonnen. Es vibrierte unter Judes Füßen, die Erschütterungen ließen die Mauer hinter ihm zittern, die Luft in seinen Lungen wabern, das Mark in seinen Knochen beben. Es waren Energiequellen, in deren Zentrum Leon stand.

Der Druck auf sein Herz wegen des Verlustes von New Orleans wurde leichter, ließ nach, und als er vollkommen verschwunden war, hatte Jude das Gefühl, zum ersten Mal seit Jahren wieder frei atmen zu können.

»Was war das?« Leons Stimme klang plötzlich sonor, hatte eine tiefere Resonanz, als eine menschliche Kehle eigentlich erzeugen konnte. »Was hast du mit mir gemacht?«

»Was es war?« Jude schob die Hände in die Taschen und lehnte sich gegen die Betonwand von Canal Place. »Es war das, was du jetzt bist. Die Stimme von New Orleans. Sie war schon seit viel zu langer Zeit verschollen, aber jetzt wurde sie endlich wiedergefunden.«

»Und das heißt?« Leon flüsterte fast, als hätte er Angst vor seinen eigenen Worten.

Jude zuckte mit den Schultern und kratzte sich mit einer Schuhspitze an seinem anderen Fuß. »Es bedeutet, dass New Orleans wieder lebendig ist. Die Stadt hat ihr Glück und ihre Stimme zurückbekommen, und sie wird auch wieder ihren Willen haben. Jedenfalls zum größten Teil, aber daran arbeite ich noch. Was es jedoch wirklich bedeutet, hängt ganz von dir ab, Sweetwater. Von uns allen. Du bist jetzt die Stimme von New Orleans. Du sprichst für sie, und sie spricht durch dich.« Er deutete mit einem Nicken auf Regal. »So wie sie die Magierin von New Orleans ist, die die Stadt für sich arbeiten lässt. Und die Stadt arbeitet durch sie.«

Regal wollte etwas sagen, aber Jude beantwortete die Frage, von der er glaubte, dass sie sie stellen wollte. »Und ich? Ich bin das Glück der Stadt.« Zwei Augenpaare wurden überrascht aufgerissen, und Jude grinste, während er weiterredete. »Eine ziemlich abgefahrene Geschichte, für die wir aber im Moment keine Zeit haben.« Er wippte auf den Fußballen und tat, als werfe er einen Blick auf eine imaginäre Armbanduhr. »Hey, Queens, du kommst doch noch an diese Medaillons, mit denen man Mournings Aufzug bedient? Hast du zufällig eins dabei?« Regal zog eins aus ihrer Tasche und hielt es hoch. »Darf ich es mir ausleihen?«, fragte er.

»Sicher, kein Problem. Sobald du mir meine Magie zurückgegeben hast, Arschloch.«

»Abgemacht.« Mit einem langen Schritt trat Jude neben sie, riss ihr das Monstranz-Medaillon aus den Fingern und berührte mit der anderen Hand die Mulde unterhalb ihres Kehlkopfs. Er flüsterte das Machtwort für *Öffnen* und stellte den Teil ihrer Seele, der ihre Stimme war, wieder her. Und damit ihre Magie, ihre Fähigkeit, auf die Welt einzuwirken, sie zu verändern. Dann zwinkerte er ihr zu und drehte sich zu den Türen von Canal Place um.

»Hat Spaß gemacht«, sagte er. »Wir drei sollten uns bald mal wieder treffen. Und uns wirklich kennenlernen.« Er beobachtete ihre Spiegelbilder in dem Fenster und sah, wie sie verblüffte Blicke wechselten, die Schultern zuckten und mit ihren Gesten verrieten, dass es ihm gelungen war, sie zu schockieren, zu verwirren und ihren Platz in der Welt in wenigen Augenblicken zu verändern. Der Trickster in ihm, und er war mittlerweile ein Betrüger und Schelm bis auf die Knochen, war begeistert. »Ich muss jetzt mal langsam einchecken«, sagte er über die

Schulter hinweg. »Ich habe gehört, dass der neue Boss ein verdammt harter Brocken ist.«

Er flüsterte der Tür von Canal Place zu, sich zu *öffnen*, blieb aber stehen, als Regal und Leon beide seinen Namen gleichzeitig aussprachen. Er drehte sich herum. »Ja?«

»Brauchst du da drin nicht ein bisschen Verstärkung?« Regal blickte nervös hoch, in Richtung von Mournings Büro.

»Ja«, meinte Leon. »Das ist kein Typ, mit dem man herumtändeln sollte.«

Jude wusste, wie dumm er in ihren Augen wirken musste. Wie überheblich und höchstwahrscheinlich dem Tode geweiht. Aber wenn er etwas von seinen Beobachtungen der anderen Schicksalsgötter an dem Spieltisch gelernt hatte, dann, dass die Rolle des Tricksters nicht funktionierte, wenn man sie nur halbherzig spielte. Man durfte niemandem auch nur den Hauch einer Chance geben, einen dazu zu zwingen, die Karten offen auf den Tisch zu legen.

»Macht euch keine Sorgen um ihn.« Jude klopfte auf den Beutel an seiner Seite. »Wir beide werden uns schon verstehen.«

Als Jude in das Wartezimmer trat, blickte Knurrbock, der Sekretär mit den Widderhörnern, von den Unterlagen auf seinem Schreibtisch auf und begrüßte Jude zum allerersten Mal mit einem Lächeln.

»Immer herein, Mr. Dubuisson, kommen Sie herein. Wenn Sie sich kurz setzen mögen, sehe ich nach, ob er Sie empfängt.«

Jude zwang sich, auf der unbequemen Holzbank Platz zu nehmen, auf die Knurrbock deutete. Er verschränkte die Hände hinter dem Kopf, streckte die Beine aus und versuchte, das bange Gefühl in seiner Magengrube zu ignorieren. Er hatte irgendeine Revanche für das erwartet, was er bei seinem letzten Besuch getan hatte, aber das hier? Verarschte Knurrbock ihn? Alles bis auf das Verhalten des Sekretärs war wie immer, ein aufgeräumter Schreibtisch, das archaische Telefon mit der Wählscheibe, in das Knurrbock gerade sprach, selbst seine zerzausten Haare. Aber die Veränderung in seinem Verhalten war verblüffend.

Knurrbock legte den Hörer mit einem leisen Klicken auf die Gabel und drehte sich mit diesem ungewöhnlichen Lächeln wieder zu Jude um. Der bemerkte zum ersten Mal, dass die Zähne des Sekretärs zu scharfen Spitzen gefeilt waren. »Er empfängt Sie jetzt«, sagte er und deutete mit seiner kleinen Hand auf Mournings Büro.

Jude stand auf und konnte sich einen letzten Spruch einfach nicht verkneifen. »Ich bin froh, dass dieser kleine Tritt in die Eier geholfen hat, den Stock aus deinem Arsch zu schieben«, sagte er. Er hatte die Tür fast erreicht, als Knurrbock reagierte. Er sagte nur Judes Nachnamen, aber in seiner Stimme war von Höflichkeit nichts mehr zu vernehmen. Jude drehte sich um. Knurrbock stand mit seinen haarigen, krummen Beinen auf dem Schreibtisch und hielt mit der Faust seinen unverhältnismäßig großen Schwanz umklammert.

»Wenn er mit Ihnen fertig ist«, Knurrbock stieß seine Ziegenhüften vor, »werde ich auf das scheißen, was er von Ihnen übrig gelassen hat, oder es ficken. Was auch immer unangenehmer für Sie ist.« Sein kreischendes Gelächter folgte Jude durch die Tür.

Mourning wartete hinter seinem Schreibtisch. Er schimmerte wie Sternenlicht in dem dunklen Büro und wurde von der Skyline von New Orleans umrahmt. Zum ersten Mal war Mournings Strahlen nicht überwältigend. Aber diese saphirblauen Augen waren immer noch viel zu hell. Und ihr Blick viel zu wissend. Jude fragte sich, ob seine eigenen Augen jetzt genauso leuchteten. Er schob die Hände in die Taschen und blieb stehen, gelassen genug, um abzuwarten und Mourning zu zwingen, als Erster zu sprechen. Der strahlende Gott starrte Jude lange prüfend an.

»Wie es aussieht, befinde ich mich im Nachteil, Sir. Ich kann mich nicht erinnern, diesen Termin anberaumt zu haben, und folglich kommt Ihr Erscheinen unerwartet. Da mein Assistent so ungehörig nachlässig gewesen ist, sind Sie vielleicht geneigt, dieses Ungleichgewicht auszugleichen und mir das Vergnügen Ihres Namens und eine knappe Zusammenfassung Ihrer Situation zu liefern?«

»Ist das ein Scherz?«

»Ganz gewiss nicht.« Das Lächeln, mit dem Mourning ihn bedachte, sollte entwaffnend sein, aber Jude hatte in dieser Nacht bereits mit genug Trickstern zu tun gehabt und durchschaute es sofort.

»Jude Dubuisson, Mourning. Eine Gabe für verlorene Dinge? Der Mann, der den Mörder eines Glücksgottes zur Strecke gebracht hat? Da klingelt nichts bei Ihnen?«

»Ah, ja. Dubuisson. New Orleans. Die Sache mit dem Kartenspiel.« Mourning blätterte einen dicken Aktenordner durch, der vor einem Moment noch nicht da gewesen war, und schnalzte beim Lesen mit der Zunge. »Mein Unvermögen, Sie auf den ersten Blick zu erkennen, sollten Sie dem Ausmaß meiner Verpflichtungen zuschreiben.« Ohne aufzublicken, schnippte Mourning mit den Fingern. Die Skyline hinter ihm veränderte sich binnen eines kurzen Moments, und aus New Orleans wurden die hell erleuchteten Wolkenkratzer von Chicago. Erneut ein Schnippen, wieder ein Blitz, und die Stadt vor Mournings Fenster war San Francisco. Schnipp, Tokio. Schnipp, Prag. Schnipp, Mumbai. Schnipp – Johannesburg. Schnipp – Algier. Schnipp – Mexico City. Ein letztes Schnippen, und die Skyline zeigte wieder New Orleans.

»Wie verdeutlicht, Mr. Dubuisson, sind meine Interessen als Manager vielleicht ein wenig globaler, als es Ihnen bewusst war. Verzeihen Sie mir, wenn ich einen Moment benötige, um Ihre besonderen Verwicklungen von meinen anderen Unternehmungen zu unterscheiden.« Mourning schloss den Aktenordner und legte die Finger vor seinem Mund aneinander. »Dieser unplanmäßige Besuch, so darf ich annehmen, deutet also darauf hin, dass Ihre widerstreitenden Engagements zufriedenstellend gelöst wurden?«

Jude senkte stumm und mürrisch den Kopf. Das hier war das echte Spiel, der echte Wettkampf, und er durfte auf keinen Fall alle Karten auf den Tisch legen. Noch nicht.

Mourning verzog spöttisch die Lippen, eine so ungewöhnliche Mimik, dass Jude sie fast für aufrichtig hielt.

»Wie überaus lakonisch«, sagte Mourning. »Wie prägnant. Darf ich vielleicht um eine etwas ausführlichere Erläuterung bitten, wenn auch nur, um meine eigene brennende Neugier zu befriedigen? Ich versichere Ihnen, dass Sie zurzeit das volle Ausmaß meiner nicht unbeträchtlichen Aufmerksamkeit genießen.«

»Der gefallene Engel Hē hat Dodge Renaud und andere ermordet, um die verlorene Stimme von New Orleans zu finden und zu vernichten. Ich habe diese Pläne vereitelt und dem Engel ein Ende bereitet.«

»Wie faszinierend. Und wie bedrohlich. Sie sagen, es ist Ihnen gelungen, diese Kreatur zu vernichten?« Mourning blickte auf seinen Schreibtisch und beschrieb mit dem Finger kleine Kreise auf dem Glas. »Sie hätten sich nicht weiter bemühen und sogleich persönlich hier einfinden müssen. Eine Nachtruhe ist gewiss die geringste Linderung, die Sie sich nach einer solchen Anstrengung gönnen sollten. Setzen wir unsere komplizierteren Ausführungen über Ihre bevorstehenden Pflichten morgen fort, ja?«

»Nein.«

Ein ärgerlicher Ausdruck zuckte über Mournings Gesicht, so schnell und intensiv, dass Jude fast an eine Sinnestäuschung glaubte. »Wie bitte?«

»Ich sagte Nein. Bringen wir es sofort hinter uns.«

Mourning erwiderte nichts, aber die Überraschung auf

seinem Gesicht war nicht gespielt. Jude hatte es tatsächlich geschafft, ihn zu überrumpeln. Eine weitere Premiere. »Also gut.« Mourning glättete eine imaginäre Falte auf seiner knochenweißen Krawatte. »Wie dem auch sei. Sie haben sich mir freiwillig zum Dienst verpflichtet, für einen Zeitraum von nicht weniger als zweihundert Jahren, und zwar von …« Er drehte sein Handgelenk um, um auf das Zifferblatt seiner Uhr zu blicken, und wartete auf einen besonderen Moment. »… jetzt an. Stimmen Sie mir zu?«

»So lautete die Abmachung.«

Als Mourning von seiner Uhr hochsah, hatte Jude das Gefühl, den blauäugigen Gott zum ersten Mal wahrzunehmen. Um seine Lippen lag ein gieriger Ausdruck, seine schmalen Augenbrauen hatten etwas Gerissenes, ebenso wie die Art, wie er sich auf seinem Stuhl zurücklehnte. »Also dann. Da ich nunmehr erneut Ihre Handlungen kontrolliere, möchte ich Sie unbedingt von einigen der, sagen wir, anspruchsvolleren Verantwortlichkeiten befreien, die in letzter Zeit in Ihren Besitz gekommen sind.« Sein spöttischer Ton verschwand schlagartig, die Maske seines Gesichts löste sich auf und enthüllte etwas sehr Altes, sehr Hartes und sehr Dunkles. »Geben Sie mir die Stimme von New Orleans.«

»Das kann ich nicht«, antwortete Jude.

Mourning erstarrte. Er stand da, die Hände zu Fäusten geballt und die Knöchel auf die Oberfläche seines Schreibtischs gepresst. Als er sprach, war seine Stimme so kalt und scharf wie eine Klinge. »Sie können es nicht? Sie *können* nicht? Sie befinden sich zufällig in einer Situation, in der Sie Ihr Gewissen nicht mit Fragen von *können* oder *nicht können* belasten müssen, von *sollen* oder *nicht sollen*. Es gibt für Sie einfach nur das zu tun, was – und das ist ein weiterer Vorteil für Sie – ich Ihnen zu tun befehle. Geben Sie mir die Stimme. Jetzt.«

»Ich habe sie verschenkt«, erwiderte Jude.

Ein gezackter Riss lief durch die Glasplatte des Schreibtischs. Mournings Zunge zuckte heraus und fuhr über seine makellos weißen Zähne. Jude konnte die brennende Aura sehen, die den Gott plötzlich umgab, und er nahm seine Wut wahr, noch bevor er den Geruch verbrannter Nelken roch. Mourning richtete sich auf und verschränkte die Arme hinter seinem Rücken. »Sie haben sie verschenkt.« Er betonte jedes einzelne Wort.

»Richtig«, bestätigte Jude.

»Und das daraus folgende Recht, sich zum nächsten Avatar des Glücks für diese Stadt zu erklären? Haben Sie das ebenso großzügig dem Gemeinwohl gespendet?« Obwohl Mourning auf der anderen Seite des Raumes stand, spürte Jude die Hitze, die er ausstrahlte. Sie glühte wie das pulsierende, fühlbare Feuer eines Scheiterhaufens.

»Nicht direkt.«

»Was genau haben Sie damit getan?«

»Ich habe mich selbst dazu erklärt.«

Mourning lachte einmal scharf, ein Lachen ohne jeglichen Funken Humor. »Selbstverständlich taten Sie das. Wie sonst hätten Sie es geschafft, dieses außerordentliche Dickicht von Schicksal zu überleben? Ich muss zugeben, dass ich eine solch nützliche Lösung einer derart verfahrenen Situation nicht antizipiert habe. Ich bin wirklich beeindruckt.« Mourning breitete die Hände aus, als wollte er Jude umarmen. »Aber Sie brauchen sich jetzt nicht länger damit zu belasten. Sie besitzen weder das Urteilsvermögen noch die Fähigkeit, diese Rolle auszufüllen. Ebenso besteht keine Notwendigkeit, Ihre geistigen Fähigkeiten zu strapazieren, um einen passenden Nachfolger zu ernennen. Die Entscheidung wurde bereits zu Ihren Gunsten getroffen. Übergeben Sie mir dieses Amt.«

»Tut mir leid, nein.«

Die Luft um Mourning begann zu wabern, und zwischen seinen Fingerspitzen knisterten Funken. »Sie werden sich erklären. Sie werden Ihre Worte sehr sorgsam wählen.« Er stützte erneut die Knöchel seiner geballten Fäuste auf den Schreibtisch, wie eine Raubkatze, die zum tödlichen Sprung ansetzte.

Jude schaffte es, die Hände in den Hosentaschen zu lassen und gelassen weiterzureden, indem er jedes Gramm Mut und jeden Fetzen Glück, über das er noch verfügte, zusammenkratzte. Er musste sich jetzt auf sein eigenes Glück verlassen, denn den letzten Rest seines gestohlenen Glücks hatte er in Dodges Kartenzimmer verbraucht. Das Herz hämmerte wie verrückt in seiner Brust, und seine Hoden schienen zu schrumpfen. Sein letzter Funken Menschlichkeit, seine Furcht, schrien ihn an, zu flüchten, aber er ignorierte sie, und der Funke erlosch schnell. Er war kein Mensch, nicht einmal ein Halbgott. Nicht mehr. Er war ein Trickster.

Trickster lebten für solchen Mist wie den hier.

»Ich habe geschworen, für Sie zu arbeiten«, folgte Jude Mournings Anweisung. »Ich habe zugestimmt, in Ihren Diensten zu stehen. Aber ich habe nie gesagt, dass ich gehorsam sein würde. Ich habe nie versprochen, pünktlich oder diszipliniert zu sein. Sie haben mir eine Aufgabe angedient, die ich respektvoll abgelehnt habe. Sollten Sie mich noch einmal fragen, werde ich Ihnen raten, sich selbst zu ficken. Ich habe geschworen, für Sie zu arbeiten, aber davon, ein guter Angestellter zu sein, war nie die Rede. Wenn Ihnen meine bisherigen Leistungen nicht gefallen …«, Jude zuckte mit den Schultern, unfähig, das Grinsen auf seinem Gesicht zu unterdrücken, »… feuern Sie mich doch.«

Mournings Schreibtisch zerbarst in einer Wolke von glitzerndem Quarzsand, der von einem Windstoß durch das Büro gefegt wurde und um die beiden herumwirbelte. Wie tausend winzige Klingen zerfetzte dieser Sandsturm den Lehnstuhl, in dem Jude für gewöhnlich saß, und schliff eine runde Mulde in den Marmorboden. Der Stein unter Mournings Füßen krachte und barst, seine perfekten marmornen Gesichtszüge bekamen ebenfalls Risse und verrieten endlich seine Emotionen, verrieten seine Wut.

»Mr. Dubuisson.« Mournings Zischlaute waren ein gefährliches Fauchen. »Sie wissen nicht, mit wem Sie sich hier anlegen.«

Jude holte so tief Luft, wie er konnte, während der Wind heiß und wütend um ihn herumheulte. Er schlug mit seiner Gabe zu, immer und immer wieder, gab dem Moment mit den letzten Resten seines eigenen Glücks einen Dreh, um Mournings Mahlstrom aus Wind und Glaspartikeln in Schach zu halten. Wenn er scheiterte, würde dieser Mahlstrom ihn in Fetzen reißen. Trotzdem ließ Jude sich nicht einschüchtern und sprach eine einfache, tödliche Wahrheit aus.

»Sie liegen in beiden Punkten daneben, Mourning. Jude Dubuisson ist gestorben. Ich bin jetzt jemand anderes. Jemand Neues. Und wer Sie sind, weiß ich genau. Sie sind Quetzalcoatl, die gefiederte Schlange. Sie sind Loki, der Gott des Feuers und des Verrats. Typhon, die Schlange des Abgrunds. Sie sind Raven, der strahlende Vogel, der das Feuer aus dem Himmel stahl. S. Mourning: der Stern des Morgens, der Erste der Gefallenen. Luzifer.«

Schwarze Schwingen sprossen aus Mournings Rücken, stolz, stark, bunt schillernd wie Öl, zitternd, bis sie mit einem Donnerschlag gegeneinander klatschten.

Einen kurzen Moment bedauerte Jude, dass er Leon und Regal nicht hatte mitkommen lassen. Sie hätten zwar nicht helfen können, aber es wäre nett gewesen, bei der Nummer hier ein Publikum zu haben. Selbst die Mächte einer ganzen Stadt konnten gegen diese Kreatur nichts ausrichten. Jude hatte nur eine Chance, ein einziges Machtmittel, das möglicherweise einen so alten und mächtigen Gott wie Mourning aufhalten konnte.

»Ich muss mich korrigieren.« Mournings Stimme übertönte problemlos den heulenden Wind. »Sie kennen mich gut. Und dennoch … Trotz dieses Wissens haben Sie sich entschieden, mein Reich zu betreten und meine Autorität anzuzweifeln? Ich frage mich, über welche

Waffe Sie gestolpert sind, die Sie so tollkühn macht? Welche Klinge, welcher Reißzahn, glauben Sie, könnte mich bedrohen?«

Jude griff in seinen Beutel und zog den Donnerkeil heraus, spürte, wie er in seiner Hand zum Leben erwachte. »Erkennen Sie den?« Der Wirbelwind im Büro erstarb, Glas rieselte klirrend auf den Marmorboden. »Der Donnerkeil, der Sie aus dem Himmel geschleudert hat? Der Sie von den Hängen des Olymps vertrieben hat? Wollen wir herausfinden, ob aller guten Dinge drei sind?«

Den Donnerkeil zu halten, fühlte sich genauso an, wie es sich in Judes Vorstellung anfühlen musste, einen Blitz an den Eiern zu packen. Er knisterte, brannte und fauchte, erfüllte ihn mit einer schrecklichen Stärke, aber er wand sich und zuckte unaufhörlich in seiner Faust, als wollte er ihn selbst vernichten. Falls Jude versuchte, ihn einzusetzen, konnte es sehr gut passieren, dass der Donnerkeil ihn tötete. Hätte er seine Kraft hier ungehemmt freigesetzt, würde er die Hälfte des French Quarters zusammen mit Mourning auslöschen. Er musste den Mittelweg zwischen zu vorsichtig und zu leichtsinnig finden. Das war der einzige Weg.

Mournings Gelächter klang wie das Geräusch einer Schlange, die sich durch trockenes Gras schlängelte, wie ein Wetzstein an einer Klinge. »Sie wollen mich angreifen, mich, mit einer Waffe, die bereits zweimal versagt hat?«

Aber sein Lachen und seine Worte klangen hohl. Er bluffte.

»Ich habe nie behauptet, dass er eine Waffe ist«, berichtigte ihn Jude. Er bedachte den strahlenden Gott mit seinem besten Scheiß-drauf-Grinsen, und Mourning blinzelte, zuckte zusammen. Denn auch Mourning kannte die Wahrheit über den Donnerkeil, ebenso wie Jude.

Er war keine Waffe. Sondern ein Schlüssel.

Jude stieß den Donnerkeil nach vorn und sprach das uralte Wort für *Öffnen* aus. Damit ließ er die Macht, die er in seinem Beutel versteckt hatte, endlich ihren Zweck erfüllen, nämlich ein Loch durch das Gewebe der Welt selbst zu bohren. Jude hatte Wind erwartet, Lärm und Feuer, stattdessen drang nur eine entsetzliche Stille von der anderen Seite der Tür, die er geöffnet hatte, in Mournings Büro. Eine vollkommene und schreckliche Schwere. Alle Dinge im Raum neigten sich dieser Öffnung zu, erst durch eine subtile Veränderung der Kanten und Nähte, bis sich allmählich der Raum um sie herum zu einem Trichter formte.

Die Welt auf der anderen Seite dieser Tür war von beigefarbenen bausteinartigen Arbeitsnischen ausgefüllt. Die Szenerie wirkte wie ein ewiger Mittwochnachmittag, drei Stunden vor Feierabend, mit einem Stapel von Berichten über die Durchführbarkeit der Bildung eines Aktionskomitees für die Untersuchung der Ergebnisse der Entscheidung eines früheren Aktionskomitees, detaillierte und stündliche Berichte über die Entscheidungen von Aktionskomitees zu produzieren, die nach Fehlern abgesucht werden mussten, welche nie zu finden waren, die in einen Computer eingegeben werden mussten, der nur das Ablagesystem der Firma verarbeiten konnte, umringt von dem Murmeln von Tausenden anderer Angestellter in grauen Anzügen mit grauen Krawatten, deren leise Stimmen einzig die Ergebnisse wiederholten, die sie in ihren Berichten lasen.

Vielleicht war es auch ein Warteraum bei der Fahrzeugzulassungsstelle oder in einer Arztpraxis, da konnte man sich nie ganz sicher sein; die Nummer, die man gezogen hatte, war jedenfalls immer noch zehn Nummern entfernt, während eine Frau mit Handy neben einem laut die Einzelheiten ihres Tagesablaufs berichtete, eine Litanei von alltäglichen Haushaltsverrichtungen und lächerlichen Meinungsverschiedenheiten, die weder einen Sinn noch eine Konsequenz hatten, dafür aber mit dem aufgeregten Ton einer Berühmtheit vorgetragen wurden. Dabei drang der Song »Hey Mickey« unablässig aus den Lautsprechern, und man hatte den Namen der Band immer ganz vorn auf der Zunge liegen.

Oder man saß in einem Wagen und wartete darauf, dass ein Zug vorbeifuhr, während der Verkehr zu beiden Seiten einen eingekeilt hatte. Auf dem Handy befanden sich nur hirnlose Spiele, im Radio kam nichts als übermäßig aggressive Autowerbung, die Graffiti auf den Waggons waren immer dasselbe sinnlose Gekritzel, und es war ein Zug, der sich in die eine Richtung bis zum Horizont erstreckte und in die andere Richtung bis nach Pittsburgh.

Oder es war ein normaler Wochentag, den man auf dem Wohnzimmersofa verbrachte, während im Fernsehen immer nur Werbung für Schuldenmanagement lief, Werbung für Anwaltskanzleien und eine Episode einer Seifenoper, die man irgendwie schon mal gesehen hatte.

Es war nie eine Gefängniszelle oder ein Käfig oder eine Falle. Nichts, was dich zwingen würde zu flüchten, kein Rätsel, um deinen Verstand zu beschäftigen. Es war einfach unveränderlich. Gnadenlos und ewig langweilig.

Die reinste Hölle für Trickster.

Und es zog an Jude und an Mourning und an allem anderen im Büro. Jude stand neben dem Ereignishorizont dieses Sogs und trat quälenden Schritt um quälenden Schritt zurück. Der strahlende Gott aber hatte die Hände und Füße direkt neben der Tür in den Marmorboden gebohrt, drehte und wand sich, während die Welt auf der anderen Seite an seiner Essenz zerrte. Judes Verstand raste, weil er nicht genau wusste, wie er den Griff des strahlenden Gottes lösen konnte, ohne sich selbst in Gefahr zu bringen.

Der Donnerkeil zuckte und loderte immer noch in seiner Hand, wartete auf seinen letzten Befehl. Würde die Kluft noch sehr viel länger offen stehen, würde sie wachsen und könnte das ganze New Orleans in diese beigefarbene Gleichheit verwandeln.

Die Tür zum Wartezimmer flog auf, und Knurrbock stürmte herein. Jude sah seine Chance. Er packte Knurrbocks unmittelbare Zukunft und gab ihr mit seiner letzten magischen Kraft einen kleinen, gemeinen Schubs.

Knurrbocks Hufe suchten auf dem glatten Marmorboden vergeblich nach Halt, als er erkannte, in was er da hineingeraten war. Er bemühte sich, die Richtung zu ändern, etwas zu wenig und etwas zu spät. Der gehörnte kleine Mann knallte Mourning mitten ins Gesicht, bevor er in den Abgrund stürzte, den der Donnerkeil aufgerissen hatte. Aber so ein serviler kleiner Wichser wie er fühlte sich in einer Tricksterhölle möglicherweise wie im Himmel.

Mourning schaffte es, den Rand der Kluft zu packen, und klammerte sich zwischen der einen und der anderen Welt mit einer ungeheuren, unerbittlichen Kraft fest. Es war unglaublich, aber er lächelte, als er Jude ansah. »Bei der Nennung all meiner Namen hast du den wichtigsten ausgelassen.«

Dann faltete er seine Schwingen und schien sich zu entspannen, sein Schicksal zu akzeptieren.

Jude versuchte, nicht zuzuhören. Er war sicher, dass es ein Trick war, ein letzter Versuch, sich selbst zu retten oder Jude mit sich hinabzuziehen. Stattdessen rammte er den Donnerkeil noch einmal nach vorn.

Und dann stießen beide Trickster im selben Moment ein einziges Wort aus.

Jude sprach das uralte Machtwort, das *Schließen* bedeutete und die Tür zur anderen Seite versiegelte, Mourning in dieser schrecklichen Unveränderlichkeit einschloss und den Donnerkeil zu einem inaktiven, kalten Stück Metall machte.

Mournings letztes Wort lautete: »Vater.«

TEIL VII

DAS GERICHT

EPILOG

Es ist Lundi Gras, der Tag der Bacchusparade, und für New Orleans ist es ziemlich kalt. Im vergangenen August war der Sturm sieben Jahre her, aber niemand, am wenigsten Jude, denkt an Hurrikans oder an zusammenbrechende Dämme oder an Verluste. Es ist Karneval, und die Welt ist in Ordnung. Man kann die Freude auf den Straßen fühlen, eine trunkene Erleichterung, die seit mindestens zwei Wochen andauert. Im Augenblick macht es ganz den Anschein, als würden die Feierlichkeiten ewig dauern.

Jude steht auf dem neutralen Boden in Uptown, sein Atem bildet Wolken in der Luft, und er ist von johlenden, singenden Menschen umringt, die ihre Freude in die Nacht hinausschreien. Er denkt an die Säume, die er zusammengenäht hat, an die Arbeit, die er noch vor sich hat. Die Bassdrums lassen seine Knochen erzittern, und sein Blut pulsiert im Beat der heiseren Töne der Bläser. Die Parade rollt an ihm vorbei: die Blaskapellen mit ihren stolzen Uniformen und den Federbüschen auf den Helmen, die Tanzgruppen, die im Gleichschritt marschieren und deren Stepptanzschuhe im Gleichklang auf den Asphalt knallen, die Fackelträger mit ihren langen

Fackeln, die sie über ihren Köpfen wirbeln lassen und die von den Gastanks auf ihren Rücken gespeist werden. Die Feiernden ziehen vorbei, die der Strecke folgen, kostümierte Menschenmengen mit Drinks in den Händen und Beuteln mit Perlen an den Armen. Die riesigen bunten Festzugwagen, die wie königliche Barken von knatternden, nach Öl stinkenden Traktoren über den Fluss der St. Charles Avenue gezogen werden. Die Wagen stellen Szenen aus alten und neuen Mythen, Legenden und Kulturen dar, und von ihnen werden massenweise Perlen und Stofftiere und Schmuck in die Zweige der Eichen und die wartenden Arme der Feiernden unter ihnen geworfen, wertloser Tand, abgesehen von ihrem Bezug zu der Feier, die sie inspirieren.

Jude stützt sich auf seinen Stab, einen langen, dünnen Eichenstab, in dem sich noch etwas von der Magie von Grand Bois befindet, dem Loa, den Cross in eine Eiche verbannt hatte, als Jude gegen die drei im Audubon Park gekämpft hatte. Jude hat etwas von der Macht von Grand Bois als Zahlung dafür abgezapft, dass er den Loa aus seinem Gefängnis des Eichenbaums befreite. Er öffnete ihm den Weg hinaus, den Cross verschlossen hatte. Bois war nicht das erste Verlorene, was er gefunden und korrigiert hat, seit er der Glücksgott von New Orleans ist. Und er würde auch nicht das letzte sein.

Jude trinkt einen Schluck Abita aus einem Plastikbecher und beobachtet, wie der Festzugwagen des Königs vorbeirollt. Es ist irgendein berühmter Schauspieler, in Rot und Silber und Weiß gekleidet, der tut, als wäre er König für einen Tag. Obwohl Jude genau weiß, dass die Stadt den größten Teil des Jahres von einer Königin regiert wird.

Auch wenn er nur zusieht, hebt er die Arme und jubelt dem Wagen zu. Der komödiantische König schleudert zwei Hände voller Dublonen unter das Publikum, sie funkeln und klingeln und übertönen selbst den Lärm der Feiernden, als sie durch die Luft fliegen. Jude schnappt sich eine und wirft einen Blick darauf. Auf der einen Seite ist ein Abbild des Gottes des Weins gestempelt, der dieser Parade seinen Namen verleiht, und auf der anderen Seite das Gesicht des Schauspielers. Er ist dankbar, dass die Dublone nicht das Abbild seines Herzens trägt.

»Gut gefangen«, sagt eine bekannte Stimme neben ihm.

»Reines Glück«, erwidert Jude cool, ohne sich umzudrehen.

»Du willst Glück haben?« Barren ist plötzlich die Liebenswürdigkeit und Begeisterung in Person. »Jude, du hättest nur fragen müssen.«

Jude kann sein Grinsen nicht mehr unterdrücken und sieht zur Seite. Sein Schock über den Anblick muss sich auf seinem Gesicht zeigen, denn sein Besucher lacht. Barren hat sich in metallisches Silber gehüllt und glühend rote Kugeln in die leeren Augenhöhlen geschoben. Eine perfekte Darstellung eines der Killerroboter aus den *Terminator*-Filmen. Renai trägt einen eng anliegenden blauen Overall mit gelben Zahlen auf der Brust. An dem Gürtel um ihre Taille hängt ein unförmiges technisches Gerät. Sal hat seine Hundegestalt behalten und trägt ein rotes Kopftuch und einen gepanzerten Harnisch.

»Ich verstehe Barrens Kostüm«, sagt Jude, »aber was stellt ihr beide dar?«

»Ich bin eine Bunkerbewohnerin«, sagt Renai aufgeregt, bis sie sieht, dass Jude die Anspielung immer noch nicht kapiert. »Sag mir nicht, dass Götter keine Videospiele spielen. Da unten in der Unterwelt lieben sie *Fallout.*«

»Ich sehe nur zu«, erklärt Sal und hebt eine Pfote. »Ich habe keine Daumen.«

Jude zuckt mit den Schultern, schnappt ein paar der Perlen aus der Luft und gibt sie einem Kind, das an ihnen vorbeiläuft. »Komisch, dass wir uns hier so zufällig begegnen.«

Alle drei scheinen etwas sagen zu wollen, aber Barren ergreift schließlich das Wort. »Jude, wir müssen mit dir reden. Du bist ungewöhnlich schwer zu erwischen.«

»Ja«, antwortet Jude. »Ich habe eure Anrufe nicht entgegengenommen.«

»Warum nicht?«

»Wahrscheinlich, um euch zu ärgern.« Jude nickt zum Takt einer vorbeimarschierenden Blaskapelle. Die Trompeten sind laut und klar. Er ignoriert den Schock und den Zorn, der über Barrens Schädelgesicht zuckt. »Du weißt ja, wie wir Trickster sind«, sagt er, als die jungen Musiker weiterziehen.

Barren seufzt. »Es ist wichtig, Jude.«

»Es geht um Papa Legba«, sagt Renai. Jude wird etwas weicher, als er die Sorge in ihrer Stimme hört. Zweifellos hat Barren sie deshalb mitgeschleppt. »Er verliert in letzter Zeit immer mehr die Kontrolle. Cross ist irgendwie stärker geworden.«

Jude leert sein Bier und wirft den Plastikbecher in eine Mülltonne. Dann bläst er warme Luft, mit ein paar winzigen Flammen angereichert, in seine hohlen, von der Kälte gefühllosen Hände. Zum ersten Mal, seit er sie irgendwo verloren hat, vermisst er seine alten Lederhandschuhe.

»Und? Was soll ich dagegen tun?« Sein Magen knurrt. Das ist einer der Nachteile, ein Trickster zu sein. Er ist jetzt immer hungrig.

»Deinen verfluchten Job vielleicht?«, knurrt Sal.

Renai legt Sal beruhigend die Hand auf den Kopf. »Du musst ihm helfen, Jude. Er ist dein Vater.«

Jude lacht schallend, unfähig diese Reaktion zu unterdrücken. »Na klar ist er das, sicher. Die Nummer hat Mourning am Ende auch bei mir versucht. Ich wette, wenn ich sie in die Enge treiben würde, dann würden Dodge oder der Engel oder auch Thoth und selbst der Vampir behaupten, sie wären mein lieber alter Pops, in der Hoffnung, es würde mich aufhalten. Die Sache ist nur die – es kümmert mich nicht, wer mein Vater ist, nicht mehr. Ich weiß, wer ich bin.« Er hob die Hände, um den Widerspruch zu unterbinden, der ihnen allen auf der Zunge lag. »Ich sag euch was, ich kümmere mich drum. Um der alten Zeiten willen. Wegen all der Scheiße, die wir gemeinsam durchgestanden haben.« Er wirft einen Blick über die Menschenmenge, die lachende, schreiende Masse aus Glück, die Karneval ist, und lächelt. »Aber wenn ihr mich fragt, ich setze mein Geld auf Mourning. In diesen Zeiten? Nur der Sohn des Teufels kann ein so beschäftigter Mann sein.«

Zumindest Renai versteht die Anspielung, aber bevor sie etwas sagen kann, ist Jude bereits verschwunden.

~

Jude betritt das frühere Wartezimmer von Mourning, ohne sich lange mit dem Aufzug aufzuhalten. Sein Beutel, seine Trickkiste, klatscht gegen seine Hüfte, als er hinter den Schreibtisch tritt, wo die traurige und vor sich hin welkende Topfpflanze des kleinen Sekretärs alles ist, was von dem Kobold übrig geblieben ist. Jude tippt mit dem Ende seines Stabes dagegen, lässt seine Trickstermagie wirken, verändert, lässt eine Portion der Essenz von Grand Bois aus dem Eichenstab in … worum auch immer es sich bei der Pflanze handeln mag, sickern. Das neue Leben dehnt sich, putzt sich, noch nicht ganz bei Bewusstsein, aber im Wachsen begriffen.

Das Management beschwert sich schon seit Wochen darüber, dass es dringend jemanden am Empfang braucht.

Jude geht weiter in Mournings ehemaliges Büro. Das einzig Helle hier ist jetzt das Sonnenlicht, das durch das riesige Fenster in der Rückwand fällt. Alles aus Mournings Büro wurde mit ihm in die Kluft gesogen, bis auf den schwarz-weißen Marmorboden. Und der wird jetzt zum größten Teil vom warmen Rot und Orange und Braun eines riesigen Perserteppichs verdeckt. Ein neuer Schreibtisch steht an der Stelle, wo sich früher der gläserne von Mourning befand. Ein Trumm aus Mahagoni, bedeckt von Unterlagen und Büchern und den verschiedenen Werkzeugen des Magierberufs. Am äußersten

Rand steht auf einem schwarz-weißen Namensschild R. CONSTANT, MANAGEMENT. Die Tür verschwindet hinter Jude, als er hindurchtritt, wie sie es immer tut.

Regal kehrt ihm den Rücken zu und betrachtet die Skyline von New Orleans. Sie trägt einen grauen Hosenanzug aus einem Wollstoff und einen scharlachroten Gürtel um die Taille. Regal Sloan, jetzt R. Constant, seine beste Freundin und Partnerin in einer Welt, die er vergeblich versucht hat, hinter sich zu lassen. »Verrate mir mal«, sagt sie über die Schulter, »was für ein Clown-Arsch arbeitet während des Karnevals?«

Jude grinst, geht durch das Zimmer und stellt sich neben sie. »Die Art von Arsch-Clown, die ein Freund von hinterhältigen, ordinären, meuchelmörderischen …«

»Schon gut, hab's kapiert. Was gibt's Neues?«

»Die Voodoo-Leute werden nervös wegen Legba. Etwas macht ihn wütend, und zwar sehr. Und niemand will, dass Legba wütend wird. Auch du …«

»… auch ich würde ihn nicht mögen, wenn er wütend ist, ich weiß. Ich kümmere mich drum. Und dir wurde ein neues Ersuchen für ein Stelldichein von dem Dhampir überbracht, den Scarpelli uns geschickt hat. Er verlangt, dass du deine Haltung überdenkst.«

»Und warum, zur Hölle, sollte ich das tun?«

»Etwa ein Dutzend Leute sind zusammen mit Scarpelli aus der Stadt verschwunden, als du ihn verbannt hast. Und es sind nicht gerade Nobodys, im Gegenteil. Es waren ziemlich hohe Tiere. Du wärst überrascht, wie viele Bankiers und Immobilienunternehmer …«

»… Vampire sind? Nein, wäre ich nicht.« Er seufzt.

»Also gut, ich setze mich hin und höre zu, aber er bezahlt mein Abendessen. Und ich meine in Speisen, nicht mit Blut.«

Regal lacht, und sie verfallen in behagliches Schweigen. Es herrscht immer noch eine gewisse Spannung zwischen ihnen, das weiß Jude. Verrat und Argwohn und Eifersucht und Verlust verschwinden nicht einfach über Nacht, aber sie arbeiten dran. Sie werden nicht mehr so sein wie früher, so wie auch die Stadt nie wieder das sein kann, was sie gewesen ist. Aber sie sind am Leben, und sie sind zusammen, und sie tun ihr Bestes. Für ihn ist das so ziemlich alles, was man von jemandem verlangen kann.

»Ich sollte gehen«, sagt er. »Wirf einen Blick ins Wartezimmer, wenn ich verschwunden bin. Ich habe dir ein kleines Geschenk dagelassen.«

Regal nickt, und plötzlich fällt ihr etwas ein. »Richtig, die Tür.« Sie registriert, dass die gegenüberliegende Wand des Büros immer noch solide ist. »Ich öffne sie für dich. Weißt du, dass Mourning dieses Ding die ganze Zeit kontrolliert hat? Er hat nur so getan, als wäre es willkürlich.«

»Darin war er gut«, erwidert Jude. »Aber mach dir keine Mühe wegen der Tür.« Er beugt sich aus dem Fenster, in dem gerade eben noch eine riesige Glasscheibe war, die auch wieder dort sein wird, sobald er hindurchgestiegen ist, und begibt sich in den leeren Raum, als träte er vom Rand einer Klippe ins Nichts.

»Ich gehe jetzt meinen eigenen Weg.«

Später, auf dem kurzen Weg von der Paradestrecke zu dem Haus, in dem er vor dem Sturm gelebt hatte, denkt Jude über all die Götter nach, die behauptet haben, sein Vater zu sein. In gewisser Weise ist das auch vollkommen logisch. Jeder Trickster ist auch ein kleiner Mistkerl.

Jude kann das Gefühl von Verlust um sich herum selbst jetzt spüren. Eine junge Frau, die voller Vergnügen ihre Jungfräulichkeit im Hinterzimmer ihres Elternhauses verschenkt. Ein alter Mann, den die Erinnerung an sein Elternhaus verlässt, ein Kind, das seine Unschuld verliert, als es Zeuge wird, wie sein Vater die Mutter wegen einer anderen Frau belügt. Er kann das Glühen des Glücks und die Wendungen des Pechs sehen, die jeden erwarten, dem er begegnet.

Aber er fühlt jetzt auch andere Dinge, geheimnisvolle und mächtige und wunderschöne Dinge. Neugeborene Wesenheiten. Im Entstehen begriffene Götter des Trunks und der Feierlichkeiten, der Lust und der Gefahr, Götter des Karnevals und Mardi-Gras-Indianer und kochende Langusten, Jazzbands, Backgroundchöre, das kleinere Pantheon des neugeborenen New Orleans. Andere ältere Götter mit neuen Gesichtern und neuen Namen, krabbenförmig oder mit einem Pelikankopf, gebildet aus Karnevalswagen, Magnolienbäumen und Anwesen in Uptown. Götter aus anderen Ländern und anderen Zeiten, die ihre Gestalt verändern und sich in ihrer neuen Heimat einleben, so wie Dodge es getan hat, und Barren. Ein paar behielten ihre alten Namen, uralte, vielgestaltige Flussgötter, hinreißende Voodoo-Loa – sie alle vermischen sich und leben in relativer Harmonie miteinander. Und unter all dem fühlt Jude ein Stück von Leon Carter, von seiner Magie, seiner Musik, die New Orleans ihre Stimme gibt und ihr Lied – süßlich, dunkel und so verführerisch wie guter Rum.

Jude denkt an all das und nimmt es in sein Herz auf, diese geheime Welt, die er beschützen soll, die er besser machen soll. Er berührt mit den Fingern das aufgesprühte »X« auf der Tür, das Symbol all dessen, was im Sturm verloren gegangen ist, all dessen, das immer noch einen Platz sucht, wo es hingehört. Er öffnet sich dieser Magie, der Möglichkeit der Veränderung, der Hoffnung, dass alles, was verloren ging, gefunden werden könnte.

Und akzeptiert das alles.

Am Ende wird der Weltenbaum Yggdrasil brennen, ein riesiger Wolf wird die Sonne und den Mond fressen. Oder es werden sieben Siegel gebrochen, sieben Trompeten werden ertönen, und eine gewaltige Bestie wird die Herrschaft über die Erde ergreifen. Oder die Fünfte Sonne wird schwarz werden, und die heißhungrigen Frauen, die die Sterne sind, werden auf die Erde herabsteigen, um die Menschheit zu verschlingen. Oder eine große Flut wird die Welt ertränken und nur einen ungeheuren, leeren Ozean zurücklassen. Oder Apophis' Versuche, das Prinzip von Maat, der Tochter von Re, zu besiegen, werden von Erfolg gekrönt, und die Welt wird ins Chaos gestürzt. Oder die Erde wird anfangen zu beben und niemals aufhören, es wird gewaltige Risse in der Oberfläche geben und die Menschheit in die Tiefe gezogen werden. Oder eine Plage oder ein großer Krieg oder eine Hungersnot oder eine Horde der Untoten werden den Planeten überziehen, die Menschheit zerstören. Oder ein gewaltiger Felsen wird vom Himmel fallen, und die Aschewolke wird die Sonne auslöschen. Oder das Universum wird aufhören zu wachsen und anfangen zu schrumpfen, wird in sich selbst zurückstürzen, wird sich zu einem einzigen leblosen Punkt verdichten. Oder die Mauern, die gebaut wurden, um die Fluten zurückzuhalten, werden brechen, und die Sturzflut wird über Straßen und Häuser und Leben hinwegrauschen und alles ertränken.

Am Ende, und ein Ende gibt es immer, wird es die geben, die verloren sind, und es wird jene geben, die trauern.

Trotzdem. Es gibt immer auch etliche, die sich weigern, das Ende ein Ende sein zu lassen. Der Mann und die Frau, die sich an die höchsten Äste des Weltenbaums klammern und den Flammen entkommen, die zurückkehren und eine neue Welt aus derjenigen errichten, die zu Asche verbrannt ist. Oder der Mann, der unter vielen Namen bekannt ist, der ein riesiges Schiff gebaut hat und über die Wellen des großen Ozeans gleitet, bis die Flut versiegt. Oder derjenige, der sich auf dem Scheiterhaufen opfert und die nächste Sonne wird, der stirbt, auf dass die Welt lebe. Oder die Gläubigen, die ewig leben, nachdem das Böse ins Vergessen gestürzt wurde, die Wachsamen, die die Plage überleben oder den Krieg, die eine Welt erschaffen, in der sich so etwas nicht ereignet.

Es gibt jene, die das Glück haben, nach dem Sturm und der Flut in ihre Heimat zurückkehren zu können, sie neu aufbauen und sich erinnern zu können. Es gibt Magie in allen Dingen, in Liedern und im Feuer, im Nachthimmel und im Sturm am Horizont, in laut erhobenen Stimmen und tief vergrabenen Geheimnissen, in Geschichten, in der Veränderung und in der Hoffnung.

Jedem Anfang liegt ein Zauber inne, das stimmt. Aber es liegt auch Magie darin, eine große, wunderschöne und mächtige Magie, dass man sich weigert, etwas enden zu lassen.

ANMERKUNGEN DES AUTORS

Dies ist nicht das Buch, das ich hatte schreiben wollen. Okay, die Zutaten sind dieselben: New Orleans, synkritische Mythen und Trickster und ein geheimnisvoller Mordfall. Und diese Szene des Pokerspiels mit lauter Göttern blieb größtenteils so, wie ich sie als Schreibübung in Bev Marshalls Grundkurs-Schreibklasse an der Southeastern skizziert hatte. Der Roman, der daraus geworden ist, ist jedoch vollkommen anders als der, den ich mir zuerst ausgemalt hatte.

Nach den Schreibübungen lautete unsere Aufgabe, unsere Szene in eine Kurzgeschichte zu verwandeln. Ich wusste, noch während ich anfing zu schreiben, dass dieses Etwas in mir die Größe eines Romans hatte, aber ich glaubte, ich könnte irgendetwas als Kurzgeschichte niederschreiben, worauf ich dann später aufbauen würde. Ich hatte ein Wochenende Zeit dafür. Meine Familie und ich mussten ein paar Tage bei meiner Tante in Florida verbringen, also nahm ich meinen Laptop mit, einen klobigen alten Dell, der alle paar Stunden überhitzte und ausging.

Ich begann, diesen anderen Roman zu schreiben – den Roman, der dieser nicht ist. Währenddessen hockte ich über dem überhitzten Biest auf dem Rücksitz des Wagens meiner Eltern, und zwar am 28. August 2005, einen Tag, bevor die Dämme brachen und die Fluten die Stadt vernichteten, über die ich gerade schrieb.

Nicht, dass ich New Orleans tatsächlich gekannt hätte. Ich war auf der anderen Seite vom Lake Pontchartrain aufgewachsen, gegenüber der Stadt. New Orleans war nah genug, um es zu besuchen, aber trotzdem weit genug entfernt, um immer noch so etwas wie ein Mysterium zu sein. Es war Oz, das am Horizont flimmerte. Genauso fantastisch, genauso fiktiv und genauso sehr ein Symbol der Hoffnung.

Und aus einem sicheren Wohnzimmer in Florida sah ich zu, wie es ertrank.

Was man verstehen muss, wenn man nie am Golf von Mexiko gelebt hat, ist, dass solche Dinge einfach nicht passierten. Man plante für den Fall, bereitete sich darauf vor, sicher – aber keiner glaubte jemals wirklich, dass es so weit kommen könnte. Ein ganzes Leben lang hatte Evakuierung nur ein Wochenende weg von zu Hause bedeutet.

Aber doch nicht Monate.

Geschweige denn ein ganzes Leben.

Es gibt selbstverständlich noch viel mehr zu der Geschichte dieses Buches zu erzählen: Jahre des Schreibens und Umschreibens, die Anleitung meines MFA-Komitees, Amanda Boyden, Joseph Boyden und Jim Grimsley. Die Lektionen, die ich bei dem Clarion West Workshop lernte, ein Jahrzehnt, in dem ich mitten in und nicht nur in der Nähe dieser großartigen Stadt lebte.

Aber ehrlich gesagt trug sich die größte Veränderung in jenen Tagen und Nächten direkt nach dem Sturm zu. Während ich die Nachrichten verfolgte, abgeschnitten von so ziemlich jedem, den ich kannte, schuldbewusst und traurig und glücklich gleichzeitig. Meine Familie war entkommen und hatte ein Haus, in das sie zurückkehren konnte, im Unterschied zu vielen anderen, die das nicht mehr hatten.

Wenn Jude und ich irgendetwas gemeinsam haben, dann ein Übermaß an Glück.

Wie gesagt, es ist nicht das Buch, das ich ursprünglich schreiben wollte. Es könnte niemals all die Leben und die Häuser und die Zukunft ersetzen, die verloren gegangen sind. Das könnte kein Buch. Ebenso wenig ist es ein Requiem für das Oz, das verschwunden war, bevor es überhaupt existierte. Ich bin ganz sicher keine Autorität, was New Orleans angeht, und würde es niemals wagen, für jene zu sprechen, die den Sturm überlebt haben. Diese Geschichten kann nicht ich erzählen.

Aber wenn mein Glück mir gewogen bleibt, könnte dieses Buch meinem New Orleans Ehre machen, dem Heim, das ich lieben gelernt habe.

DANKSAGUNG

Ich bin für vieles dankbar, und das Folgende ist eine unvollständige Liste jener, denen ich ein Maß an Dankbarkeit schulde, das ich nie zurückzahlen kann.

Meinem Herausgeber John Joseph Adams für seine brillante und begeisterte Anleitung. Ein Manuskript in einen Roman zu verwandeln, erfordert viel harte Arbeit, und bei John schien das so einfach zu gehen.

Danke an Ella Chappell, Joanna Harwood, Lydia Gittins, Hannah Scudamore und alle anderen bei Titan dafür, dass sie meine Geschichte über einen Ozean hinweg beschworen und ihr Leben eingehaucht haben. Danke auch an die Cover-Künstlerin und Buchdesignerin Julia Lloyd für die Gestaltung eines atemberaubenden Covers. An Tim Mudie, Bruce Nichols, Hannah Harlow, Erika West, Michelle Triant und alle anderen bei HMH, die den magischen Trick bewerkstelligt haben, einen Haufen Wörter in einer doc-Datei in ein Kunstwerk zu verwandeln.

Meinem Agenten Seth Fishman danke ich dafür, dass er sein Glück mit mir versucht hat, sogar nachdem ich ein Jahr für eine Überarbeitung verschwand.

Seinem Assistenten Jack Gernert danke ich für den

Titel. Will Roberts, Rebecca Gardner, Ellen Coughtrey und allen anderen bei Gernert sage ich Danke für ihre Unterstützung und Anleitung dieses Autorenneulings auf seinem Weg durch die Herausforderungen des modernen Verlagswesens.

Michelle und Bryan Camp senior danke ich für das Leben, für die Geschenke meiner Jugend, für die Lektionen meines Erwachsenenlebens. Rose Camp, Bryndon Camp, Bryttany und Keith Wogan danke ich dafür, dass sie mir halfen, der Mann zu werden, der ich bin. Gerri und Ed Merida, Abigail und Michael Labit sage ich Danke dafür, dass sie einen Büchernarren in ihr Haus und ihre Familie aufgenommen haben.

Mein Dank geht an Becky Merida dafür, dass sie den Hulk mit Umarmungen herauslockte, wann immer ich es brauchte.

Und Hal Harries danke ich dafür, dass er mich Mitgefühl lehrte.

Ich danke meinen Schreiblehrern: Bev Marshall, die mir als Erstes sagte, dass mein Schreiben Potenzial habe. Meinem MFA-Thesen-Komitee: Amanda Boyden, Joseph Boyden und Jim Grimsley, die als Erste professionelle Maßstäbe an mein Schreiben anlegten. Ich danke meinen Clarion-West-Instruktoren: Mary Rosenblum, Stephen Graham Jones, Connie Willis, George R.R. Martin, Gavin Grant, Kelly Link und Chuck Palahniuk. Allesamt Koryphäen, denen ich nacheifere.

Dann danke ich noch den Lehrern meines Lebens, auch als Freunde bekannt: Les Howle, Neile Graham, Tracie Tate, Greg Herren, Nick Mainieri, Henry Griffin, Bill

Lavender, Nancy Dixon, Candice Huber, Casey Lefante, Wayne Rupp, Niko Tesvich, Bill Loefehlm, Tawni Waters, Lish McBride, Alex Jennings, Alys Arden und allen beim UNO-MFA-Programm und der literarischen Gemeinschaft von New Orleans. Selbst etwas so Wundervolles wie einen ersten Roman zu veröffentlichen, wäre eine bedeutungslose Leistung ohne die großartigen Freunde, mit denen man es teilen kann.

Und ich danke den siebzehn magischen Wesen, die sowohl Freunde, Familie als auch Inspiration gleichzeitig sind: Alyc Helms, Blythe Woolston, Brenta Blevins, Carlie St. George, Cory Skerry, Georgina Kamsika, Greg Friis West, Helen Marshall, Henry Lien, Indrapramit Das, James Harper, James Herndon, Kim Neville, Laura Friis West, Huw Evans, Nick Hauser und Sarah Brooks. Ein Dank der Clarion-West-Klasse von 2012. Ich glaube nicht, dass ich all das ohne eure Hilfe hätte schaffen können, und ich bin wirklich froh, euch alle in meinem Leben zu haben.

Michael Thomas, du hast meine Dankbarkeit im Laufe der Jahre auf viele verschiedene Arten und Weisen verdient: als Mitbewohner, bester Freund, Trauzeuge und erster Leser. Es sind knapp zwanzig Jahre voller Gespräche, Anteilnahme, Träume von großen Projekten und völlig unangebrachtem Humor verstrichen. Weitere zwanzig wären nicht mal annähernd genug.

Zuletzt und vor allem danke ich meiner wunderbaren und liebenden Frau, Beth Anne. Die Leistungen, auf die ich am stolzesten bin, das MFA, Clarion West, dieses Buch, habe ich nur deshalb erreicht, weil der Mann, der

Ehemann und der Schriftsteller, der das bewerkstelligen konnte, derjenige ist, den du verdienst. Ich habe immer noch nicht die Worte gefunden, um dir für all das zu danken, was du tust und was du bist, aber ich verspreche dir, dass ich es so lange versuche, wie ein Funken Leben in mir ist.